U0614844

世界传世藏书

【图文珍藏版】

世界孤本小说

马松源⊙主编

線裝書局

目　　录

世界孤本小说

全译插图本

恋爱中的女人

[英国] 戴维·赫伯特·劳伦斯 著　亢继军 译

导读

戴维·赫伯特·劳伦斯是英国小说家、诗人、散文家,20世纪英国最重要和最有争议的小说家之一,20世纪世界文坛上最有天分与影响力的人物之一。他与福斯特、乔伊斯、理查森、伍尔芙同是20世纪英国小说的创始人,是中国读者最熟悉与喜爱的西方作家之一。

《恋爱中的女人》代表了戴维·赫伯特·劳伦斯小说创作的最高成就,它以非凡的热情与深度探索了有关恋爱的心理问题。小说以两姐妹为主人公,描述了她们不同的情感经历和恋爱体会。姐姐厄秀拉是一个温柔美丽的中学教师;妹妹古德伦则是一个小有名气、恃才傲物的艺术家,古德伦遇上了矿主的独生子杰拉德,原始的欲望点燃了爱的激情,然而在狂暴的激情过后,失望而痛苦的她与另一位艺术家又陷入了爱的狂欢,厄秀拉与本区督学伯基相爱了,她一心要让对方成为爱情的囚鸟,而对方却希望在灵与肉的交融中保持彼此心灵上的距离……

《恋爱中的女人》通过大量的意象与象征描写,反复向人们展示,世界正在遭受一场劫难,处处充满可怕的罪恶,人类社会正在腐朽堕落,毁坏与死亡,但它也向人们预示,这场灾难过后将有一个新世界出现,旧的传统文明的道德精神难以承受现代文明的重荷,唯知识与唯意志的存在原则须由感觉与悟性来替代,脱胎于传统文明的男女众生都要经过爱的生死考验来获致再生的希望,《恋爱中的女人》是在一战期间定稿的,它确实包含了战争在人们心灵上造成的后果,它充满了阴森 、灰暗的色调,"解体""腐朽" "死亡" ,这些字眼与意象始终萦绕着这部小说,但它也同时让人们看到在阴森、灰暗中仍有点点磷火在发光,在昏蒙、乌黑的"死亡之河"中也能长出纯美的百合花。两对主人公的不同命运有力地说明了死亡不是人类唯一的出路,死亡与新生,毁灭与创造,腐朽与更新总是相伴而生的,没有毁灭, 就无所谓创造,通过死亡也就获得了新生。

《恋爱中的女人》不仅仅是个爱情故事,作者劳伦斯只是想通过一个死亡的爱情和一个新生的爱情,揭示社会现实和寄托他对人类的理想,那就是:死亡是新生的准备,腐朽是生命的源泉。旧的世界必将毁灭,新的世界将在旧世界的废墟中诞生。

姐 妹 俩

一天清晨，贝尔多福的两个女儿厄秀拉和古德伦·布兰文坐在他房屋的窗前，她们边闲聊，边做着自己的事情。厄秀拉拿着色彩艳丽的绣活绣花而古德伦则在膝上放的一块画板上画画。两人所言无几，她们只在心中有了什么想法的时候，才说上几句。

“你确定你想结婚了？”厄秀拉向古德伦问。厄秀拉停下手里的活儿，抬头望去。从她的表情中显露出端庄和对人的温顺。

“我也不知道。”她答道。“这取决于你问的何意。”

古德伦惊讶地盯住姐姐看了好一会儿。

“哟，”她讥讽道，“我哪有其他意思？可是，你不是认为结婚会让你改善目前的处境吗？”她不快地说。

此刻一丝阴影闪过了厄秀拉的心头。

“或许会这样吧，我也不敢确定。”她说。

听完她的话，古德伦又停顿了一会儿，感到十分恼火。她想问出一个确切的回答，接着说。

“你不感觉一个人应该感受下结婚的滋味吗？”

“难道你认为结婚不过是一种必需的体验吗？”厄秀拉反问道。

“当然啦。”古德伦冷淡地说。“或许人总该有这种体验。”

“那倒未必，”厄秀拉说，“或许这种体验糟透了。”

古德伦一动不动，聚精会神听着。

“或许，应该考虑到此种可能。”她答道。谈话暂停了一下。古德伦愤怒地拿起了橡皮，把画擦掉一部分。而厄秀拉又继续心无旁骛地绣花了。

“假使有好机会你也拒绝尝试吗？”古德伦再次开口问道。

“我想，我已经推掉过很多次这样的机会啦。”厄秀拉回答说。

“是吗！”古德伦的脸羞红一片。“真有这种事？这有什么值得讲给我听听的吗？”

“这种事千年难遇，他是个不错的人。我也非常喜欢他。”厄秀拉说。

"是吗？你必是动真心了？"

"表面上是这样，可事实上绝非如此。"厄秀拉说。"人到了紧要关头，是不会动心的……哦，假使我的确动了心，就会跟他结婚。这会儿我心里倒是有了个念头，可那是在对自己说别结婚。"这一下，引得姐妹俩脸上都泛起了笑意。

"太奇怪了，"古德伦嚷道，"如此强烈的诱惑，竟然不能让人想去结婚！"两人四目相对，大笑连声，心又都感到害怕。

又是很久沉默。厄秀拉俯首在刺绣，古德伦接着画起了素描。她姐妹俩都已成年，厄秀拉二十六岁，古德伦二十五岁。但两人神情中又全有现代女性那种处女独有的淡然。她们姐妹俩姿色过人，如同是月神的姐妹。古德伦性情冷淡，长着白皙的肌肤和柔软的腰；穿着深蓝的丝绸衣服，领口镶着蓝色的褶皱饰边，袖口上是绿色花边；脚上套着双艳绿色的长筒袜。她那自信又谦逊的神情已同厄秀拉的敏感的期待形成了明显的对照。当地人见到她那般举止得体，谈吐不凡，都说："这真是个时髦女郎。"她在伦敦一所艺术学校里，上过几年学，过着如同画家的生活，现在是刚从那里回来。

"我真想有个男人来。"古德伦说着，兀地用牙紧咬下唇，做了个鬼脸；这表情好似是在奸诈的微笑，又似是陷入了极度的懊恼。厄秀拉打心眼儿感到了恐惧。

"你因此而回家，借以等着他的？"她笑着说。

"哦，亲爱的，"古德伦用不快的声音嚷道，"我不会去费力找的。但是，假使真的来了

这么一个，十分迷人，又富有的人……那么……”她刻意把话讲得慢慢腾腾，语气中夹杂着挖苦。尔后她瞧着厄秀拉，好似是要从她脸上看出点什么来。“你这样从未感到过厌恶吗？”她问姐姐，“你有没有感觉到，人生不如意事十之八九，什么事都好像是刚冒芽儿就完结了。”

“什么事刚冒芽儿就完结了？”厄秀拉问。

“哦，所有的事，……包括人在内……大抵都是如此。”沉默是金。姐妹俩各自在隐隐约约地想着自己的命运。

“这叫人感到恐惧。”厄秀拉顿了一下，又说：“难道你是想通过与别人结婚的方式去什么地方吗？”

“看来这是难以避免的了。”古德伦答到。厄秀拉无语地想着，心里泛起一丝忧伤。她是威雷格林中学的女教员，在那里工作有些年头了。

“我明白，”她说，“这不过是想想而已。可是仔细想想看，假使任何一个你所认识的男人，每个晚上都到你身边来，说声‘你好’，再吻一下你……”

沉默无语。

“真的，”古德伦轻声说，“绝不可能的。这个男人会把这一切都变成不可能。”

“当然啦，还要有孩子……”厄秀拉迟疑地说。

古德伦的神情变得严肃起来。

“厄秀拉，你真的想要个孩子吗？”她冷淡地问。厄秀拉脸上显露出一丝迷惘的神情来。

“人是控制不了自己感情的。”她回答说。

“难道你真想这样吗？”古德伦问。

厄秀拉面无表情，如同戴了个面具。厄秀拉皱起了眉头。

“或许不是这样。”她搪塞着说。“人们大概并非真的想要孩子，即便表面上想要，心里也不想。”古德伦脸上又掠过严肃的神态。她又不想把话说死。

“可是只要想到了被人的孩子……”厄秀拉接着说。

古德伦似乎怀有敌意的紧盯姐姐看着。

“是这样的。”她说道，接着一语不发。

姐妹俩又沉默无语地做起自己的事情。厄秀拉身上总散发着一种匪夷所思的勃勃生气，这是来自热情的天性；时而这生气迷人无比，极富感染力，但时而又会引起别人不满。很多时候她自己生活，独身，一天接一天地工作，她一直在思索，试着去把握并了解

生活。她眼下好像是在原地不动地过生活,可是在暗处,某个隐秘的场所,却有着什么东西如同要即将流过。自己心灵上最后一道防线等着她去冲垮。她如同是在母腹中躁动的胎儿,好像要用力伸出自己的手,可又不能,或者说当下还不可以。她有种奇怪的预感,她感到了某件事情即将发生。

她放下了手中的活儿,看着妹妹。她感到古德伦非常迷人,十分迷人。这魅力来自她细腻、温热和丰满的皮肤,来自她那纤细的体态。她顽皮犹未褪尽,还带有淘气的、爱挖苦人的神采,和纯洁少女的漠然态度。厄秀拉仔细地赞赏着她。

"古德伦,你为何执意回家来呢?"她问道。

古德伦清楚姐姐正在欣赏自己。她从画板上抬起身来,一双秀气的眼睛从睫毛下面望着厄秀拉。

"我为何要回来,姐姐?"她重复着问道,"这个问题我几乎问过自己一千遍了。"

"难道你自己也不清楚为何?"

"不,我想我是明白的。我回家是想以退为进。"

她漫不经心地盯住厄秀拉看了一会儿,脸上满是学识满腹的神情。

"我知道你的意思!"厄秀拉如此说道,可是神色中却显露出几分困惑,就好像自己毫不知情似的。"可你又能跳到哪儿去呢?"

"哦,跳到哪儿又有什么关系。"古德伦说,口气中含有几分傲慢。"只要跳过去,总会落在哪儿的。"

"这不是很不安全吗?"厄秀拉问。

古德伦脸上露出一丝嘲弄的微笑。

"嗨,不过说说而已嘛!"她说着,清脆地笑了几声就闭口不提了。但是厄秀拉沉寂地思考了一会儿。

开口问道"现在你在家了,感觉家里如何呢?"

古德伦没有马上答复她,呆了一会儿才波澜不惊地说。

"我发现自己与这个家格格不入。"

"那爸爸呢?"

古德伦差不多是怨恨地盯着厄秀拉,好像是被逼陷入了绝境。

"我没有去想他,我觉得别再提了。"她冷冰冰地答道。

"是的,"厄秀拉颤抖着说。谈话到这里真的结束了。姐妹俩发现自己面对的是一片虚空,那是一个令人恐怖的深渊,两人如同刚从上边往下瞧过。

她们相对无言地忙了有一会。古德伦的心中那曾受到了压抑的感情使她涨红了脸。她痛恨这种伤心的记忆再次被人唤醒。

最后她不紧不慢地说："要不咱们出去看看那场婚礼好吗？"

"好啊！"厄秀拉嚷道，赶紧扔下了手中的活儿，跳起身来。这叫她显得太热心了，好像是要躲开什么，这就让刚才紧张的气氛暴露了出来；古德伦心中不禁一阵反感。

她上楼去了。厄秀拉把注意力集中在这所房子上，这是在她甚至自己的家。可是她不喜欢它，这是个让人难受、太熟悉了的地方！在情感深处，她对这个家有种恐惧感，害怕这个环境，害怕整个这种腐朽的生活。这种感情吓坏了她自己。

时隔不久，两个姑娘便沿着贝尔多福的主街向镇中心走去。街道不窄，可两旁商店和住宅参差不齐，分布凌乱，一副肮脏穷酸相。古德伦已经在赛尔西区和萨西克斯郡住惯了，所以突然到这个英国中部矿工住的小镇上，真被它不堪入目的景象所吓住了。但是，她还是在眼前这片破败猥琐的景物中穿过，沿着满是砂砾、长而不规整的街道向前走去。此时感觉暴露在众目睽睽之下的她觉得周围一切都是那样的令人难受。真奇怪，她当初怎么会决定回家来，来体验这种破破烂烂、贫瘠丑陋的环境。她此时为什么会屈从于这种让人无法承受的折磨呢？她还要对那些其貌不扬而又微不足道的人们，和破了相的乡村景象，忍受多久？她心中充满了厌恶，觉得自己就像是一只在灰尘中挣扎蹒行的甲虫。

两人转下大路，穿过了一个黑幽幽的小公园。在这个公园里七零八落地戳着一个个洋白菜根，上面沾满煤灰的。然而在这里没有人觉得这有什么不雅，也没有人会为这一切感到耻辱。

"这像是在阴间的什么地方，"古德伦说，"是矿工们把这地方带到地面上，又一锹锹地堆了起来。厄秀拉，这真棒，棒极了——妙极了，这真是另一个世界。任何东西全是些鬼魂，什么都是鬼影幢幢的。一切都是现实世界的复制品，复制品，鬼魂都是脏的，他们全被玷污了，真像是疯了，厄秀拉。"

姐妹俩正走在一条黑乎乎的小路上，穿过一片污黑肮脏的田地，路左面景色开阔，近处有一条坐落着星星点点的矿井的峡谷，在对面的山坡上是玉米地和树林。它们看上去灰蒙蒙的，远远看去如同罩上了一层黑纱。白烟黑烟袅袅升起，形成一条一条静止的烟柱，像晦暗的天空。向前不远眼前又出现了列成长排的住房，歪歪扭扭地延向了山坡，又在坡顶上排成了笔直的行列。这些房子是用发暗的红砖砌成的，顶上铺着石板瓦。姐妹俩脚下是由往来的矿工踩踏而成的黑路；铁栅栏横在路和田地之间。通向通路口的铁栅

栏的登梯闪闪发亮,那是过往的矿工用厚毛头布裤子磨出来的。两位姑娘在一排排寒碜的住房中间走过。镇上的女人们双臂抱在粗布围裙前,站在房子一头闲扯。她们目送着布兰文家姐妹俩,按照当地人的风俗,是目不转睛地盯住不放的。孩子们则在后面大声叫骂着。

古德伦一路走去,心感茫然。如果这就是人的生活,这就是生存在一个完整的世界里的人们,那么她自己的世界又是个什么样呢?是在这之外吗?她意识到了自己的草绿色的长筒袜,草绿色的大丝绒帽,和宽松柔滑的外衣;那衣服还是一种鲜明的蓝色呢。她觉得自己正漫步在空中,飘飘摇摇的;她的心缩紧了,她似乎感到自己随时都可能被抛倒在地下来。她害怕了。

她紧紧地偎依着厄秀拉。由于长期相处,厄秀拉已经习惯了生存在这个阴郁而充满敌意的世界里。而古德伦的心却仿佛备受熬煎,像是在不停地对自己哭喊着:"我要回去,我要走开;我不要了解它,不要了解它的存在。"不过,此时她必须得往前走。

厄秀拉能觉察出她是在受罪。

"你恨这一切,对吗?"她问。

"我真不知道怎么办才好了。"古德伦结结巴巴地回答。

"你不会在这儿呆上很久的。"厄秀拉回答说。

古德伦走着,一心想得到解脱。

她们离开矿区,翻过了蜿蜒起伏的山脊,来到山那边的朝向威雷格林镇的小乡村。这里显然要洁净些。但黑色的那种捉摸不定的魔力使其依旧固守在田野和林木葱茏的山丘上,好像还在空中阴沉地闪着。春寒料峭,阳光时断时续地洒下来。在树篱下泛黄的白屈菜探头探脑。茶藨子树从威雷格林镇的房前花园里,茶藨子树丛吐出了绿叶,吊在石头围墙上的十字花也绽开了星星点点的小白花朵。

转过弯,姐妹俩上了大路;这条路是通向教堂的,它的两边是高堤。路在最低洼的地方拐了个弯,在那里一小堆翘首盼望的人站在树下,等待着看婚礼仪式。今天本地的大矿主汤姆·克莱奇的女儿就要和一位海军军官结婚了。

走着走着,古德伦说着,"咱们回去吧。"便猛地转过身来。"这里尽是那些人。"

她进退维谷地站在路上。

"不用理他们,"厄秀拉说,"他们都认识我,这些人还不错,不会对我们怎么样的。"

"咱们一定得从他们中间穿过去吗?"古德伦问。

"他们人很不错,真的。"说着厄秀拉又往前走去。姐妹俩一起走到了那群促促不安、心怀戒意的老百姓跟前。他们中大多是妇女，是矿工妻子中那些游手好闲的人。她们脸上明显带着戒备神情，一看就是无知的下层社会的人。

姐妹俩尽量装出若无其事的样子，朝大门口走去。女人们为她俩闪开了刚刚让人过去的道，就像她们舍不得腾出地盘来似的。两人在众人的静默中穿过石砌的门洞，踩上了台阶上的红地毯。一个警察一直盯着她们。

"那双袜子可要值多少钱哟！"一个声音从古德伦背后传来。在姑娘心里激起了一阵激愤，其势猛不可当。她真想把那些女人全都干掉，扫荡干净，给她留下一个清清爽爽的世界。真可恨，她要在她们的众目睽睽之下在红地毯上沿着教堂院子里的小路往上不停地走。

"我不想再进教堂了。"她突然说道，口气很坚决；厄秀拉不由马上停下脚步，转过身来，与她一道岔上一条伸向小便门的甬道。便门是通向与教堂宅地相连的中学校。

一出教堂院子，进到校门里的灌木丛中，厄秀拉坐在月桂树下的矮石墙上，歇上一会儿。红色宽展的学校的建筑物宁静地矗立在她身后；因为是假日，建筑的窗子都打开着。从身前的矮树丛中望过去，是老教堂的塔尖和白色屋顶。姐妹俩被树叶遮掩着。

古德伦紧闭住双唇，也一声不响地坐下，她的脸是扭向一边的。在心里她懊悔得要命，自己怎么回到了这个地方来了。厄秀拉望着她，心想，古德伦这一受窘和脸红，更使她美得惊人了。可是在她面前，厄秀拉又感到自己的天性受到了压抑，人也觉得疲乏不堪了。厄秀拉真想一人独处，摆脱这种紧张状态，摆脱古德伦的存在对自己的包围。

"咱们就呆在这儿吗？"古德伦问。

"我只是想休息一下。"厄秀拉说着，好像受到训斥一样站起身来。"咱们站在靠球场的墙角那去，在那里什么都看得清楚。"

明亮的阳光洒进了教堂庭院，空气中含有绿树汁液的淡淡的清香，这也许是从墓地上的紫罗兰花丛中飘过来的。白雏菊开花了，亮晶晶的，像一群小天使们在玩闹。半空中，红色的山毛榉树的叶片舒展开来，像一团团红红的血。

十一点整，马车一辆辆开来。每开来一辆马车时，大门口就喧闹一阵，人们看着婚礼来宾登上台阶，沿着红地毯走向教堂。灿烂的阳光照在大家个个兴高采烈的脸上。

古德伦怀着无动于衷的好奇心专注地望着他们。在她眼里，他们每个人像是书画里的人，又像是剧中的木偶，是一种精致饰物。他们从面前的小路上走向教堂。她乐于认出他们之间各自之间的特征，还以他们本来面目，为他们加之各自的背景，并一劳永逸地确定他们的身份。她了解她们。对她说来，他们是完美无缺、密封加戳和已经最后完成

的。没有人是未知未定的。而克莱奇一家的露面,她才来了兴致。这一家人的身上倒有些与众不同之处。

那边是克莱奇夫人和她的长子杰拉尔德。做母亲的克莱奇夫人显然在尽力使自己衣着时髦,但无论怎样仍然是一个不修边幅的古怪的人。她的脸色白里透黄,皮肤光透,面目清秀,身体前倾,很有特色。那张紧绷着的脸上有一种高人一等、傲视一切的神气。她的浅色的头发,从蓝丝绸帽子露出几绺来,一直垂到深蓝色的丝绸外套上,看上去显的凌乱。她像是个偏执狂的女人,不那么光明磊落,却又盛气凌人。

儿子长得很漂亮,中等偏高的个头,身材匀称,皮肤被太阳晒得黑黑的,衣着有点儿过分考究。他带有一种奇特的戒备神情,在无意中闪现出某种东西,似乎与身旁的人并不是同样的造物。古德伦的目光一下子落在了他身上。他身上的某种北国情调迷住了她。他有线条分明的北方人的躯体和一头金发,那金发像是阳光在一闪之间照亮了透明的冰层。他大概有三十岁,也许还要大些。他那光彩夺目的美和男子汉气概,如同一条笑口常开、年轻的好脾气的狼;可这些并没能迷惑住古德伦的判断力。她注意到了在他那种意味深长的不祥的沉默后,还有那奔放不羁的脾气的潜在危险。"他真像是狼,"她再三对自己说,"他母亲是一条没被驯化的老狼。"古德伦忽然感到一阵激动和狂喜,像是发现了某种惊人东西;对此,这个世界上除了她之外,还没有被别人所知。一种冲动攫住了她的心,使她沉浸在突发的强烈情感中。"天呐!"她对自己喊道,"这是什么呀?"过了一刻,她又信心十足地说:"我应该去更多地了解这个男人。"顿时一种要再见到杰拉尔德的愿望在折磨着她,这是一种要再看到他的痛楚的需要,没有欺骗自己,他的确使她经历了一阵奇特的感情的风暴的需要;这也是为了能确信她出自天性地对了解他的和给他盖棺论定的这种顿悟。"难道在某些方面我真是为了他才被遴选出来的吗？真有一种只把我们两人笼罩在其中的淡金色的极光吗?"她扪心自问。她无法相信这个,于是陷入沉思冥想中,不再注意周围发生的一切事情了。

女傧相们已经到了,而新郎却还没有来。厄秀拉心里捉摸着,可别是出了什么岔子了,那样婚礼就全要泡汤了。一股愁畅的思绪袭来,就像这一切都需要靠她来拯救似的。厄秀拉眼瞧着女傧相们步上台阶。她认识她们中间的那人个子高高的,神态冷漠,一副别别扭扭的样子,长着一头浓厚的金发和一张苍白的长脸的那个女儿。她是克莱奇家的朋友,叫赫尔特妮·罗迪丝。她和人们高昂着头一起走着,以防那顶硕大的浅黄丝绒的平顶帽歪倒。帽子上插了几根灰色鸵鸟毛,看来还是真货。她款步向前,目不斜视,苍白的长脸向天仰起,无视眼前的尘世。她有钱。她身穿娇贵的浅黄色丝绒衣服,手拿着许多小巧的玫瑰色的仙客来花。她的鞋子和长筒袜都是棕灰色的，和帽子上的鸵鸟毛一个颜色。硕大的帽子压在她又厚又密的头发上。她移步前行时，臀部却一动不动，就像不情愿的被人推动似的，令人十分奇怪。一方面是黄白相间和棕红混杂的可爱，一方面又令人毛骨悚然，真让人过目不忘，觉得其中有什么可怕的东西。她走过时，人们感到一阵兴奋，想要嘲笑她，但又不知怎么没发声，所以人们一直沉默不语。她的有几分像罗塞蒂的长白脸始终高扬着，不带任何表情，像是被麻醉了。一团奇思异想似乎就盘绕在她内心的阴暗处，她决不让它们逃逸出来。

厄秀拉入迷地盯着她。她对这女人多少了解一点儿。这是英国中部地区最引人注目的女子。她父亲是一位德比郡守旧的男爵，而她却是新派妇女，简直就是理智的化身。用脑过度使她总是一副昏昏欲睡的样子。她热心于改革，她把整个灵魂都献给了公众事业。不过，她是那种接近于男性世界的女人，一直是男人的世界在支持着她。

她同一些男人中的智者结成了好友。厄秀拉就认识其中的一个人——郡学校监察员鲁珀特·伯金。古德伦在伦敦遇到过她男性朋友中的其他人。和属于不同团体的艺术界朋友们一道走动，使古德伦结识了许多有身份的上流社会人士。她也曾两次见到过赫尔特妮，但两人相互间并没有产生好感。在城里各色各样的熟人家中以平等的地位彼此相识后，现在又在中部地区以如此天差地别的身份邂逅，这真让人难受。古德伦在社交方面颇为成功，在那些与艺术有缘的贵族子弟里有不少是她的朋友。

赫尔特妮知道自己衣着体面；而且也知道对于在威雷格林镇可能碰见的任何一个人来说，自己的社会地位必定高高在其之上，至少也是平起平坐的。她知道自己已经得到了文化界和知识界的承认，成了文化的传播者，是不同思想文化之间的一种媒体。在社交领域，在思想或公众事物的方面，甚至在艺术王国中，她同最高级的人都是平等地位的。她在第一流人物的圈子里走动也不必感到拘谨。没有人能贬低她，也没有人能嘲笑她；因为她是同最出类拔萃的人物在一起的，而那些反对她的人却是在她之下的；这种所谓的低下不是社会地位方面就是在财产方面，在思想、进步和理解等自身方面。这样一来，她无懈可击了。她终生致力于使自己无懈可击，让尘世的评判对自己无可奈何。

然而，她的灵魂却在备受折磨，一无遮掩。尽管她确信自己在各方面都是高居于粗俗的人之上，也全然知道即使按照最上流的标准衡量，自己的外貌也是无可挑剔；可是在自信和傲慢的外表下，她感到了苦恼，觉得自己在伤害、嘲弄和轻蔑面前也束手无策。她总感到自己是脆弱的，很容易遭受攻击；她的自设的盔甲上总有一个隐秘的漏洞。她并不知道这漏洞是什么。其实那就是缺乏健全的自我，是先天不足，是一种可怕的空虚，一

种匮乏，缺少内在生命力。

她希望有人来弥补她的这种缺憾，永远将它封闭起来。这也是她渴望着鲁珀特·伯金的理由。有他在，她就感到了自己的圆满，觉得自己是无比充实的。其余时候，她就像面临深渊，站在流沙上一样。尽管她具有超常的自负和安全感，然而一个天性积极健全的普通女仆也可以把她用最轻微的嘲弄或蔑视的动作抛进匮乏的无底深渊。这个忧郁而饱经磨折的女人一直在用美学知识、教养、上流社会的眼光和冷漠来筑起保护自己的城堡。但是，她却永远也无法用这巨壁垒去堵住匮乏这种可怕的罅隙。

只要她能够和伯金之间保持一种亲密关系，那她就感到在这段烦人的生命航程中就安全多了。伯金能使她健全并获得成功这方面，他胜于天上的使者。可是疑惧却在折磨着她。她总是打扮自己，使尽浑身解数让自己的美丽和高超令伯金信服，然而结果却总是达不到她预期的目的。

伯金是刚愎任性的，他击退了她，不断击退她。她越是努力将他拉向自己，他就越猛烈地把她打回去。作为情人，他们好了几年了。哦，这一切是令人厌烦和痛苦的，她已精疲力竭了，然而她依旧相信自己。她知道伯金在试着甩开她。她知道伯金努力必会最终摆脱她，赢得自由。不过她相信自己的力量还能够控制住他，也相信自己的知识胜他一筹。伯金的知识修养也不差，但她却是真理的试金石，在这方面，远远高于伯金。她不需要别的只是要伯金和自己在一起。

伯金与她的结合，也可以使他达到至高的境界；然而伯金却像一个恣意妄为的孩子全部加以拒绝。他像个固执的孩子那样任性，他要打破两人之间神圣的结合。

伯金本该做男傧相参加这场婚礼，守候在教堂里的。在步入教堂门洞时，紧张和期待的心情令赫尔特妮浑身战栗。伯金应当在那，他一定会看到她的衣裳有多么漂亮，一定会知道她是为了他才使自己美丽起来的。他应该了解，应该能够看出她现在的一切是为了他才造就出来的。首先，对伯金说来，她才是至高无上的。当然啦，伯金最终不能拒绝她。应当能够承受自己最高的命运。

在由一阵渴望而生的令人疲乏不堪的骚动中，赫尔特妮走进了教堂。她缓缓地用眼角余光搜寻着伯金，她那纤长的身子在焦虑中轻轻颤动着。做男傧相的伯金该站在圣坛旁边。赫尔特妮心里怀有十分把握，慢悠悠地环视着。

可是，伯金竟然不在那里。赫尔特妮顿时感到狂风暴雨向她席卷而来，使她像是在水中奄奄待毙。这压倒一切的绝望守全占据了她。她从未体验过这种由心灰意冷而引来的这种无与伦比的痛楚，她呆呆地走向圣坛。这是一种死亡与之相比都不足道的寂灭和凄凉。

新郎和男傧相还没有来。惊愕之情在教堂内外与时俱增。厄秀拉几乎感到自己是责无旁贷的了。新娘快来了而新郎还没有来,这使她也无法忍受。她心想婚礼不能以惨败收场,千万不能。

可是,装饰着丝带和花结的新娘乘的马车已经到了。几匹灰马轻快地把车拉向教堂大门,一阵笑声附和这一切。这是全部快乐和欢笑的核心。车门猛地打开了,这一天最激动人心的时刻已经到来。路人悄声低语,隐隐听到了人们的怨声。

做父亲的如同一个幽灵率先迈出马车。他身材瘦削高大,蓄着黑中杂灰的稀疏的络腮胡子,一副心事重重的样子。他耐心守候在马车门前,并不惹眼。

当车门打开时,人们扬起了美丽的树叶和花朵,缎带和花边结成了一片,缓缓地降了一阵白雨,一个快活的声音在说:

“我怎么出来呀?”

观望的人群中卷过满意的细浪。人们涌向前去接她,感兴趣地望着那颗俯屈下来的插着花儿蓓蕾的金发碧眼的头颅,和那只娇巧白皙、在试探着伸下马车踏阶的脚。新娘像是一朵飞浪一击突起拍岸浪花,遍身洁白的飘向站在清晨绿树荫下的父亲;她的面纱在笑声中拂动着。

“可算下来了!”她说道。

她挽住操劳过度、肤色灰黄的父亲,微微摆动着轻盈的结婚礼服,踏上了通向教堂的大红地毯。做父亲的格外忧心忡忡。他默默无语,心不在焉的僵直地迈上台阶。可伴随着他的新娘那柔雾一般轻盈的笑声,并没有消去。

新郎还没有来!这真令人无法忍受。厄秀拉焦虑不安起来,遥望着远方的山坡。那里是一条白色的下坡路,应该在路上见到他。有一辆刚刚驶入视野的奔驰的马车。对啦,就是他。厄秀拉转向新娘和人群,居高临下地发出一声含混不清的喊叫。她想告诉人们新郎来了,这使它极其模糊难辨。这是一声有心要叫,却又在慌乱中畏缩了的喊声。

马车嘎嘎作响驶下,近了,近了。人群中发出一片喊声。刚刚踏上了台阶顶级的新娘也快活地回过身来,想看看乱从何来。她见到人们混乱地让开了一条道,一辆出租马车停了下来。她的心上人跳下车来。

“蒂伯斯!蒂伯斯!”她在一阵突如其来的兴奋中叫道。阳光下,她高高地站在台阶上,挥动着手中的花束。新郎手里拿着帽子在人群中东躲西闪地向前挤着,他并没有听见。

“蒂伯斯!”她又喊道,俯视着他。

听到喊声新郎无意中抬头一望,看见新娘和她父亲站在台阶的上面,一种古怪的惊讶神情掠过了他的脸庞。他踌躇了一下,而后,攒足气力纵身一跃,想要赶上新娘。

“哎哟!”新娘发出妙不可言的喊声。如同条件反射一样,她转身飞一样逃向教堂,雪白的双脚迅速 地敲打着地面,结婚礼服在伴随她飘拂而行。这一切都令人难以置信。小伙子跳上台阶,迅速地绕过新娘的父亲,猎狗一样追逐着新娘。他那柔软灵活的大腿飞跑起来,像猎狗扑向猎物时的动作。

“喂,快追上她呀!”台阶下面的那些女人也突然卷进了这场游戏。

白沫似的花朵在新娘身上飘动,她朝身后瞄了一眼,发出一声混有挑战和欢笑的尖叫,转个弯,她跑过了灰色的石砌酒窖。紧接着,新郎也跑过来,手扶着静寂的石头上转了个圈,也绕过了酒窖。他的矫健的身影在追逐中一闪就不见了。

大门口的人群猛然间爆发出猛烈而又兴奋的喊叫声。厄秀拉又注意到那位弓腰屈背的面藏阴郁的克莱奇先生;他伫立在小路上,面无表情地望着一对相互追逐的情侣。他转过身瞧瞧身后,看到了鲁珀特·伯金。伯金马上走向前去和他并排站在了一起。

“咱们要殿后了。”伯金说着,脸上闪过一丝微笑。

“嗯。”克莱奇先生简短地应道。两个男人一道走上小路。

伯金的身材和克莱奇先生一样单薄,脸上也是一副苍白的病容。他体形虽然瘦削但却很优美,走路时一只脚有点儿不便,不过旁人是很难发现。虽然他的衣着就身份来说是得体的,可是由于一种天生的不协调却使他外表看上去有些滑稽。他天性聪敏而放荡羁,这使他很难适于世俗的场合。不过,他还是屈从了流行的观念,虽然这使他看上去有几分可笑。

他能用周围人的腔调说话,尽量地适应身旁的环境和与他交谈人;他做得十分出色,这使整个人看来很合群。旁观者对他也能抱有好感,而不会攻击他是独树一帜。

这会儿,他陪同克莱奇先生走在小路上,还一边在轻松愉快地与之交谈着。他游戏于各种场合,就像是走钢丝的人,总站在钢丝上,装出若无其事的样子。

“真对不起,我们来晚了。”他说。“一只纽扣钩掉了怎么也找不着,扣靴子又浪费了我们不少时间。看来你们倒是很准时的。”

“我们历来是守时的。”克莱奇先生说。

“可我总是不能准时。”伯金说。“不过今天我们倒是一直掐着时间的,但还是出现了小小的意外而耽搁了,真对不起,克莱奇。”

两个男人一直往前走，默默无语。而厄秀拉则独自坐在那儿想念着伯金。他刺激了她，把她迷住了，也正如此，这又令她感到烦恼。

厄秀拉想更多地了解伯金。两人也曾经搭过几回话，可那时伯金只是以一个公事公办的监察员来对待她。她想，伯金似乎也感到了他俩之间有某种微妙的关系，那是他们彼此心照不宣的一种自然而然的亲密感。两人的语言虽然没有什么隔阂。还没有时间来发展这种心有语言的关系。正像万有引力定律所描述的那样，在他们之间达到了一定距离后，便产生了一种斥力，而这斥力大概就是他，那是一种隐含不露的极度冷淡。

不过，她还是想要更多地了解他。

“你觉得鲁珀特·伯金这个人如何？”她有点儿不大情愿地问古德伦。她不想同别人议论伯金。

“我觉得鲁珀特·伯金怎么样？”古德伦反问道。“我觉得他有魅力，很迷人。但是我就是受不了他对什么傻瓜都曲意逢迎的态度，摆出她是他心中最了不起的人的样子。这很教人失望。”

“为什么他要那样呢？”厄秀拉问。

“我想是因为他对批评别人的才能与勇气。”古德伦回答说。“告诉你吧，他对什么样的傻瓜都会像待你我一样——这真是对像我们这样人的一种侮辱。”

“哦，的确是侮辱。”厄秀拉说。“看来人一定要有辨别力。”

“人必须有辨别力。”古德伦重复道。“不过他在其他方面他倒是个好小伙子，他个性很奇特。男人不能信任他。”

“是的。”厄秀拉含含糊糊地答应着。她就在两人意见不尽一致时也总是表现出赞成古德伦见解的样子。

姐妹俩一声不响地坐着，等待参加婚礼的人。古德伦懒得走动。她要再想一想杰拉尔德·克莱奇。来看看他在自己身上激起的强烈情感是否真实。她要做好准备。

教堂里，婚礼尚在进行。赫尔特妮·罗迪丝一心想念着就站在她旁边的伯金。赫尔特妮像是在肉体上受到了他的吸引，想挨着他站着。如果不挨着伯金，她就难以确信伯金就在身边。不过，她依然站在原位，遵从婚礼的仪式。

刚才由于伯金没有来，而让她遭的罪，到现在还使她有点儿头晕目眩。神经痛折磨着她，仍在为伯金有可能离开自己的念头煎熬。她刚才是在神经质的痛苦造成的轻微的谵妄状态中等候着他的。赫尔特妮站在那儿，脸上浮现出沉思表情；那表情看上去天使一般纯洁神圣，然而那却是出自苦痛；这使她给人以强烈的印象，这使伯金由此而产生的

怜悯之情撕扯着他的心。他看见了赫尔特妮低垂着的头，和那张一门心思想事的脸，在这张脸上有一种几乎是着魔般的入迷的神情。赫尔特妮感觉到了伯金的注视，便抬起头来找寻伯金的眼睛；那双灰色的闪闪放亮的美目，给了伯金一个愉快的暗号。然而伯金却避开了她的目光。她在痛苦和羞辱中垂下了头，内心的痛楚由此而更加剧烈了。此时愧疚和极度厌恶在折磨着伯金；他虽然非常可怜赫尔特妮，但他还是不愿意与她四目相视，也不想接受她的眼睛向自己打招呼时的那种闪光。

新娘新郎已成大礼，一行人走进了偏室。赫尔特妮下意识地挤到伯金跟前，挨着他站在了一起。伯金默许了。

教堂外面，古德伦和厄秀拉在听自己父亲因婚礼而弹奏的婚礼进行曲。新婚夫妇出来了！教堂的钟声齐鸣，颤动着灰蒙蒙的空气。厄秀拉想树木和花朵能否产生振动？新娘在新郎的臂弯里显得贞淑娴静，新郎却举目凝望面前的蓝天。他的眼睛下意识地眨动着，就像是周围的一切与之不相干的人。他显得怪里怪气的，眨着眼睛，像是要努力适应目前的场景。由于暴露在人群面前，这也使他的情感受到了打扰。他看上是一位典型的用途行职守的海军军官，极具男子气概。

伯金同赫尔特妮一道走出来。赫尔特妮流露出销魂落魄的喜悦神情，如同堕落而重新复归原位的天使，喜悦与娴静中还残留着几分魔气。她挽住了伯金的胳膊。而伯金无动于衷，表情麻木；毫无疑问，为她所占有就是他的厄运。

杰拉尔德·克莱奇过来了，显得茁健而充满活力。他性情刚毅，相貌可人；但那和蔼可亲，几乎是快活的脸上，却隐约闪烁出一种奇特的诡秘。古德伦霍然走开了。她受不了这个。她要单独思虑，来了解这种新注入她心中的奇异而强烈的东西，是不是改变了她的性情。

劳斯兰茨家的午宴

婚礼就要结束,布兰文家姐妹回到了贝尔多福的家中。参加婚礼的人离开教堂聚在了劳斯兰茨克莱奇的家中。他的家是一幢长长的低矮的老房子。这是一种庄园农场住房,它沿一面斜坡的顶端伸展开去前面是威雷沃斯特湖。劳斯兰茨越过斜坡上的本应建成一片公园的一片牧草地,在那里一些单生的大树分散地长在各处;草地越过小湖,直延伸到林木葱茏的山麓,那山的背后矿区的浓烟不断地从山后升起。不过,这里宜人的美景、宁静的田园与独具魅力的房屋也毕竟构成了美丽的画卷。

屋里挤满了家人和参加婚礼的宾客。克莱奇感到身体不适,退去休息了。这样杰拉尔德成了这屋的主人。在简朴的门厅里,他总在从容友好伴着男客们。他总保持着殷勤有礼地微笑着。似乎愿意承担自己在社交方面的职责。

家里结过婚的三个姑娘在各处寻觅着在小混乱中四处闲逛的女人们,不时传出她们用富有特色的专横口气喊声:“海伦,来呀”,“玛乔里,我要你到这儿来”,“欧,我说威特

海姆夫人……”；随着一片裙据曳地的窸窣声，一个衣着入时的女人身影一晃而过。一个小孩子跳着舞穿过大厅。女仆们匆匆地走进又走出。

男人们与此同时却站在那里，心平气和的围成了小圈子，相互聊天，抽烟，个个都装作对衣裙沙沙作响的充满生气的女人世界毫不在意。可是，女人压抑兴奋的笑声和唠叨打断他们。他们心神不定地等待着声音停下来，脸上浮现出厌烦的神情。站在门厅里的杰拉尔德始终那样亲切愉快，他并没在意自己也是无所事事地守候者；他只知道自己是这个场合的真正主宰。

过了一会儿，克莱奇夫人悄无声息地进了房间，她那张刚毅而线条分明的脸四下张望着。她没有摘去帽子，而且仍旧穿着那件蓝丝绸外衣。

“怎么啦，妈妈？”杰拉尔德问。

“没什么，没什么！”她含含糊糊地回答着，直朝正在和自己的一位女婿谈话的伯金走去。

“伯金先生，你好。”她把手伸向伯金，低声说道，好像全不把其他客人放在眼里。

“哦，您好克莱奇夫人。”伯金迅速回答道。“我以前还从未能来贵府登门拜访过。”

“在这里有一半儿人我不认识。”她话音低沉地说。她的女婿悄悄地不自在地移向旁边。

“难道您不喜欢陌生人？”伯金笑了。“我真的不明白，为什么只因为人们碰巧和自己在一个房间里，就该知道他们在那儿并去注意他们？”

“哎，说得对极了！”克莱奇夫人仍旧低声应道，“我只知道他们在这儿，但我并不都认识在这所房子里见到的人。孩子们在向我介绍了他们时：‘妈，这位是某某先生。’然而除此之外我就一无所知。某某先生和他的名字有什么关系呢，我又和他或他的名字又有什么关系呢？”

她抬头望着伯金。这使伯金吃了一惊。因为同难得注意到任何人的克莱奇夫人谈话是很荣幸的事情。伯金俯视着线条分明的她那紧绷绷的脸和上面的眼睛，然而他却不敢向那双阴沉的蓝眼睛的深处望去。他转而注意到夫人松散开来的头发，它们一缕缕随便地覆在相当秀美的耳廓上；耳朵里面不大干净，脖颈也不是十分清洁。但即便如此，他还是像她的同类，而不是其他那些人的。不过，他暗自想道，自己在梳洗方面总是一丝不苟的，所以脖子耳朵都会是干净的。

伯金想着这些，偷偷地笑了笑。他同这位疏远别人、上了年纪的女人密谈，活像是其他那些人阵营里面的叛徒。他如同一头如临大敌的小鹿，一只耳朵甩向后面倾听动静，而另一只耳朵伸向前方谛听那里的事情。

“人们算不了什么。”他不大想谈下去了于是冷冷地说。

然而那位母亲即突然抬起头来瞧着他,露出一副阴郁的讯问神色,厉声问道:

“我想知道你说‘算不了什么’是什么意思?”

“有许多人根本什么也算不上。”伯金不耐烦地讲下去,硬着头皮讲得更深入些。“他们光会说废话和傻笑。实际上他们就等于不存在也就算不了什么。”

伯金说话时克莱奇夫人紧紧盯住他。

“不过我们根本就从来没想到过他们。”她尖刻地说。

“是的根本没有想过,所以我说他们是不存在的。”

“哦,我想我们扯的太远了。”夫人说。“不管你认为他们是不是存在,但他们却都在这里。他们是否存在由不得我们决定。我只知道我可不能照顾到在这儿的所有的人。你认为不能指望只因为他们在这儿,我就非要都得认识他们不可。对我来说,他们在与不在都一样。”

“是这样。”伯金应道。

“你认为对吗?”夫人又问了一遍。

“是的就跟不在这儿一样。”伯金重复道。片刻的停顿。

“不过他们在这里,真让人讨厌。包括我的女婿,”夫人自言自语道,“劳斯拉也嫁人了,这样就又多了一个。我还真分不清约翰和詹姆斯,可他们跑这儿来叫——‘妈,您好呀?’我想说——‘不管怎么样我也不是你们的妈妈。’可这又有什么用呢?他们还是来了还是这样叫。我自己有孩子,我想我总不能分不清他们和别的女人的孩子吧。”

“我想别人也会这么想的。”伯金说。

夫人听了伯金的话,有几分惊讶,也许是因为自己已经忘了在同伯金谈话。这样她的思路被伯金打断了,面无表情地环视着四周。伯金不知道她在找什么,也看不出她在想什么。

“我的孩子们都在这儿吗?”显然她在关心自己的孩子。

伯金,吓了一跳,笑了笑说:

“除了杰拉尔德,别人我是不太熟悉的。”他回答说。

“杰拉尔德!”克莱奇夫人喊道,“他是我孩子中最不合格的。我想你这会儿并不想见到他,对吧?”

“是的。”伯金应道。

说着母亲朝长子望去,盯住他看了一会儿。

"唉。"她只是令人莫名其妙地叹了口气,听上去像是在冷嘲热讽。伯金害怕了,好像不敢去了解这些。叹了口气克莱奇夫人又忘掉了她身旁的伯金,走开了,但是又像忽然想到了什么又拐了回来。

"我真希望他有个朋友。"她说。"他好像从来就没交过朋友。"

伯金俯视着她那蓝色的,目光阴沉的,他无法理解她的目光。"我难道是我兄弟的守护人?"他近于无礼地自语道。

他忽然想起这正是该隐喊过的话,不由得微微一惊。如果说这里谁是该隐的话,那他一定是杰拉尔德。并不是说他就是该隐,不过他曾经杀死了他的兄弟。这事情,纯属意外。他虽然就这样杀死了亲兄弟,却但并没有承担后果。因为杰拉尔德还是孩子的时候,出于不小心杀死了弟弟的。一切就这样发生了。这又怎么样呢?为什么要诅咒造成这一事故的杰拉尔德,并给他加上耻辱的印记呢?人活着是偶然,死也是偶然。难道是这样吗?每个人的生命都属于某种偶然吗?只是人种和物种才有普遍规律吗?难道就没有什么叫作纯粹事故的东西吗?发生的每件事情都有一种普遍意义吗?有吗?伯金默默地站在那里暝想着,忘记了克莱奇夫人,而此时夫人也忘记了他。

他意识的幽深处没有偶然事故这东西。

正在伯金得出结论的时候,克莱奇的一个女儿向他们走过来说:

"妈,亲爱的,我们就要坐下来吃饭了。这是正式场合,您不过来摘下帽子吗?"她挽住母亲胳膊,两人走开了。伯金马上过去同离得最近的男人搭上了话。

通知开午宴铃声响了。男人们抬头望去,却并没有人向餐室走去。房子里的女人们似乎不知道铃声是叫他们去吃饭的。五分钟后。最年长的男仆克罗泽出现在门厅里,满脸怒气。他望着杰拉尔德好像是向他求助。杰拉尔德正在端详着百宝格上一个弯曲的大贝壳。杰拉尔德意识到了男仆的求助于是出乎所有人意料地,嘎嘎吹响了一支风管,那奇特搅人的噪音震得人心直跳。这声召唤简直是有魔力的,像驱使人群在一阵冲动下涌向餐室。

可作为女主人的妹妹,杰拉尔德却等了一会儿。他知道母亲是不会费心去尽地主之谊的。也只管朝自己的座位挤去。于是这个年轻人便带有几分专横去指挥人们入座。

由于人们望着正在转圈儿传递的餐前小吃而得到了片刻安静。不久一个长发披肩,十三、四岁的姑娘开口打破了寂静,而得到了片刻安静。

"杰拉尔德,你吹出那吓人的噪声时就没有想到它会打扰你的父亲。"

"我吗?"杰拉尔德应道,转向众人。"父亲躺下了,不舒服。"

"他怎么啦?"已婚的一个女儿在桌子中央高耸的大婚礼蛋糕旁探出脸来嚷道。

"他没什么,只不过是觉得累了。"威妮弗雷德回答说。她就是那位长发披在身后的小姑娘。

酒杯已斟满了,人们在兴高采烈地交谈着。母亲坐在桌子远远的另一头,头发松松地绾起。伯金挨在她身边。她时而凶狠地扫视着在座人们的一排排的脸,向前倾着身子失礼地凝望着,时而又低声问伯金:

"坐在那边的那个小伙子是谁?"

"对不起夫人,我不知道。"伯金极小心地答道。

"我曾经见过他吗?"她又问。

"恐怕没有吧。至少我是没见过他。"伯金回答说。夫人满意了,疲乏地合上眼睛,像是在闭目养神的女王。在她的脸上浮现出一片安宁的神色,蓦地她又惊起,一丝优雅的浅笑刻在她的脸上。她看上去是一位尽知礼数的女主人,文雅地前倾上身,似乎在座的每个人她都是欢迎和喜欢的。可是没有多久阴影很快又回来了,她脸上现出愠怒的鹰一样的神情,从皱起的眉头下扫视着周围的人们,如同一只身陷绝境的猛兽,恨他们周围的一切一样。

"妈,"黛安娜叫道,这是个面目清秀的姑娘,比威妮弗雷德年略长些,"我可以喝吗?"

"你可以喝了。"只是她对这个问题并不关心,呆呆地应道。黛安娜让男仆给她斟上酒。

"杰拉尔德不会不让我喝酒。"她冷淡地对旁边的人说。

"好吧,迪你喝吧!"杰拉尔德和蔼可亲地应允了。黛安娜一边喝酒,一边用挑衅的目光瞟着她哥哥。

房间里的这一种奇特的毫无拘束的气氛,简直像要酿成一片混乱。与其说这气氛是自由的,倒不如说是对权威的反抗。杰拉尔德有一定的感召力,但那仅仅是来自自己个人的力量,并非来源于任何得到人们认可的权威地位。然而他那亲切的,带有一种居高临下的语气,就足以镇住了那些比他年轻的人。

此时赫尔特妮正在和新郎讨论民族性有关的问题。

"不,"她说,"我认为激起爱国主义是错误的做法。这不比一种爱国主义的激起的商业机构相互竞争好多少。"

"哦,你怎么能这样说?"杰拉尔德喊道,他十分热衷于讨论。"你怎么能把民族与商

业上的事物等同？——我想民族性和民族差不多，它就是这个意思。”

一阵沉默。杰拉尔德和赫尔特妮彼此间总是奇怪地心怀敌意，然而在表面上他们却彬彬有礼。

“难道你真以为民族等同于民族性吗？”赫尔特妮若有所思，语气平和而又显得犹豫不决。

伯金知道赫麦恩妮若在期盼着自己也能加入他们的辩论，于是便聊以塞责地贸然开了口。

“我想杰拉尔德是对的——因为民族是民族性的基本因素就是民族，至少在欧洲是这样。”

赫尔特妮停了片刻，好像要让伯金的陈述稍加冷却。而后，她以一种奇特的自负的而又带有权威似的口吻说道：

“对，不过即使这样，爱国主义号召就是在呼吁民族本能吗？难道它不更是为了诉诸占有本能和商业本能吗？这不就是我们所谓的民族性的诠释吗？”

“也许是这样的。”伯金回答说。他觉得在此地此刻进行这种讨论是很不合时宜的。

杰拉尔德却不愿将这次来之不易的争论撒手。

“一个民族应该有自己的商业行为的特点。”“事实上这是很必要的。就像是一个家庭一样，你必须获得生存资料。而为了生存资料，你就不得不同其他家庭进行斗争。我是看不出这有什么不应该的。”

赫尔特妮又停了一下略有所思，而后摆出一副盛气凌人的样子，说道：“对，但是我以为激起敌对情绪总是不对的。因为它造成了不必要的杀人流血，而这杀人流血又会积起仇恨，从而造成恶性循环。”

“可是你能完全除去人的本性竞争精神吗？”杰拉尔德说，“而这种精神对生产和进步是必不可少的。”

“是的，”赫尔特妮慢悠悠地答道，“我想能够除去它。”

“我想说，我非常厌恶竞争精神。”伯金插嘴说。赫尔特妮正将一片面包放入口中，听到这话便把它慢慢从牙缝中抽出来，这一动作带有几分嘲弄的味道。她转向伯金。

“你恨它，这很不错。”她满意而亲昵地说。

“我憎恶它。”伯金又郑重地重复道。

“对。”赫尔特妮咕哝着，感到了满意。

“不过，”杰拉尔德却还在坚持已见，“既然你不许一个男人夺走邻居家的饭碗，那为什么又为什么允许一个民族去抢夺走另一个民族呢？”

赫尔特妮自己小声咕哝了几句，然后才以漠不关心的口吻简洁地答道：

“我想这并非不是占有权的问题，对吧？难道它不常常是有关商品及货物的问题吗？”

杰拉尔德被这种对于粗俗的唯物主义的暗示给激怒了。

“对，可能会是这样吧。”他反驳道。“如果我从一个人的头上抢来了他的帽子，那么这顶帽子就成了他能否得到自由的象征。他会因为这帽子同我打起来，就是在为自己的自由而与我斗争。”

这话反驳的赫尔特妮显得局促不安。

“对。”她烦躁不安地说。“可是通过想象来举例子进行辩论，这是不真诚的态度对吧？现实生活中并没有摘走我头上的帽子，不是吗？”

“那只是因为法律阻止了人们这么做。”杰拉尔德说。

“我想还不只是如此。”伯金插了进来。“大概百分之九十九的人并不想要我的帽子。”

“这根本就是两回事。”杰拉尔德说。

“或许是帽子不同。”新郎笑起来。

“要是他的确想要我头上的这顶帽子，”伯金说，“那我就一定会好好想一想来决定丢掉哪样东西更合算，是我的帽子，还是一个慷慨大度的自由呢。如果为了帽子而打架，那将会失去后者。我会考虑，是我那令人愉快的行动自由，还是我的帽子对我来说更为珍贵。”

“对，没错。”赫尔特妮用一种陌生的神色望着伯金说，“没错。”

“那么难道你就心甘情愿让别人把你的帽子从你的头上抢走吗？”新娘问赫尔特妮。

这位身材高大的女人慢慢转过了她的脸，对这位新加入讨论的人摆出了一副麻木不仁的样子。

“不。”她那冷酷低沉的声音中像是含有一丝令人发抖的冷笑。“不，我不允许任何人动我的东西。”

“可是你怎样来防止这类事情呢？”杰拉尔德问。

“这我现在可不知道。”赫尔特妮慢吞吞地回答说。“不过也许我会杀了他。”

在她的音调中夹杂着一丝奇特的冷笑，而她的举止姿态中又透出了一种令人一望即知的凶险的嘲讽。

“当然啦，”杰拉尔德说，“我能理解鲁珀特所说的，是帽子还是心灵宁静两者谁更为重要的问题。”

“不，是身体的安宁。”伯金纠正道。

“好吧，随你怎么说都行。”杰拉尔德回答说。“不过，对于一个国家你又怎么来决定这一个问题呢？”

“噢，我求上帝千万保佑别让我这样做。”伯金笑道。

“不过如果你又不得不去做呢？”杰拉尔德坚持说。

“那么就让盗贼就拿去这顶旧帽子好了。”

“可是你怎么会认为国家或民族这顶帽子是旧的呢？”杰拉尔德仍然穷追不放。

“我相信一定会变旧的，变的无足轻重。”伯金说。

“这可是不敢保险的事。”杰拉尔德说。

“我也不同意这观点，鲁珀特。”赫尔特妮插嘴道。

“好吧。”伯金说。

“我可不像你要全心全意去维护国家这顶帽子。”杰拉尔德占了上风因而喜上眉梢了。

“在那里面你见到了一个傻瓜。”杰拉尔德这个还不到二十岁的妹妹黛安娜冒冒失失地喊道。

“哝，不要再谈这些旧帽子。”劳斯拉·克莱奇嚷开了。“住口吧，杰拉尔德。让我们干杯。好，干杯！祝个辞！干杯！”

伯金一面眼看着酒杯里的香槟酒，一面还在考虑着民族和民族的灭亡。泡沫从杯中涌上来在杯口一个个地破裂了，新鲜的香槟突如其来地使伯金感到一阵口渴，便举起了杯一口气喝干了那杯中的酒。房间里的一种古怪而又紧张气氛，惊醒了伯金，搅得他十分不安。

“我这样做是偶然呢，还是故意的呢？”他自问道。他认定，用通俗的话讲，自己是“不自觉中的自觉”。他回头去寻找那个雇来的男仆。男仆来了，悄无声息的步态里隐藏着一种冷冰冰的不情愿的奴性。伯金感到自己憎恶干杯，憎恶男仆，憎恶所有聚会和人类的大多数行为。于是他站起来祝词，而心里却又有点儿恶心。

这顿沉闷的饭终于结束了。几个男人到花园里散步。这花园里有一片草坪，几座花床，边界处的一道铁栅栏围住了这片小小的原野。湖水这里景色宜人。一条公路在绿树下绕一片低洼的湖泊弯弯曲曲地伸向远方。在春天的空气里闪烁着醉人的粼粼波光，湖对岸的树林微呈紫色，一片生机盎然的景象。可爱的泽西种乳牛来到栅栏边，用柔软的鼻翼冲人发出了嘶哑的低鸣，兴许这是为了讨一片面包皮。

伯金倚在栅栏上，一头母牛喷出的鼻息潮热地扑在他手上。"这真是漂亮的母牛，真漂亮。"克莱奇家的一个女婿马歇尔开口了。"它们产下了天下最好的牛奶。"

"是的。"伯金应道。

"哦，小美人儿，我的美人儿！"马歇尔怪里怪气地用尖细的假声唤着母牛。把伯金逗得捧腹大笑。

"腊帕顿，你们俩谁跑赢啦？"伯金对新郎喊道，以此来掩饰自己的笑容。

听了喊声新郎从嘴里拿下了雪茄烟。

"跑赢了？"他喊道，他的脸庞上立即滑过了一丝浅浅的微笑。他并不想对教堂门前他与新娘的那阵奔逃解释什么。"我们一块儿到的。至少是她的手先碰上的，可是我的手却放在了她的肩膀上。"

"这是怎么回事呀？"杰拉尔德迷惑地问。

伯金就把新娘新郎赛跑的事讲给他听。

"嗯！"杰拉尔德不赞成地哼着，"你们俩怎么会迟到呢？"

"腊帕顿先是要谈灵魂的不朽，"伯金回答说，"后来他又弄掉了一只纽扣钩，所以延误了些时间。"

"哦，天呐！"马歇尔忽然嚷了起来。"你竟然要在婚礼的日子里谈灵魂的不朽！难道你心里就不能想想其他一些更好的事情吗？"

"难道这有什么不行的吗？"新郎问。他那张海军男子汉的，这会修刮得干干净净的脸，敏感地红了起来。

"灵魂不朽，这听起来就像你是要去赴死刑而不是去结婚。那位连襟口气重重的，显得十分可笑。

"那么你怎样看？"杰拉尔德问。他立刻抬头竖起耳朵想去尽量倾听在玄妙的讨论中所流露出来的思想。

"小伙子，如今我看你用不着灵魂了，"马歇尔说，"它的存在会妨碍你。"

"看在上帝的面子上！马歇尔，走开跟别人说去吧。"杰拉尔德突然按捺不住了大喊起来。

"上天作证，我早就想走开呢。"马歇尔怒冲冲地说。"没完没了地扯什么灵魂，还在一块儿进行无意义的讨论……"

说完他激愤地离去了。杰拉尔德怒火中烧地瞪着他。随着这个男人矮男人的离去的背景,杰拉尔德的目光渐渐地平静下来。

“有这样一件事,腊帕顿。”他突然转过身对新郎说。“劳斯拉可不像洛蒂那样,为家里带来这么一个傻瓜。”

“不要往心里去。”伯金笑着来打圆场。

“我不在乎。”新郎也笑了。

“那赛跑又是怎么一回事呀?谁起的头?”杰拉尔德问。

“我们去晚了。马车到的时候劳斯拉刚好在教堂院里的台阶顶上。瞧见腊帕顿抢上前来她就逃跑了。怎么你看上去这么不高兴呢?难道这有伤你的家庭尊严了吗?”

“可不,伤得还很重。”杰拉尔德答道。“如果做一件事情,不想规规矩矩地做,那就趁早别介入。”

“很漂亮的格言啊。”伯金冷嘲热讽道。

“难道你不赞成吗?”杰拉尔德问。

“怎么会。”伯金应道。“不过只是你一唠叨起格言我就感到别扭。”

“鲁珀特,你这个该死的家伙,就是想要所有让人称心如意的格言。”杰拉尔德说。

“不对。我一直是要格言靠边站,而你却总把它们塞过来。”

杰拉尔德淡淡地冷笑了一下,耸耸肩头表示对这种幽默不屑一顾。

“你不相信任何行为准则,对吗?”他吹毛求疵地向伯金挑衅。

“准则吗——是不相信。我恨它。但这对芸芸众生来说,却是必要的。对于任何一个像样儿的人,都应该能保持自己的本来面目,我行我素无须准则。”

“那么你所说的保持自身面目到底又是什么含义?”杰拉尔德问,“这是一句至理格言,还是一种陈词滥调?”

“我的意思是指干自己想干的事情。我认为新娘劳斯拉从腊帕顿那儿跑到教堂门口就是一种前所未有的很不错的仪式,简直就是好仪式里的最佳杰作。在这个世界上,要是能遵从自己的本能的冲动去做事是不容易的了,这是唯一可做而又不失你身份的事,只要你是一个适于这么做的人。”

“你这么说是你不想让我对你的话信以为真,是吧?”杰拉尔德问,

“不,想让你当真,杰拉尔德。我能期待能把我的话当真的人不多,你便是其中的一个。”

“那么无论如何我都会令你失望。如果你以为人们应该随心所欲。”

“我想人们一直这样做，这无可非议。不过我还是希望他们表现出纯粹的自我来，不只是凑合着做事，而是能够真正独立地行动。”

“不过，”杰拉尔德厉声说，“我却不希望那里的人们在这样一个世界里，只是依照本能独往独来地行事，如果就像你所说的。那样要不了五分钟，世界将会乱成一团，而每个人都会割断别人的喉管。”

“你这样想只能说明是你现在想去割断别人的喉管。”伯金回敬了一句。

“那么你说会出现怎样的状况呢？”杰拉尔德火了。

伯金回答说：“没有人会去抹别人的脖子，除非他想去这样做；而且别人也不会让他抹的。这是显而易见的真理。造成一次谋杀应有两个人：谋杀者和被谋杀者。而被谋杀者就是可以被人谋杀的人。可以被人谋杀的人是这样一种人，就是他有着深刻的、隐藏的欲望，想让别人杀死自己。”

“你讲起话来有时就纯粹是胡说。”杰拉尔德对伯金说。“事实上，咱们两人当中并没有人想让别人来抹自己的脖子的，倒是别人说不定在什么时候要来抹我的脖子。”

“这样看待世界是非常可怕的，杰拉尔德，”伯金说，“难道是你要害怕自己，害怕自己的不幸了。”

“这我怎么会呢？”杰拉尔德反问道，“我从来就没有觉得过自己有什么不幸。”

“看来你的潜意识是总想让人切破你自己的肚子，并且还猜疑每个人都在袖子里藏了要陷害你的刀子。”伯金回答说。

“你是怎么看出这些来的？”杰拉尔德问。

“是从你身上。”伯金告诉他。

一阵沉默，这沉默中蕴含着两个男人之间那种奇特的敌意，说的确切些这非常接近于爱。两人的关系常常这个样子，总是说着说着就到了相互间不能忍受的地步；这是一种少见的而又危险的亲密的关系，它或是恨，或是爱，再不就是两者感情的交织。两人表面上无动于衷地分手了，就好像彼此离别是一件琐细不足道的小事。其实他们也真的视之为琐事。可是，两个人却又为了对方而都在激动，两颗心一起在隐秘处燃烧着。他们从来不肯面对这一点，只是想把彼此之间关系维持在一种漫不经心、无拘无束的友谊的水平上，他们都不愿失去男子气概，不自然地允许他们相互间产生的不满。他们两人从来就都不相信在男人之间会有什么真挚的关系，这就阻止了他们那种强有力的而又受到压抑的友谊的继续发展。

教室里的谈话

一天的课程即将结束。在宁静的教室里正在上全天的最后一节课。这是一堂初等植物学课。在课桌上凌乱地摆放着杨花、柳条和榛枝是为孩子们画速写用的。时近黄昏,天色渐暗,从窗外射进来的光线已不足了。厄秀拉站在教室前面,正在用提问的方式引导学生们来理解杨花的结构和意义。

一束凝重的从西窗洒进来的紫铜色光线,把孩子们的头部轮廓镀上了一层金红色,而后又化为浓重亮丽的血色散在对面墙壁上。厄秀拉丝毫注意不到这些教室里层次分明的鲜色。一天时光就要逝去,此时她不在忙碌了,工作像达到了巅峰的潮水,正在迅速退下。

这一天也同其他许多天一样,在眨眼间就平淡地过去了。为了赶完手头上的工作,厄秀拉在临下课时显得有点儿仓促。她不停地向孩子们提问,想让他们知道他们应该知道的所有问题。这时,下课铃响了。孩子们仍稳稳地坐在教室。而厄秀拉仍站在教室前面的阴影里,沉浸在谆谆教导的热情中。

门咔嗒响了一下,她并没有在意。突然,她吃了一惊,见到自己身旁出现了一张男人的脸。在红铜色的光柱下,那火一样的光辉的脸,在望着她,等她认出他来。这可吓坏了厄秀拉。她感到自己就要晕倒了。此时她所有压抑在潜意识中的恐惧都迸发出来了。

"我吓着你了吗?"伯金把手伸向她,问道。"我刚才还以为你听见我进来的声音了呢。"

"没有听见。"厄秀拉支吾着同伯金握了握手,几乎语无伦次了。伯金笑了,说自己很抱歉。厄秀拉奇怪这有什么让他感到好笑。

"天已经黑了,让我们开开灯吧?"伯金提议道。

伯金走到一边,拉开了雪亮的电灯。灯光使伯金进来之前那充溢于教室里的昏暗柔和的魅力顿时消失了,教室光线刺目、一览无余。伯金转过身子好奇地望着厄秀拉。厄秀拉睁着圆圆的眼,嘴唇轻轻颤抖着,一副惊讶迷惑的神情,就像是个被突然从梦中惊醒的人。她的脸生动柔美,如同破晓时分东边的一片柔光。伯金怀着新起的快感瞧着她,一种控制不住的快乐与激动涌进心田。

“你在讲杨花吗?”他随手从面前的讲台上拾起了一枝榛树枝问道。“难道它们就像这一样不寻常吗?今年我可还没有注意到它们。”

他仔细地瞧着手中榛树枝上的壮穗雄花。

“这也是红的!”他望着雌性芽体上的深红色说。

然后他又从课桌中间走过,检查桌上的课本。厄秀拉望着他在专心致志地做着的这一切。伯金的所有行动中都含有一种沉静,这种沉静也使她的心镇定下来。她在一片沉寂中站在一旁,注视着在另一个凝聚了的世界里移动的伯金。他的在场并不引人注意,一切的行为都和周围融成了一体。

他猛地又抬头面向着厄秀拉。随着他的话音忽起忽落,厄秀拉的心跳又加快了。

“你应该给他们一些彩色粉笔?”伯金说道。“这样孩子们就可以把雌花涂成红色的,把雌雄同体的画成黄色的。我就乐意用彩色粉笔来画它们,只用红黄两色就够了,不用别的颜色。在这里线条、轮廓是无关紧要的,要强调的只是色彩。”

“可我这儿没有彩色粉笔。”厄秀拉答道。

“到别处去找找——红的和黄的,你只要这两种就可以了。”

厄秀拉教一个男孩子出去找。

“我想那会把书弄脏的。”她面含羞色地对伯金说。

“不会的。”伯金说。“你应该清楚地记下这些东西。这里你要加以强调记录的是事实,而不是主观印象。那么事实是什么呢?——雌花又长又尖的小小的红色柱头,黄色的雄性杨花在不停地摇摆,黄色的花粉在不停地飞动。对事实作形象的记录,就是跟小孩儿在画脸那样。——两只眼睛,一个鼻子,嘴和牙——就这样——”他在黑板上画了个图形。

教室门上玻璃窗上模模糊糊地透出了赫尔特妮·罗迪丝的身影。伯金结束了他的话走过去给她开门。

“我见到你的汽车了知道你在这。”她对伯金说。“我来找你可以吗?我想现在见到你。”

她亲昵顽皮地盯着伯金看了一会,笑了一下,才转向了厄秀拉。此时厄秀拉正和全班同学观看这对情人之间的小小的一场戏。

“你好,布兰文小姐。”赫尔特妮用她那奇特的低沉嗓音唱歌似的说道,听来像是在哗众取宠。“你介意我进来吗?”

她那双灰眼睛，像是要看透厄秀拉似的挖苦地看着。

"哦，根本就不。"厄秀拉说。

"真的吗？"赫尔特妮又问道，镇定自若的神情流露着半是威吓半是厚颜无耻的古怪。

"哦，是的，真的是这样。"厄秀拉带着一丝兴奋和迷惑不解笑了笑，赫尔特妮半是强迫、半是贴近地走到了她跟前。

赫尔特妮听到了她的回答，满意地转向伯金。

"你在做什么呀？"她又唱歌似的问道，摆出了一副要打破砂锅问到底的而又像是随随便便的架势。

"杨花。"伯金回答说。

"真的！"赫尔特妮叹道。"那么它们又有什么可学的呢？"她说话时用着一直在用嘲笑的半逗人的口吻，就好像这一切事情都不过是一场玩笑。伯金对杨花的注意引起了她的好奇心，她也拿起一支仔细地观看着。

这个披着硕大的旧斗篷的赫麦恩妮是这个教室的生客，她的引人注意的斗篷略呈绿色，布面上有凸起的金色图案。这件镶有黑色毛皮的斗篷下面是一身淡紫色的布衣服。她还戴了一顶由毛皮和暗金透绿呢绒做成的大小合适的帽子。高大离奇的她活像是从一幅罕见的巨图中走下来的人。

"你认识这种有子房能生出坚果的小红花吗？你注意过它们吗？"伯金走过来指着她手中拿着的小花枝问道。

"不认识。"赫尔特妮说。"这些是什么呀？"

"这些小的是产籽的花，那长长的杨花生出花粉来让它们受精产籽。"

"真的吗，真的吗？"赫尔特妮连声说着，睁大了她的大眼仔细地看着。

"如果这些小红花从那长穗子上受到花粉的话，它们就能产出坚果来。"

"赫麦恩妮看了小花骨朵一会，小红火苗，小红火苗。"当她看到若隐若现的红色斑点就是从那里出现时，自言自语地咕哝着。

"我觉得它们真美，你不这样认为吗？"她说着走近伯金，用苍白的纤指点着红红的花蕊。

"难道你从来就没有注意过它们吗？"伯金问。

"是的，从来没有。"她回答说。

"那么现在你就可以常去仔细看它们了。"伯金又说。

"我现在是要常去看它们了。"赫尔特妮重复了一句。"真谢谢你让我看到了这个。

它们很美——小红火苗——”

她那近乎狂喜的专注神情真是令人费解。伯金和厄秀拉在等她。真不知这些有着雌性花蕊的小红花对她为何具有奇特的、几乎带有神秘激情的吸引力。

课上完了,同学们将书本放到一边,散去了。赫尔特妮用手托着下巴,坐在桌前胳膊肘支在桌子上,抬起她那苍白的长脸抬向上方,目无所视。伯金站在窗前,从灯火明亮的教室里望去外面是混沌一片的昏暗。昏暗中雨在悄无声息地下着。厄秀拉定了定神儿,站起来忙把自己的东西放进小橱里。

赫尔特妮站起身来走近了厄秀拉。

“听说妹妹回家来啦?”她问。

“是的。”厄秀拉回答说。

“她愿意回贝尔多福来吗?”

“不愿意。”厄秀拉说。

“那就对了。我就纳闷她怎么能受得这周围的一切。我呆在这儿总是要拼命才能忍受得住这里的丑恶。你愿意和她来看看我吗?真希望你们能一道来布莱德尔比住上几天。——一定来啊——”

“太谢谢你了。”厄秀拉说。

“我到时候会给你们去信的。”赫尔特妮说。“你想你妹妹会来吗?她如果能来,我会很高兴的。我想她是个妙人儿。我觉得她的很多作品是妙不可言的。我就有她的两只木刻的水鹡鸰,还上了色呢——也许你见过吧?”

“没有。”厄秀拉答道。

“我觉得真是妙极了——就像是灵性与才能的闪光——”

“她的小雕刻是挺有趣的。”厄秀拉应道。

“美极了——它们充满了原始的激情——”

“她总是喜欢玩弄一些小东西,这不奇怪吗?——她一定是总在刻些小玩意儿,人们可以把这些小动物和鸟的小木刻拿来放在手里。她还喜欢反着用望远镜来看东西,把世界看成小小的——你说这是为什么呢?”

赫尔特妮用超然审视的目光良久地俯视着厄秀拉,那目光使年轻一点儿的厄秀拉兴奋激动。

“对。”赫尔特妮终于开口了。“这很奇怪。也许在她看来,小东西更微妙吧!

“可事实上并非如此,对吗?一只老鼠是不会不比一头狮子更微妙的,你说是吗?”

赫尔特妮又用凝滞的目光审视着厄秀拉，只是在找寻自己的思路，并不十分注意对方的话。

“也许是这样吧。”她回答说。

“鲁珀特，鲁珀特。”她又用唱歌似的柔声叫伯金过去。伯金默不作声走到赫麦恩妮跟前。

“难道真是小东西比大家伙更微妙吗？”她的问话声音里夹杂着一种古怪的哼哼笑声，像是问这个问题是捉弄伯金。

“不好说。”伯金说。

“我讨厌微妙。”厄秀拉插嘴道。

赫尔特妮慢慢地转向厄秀拉，问道：

“是吗？”。

“我总觉得微妙象征着软弱。”厄秀拉用颤动的声音反驳说，就像自己正在受到威胁。

赫尔特妮没有在意。她突然皱了脸，好像一种要竭力表达的痛苦在折磨着她，使她锁紧了眉头。

“鲁珀特，你真的以为，”她迟疑地问道，好像厄秀拉并不在他们身边，“你真的以为这值得浪费时间吗？你真的以为被激起了自觉意识的孩子就会好一些吗？”

一片阴云扫过伯金的脸，在他的心里产生了一种沉默的愤怒。他凹陷的双颊更显苍白，一副恹恹病容集于伯金的脸。这个女人用折磨人良心的严肃问题击中了他的痛处。

“没有什么自觉意识被激起来，”他说，“这些对孩子来说只是被迫的。”

“那你以为自觉意识活跃起来，他们就好些了？要是他们还不了解这些榛树枝，难道不更好吗？别让他们把美的东西分解开来，也别让他们了解所有这些知识，而把它们看为整体，那不更好吗？”

“那你自己想不想知道小红花在那里，伸出花蕊等着授粉呢？”伯金的口气听起来蛮横、残忍，又满是蔑视的厉声问道。

赫尔特妮心不在焉地仰着头。伯金在愤怒中不出声了。

“我也不知道。”赫尔特妮踌躇地开口说。“我真的不知道。”

“可是知道对你来说不就是一切吗，它难道不就是你全部的生命吗。”伯金脱口而出。而赫尔特妮却并不慌乱。

“是吗？”她反问。

“是的知道就是你的一切，就是你的生命——你只有，伯金喊道。“你嘴里只有一棵树，只结一棵籽。

大家沉默了一会儿。

赫麦恩妮终于开了口，语气还是先前那样冷静，而后又变成一种怪诞。“什么果子呀，鲁珀特？”

“永恒的苹果。”伯金恼怒地回答，马上他就后悔自己所用的比喻。

“对。”赫尔特妮表示赞同，脸上露出精疲力竭的神色。又是长时间的沉默。随后，赫尔特妮强打精神又开口了，用的是唱歌似的漫不经心的口气而显然口气中带着一丝痛苦的努力。

“可是最好别硬把我扯进来，鲁珀特；难道你认为有了这些知识，孩子们就会变得好一些、富裕一些、快乐一些吗？你真的是这样认为吗？或者最好不要去教他们，让他们处在自然状态中。最好让他们就是动物，是残忍、暴烈、单纯的动物，是什么都行，就是不要有这种自我意识，不要脱离原生态。”

大家以为她说完了。可是，一阵古怪的咕噜声从嗓中发出后，她又说开了。“随便他们是什么都行，只是长大后别残缺不全，别让灵魂和感情方面有什么不全，——于是受到阻碍——于是又转向他们自己——无法随意做事，总是装腔作势，总是如负重任，总是自抑着。”她在谈话中握紧了拳头。

两人以为她的话应完了。伯金刚要回答，她又狂乱地讲开了：“从来都在自制，从来不会昏惑的，总在自我意识，总在意到自己，有比这还要糟的吗？完全没有理智的动物，也比这好，比这种虚伪好——”

“你以为是知识使我们变得昏沉和不自然吗？”伯金烦躁地问道。

赫尔特妮张开眼睛不紧不慢地看着他。

“对。”她吐出了强有力的字应道，目光蒙眬地望着伯金的同时，虚弱无力地手指抹了一下前额。她的动作与表情使伯金极为恼怒。“是理智，”她说，“理智那就是死亡。”她迟钝地抬起眼来望着伯金。“难道理智不是——”她说着，身体一阵痉挛，“不是我们的死亡吗？难道不是它毁了我们自然性，毁了我们的天性吗？如今正在成长的年轻人，难道依旧让他们还没有机会去生活就夭折了吗？”

“那并不是因为他们拥有的理智太多，而是拥有的太少了。”伯金无情地反驳说。

“真的吗？”赫尔特妮叫道，“而我认为正好相反。他们是过于理智了，他们的一生都要受到它的拖累。”

“那他们就会被禁锢在有限的、虚假的意识里！”伯金也跟着嚷开了。

赫尔特妮全不理会,仍然继续她狂乱的质问。

“当我们得到知识的时候,不就同时失去了得到知识前一切吗?”她悲哀地问道。“如果我得到了花的知识,那不就是要失去先前所要知道的一切吗?难道我们不是在用物质实体去换取美好的印象,丧失了生命而得到了僵硬的知识吗?而这对我又有什么意义呢?所有这些知识对我又有什么作用呢?什么作用也没有。”

“你不过是在诡辩,”伯金说,“其实知识就是你的一切。即便你说有些人不过是野兽,那也只是在头脑中想想而已。你并不会想当一头野兽,你只不过是要观察自己的动物本性,从中寻求你所需的精神上的刺激。你以为那些本性完全是处于从属地位的——比最墨守成规的唯理智论还要颓废。你对激情和动物本能的这种热衷不过是最蹩脚、最时髦的唯理智论罢了,激情和本能——你确实想要它们,但那只是头脑中意识需要。一切都发生在你颅骨的下面头脑而已。根本你就不知道什么是自然而然;你想要的这种假象,恰与你身上其他东西相称。”

这一通攻击使赫尔特妮板起了脸,变得恶狠狠的。厄秀拉脸上浮起惊恐和羞愧。看到自己和他如此相互敌视,可把她吓坏了。

“这不过是夏洛特夫人的那一套把戏。”伯金用坚定的口吻令人费解地说,“你有了那面镜子,它就是你自己的不变的意志、不朽的理解力和不开放的意识世界,而且没有什么能够超越它。就在那儿,在那面镜子里,你一定得到了一切。可这会儿你又得出了这样的结论,你要反过来,像一个野蛮人一样,不要知识。你要在纯感觉和‘激情’中生活。”

伯金特别用了“激情”这个词来讥讽她。这使赫尔特妮受到触犯,她被激怒了,气得全身都在发抖。她默默无语地坐在那儿,活像是古希腊阿波罗神殿里的老女巫。

“不过你的激情是一种假象。”伯金继续讲道。“它根本不是什么激情,而是你的意志,是你那依强凌弱的意志。你想用自己的力量抓住东西。为什么呢?就因为你根本没有实实在在的躯体,没有隐秘的感官和生命的躯体。你对情欲产生不了兴趣,你所有的只是个人意志、自负的意识和得到权力的欲望;你想要知道一切。”

伯金望着赫尔特妮,心里交杂着轻蔑和恨;其中还夹杂因她而有的痛苦;与因自知折磨了她而产生的愧疚。一阵冲动下他想要跪倒在地请求赫尔特妮宽恕。可是一股更为炽烈的怒火,激起了他的愤怒。他再也不去理会赫尔特妮了,只顾在那里慷慨陈词。

“自然而然!”他叫道,“你说是本能行为!你这个一直在走和爬的最老谋深算的家伙!你所能有的肯定是深思熟虑的自然而然——那才是你。因为你想把一切都划归自己的意志力之下,让自己的主观意识来控制它们。在你那个讨厌地想要这一切的脑袋;

真该像硬壳果一样被砸碎。如果不去砸碎它,你就变不成新人。如果有谁去砸碎你的脑袋,那也许他倒还能把你变成自然而然、充满激情的,有着真正的情欲的女人。实际上,你想要的就是色情书中的描写——在镜子里看自己,看见自己赤裸裸的动物性;这样一来,就可以让这些在你的意识里成为精神上的东西了。"

似乎说得太过头,空气因此而凝固了。已经到了无法挽回的地步。厄秀拉受到伯金这些话的启发,这会儿正费解着自己的问题。她脸色苍白,精神恍惚。

"难道你真的想要情欲吗?"她大惑不解地问道。

伯金看着她,急切地解释。"对,"他说,"在这一点上就是如此,而不是其他。那是一种实现——是在实现头脑中所不能隐秘的知识——那种隐秘的不自觉的存在。那是一个人自我的毁灭,——但同时又产生了他人。"

"这可怎么会呢?怎么可能知识不在头脑中呢?"厄秀拉想不通他的警句,便问道。

"在血液里。"伯金回答说。"当精神和已知世界步入黑暗中时一切都必须离去,被其淹没。然后你发现自己是在一个摸得着而看不见的黑黑的躯体里,是一个十足的恶魔。

"可我怎么一定是一个恶魔呢?"厄秀拉又问。

"'女人实为恶魔 情人为此号哭'——"伯金引了一句诗。"到底是怎么回事连我也不知道。"

这时赫尔特妮从死亡一样的沉寂中复苏过来。

"他是可怕的恶魔崇拜者,对吧?"她吞吐地对厄秀拉说,声音洪亮足令人生畏,末了还从嘴角流出了纯粹是在奚落人的小声尖笑。两个女人在嘲笑伯金,在嘲笑中把他贬得一文不值。赫尔特妮发出了女性胜利时的尖笑声,好像在嘲笑伯金是一个没有性欲的人。

"不。"伯金反唇相讥。"你才是不允许生命存在的恶魔。"

赫尔特妮瞪着伯金,长久而缓慢,一副恶毒傲慢的神情浮于脸上。

"你是完全知道这个的,对吧?"她问道。她在不慌不忙、狡诈冷酷地嘲弄伯金。

"够了解的。"伯金回答说,他的脸凝重明朗像钢铁一样。恐怖的无望笼罩了赫尔特妮,它使她有了解脱感。她快活地转向厄秀拉。

"你真的一定得来布莱德尔比啊?"她极力友好地劝说着。

"是的,"厄秀拉答应着,我很愿意去。

赫尔特妮满意地俯视着她,沉思起来。她的心不在焉令人费解,这像是被鬼迷了心窍,又像是魂出体魄。

“我很高兴。”她忽然回过神来。“住上两个星期，好吗？我以后再给你写信你一定会来吧？那我会非常高兴的。再见！再见啦！”

赫尔特妮一面伸出手来，一面紧盯住厄秀拉的眼睛。她知道厄秀拉现在是自己的敌人，这使她感到了奇异地振奋。她喜欢此时告别。因为分手能把别人甩在后面，这会给她以力量和优越感。此外，她还可以把这个男人带走，哪怕仅仅是为了恨。

伯金呆若木鸡地站在一旁，不像是一个真实的人。可是就在要道别的时候，他开了口。

“在这个世界上我们只有两种本能，一个是肉欲，另一个是我们所追求的那种邪恶的、内心经过深思熟虑的放荡，这两者是迥然不同的。半夜里，总有电灯打开，我们看着自己，真的把它全记在了心上。在你了解肉欲现实之时，必须要彻底堕落，陷入茫然的境界，放弃自己的意志力。你不得不这样做。在学会生存之前，你必须先尝试毁灭。”

“然而我们却太自负了——根本问题就在这里。我们时而自高自大，又时而自卑自弃。我们根本就没有自尊心，为自己所了解的并不真实的自我而沾沾自喜甚至妄自尊大。我们宁愿去死，也不愿放弃伪善、自负和任性。”

房间里一片沉寂。两个女人各怀怨恨和敌意。听着伯金像是在会议上的发言，赫尔特妮蔑视地看着他，厌恶地耸耸肩膀。

厄秀拉则是在偷偷摸摸地注视着伯金，她还没弄明白自己看到的是怎样一个人。伯金身上有着强烈的吸引力——那是一种奇异的隐而不露的力量，它透过伯金瘦削苍白的脸，告诉你有关伯金的事；吸引力就藏于伯金眉毛和下巴之间的丰富优美的曲线之中，那是极具生命力的美。厄秀拉说不出那是什么，但却给了她丰富自由的感觉。

“不过我们已经够沉于肉欲了，不必再刻意这样做了，对吧？”厄秀拉转向伯金问道。她那双微绿色的眼睛里闪烁着朝气蓬勃的笑意，像是提出了挑战。转瞬间，一丝悄然而至的奇特的笑容也浮于伯金的眉目之间，异常迷人。但是他嘴还是滔滔不绝地说个不停。

“不，”他说，“我们并非如此。我们太过于自虐了。”

“绝非是骄傲自大。”厄秀拉嚷道。

“除了骄傲自大之外没有别的。”

厄秀拉被搞糊涂了。

“你不以为性吸引力是人们最引以自傲的吗？”她问。

“所以说他们不只是沉于肉欲的——而是在激起美感——那就是另外一回事了。他们总是意识到自己——总那样自以为是,自命不凡,而不肯去解脱自己,去生活于另个世界里;从另外一个中心,他们就会——”

“你该用茶了,是吧?”赫尔特妮插上来说。而后她又和善温雅地面向厄秀拉。“你也工作了一天——”

伯金突然住了口。而此时厄秀拉感到突至的气愤和委屈。伯金沉着脸道了别,似乎不再留意她了。

他们俩鱼贯出门。厄秀拉呆呆地站在教室,朝门口望了很久。然后关上了灯。她坐在扶手椅上,一门心思,不知所措。最后她哭了,哭得非常伤心。可这到底是痛苦还是快乐呢?她自己也弄不清。

威雷沃特湖的早晨

一个星期过去了。星期六下起了时断时续的蒙蒙细雨。趁雨间停,古德伦和厄秀拉信步走向威雷沃特湖。空中灰蒙蒙的,在半明半暗中小鸟啼鸣于绿树嫩枝上,雨后万物都在憨长着。雨后清晨匆匆而至,在潮润的薄雾的空气中,两个姑娘高兴地快步前行。长在路边的黑刺李,湿漉漉的染白了一片。在花朵映成的一片乳色轻烟中,琥珀色的细小的颖果点点闪烁。在淡灰的空气中紫色的嫩树枝也发出模糊的光芒。高高的树篱像闪烁不定的幽灵,盘桓踅进,步入世上万物间。雨后崭新的天地万物充盈着灰蒙蒙的清晨。

姐妹俩来到威雷沃特湖边,蒙蒙的湖水梦幻地伸展着,浸入潮湿的、半透明的绿树草地之中。壮丽而清脆的水声从千沟万壑中传来汇聚在一起声若洪钟。小鸟在相对啭鸣。神秘的溅泼声从湖中涌来。

两位姑娘沿着湖畔轻游漫步。她们面前,湖水靠近路旁的一角,一棵胡桃树下有一幢停放游艇的小屋,水面上有一只趸船,一只小船系泊在那里。小船在平静的灰色湖面上摇摆不定,像那青绿朽烂木桩下的一个幽灵。初夏清晨,一切都那么朦胧虚幻。

突然,一个白影从停放游艇的小屋里窜出陡急地一转越过了旧趸船,投入湖中。一道白色的弧光划在空中,水花四下迸溅。四散平滑的涟漪中留下了一个微微波动的中心,里面隐约地浮出游水人的身形。那整个的潮湿而邈远冥冥世界,为他一人所独有。他游进了那永存的灰色湖水的纯净的半透明之中。

古德伦站在石墙边望着眼前的这一切。

“他真令人羡慕。”她用渴望而低沉的声音说。

“啊!”厄秀拉打着寒战叫道,“多冷啊!”

“对,可是又有多迷人呀,真棒,游得那么远!”

姐妹俩注视着游泳的人进一步游入灰沉沉、湿漉漉的水的空间,随着渺小的身影动作跃动着,然后被雾霭和朦胧林木所吞没。

“你不希望像他那样吗?”古德伦盯住厄秀拉问。

“希望呀。”厄秀拉回答说。“不过也说不准——太湿了太冷了。”

“对。”古德伦心不在焉地回答着。她站在那里凝望着水面，简直被迷住了。那个男人游了一段路后又转过身来仰泳，顺着水面向墙边的两位姑娘看来。在微波摇荡中，两人看得到他红润的脸膛，也能感到他的观看。

“是杰拉尔德·克莱奇。”厄秀拉说。

“我知道。”古德伦简短地应道。

她木然地伫立在那里一动不动，凝神眺望水中的那张脸。杰拉尔德从容不迫地游着，在水波的冲涌下时起时伏。从中望着她们，杰拉尔德感到由衷的喜悦；这喜悦出于自己的优越，也是出于自己拥有一个纯属私人的世界。他心无旁骛和十全十美。他爱自己充满生机而又盛气凌人的动作，冰冷的湖水强烈地刺激着他的身体，使他振作。他能见到在远远的湖水外面姑娘们在望着自己，这又使他感到格外的兴奋。他从水中伸出一只胳膊在空中挥了挥向她们打了个招呼。

“他在向我们招手呢。”厄秀拉说。

“对。”古德伦应道。她们在湖边继续望着他。杰拉尔德再一次挥动了他的手臂，这种奇怪的动作超越了相互间的距离，表示了一种相互的承认。

“真像个尼伯龙人。”厄秀拉笑了起来。古德伦却没有反映，只是呆呆地站在那儿向水中看着。

杰拉尔德突然转回身去，双臂侧击着水迅速前游。他现在又别无他顾的，在茫茫大水中只身独处、从来就别无他顾；这片大水只归他所独有。他喜欢在这种新环境里独往独来，没有疑虑，也不讲条件。他是快活的，他猛力地伸展着四肢用尽全身的力量，摆脱了一切束缚和牵连，将自己留在这片水的世界中。

古德伦由于嫉妒他而几乎产生了几分痛苦。这种纯净的独处即便是短暂的占有，对于她却也是难以求得的；她觉得自己不能去游而站在湖水外的大路上简直糟透了。

“天呐，当男人多好啊！”她嚷道。

“什么？”厄秀拉惊讶地喊起来。

“做个解脱，自由，随意活动的男人！”古德伦大声说着，美丽的脸令人不解地涨红了，焕发着容光。“如果要是个男人，那想做什么事情就只管去做，根本就不会像女人要碰见的无数的障碍呢。”

厄秀拉猜不出到底是什么东西引起了古德伦这场感情的爆发。她百思不得其解。

“你想做什么呀？”她问。

“没什么。”古德伦高喊着快速地回了她一句。“不过就假设如此吧，如果我也能在湖

水里游泳，就像他那样脱掉衣服跳进水中，当然那是不可能的，是生活中许多不可能发生的事情中的一件。这难道不可笑吗，这不就是在妨碍我们自由的生活吗！”

她的兴奋、激动、怒气冲冲，使厄秀拉感到十分不解。姐妹俩沿着大路继续向上走去。她们从劳斯兰茨下方的绿树中间穿过，抬头眺望那幢长长的矮房子。房子在潮湿的朦朦胧胧的清晨中充满了无限的魅力。古德伦似乎是在仔细审视伸向窗子的房前的雪松。

“你不认为它很迷人吗，厄秀拉？”古德伦问。

“迷人得很。”厄秀拉回答说。“宁静可爱。”

“它的造型很不错，——看来有些年头了。”

“有多少年头呢？”

“哦，建于十八世纪多萝西·华兹华斯和简·奥斯丁的时代；你不这样认为吗？”

厄秀拉笑了。

“你不这样认为吗？”古德伦又问。“也许是吧。不过我认为克莱奇家并不适于那个时代。据我所知，为了这幢房子的照明杰拉尔德正在建一个私人发电厂，除此之外它还要做各种最新式的改良。”

古德伦很快地耸耸肩膀。

“当然啦，”她说，“做这些都是必需的。”

“是的。”厄秀拉笑着说。“他一下子就使之先进了好几代。为了这个他们就痛恨他。他简直就是抓住了所有人的脖子拽着他们往前走。如果他进行了尽可能的所有的改良，再没什么值得改进的了，那么他一定活不长了。可是无论如何，他成功了。”

“当然，他成功了。”古德伦说。“说实在的，我从没见过一个男人能有如此多的成功的征兆。遗憾的是，他的成功了又会怎么样呢？这又会变成什么呢？”

“哦，我知道。”厄秀拉说。“它能提供最新式的装置！”

“说的对。”古德伦同意道。

“你知道他曾用枪杀死了自己的亲兄弟吗？”厄秀拉问。

“枪杀了他的亲兄弟？”古德伦喊起来，她皱紧眉头，像是有什么不满。

“哦，原来你还不知道呀！——我还以为你知道呢。他和弟弟一块儿玩枪，他让弟弟往枪筒里面看。结果枪里装的子弹，把他弟弟的天灵盖给打飞了。难道这不是一个可怕的事情吗？”

“太可怕了！”古德伦嚷道。“可那大概是很长时间以前的事吧？”

“对了，那会儿他还是个孩子呢。”厄秀拉告诉她。“我想，这是我所知道的最可怖的一件事吧。”

“他不知道枪里有子弹吧？”

“是的。枪就像是放在马厩里多少年的旧货。没有人想到它竟然还能打响，更没有人想到枪里会有子弹。可是事情居然发生了，这难道不可怕吗？”

“吓死人了！”古德伦叫道。“想到一个人还是小孩子的时候就做了这样的事情，而且一直到死都得背这个十字架，也是同样可怕的。想想看，两个孩子一块儿玩枪——然后没有任何原因这件事降临到他俩身上，——真是祸从天降。厄秀拉，这太教人害怕了！啾，这种事我可受不了。这比谋杀还难以想象，因为谋杀是出于某种意愿。可是这样的事情……”

“这事情的背后也许有一种无意识的意愿呢。”厄秀拉说。“他们玩这种杀人游戏，其实这就有某种原始的嗜杀欲望，你说呢？”

“欲望！”古德伦不以为然地说。“我看不出他们是在玩杀人游戏。我猜想是对弟弟说：‘你看着枪筒，我扣扳机，看看会怎样。’我想，这纯粹是意外。”

“不对。”厄秀拉反驳说。“要是有人在看枪筒，就是世界上最没有可能装子弹的枪我也不会去扣它的扳机。人本能不会这样做——也不能这样做。”

古德伦在一段时间没搭腔，但显然并不赞成。

“当然啦。”她冷冷地说。“如果是个女人，况且又是成年人，本能当然会像你所说。可这根本就不能适用于在一起玩的两个男孩子。”

她的声音冷冷的，带着怒气。“不对。”厄秀拉还要固执己见。就在这时，她们听到几码外有女人在大声说话。

“啾，该死的东西！”劳斯拉·克莱奇和赫尔特妮·罗迪丝在树篱另一面的田地里，劳斯拉想出来使劲开大门。厄秀拉看到了便赶紧跑过去帮忙。

“太谢谢你了。”劳斯拉说，她抬起头，涨红了脸，有一些高大魁梧有男子气概，可是神色却十分慌乱。“这门的铰链出了毛病。”

“对啦，”厄秀拉应和着，“它们转动起来很费力。”

“真怪！”劳斯拉嚷道。

“你们好啊。”赫尔特妮唱歌似的打着招呼一面从地里走出来，这时人们才听到了她的声音。“天气很好。你们在散步吗？一片葱翠很美，太美了——就是有点儿热。早上好——早上好哇——你们是要来看我吗？太谢谢了——下星期吧—对了——再见啦，再——见。”

古德伦和厄秀拉站在那儿看着她假惺惺地点头挥手表示道别，一副教人见了猜不透的假笑挂在她的脸上，厚重的金发滑到了眼睛上，整个人显得高大、古怪、又吓人。于是姐妹俩便离开了，像下等人一样被打发走了。四个女人分了手。

刚走开一段路，厄秀拉就气冲冲地说：

"我觉得她这个人真无礼。"

"谁，赫尔特妮·罗迪丝吗？"古德伦问，"她怎么啦？"

"瞧她对人的那股傲慢的劲儿——太无礼了！"

"哟，厄秀拉，你说她怎么失礼啦？"古德伦不以为然地问。

"她整个的态度举止。欧，她那种恃强凌弱的样子。根本就是欺人太甚。她是个厚颜的女人。'你们要来看我啊'，就好像对咱们的恩典。"

"我真搞不懂，厄秀拉，你怎么会发这么大的火。"古德伦恼怒地说。"人们都知道这种自己把自己从贵族中解放了的新女性从来就是粗鲁无礼的。"

"可是这没有必要——太粗野了。"厄秀拉嚷道。

"不，我就不觉得。要是我像你那样想，——我才不把她放在眼里呢。我不会给她权力让她对我无礼。"

"你以为她喜欢你吗？"厄秀拉问。

"哼，不，我才不这么想。"

"那为什么她会请你去布莱德尔比和她住在一起呢？"

古德伦抬起肩膀轻蔑地一耸。

"看来毕竟她还有点儿眼力，知道咱俩不是平庸之辈。"古德伦说。"不管她是什么东西，她可绝不是傻瓜。我宁愿跟自己恨的人在一起，也不会和那些只跟自己圈子里的人抱团的庸俗女人打交道。赫尔特妮在有些方面是从不冒险的。"

厄秀拉默不作声地想了一会儿。

"我就怀疑，"她回答说，"她真的就从不担任何风险，我想咱们应该称赞她，她知道自己能邀请我们——学校教师——而不必冒风险。"

"对极了！"古德伦大声表示赞同。"想想看，有多少女人不敢像这样做啊。她尽量利用自己的特殊权力——这就很不简单了。我猜呀要是咱们处在她的位置，大概也会这样做的。"

"不。"厄秀拉却说。"不。我会厌烦的。我不会花费时间去玩她那套把戏。这有失尊严。"

姐妹俩像是一把剪刀，剪去了一切同她们作对的东西；或者说像是刀和磨刀，后者使前者变得锋利无比。

“当然啦，”厄秀拉又突然喊道，“如果咱俩上去看她，她才真该谢天谢地呢。你的美是那样出众，无论是过去还是现在，都要比她要美丽一千倍。照我看，你的穿着也要比她得体的多。她从没有看了像一朵花那样看了让人感到新鲜自然过；她总是那么沉于世俗。而且，咱俩又比大多数人聪明。”

“一点儿不错！”古德伦赞同道。

“无论是谁都应该承认这一点。”厄秀拉补充说。

“是应该。”古德伦说。“不过你会发现，真正的时髦是普通的装束，就像大街上随便哪个人一样；然而你却是人类中的精英，人的艺术品，而绝非大街上的等闲之辈……”

“真没劲！”厄秀拉嚷道。

“是的，厄秀拉，从很多方面说来，这是没劲。你只敢展露出令人惊异的世俗化来，以至要世俗化到成为一种平庸的工艺品。”

“一个人装做什么可不是太无聊了。”厄秀拉笑了起来。

“太无聊了？”古德伦应道，“是的，厄秀拉，是很无聊，就该这么说。一个人想要高人一等，就非要像小嘴乌鸦那样说话才行。”

古德伦因自己的聪明而感到兴奋，脸都红了。

“高视阔步。”厄秀拉提醒她。“一个人总应高视阔步，去做鹅群里的天鹅。”

“对极了，”古德伦嚷道，“鹅群里的一只天鹅。”

“人们都装扮成丑小鸭，”厄秀拉也嚷着，嘲讽地笑了，“我可一点儿也觉不得自己像只谦卑可怜的丑小鸭。我是只鹅群里的天鹅——我忍不住要这么想。他们非让人这么想不可。我不管他们怎样看我呢。我才不在乎呢。”

古德伦抬眼瞧着厄秀拉，流露出一种不知是妒忌还是厌恶的神情。

“当然，唯一要做的事就是去鄙视周围所有的人——一个也不拉。”她说。

姐妹俩回到家中，读书，交谈，做活，等着星期一学校开课。厄秀拉总想弄清楚，除了等待着上课或是假期的开始和结束，自己还有什么等待的。这就是全部生活！有时，她突然会感到一阵让人窒息的恐怖，总感到自己的生命就要这样流逝，不会再有别的了。但她又快不愿意承认这一点。她的精神世界是活跃的，她的生命如同一株幼芽在不断生长的幼芽充满着活力，却还没有拱出地面。

火　车　上

一天上午,伯金被召往伦敦,他没有很固定的住所。在诺丁汉城他有自己的住房,因为他主要是在那个小城里工作的。不过他又时常呆在伦敦和牛津。他四处奔波,生活上既没有什么规律可循,也没有任何明确的节奏和与整体联系的意义。

在车站月台上,他见到了一边读报纸一边等火车的杰拉尔德·克莱奇。伯金站在离杰拉尔德有一段距离的人群中。他天生不愿意接近任何人。

杰拉尔德的目光一次又一次地离开报纸四下张望,这是他很有个性特征的一种习惯。即便是在认真看报纸,他也要警觉地注意自己周围的一切。他好像一心可以二用,一面仔细认真地思考报上的东西,一面又用目光扫视周围,什么也不会漏掉。这种双重性使正在注视他的伯金感到很不舒服。伯金还注意到,杰拉尔德从来不让任何人逼迫自己,在任何的场合,他都会抱有一种让人难以亲近的友好随和的态度。

看到这种友好随和的态度的神色又闪现在杰拉尔德的脸上,看到他伸出手向自己走来,伯金猛地一惊。

"喂,鲁珀特,去哪儿呀?"

"去伦敦。我想你也去那吧。"

"对——"

杰拉尔德的目光奇妙的扫视着伯金的脸。

"如果你愿意的话,咱们就一起走吧。"他建议道。

"不过你不是常常坐头等车厢吗?"伯金问。

"是的我受不了人多。"杰拉尔德回答说。"不过三等车厢有一节餐车,咱俩可以呆在里面喝茶。"

两个男人望着车站上的挂钟,一时无语。

"写些什么?"伯金问。

杰拉尔德很快地瞟了他一眼。

"你说可笑不可笑,瞧他们在报上写的这些东西。"杰拉尔德说。"这儿有两篇社论——”他递过自己刚才读的《每日电讯报》。“全是在那些低级报纸上才有的骗人的鬼话——”他又指着报上的专栏。“然后有这篇小——我不知道你叫它什么，差不多算是论文吧，——是和社论发在一块儿，说什么必须出现以新的价值观看待事物的男子汉，让他给我们指出新的真理和新的生活态度；不然，几年以后我们的国家就会土崩瓦解，成为一个废墟……”

“我看这真是一篇骗人的鬼报道。”伯金道出了自己的看法。

“看起来这个人倒还很认真，很真诚。”杰拉尔德说。

“给我看看。”伯金说着伸手去拿报纸。

火车进站了。两人上了车，面对面地坐在餐车窗边一张小桌子的两端。伯金草草溜了一眼报纸，又抬头看了看杰拉尔德，开口说话了。

“我也相信这个人是当真的，”“也许他对什么事都这样。”

“你赞成他的看法吗？你以为我们真的需要新的真理吗？”杰拉尔德问。

伯金耸耸肩膀。

“我想，那些最先说想要新宗教的人往往总是最后才去接受它。他们想要的是新奇，这也就足够了。然而我们正视加给自身的这种生活，放弃它，粉碎旧的一切，这是我们决不会做的。在新东西没有出现之前——即便是说在自我中出现吧——，你总是恨不得能摆脱旧的东西。”

杰拉尔德认真地望着伯金。

“你以为我们应该在这里粉碎这种生活吗？”他问。

“对，我是这样认为的。我们应该彻底打碎它，要不就会枯萎在这里，就像被裹在绷紧的皮里一样。因为它也不会再扩展开来。”

杰拉尔德的眼睛里跳动着古怪的笑意，那是一种冷静与好奇。

“那你想怎样开始呢？我猜你首先是要改造整个社会制度吧？”他问道。

伯金微微皱起眉头，受不了这场谈话了。

“我根本不打算干什么。”他回答说。“在我们为获得更好的东西而一心努力的时候，就得去粉碎原有的。要不然那建议或计划就都只不过是妄自尊大的人们在玩讨厌的把戏。”

杰拉尔德眼神里闪现出浅淡的笑意。他冷冰冰地盯着伯金说。

“那么你真的认为事情很糟糕了？”

“一团糟。”

笑意又从新在杰拉尔德的眼里露了出来。

“怎么个糟法呀?”

“什么都一团混乱。”伯金说。“我们全是些让人泄气的胡乱撒谎的家伙。我们不过在自欺欺人。我们对这世界抱有理想,认为它应当是纯洁、正直和富足的,于是我们就在地球上扔满了污浊的东西;忙忙碌碌的生活在一片肮脏之中,活像一堆虫子在粪土里拱来拱去;这样一来,你的矿工们才能在客厅里摆上钢琴,你才能在现代化的住房里有男管家和小汽车;作为一个国家;我们也可以炫耀自己的豪华奢侈,或是炫耀武力,夸耀傻瓜德斯利斯和星期日的那些报纸。这太无聊了。”

杰拉尔德沉默了片刻,好让自己从这长篇大论的攻击中缓过劲来。

“你是想让我们不去住房子——返璞归真吗?”他冷嘲热讽地问道。

“人们并不会让我们怎么样。人们只做自己想做的事情——和他们能做的事情。要是他们能做别的事情,那也就会拥有其他的东西。”

杰拉尔德又陷入沉思了。他懒得跟伯金怄气。

“你不认为你所说的矿工的钢琴象征了某种真实的东西,象征着一种更高级的事物的追求的意愿吗?”

“更高级的事物?”伯金叫道,“对呀。令人惊异的正直和富丽堂皇的顶点。这在他邻居矿工们的眼里是那样高尚。他在邻居们的谈论中见到了自己,就像在布罗肯山里的雾中一样,靠了钢琴就抬高了自己的地位,他也就心满意足了。他是为了那种布罗肯的幽灵——也就是人们心目中的他自己才活着的。你也一样。如果在人们看来你是非常重要的,你也就会自命不凡了。所以你一定要那样用力地在矿上干。要是你每天生产出的煤能做五千顿的晚饭,你的身价比只做自己的晚饭就高出了五千倍。”

“难道我不是这样吗?”杰拉尔德笑出了声。

“难道你还不明白吗,”伯金又说,“帮助邻人吃饭,实际只是自己在吃饭。‘我,你,他,我们,你们,他们,大家都吃’——又怎么样呢?为什么非要去做本是别人的工作呢?我认为,自己吃自己的也就足够了。”

“你应该首先从物质的东西开始。”杰拉尔德打断他。伯金没有回答他的话。

“我们必须要为了一定的目标而活着,而不只是牲口,只吃草就够了。”杰拉尔德又嘲讽道。

“那么请你告诉我,”伯金问,“那你说你又是为什么而活着呢?”

杰拉尔德的脸上浮现出困惑不解的表情。

“为什么？”他反问了一句。“我为了生产什么东西，为了工作而活着；我是一个有自己目标的人。除开这个，我活着就因为我是活着的。”

“那么你的工作又是什么呢？每天从大地里掘出成千上万吨煤。可是我们即便生产出了煤和钢琴，却付出了一定的代价，野兔也全炖好吃下去了，我们都吃得饱饱的，暖暖和和地坐着听年轻太太弹钢琴——那又怎样呢？你在实利事业上春风得意，那又怎样呢？”

眼前这个男人的讥讽而又富于幽默的话使杰拉尔德坐在那里笑了起来。他同时也在思索。

“咱们离这一步还差得远呢。”他回答说。“有很多人还在等着做饭，炖野兔用煤火啊。”

“那么在你挖煤的时候我就该去追野兔啦？”伯金问。他显然在讽刺杰拉尔德。

“也可以这样说吧。”杰拉尔德回答说。

伯金紧盯着对方。他感到隐藏在杰拉尔德那副老好人外表下的是无情，甚至是有奇特的不可捉摸的恶意，就在这种不定的注重生产的伦理观中体现出来。

“杰拉尔德，”他说，“我真恨你。”

“这我知道。”杰拉尔德说。“但是为什么呢？”

伯金莫名其妙地国索了好半天。

“我想知道你是否意识到了你在恨我。”他最后说道。“你是不是故意地嫌恶我——出于一种不可理喻的仇恨而恨我？有时候我却是明明白白地在恨你呢。”

杰拉尔德大吃了一惊，甚至有点儿不知所措了。他真不知道该如何回答。

“当然，有时我会恨你。”他说。“不过我心里却从未意识到这一点，就是这样。”

“那就更糟糕。”伯金说。

杰拉尔德疑惑地望着对方，他理解不了伯金。

“真的更糟糕吗？”他重复着他的话问道。

火车在行驶着，两个男人相对无语地坐了一会儿。伯金紧皱眉头，表情显得烦躁而又有些紧张，显得咄咄逼人而又别扭。杰拉尔德小心翼翼地望着他，心里思索着伯金到底要做什么。

突然，伯金的目光异常严厉地直直盯住了对面那个男人的眼睛。

“你认为你的生活目标或目的是什么呢，杰拉尔德？”他问道。

杰拉尔德再次大吃一惊。他搞不清这位朋友到底是什么意思。他是否在嘲弄自己？

“这会儿我一时还说不上来。”他幽默而又略带嘲讽地回答说。

“你以为生活的最高目标就是生存吗?”伯金又问,并不掩饰脸上的那十分认真的表情。

“你是在说我自己的生活吗?”杰拉尔德反问道。

“是的。”

一阵由大惑不解而来的沉默。

“我也搞不清楚。”杰拉尔德说。但是直到现在还不是这样的。

“那到目前为止你的生活又是怎样呢?”

“哦——我找事情做——从中取得经验——把事情干起来。”

伯金紧皱着似钢铁铸成的棱角分明的眉头。

“我认为,”他说,“人需要某种率真专一的行动,比方说爱情吧,就是一种专一纯洁的行动。不过我还没有真正爱上什么人,至少现在还没有。”

“你真心爱过什么人吗?”杰拉尔德问。

“可以说爱过,也可以说没爱过。”伯金回答说

“究竟是爱过还是没爱过?”杰拉尔德又问道。

“究竟——究竟——算没爱过吧。”伯金回答说。

“我也没有。”杰拉尔德说。

“那么你想爱吗?”伯金问。

杰拉尔德眼放光芒,面露嘲讽的神情良久地注视着对面那个男人的眼睛。

“我也不知道。”他说。

“我要,当然我也想去爱。”伯金说。

“你真的要去爱?”

“对,我想要爱的结局。”

“爱的结局。”杰拉尔德重复道。他停顿了片刻。

“只是一个女人吗?”他又补充了一句。黄昏时分的天光把田野染成一片金黄,也照亮了伯金紧张不安的脸,脸上有一种令人匪夷所思凝然神色。杰拉尔德还是依然弄不明白这种表情。

“是的,只是一个女人。”伯金回答。

这种回答杰拉尔德觉得伯金像是在虚张声势,而不是胸有成竹。

“我不能相信,仅仅一个女人,就能构成我的生活。”杰拉尔德对此很不以为然。

“难道你同一个女人的爱情不能构成你生活的中心吗?”伯金问道。

杰拉尔德眯缝起眼睛瞧着他,脸上露出一丝奇怪阴险的冷笑。

“我从未这样感受过。”他说。

“没有过?那么你的生活中心又是怎样的呢?”

“我也弄不清楚——这也正是我想向人家请教的。就我的理解能力来说,这绝不是什么中心。它是被社会结构强行地捏在一起的。”

伯金沉思着,似乎是想要解一道什么难题。

“的确,”他开口说,“这不是什么中心。往昔的理想已经被完全丢弃——所剩无余了。在我看来,残留下来的只是这种男女间的完美地结合了——有几分像是最终的婚姻形式——别无其他了。”

“你是说如果没有女人就没有一切了吗?”杰拉尔德问。

“可以这么说吧——既然人们看到上帝死了。”

“这样可就不好办了。”杰拉尔德说。他转脸朝向窗外,看着飞驰而过的景物溶入一片金黄色中。

伯金不能不承认杰拉尔德长得的确是英俊倜傥,在冷漠之中透出一种刚毅来。

“你以为女人是反对我们的强大的力量吗?”伯金问。

“要是女人不得不成为我们生活的一个组成部分,一个女人,就一个女人,对,那我会这样认为的。”杰拉尔德回答说。“不管怎么说,我就不相信我何时会成家立业的。”

伯金几乎是对他怒目相视。

“你是纯粹的天生的怀疑论者。”他说。

“我只不过感受到了我感觉到的东西。”杰拉尔德回敬了他一句,又略带嘲讽地用他那双目光锐利、富于男子气的蓝眼睛望着伯金。伯金双目流火,但马上二人又双双变得烦躁不安,充满疑虑,然后充满深情地哈哈大笑。

“这真让我感到很不安,杰拉尔德。”伯金说着皱起了眉头。

“我能看出来。”杰拉尔德说,又咧开嘴充满野性地连连大笑。

杰拉尔德不知不觉对伯金产生了兴趣。他想接近伯金,处在他的影响范围之内。伯金身上有某种同他十分意气相投的东西。不过,也仅仅如此罢了,他觉得自己——杰拉尔德,比任何别的他所认识的男人都拥有更经得起时间检验的、千真万确的真理。他以为自己更老练,更博学。他喜欢朋友那种变幻莫测的热情和敌意,还有那种才华横溢的热烈谈吐。他欣赏言词的丰富多彩和情感的迅速交流。他对对话的内容却不甚关心:他

自己的知识要更丰富。

伯金深知这一点。他知道杰拉尔德既喜欢他,同时又轻视他。这一来他的态度也变得又固执又冷淡。火车在疾驶。他望着窗外的大地。他的心里已对他说来什么也算不上了。

伯金眺望着窗外广阔的大地和傍晚的暮景,心想:“好吧,即便有朝一日人类毁灭了,要是我们的民族像所多玛那样毁灭了,但却仍然有这样亮丽的暮景和夕阳下的山林,那我也就知足了。预示它的种种迹象全在那里了,人们一定会看到的。归根结底,人类仅仅是不可知的事物的一种表现。如果人类消失了,那只不过意味着这种特殊表现方式的完成和终结。被表现的事物和将要表现的事物却不会受到半点儿减损。瞧,灿烂的黄昏就在那里,灭亡吧,人类!——就像它曾经经历过的那样。创造性的表现是永远不会终结的,它们只存在于大自然中。人类不再体现不可知的事物了。人类仅仅是一种废弃的文字。一定会有一种新的化身,以一种新的形式取而代之。让人类尽快消亡吧。”

杰拉尔德的提问中断了他的遐想。

“你打算住在伦敦的什么地方?”

伯金抬起头来。

“我和另一个男人在索霍区合租了一所房子。随时我都可以在那里落脚。”

“太好了——毕竟你自己也有个落脚处。”杰拉尔德说。

“对,不过我并不在乎它。在那儿见到的所有人都让我厌烦。”

“都是些什么人呢?”

“艺术——音乐——伦敦那些生活放荡的艺术家们——那些人工于心计,对蝇头小利斤斤计较,倒还有几个仅在某几方面还算正派的人。他们对这个世界彻底否定,似乎他们生活的目的就在于此,不管怎么说,他们只不过是些消极的家伙。”

“他们是一些画家和音乐家吗?”

“画家、音乐家、作家——食客、模特儿、赶潮流的年轻人,这些人公开同习俗唱对台戏,是些三不管的家伙。都是些从大学里来的小伙子和要过独立生活的姑娘。”

“他们一定很放荡吧?”杰拉尔德问。

伯金知道他自己激起了杰拉尔德的好奇心。

“从某种角度可以这样说吧,从另一个角度讲他们却是相当受约束的,由于他们那种惊世骇俗的行为完全是一种格调。”

伯金望着面前的杰拉尔德,看出他那双蓝眼睛里闪射出好奇的火花。他知道杰拉尔德有多么英俊,杰拉尔德魅力无比,他的流畅的血液像是带电的。他的蔚蓝色的眼睛目光闪烁,热切而又冷峻,躯体线条和周身有着一种缺乏生命活力的美。

“咱们应当一块儿去看看什么东西——我打算在伦敦呆几天。”杰拉尔德建议道。

“行,”伯金答应了,“但我不想去剧院或音乐厅——你最好能来瞧瞧哈里特和他那伙人是怎么回事。”

“谢谢——我同意。”杰拉尔德笑着说。“那今晚你打算做什么?”

“我答应了在鲍姆帕德见哈里特。那个地方虽很糟糕,可是别的地方就更别提了。”

“鲍姆帕德在什么地方?”杰拉尔德问。

“在皮卡迪利广场。”

“哦,好吧——我可以去那里吗?”

“当然可以去,你一定会喜欢这个地方的。”

夜晚来临。他们已经过了贝德福德。伯金望着车窗外暮色的村庄,心里充满了绝望。一接近伦敦,他就一定会有这种感觉。他对人类和其中大多数人的厌恶,几乎达到了病态的程度。

暮色多彩而宁静,

在一路微笑……

他低声自言自语,好像被判了死刑。杰拉尔德为人十分谨慎,在各个方面都谨小慎微,这时便微笑着探过身来问他:“你在说些什么呀?”伯金看了他一眼,笑着重复道:

暮色多彩而宁静,
    在一路微笑,
牧场星罗棋布,
    羊群在沉睡……

杰拉尔德便扭转头去欣赏乡村暮景。伯金不知缘何这会儿显得疲惫不堪,萎靡不振。他对杰拉尔德说:

“火车驶进伦敦时我总感到要玩完了,感到那样绝望无助,就好像世界末日到了。”

“是吗!”杰拉尔德说,“你被世界末日吓成这样?”

伯金微微地耸耸肩。

“谁知道呢。”他回答说。“这种没有结果的时候是最吓人的。可是人们也让我感到不愉快,特别不愉快。”

从目光中可以看出,杰拉尔德听了这句话似乎很开心。

“这是他们吗？”他问，又用批评的眼光打量着对面的那个男人。

几分钟后，火车开始穿越伦敦郊区那片令人感到耻辱的地带，车中的人全是一种紧张的防备状态，就像在等着逃走。终于，火车驶到车站巨大的拱顶下，进入这座城市的可怕阴影之中了。伯金缩成一团——他已经在城里了。

两人叫了一辆出租车驶离了车站。

“你不认为我们似乎已被抛进地牢之中吗？”伯金问。他们俩被圈在飞奔着的汽车的狭小的围栏里，丑陋不堪的大街映入眼帘。

“没有哇。”杰拉尔德笑了起来。

“这恰恰意味着真正的死亡。”伯金说。

相 遇

几个小时后，他们再度在咖啡馆碰头了。杰拉尔德推开弹簧门进到高大宽敞的房间里。酒客的头脸在乌烟瘴气中朦朦胧胧地显现，又更为朦胧和无穷无尽地重迭反映在那些镶在墙上的大镜子里；所以，人们就像是进到一个扑朔迷离的世界中，里面都是些幻影般的酒徒，在迷漫着的淡蓝色烟气里发出嘤嘤嗡嗡声。不过，红色座椅的奢华精致还是给了这种寻欢作乐的幻影以实实在在的感觉。

杰拉尔德慢慢地穿过桌子和人影，一点一点前进，人们在他经过时仰头望着他。他像是走进了新奇的环境，经过一片带有灯饰的新地段，置身在一大群不法之徒当中。这使他觉得很满足。他观察着所有那些朦朦胧胧、过目即忘、泛出奇特光彩的脸；那些脸正朝前俯在桌子上。这时，他见到伯金站起身来招呼他。

伯金的桌前坐着一位女郎，她的亚麻色的短发剪得像一个艺术家，笔直地梳向脑后，只在耳朵根处微微朝前卷曲着。姑娘身材小巧玲珑，一双天蓝色的大眼睛显得很天真。她整个小巧的身材看上去光彩照人，可与此同时又带有某种浅薄，这使得一颗小火星在一闪之间照亮了杰拉尔德的眼睛。

伯金向杰拉尔德介绍了达玲顿小姐，然后就默不作声，活像是个梦幻的人物，使别人忘记了他的存在。达玲顿小姐一直直愣愣地阴郁地望着杰拉尔德，这时却出人意外地勉强和他握了握手。杰拉尔德心满意足地坐了下来。

服务员过来了。杰拉尔德溜了一眼另外两位的酒杯。伯金在喝一种绿色的酒。达玲顿小姐要的是一小杯气味浓烈的甜酒，杯子已经空了，只有一点残余在杯底里。

“你还要酒吗——？”

“要白兰地。”她说着，喝干了最后一点酒，放下酒杯。侍者走了。

“不。”她对伯金说。“他不知道我回来。他如果知道我在这里，一定会吓坏了。”

她说话时把 r 音发成了 w 音，有几分像小孩子那样含混不清；这显得有点做作，同时又客观地反映了她的性格。她的话音听起来单调乏味。

“但是他在什么地方？”伯金问。

“他在斯奈尔格鲁夫夫人那儿做一次业余表演。”姑娘回答说。“华伦斯也在那儿。”

片言的沉默。

“哦,那你要怎么办呢?”伯金平心静气地用像是在自卫的口吻问。

姑娘似乎很讨厌这种问话方式,气得不言语了。

“我也不知道。”她回答说。“以后我打算做模特。”

“上谁那里去呢?”伯金问。

“先去本特雷那儿,不过我敢说他还在生我的气,因为我跑掉了。”

“从迈德娜那里吗?”

“对啦。即使他不收留我,我知道我还能从卡玛森那儿找到工作。”

“卡玛森?”

“弗里德里希·卡玛森——他是摄影家。”

“薄绸和膀子……”

“是的。不过他为人很慷慨。”又是片刻的沉默。

“与朱利叶斯的问题怎么办呢?”伯金问。

“不怎么办。”她说。“我不想理他。”

“你跟他闹翻啦?”可是姑娘沉下脸望着别处没有应答。

有一个年轻人匆匆地走来。

“你好,伯金!你好,哈奈特,什么时候回来的?”他热切地问道。

“刚到。”

“哈里特知道吗?”

“难谈,管他呢。”

“哈——哈!这吹乐器的家伙还在那儿呢,对吗?我到这张桌子上来行吗?”

“我正和伍伯特谈话呢,没关系吧?”姑娘冷冷地回答说,又像是孩子一样在哀求着。

“当众的忏悔——对灵魂有益处,呃?”年轻人说道,“好吧,回头见。”

小伙子目光锐利地打量了伯金和杰拉尔德一眼,衣服一甩,走了。

所有这段时间里,杰拉尔德被冷落在一旁。然而他感觉出那个姑娘一定意识到了自己的存在。他等候着,侧耳聆听着,试着把这场谈话理出个头绪来。

“你要在这儿住一段时间吗?”姑娘问伯金。

“三天吧。”伯金说。“你呢?”

“我也不知道。我总能去伯萨那儿。”大家沉默了一会儿。

姑娘突然转向杰拉尔德，以一种女人的敬而远之的态度，一本正经、有礼貌地同他搭话。她明白自己社会地位低下，但又极力装出自己好像正和一个亲密的朋友说话的样子。

“你对伦敦很熟识吗？”

“我也说不清。”杰拉尔德笑着回答。“我来过伦敦多次，却从未到过这里。”

“那么你不是艺术家罗？”姑娘问，显然认为他是圈外的人。

“不是。”杰拉尔德如实回答。

“他是战士，探险家，工业上的拿破仑。”伯金介绍道。他给杰拉尔德开了一张进入艺术家国度的通行证。

“你是个当兵的？”姑娘怀着既冷漠又热烈的好奇心问。

“已经不是了。几年前我辞去了军衔。”杰拉尔德答道。

“他参加过上一次战争。”伯金补充了一句。

“是这样的吗？”姑娘又问。

“后来他又去亚马孙河探险，”伯金说，“现在在经营煤矿。”

姑娘冷静而好奇地望着杰拉尔德。听到别人这样介绍自己，杰拉尔德哈哈大笑了。他感到满足，觉得全身精力充沛。在那火热的目光里，在他红润的脸膛上和线条分明的一头金发中，全透出了踌躇满志的神情，闪耀着生命的活力。他引起了姑娘的兴趣。

“你能住几天呢？”姑娘问杰拉尔德。

“一两天吧。”杰拉尔德回答说。“不过倒也没什么事情。”

姑娘还是悠然而严肃地望着杰拉尔德的脸，这使他感到莫名其妙，又有点高兴。他敏感并很高兴地意识到了自己，意识到了自己的魅力。他觉得精力充沛，甚至能发出一种电力来。他还感觉到姑娘那双大胆的天蓝色的眼睛正在注视着自己。姑娘的眼睛像花儿一样美，睁得大大的眼瞧着他，毫不隐讳。那双眼睛上好像漂浮着一层奇特的彩虹色，如同一种崩解了的淡淡的薄膜，又像是浮在水面上的油。咖啡馆里很闷，姑娘摘去了帽子，简单宽松的无袖套领罩衫用根带子围挂在脖子上。衣服料子是贵重的黄色双绉呢，沉重柔软地垂挂在白嫩的喉头和纤细的手腕上。她的外表看上去天真而完美，的确很美丽。这种美表现在她匀称的身段，如瀑布般倾泻下来的金发，也表现在端正小巧的柔和的面容。姑娘脸上略显丰满的曲线十分诱人。纤秀的颈项、粉肩和披挂在肩上的式样简洁、色彩富丽的罩衫也透出了她的漂亮。她瞧上去十分娴静，甚至有点儿木讷，在戒备小心中将人拒之千里。

杰拉尔德已经被她迷住了。他觉得自己对姑娘具有一种有趣的威慑力量,又怀有一种近乎凶残的本能的珍爱。因为姑娘是牺牲品。他知道,姑娘已经在自己的掌握之中了,而自己从来又是手面很阔的。紧张强烈的情欲充溢躯体。在释放这种能量的过程中,他就能彻底毁掉她。可是姑娘还等在那里,等待投降。

他们胡乱闲谈了一阵子。突然伯金说道:“托尔叶斯来了!”他欠起身,向这位新到的人打招呼。姑娘用一种难以捉摸的几乎是生气的动作转头从肩上望去,身子却纹丝不动。杰拉尔德看到她修长美丽的秀发一甩盖住了耳廓。他看出姑娘在惴惴地望着走进来的男人,便也顺着她的目光看去。一个黑瘦的高个子的男青年笨拙地穿过房间走了过来。浓密的长发从他的黑帽子里披散下来,那张脸上挂着天真热情而又枯燥乏味的微笑,显得神采飞扬。他一面表示着欢迎,一面快速走近伯金。

几乎走到跟前,他才发现那个姑娘。他向后退了一步,脸色苍白地尖叫起来:

“哈奈特,你在这儿做什么?”

听到突然的一声尖叫,咖啡馆里的人都像动物一样抬起头来观望着。小伙子苍白的脸上浮动着一丝痴傻的微笑。姑娘冷淡地注视着他,表情里透露出猜不透的痛苦和虚弱。她被他制住了。

“你怎么回来啦?”哈里特又用尖细的嗓音号叫着问。“我不是让你不要回来吗?”

姑娘没有回答,还是用呆滞的冰冷的目光直直地望着他。哈里特胆怯地站在那儿,像是为了安全而斜支靠在另一张桌子上。

“你不是希望她回来吗?——来这儿坐吧。”伯金劝道。

“完全相反?而且我告诉她不要回来的。你回来干什么,哈奈特?”

“与你无关。”姑娘用滞重的嗓音恨恨地说。

“那你为什么要回来呢?”哈里特撕心裂肺地叫道。

“她愿意来就来吧。”伯金说。“坐不坐一会儿呢?”

“不,我不喜欢和明奈特在一起。”哈里特嚷道。

“我不会伤害你的,怕什么呢。”姑娘粗鲁地劝他说,话音里却包含着防范他的意思。

哈里特过来坐在桌前,手捂住胸口嚷道:“唦,吓死我了!哈奈特,我不高兴你做这种事。回来干吗?”

“可绝不是为了你。”姑娘重复一遍。

“我已经知道了。”哈里特尖声喊着。

姑娘转过身去,面对着杰拉尔德·克莱奇。杰拉尔德的目光中闪烁着一种说不出来的快乐神情。

“那些粗人把你吓坏了吗?”姑娘冷静低沉地用孩子气的话音问他。

“不——从没有过。总的说来他们不伤害人——他们并不是天生野蛮的,你就不会真的感到他们可怕。你知道能应付的。”

“是吗?他们凶吗?”

“也不太凶。其实就没有多少有本事的家伙。他们中间真正危险的东西没有多少,无论是人还是兽。”

“除非是在野兽堆里。”伯金插言道。

“真的没有吗?”姑娘说,“哦,我原以为这些人都很危险,你还没来得及看清楚就被宰了呢。”

“是吗?”杰拉尔德笑了。“你错了。他们同其他人一样,和他们一相识也就不会激动了。”

“哦,那么当探险家也不是什么了不得的事啦?”

“对。主要的障碍是艰难困苦,而不是恐惧。”

“哦,那你从没有害怕过吗?”

“在一生中吗?那我可说不上来。对了,有些事情也让我害怕的——怕被关起来,怕

被锁在什么地方——或是被拴住。我怕手脚被绑起来。”

姑娘用单纯的眼神注视着他。那目光落在杰拉尔德身上，深深地激动了他，压住了他自我中高级的一面。感到姑娘使他无意中暴露了自己，倾诉了最隐秘的肺腑之言，这滋味真是妙不可言。姑娘想要了解他。她的目光像是穿透了他赤裸的躯体。杰拉尔德觉得姑娘是被驱使而来，是命中注定要和自己发生联系，她必然会看到自己和了解自己。这引起了一种新奇的狂喜。他还认为，姑娘一定会把自身托付在他手中，归他所有。姑娘以一种世俗的眼光，像一个仆人一样望着杰拉尔德。她感兴趣的并不是杰拉尔德说话的内容，而是他的自我暴露，是他的人。她要了解他的经历，了解他作为一个男人的成长历程。

一种奇怪的微笑使杰拉尔德的脸充满了生气，像是迸散着的火花觉醒了，然而又不是有意识的。他胳膊肘支在桌上坐在那里，把一双经阳光洗礼成棕褐色的手伸向姑娘；匀称的手透出诱人的肉感，又似乎透出了一种不吉。那双手迷惑了姑娘，姑娘也知道这个，却任由自己被吸引得神魂颠倒。

其他男人又来到桌旁同伯金和哈里特说话。杰拉尔德在一边悄悄地问哈奈特：

“你从哪儿回来的？”

“从乡下来。”哈奈特把脸贴近他，声音很低却又洪亮地告诉他。姑娘又瞥了哈里特一眼，她的眼里迸射出一点火花。那个性情愚笨而带有几分女性美的男人不再搭理她了，他真的畏惧。有一段时间哈奈特不再想到杰拉尔德，杰拉尔德还没有彻底征服她。

“哈里特和这又有什么关系呢？”杰拉尔德问，声音低哑。

哈奈特停顿了一下才勉强说：

“他先是让我和他一起生活，这会儿又想抛弃我。可是他又不让我去找别人。他想让我独自隐居乡下。后来他又说我难缠，使他甩不掉我。”

“不知道他是怎样想的。”杰拉尔德说。

“他根本没心，也就不会想什么了。”姑娘说。“他总在靠别人告诉他该做什么。他从来不做要自己决定的事情——因为他就不知道自己打算要些什么。他真是个孩子。”

杰拉尔德盯住哈里特看了一会儿，看着他那张颇为女性化的柔和的面孔。它的极度柔和便是一种魅力，这是一种热烈温柔的性情，人们可以满足地投身进去。

“但是他驾驭不了你，是吗？”杰拉尔德问。

“你瞧，他还是让我违背心愿地跟他一起生活。”姑娘问答说。“他跑来向我哭泣，涕泪横流，你从没见过那么多的眼泪；说我一定要回到他身边，否则他就受不了了。还说他永远不走了。他总算把我弄回去了,以后就总采用这个策略。现在我要生孩子了,他要给我一百镑钱,把我打发到乡下去,那样他就眼不见为净了。休想,既然——"

杰拉尔德脸上现出一种奇怪的表情。

"你快生孩子了?"他真不敢相信。看哈奈特的外表,这似乎不太可能。她那样年轻,根本不像怀了孩子。她直勾勾地望着杰拉尔德的脸,失望的蓝眼睛里露出狡猾的目光,其中还含有邪恶、隐晦和不屈不挠。杰拉尔德心头慢慢腾起了一团火。

"是的。"姑娘说。"糟透了!"

"你想生下它吗?"杰拉尔德问。

"当然不想。"姑娘强调说。

"可是——"杰拉尔德支吾了一下说,"孩子有多长时间了?"

"已经十周了。"姑娘答道。

她的眼睛一直盯住杰拉尔德。杰拉尔德不说话了,算计着什么。然后他打断思路,冷静下来,用亲切关怀的语调问道:

"可以吃点东西吗?你想吃什么吗?"

"想,"姑娘说,"我很想吃点儿牡蛎。"

"行。"杰拉尔德说。"咱们就要牡蛎。"他向服务员打了个手势。

哈里特没理会这些,直到小碟子摆上来,他才突然叫道:

"哈奈特,你喝白兰地的时候不可以吃牡蛎。"

"可又与你无关?"姑娘问。

"行,没关系。"他叫道。"可是喝白兰地的时候你就是不可以吃牡蛎。"

"我并没喝白兰地。"姑娘说着,同时把杯里的剩酒扬到哈里特的脸上。哈里特怪叫起来。姑娘坐在那儿瞧着他,一副毫不在意的表情。

"哈奈特,你为什么这么做?"哈里特慌乱地问。他留给了杰拉尔德这样一种印象,他畏惧哈奈特,却又满意于自己这种恐惧心理。他像是在品味自己对哈奈特的畏惧和怨恨,反复琢磨它,又在真正的惊恐中仔细品味其中的甜酸苦辣。杰拉尔德认为他是个少见的傻瓜,却又是活泼有趣的。

"哈奈特,"另一个男人以小声,语流又很快的伊顿腔说,"你许诺过不伤害他的。"

"我根本没伤害他呢。"姑娘反驳说。

"你想喝什么呀?"那个年轻人问。他的皮肤乌黑光亮,全身充满神秘的活力。

"我不喝黑啤酒,达克萨姆。"姑娘回答说。

“你一定要香槟酒不可。”传来另外一个人细柔的声音。

杰拉尔德立刻明白这是给自己的暗示。

“那么就来点儿香槟好吗？”他笑着问道。

“好吧，请来杯没果味儿的。”姑娘像孩子一样地咬着舌头说。

杰拉尔德看着她吃牡蛎。

她的吃相很高雅，十指纤纤，指尖很灵巧；她用灵巧的动作把牡蛎剥开，不紧不慢地小心地吃着。杰拉尔德非常高兴地望着她，伯金却生气了。大伙都在喝香槟酒。达克萨姆是个一本正经的俄国年轻人，红面皮，皮肤光滑，黑发上还抹了发油。他像是那些人中仅有的冷静持重的人。伯金苍白的脸色很别扭，让人感到莫名其妙。杰拉尔德微笑着，眼睛里连续闪过一种明亮愉悦但却冷静的光。他将身子微微弯向哈奈特，像是要保护她。姑娘十分温文尔雅，如同舒展开来的晶莹剔透的冰花，又像盛开的花朵一样不防备人，让人看了奇怪。她陶醉在虚荣自负中，美酒和男人们的兴奋熏红了她的面颊。哈里特看上去傻乎乎的，一杯酒就完全可以把他灌醉并咯咯傻笑起来。不过他身上还是有一种热情愉快的单纯气息，使他显得颇具魅力。

“我只怕黑虫。”哈奈特突然抬起圆溜溜的眼睛盯着杰拉尔德说，那里面好像有一股肉眼难见的淡如轻烟的火焰直射向他。杰拉尔德不怀好意地开怀大笑了。姑娘孩子般的话刺激着他的神经，那迷迷离离、火热的目光只顾注视着他，早已忘怀了刚刚发生的事；这使杰拉尔德变得大胆了。

“我真的不怕呢。”姑娘抗议了。“我根本不怕别的东西，只怕黑甲虫——哟！”她痉挛地战抖着，好像一想到这个就难以忍受。

“你的意思是，”杰拉尔德以一种一直在喝酒的男人所会有的小心翼翼地语气问道，“你受不了见到黑甲虫呢，是怕黑甲虫咬你呢，还是怕它伤害你吗？”

“难道它们咬人吗？”姑娘叫道。

“真恶心！”哈里特嚷着说。

“我也不知道。”杰拉尔德环视着桌旁的人答道。“黑甲虫究竟咬人吗？不过问题不在这里。你是怕它们咬你呢，还是只对它们怀有一种抽象的厌恶？”

姑娘始终在用那孩子般的眼睛直盯着他。

“哦，我觉得它们让人讨厌，让人害怕。”她嚷着说。“一见到这种东西就会让我全身起鸡皮疙瘩。万一真有一只爬到身上来，我断定自己一定会死。一定的。”

“不至于如此吧。”俄国小伙子小声说。

“我断定我会的，达克萨姆。”姑娘肯定地说。

“既然如此就不会有虫子爬到你身上去了。”杰拉尔德知情地微笑着说。他凭借某种神奇的方式了解了姑娘。

“恰如杰拉尔德所言这只是一种抽象的说法。”伯金解释道。

令人难受的一阵沉默。

“哈奈特，难道你不怕任何别的东西吗？”俄国小伙子优雅地匆匆问道。

“也不全是。”姑娘回答说。“有些东西我也有点怕，但是怕得没这么厉害。我就不怕流血。”

“不怕流血！”一个容貌粗陋脸色发白的年轻人讥讽地叹道，他刚来到桌旁，正在喝威士忌。

哈奈特又现出一副表示讨厌的阴沉脸孔对着他，那脸色粗俗而丑陋。

“你的确不怕血吗？”又有一个人轻蔑地冷笑着，追问道。

“对，我就是不怕。”姑娘对他反击道。

“哟，除了在牙医的痰盂里，你究竟见过血没有呀？”年轻人嘲讽地又问。

“我和你说话了吗？”姑娘的反击也相当出色。

“你不知如何作答，对吧？”讥讽人的小伙子挑衅地问。

作为回答，姑娘用一把小刀突然刺穿了他厚实但又苍白的手掌。小伙子疼得跳起来骂了声粗话。

“你算是什么东西。”哈奈特轻蔑地说。

“该死的家伙。”年轻人站在桌旁，眼睛朝下恶毒地瞪着她。

“行啦。”杰拉尔德出自本能马上命令道。

年轻人傲慢地俯视着姑娘，粗俗惨白的脸上有一种不自然的威吓人的表情。血从他手上流了出来。

“呶，真吓人，快拿开！”哈里特尖叫着转过头去，那张脸已被吓成了青绿色。

“你觉不舒服吗？”嘲笑人的那个小伙子有点儿不安地问。“你觉得难过吗，托尔叶斯？卡恩，没关系，老弟，别让她高兴，竟认为自己胜利了呢——别让她得意，老弟——那正是她想要的。”

“呶！”哈里特又发出了一声尖叫。

“他要吐了，达克萨姆。”哈奈特警告说。文雅的俄国年轻人站起身扶住哈里特的胳膊，把他扶走了。伯金面色惨白地观望着，蜷缩成一团，看来他是被惹怒了。嘲笑人而受

了伤的年轻人走开了，全不理会自己淌血的手。

“他是个坏透了的懦夫，真的。”哈奈特对杰拉尔德说。“就是他在控制托尔叶斯。”

“他是谁？”杰拉尔德问。

“一个令人难以容忍的犹太人。”

“嗯，他倒没关系。可是哈里特怎么啦？”

“托尔叶斯是你能见到的最笨的懦夫。”姑娘嚷道。“我一拿起刀他一定会昏倒——他很害怕我。”

“是吗。”杰拉尔德答应了一声。

“他们都怕我。”姑娘说。“只有那个可恶犹太人自认为勇敢。但是，他却是他们中间最大的懦夫呢，真的，因为他就怕别人瞧不起他——托尔叶斯就不在乎这个。”

“他们还是很勇敢的。”杰拉尔德高兴地说。

哈奈特瞧着他，微笑了一下。她脸色发红，看上去十分清秀，却自以为知道一些使人震惊的东西。两粒小光点在杰拉尔德的眼睛里跳过。

“他们为什么叫你哈奈特呢？是因为你长得像只猫吗？”他问姑娘。

“也许吧。”姑娘回答说。

杰拉尔德脸上的笑意更浓了。

“还不如说你是——就说是一头年轻的母豹吧。”

“啾，见鬼，杰拉尔德！”伯金讨厌地喊道。

他们两人不舒服地瞅着伯金。

“你今晚怎么没太说话？伍伯特。”姑娘有点儿无礼地对他说；由于和另外一个男人在一起，她觉得没有什么好怕的了。

哈里特面容阴郁难看地回来了。

“哈奈特，”他说，“我不喜欢你做这种事情——啾！”他哼哼地跌坐在扶手椅上。

“回去吧，好吗？”姑娘对他说。

“我是要回家去。”他说。“但是你不同，和我一起去我的住处玩玩吗？”他对杰拉尔德说。“你来我会很高兴的。来吧——那可就棒极了。我说！”他向四周瞧着寻找侍者，“给我叫辆出租汽车。”然后他又呻吟起来。“啾，我真觉得糟透了！哈奈特，都是你做的好事！”

“谁叫你是这样一个废物的？”哈奈特冷冷地含怒问道。

“可我不是废物呀！啾，太可怕了！一定来啊，各位，那可就太棒了。哈奈特，你也要来呀。什么？欧，可是你一定来，对，一定来。什么？欧，亲爱的，这会儿别闹别扭了，我真感到——欧，太糟糕了——哟！——哦！欧！”

“你自己知道不能喝酒。”姑娘冷冷地对他说。

“我跟你讲与喝酒没关系——全是为了你那让人厌恶的举动，哈奈特，根本不是由于别的原因。欧，糟透了！利比德尼科夫，快走吧。”

“他才喝了一杯酒——只是一杯。”俄国小伙子匆匆地解释着。

他们全部离开座位走向门口。姑娘一直挨着杰拉尔德，两人的动作一样。杰拉尔德感觉到了这个；由于姑娘同自己亦步亦趋，他满心都是一种恶魔在诱惑人之后所感到的踌躇满志。他把姑娘束缚在了自己意志力的深渊里，而姑娘又在那里迷迷离离、无影无形地刺激着他。

五个人挤进了出租汽车。哈里特歪歪斜斜地先钻进去，跌坐在靠对面车窗的座位上。然后哈奈特也坐了进去，杰拉尔德又挨着她。他们听见俄国小伙子在吩咐司机，接着五个人便坐在黑暗中，靠在一处。哈里特哼哼着把头探出窗外。他们听到汽车发出低沉的吼声在快速行驶。

哈奈特紧紧贴住杰拉尔德坐着，人看上去也变得温柔了。她正在偷偷地把自己投入到杰拉尔德的身体里去，就像一道罪恶的电流穿进了他的身体。她的生命像是具有魔力的罪恶注满了杰拉尔德的血管，汇集到了他骨子的深处，好像一种骇人的力量的源泉。同时，她还象没事人似的以美妙的声音同伯金和达克萨姆交谈着。她和杰拉尔德没说话，但在黑暗中却有着邪恶的电流般的相互沟通。她摸索到了杰拉尔德的手，把它握在自己坚定的小手掌里。车内伸手不见五指，可是这样明白的表白，这样急促的颤动，还是通过血液传到了杰拉尔德的大脑中。他明白了。姑娘的声音如银铃般响了一路，像是在嘲笑着什么人。她甩了一下头，纤长稠密的秀发扫过了杰拉尔德的脸颊；如同受到敏感的电力摩擦，他整个神经系统都燃烧起来了。但是他力量的真正核心处没变，那是埋藏在骨子深处的一种了不起的自豪感。

他们驶到一条街上，周围的房子悄无声息。穿过一条花园小路，一位肤色黝黑的仆人立刻过来给他们开了门。杰拉尔德奇怪地望着他，猜想他是一位绅士，是来自牛津大学的一位东方人。可实际上他仅仅是个男仆。

“沏茶，梅森。”哈里特吩咐道。

“我有地方住吗？”伯金也问仆人。

那个男人听了这两句话只是咧嘴一笑，嘟嘟囔囔地不知说着什么。

他像是一位又高又瘦少言少语的绅士,杰拉尔德真不知该如何看待他。

“哪一位是你的仆人呀?”他问哈里特。“这人看上去很体面。”

“哦,是的——这是因为他穿了别人的衣服。无论如何,他可绝不会是体面人。我们在路上发现他的,已经饿得半死了。我就把他带回来了,另一个人给了他这件衣服。你说他是什么都可以,可就不是绅士——他唯一的优点就是对英语一窍不通,所以倒是非常可靠。”

“他很肮脏。”俄国小伙子沉静地迅速插上一句。

很快那个男人再度在房间门口出现了。

“怎么啦?”哈里特问。

男人龇牙笑着,怕羞地咕哝道:

“要和主人说话。”

杰拉尔德好奇地观望着。门口那个人容貌端庄,举止沉稳,四肢秀美,看上去高雅华贵、有贵族风度。不过,他身上又透出了一种野性,张开大嘴的笑态也显得很愚笨。哈里特去到走廊里和他讲话。

“什么?”他们听到他说。“你再说一遍。什么?想要钱?要更多的钱?但你要钱有什么用?”一阵混乱的阿拉伯人谈话声,接着哈里特回到房间里,也愚蠢地微笑着说:

“他说他要钱买内衣。哪位能借我一先令?哦,谢谢,一先令就足够他用了。”他从杰拉尔德手上拿过钱,又回到走廊上,只听他在说:“以后不许再要了,昨天已经给了你三先令六便士。记住!马上端茶来。”

杰拉尔德打量着房间。这是间很普通的伦敦寓所里的卧室,显然是带家具出租的。屋子里很乱,不过还是让人感到很舒服的。有几件产于西太平洋地区的塑像和木雕破坏了整体气氛,让人看了眼生。土人的雕像瞧上去活像是人的胎儿。其中的一个是一位裸体女人,她挺着肚子姿势奇特地坐着,脸上一副痛苦的神态。俄国小伙子告诉大家,那女人是在生孩子,她用手抓紧吊在她脖子上的带子,一只手抓一头,这样才能帮助她顺利分娩。女人那张奇怪、麻木、朦朦胧胧的脸使杰拉尔德又联想到了一个胎儿;这很奇妙地展示了对身体知觉一种极端状态,超越了精神意识的范围。

“这不太猥亵了吗?”他不赞成地问道。

“这我也说不清。”俄国人飞快地咕哝着。“我从来也没给猥亵下过定义。我以为它们是挺好的。”

杰拉尔德离开了。房间里还有两幅未来主义风格的新派绘画以及一架大钢琴。这一切，加上普通伦敦公寓里的一些高级一点儿的家具，构成了整个房间的装饰。

哈奈特摘下帽子并脱下外套坐在了沙发上。她在这所房子里当然是自由自在的，可是又没有十足的把握，不能确定自己现在地位如何。她目前的同盟者是杰拉尔德，也不知别的男人对此会容忍到什么程度。她在思考着怎样才能轻松地把这个局面应付过去。她决定破釜沉舟。已经是半夜十一点钟了，不能再出什么乱子。内心的思想斗争使她涨红了脸，忧郁的眼神却表明决心已定。

男仆端着茶和一瓶香草酒走进来，把托盘放在长沙发前的一张小几上。

“哈奈特，”哈里特吩咐说，“倒茶吧。”

哈奈特没有反映。

“你不倒吗？”哈里特重复一遍，显出焦虑的恐惧神色。

“我这次回来与不比以前。”她说。“我来只是因为有人想要我来，但不是为了你。”

“亲爱的哈奈特，你知道别人不能左右你。我并不想命令你做什么事情，而只是让你为了自己的方便来用这套房间——这你是知道的，我告诉过你很多次了。”

哈奈特没言语，默默地伸手去拿茶壶。大家围坐下来喝茶。哈奈特坐在那儿用不说话表示拒绝的时候，杰拉尔德能察觉到两人之间的电流感应是那么强烈，它使局面完全改变了。姑娘的无言和无所表示令他糊涂。自己该怎样到她那里去呢？而且他又感到这是势在必行的。他绝对相信控制了他们俩的那种潜流。他的迷惘只是表面上的，新局面已经占据了主导地位，旧局面让路了。在这里，人做事随意而为，并不管它是什么。

伯金站起身来。快一点了。

“我要去睡了。”他说。“杰拉尔德，明天我们打电话联系。”

“好吧。”杰拉尔德应道。伯金走了。

他走远了。哈里特激动地对杰拉尔德说：“我说，你不打算住这儿吗——哦，留下来吧！”

“没地方了。”杰拉尔德说。

“住得下，完全有地方住——包括我的床共有四张床——一定要住下啊，好吧。全准备好了——经常有人来这儿——我经常让人们在这里住——我愿意房子里住满了人。”

“但是仅有两个房间呀，”哈奈特以敌视的态度说，“鲁珀特这会儿又住在这儿。”

“这我知道。”哈里特用怪异的尖声说。“又有什么关系呢？还有画室呀——”

他略有几分愚蠢地微笑着，热情地说着，暗中却隐藏着一种决心。

“托尔叶斯和我住一个房间。”俄国人简短地说。他们在伊顿公学时就是好朋友了。

“这很简单。”杰拉尔德说着站了起来，伸开手臂放松放松，然后走过去欣赏一幅画。他的全身充满了电力，紧绷着的脊背好像一头暗怀欲火的老虎的脊背。他很满足。

哈奈特也站起身来。她愤恨地瞪了哈里特一眼，残酷的目光像是怀有刻骨的仇恨。那个年轻人的脸上又泛起愚蠢而又幸福的微笑。哈奈特向大家道了晚安，然后离开了。

好一会儿没人言语，只有关门声。达克萨姆语调优美地说：

“这还不错。”

他意味深长地看着杰拉尔德，默默点头，又说：

“这还不错——你这人不错。”

杰拉尔德瞧着那张光滑红润、标致秀丽的脸，瞧着那不熟悉的意味深长的眼光，觉得俄国年轻人的话纤弱优美，却不是响在空气中，而是响在他的血液里。

“的确。”他说。

“是！是！你很不错。”俄国人说。

哈里特没有开口，只在微笑着。

哈奈特在门口突然出现，小巧的孩子气的脸上阴阴郁郁的全是怨恨。

“我知道你是想找我的毛病。”传来她冷漠却响亮的声音。“可我不介意，随你的便吧！”

她又离开了。她穿了件宽大的紫绸晨衣，腰间系根带子，看起来是那样纤弱和天真，几乎是惹人怜爱的。而她的眼神却让杰拉尔德感到自己被淹没在沉重的黑暗中，这可把他给吓坏了。

男人们又点上香烟不拘礼地交谈起来。

图 腾

杰拉尔德睡得很香,第二天早上很晚才醒。哈奈特还在睡梦中,孩子一样的睡相令人心生怜爱。她娇巧的身子,看上去那样无助,引起了年轻人血液中一股未得到满足的欲火,那是一种混杂着企图全部占有的贪婪的怜爱。杰拉尔德又看看姑娘。现在唤醒她真是太残忍了。他控制住自己走开了。

听到卧室传来哈里特和利比德尼科夫说话的声音,杰拉尔德便走到门口朝屋里望了一眼。他穿的是一件漂亮的带紫晶色折边的蓝色晨衣。

让杰拉尔德大感意外的是,那两个年轻人正全身赤裸地坐在炉火边。哈里特抬头看着他,心情很好。

"早上好。"哈里特招呼道。"哦——你要毛巾吗?他裸着身子走进门厅,一条怪异的白色身影在家具中间大步穿过。他拿了毛巾又返回来,蜷缩着坐在火前栏杆上。

"你喜欢让火烤自己的皮肤吗?"他问。

"那倒是蛮舒服的。"杰拉尔德回答说。

"要是在一个热得无法穿衣的地方,那该有多美啊!"哈里特说。

"是,"杰拉尔德随声附和着,"要是再没有那么多虫子叮啊咬就更好了。"

"也不一定呀。"达克萨姆嘟囔道。

杰拉尔德转向他,厌烦地望着这个人形动物。他的金黄色的皮肤裸露着,使人因此而感到羞耻。哈里特却不同。他具有一种阴郁懒散、意气低沉的美,隐而不露,却又不能破除。他像是圣母玛利亚痛苦地抱着基督尸体的画里的耶稣。生命力是看不到的,有的只是那种忧郁而意气消沉的美。杰拉尔德还注意到了哈里特浅褐色的眼睛有多么美,温暖和迷乱中显示出沮丧的神情。火光映照在他的有几分弯成弓形的笨重的肩膀上。他懒洋洋地坐在炉边栏杆上,朝上仰着头,十分虚弱像是要垮掉的样子,又自有一种楚楚动人的美。

"当然啦,"达克萨姆接着说,"你在炎热的国家住过,那儿的人全都赤裸身体走来走去的。"

“哦,是吗!”哈里特喊着,“在哪儿呀?”

“在南美洲——亚马孙河流域。”杰拉尔德说。

“哦,这可真是太妙了!我最喜欢干这种事情了——一天天地生活,从来用不着穿衣服,包括任何式样的衣服。如果做到这一点,那也就觉得没有白活了。”

“原因又是什么呢?”杰拉尔德问。“有什么不同吗。”

“哦,我想那才叫棒呢。我断定那样一来,生活就完全会是另外一番天地了——全然不同,绝对奇妙。”

“什么原因呢?”杰拉尔德又问,“怎么会这样呢?”

“哦——如此一来人就可以既看见又感触到事物。我能感觉到流动的空气拂过了我,感受到自己接触到的东西,而无须仅仅瞧它们。我断定现在的生活全错了,它几乎全变成视觉形象了——我们听不到,感触不到,也理解不了什么;我们只能看。我敢肯定这完全错了。”

“是的,是的。”俄国人附和着说。

杰拉尔德端详着他,看到他的优美的金黄色的身体,上面杂乱地长着很细的黑色汗毛,好像植物的卷须,四肢又像是光滑的植物茎干。他的身体非常健壮匀称,为什么有人感到羞辱呢?为什么人会对它厌恶呢?为什么杰拉尔德甚至要痛恨它,视之为有损于自己的面子呢?人就只是这样吗?也太普通了!杰拉尔德心想。

穿一身白睡衣的伯金突然出现在门口,头发湿漉漉的,胳膊上搭了条毛巾。他动作轻飘,面色冷淡灰白。

“洗澡间闲着,你们谁去洗呀。”他对大伙说完,又走开了。杰拉尔德猛地喊道:

“我说,鲁珀特!”

“干吗?”他的身影又露面了,活像房间里的一个灵魂。

“我想看看你怎样评价那边的那个雕像。”杰拉尔德问。

穿一身白衣的伯金像陌生的幽灵似的飘向临产的野蛮女人的雕像。女人隆起的裸体以一种怪异的姿势蹲伏着,象在攫取着什么;她的两只手握住了垂在胸脯上的带子的两端。

“这是真正的艺术品。”伯金说。

“太棒了。”俄国人接着说。

他们都靠近前去审视着。杰拉尔德望着那几个男人。俄国人通体金黄像是株水生植物;哈里特高高的个子有一种抑郁消沉的美;伯金在注视着女人的雕像,浑身雪白,难以形容,不知像什么。杰拉尔德怀着奇特的自满的心情,也仰头去瞧那个木雕人像的脸。他的心紧缩起来。

随着心中的想象,他形象地瞧见了那张向前伸出的野蛮女人的灰色的脸,它神秘而紧张,全部精力集中在极度的肉体痛苦中。这是张给人带来恐惧的脸,憔悴,空虚,在身体下部感觉的重压下几乎心不在焉到了无所表示的程度。他仿佛在其中看见了哈奈特。像是在做梦一样,他了解了她。

"难道这也是艺术吗?"感到震惊和愤愤不平的杰拉尔德问道。

"它表达了实实在在的真理。"伯金回答说。"无论你喜欢与否,它却包含有人在那种情况下的全部真实情形。"

"可是你总不能说它是高级艺术吧。"杰拉尔德还有点不服。

"高级!在这尊雕像的后面,已经有多少世纪、数以百计世纪的直线发展了;这是文化所达到的令人敬畏的高度,是一种确定的类型。"

"什么文化?"杰拉尔德表示反对的问。他讨厌这种十足野蛮人的东西。

"纯粹感觉的文化,肉体知觉中的文化,那可是真正的基本肉体知觉,与精神无缘,绝对是肉体方面的。它太专注于肉体了,所以是终极至上的。"

杰拉尔德对此很不以为然。他想要保持某种假象和观念,以便把粗俗的东西包藏起来。

"你喜欢的是错误的东西,鲁珀特,"他说,"那同你的天性也是不相容的。"

"哦,我明白,这并非就是一切。"伯金答道,走开了。

杰拉尔德洗完澡回到房间时,手里拿着自己的衣服。他在家时太循规蹈矩了,一旦真正离开家像现在这样寻欢作乐起来,最喜欢的就是彻头彻尾的厚颜无耻。他把蓝绸晨衣搭在胳膊上,怀着挑战的心情大步走着。

哈奈特一动不动地躺在床上,圆圆的蓝眼睛如同凝滞不动、透出了愁绪的两汪池水。杰拉尔德能见到的只是她眼波的这种死气沉沉的无底深潭。也许她吃苦头了。想到哈奈特的身子在遭受折磨,这又激起了杰拉尔德骨子里那股灼人的欲火,那是一种热辣辣的怜惜,几近于一种残忍的激情。

"你醒啦?"他对她说。

"什么时候了?"传来哈奈特低沉的话声。

她如同液体一样流了回去,躲开杰拉尔德的亲近,无助地沉落下去,离开了他。她微微透出一个备受蹂躏的奴隶的神情,在一再地推拒中,这种神情愈加明显;杰拉尔德的神

经在称心如意的强烈快感中颤动着。他到底是唯一的意志,她却是听凭他意志力摆布的被动的物质。啮咬人的微妙感受使杰拉尔德抖颤个不停。他知道,自己必须离开哈奈特,两人必须完全隔开。

这是一顿普普通通的宁静的早餐。四个男人都洗过澡,瞧上去很整洁。杰拉尔德和俄国人在外表上端庄有礼,伯金却是病恹恹的一副憔悴模样。看来他也试图像杰拉尔德和达克萨姆那样衣着得体,却很不成功。哈里特穿了一套粗呢衣服和一件法兰绒绿衬衣,打了一条皱巴巴的领带,这和他本人也正好般配。阿拉伯人端来一大堆松软的烤面包片;他瞧上去和昨天夜里没有什么不同,还是那样沉静。

早饭将结束时,哈奈特露面了,穿一件紫色丝绸晨衣,扎一条微微闪光的腰带。她已经有点儿缓过劲儿来了,却还是默不作声,死气沉沉地僵在那里。有人同她说话对她来说就是一种折磨。她的脸像是一副优美小巧的面具,一种不情愿的痛苦表情又使它透出了凶险。快中午了。杰拉尔德起身告辞去办自己的事务,他很高兴得以脱身。不过事情还没有完,他晚上还要回来和大家一块儿聚餐。他为这伙人在音乐厅里订了票,但伯金除外。

夜半更深时他们回到这所房子里来,又喝酒喝红了脸。阿拉伯人照例在晚上十点到十二点之间不见了,然后又谜一样地悄悄端着茶走进来,用缓慢奇特的豹子般的动作屈身把托盘放在茶几上。他那一成不变的面容有贵族气派,皮肤下面微微染上了灰白色。看着年纪轻轻、容貌端正的他,伯金却有点儿恶心,觉得那种浅淡的灰白色活像是一堆灰烬或一种腐坏的东西。在那副深不可测的贵族气的表情里,有着令人作呕的野兽般的愚钝。

他们又在一块儿热烈激昂地交谈起来。可是这伙人之间的关系已经变得很脆弱了。伯金激怒得要发狂;哈里特对杰拉尔德怀着近乎神经错乱的仇恨;哈奈特变得像原始人用的火石刀一样又冷又硬,哈里特在全力与她周旋。她的最终打算是要俘获哈里特,彻底把他攥在手心里。

一到早上,他们又都高视阔步地四下里闲荡了。杰拉尔德却感到一种冲他而来的敌意气氛,这激起了他顽强不屈的天性,他勇敢地挺身面对这一切。他又滞留了两天。第四天晚上,在他和哈里特之间发生了令人极为扫兴的愚蠢的场面。哈里特出于荒唐的憎恨,在咖啡馆里和杰拉尔德闹翻了脸。结果是一场争吵。杰拉尔德正要出手狠揍哈里特一顿,心中却突然涌起种厌恶的感觉,便离开了,留下哈里特徜徉在愚蠢的得意的胜利欢喜中。哈奈特一动不动,达克萨姆袖手旁观。伯金没有在场,他又出城了。

杰拉尔德很快离开了，竟没来得及留给哈奈特钱，这真让他丢面子。其实，他也猜不透哈奈特是否想要钱。不过，给十镑钱她一定会高兴的，他也能从中得到一种满足虚荣的快感。杰拉尔德觉得别人会以为他是不讲义气的。他边走边咬嘴唇，试图要够着上面剪短了的髭须。他知道哈奈特没有自己会高兴的。她得到了她想要的哈里特。她要完全驾驭哈里特，然后就和他结婚。她希望嫁给哈里特，她不想再听人说起杰拉尔德，除非自己遇到了困难；因为杰拉尔德是她心目中的英雄。至于其他人，哈里特、利比德尼科夫、伯金和所有那些卑鄙的艺术家们，都只不过是些废物。不过她能对付的也正是这些废物。和他们在一起她感到心里有底。而同杰拉尔德这种真正的男人相处，她就必须收敛。

哈奈特尊重杰拉尔德，发自内心地尊重他。她想办法搞到了杰拉尔德的地址，以便在困难的时刻向他寻求帮助。她知道杰拉尔德想给她钱。到真正陷入无法摆脱的困境时，她也许要给他去信求救的。

布莱德尔比

布莱德尔比是一幢乔治王朝时期带有科林斯式廊柱的建筑物。房屋坐落在德比郡翠绿平缓的山坡上，离克罗姆福德不远。房子正面鸟瞰一片草坪和几株树木，向下是一片美丽的鱼塘，散布在静悄悄的园林洼地上。屋后一片树木，掩映着马厩和开阔的菜园。再往后就是树林了。

这是一个幽静的去处，摆脱了人工的矫饰，远离德文特峡谷，公路也在几英里开外。房屋正面俯视着僻静的园林，透过树隙可以望见墙壁上金灿灿的粉饰。时至今日，它的面貌依然一成不变，看不出什么变化来。

赫尔特妮近来也在这里常住了。她离开伦敦的牛津大学，喜欢上了乡村的宁静。父亲远在国外，她有时自己和几个朋友住在这所房子里，有时又和哥哥在一起。她哥哥是单身汉，又是议会中的自由党议员；尽管公务缠身，但在议会休会期间，也常来这里，足以让人觉得他的家就在这里。

厄秀拉和古德伦随赫尔特妮第二次登门拜访时，正值初夏时节。她们一道坐在汽车里驶进园林，绕过那片美丽的鱼塘，向带有柱饰的房子正面开去。小巧玲珑的房屋沐浴着阳光，如同背衬树林被嵌在葱翠坡顶上的一幅老派的英国风景画。青绿色的草坪上能见到模糊的人影，身着黄色和淡紫色衣服的女人正在向秀美匀称、枝叶参天的雪松的阴影下走去。

“简直太美了！”古德伦说。“就像一幅完美无瑕的旧版画。”她的话音中流露出一种羡慕之情，好像她是迫不得已地被迷住了，不得不违心初衷发出了赞美。

“你喜爱这儿吗？”厄秀拉问。

“我并不喜爱这。不过我觉着它看上去非常美丽。”

汽车一路不停地颠颠簸簸，盘盘曲曲地驶向边门。先是一位客厅女仆接待我们，接着是赫尔特妮本人。她白皙的脸向上仰起，摊开双手，迎面走向新来的客人仿佛真的很高兴地说：

“你们可算来了——见到你我真高兴——”她吻了吻古德伦。“见到你太高兴了——”她又亲了亲厄秀拉，抱住她不放手，说：“你们累坏了吧？”

“一点儿也不累。”厄秀拉说。

“那你累吗？古德伦？”

“不累，非常感谢。”古德伦应道。

“不——”赫尔特妮说着，站在那里端详她们俩。她没有邀请他们进屋，却非要在甬道上为她俩接风洗尘，使两个姑娘感到局促不安。仆人们在等候着。

“请过来吧。”把两位姑娘瞧够后，赫尔特妮终于发话了。她心里又一次断定，古德伦富有魅力，容貌要更加姣美；厄秀拉却比较性感，有女子气。她十分赞赏古德伦的衣着，绿府绸衣服外面穿了件宽松的外套，上面有墨绿色和深褐色的宽条纹；帽子是干草色，由白里透绿的麦秆编织而成，上面有扎有辫状的黑色、橘黄色相配的缎带；长筒袜是深绿色的，鞋子又是黑色的。装束高贵、典雅，时髦，又有个性。厄秀拉一身墨绿，看上去也更端庄，只是平淡了些。

赫尔特妮自己穿一身绛紫色的绸衣，佩戴着珊瑚珠串，穿着红珊瑚色的长筒袜。她的衣服既不合时宜又不干净，甚至可以说很脏了。

“你们现在看看自己的房间了，咱们上楼吧，好吗？”

只留下她俩在房间里时，厄秀拉才高兴起来。赫尔特妮刚才半天不肯走，简直压得她透不过气来。她站的离人那么近，让人难受，不知如何是好。她似乎总是想控制别人。

午宴摆在草坪上的大树下，浓密的树枝略呈黑色，几乎贴到了青草上。在场的有一位体态纤秀、衣着入时的意大利妙龄女郎；还有一位长得非常健硕的姑娘、叫布雷德利；再就是一位博学的干巴巴的从男爵，人有五十岁了，还在那里妙语连珠，开心地笑个不停，那种大笑听上去十分刺耳；还有鲁珀特·伯金；然后是身段苗条、年轻貌美的女秘书，她叫弗雷尤利思·麦赫茨。

午宴非常考究，这是事实。古德伦一向是爱挑剔的人，却也打心眼里赞赏这顿午餐。厄秀拉也喜欢这种情调——白色的桌子摆在绿色的雪松下，朦朦胧胧透进了新鲜的阳光；树隙外面是枝叶葱郁的园林，鹿群在远处自由自在地吃草。如同一道花圈嵌在了这片土地的周围，把现实关在了外面。花圈里是珍贵的旧日时光，是树林、鹿群和宁静，如烟似梦。

可是在内心深处，厄秀拉是不快活的。谈话矫揉、造作，总有点儿故作庄重，充满了格言警句，只有不时发出的谑言戏语才使之有些生气。不时又说出几句的玩笑，这是为了给说话的气氛增添一种轻松的情调。这场交谈总是在评头品足泛泛而论，与其说它是一条小溪,倒不如说是一道臭水沟。

人们都专注于这种语言游戏,感到十分乏味。只有那位年长的社会学家的神经还是坚韧异常,麻木不觉,看上去仍是津津乐道。伯金一副垂头丧气的模样,赫尔特妮则在一刻也不放松地嘲弄他,当众扫他的面子,让人瞧了百思不得其解。奇怪的是她居然还成功了,伯金在她面前显得十分顺从。他瞧上去是那样低微渺小、无足轻重。厄秀拉和古德伦感到很不舒服,大部分时间都沉默着,听赫尔特妮那种慢悠悠的兴高采烈的悦耳的声音,或是乔舒亚爵士的如珠妙语,或是弗雷尤利恩的唠叨,或是其他两位女人的应答。

午餐结束了。咖啡摆放在草地上。人们离开桌子散坐在躺椅里上,或是在树荫下,或是在阳光中沐浴,各从其愿。弗雷尤利恩进屋去了,赫尔特妮拾起了绣活儿,小康苔莎拿着一本书,布雷德利小姐在用纤细的草编篮子。初夏午后,大家都在草坪上悠闲地做活,不时说些不太费脑筋却又很得体的话。

这时,传来汽车的声音。

"萨尔西来了!"赫尔特妮低声说,让人听了好笑。她放下手中的活,慢悠悠地站起身来,穿过草坪,消失在树丛里。

"来的是谁呀?"古德伦问。

"罗迪斯先生——是罗迪斯小姐的哥哥——错不了,我猜就是他。"乔舒亚爵士告诉她。

"萨尔西,对,是她哥哥。"小康苔莎从书本上抬起头,非常深沉、用带鼻音的英语说了一句,好像在说一件非常秘密的事情。

他们等待着。亚历山大·罗迪斯从树丛后面走回来,他身材高大,又有几分浪漫地十分潇洒地走过来,是梅瑞狄斯小说里的主人公,又使人想起了狄斯累利。他从赫尔特妮的朋友那里学会了热情好客,待大家很热诚,马上就成了这里主人。他刚从伦敦议会里回来。下议院的气氛立刻传到草坪上来了:内务大臣说了什么什么事;而他,罗迪斯,却想到了另外的什么什么事,并把这些事如此这般地向首相面陈了。

赫尔特妮这时也同杰拉尔德·克莱奇绕过树丛走了过来。杰拉尔德是和亚历山大同来的。他被介绍给了众人。有一会儿功夫赫尔特妮一直在围着他转,然后又把他领走了。显而易见,她这会儿的客人是杰拉尔德。

内阁里有了分歧;由于反对派异议,教育大臣辞职了。这引起了关于教育的一场谈话。

"自然喽,"赫尔特妮狂热的诗人一样仰起脸来说,"除了知识带来的愉悦和审美,我们就没有什么理由,也没有什么借口搞教育。"一时间她似乎是在小声嘟囔着,沉思着什么高见,而后又继续讲道,"职业教育根本算不上是教育,那不过是教育的终结。"

杰拉尔德敏锐地嗅出了争论即将到来的气味,准备行动了。

"不需要吗?"他反问道。"难道教育不和体育一样吗,教育的目的就是要造就一种受过良好训练、强有力的、精力充沛的头脑?"

"就和体育造就了健康的体魄一样,教育也为各方面做好了准备。"布雷德利小姐大声嚷道。

古德伦默不作声,厌恶地瞪了她几眼。

"嗯——"赫尔特妮咕噜着说,"这我可不知道。在我说来知识带来的乐趣是那样神奇,那样奇妙——在整个生活中,没有什么比知识对我更重要了——没有,这我敢肯定——没有什么别的了。"

"什么知识呢,赫尔特妮?举个例子吧。"亚历山大问道。

赫尔特妮又仰起脸咕噜起来:

"嗯——嗯——嗯——我也不清楚……可有一件事,那就是命运,那是在我真的理解了有关命运的某些事的时候。人会感到那样振奋,好像摆脱所有的束缚。

伯金瞪着她,脸都气白了。

"你感到不受束缚又是为了什么呢?"他挖苦地问,"你并没有想成为不受束缚的人。"

赫尔特妮拌了一下,好像受了一种侵犯。

"对,不过人还是需要那种不受束缚的感情的。"她反驳道。"这就是攀上高山俯瞰大洋。"

"平静地站在达连山的峰顶上。"意大利姑娘从书本上仰起脸,嘟囔着说。

"也不一定非要在达连山上不可。"杰拉尔德也插了一句。厄秀拉笑出声来。

待这场争论平息了,赫尔特妮又固执地讲道:

"是的,去了解任何一件事,这才是生活中最伟大的事情。这就是真正的幸福和自由。"

"知识,当然,就是自由。"马瑟逊附和道。

"就在简短通俗小报里。"伯金瞧着从男爵干瘪僵直的身体说。古德伦马上觉得自己眼前的这位著名社会学家变成了一个扁平的玻璃瓶,里面盛着压缩的自由小报。这一下真把她逗得乐不可支,乔舒亚爵士被贴上标签,永远存放在她的脑子里了。

"你这是什么意思,鲁珀特?"赫尔特妮斥责地问道。

“严格地说，你也只能了解已经结束的事情。”伯金答道。“这就把去年夏天的自由装进了瓶装醋栗里。”

“难道人只能了解过去？”从男爵尖锐地反驳道，“譬如说，能把关于万有引力的知识叫作过去的知识吗？”

“能。”伯金说。

“我书里有一件值得一提的事情。”突然响起了意大利小女人的尖嗓音。“说是一个男人来到门口，正在专注瞅对面的街道。”

一片大笑声。布雷德利小姐走过去顺着康苔莎的肩上往下望去。

“瞧！”康苔莎说。

“巴扎洛夫走到门口专注地向街上望去。”她读道。

又是一阵大笑，其中让人记忆深刻的是从男爵的笑声，咯咯的是一堆滚石在锵然作响。

“那是本什么书啊？”亚历山大问道。

“《父与子》，屠格涅夫写的。”那位小外国女人回答说，每个音节都发得很清晰。她又看了一下封面来证实自己的话。

“那是一种美国出的旧版本。”伯金插了一句。

“哈！——当然啦——是用法文翻译的。”亚历山大很是自豪说。“巴扎洛夫打开门，向街上眺望去。”

他很高兴地望着周围的人。

“我看不出那‘专注’是什么意思。”厄秀拉说。

于是大伙便猜测起来。

女仆端着大茶盘急匆匆地走来。大伙吓了一跳，一下午竟这样消磨。

茶后，大家又一起散步。

“你喜欢来散步吗？”赫尔特妮一个接一个地问遍了所有人。大家都应和着说愿意，却觉得有几分是囚犯被集合起来操练。只有伯金拒绝了。

“你来散步吗，鲁珀特？”

“我不想去，赫尔特妮。”

“真的吗？”

“对。”他一点都没停顿。

“为什么不呢？”赫尔特妮温柔地问道。在这样一件鸡毛蒜皮的小事上都不能使她满意,这使她周身感到不畅快。她本来打算让大家全跟她到园林里去散步。

"因为我不愿意成群结伙的散步。"伯金告诉她。

赫尔特妮的话在喉咙里咕噜了一阵子,然后她带着异样的神色说:

"那我们就要把一个小孩子留下了,如果他不高兴去的话。"

她在讥讽伯金的时候感到莫大的快乐,但这只能使伯金变得更加不顺从她。

她跟上去追其他人,然后转身向伯金摆摆手帕,偷偷笑着,轻蔑地说:

"再见,再见,小家伙。"

"再见吧,厚颜无耻的女巫婆。"伯金心里骂道。

众人穿过园林。赫尔特妮要带他们去看一面小山坡上的野生黄水仙花。"这儿走,这儿走。"间或响起她银铃般的声音。人们只得都走这条路。黄水仙花是漂亮,可是谁还有心思看呢?满心不痛快的厄秀拉全身僵直,对这种气氛厌恶到了极点。古德伦抱着嘲讽的态度,细心记下了每一件事。

他们望着胆小的鹿群。赫尔特妮对牡鹿说话,就仿佛它也是一个她要加以抚弄和哄骗的对象。它是雄性,所以她必须对它施加某种威力。大家沿着鱼塘慢慢向家中踱去,赫尔特妮向人们叙述着两只雄天鹅的争吵,他们都在争取一位雌天鹅的喜爱。当讲到斗败的那个情人坐在砂砾地上,把脑袋藏在翅膀底下时,她一会儿抿嘴微笑,一会儿又纵情大笑。

人们回到屋子里。只有赫尔特妮站在草坪上,用尖细的声音喊道:

"鲁珀特!鲁珀特!"头一个音节高扬悠长,后面的音节又猛地降了下来。"鲁——珀特。"

可是没有人回答。一个女仆走过来。

"艾丽丝,伯金先生在哪儿?"赫尔特妮温和而又焦急地问道。然而在这种焦急的声音里却有着一种执着,那就是几近疯狂的控制欲!

"我想他是在自己房间里吧,小姐。"

"是吗?"

赫尔特妮慢吞吞地爬上楼梯,顺着走廊一路用尖细的声音叫着:

"鲁——珀特!鲁——珀特!"

她走到伯金门前,轻叩着门,喊道:"鲁——珀特。"

"嗳。"终于传来伯金的声音。

"你在做什么呀?"

问话的声音很温柔。

没有应答。伯金打开了门。

“我们已经回来了。”赫尔特妮说。“黄水仙花真是太美了。”

“对，”伯金说，“我已经欣赏过了。”

赫尔特妮看着他，面颊上还是那种庄重严肃、不露声色的神情。

“是吗？”她回应了一句，依旧注视着伯金。同伯金的不愉快给了她极大的刺激。伯金是个倔强的赌气的孩子，又被稳稳当当地留在了布莱德尔比。可是赫尔特妮心里明白，破裂已是不可避免；她在潜意识中对伯金怀有强烈的仇恨。

“你刚才在干什么呢？”她又轻柔冷漠地问了一遍。伯金没作声，她就下意识地向前走去，进了伯金的房间。伯金从她的闺房里拿来了一幅画着几只鹅的中国画，正在临摹它；他的画法技巧纯熟，生动逼真。

“你在临摹这幅画呀。”赫尔特妮说着靠近桌子，端详着伯金的作品。“哎哟，你画得多好啊！你很喜欢它，对吗？”

“这真是一幅精美绝伦的画。”伯金说。

“是吗？你喜欢它我真高兴，因为我也喜欢它。是中国大使送给我的。”

“这我知道。”伯金说。

“不过你为什么要临摹它呢？”赫尔特妮漫不经心地温柔地问道，“为什么不自己画点儿什么呢？”

“我想它深刻的内涵。”伯金回答说。“临摹这幅画就能更多地了解中国，胜过读多少部关于中国的书。”

“你了解到些什么呀？”

赫尔特妮马上振作起精神，要引诱伯金讲出自己的秘密来。她一定要知道。这是一种可怕的专横，像是鬼迷了心窍，她非要了解伯金所知道的一切。伯金半天没回应，不想与她谈话，但是，不得已不说话：

“我了解到他们的生活是什么——他们领悟到些什么，感觉到些什么——在冷水和污泥中一只鹅的强烈热切的向心性——鹅身上灼热的血液像是引起腐败的火一样注入他们的灵魂——那是喷着冷焰的污泥里的火——是睡莲里的神秘故事。”

赫尔特妮把她没有血色向伯金在低垂沉重的眼睑下，她的凝重奇特的目光如同被麻醉了，平板的胸部也在呯呯跳动。伯金麻木不仁、面无表情地回视着她。随着又一阵奇异的呼动，赫尔特妮转过身去，像是病了，能感觉到自己身体正在溶解。她的理智混乱已经听不见伯金的话了；尽管她层层设防，伯金似乎还是抓住了她，并用一种阴险神秘的力量粉碎了她。

“对。”赫尔特妮应答道，好像并不知道自己在说些什么。“对。”她克制住自己又说，试图恢复理智。可是她已经糊糊涂涂，无法集中注意力，做不到这一点了。用尽全部意志力，她也未能恢复常态。溶解的恐怖折磨着她，在可怕的腐败中，她破裂了，消失了。伯金站在那里无动于衷地望着她。她迷迷糊糊地走了出去，如同幽灵一样备受折磨，满脸病容，又像是受到了死亡魂灵的攻击。她像一具既没有存在于人世、同人世又没有联系的死尸那样离开了。伯金恨恨地站在那儿，没有丝毫举动。

下楼吃晚餐时，赫尔特妮惊奇的表情让人看了生疑，呆滞的目光里透出阴郁的神情和力量。她穿了一套古板的旧锦缎衣服，略呈绿色，十分贴身，衬得她高大可怖，瞧上去像死人一样。在客厅的华灯下，她显得怪模怪样的让人难受。而在半明半暗的餐室里，僵直地坐在桌边，烛光拉长她可怖的身影，她只是一种存在了。她无动于衷地只在听别人说话。

这伙人表面看去是欢快放肆的；除了伯金和乔舒亚·马瑟逊，每个人都穿上了晚礼服。意大利的小康苔莎穿了一套薄绢衣服，上面有金黄色、橘黄色和黑色天鹅绒的柔软的宽条纹。古德伦的衣服是艳绿色的，上面罩着新奇的网眼织物。厄秀拉穿一身黄，上面有单调的银白色薄纱。布雷德利小姐身上间杂有灰色、玫红色和乌黑发亮的颜色。弗雷尤利恩·麦赫茨则是一身淡蓝。在烛光下见到如此富丽多姿的色彩，赫尔特妮被这种色彩感化了。她意识到谈话在不间断地进行着，乔舒亚在其中唱了主角；女人们在低声浅笑和应酬着；还有鲜明的色彩和白色的桌子，阴影在上下跳跃。喜悦似乎使赫尔特妮不能自已了，她为快乐所感动，可又病容恹恹的如同亡魂。她很少开口交谈，却又在一字不漏地听着。她感觉这一切都在她的操纵之下。

他们一块儿走进客厅里，如同家人，轻松自在，全不在意虚礼。弗雷尤利恩递上咖啡，大伙都在悠闲吸烟。不抽纸烟的就抽那种只有看门人才抽的长杆烟斗，是用白土粘制成的，这样的烟斗准备了足足有一小捆。

“你抽烟吗？——要香烟还是烟斗？”弗雷尤利恩亲切地询问着。这里聚着一堆人：乔舒亚爵士看上去像是十八世纪的人；杰拉尔德是有一副人见人爱的英俊的面孔；亚历山大是身材魁梧、容貌端正的政治家，平易近人，心中有数；神情奇特的赫尔特妮则像是人高马大的卡珊德拉。在鲜艳色彩的映衬下，女人们面色苍白；她们聊以尽责地吸着长长的白烟斗，围成半月形坐在灯光柔和的舒适的客厅里，环绕着大理石壁炉；干柴正在炉

膛里燃烧得很旺。

话题总围绕着政治和社会问题,奇特而有趣地带有无政府主义色彩。一股强劲而有破坏性的力量在房间上弥漫着。一切似乎都被扔进了熔锅里。在厄秀拉看来,他们都是些巫婆,正在帮助熔锅沸腾。整个气氛中有一种温馨并不令人紧张的情调,却使新来的人感觉到苦痛的乏味。这种无形的精神压力和强劲耗人的毁灭性的智力活动从乔舒亚、赫尔特妮和伯金身上发散出来,驾驭了其他人。

一阵极度的厌恶和恶心侵蚀赫尔特妮,谈话出现了间隙,像是被她潜意识中强大的意志力给控制住了。

"萨尔西,你不玩点儿什么吗?"赫尔特妮问道,把谈话全打断了。"就没人想跳舞吗?古德伦,你想跳舞,对吧?我希望你跳。你也跳,帕罗斯贝拉,图个快活。你也跳,厄秀拉。"

赫尔特妮站起身来,慢慢撕扯着装饰壁炉架的金色绣花饰带,把它紧攥在手中,又突然放开。她像是一个女祭司,神情漠然,视而不见。

来了一个仆人,抱了几抱绸袍、披巾和围巾,大多具有东方色彩,是赫尔特妮出于对美丽浓艳的衣装的喜爱而逐年积累起来的。

"三个女的要一块儿跳。"她说。

"跳什么呢?"亚历山大轻快地站起来问道。

"《白衣少女》。"康苔莎迅速地回答。

"那可太没劲了。"厄秀拉表示不赞成。

"那就扮《麦克白》里的三女巫吧。"弗雷尤利思用自己的建议缓解了紧张气氛。最后大家决定演娜欧密、露丝和奥帕。厄秀拉扮娜欧密,古德伦扮露丝,康苔莎扮奥帕。她们想按照俄国巴甫洛娃和尼金斯基的风格演一出小型芭蕾舞剧。

康苔莎先装扮好了。亚历山大弹钢琴,场地也准备好了。奥帕身着美丽的东方服装,开始缓缓地用舞蹈动作表现丈夫的死。露丝也来了,两人一起表演悲戚的角色。然后是娜欧密来安慰她们。这些都是在无声的表演中完成的,女人们用舞蹈动作和姿态表现了自己的情感。小舞剧持续了一刻钟。

厄秀拉扮演娜欧密是很富有感染力的。她的男人都死了,只剩下她独自在倔强地坚持着,什么也不要求。同性恋的露丝爱上了她。奥帕是活泼敏感、重感情的寡妇,她要回到原始的生活中去,一切再重来一遍。这些女人相互间的影响是真实并令人恐怖。古德伦怀着狂暴的激情缠上了厄秀拉,微笑中透出了难以捉摸的意图。厄秀拉默默承认,除了危险和不屈不挠之外，她不能给自己和别人更多的东西，从而克制住了自己的悲伤；这一切让人看了十分费解。

赫尔特妮喜欢看剧。她能观察到康苔莎鼬鼠似的惹人眼目的快速动作，古德伦对姐姐身上女性气质很是依恋，以及厄秀拉孤立无援、不得解脱的危险处境。

“太美了。”大家异口同声地喊道。可是赫尔特妮在心底里却感到痛苦不安，知道了自己无法了解这些东西。她喊着让继续跳下去，想让康苔莎和伯金在跳马尔布鲁克时滑稽可笑地在一块儿扭动。

古德伦对娜欧密的蛮横的纠缠使杰拉尔德大为兴奋。那个女人内在的鲁莽和嘲弄的天性渗透进他的血液中。他忘不了古德伦的热情奉献、纠缠不休和无所顾忌，以及其中嘲讽。伯金却像只寄居蟹，躲在洞中观望着，看到了厄秀拉受到别人的白眼和冷遇。她本身充满丰富多彩的，充满了危险的力量。她又像是一颗危险的花蕾，遍身是浓烈的女子气息。伯金在无意间被她所吸引，她就是他的希望。

亚历山大弹奏起匈牙利舞曲，大家都跳起舞来，全身心都沉浸其中了。发现自己在移动，在移向古德伦，杰拉尔德便不自觉地兴奋起来；虽然脚下跳的是华尔兹和两步舞，他却觉得自己的舞步挣脱了羁绊，四肢在躯体中搅扰着。他还不知道该怎样跳他们那种前仰后合的拉格泰姆舞，但已经明白如何开头了。伯金在摆脱了在场的自己所厌恶的人之后，也欢快跳起这种舞。这种毫无责任感的快活可把赫尔特妮气坏了。

“这下我明白了，”康苔莎望着伯金独自跳出完美轻快的舞步，兴奋地喊道，“伯金先生是舞会上的白马王子。”

赫尔特妮耸耸肩，不屑地瞧着她，知道只有外国人才会见到这个并说出口来。

“帕罗斯贝拉，你说什么呀？”她怪声怪气地问道。

“瞧，”康苔莎也用意大利语说，“他不是男人，而是一条变色龙，是一个变化多端的家伙。”

“他根本就不是什么男人，背信弃义，不属于我的这一伙”，这句话刺激在赫尔特妮的心中。要征服伯金的强烈欲望在啮咬着她，因为伯金居然有力量逃脱并独立存在，还和她意愿作对；还认为伯金没有从一而终，不是男子汉，不配做男人。赫尔特妮在满怀绝望中恨死了伯金，这种诅咒使她发狂，使她遭受着死尸般的全然溶解的痛苦；除了这种可怖的溶解和败坏，她什么也感受不到了，溶解和败坏就发生在她的躯体和灵魂中。

房间全住满了人，只好给了杰拉尔德小一点儿的房间，实际上是间化妆室，与伯金的卧室相通。大家手秉蜡烛走上楼梯，楼上一片柔和的灯光。赫尔特妮截住厄秀拉，把她

带进自己的卧室里，和她谈起话来。厄秀拉虽然住在宽敞陌生的卧室里感受到一种压抑。赫尔特妮似乎在朝她逼来，令人生畏又含威不露，使人不由地受到了一种威胁。她们观赏一些意大利的丝绸内衣，衣服质地和外形的那种近于浓艳的华丽，瞧上去既奢华又富有肉感。赫尔特妮胸脯颤动着逼近前来。厄秀拉十分惊恐有一会儿功夫脸色都变了。赫尔特妮呆滞的目光在片刻中看出了对方神色中的畏惧之情，接着又是精神上的斗争，又是一种崩溃。厄秀拉拾起一件浓艳的红蓝两色丝绸衬衣，那是为一位十四岁的年轻公主缝制的。她造作地嚷着：

“这真是太奇妙了——是谁把这两种鲜艳的色彩演合在一起呢？”

赫尔特妮的女仆幽灵似的走了进来。厄秀拉心里害怕极了，在一种不可言状的冲动下失去自持，拔脚逃掉了。

伯金径直上了床。跳过舞后他感到十分兴奋，在幸福之中又觉得精疲力竭。杰拉尔德却还要和他谈话。他躺在那儿，杰拉尔德穿着晚礼服坐在床边，一定要跟他谈谈。

“布兰文家的那两位是谁？”杰拉尔德问。

“她们就住在贝尔多福。”

“住在贝尔多福！那她们是做什么工作？”

“中学教师。”

片刻沉默。

“是吗！”杰拉尔德高声说道。“我想我以前在哪见过她们。”

“这一下让你失望了吧？”伯金问。

“让我失望！不——不过，赫尔特妮怎么邀请她们上这儿来了？”

“她在伦敦结识的古德伦——两个人里她是妹妹，是头发黑一些的那一位——她是艺术家，搞雕刻和做模特。”

“那她就不是中学教师了——只有另一位是教师，对吗？”

“两人都是——古德伦教艺术课，厄秀拉是班级教师。”

“她们父亲是做什么工作？”

“学校里的手工课教员。”

“真的吗！”

“阶级界限正在被打破呢！”

别人最轻微的讥笑都会使杰拉尔德感到不自在。

“她们父亲是学校里的手工课教员！这同我又有什么相干？”

伯金笑了。杰拉尔德望着他仰在枕头上的脸,那张脸上布满冷漠仇恨的神情,却又在笑着。杰拉尔德欲走不能。

“我想你以后至少不会那么容易见到古德伦了,她是个不安分的姑娘,一两个星期后就要飞走了。”伯金说。

“她要去哪儿?”

“伦敦,巴黎,罗马——天知道去哪儿。我总想她还会去大马士革或旧金山的。她是只极乐鸟。天知道她和贝尔多福有什么关系。两者风马牛不相及。”

杰拉尔德沉默了一会儿。

“你为什么那样了解她呢?”他问。

“我在伦敦认识她的,”伯金回答说,“在阿尔杰农·斯特伦斯那伙人里。她应该认识哈奈特、利比德尼科夫和其他那些人——哪怕和他们没有交情。她从来不是那帮家伙里的人——在某个方面她表现更为正统些。我似相识她有两年了。”

“除了教书她还挣钱吗?”杰拉尔德问。

“挣一点儿——也不固定。她小有名气,所以也常卖一些雕刻作品。”

“卖多少钱?”

“一个基尼,十个基尼,但得随行情和价值而定。”

“雕像好吗? 它们是些什么呀?”

“我想它们有时是可能。赫尔特妮客厅里的两只鹡鸰就是她雕的——你见过吧——是用木头刻的,还经过艺术加工。”

“我还以为那不是人的雕像呢。”

“不,就是她刻的。她做的就是这些——动物和鸟,有时又雕塑穿家常衣服的古怪小人儿,雕好以后真是鬼斧神工。它们中间有一种不可捉摸的无意东西。”

“那么有朝一日她就能成为名艺术家了?”杰拉尔德接着问。

“可能。不过我想她不会的。要是有别的什么东西吸引了她,她就会放弃自己的艺术。她的乐天性格使她无法严肃地对待艺术——她永远不会太认真的,她觉得应当保持自己的本来面目。可是她又不会保持自己的本来面目,总是不由自主地失败了。这正是她那类人让我感到忍无可忍的地方。顺便问问,我离开后你和哈奈特的事情怎么样啦?我想听一听。”

“哦,真叫叫人恶心。哈里特变得让人讨厌了,我们用真正老派的方法吵了一架,我差点儿没扑上去揍他一顿。”

伯金先没回答。

“当然了，”他说，“托尔叶斯是有点儿神经质。他一方面有宗教狂，一方面又被淫荡迷昏了头。他要么是给基督洗脚的专职的仆人，要么又去画关于耶稣的猥亵的画——作用和反作用——他就在两者之间徘徊，什么也不是。他的神经真有点儿毛病。他想要朵纯洁的百合花，要另外一个姑娘，那姑娘有一张波提萨利式的脸；可是他却只能有哈奈特，结果把自己也给弄得不干净了。”

“这我就不懂了。”杰拉尔德说。“他到底对哈奈特是爱还是不爱呢？”

“他既爱又不爱。哈奈特是妓女，实际上是和他通奸的妓女。而托尔叶斯却渴望投身到她的淫荡中去。然后他又起来呼唤纯洁的百合花的名字，呼唤有童子面容的少女，这样他就全捞着了。这是古老的故事——作用和反作用，中间没有别的什么。”

“我真不知道，”杰拉尔德顿了一下说，“他竟那样残暴地侮辱了哈奈特。哈奈特那样下流也真让我吃惊。”

“我还以为你喜欢她呢。”伯金说道。“但我发现我有点喜欢她。我从没和她有过什么私情，这是真的。”

“有那么几天，我也挺喜欢她的。”杰拉尔德说。“可是和她呆上个把星期也就够了。这种女人身上有股味儿，让人难以接受，以至恶心——哪怕你开头是喜欢的。”

“这我知道。”伯金答道，又相当烦躁地添上一句，“睡觉去吧，杰拉尔德。天已经不早了。”

杰拉尔德看看手表，终于从床上坐起身来，回自己房间了。可是没过几分钟，他又穿着衬衣回来了。

“还有一件事。”他说着，又坐在了床上。“我们分手的时候吵了一次架，我都没来得及给哈奈特钱。”

“钱？”伯金说，“她自己会从哈里特或她的情人那儿要钱的。”

“不过，我还是愿意给她一些钱，然后我们之间谁也就不欠谁的了。”杰拉尔德说。

“她不会在意这些的。”

“对，也许不会。不过总让人心里别扭，总想早点有个了解。”

“是吗？”伯金问。杰拉尔德正穿着衬衣坐在床沿上。伯金望着他白皙的腿，那双腿非常健硕，肌肉发达。可是伯金对它们却一点欲望也没有，就好像它们是小孩子的腿。

“我想我最好还是清了这笔账。”杰拉尔德又重复了一遍。“清不清都无所谓。”伯金说。

“你总是说无所谓。”杰拉尔德满怀深情地看另一个男人的脸,有点感伤地说。

“无论怎么说都行。”伯金又说。

“可她这人心肠也很好,真的——”

“该撒的物应该给该撒。”伯金说着转向一旁。他觉得杰拉尔德是在逗话。“走吧,我太累了——时间不早了。”他说。

“我希望你告诉我那件事的真相。”杰拉尔德说着,朝下一直注视另一个男人的脸,好像等什么。伯金却把脸偏向一边。

“那好吧,睡觉去。”杰拉尔德很自然把手放在另一个男人的肩上说道,然后就出去了。

早上杰拉尔德醒来后,听到伯金在走动,就喊道:“我还是觉得该给哈奈特一些钱。”

“哎,天啊!”伯金嚷开了,“别那么太认真了。要是愿意的话,就在上帝面前把账给结了吧。在那也许你会平静的。”

“你怎么知道我内心不平静呢?”

“我了解你。”

杰拉尔德沉思了一会儿。

“你知道,现在我最想做的,就是给她一些钱。”

“对情人该做的事是养活她们。对妻子该做的事是和她们在一个屋顶下生活。做男人这样就无可挑剔了——”伯金说。

“不必为此而烦恼。”杰拉尔德说。

“你说我怎么能不烦恼呢?对你所做我不会太关心的。”

“我可不管你是否关心,我必须关心。”

又是一个阳光灿烂的早晨。女仆端进水,拉开了窗帘。伯金坐在床上,懒散愉快地眺望着窗外的园林。它是那样宁静,满目苍翠,到处充满浪漫气息,属于以往的时代。伯金心想,过去的一切有多么可爱啊,那样真实,——永远值得怀恋的往事——这幢房子又是如此安静和雍容华贵,园林也在延续了多少世纪的安宁中沉睡着。然而,这种宁静事物的美又是怎样一种陷阱和幻觉啊——布莱德尔比实际上是怎样一所恐怖和死寂的监狱啊,这种静又是多么令人难以忍受的一种禁闭啊!不过,它又好于现实生活中污秽的乱七八糟的你争我斗。要是人能够依照自己的心愿创造未来——为了一个小小的愿,为了把最普通的真理非常自由地应用在生活中,那是我们每个人的理想!心灵就在不停地这样呼喊着。

“我看不出来你还能为我们做些什么。”杰拉尔德的声音从楼下里传来。“对其他一切都不感兴趣,包括明奈特和矿井。”

“你可以有你的兴趣,杰拉尔德。我只是自己对那些不感兴趣。”伯金说。

“那我该做些什么呢?”杰拉尔德又问了一句。

“做你愿意做的事情。我自己又该做什么呢?”

在一片自己中,伯金能觉察到杰拉尔德在思考着这件事。

“要是我知道的话,那我就是世界上最幸福的人。”传来了高兴地回答声。

“你瞧,”伯金说,“你的既想要哈奈特,除了哈奈特就别无他求;你又想要矿井和事业,除了事业也是别无他求——你就是这样,全被约束住了。”

“可是我还想要别的东西呢。”杰拉尔德平静真诚地说。

“还要什么呢?”伯金惊奇地问道。

“这正是我希望你来告诉我的。”杰拉尔德说。

两个人沉默了半天。

“我也说不上来——我自己现在也很糊涂,更不用说你了。你可以结婚呀。”伯金说。

“和谁——和哈奈特吗?”

“也许是吧。”伯金说着站起身走到窗前。

“这就是你的灵丹妙药。”杰拉尔德不屑地说。“可是甚至连你自己也没有尝试过;你也够倒霉的了。”

“是倒霉。”伯金说。“不过,我会好起来的。”

“靠结婚吗?”

“对。”伯金坚定地答道。

“不。”杰拉尔德说,接着又加上一句,“决不,朋友。”

两人一时哑口无言,只感到这种争执带来的紧张气氛。他们之间总是有间隙,若即若离。他们都希望能摆脱对方,然而彼此间又有着奇特的心灵感应。

“女救主嘛。”杰拉尔德讥讽道。

“难道不可以吗?”伯金问。

“没什么道理,”杰拉尔德说,“如果这真奏效的话。不过,你要和谁结婚呢?”

“一个女人。”伯金说。

“好。”杰拉尔德生硬的回答。

伯金和杰拉尔德是最后下来用餐的。赫尔特妮却希望大家都快点下来。想到自己易逝的年华，一种莫名的惆怅缠绕了赫尔特妮，她觉得自己已经错过了很多。她像是要掐住每个钟点的脖子，向它们夺回自己逝去的时光。她如同在清晨到来时忘记遁去的幽灵，然而又有着自己的力量，她的意志力量在四下里奇异地弥漫着。两个小伙子的到来造成一种突如其来、让人感受得到的紧张气氛。

赫尔特妮仰起脸来，用异样的声音说：

"早上好呀！你们睡得好吗？我真高兴。"

她转过脸去没有搭理他们了。伯金对她太了解了，看出她是要故意冷落自己。

"你们可以从餐具柜里取出餐具。"亚历山大也带着责备的口吻说。"我希望吃的东西最好还热着呢。哦，不！鲁珀特，你能把火锅下面的火撤掉吗？谢谢。"

在赫尔特妮表示沉默的时候，连亚历山大也立刻神气起来了。他总是这样，喜欢延用赫尔特妮的口气说话。伯金坐下来盯着桌子。多少年来相处，使他对这所房子、这个房间和这种氛围真是了如指掌；现在却感到非常陌生。它们同他没有什么关系。他太了解赫尔特妮了，她就僵直地坐在那里，一句话也不说，有点儿发呆，却又那样有权势，有力量！他对她了如指掌，知道这就像是一种疯狂状态。难以置信这样一个人不是疯了，很难相信这样一个人不比埃及金字塔法老墓室里的人物好多少；在那里，死去的人从无法追忆的年代起就坐在那儿，好不吓人。伯金也太了解乔舒亚·马瑟逊了，他总是用刺耳的声音唠叨，无休无止，没完没了，总爱用强健的智力，总是装作幽默机智，总是无所不知；他说自己对一切都能未卜先知，也不管那是怎样前所未闻的事情。亚历山大是个新派的代表，死气沉沉，随随便便，不拘礼仪。弗雷尤利恩只要有机会，就要插几句嘴。意大利的小康苔莎在留意着每个人，冷静客观地盘算自己的小算盘，活像只在观察一切的黄鼠狼，自己从中取乐，却从不吃亏。然后是表情迟钝、总爱做好人的布雷德利小姐；赫尔特妮对她冷冰冰的，几乎是在随便拿她取笑，所以人人都戏弄她——伯金对这一切都谙熟于心了，这就像一盘棋子已经摆好的棋局；同样的人物，王后、马、兵，和几百年前一模一样；同样的人物在构成棋局胜负的无数阵式中的一种阵式里来回移动着。然而棋局是已知的，它的竞争如同一种疯狂状态，徒使人精疲力竭。

杰拉尔德在那边，脸上布满开心的神色，这场游戏把他逗乐了。还有睁大了眼睛的古德伦，在怀有敌意地注视着；棋局迷住了她，但她厌恶这种游戏。厄秀拉似乎受到了伤害，流露出惊恐的神情，而这种痛苦她自己又不能说这是怎样。

伯金霍然起身离开了。

"够了。"他无意说了一句。

赫尔特妮知道伯金的行动。她抬起头，一双忧郁的眼睛，看到伯金忽然间离席而去，如同被一阵突如其来潮流给卷走了；浪涛又冲击到她的身上。只有她倔强的意志是不变的。她端坐桌旁，不时沉思着说上一两句话。她像是一艘下沉的轮船，被海水吞没了。对她说来，一切都已了结，她在海水中毁灭了。只是意志的机械运动还在起作用，使她感觉到没有死去。

"今天上午咱们去游泳好吗？"她忽然望着所有的人说。

"好极了。"乔舒亚响应道。"今天上午天气蛮不错。"

"啾，美极了。"弗雷尤利恩大声说。

"对，我们游泳去。"意大利女人也说。

"但我们没有游泳衣。"杰拉尔德补充说。

"用我的。"亚历山大对他说。"我去教堂上主日课，所以不能去游泳。"

"你是基督徒吗？"意大利的康苔莎极好奇地问道。

"不。"亚历山大回答说。"我不是。不过我的信仰就是崇尚古风。"

"它们可真是太美了。"弗雷尤利恩天真地说。

"啾，真美呀。"布雷德利小姐也嚷道。

他们悠闲在外面的草坪上散步。这是初夏一个阳光和煦、气温宜人的上午，生命在大地上慢慢地蔓生着，活像是对往事的追忆。万里无云，教堂钟声在远方飘荡，白天鹅在山坡下的水中像盛开的美丽百合花。草地上，孔雀在得意扬扬地溜来溜去，从树荫下走出来，沐浴着阳光。人们不由得要沉浸于这一切，处身于昔日的美景中了。

"再见啦。"亚历山大挥舞着手套喊道，绕过灌木丛然后去了教堂。

"好吧，"赫尔特妮提议道，"咱们都去游泳吧？"

"我不去。"厄秀拉突然说了一句。

"难道不想去吗？"赫尔特妮盯住她问。

"对。我是不想去。"厄秀拉又重复一遍。

"我也不去。"古德伦加了一句。

"我穿什么啊？"杰拉尔德问。

"我不知道。"赫尔特妮阴阳怪气地笑起来。"一块头巾行吗——一块大头巾？"

"行。"杰拉尔德说。

"那就来吧。"赫尔特妮温柔似的说。

最先跑过草坪的是意大利小女人，小得像是一只猫。她扎着金黄色头巾的头微微前倾,雪白的双腿轻快地奔跑着。她迅速地穿过大门,沿草地走去,来到水边,丢下浴巾,如同象牙和青铜雕成的小人儿一样站在那里,瞧着在惊讶中迎上前来的白天鹅。然后跑出来的是布雷德利小姐。她穿一身深蓝色的衣服,活像是一大块柔软的陈皮梅。杰拉尔德也来了,披一块浴巾,腰间缠了一片猩红色的丝绸头巾。他似乎是在阳光下招摇过市,炫耀自己,闲逛着,欢笑着,轻松自在地溜达着。他赤身露体皮肤倒白皙,瞧上去倒还不刺眼。再后面是穿了一件外套的乔舒亚。最后是裹在丝绸大披风里的赫尔特妮,她优美的步伐向前走着,头上缠成了紫色和金黄色。她身段很漂亮;随着步子迈动,斗篷款款飘起,给她平添了一种气派。她像是一个古代人物,悠然穿过草坪,庄严地走向水塘。

峡谷下斜处的平地上有三个宽大的池塘,在阳光下。水流越过一堵小石墙,穿过玲珑的鹅卵石,溅泼着从一个池塘滑向下面又一个池塘。天鹅已游向对岸,芦苇闻上去有一缕缕清香。微风抚摸着人们的肌肤。

杰拉尔德跟在乔舒亚爵士后面扎向水中,游到了池塘的尽头处。他露出水面,坐在石墙上。又有人跳水了,康苔莎像小鱼一样游向了他。两人坐在阳光下,两臂交叉在胸前高兴地谈着。乔舒亚爵士也游到他们那里,站在离他们不远的地方,水没到了他的腋下。然后游过去的是赫尔特妮和布雷德利小姐,他们在堤岸上坐成一个环形。

"他们太令人恐怖了!"古德伦说。"他们看上去难道不像是蜥蜴吗?他们简直就和大壁虎一样。你见过像乔舒亚爵士的东西吗?不过说真的,厄秀拉,他就属于远古时代的世界,那时候大蜥蜴还在到处爬呢。"

古德伦惊奇地望着乔舒亚爵士,他正站在齐胸深的水里,灰色的头发散在水面了,盖到眼睛上,脖子也缩进了坚实的两个肩膀中。爵士在和布雷德利小姐说话。十分丰腴的小姐坐在上边岸上,浑身湿漉漉的,活像头在动物园里蜿蜒爬行的海狮。

厄秀拉木讷地望着。杰拉尔德在赫麦恩妮和意大利女人中间笑个不停。他使厄秀拉想起了狄俄尼索斯,因为他体态丰满,头发又是黄色的,又那么爱笑。赫尔特妮个子高大,粗壮健硕,带着一种不祥的优雅倾身靠近他,有点儿令人恐怖,就好像她不能为自己可能做出的事负责似的。杰拉尔德也知道她身上有某种让人不敢接近的东西,那是一种极端的狂热。但是,他笑得更厉害了,偶尔又转向小康苔莎;康苔莎也抬起头来瞟着他。

他们又都纵身跳入水中,就像在一块儿游水嬉戏的一群海豹。赫尔特妮在水中显得强健有力,心不在焉,高大的身躯在水中惬意地游动着。帕罗斯贝拉且无声响地游得很快,活像一只水耗子。杰拉尔德在水中缓缓地游着,扑打着,和水面混而为一,就像一个白色幽灵。他们又鱼贯地趟出水面,向房子走来。

杰拉尔德沉默了一会对古德伦说。

“你不喜欢水吗?”他问。

古德伦用费解的眼神仔细端详着他。他就漫不经心地站在眼前,身上挂满了亮晶晶的水珠。

“我很喜欢水。”她回答说。

杰拉尔德没作答,等她接着说下去。

“你经常游泳吧?”

“对,我游泳。”

杰拉尔德仍然没有问她为什么不和他们一去游泳。他似乎感觉到古德伦的神情中有某种讥讽的意味,便走开了,头一回呕起气来。

“你为什么不去游泳呢?”自己生起闷气来,他换上了体面的英国青年的衣服,又回来问古德伦。

古德伦在答话前先犹豫了一会儿,以便同他的执拗相抗衡。

“因为我喜欢安静,不喜欢喧嚣。”她最后回答说。

杰拉尔德笑了,古德伦的话仍在头脑中萦绕。她的这句暗含意思使他十分开心。承认与否,对他说来,古德伦就代表了真实,代表了一切。他希望达到她的标准,满足她的欲望。他心里明白,只有符合古德伦的才是有意义的。从事实上讲,旁人都不过是些局外人,无论在社交关系上他们是什么样的人。杰拉尔德对此束手无策,他不得不努力按着古德伦的标准去做,实现她的男人与人的完美统一的理想。

吃过午饭,人们都起身而去,只有赫尔特妮、杰拉尔德和伯金迟迟未走,在继续他们的谈话。饭间有一场讨论,涉及艺术领域等许多知识,谈到了人类的新状态和新世界。假如旧社会形态已经被毁灭,那又会出现什么情况呢?

乔舒亚爵士说,人类的社会平等是最伟大的社会理想。杰拉尔德不同意这种说法,他认为,不,理想就是每个人都能恪尽职守——让他去做,并从中得到快乐。支配一切的原则是身边的工作。只有工作,只有生产经营,才把人们结合在一起。这是有些不合时宜,但是社会就是一种机械结构。离开了工作人们就是不能正常运转的,就可以为所欲为了。

“欧!”古德伦大嚷起来。“到那时我们可能连名字也没有了——我们会像德国人一样,不会叫上级先生和下级先生,这我想可能就是这样——‘我是矿主克莱奇夫人——我是国会议员罗迪斯夫人。我是艺术课教师布兰文小姐。’这可真有意思。”

“情况会好转起来,艺术课教师布兰文小姐。”杰拉尔德反驳道。

“什么情况呢,矿主克莱奇先生? 比如说吧,是我们之间的关系吗?”

“对,例如说吧,”意大利女人嚷道,“就谈谈男人和女人之间的关系吧——!”

“那不能算是社会问题。”伯金挖苦地说。

“太对了。”杰拉尔德马上回答。“在我和一个女人之间没有什么社会问题。这纯属我个人的事情。”

“和一张十英镑票有关。”伯金说。

“难道你不承认女人也是社会的一部分吗?”厄秀拉问杰拉尔德。

“当然都是。”杰拉尔德答道。“从社会的考虑,她是社会的人。然而就她个人来讲,她又是一种自由的力量,她要做什么只是她个人的事情。”

“但是要安排好这两部分应该不容易吧?”厄秀拉又问了一句。

“哦,不。”杰拉尔德对她说。“它们十分自然地就把自己给安排好了——现在我们可以见到这种情况,到处都可以见到。”

“你还不是已经克服了困难才笑得这么开心吗?”伯金说。

杰拉尔德在忽然的愤怒中锁紧了眉头。

“我难道在笑吗?”他问道。

赫尔特妮最后开口了:“要是我们能够意识到,在精神上我们是属于一个整体的,在心灵中也是平等的,全是兄弟姐妹——其他的就算不了什么问题,哪还会有这种吹毛求疵和妒忌吗? 也不会为权力而争来争去了;那是一种自我毁灭,不过是毁坏而已。”

这番议论带来了片刻寂静。话音刚落,人们就起身离开了饭桌。等其他人离去后,伯金就转过身来,满腔怨恨地来了一番讲话。

“恰恰相反,赫尔特妮,事情并非如此。在精神上我们是不一样的,是不平等的——这不过是社会差别,它的基础就在于偶然的物质条件。如果你愿意的话,那我们只是在抽象的理论上才是平等的。每个人都感受到饥渴,都有两只眼睛、一个鼻子和两条腿。从理论上说来,我们都只是一个个体。不过在精神方面,就才有纯粹的差别,而不存在平等或不平等了。只有在这两点知识的基础之上,你才能说明一种状态。你们的民主是骗人的鬼话——你们所谓的人类兄弟关系是纯粹的欺诈,如果你想把它运用在数学的抽象领域之外的话。我们都喝牛奶,都吃面包和肉,都想坐小汽车——这就是人类兄弟关系的全部内容了。但实际上并没有平等。

“除了我自己,又有谁是我呢? 同其他任何男人或女人的平等又与我有什么关系呢?

在精神上，我就像一颗星星同其他星星是分离的一样，在质和量上都不相同。在这个基础上建立起一种状态吧。一个男人不会比另一个男人好，这并非因为他们是平等的，而是因为他们在本质上就不可能相同；根本不存在能够加以比较的条件。一当你开始着手比较，一个男人看来就比另一位要好；所有你能想象得到的不平等是在于天性的不同。我希望每个男人在这个世界上都能得到自己那一份权利，所以我要摆脱他的不合实际的强求，我能对他说：'你已经得到你应该得到的东西，在这个世界的财产中你已经得到自己那公平的一份了。现在，你这个眼大肚子小的傻瓜可要当心点儿，别来妨碍我。'"

赫尔特妮从脸颊上斜看着伯金。伯金能感到她对自己所说的一切怀有刻骨的仇恨。这是来自有意识的一种强有力的仇恨心理。她潜意识中的自我听见了伯金的话，而在头脑中她却在装没听见，对它们的话不理。

"这听起来像是夸大其词了，鲁珀特。"杰拉尔德温和地说。

赫尔特妮不屑地哼了一声。伯金惊得退后一步。

"对，到这可以了。"他突然说道，话音使所有人感到吃惊，使人不得注意到他的讲话内容。他走了。

过后他又感到心里有点内疚。他太过分了，对可怜的赫尔特妮也太不公平了。他想要补偿她，把所犯的过失弥补回来。他是有目的的，已经使她受到了伤害。他想再度同她和睦相处。

他来到赫尔特妮的卧室里，那是一个舒适清静的地方。赫尔特妮正坐在桌前写信。听到伯金进来，她惊奇地抬起脸，盯着他走到沙发那儿坐下，就又自顾自地写信。

伯金拿起以前一直在读的一本厚书，全神贯注看了起来。他背对着赫尔特妮。赫尔特妮也写不下去了，整个心境被突然的黑暗笼罩。她竭力要控制住自己的情绪，就像游泳的人在满是漩涡的水中挣扎。然而尽管有这些努力，她还是被压垮了。黑暗突然间包围了她，她觉得自己的心像是在溶解。令人心寒的紧张气氛愈加强烈，这是最为可怕的痛苦，人像是被囚禁在一间牢笼里，又被堵死了门窗。

等她醒悟过来，伯金的在场就是这堵墙，是他的存在使她发狂。除非她冲出这牢笼，否则就一定会被困死在恐怖之中，极其可怕的死去。伯金就是墙。她必须摧垮这堵墙——就在自己眼前把他摧垮。他造成的巨大障碍妨害着自己的生活的每一天。必须毁掉他，否则自己就会以最恐怖的方式死去。

可怕的震撼就像电击通遍赫尔特妮全身；似乎是强大的电流把她突然袭倒。她意识到伯金就悄无声息地坐在那里，是一种令人最最邪恶的障碍物。他的沉默、他的仰身靠后的姿势和他的后脑勺都使赫感到压迫，搅得她心神不定。

一阵由情欲激起的巨大颤动传向双臂——她就要知道自己在情欲方面也是没有恐惧和疼痛的了。她的胳膊颤抖着硬起来，积蓄着巨大力量。何等的快乐，何等极度兴奋的快感啊！她终于要有情欲带来的狂喜和完美无缺的感觉了。它来了！在深深的恐惧和疼痛中，她知道情欲的最快乐境界已降临到自己身上。她紧握一个美丽的天蓝色的天青石球，那是放在写字台上做镇纸用的。她在手中转动着它，悄悄站起身来。她的心像团火在胸腔中燃烧，在狂喜中她已经恍恍惚惚。她走向伯金，沉醉地在他身后站了一会儿。伯金竟对此一无所知。

突然间，闪电般的欲火浸透了赫尔特妮全身，给了她难以描述的完美和满足的感觉；她使出全身力气把宝石球朝伯金头上砸去。由于她的手指的妨碍这一击才不算致命。尽管这样，伯金的脑袋还是倒向了放书的小几，石头从他耳旁滑向一边。对赫尔特妮说来，这事实上她也真的痉挛了，这是来自自己手指的撕心裂肺的疼痛。而这还远远达不到目的。她扬起胳膊再一次对准目标，她一定要砸烂它，在自己的狂喜得到满足和永远完成之前，这头颅必须被粉碎。多少生命，多少次死亡，现在算得了什么，有的只是这种和谐和狂喜的满足。

她生性愚笨，行动很慢。他被伯金强大的精神力量所唤醒，他抬起头来去看赫尔特妮。赫尔特妮高举着手臂，手中紧握着一个石球。她举的是左手，伯金在惊慌恐惧中意识到赫尔特妮正是个左撇子。慌乱之中他俯下身，用修昔底德的厚厚的书护住了自己的脑袋。"砰"的一击落下来，几乎要了他的命。

伯金被击败了，却并不畏惧。他扭过脸来面向赫尔特妮，把茶几推开了。他如同被摔碎的玻璃瓶，好像自己全身断裂了，被砸成了碎片。不过他的行动依然紧凑连贯，有条不紊，他的灵魂也还是镇定的。

"不，你真差劲，赫尔特妮。"他从容地说。"我不会让你打败的。"

他看到身材魁梧的赫尔特妮全神贯注地站在那里，铁青的面孔，手中紧攥着石头。

"给我让路。"伯金说着走近了她。

赫尔特妮像被什么东西一把推开，让到一旁，目不转睛地盯住伯金，好像是面对一个活生生的没有性别的天使。

"这没有一点效果。"从她身边走过去后伯金说。"你听着，要死的不是我。"

他脸朝着赫尔特妮向外走去，害怕她再次袭击。伯金高度警惕的时候她还不敢动。伯金很小心谨慎，她就没有办法了。伯金走了，留下她一个人呆呆立在那里。

她像僵尸一样地挺在那儿,就这样干站了半天。然后她踉踉跄跄地走向长沙发,一头栽下去,很快睡过去。醒来时,她想起自己刚才所干的。不过在她看来,她只是打了伯金,像任何女人都会做的那样,因为他在折磨自己。她是无可指责的。在内心深处她知道自己是对的。在一向的洁身自好中,她做了必须做的事情。她是对的,是纯洁无瑕的。一种几近于凶险的麻木虔敬的表情就一直布在了她的脸上。

伯金神志还清醒,行动也还正常,便出了房门径直穿过园林,走向开阔地,走向小山坡。晴朗的天空已变得浓云密布,大颗的雨滴落了下来。他漫无目的地走上一片山谷坡地,那里有一片片的榛树丛,星星点点的花儿,一簇簇的石南和一丛丛的小枞树;枞树上生了针状嫩叶。到处是湿漉漉的,一道溪水倾泻而下到了峡谷底部。峡谷里阴森森的,或者只是看上去是这样。伯金意识到自己的神智已经不清醒了,他是在黑暗中艰难地挪动着。

但是他还向往着一种东西。在这遍地湿漉漉的山坡上他是快乐的。山坡上遍布着丛生的灌木和花朵。他要用手抚摸它们,并让这种感觉浸透全身。他脱下衣服,一丝不挂地坐在报春花丛里,又在花丛中轻轻移动双脚。花朵吻着腿、膝、手臂和腋窝;然后再躺下来,让它们摩擦着腹部和胸部。丝丝的凉爽的感觉的触感通遍全身,他沉浸在和报春花的相互抚摩中。

不过它们也太柔软了。他又穿过茵茵的青草来到一丛小枞树前。树还没有人高。柔韧锐利的松枝刺着他,他不顾痛楚紧贴住它们,细小冰凉的水珠滴洒在腹部,一束束柔软尖利的松针刺戳着腰间。一枝蓟花也在刺激着他,不过还可以忍得住,因为他的动作是非常小心、轻柔美妙的。躺下,在胶粘凉爽的新生的风信子花上滚动;躺下,用肚皮下压着、脊背上盖着一把把细细的青草;它们柔软得像是一丝呼吸,比起任何女人的抚摸来,要更为温柔、美好。再让活枞树枝的黑暗色针叶刺伤自己的右腿;然后感觉到榛树的枝在肩膀上慢慢抽打、叮刺。接着把银白色的白桦树干紧抱在胸前,它的滑润,它的坚挺,它的带有生机的疤结——这都是值得回味的,这一切都非常美妙,的确令人满意。除了草木的这种凉意和美妙浸入你的血液中,再没有别的什么能像这样了,再没有别的什么会使你感到高兴的了。他多么幸运啊,有这样可爱、微妙和敏感的草木在等候着他,就像他也在等候它们一样。他有多么美妙和幸福啊!

他用手帕柔柔擦干一下自己,又想起了赫尔特妮和她给自己的打击。他还能感觉到头部旁侧隐隐作痛。可这又算得了什么呢?赫尔特妮算什么呢,所有那些人又都算什么呢?他具有这种美妙的凉丝丝的孤独感,它可爱、新鲜、没有污浊感。真的,他犯了怎样的错误啊，竟想到自己需要人们，需要一个女人。他不想再要女人了——半点儿也不再想要了。绿叶、报春花和树丛，它们才是真正值得爱的，是凉爽和让人感到满意的；它们真正浸入了血液里，和自己融为一个整体。他感到自身无比充实起来，欢快异常。

赫尔特妮要杀死自己是正确的。他和她有什么关系呢？他为什么要充实和人们有什么联系呢？这里才是属于他的世界。他不想要任何东西，除了这些可爱、美妙和敏感的草木，以及他自己，一个活生生的自我。

有必要返回尘世里去。这是真的，不过也算不了什么，只要人明白自己属于何在就行了。他现在明白了自己的归宿。这里才是他的领地，才是他的新房，尘世只是身外之物。

他爬上峡谷，四下里张望，疯了一般。果真这样的话，他也宁愿要自己的发疯，而不要合乎人们想象的心智健全。他在疯狂中感到高兴，他自由了。他不渴望尘世古老的心智健全，那已经变得如此令人恶心。他满意于这个新创造的他自己的疯狂的世界，它是那样新鲜、精致，令人宽慰。

至于与此同时在心灵深处感到的某种苍凉，那只是古老的道德标准的剩余物，它要求一个人依靠于人类。然而对古老的道德标准、对人、对人类，他已经厌倦了。他眼下爱的是轻柔娇嫩的草木，它们如此凉爽美妙。他要从古老的忧伤中逃脱出来，丢弃陈腐的观念，在这种新状态中获得新生。

头疼变得一分钟比一分钟厉害了。他顺着路走向最近的车站。天在下雨，他又没戴帽子。不过当今又有多少奇怪人在雨天不戴帽子出门啊。

他想知道，自己心情压抑，这在多大程度上要源于惧怕，源于生怕有人看见他赤身裸体躺在草木上。他对人类、对其他人怀有怎样的畏惧啊！这几乎达到了恐怖的地步，成了一种梦魇——他害怕自己被其他人见到。要是在荒岛上，像亚历山大·塞尔科克那样，只与动物和森林为伴，他就会快活了，而不会这样心事重重、满腹忧虑。孤身独处；他只能爱这些草木，幸福无比，心地坦然。

他最好还是给赫尔特妮写张便条，她可能还在为自己担心呢；他不再想要这样的挂念了。于是在车站上他写道：

> 我要进城了——一时也不再想再回布莱德尔比。不过一切还好——我不想你为打了我而歉意，千万不要那样。就对别人说不辞而别是我的脾气。你打得对——我知道你想那样做。事情就这样算了吧。

在火车里伯金感到很难受。每次晃动都带来难以忍受的痛苦，他一定是病了。从车

站出来,他摇摇晃晃走进一辆出租汽车,像盲人似的感觉自己在一步步挪动;只是一种模糊的意志在支撑着他。

病了大概有两个星期,而对比赫尔特妮并知道。赫尔特妮还以为他是在生闷气呢,两人之间的关系完全疏远了。赫尔特妮高兴至极,笃定自己是正义的。自尊对她来说是最重要的,她深信自己心灵的正直。

煤　粉

今天下午，布兰文家姐妹两个从学校往家里走去。两人走过威雷格林镇精巧的村里小屋，下了山坡，来到铁道交道口。她们发现道口大门已经紧紧闭上了，一列煤矿上的火车轰隆隆地开过来。当火车鸣笛警示着从路堤中间开来时，她们可以听到车头嘶哑的喷气声。路边小信号房里的单腿人正从自己的小屋里向外四处张望着，活像是蜗牛壳里的一只虱子。

两位姑娘正在等待，杰拉尔德·克莱奇骑一匹红色的阿拉伯牝马飞驰而来。他潇洒自由地骑着，那匹马在微微颤动着，这使他非常高兴。他这人十分独特，至少在古德伦心目中是这样，轻柔紧贴伏地骑在那匹纤秀的红色牝马身上，长长的马尾在空气中拉成一个飘带。杰拉尔德向两位姑娘打声招呼，走近路口，望着铁道上正在驶近的火车，等待道口大门打开。古德伦尽管对这种新颖报以嘲讽的微笑，却还是愿意瞧他。杰拉尔德骑在马上像模像样，轻松自在。他的脸呈温暖的棕褐色，映衬得小胡子显得苍白；在眺望远方时，那双蓝眼睛里全是敏锐的冷光。

火车头带着几分神秘嘎嚓嘎嚓响着在路堤中缓缓行驶。母马不喜欢它，向后退着，似乎受到了这种陌生噪音的刺激。杰拉尔德拉回马，让它面朝道口大门。嘎嘎作响的机车刺耳的鸣笛声越来越起劲地刺激着马。连续不断的刺激汽笛声造成了陌生可怕的噪声，震惊着母马。马在噪声中惊起，如同放松了的弹簧拼命向后退去。跑跳不定、半是冷笑的表情浮现在杰拉尔德脸上。他依旧把马拉了回来。

表情更强了，带着钢铁连杆的机车头轰隆隆地出现在大路上，咣当咣当急剧地震动着。母马猛地向后缩去，就好象水珠滴在了滚烫的熨斗上。厄秀拉和古德伦畏惧地退回到树篱后面。杰拉尔德却死死地压在母马身上，逼它站回来。如同一股磁力把他紧吸在马背上，并要把马身子压住。

“笨蛋！”厄秀拉大声叫道，“他为什么不等到等火车过去呢？”

古德伦阴森森地瞪大了眼睛注视着杰拉尔德。杰拉尔德神采奕奕地坐在马背上，倔强地强迫那匹转个不停地牝马。马像转盘似的左旋右转，却逃不脱杰拉尔德意志力的控制,也躲不开在它周身回旋的疯狂可怕的噪音。平板货车轰轰作响地开来,一辆接一辆,一辆追踪一辆地轧过了道口铁轨。

机车头像是要看看还能做些什么,便拉下了刹车器,一辆辆平板货车回跳着撞在钢铁缓冲器上,就像敲响了一连串吓人的铙钹,带着恐怖的刺耳撞击声越逼越近。母马张大了嘴,慢慢弯起身来,就像在一个恐怖的绞车上被吊了起来。突然它踢起了前腿,极力要避开那带来刺激的东西。它倒退着,两个姑娘紧拥在一起,觉得马就要倒下来重重砸在杰拉尔德身上了。但是杰拉尔德只是弯身向前,脸上透出异常高兴的神色。马最后被拉下来,落了地,马背也在逼迫下回复了常态。不过马的高度恐慌心情和杰拉尔德强制的压迫同样猛烈,又在逼迫它离开铁路。它两条腿着地转来转去,好像身处一股旋风的中间。眼前的景象使古德伦头昏脑涨,几乎要昏倒,她觉得自己的神经被戳断了。

"不——!不——!让它去吧,笨蛋,你这个笨蛋——!"厄秀拉扯破嗓子大声嚷着,好像忘记了自己。古德伦恨透了她这样的奋不顾身。厄秀拉的声音是那样强有力而无回旋余地,真让人不能容忍。

一种更为严峻的神情出现在杰拉尔德的脸上。他让自己就像一件锋利的锐物紧钉在马背上,逼迫马兜圈子。牝马在大口喘气,鼻孔成了两个热烘烘的宽大的洞孔,嘴半张着,眼神里充满迷乱。这是令人恶心的景象,可杰拉尔德还是带着近于麻木的冷酷无情,像一把锐利的剑插进了马的身体里。剧烈的运动把人和马都搞得精疲力尽,杰拉尔德看

上去平静得像是严冬时节的一缕阳光。

此时,没有穷尽的货车还在慢吞吞地隆隆驶过,一辆跟一辆,一辆接一辆,活像一场没完没了的可恶的噩梦。随着拉力的不断增强,连接铰链互相摩擦着,急促刺耳地尖叫着。牝马在踢刨,机械地向后挣去,全身处于恐怖中。马背上的男人已经彻底把它制服了。马在空中盲目踢刨着,令人不由萌生可怜之心。男人紧紧压着它,拉扯住它,使它几乎成了男人身体的一部分。

"马流血了!马流血了!"厄秀拉叫着,对杰拉尔德的反对和憎恨使她愤怒欲狂。在激烈敌对的情绪里,她算了解杰拉尔德了。

古德伦望去,瞧见血滴从母马两肋淌下来。她脸色变得苍白。接着闪闪发亮地踢马刺又垂下来,无情地撞在了伤口上。世界在古德伦眼前旋转模糊起来,她一时人事不省了。

清醒过来后,她的心情平淡冷静,一点情感也没有。货车还在隆隆行驶,男人和马还在搏斗,而她自己却是什么也感觉不到,对他们不再怀有幻想。她变得麻木不仁。

能见到带篷守车的车顶在开过来,货车的轰响声也在逐渐消失,有指望从难熬的噪音中逃脱了。快要支撑不住的牝马的大口喘息声听上去已经有些麻木,骑马人也自信地松弛下来;他的意志的力量并没有受到玷污。守车开过来,缓缓通过,押车员注视着路边信号机上的红绿灯。通过守车上的这个男人,古德伦能见到整个场面的景观;它短暂孤立,像从永恒中分离出来的幻象。

寂静似乎在追寻着远遁的火车。宁静有多么美妙呀!厄秀拉满腔愤恨地盯着消失远去的货车上的缓冲器。巡道员站在小屋门口准备打开大门。古德伦突然跳过去,站在正在咆哮的马前,拔掉门闩,一把踹开了大门;一扇门被推给巡道员,她推着另一扇门向前跑去。杰拉尔德突然放开马缰,马跑上前去,差点儿踢到古德伦。但是她并没有害怕。杰拉尔德又忽然把马头拽向一旁。古德伦用非常古怪的嗓音大喊起来,像是鸥鸟在鸣叫,又像是女巫在路旁大声呐喊:

"我说你也太自负了。"

字字清楚无误。男人在颠动的马背上歪在一边,带着满腹疑惑的好奇和几分惊奇盯着她。马蹄又像敲鼓似的在枕木蹦了三次,男人和马便在敏捷的弹跳中摇摇摆摆地上了路。

两个姑娘目送着他们渐渐远去。巡道员拽着木腿在道口枕木上砰砰作声地拐弯走着,反锁住了门,又转过身对姑娘们叫嚷:

技术高超的青年骑师啊,还没见过有人能像他那样任着性子来。”

“是这样的。”厄秀拉风风火火地大声地叫道。“可他为什么不把马带到别地方去,等火车过去呢?他是流氓。他以为制服一匹马就是男人了吗?这是有血有肉的东西呀,他干吗要折磨它,欺侮它呢?”

一阵平静。巡道员晃了晃头,回答说:

“对呀,那真是一匹你能见着的最纯的小母马了——可爱的小东西,漂亮。你可见不着他爸爸会这样待牲口——绝不会。杰拉尔德·克莱奇和他父亲,父子俩可真差太多了——俩男人不是一个劲儿,不是一个性子。”

一阵平静。

“但是他为什么要这样做呢?”厄秀拉又叫道,“为什么呢?他以为折磨一只有灵性的动物,一只比他要有灵性十倍的动物,自己就觉得他是个英雄?”

又是片刻的沉默。巡道员摇摇头,像是不要有什么说,应该要好好想一想似的。

“我希望他能把这母马调教得什么都适应得了了。”他回答说。“一匹纯种哈拉伯——跟总在这儿的那些马种不同——和所有我们这些马种都不是一个品种。他们说他的故乡是君士坦丁堡。”

“他会这样做的!”厄秀拉说。“他应该还是把马送给土耳其人,我敢说他们待马会好些。”

所有男人进小屋品茶去了,姑娘们顺小路走去。路上堆积着厚而松软的黑色尘土。古德伦头脑里几乎全是这种感觉了——那个男人不可抗拒的坚实沉重的身体压进了马的肉体:白肤金发碧眼的男人的腿一点也没有放松地夹紧了母马颤抖的身体,完全制服了它。从臀部、大腿到小腿,一种催眠般的雪白柔和的力量沉甸甸地制服了母马,使它彻底地屈从了;柔弱的服从,真可怕。

姑娘们一声不发地走着,左边是煤矿堆起的大的土石堆和许多模仿制造的车头厢。停放着一列列货车的黑色铁路看上去像是位于下面的一个码头,一个巨大的由铁路和停靠的货车形成的海湾。

贴近第二个交道口处,有一条条闪亮的钢轨,道口近处是一个归煤矿所管辖的农场。一个大圆铁球——废弃的锅炉默默耸立在路旁矿石堆放场上;它是个庞然大物,锈迹斑斑,圆滚滚的。母鸡在它周围企图寻些食物,一些小鸡摇摇晃晃地站在水槽上;黄□□从水边飞过来,停落在了货车中间。

在宽敞的交叉路口对面的道旁,有一堆修补路面用的灰色石子。一辆大车停放在那儿,一个满脸大胡子的中年人拄锹站在那,在和一个扎绑腿套的年轻人闲聊。小伙子站在马头前。两个男人都面朝着交道口。

他们发现在傍晚的夕阳下,两个姑娘娇小可爱的身影在不远的地方闪动了。两人身穿明亮合适的夏季衣装。厄秀拉穿一件橘黄色针织外衣,古德伦身上衣服是浅黄色的。厄秀拉穿着鲜黄色的长筒袜,古德伦的袜子则是明快的玫瑰色。穿过宽大的铁路道口的凹地时,两个女人的身影像是在熠熠发光。白色、橘黄色、鲜黄色和玫瑰色闪烁地穿过了积淀着煤尘的酷热的尘世。

两个男人站在酷热中呆呆地望着。岁数较大的是一个身材短小、面色严肃、精力充沛的中年人,年轻的是一个二十三岁上下的工人。他们默默地站在那儿瞧着姐妹俩向前走,一直看着她们走过来,走过去,又在积满浮土的路上远去了。路的一边是民宅,另一边是落满灰尘的青绿色的麦田。

满脸大胡子的中年男人轻浮地对年轻人说:

"值俩钱儿吧,呢?她够意思,对吧?"

"哪个妞儿呀?"小伙子一边笑一边问道。

"就是穿红袜子的那个妞儿。你看怎么样?我甘愿拿一礼拜工钱和她快活五分钟;怎么着!——就五分钟。"

小伙子嘴一咧又笑开了。

"你老婆可饶不了你。"他回答道。

古德伦转过身来望着那两个男人。在她眼中,他们都是心怀不轨的家伙,站在灰白色的矿渣堆旁紧色眯眯地盯住她不放。那个满脸胡子的男人可真让人厌恶,她想。

"你很够啊,说你呢。"那男人站在远处。

"你觉得她值一礼拜工钱?"小伙子疑惑地问。

"你不信?我就把票子掏出来给你瞧瞧——"

小伙子不动声色地从后面打量着古德伦和厄秀拉,像是要算计这货色值不值他一礼拜工钱;他又有所顾虑地摇摇头。

"不。"他说。"叫我说她才值不了那么多。"

"是吗?"中年人说,"对我要是不值那个价,天打五雷轰!"

他又开始工作。

姑娘们从路边的住房铺着石板瓦、砌着发乌的砖墙的住房中间向下走去。落日的余辉铺洒遍整个矿区,丑陋涂上了这层美,就像麻药让人失去了知觉。脏兮兮的路上,耀眼

的光线更使人感到温暖。夕阳照的傍晚在所有这些神秘的肮脏上投入了一种魔力。

“这地方有一种污浊的美。”古德伦说。她显然被这种魔力所迷惑。“你能感到这里面有一种燥热的肮脏的诱惑吗?我就能感觉到了。这真要让我麻木得同行尸走肉一样。”在几幢住房的后院里,可以见到矿工因为天热在冲露天冷水澡,腰部以上裸露着,宽松的厚毛头布裤都要滑脱下来。已经洗完的矿工蹲在墙根处,有的在闲聊,有的默不作声。他们很强壮,却也感到累了,也需要休息。他们的话声带着浓重的口音,粗俗的土语使人感到兴奋、惊奇。古德伦如同被包围在工人的抚爱中;整个气氛里有一种由男人们形成的肉体方面的共振,空中布满了诱人的粗犷的工人气和男子气。但是,这一切在这个地区随处可见,居民们也就见怪不怪了。

对古德伦说来它却是充满诱惑的,令人有点儿厌恶。她不明白为什么贝尔多福同伦敦和南方竟差距这么大,为什么人的情感会变得这样复杂,为什么人会感到好像是生活在另一个世界上。现在她明白了,这是底层社会有力量男人的世界,他们大部分时间又是在痛苦、黑暗度过的。从他们的话音里,她能分辨出贪图酒色的来自黑暗的回声,那黑暗就是强有力下层社会的危险,愚昧无知,不近人情。回声听上去又像是沉重地上了油的奇怪的机器发出来的。那种好色也带有机械的性质,冰冷、严酷。

每天晚上回家时,情形都是这样。她像是在通过一阵破坏性的冲击,那冲击是由成千上万名精力充沛、却不太机智的下层社会矿工的存在发动起来的;它冲击到大脑和心灵,起了一种令人发狂的欲望,一种致命的无情。

对这个地方的一缕乡愁紧紧缠绕了古德伦。她痛恨这个地方,知道它是怎样的孤独寂寞,又是怎样地丑陋和令人作呕地无知。有时她振动双翼像是又一个达芙妮,却没有化身为树,而是成了一台机器。可她还是被这缕乡思所征服。她尽量使自己更好地熟悉这里的气氛,希望望着能对它满意起来。

夜晚,她感到自己受到诱惑来到小镇大街上,街上的景物是丑陋不堪的,却又充满着紧张、阴沉和冷漠无情的空气。周围总是有矿工们,他们四下里游荡着,带着被变形了的古怪的尊严,带着一种美,带着姿态举止中不自然的沉静;他们憔悴苍白的脸上挂着漫不经心、半是顺从的神情。他们属于另一个尘世,有着奇怪的魅力。他们的话音中全是令人难以忍受的深沉的声音,就像一台机器在嘎嘎作响;这种音乐比古代时塞壬的歌声更能使人发怵。

她发现自己和其他普通女人一样,在星期五傍晚被引着到小集市上。星期五是矿工发工资的日子,那天晚上就是集市夜。女人们都走出家门;男人们也出来了,他们有的带妻子购买东西,有的同伙伴们聚在一起。几英里长的人行道上黑压压的,到处是进城的人们。集市场地就在山顶上,贝尔多福的街道上黑压压地挤满了大人小孩。

天渐渐黑了,无数盏油灯把集市场地照得又明亮又温暖,又将暗红色的光线投射到在购买东西的家庭主妇表情庄重的脸上,投射到男人们难以捉摸的苍白的脸上。空气中充斥着喊声和人们的嘈杂声,熙熙攘攘的人流从人行道涌向集市中固定的人堆里。灯火辉煌的商店里挤满了家庭主妇;男人们大多呆在街道上,是些年龄不等的矿工。钱被大把大把地花掉了。

进城的大车被人潮堵住,只能等着。车把式吼着,叫着,直到街上的人群愿意让开条路。到处能见到从近处地方来的小伙子站在路上或屋角旁同姑娘们闲聊。所有小酒店都灯火通明地开着门,男人们进来出去得像是条源源的溪流。到处有男人在互相打着招呼。他们要么穿过人群聚集在一处,要么就一小帮一小帮地形成了圈子。他们说着话,在没完没了地聊着。到处是谈话声,嘁嘁喳喳刺耳地响着,使人感到神秘;其中有没完没了关于矿上的事,还有政治方面的,就像出了毛病的机器声在空气中振动着。几乎让古德伦神魂颠倒的正是男人们的话声。它们激起一种奇异的痛苦的乡恋,一种近于着魔的、永远也不能满足她的欲望。

和这个地区其他普通姑娘一样,古德伦也闲逛,在靠近集市的两百步长、灯火明亮的人行道上来回徘徊。她知道这是低级趣味的举动,父母亲会不答应的;可是乡思支配了她,她必须留在这些人中间。有时她又在电影院里坐在粗人中间:那是些自负而卑陋的粗人。然而她却一定要在他们中间。

而且,和其他女子一样,她也找到了自己的"跟从"。那是位电气技师,是依照杰拉尔德的新计划被招聘来的电气技师中的一个。他是个聪明真诚的男人,是一位对社会学抱有极大热情的科学家。他独自住在威雷格林镇一所租来的村舍小屋里。他是体面人,非常富有。女房东到处宣传关于他的小档案:他要了一个大木澡盆放在寝室里,每次下班回来,总要用很多桶的水,在盆里洗澡,他几乎每天都要换干净衬衫、内裤和丝袜。在这些方面他从不将就,似乎是过分了点儿;可在其他方面却平易近人,从不摆架子。

古德伦知道到了整个这些情况。布兰文家是这样一个地方,流言蜚语总是有的、很自然的总要传到那里去。帕尔默开始是厄秀拉的朋友,但是在他那张严肃、漂亮苍白的脸上,却有和古德伦同样的乡愁。星期五晚上,他也必定要在街上闲逛。于是,他就和古德伦一起散步,两人之间不觉地建立起一种默契。不过他并不爱古德伦;他真心爱的是厄秀拉,可是因为某种说不出的原因,他和厄秀拉之间什么事情也没有发生。帕尔默喜

欢古德伦在身边,作为沟通思想的同伴——仅此而已。古德伦对他也没有真正动情。他是科学家,必须有一个女人来支持自己。他为人太严肃,缺乏幽默感,有着漂亮的机器部件所具有的那种冷峻,又有着太多的破坏性思想,这使他难得真正关心妇女;他的自我意识也太强了。他对男人们抱有完全相反的两种看法。就个人来讲,他憎恨轻视他们;而就整体来说,他们使他着迷,就像机器迷住了他一样。对他而言,他们就是一种新机器——只是没法加以计算,也无法估算。

古德伦和帕尔默上街闲逛,或者一块儿去电影院。在说起嘲讽的隽言妙语时,帕尔默相当峻美的苍白的长脸就绽放开来。他们在那里,就两个人;在某种意义上是两位优雅之士,在另一种意义上又是两个零件,绝对地依附于人们,和那些受到扭曲的矿工们聚在一起。同样一个秘密似乎在所有这些人的心灵中起着作用:古德伦、帕尔默、年轻的登徒子和愁容满面的中年汉子。所有这些人都带有一种有关力量、关于无法描述的破坏性、有关命中注定的心神不定的秘密的感觉,在意志力方面都是不健全的。

有时古德伦会退步,冷眼旁观这一切,看一看自己是怎样陷入其中不能自拔的;然后心里就生起由轻视和愤怒而来的满腔怒火。她觉得自己和其他人一道陷入了人群中间——摩肩擦背混杂于一处,气喘吁吁的。实在令人恐怖。她感到喘不过气来,想要离开,便狂热地扑在了工作上。可是很快她又顺其自然了。她动身去乡村——去那黑乎乎的魅人的乡村。符咒又在发生作用了。

写 簿

一天早上，姐妹俩来到威雷沃特湖，在湖边写生。古德伦趟水走上一处色泽灰暗的沙洲，像僧侣一样在那里打坐，目不转睛地盯着从矮矮的岸边污泥中伸出来的新鲜的水生植物。她满眼看见的就是污泥，柔软、泥泞和带水的污泥。从污泥升发的寒气里，水生植物从中长出，清爽稠密，丰满多肉，挺立着舒展开了枝叶；叶片上暗白墨绿相间，夹杂有深紫和青铜色的斑点。蹚水而古德伦却能从美的幻象中感受它们那丰满的肢体。她了解它们是怎样伸出污泥的，也知道它们是怎样自己延伸开来，充沛活力而倔强地伫立在空中。

水边有许多蝴蝶在翩翩起舞，厄秀拉呆望着它们。蓝色的小蝴蝶就像从虚无中一下子出现在这个世界。一只黑红条纹的大蝴蝶落在一朵花上，柔软的双翅轻轻翕动，令人陶醉地在纯净的阳光中拍着。两只白蝴蝶在低空中上下飞动，围绕着它们的是一圈光晕；啊，它们飞近后，翼尖竟是橘黄色的，光环正是由这橘黄色而来。厄秀拉站起身来轻轻走去，感觉像蝴蝶一样。

古德伦低头弯腰地坐在沙洲上，呆呆地欣赏在波动着的水生植物。她埋头蜷坐许久。然后，出于无心，她又专注地欣赏着新鲜硬挺、裸露着的茎干。她赤脚，帽子也扔在了对面岸上。

远处传来一阵桨声。古德伦从出神中惊醒过来，四下张望。来了条小船，船上支着一把华丽俗艳的日本阳伞，一个穿一身白的男人在划船。来的女人是赫尔特妮，男人是杰拉尔德。古德伦马上就知道了。在由热切盼望而来的震颤中她马上消沉下来。血管里有了一种躁动的电流似的颤动，这在贝尔多福的气氛中她也曾有过感受，其间还夹带着低低的嗡鸣；而现在的震颤却要热烈得多。

杰拉尔德是她的归路，可以借此从粗俗的下层社会矿工的滞重的沼泽中脱身。他已经从污泥中摆脱出来，是主子了。古德伦瞧见了他的脊背和白皙的腰部在晃动。不过那已是看不清的——能见到的只是他弯身荡桨时好像露出了一片雪白。他像是在俯就着什么，那闪耀着反光的略呈白色的头发如同太阳发出的光芒。

"古德伦在那边。"赫尔特妮的声音从远处清晰地传来。"咱们过去说说话。你在意吗？"

杰拉尔德四下里看看，看见姑娘正站在水边瞅着自己。他潇洒地把船划向古德伦，但心里并不想着她。在他的眼里，在他的意识中，古德伦不算一个重要的人物。他知道赫尔特妮有一种奇特的癖好，非要踩平所有社会地位的差别，至少表面要这样做；他也就顺其自然了。

"你好呀，古德伦。"赫尔特妮温柔似的说，用高雅的口吻叫着她的教名。"你在做什么呢？"

"你好，赫麦恩刀。我在写生呢。"

"是吗？"小船靠得更近了，最后在船龙骨在岸滩上靠了岸。"我们可以看一看吗？我太想看看了。"

要阻止赫尔特妮想要做的事是白费力气的。

"那好吧——"古德伦很不情愿地说，她最不愿意把未完成的作品给人欣赏。"不过这一点儿意思也没有。"

"是吗？还是让我来看看吧，好吗？"

古德伦交过写生簿，杰拉尔德从小船上把它接过来。这样做时，他想起了古德伦上一次对自己说过的话；那时他正骑在调转的马背上，古德伦抬起头来冲着他。强烈的自豪感涌过杰拉尔德的神经，他觉得自己以某种方式征服了古德伦。两人之间有了强烈的下意识的情感交流。

如同在符咒的魔力之中，古德伦感觉到了杰拉尔德的躯体，它伸展起伏着，像是沼地上的磷火在蔓延向她；他的手径直地伸向前来，活像水生植物的一根茎杆。对杰拉尔德的这种敏锐的激起情欲的领悟，使古德伦血管里的血都流得软弱无力了；她心中一团模糊，六神无主。杰拉尔德优美地在水面上轻摇着，就像磷火在那里摇动。他坐在船上四下眺望。小船有一会儿漂开了，他拾起船桨又划了回来。在凝重柔和的水里慢慢稳住小船，其细腻的快感如同进入一种销魂的境界中。

"那就是你画的。"赫尔特妮边说边搜寻地望着岸边的植物，拿它们同古德伦的画相对比。古德伦顺着赫尔特妮修长的手指的方向瞧去。"就是它，对吧？"赫尔特妮为了得到证实，再问了一遍。

"对。"古德伦不经意地木讷地应道。

"让我瞧瞧。"杰拉尔德说着就伸手要写生簿。赫尔特妮没搭理他，在自己没看完之前,他不许擅越,像赫尔特妮一样,杰拉尔德的意志是坚强的,从不会畏缩的;他伸手朝前直到拿着了写生本。轻微的震惊和一阵对杰拉尔德的嫌恶之情掀起的暴风雨在潜意识里撼动了赫尔特妮。杰拉尔德还没拿住写生本她就松了手,本子掉在船帮上,又弹入水中。

"掉了!"赫尔特妮唱歌似的说,口气里有一种极其刻毒的胜利感。"对不起,实在对不起。你就不能捡起它来吗,杰拉尔德?"

最后这句话带有一种惬意的冷笑,对赫尔特妮的深深仇恨把杰拉尔德的血管都刺痛了。他探身船外把手伸进水里。他能觉出自己动作的是多么滑稽,臀部就高高撅起在后面。

"那个本子不要紧。"传来古德伦响亮的话音。她似乎打动了杰拉尔德。然而杰拉尔德只是更把身子向前探去,小船剧烈地晃动起来。赫尔特妮仍旧坦然平静坐在那里。杰拉尔德在水下面抓住了本子,捞了起来,本上湿淋淋地滴着水。

"实在对不起——真是太对不起了。"赫尔特妮连连说道。"我想这全是我的错儿。"

"这没什么——真的,我敢担保——什么事也没有。"古德伦大声说道,脸涨成了通红的颜色。她不耐烦地伸手去要那个湿淋淋的本子,想结束这个场面。有点儿失态的杰拉尔德把本子递给了她。

"这太对不起了。就没什么办法了吗?"赫尔特妮一再说着,把杰拉尔德和古德伦都给惹恼了。

"那你说怎么办呢?"古德伦冷嘲热讽地问她。

"那些画就这么完了吗?"

有一会儿没人说话,古德伦在沉默无言中直截了当地表达了自己对赫尔特妮的这种絮絮叨叨的反感。

"我向你保证,"她果断地说,"就我的初衷来说,这些画还是很不错。我要它们只是来参考参考的。"

"如果你愿意的话,我再给你一个新本吧。我感到很抱歉。我觉得这全是我的不对。"

"以我的看来来看,"古德伦说,"你做的没错。如果真有错了的话,那也是克莱奇先生的。不过整个事情根本算不了什么,要是在乎它那倒真可笑了。"

在古德伦毫无表情驳斥赫尔特妮的时候,杰拉尔德仔细审视着她。她身上具有拒人千里的感觉。杰拉尔德紧紧地盯着她,看出在她危险的心里怀有不会消除的敌意。那心

灵如此精致完美,其表现也是尽善尽美的。

“要是真没什么,那我可就太高兴了。”杰拉尔德说,“要是真没什么伤害的话。”

古德伦美丽的眼睛转过去望着他,悦耳的话音里透出了亲热,几乎是在奉呈他,向他发出了足够的讯信。这时她对他说:

“当然,半点儿事也没有。”

含情脉脉的眼神和银铃似的嗓音把两人吸引到一起。在话音中古德伦使人清楚地知道——他俩是同类人,他和她,两人之间有一种恶魔才有的秘密感觉。古德伦知道,从今以后,她就主宰了杰拉尔德的灵魂。无论在何处相遇,他们都会有让人无法知晓的沟通。而在与她的这种沟通中,杰拉尔德会感到越来越孤独无助的。她的心欢跳起来。

“再见吧!你肯原谅我,我就非常高兴。再见!”

赫尔特妮像唱歌似地道了再见,挥了挥手。杰拉尔德木呆呆地拿起桨,划开了船。他目光中透出一丝不易觉察的赞美的笑容,盯住古德伦不放。古德伦站在沙洲上,摇着手中湿淋淋的本子。她转过身去,不再看那远去的小船了。杰拉尔德一边划船一边回首张望,注视着古德伦,全然没有意识到自己在做什么。

“咱们的船是不是太偏左了呢?”赫尔特妮轻蔑地坐在五花十色的阳伞下,慢悠悠提醒道。

杰拉尔德向四下看看没有吭声,桨叶莫波光粼粼的水面上把船扳正过来。

“我看没事了。”他愉悦地说着,继续划起船来,根本没有发现自己是在做什么。赫尔特妮对杰拉尔德这种满不在乎的好心情又恨又气。她遭人蔑视,没法再去支配他了。

岛 屿

厄秀拉这时正在漫无目的，悠闲地走着，从威雷沃特湖沿着清澈明净的小溪逆流而上。午后，四处有小鸟在欢唱。阳光灿烂的山坡上，荆豆丛红红的像正燃烧的火。几株勿忘我在水边羞答答的开放。到处是一派生机，闪耀着光辉。

她一门心思地游逛着，穿过一条条溪流，划向了要去山坡上贮水池那里。大磨坊已被闲置，只剩下一对工人夫妇住在厨房。厄秀拉穿过空荡荡的仓前空地和花园里的一片荒地，爬上了堤岸。爬上堤顶，历久经年的天鹅绒般柔滑的池水就展现在眼前。她看见有个男人在那儿修补一条方头平底船。正是伯金，他此刻又是锯又是敲打着忙的不亦乐乎。

厄秀拉站在水闸顶上向他望去。伯金却没有发现有人在场，仍在忙忙碌碌的，心无旁骛，动作敏捷，活像一头野生动物。厄秀拉觉得自己应该走开，伯金是不会希望她在这里的。他看起来太专注了。可是厄秀拉又不想离开，便沿着堤岸慢慢往前走，直到伯金能抬头瞧见她。

伯金一会儿就抬起头来。一见到厄秀拉，他便放下手中工具，走过来说：

“嗨。我正在补这条平底船上的漏洞。你看我修的怎么样？”

厄秀拉和他肩并肩走着。

“我知道你从你父亲那儿学了两手吧，所以该能告诉我这样干行不行。”伯金又说。

厄秀拉于是弯下腰瞅了瞅修补过的平底船。

“我当然是一个木匠的女儿。”她说，由于必须做出判断而感到心虚。“不过木匠活儿我可是不在行，这看上去还蛮不错，你说呢？”

“对，我也觉得不赖。我希望它不至于让我沉到水底下，这我就满意了。就算是那样，也没什么大不了的，我还会游上来的。帮我把船推到水里好吗？”

两人一齐用力把沉重的平底船翻转过来，推入水中。

“好啦，”伯金说，“让我来试试。要是能载人，我就带你到那边岛上去，你看好不好？”

“太好了，”厄秀拉欢快热切地喊道。

池塘非常幽静，水面上跳动着只有深水才会发出的幽暗的光泽。水塘中间有两个小岛，岛上长满了郁郁葱葱灌木丛，还有几株参天大树。伯金把船从岸边撑开，又笨拙地在水中调整方向。还好平底船没有沉底。他抓住一根大树枝做篙，把船撑到了岛上。

“都是些草木，”他望着岛上说，“不过景色太美了。我带你去，这小船有点儿漏水。”

一会儿功夫，两人又回到了船上。厄秀拉迈进了湿淋的平底船。

“我们俩的重量不至于使它沉下去。”伯金说着，又撑船驶向小岛。

他们靠近了一棵柳树然后上了岸。眼前由繁茂的植物形成的小丛林、气味难闻的玄参和毒芹，使厄秀拉望而生畏。伯金却趟了进去。

“我要铲除掉这些东西，”他说，“那这里就会有温馨气息了——像保尔和薇吉妮那样。”

“是的，可以在这儿来上一顿丰盛的瓦都风味的野餐。”厄秀拉高兴地喊道。

伯金的脸阴沉了下来。

“我可不想在这儿吃瓦都风味的晚餐。”他说。

“你只想着你的薇吉妮。”厄秀拉开心地笑了。

“有薇吉妮也就可以了。”伯金苦笑着说。“不，我连她也不想要。”

厄秀拉专注地看着他。从布莱德尔比分开后，她还没有再见过他。伯金脸都瘦得塌下去了，上面是一副可怕的神情。

“你前段时间病了，是吗？”厄秀拉冷冷地问道。

“是的。”伯金也以同样的口气回答说。

从岛中心归来后，两人并排坐在柳树下，注视着池塘。

“那让你害怕了吧？”厄秀拉问。

“怕什么？”伯金转过脸来瞧着她反问道。他脸上某种十分冷酷的东西搅乱了厄秀拉的心，使她失去了往日的壮志。

“病得厉害很吓人，是吧？”厄秀拉又问。

“是不高兴。”伯金说。“人是否真害怕死，我心里从没有这种准备。在某种心情下就一点儿也不害怕，换了一种心情就会十分害怕。”

“但是你没有因为这样感到耻辱吗？我想有病是会使人羞愧的——得病太让人丢脸了，你说呢？”

伯金考虑了一会儿。

“大概是这样吧。”他说。“虽然人们也明白，从本质上说，人的生命并不是真正健全的，这才羞愧呢。大病一场之后，我并不想生病有什么值得羞愧的。人病了，是因为他没有正当地生活——或者说不能够正当地生活。没有很好地生活才会使人生病，才会让人丢脸。”

“你生活得还不够幸福吗？”厄秀拉几乎是在嘲讽地问。

“怎么啦，对呀——我在事业中并没有获得太多的成功。人难道总是要一头撞在墙上。”

厄秀拉开心地笑了。她被吓呆了。每当害怕时她都要笑，并假装是骄傲得意扬扬。

“瞧你那可怜的样子！”她看着伯金脸上的线条说。

“所以它丑陋点儿也就不再奇怪了。”伯金应道。

厄秀拉沉默好一阵子，拼命想从自欺中挣脱出来。欺骗自己是她身上的一种本性。

“但是我还是幸福的——我觉得生活非常满意。”她说。

“那最好。”伯金执拗地冷冷地说道。

厄秀拉摸出一张纸片，那原是用来包从兜里找到的一小块巧克力糖的，她在用它叠折成小船。伯金心不在焉地瞅着她。在她指尖的不知不觉地动作里有一种奇特的东西，它让人自觉产生而生温柔怜悯之情，那是真正烦恼人和刺伤人的。

“我真的喜欢世间万物——你就不喜欢吗？”厄秀拉问。

“哦，喜欢！但是对继续增加的责任我总是应付不好。我觉得一切都缠结成了一团没头的乱麻。自己不能理出个头绪来。我真不知道该怎么办才好。可是人总得在哪里做点儿什么事啊。”

“你为什么总要找事情去做呢？”厄秀拉反驳说。“那也太粗俗了。我以为真像贵族那样倒要好得多，无所事事，顺应自然，就像一朵能行走的花儿。”

“我也很同意，”伯金说，“要是一个人真能像一朵飘浮的云去做。可是无论怎样做，我也无法让自己成为一朵云。它不是刚冒芽就被吹散了，就是被烟熏坏了，该死的，只是纠结在一起的一个疙瘩。”

厄秀拉又开心地笑了。伯金竟是这样的忧愁和激愤。不过她也感到忧虑和困惑；无论怎样，人怎样才能摆脱呢，总得有个办法吧。

大家沉默了好一会儿。厄秀拉想哭。她又摸出一张巧克力糖纸，开始折叠另一只小船。

“可这是为什么呢？”她还是开口问道。“如今怎么不见开花结果，也没有人类生存的尊严了呢？”

“理想全都破灭了。人性本身已经枯竭了，这是真的。无法计算的人就挂在小树

上——瞧上去挺不错,红扑扑的;你们这些健壮的青年呀。他们实际上只是所多玛的罪恶果,是死海的果子,是苦苹果。说他们有多么重要那可不对——他们身体里全是些罪恶的东西。"

"不过还是有好人的。"厄秀拉立刻反唇相讥道。

"就今天的生活说来还算可以吧。不过人类就是棵死树,上面全是人结成的鲜亮精美的虫瘿。"

这话真是十分形象逼真而又十分深刻了,厄秀拉听了不由地浑身颤抖;可是她还是要让伯金继续说下去。

"真是这样,那又是为什么呢?"她心怀叵测地问道。两人之间正在荡起一种强烈的仇恨情绪。

"哦,人为什么要是苦味尘土做成的泥球呢?那是因为他们熟透了还不肯从树上落下来。他们呆在老地方,其实那儿早已过时了;就这样一直等到树上生满了虫子,最后就枯朽了。"

两人沉默了半天。伯金的言语已经变得激进而尖刻。厄秀拉感到大惑不解。两人忘却了一切,各自在想着心事。

"不过就算是全都错了,你又对在哪儿呢?"厄秀拉大声嚷道。"你又好到哪儿去呢?"

"我吗?——我也并非就是对的。"伯金对嚷道。"我之所以对只是对在这一点上——我意识到了这个问题。我公开憎恶自己这个人。我讨厌自己是个人。所谓人性就是凑起来的大谎言,大谎言还不如小真理。人性远远不如个性;个性有时候还可以是真实的,人性却是一棵谎言之树。他们说爱情最伟大崇高,还唠唠叨叨地说个不停;下流的东西,就看看他们的所做的一切吧!就看看无以计算的所有那些人吧,他们不停地大谈爱情最伟大,博爱最伟大——可是再看看他们一直在做些什么。你利用他们的作品去了解他们,但是这些可恶的刽子手和胆小鬼,没有信心坚持自己的行为,更不敢遵守自己写的那些东西。"

"但是,"厄秀拉伤感地说,"这并不能更改爱情最伟大这一事实,是吗?他们的所作所为并不能更改他们说出来的理由,对吧?"

"一定能改变,要是他们说出的是事实,那他们就会主动地照它去做。可他们坚守的却只是骗人的话,所以最后就要胡作非为了。说爱情最伟大就是在撒谎。你也可以说仇恨是最伟大的,因为任何事物都是相反相成的。人们想要的只是仇恨——除了仇恨就没其他什么了。在正义和爱的名义下他们获得的却是仇恨。他们这些人都是用硝化甘油从所谓的爱中精炼出来的。谎话能杀人。如果我们想要仇恨,那就恨吧——死亡,谋杀,折磨人,暴力破坏——让我们就这么去做吧:只是不要用爱做手段。不过我讨厌人性,希望它被一扫而光。我可以离开,要是明天所有人都消亡了,那也不会真正损失什么。这个世界不会受到丝毫触动。不仅这样,它还会变得更好些呢。真正的生活之树那时就会逃脱最可怕、最沉重的死海的果子,摆脱数不清的人的幻影造成的难以忍受的负担,摆脱致命的谎言造成的重荷。"

"那么说你是心甘情愿世界上所有人都被消灭啦?"厄秀拉问。

"是的。"

"那么世界上就没有人了?"

"对。你不觉得这种想法很好吗——一个没有了人的世界,只有没受到破坏的青草地,还有野兔在上面享受这份美丽?"

伯金令人高兴的真诚口吻使厄秀拉不再考虑自己的事情了。那的确是很迷人:一个清爽可爱没有人的世界。那是真正令人向往的。厄秀拉心中犹豫,感到了一阵欣喜;不过,她还是对伯金感到失望。

"但是,"她表示惊奇地说,"那样一来,你自己也避免不了噩运,这对你又有什么益处呢?"

"如果知道地球上真能成为没有人的世界,那我情愿马上去死。这是最美丽、最能解脱人的思想。到那时就再也不会有别的卑贱的人类被创造出来,去污染全世界了。"

"是不会再有了,"厄秀拉说,"到那时就什么也不会存在了。"

"什么！就什么也不会有了？只是因为人类消失了吗？你可太吹捧自己了;到那时,什么都会有的。"

"但是要是没有了人,其他的东西又怎么来的呢?"

"你以为创造还要靠人类吗！当然不是。还有树,有草,有小鸟呢。我宁可去想在一个没有人的世界上,云雀在清晨飞向天空。人类本身就是一个错,他必须离去。到没有了肮脏的人类在胡作非为时,还有草地、野兔和蝗蛇,有肉眼见不到的万物和到处自由飞翔的真正的天使——还有通体透明纯洁的善良的精灵:这样的世界多美好啊。"

这种奇怪的想法使厄秀拉感到很高兴,伯金的话使她心中充满着喜悦。当然啦,这只不过是让人欣慰的幻想。她太了解现实的人性了,那是一种丑陋的现实。她知道那是不可能被轻而易举地被毁灭。为此将需要很长的一段时间,要走可怕漫长的一段路途。她出于精灵般敏感的女性心灵,对这一点十分了解。

"如果把人类从这个世界清除干净,创造就会奇迹般地进行,就会有一个全新的世界的开始。人类是创造中的一个失误——就和古代的鱼龙一模一样。想想看,要是他又离开了,那在解放了的年代中又会创造出多么可爱的事物啊,——那将是些直接从火中锻炼出来的稀有之物。"

"可是人类不会轻易离去的。"厄秀拉说。她对人类执拗所带来的无法估计出的事情有着神秘的超人的理解。"世界倒是会因它而旋转。"

"啊,不。"伯金回答说。"不可能是这样的。我倒相信那些自豪的天使和恶魔,它们是我们的祖先。它们会毁灭人类,因为我们还不够骄傲。鱼龙就不自重:它们到处爬,爬来爬去的,和我们一样。此外,再看看接骨木的花朵和风铃草吧——它们就是完美纯洁的造物曾经产生过的形象——甚至包括蝴蝶。然而人类却从没有超出过青虫阶段——一到成了虫蛹就坏死了,永远也不会生出翅膀来。它是永远不会再进化的,就跟猴子和狒狒一个样。"

厄秀拉看着正在讲话的伯金。伯金好像一直有满腹无法忍耐的怒火,同时又觉得一切事情都是可笑的,于是到头来又采取了宽恕的态度。厄秀拉只知道他的怒火,对这种宽恕却很怀疑。她看出伯金一直是在违抗他自己的心愿,被企图去拯救世界。这使她一方面心里感到了某种安慰,感到了些许的安心和满意,另一方面又充斥了对伯金的强烈的仇恨和轻蔑。她希望他和自己在一起,却恨伯金那种救世主曼迪式的点化。伯金身旁充斥着某种东西,那是她无法忍耐的。伯金会把自身献给任何向他走来的人,奉献给每个愿意向他请求帮助的人,而且还是以和对待自己同样的方法,说的也是同样的话。这真卑鄙,是一种极其狡猾的卖淫。

"但是,"厄秀拉说,"即使你不信任人类爱的天性,也还是相信个人之间的爱情吧?"

"我根本就不相信什么爱——也就是说,我认为它跟恨或悲哀没什么两样。爱情和其他感情一样——在你感受到它的时候还不错。可是我就看不出来它怎么会成了崇高的。它不过是人们之间关系的一部分罢了,不过是各种各样人与人之间关系的一部分。我就弄不明白为什么人就该总是感受到它,而不该总是感受到悲伤和解脱的快乐。爱情并不是人所急切需要的东西——那不过是一种感情,由于环境不同,你要么感受到它,要么就感受不到它。"

"那你为什么还要向人类奉献爱心呢?"厄秀拉问。"要是你不相信爱的存在,那干吗还要花精力想到人类呢?"

"那是为什么?那是因为我不能离开人类。"

“那是因为你喜爱人类。”厄秀拉还是不肯让步。

这可把伯金给惹火了。

“要是我真的喜爱人类，”他说，“那我的病因也就在这儿了。”

“那可是一种你不愿意治好的病。”厄秀拉带点儿讽刺地说。

伯金合上了嘴，觉得她故意要玷污自己。

“如果不相信爱情，那你到底还相信什么呢？”厄秀拉嘲讽地问道。“只相信世界末日和草地吗？”

伯金开始觉得自己受了玩弄。

“我相信肉眼见不到的万事万物。”他说。

“不可能！什么也没有？除了青草和小鸟，你就不相信还有什么可以见到的东西啦？你的世界真是太可怜，太稀有了。”

“可能。”伯金满怀傲气冷冷地说道。他受到了触犯，便硬摆出一副令人难堪的拒人千里之外的高傲神态，又变得冷漠、孤傲了。

厄秀拉不喜欢他，却又感到怅然若失。她看着伯金蹲坐在岸边，脸上一副那种自命不凡的冷冷的表情，一本正经，太可恶了。而与此同时，伯金的样子又是那样聪明帅气，给人以那样与众不同的解脱感：尽管外表上一副恹恹病容，他眉毛的弧度、下巴和整个线

条却透露出某种充满生命力的东西。

厄秀拉对伯金正是这种双重情感,它使得厄秀拉心中萌发出一种对伯金的不可言状的敌意:一方面是伯金可人心意的奇妙的生命活力——那是一个使人满意的男人的难能可贵的;一方面又有那种要做救世主的令人不齿的狂想。他是主日学校教师,是最守旧呆板的道学先生。

伯金抬起头看着厄秀拉,看到她的脸不知为什么被激情燃亮了,就好像她体内弥漫出了温柔有力的火花。伯金被惊讶地吸引了。自身的生命之火照亮了厄秀拉。心怀惊异、如醉如痴的伯金靠近了她。厄秀拉坐在那儿如同一位尊贵的女王,闪烁着扑朔迷离的微笑,那富于变化的表情几乎是超自然的。

伯金很快清醒了,理智又会到他身上,开口说道,"关于爱情问题的关键是,正因为我们把这个词庸俗化了,所以就讨厌它。应该禁止用高尚这个词,许多年后,直到我们有了新的、更理想的标准与概念为止。"

一种默契在两人之间产生了。

"可这个词的意思永远是一样的呀。"厄秀拉说。

"啊,天呐,不,禁止使用这个意思吧。"伯金喊道。"把过了时的意思全见鬼去吧。"

"不过它们还是爱呀。"厄秀拉继续倔强地说道,眼睛里闪烁出敌视的冷漠的不信任目光。

感到迷惑的伯金踌躇起来,又退了回去。

"不,"他反对说,"它并不是真正的爱。说起来像是爱,在滚滚红尘中却决又是另一回事了。你就没有权利去说这个字。"

"在一个适当的时候,我必须让你去从约柜中把它取出来。"厄秀拉嘲讽地说。

两人又注视了。厄秀拉突然跳起身来,转过身去,走开了。伯金也缓缓站起来,走到水边,蹲在那儿,在潜意识里自得其乐。他摘了一朵雏菊,放入水塘中。叶梗便成了船的龙骨,漂浮着的花儿如同一朵睡莲,它的花心正仰望着明澈的天空。雏菊慢悠悠地转着,慢慢地、小心翼翼地跳着一种伊斯兰教托钵僧的舞蹈,随风飘去。

伯金目送它,又把另一朵雏菊也放入水中,接着又是一朵;他蹲坐在岸旁,澄澈坦然的目光望着它们。厄秀拉转过身来看着,一种奇异的情感油然而生,似乎正在发生着什么事情。然而这又是不可捉摸的。有某种力量驱使着她,她却浑然不知,只能望着雏菊鲜艳明丽的小花盘在光泽黯淡的水面上打着旋驶去。小小的船队漂进了光明中,在远处成了几粒洁白的珍珠。

“咱们就随着它们到岸上去吧。”厄秀拉说。她害怕继续被封闭在小岛上。两人坐着平底船，撑篙离开了岛。

厄秀拉对自己又来到了属于自己的土地上感到十分愉快。她顺着堤岸朝水闸走去。小小的舰队在池塘水面上四散开来，成了些散发着光亮的小星星，点缀着黯淡的水面让人看了心情愉快。它们为什么会这样强烈而神奇地吸引了她呢？

“快看，”伯金说，“你用紫红色纸叠成的小船正在为它们保驾护航呢，多像一只小小的护航队。”几瓣雏菊悠然地漂向厄秀拉，飘忽不定，像是在清澈幽暗的水面上羞怯欢快地翩翩起舞。花瓣漂近她时，它们欢快明亮的色泽深深吸引了厄秀拉，她的眼眶有点湿润了。

“它们多么可爱呀，”她嚷道，“我觉得它们真可爱呀？”

“它们真是使人赏心悦目的花儿。”伯金回答说。厄秀拉动情的口吻使他有点儿忐忑不安。

“你知道，一朵雏菊就是由一小片一小片小花瓣组成的。群居变成了个体。植物学家不是就把它们归入了进化的最高阶段吗？我打赌它们是这样的。”

“菊科植物，对，我想正是如此。”厄秀拉说。她从来对任何事物都不是十分确定的。在某个时候非常熟悉的事物，过些时候就变得捉摸不定了。

“让我们来解释一下为什么会这样吧。”伯金说。“雏菊是一种健全的小型民主政体，所以它就是进化到了最高阶段，从而又是美丽而打动人的。”

“不，”厄秀拉嚷道，“不——绝不是。它和民主是完全不同的。”

“不错。”伯金承认道。“它是金色的无产阶级的芸芸众生，被闲散的有钱人的华丽的白栅栏给围住了。”

“我最讨厌——你那可恨的社会制度！”厄秀拉又喊道。

“好了，不说这个了！这不过是一朵雏菊——咱们也就别为它争论了。”

“对。这次就让它当黑马吧。如果要是有什么东西对你说来还能是黑马的话。”她开玩笑说。

两人一动不动地站在一边，忘记了一切，似乎都有点儿眩晕的感觉，迷离恍惚。他们卷入这场小小的冲突中从而夺去了他们的意识，使他们由于两股非人格的力量联系在了一起。

伯金注意到谈话中断了。他想说点儿什么，便又找到一个更为普通的新话题。

“你知道吗？”他说，“我在磨坊这边有几个房间。我有个提议我们可在一起度过快乐的时光吗？”

“哦，是吗？”厄秀拉问，并没有理会他所暗示的亲切的表示。

伯金立刻转变了态度，又变成一本正经的漠然态度了。

“要是我觉得自己能够独自生活，”他继续说道，“那我就要辞去一切工作。工作对我说来已经没有任何意义了。我不再相信可恶人类了——我还自称是其中的一分子呢，我也不再关心我靠它而生的社会理想了。我恨人类社会这种垂死挣扎的组织形式——所以从事教育工作不过是在浪费时间，毫无意义。一旦这个问题被真正弄明白了，我就要停止工作——可能就在明天吧——自己过独身生活。”

“你的钱还够用吗？”厄秀拉问。

“够——一年大约收入有四百镑。这能使我过得很舒服。”

接下来是一阵沉寂。

“那赫尔特妮怎么办呢？”厄秀拉打破了沉默。

“我们之间完了，彻底结束了——一次彻底的失败，也只能有这种后果。”

“可是你们彼此接触，互相了解吧？”

“我们很难假扮成是陌生人，对吧？”

又一阵令人尴尬的沉默。

“难道就没有更好的办法了吗？”厄秀拉终于开口问道。

“我看是没有。”伯金说。“要是有的话，你就应该想出来了。”

几分钟里谁也没再说话，伯金仿佛在思索什么事。

“人必须抛开一切，抛弃所有的东西——把一切甩到后边，以便得到他最终想要的东西。”一会儿他又开口说道。

“你最终想要的是什么东西？”厄秀拉挑战似的问。

“我也不知道——是两个人的自由吧。”伯金回答说。

而厄秀拉却希望他说“爱情”。

几条狗在山坡下狂吠。伯金的思想似乎受到了搅扰。厄秀拉却没有在意。她只觉得伯金有些不自在了。

“真的，”伯金小声小气地说，“我相信是赫尔特妮来了，和杰拉尔德·克莱奇一道来的。她想在房间没放上家具之前瞧瞧它们。”

“这我知道。”厄秀拉说。“她是指挥你布置房间。”

“也许是吧。这又怎么样呢？”

“哦，不怎么样，我才不管它呢。”厄秀拉说。“虽然就个人来讲我受不了她。我觉得她本人就是一个谎言，要是你愿意的话，我还要说你们总是在撒谎。”她思索了一会儿，突然按捺不住了。"对,要是她为你布置房间的话,我就受不了——我就是受不了。我才不高兴你还让她赖着不走呢。"

伯金紧锁着眉头没有搭话。

"也许吧。"他说。"我并不想让她来布置房间——也不会让她赖着不走。只是我不必粗鲁地对她,对吧?不管怎样,我还是得下去见见他们。你也一块儿来好吗?"

"我不想去。"厄秀拉犹豫不决地冷冷说道。

"你不想来吗?不,还是来吧。来看看房间吧,一定来啊。"

地 毯

伯金走下堤岸，厄秀拉有些恹恹地跟随着他，可又不愿意就此离去。

“你和我，咱俩彼此间已经很了解了。”伯金说。厄秀拉没有回答。

幽暗的磨坊厨房里，磨工的妻子正同站在那里的赫尔特妮和杰拉尔德刺耳地交谈着。杰拉尔德全身素裹。赫尔特妮穿一身闪光发蓝的印花薄软绸，那衣服在昏暗的房间里奇异地泛着亮光。墙上笼子里有一、二十只金丝雀在尽情唱着。笼子全挂在后山墙上一孔方形小窗四周，一束美丽的光线透过屋外树上的绿叶，从窗口投射进来。萨尔蒙夫人的尖嗓门和那群鸟儿的叫声在争高低。小鸟始终那样热情而得意扬扬地叫着，女人把嗓门越提越高好盖住它们；小鸟便用更加热烈的欢叫作为回答。

“鲁珀特来了！”杰拉尔德在昏暗中大声叫道。敏感的听觉真让他遭罪。

“啾——那些鸟儿呀，简直就不给你机会——！”磨工的妻子厌烦地尖叫起来。“我要把它们盖起来。”

她快速地走来走去，把一块抹布、一件围裙、一条毛巾和一方桌布都盖在了鸟笼上。

“你们就休息一会儿吧，让别人也安静一下。”她还是那样嗓音尖利的嘟哝着。

大伙瞧着她。笼子很快就盖好了，它们显得有些古怪，像丧葬似的。不过反抗的抖动声和扑腾声仍然不时在毛巾下面响起。

“哦，它们再也不会吵闹了。”萨尔蒙夫人为了让大家放心这样说道。“它们一会就要睡觉了。”

“真的。”赫尔特妮有礼貌地说。

“它们马上会睡的。”杰拉尔德也应声道。“它们自己会睡着的，它们准以为天黑了呢。”

“它们就那么容易上当吗？”厄秀拉嚷道。

“哦，是的。”杰拉尔德回答说。“你没听说过法布尔的故事吗？还是童年的时候，他把一只母鸡的脑袋塞在了翅膀下面，那只鸡立刻就睡着了。这是真的。”

“因为这样他就成了博物学家了？”伯金问。

“差不多吧。”杰拉尔德说。

厄秀拉从一块布下面朝笼里偷偷看着。金丝雀蹲在角落里，抖松羽毛蹴成一团，准备入睡了。

“多可笑呀！”她喊道，“它还真以为天黑了呢！这简直太荒唐了！真的，人怎么还能尊重这样的动物呢，那么容易受骗！”

“对了。”赫尔特妮唱歌似的说着，也过去瞧了瞧。她把手放在厄秀拉的胳膊上，抿嘴悄声笑着。“对啦，它看上去不是有趣吗？”她又笑了。“活像一个傻丈夫。”

她又把厄秀拉扯到一边，手还搭在她肩膀上，温柔悦耳地说：

“你为什么来这儿啦？我们也看见古德伦来着。”

“我来瞧瞧池塘，”厄秀拉说，“我在那儿看见了伯金先生。”

“真是这样吗？这可真成了布兰文家的领土了，对吧？”

“希望如此吧。”厄秀拉说。“见到你们从湖上走过来，我就躲到这儿来了，不过是想甩掉你们。”

“是吗！那我们现在可就是直达你们的老窝了。”

赫尔特妮的眼皮奇怪地翻了一下，像是被逗乐了，又有点儿麻木。她总是挂着一副特别的高兴神情，既做作又靠不住。

“我要走了。”厄秀拉说。“伯金先生让我去看看房间。住在这儿多高兴呀，真是太美妙了。”

“对。”赫尔特妮心不在焉地应道。她随后从厄秀拉那儿转过身来，不再在乎她的存在了。

“你现在感觉怎么样，鲁珀特？”她换了一副脉脉含情的腔调问伯金。

“很好。”伯金告诉她。

“你过得还好吗？”一种狡猾的好奇专注的神情显现在赫尔特妮的脸上。她猛地耸动一下胸部，活像个处于半昏迷状态的人。

“非常舒服。”伯金回答说。

很长时间没人吱声。赫尔特妮从滞重麻木的眼皮下死死盯住伯金看了半天。

“你觉得你在这儿会快乐吗？”她终于开口了。

“当然。”

“我一定会尽力为他工作的。”磨工的妻子说。“我男人也会这样做的。我希望他会觉得自己过得很舒服。”

赫尔特妮慢悠悠地扭过脸去看着她。

“那就太感谢你了。”她说着又转过身来，恢复到原来的姿势，仰起脸来对着伯金，只对他一个人讲：

“你量过这些房间吗？”

“没有。”伯金说。“我正在修平底船。”

“咱们现在就来量量好吗？”她平静地建议道。

“萨尔蒙夫人，你有卷尺吗？”伯金转向那个女人问道。

“有，先生，我一会儿给你拿来。”女人回答着，马上手忙脚乱地去翻一只篮子。“我有一个，只是不知行不行。”

虽然卷尺是递给伯金的，赫尔特妮却接了过去。

“太感谢你了。”她说。“这个就行。非常感谢。”她又转向伯金，有几分高兴地说：“咱们现在就去量，鲁珀特？”

“那其他人怎么办呢，他们会烦的。”伯金不大愿意地说。

“你们在意吗？”赫尔特妮转向厄秀拉和杰拉尔德，麻木地问道。

“我不在乎。”他们回答说。

“咱们先量哪个房间呢？”她回过身来还是那样高兴地问伯金。现在她要随伯金一块儿做点儿什么事情了。

“他们既然来了，咱们就让他们去吧。”伯金说。

“趁你们做那项工作时，我给你们泡上茶，好吗？”磨工的妻子问，她也很高兴，因为她也有工作做了。

“你吗？”赫尔特妮转向那女人说，做了一个好像要抱住那个女人的令人难以理解的亲昵动作，几乎把那女人拉进了她的怀抱；其他人却被晒在了一旁。“那我可就太高兴了。我们坐在哪儿喝茶呢？”

“你们希望在哪儿呢？在这儿，还是在外边青草地上？”

“咱们在哪儿喝茶呀？”赫尔特妮声音悦耳地问大家。

“在池塘岸边吧。萨尔蒙太太，你只要把茶泡好，我们给带上去。”伯金说。

“好嘞。”那女人非常高兴地应道。

这伙人从走廊来到前边房子里。空荡荡的房间里干干净净地洒满了阳光。一个窗子开向纷乱的房前花园。

“这是餐厅。”赫尔特妮说。“咱们来这样测量它，鲁珀特——你去那儿——”

“我可以为你做点什么？”杰拉尔德说着过来和她一起测量。

“不用了，谢谢。”穿一身闪光发蓝的印花薄软绸衣服的赫尔特妮俯身向地嚷着。和伯金一道做事情并指挥大家怎样做，这对她说来真是其乐无穷。伯金克制住自己服从了她。厄秀拉和杰拉尔德在一边袖手旁观。这是赫尔特妮的一种怪癖，她每时每刻都要有一个亲近的人，同时不再注意其他的人。如此一来，她就成了胜利者。

他们测量了餐室并展开争论，赫尔特妮决定了地毯应该是什么样的。遭到反对时她就令人奇怪地气得发抖。到这种时候，伯金就总是任她的性子来。

然后他们又走过大厅，来到另一间前房里。这比前面的一间稍微小一些。

“这是书房。”赫尔特妮说。“鲁珀特，我想在这应该放一块小地毯。让我把它给你好吗？一定啊——我想把它给你。”

“它是什么样的？”伯金粗鲁地问道。

“你没有看见过。大部分是玫瑰红色；其余是蓝色，一种半蓝不蓝的像金属那样的颜色；还有非常柔和的深蓝色。我想你应该会喜欢的，你说呢？”

“这听上去还可以。”伯金说。“它是什么样的？是东方的？还带绒面？”

“对了。是波斯地毯！骆驼毛做的，柔软光滑。我想人们称它是柏尔加摩式的——十二英尺长，七英尺宽——你觉得还可以吗？”

“可以吧。”伯金说。“不过你为什么偏要给我一块贵重的小地毯呢？我用那块牛津的土耳其旧地毯就满可以应付了。”

“可是我能把它送给你吧？你千万要收下呀。”

“那要多贵呀？”

赫尔特妮凝望伯金说：“我想可能很便宜。”

伯金也回望着她，脸严肃起来。

“我不想得到它，赫尔特妮。”他说。

“就让我把它放在这个房间里吧。”赫尔特妮请求着说。她走到伯金跟前，把手轻轻放在他的胳膊上。“要是那样我可就太失望了。”

“你知道我并没有让你送什么东西给我。”伯金无奈地一再说道。

“我并没想给你什么东西呀。”赫尔特妮哄着他说。“不过你喜欢要这个吧？”

“那好吧。”伯金回答说。他失败了，胜利的是赫尔特妮。

他们走上楼梯。两间卧室与楼下的房间相对应。其中放有一些家具的那间，伯金在里面睡过觉。赫尔特妮仔细边走边留意到了每一处细节，像是要在这些没有生命的物件

上来寻找伯金住过的痕迹。她摸摸床,又看了看床上的铺盖。

“你真以为自己这样非常舒适吗?”她摁摁枕头问道。

“是的。”伯金冷冷地答道。

“你不冷吗?我敢肯定你床上少一条褥子。你千万别在身上盖太多的衣服。”

“我有条褥子在下面,”伯金说。

他们丈量了每个房间,拖拖拉拉地决定着需要考虑的一些事情。厄秀拉站在窗前,目送着那个女人把茶送到池塘岸边。她讨厌赫尔特妮玩的一套鬼把戏,一心想着去喝茶。她什么都想要,就是不想要这种过分的体贴。

最后,大家总算攀上遍地青草的堤岸,到达野餐的目的地。赫尔特妮动手沏茶,毫不理会在场的厄秀拉。厄秀拉从阴郁的心境中恢复过来,转向杰拉尔德说:

“哦,克莱奇先生,那天我恨透你了。”

“为什么呀?”杰拉尔德畏缩地问道。

“因为你对马太不好了。哎,我真恨你!”

“他干了些什么?”赫尔特妮用唱歌似的语调问道。

“在一长串吓人的货车通过的时候,非让他那匹敏感可爱的阿拉伯马与他一起站在铁路道口上。可怜的家伙,它简直就是在那儿痛苦狂乱地挣扎。你永远想象不出比那还要可怕的事情了。”

“你干吗要那样做,杰拉尔德?”赫尔特妮冷冷地质问他。

“它必须学会这样做,否则要是火车一叫就惊跑了,那在这个地方它对我还有什么用处呢?”

“可你不该让它受这种不必要的折磨?”厄秀拉问,“为什么要让它站在道口上呢?你可以在路上骑,那就不会发生这样的事。你用马刺刺它,把两肋都刺流血了。太可怕了——!”

杰拉尔德板起了脸。

“我不得不这样。”他答道。“如果要我完全信赖它,那它就必须忍受住噪音。”

“它为什么非要如此呢?”厄秀拉激动地嚷了起来,“它是活的动物。为什么只因为你让它这样做它就该忍受一切呢?正像你有权支配自己,那么它也有权支配它自己。”

“这种观点我不能赞同。”杰拉尔德说。“我以为马就应为我所用。这并非因为我买下了它,而是由于自然界的规律就是如此。与其让一个男人给马下跪,求它做事情,实现不了它的天性,不如让那个男人买下一匹马,并按照自己的心愿来使用它;这倒要自然得

多了。”

厄秀拉刚要反驳，赫尔特妮忽然抬起头来，逗人发笑地唱歌似的声音再度响起：

“我确实认为——我确实真的认为，我们有权力按自己的意愿来使用低等动物。我认为，要是把所有的动物都看成和我们自己是一样的，那就一定有什么地方出了毛病。我确实感到，把我们自己的感情强加给每个动物是不对头的。那是因为缺少分析力和评价能力。”

“真的。”伯金尖刻地插上来说。“没有比忧郁寡欢地把人类的情感和意志强加在动物身上更让人厌倦的了。”

“是的，”赫尔特妮厌烦地说，“我们确实必须有一个坚定的立场。要么我们去驱赶动物，否则它们就来驱赶我们。”

“一点儿不错。”杰拉尔德答应道。“严格说来，马虽然没有理智，却像人一样有意愿。要是你的意志控制不住它，那它就要控制你。对这种事情我也无能为力。我身不由己就要做马的主人。”

“只要学会运用自己的意志力，”赫尔特妮又说，“我们就无所不能。意志力可以操纵一切，使它们恢复正常状态。这是我所坚信的——只是我们要合适地运用意志力，并聪明地使用它。”

“你说恰当地运用意志力是指什么？”伯金问。

“那是一位非常了不起的医生告诉给我的。”赫尔特妮绘声绘色地继续对厄秀拉和杰拉尔德说。“例如，他就曾对我说过，为了改掉一个人的坏毛病，那个人就要强迫自己去那样做，即便不愿意也要做；——强迫他去做——坏习惯也就没有了。”

“这是什么意思？”杰拉尔德问。

“举一个例子，如果你爱咬指甲。那么好吧，在你不想咬的时候就还去咬，逼迫自己咬它们。于是你就发现坏习惯被控制住了。”

“真的吗？”杰拉尔德又问。

“真的。在许多事情上都是这样，我本人也是屡试不爽。我是个神经质的有怪癖的姑娘，通过学习如何使用控制力，通过运用我自己的意志力，我就使自己恢复本来面目了。”

赫尔特妮说着，沉重的话音不带任何感情色彩，却又使人感到异样的严肃。厄秀拉一直看着她，一阵令人害怕的古怪感觉传遍了这年轻女人全身。赫尔特妮身上具有某种阴沉奇特、令人战栗的力量，既让人讨厌，又使人着迷。

“像这样运用控制力可真要命，”伯金大声嚷道，“教人恶心。这样一种控制力真下流。”

赫尔特妮充满阴影、目光滞重的眼睛盯住他看了半天，一张下巴尖尖的长脸柔软苍白，活像在闪烁着鬼火。

“我敢确定它并非这样。”她终于开口说道。在她看来，感受体会到的事物同她实际上说到和想到的事物之间似乎总有一段距离，有一条奇怪的间隙。她像是终于从迷乱的情感反应的大漩涡的表面控制了自己的思想。伯金却总是怀着一腔厌恶；赫尔特妮抓住东西就不肯放手，她的意志从来都会得逞的。她的话音总是紧张而又不带情感色彩，充满了绝对自信。可是一种像晕船的恶心感觉又让她颤抖，这种感觉总在咄咄逼人地要摧毁她的理智。她的理智却仍然是坚固的，她的意志力也仍然是完美无瑕的。这简直要把伯金气得要发疯。不过他不管怎样也不敢摧毁赫尔特妮的控制力，让她潜意识中的激流恶浪汹涌而出，并看着她陷入歇斯底里中。然而他又总在打击她。

“的确是这样，”伯金对杰拉尔德说，“马并非像人有着完整的意志力。马并非只有一种意愿。严格说来，每匹马都有两种意愿。一种意愿希望完全投身于人的驾驭之下——另一种意愿却又追求没有拘束和自由。这两种意愿有时会纠结在一起——只要你在策马的时候感觉到过它要脱缰狂奔，那你就会知道这个了。”

“我在乘马奔驰的时候倒是感受到过它要脱缰逃跑，”杰拉尔德说，“但是这并没有使我知道它还有两种想法。我只知道它害怕了。”

赫尔特妮不再听下去了，把这些话题一谈开，她就不在意了。

“马为什么要让人控制自己呢？”厄秀拉问，“这才让我不能理解呢。我不相信它会有这样的想法。”

“是这样的，它就是这样想的。这是最后的、也许还是最崇高的爱：把自己的意愿交付给更高级的生物。”伯金告诉她。

“你对爱的见解可真够奇特的。”厄秀拉嘲笑道。

“女人和马一样：心里有两种相互对立的意志。一种意志使她愿意完全屈从；另一种意志又使她想要脱缰逃跑，把控制她的人扔到地狱里去。”

“那我就是要脱缰而逃的女人。”厄秀拉说着，大笑起来。

“驯马就很危险了，更不用说驯化女人了。”伯金又接着往下说。“支配的本原有时也会碰到某些稀奇的对手。”

“这可能是一件好事。”厄秀拉说。

“是的。”杰拉尔德悄悄微笑着说。“这会给人更多的欢娱。”

赫尔特妮再也不能容忍了。她站起身来，悠闲自得地高兴地说：

“今天夜晚不是很美吗？有时候我心里充满了那样一种崇高的美感，简直要让人承受不了了。”

她这话是说给厄秀拉听的，厄秀拉便和她一道站了起来，激动得超脱了个人的感情。在她看来，伯金活像是骄傲得令人讨厌的怪物。她伴随着赫尔特妮沿池塘岸畔踱去，谈论着令人费解的美丽的事物，采摘淡雅的紫金花。

“你难道不喜爱这样一身衣服吗？”厄秀拉问赫尔特妮。“就是这种黄色的，上面还有橘黄色的斑点——一套棉布衣服。”

“非常喜欢。”赫尔特妮回答，又停下来赏花，好让这个想法打入心中安慰自己。“那不是很漂亮吗？我会爱上它的。”

她带着真心喜爱的情感微笑着转向厄秀拉。

杰拉尔德和伯金呆在一块儿，想问个究竟，问问伯金他说的马有双重意愿是怎么回事。激动的神情在杰拉尔德的脸上忽隐忽现地闪耀着。

赫尔特妮和厄秀拉一道继续信步徜徉，突如其来的深挚的爱和亲近感把她们联系在一起。

“我真不愿让这种对生活的评论和分析围住自己。我一心想要全身心上看待事物，看到它们遗留的美，看到它们的纯美无瑕和出于天然的圣洁。你没有这种感觉吗？你没觉得你已经无法承受更多知识的折磨了？”赫尔特妮停在厄秀拉跟前说道，又返回身来，紧攥着的拳头向下一砸。

“是的，”厄秀拉回应说，“我是有这种的感觉。这样东寻西探的真让我烦透了。”

“你也这样我真高兴。”赫尔特妮说着又停下脚步转向厄秀拉。“有时候我就想一想，自己是否应该向这种认识低头呢，自己是否就无力拒绝它了呢。可是我觉得我不能——我不能呀。它似乎毁掉了一切。所有的美好——和真正的纯洁都被践踏了——我觉得自己没有它们不能生活。”

“没有它们而活着那可就太不可想象了。”厄秀拉嚷道。“认为必须用头脑认识理解一切事物那也未免太不虔诚了。真的，有的事情必须留给上天去解决，常常有这样的事，也总会有这样的事。”

“不错，应该这样，难道不应该吗？”赫尔特妮答应，像小孩子似的放下心来。她仰面朝天，深沉地说：“鲁珀特呢——他却只会把东西撕得粉碎。他真像个孩子，一定要把每

件东西破坏看个究竟,看看它是怎样的一回事。“我并不认为这样做是好的——正像你说的,这看上去未免太不虔诚了。”

“这种做法是撕开蓓蕾看看花儿究竟是什么构造。”厄秀拉说。

“对啦。这样会把一切都扼杀了,对吗?这样一来花根本就不能再开了。”

“当然开不成了。”厄秀拉同意道。“这十足是破坏性的。”

“一点儿不错,不是吗!”

赫尔特妮平静地盯住了厄秀拉,像是要得到她的认同。两个女人都不再开口了。刚刚获得一致意见,她们接着就彼此怀疑起来。厄秀拉不由自主地觉得自己在从赫尔特妮的身边缩回来。她能做到的只是控制住自己的反感。

她们又回到男人身旁,如同刚退到一旁达成了一项协议的两个合作者。伯金抬眼瞟着他们,那副严肃的戒备神情教厄秀拉瞧了不由地恨从心头起,可是伯金没有作声。

“咱们离开吧?”赫尔特妮说。“鲁珀特,你来劳斯兰茨吃晚饭吧?马上就来好吗?现在就和我们一起离开吧?”

“我还没换衣服呢。”伯金答道。“你也知道杰拉尔德是一个循规蹈矩的人。”

“我可不是墨守成规。”杰拉尔德说。“不过,要是你跟我一样厌烦在家里吵吵闹闹、为所欲为,你就巴不得人们平心静气、规规矩矩了,至少在吃饭的时候应该这样。”

“是这样。”伯金赞成说。

“但是我们不是可以等你换好衣服再走吗?”赫尔特妮固执说道。

“随你便。”

伯金起身进屋了。厄秀拉也说她该走了。

“但是,”她又转向杰拉尔德说,“我还是要说,不管人类怎样是动物的主人,我仍然认为他没有任何权利去控制低等动物的感情。我还是认为,在火车通过的时候,要是你把马骑回到路上去,那才是更明智,更有爱心,也更富有体贴心肠。”

“知道了。”杰拉尔德有几分歉疚地微笑着说。“下回我一定注意就是了。”

“他们还认为我是个多事女人呢。”厄秀拉走开时心里合计着。她仍旧是全力反对他们的。

她一路上都在考虑这件事,跑回家去。赫尔特妮深深地感动了她,并真正和她有所交流;两个女人结成了某种协议。然而她还是不能忍受赫尔特妮。她把这个念头打发开了。“她这人还可以。”厄秀拉自语道。“她还是向往正义的。”她尝试着要和赫尔特妮抱成一团,断绝和伯金的关系。严格说来她对伯金是心怀敌意的。可是某种结合力和深奥的天性把她重新吸引到了伯金的身边。这马上惹恼了她,但同时又解救了她。

只是在她的潜意识里,才有一种微小但却很猛烈的战栗时不时传遍全身。她知道这是因为她已经向伯金提出了挑战的原因,而伯金似乎无意地接纳了它。这是两人间或许会导致新生活的一场殊死搏斗;虽然没人能够说出这场斗争为的是什么。

米　诺

光阴飞逝，厄秀拉并没有看到任何进展的迹象。伯金也不再理她了？不再关心她的秘密了？焦虑和辛酸一直在厄秀拉心头长贮不去。她知道这不过是过分的担忧罢了，伯金不会就此罢休的。这儿她对谁也没有透露出半点儿风声。

果然不出所料，不久她收到伯金的一封便函，是邀请她和古德伦一起去城里伯金的家喝茶。

"他为什么不单请我呢？"厄秀拉自问道。"他是为了自己的名声呢，还是担心我一个人不会去？"

认为伯金要保全名声这个念头一直折磨着厄秀拉，最终她自语道：

"我才不会带古德伦去那儿呢，我要单独和伯金说说心里话。我要自己去。到时候就会高明白这是为什么。"

厄秀拉坐上有轨电车，驶向城里伯金住的寓所。她似乎从现实的世界中解脱出来进入到梦幻中去，城里一条条肮脏的街道从她的脚下闪过，她觉得自己变成了一个精灵。她就在这种海市蜃楼中形影不定地颤动着。她全然不顾人们会怎样看她和怎样说她了。人们与她无关，她已脱掉了物质生命的躯壳，变得模糊奇特，如同一粒果仁从它唯一知晓的果壳中掉了下来，进到从未来过的地方。

女房东把厄秀拉领进屋时，伯金就站在房间中央。此时他也性迷神移了。厄秀拉看出了他不安地颤抖，而单薄的身体又像台风的中心处那样沉静。台风刮出从伯金体内吹，撼动了厄秀拉的，几乎使她晕倒。

"怎么就你一个人？"伯金问。

"是的——古德伦不能来。"

伯金立刻领悟到了些什么。

两人相对无语，屋里肃静得吓人。厄秀拉感受到了房间的令人愉快的充足的光线，格局也给人以安宁感——她还注意到有一棵倒挂金钟，上面悬挂着一朵朵紫红色的花。

"这棵倒挂金钟真好啊！"她打破了原来的沉寂。

“可不是吗！你还以为我忘了曾经说过的话了吧？”

厄秀拉感到一阵眩晕。

“如果你不愿意记起的话我不想你重新记起来。”她冲破笼罩在心头的浓雾。

又一阵沉默。

“不，”伯金说，“并不是那么回事。只是——如果我们要彼此了解的话，那就要永远相互忠诚。如果我们要结成哪怕是友谊的一种关系，那也要对它忠贞不渝。”

他的话语里包含着不信任和近于愤怒的情绪。厄秀拉没有回答。她的心缩成一团，已经很难言语。

看到她不准备回答，伯金又有几分严厉地忘情讲下去：

“我不能说自己奉献的就是爱情——我所要的也不是爱。我要的是一种更为强有力的不带人性色彩的东西，它也是举世不常见的。”

一阵沉默之后厄秀拉又打破了沉默继续问道：

“你是说你不爱我吗？”

她是承受着巨大的痛苦说这句话的。

“对，要是你愿意这样讲的话。虽然这样说也许并不对。我也不明白。不管怎样，我并没有感到我们之间存在爱情——没有，我也不想有。因为到头来它终归会耗尽的。”

“爱情最终会耗尽？”厄秀拉问，她感到张嘴都困难了。

“对，是这样。到最后，一个人就是孤独的，超出在爱情的范围之外。我还有不受个人情感影响的真实的一面，它超越了爱，也超越了世间凡情。现在你见到的就是这一面。然而我们却想欺骗自己，说爱情是根子。事实上它并不是根子，而是枝叶。根子在爱情之外，那是一种不加掩饰的超越，是一个超越的自我。它不同别人混在一起，也永远不能那样做。”

厄秀拉睁着困惑的眼睛注视伯金，一种令人费解的诚挚神情在伯金脸上熠熠生辉。

“你是说你不能爱了吗？”厄秀拉颤抖着问他。

“对，要是你愿意这么讲。我已经爱过了。不过还有一种超越的境界，那里根本就没有爱。”

厄秀拉承受不了这个。她感到头晕眼花，却又不能就此低头。

“不过你怎么知道呢——要是你从来没有真正爱过的话？”她逼问道。

“我说的是心里话。有一种超越的境界，你身上有，我身上也有。它比爱还进一步，超越了爱的局限，就像星星超越了视野一样；有的星星就是在我们看不到的地方。”

“那么就没有爱情啦。”厄秀拉叫道。

“最终是没有的,有的是另外的东西。最终是无爱情可言。”

厄秀拉把这番话品味了一会。然后她从扶手椅上半立起身来,用一种讨人厌的坚决的不容置疑的口吻说:

“那就让我回家去吧——我还留在这儿干什么呢?”

“门就在那边。”伯金说。“随便你。”

在这种困境中伯金还能像正人君子那样沉得住气;厄秀拉愣在那儿几秒钟,最后又再次坐了下来。

“要是没有爱,那还有什么呢?”她几乎是在讥讽地嚷着问道。

“有某种东西。”伯金瞧着厄秀拉说。他在竭力同自己的心灵做着搏斗。

“什么东西呀?”

伯金顿了半天没有答话。厄秀拉总这样找碴儿,两人真没法继续交谈了。

他终于又漫不经心地说道:“还有一个最终的我,它是非人格的和刻板的,摆脱了一切责任感。也有这样一个最终的你。我正是想在那里同你相聚的——不是在情爱的层次上——而是在它之上。那里没有话语,也没有协定的条款。在那里,咱们就是两个呆板的未知的个体,是两个绝对陌生的造物;我想靠近你,你也想靠近我。那里不会有义务,因为根本就没有行为的准则;在那个层次上就不可能有什么理解。那个层次是超脱了人性的——所以不能要书,无论什么样的书——因为人在那里已经摆脱了所有成见,任何已知的东西都没有用了。人只能遵从本能的冲动,抓取躺在面前的东西,不负责任,不求索,不给予,只是各自依照原始冲动来拿取。”

厄秀拉听着这番大道理,心里麻木得几乎失去了知觉。伯金的话太出人意料了,让人不知如何是好。

“这真是完完全全的自私自利。”她说了一句。

“说它完完全全倒是不错。不过它并不自私。因为我无从知晓归根结底我想向你索要什么。在靠近你时,我就把自身交付给了未知的世界;我是毫无保留和不加防范的,赤裸的,进到了未知的世界里。唯一需要的只是两人之间的誓约。咱俩都要抛弃一切,甚至包括肉体,以至于面目全非;这样的话,完善的自我才能在咱们中间重新塑出来。”

厄秀拉按着自己的思路默默想着。

“可不正是因为你爱我,你才需要我吗?”她固执地问道。

“不,事实并不是这样。那是因为我信任你——如果我真的相信你的话。”

"你当真吗?"厄秀拉笑了,突然觉得受了莫名的伤害。

伯金凝神望着她,几乎没在在乎她在说什么。

"对,我一定是信任你的,否则就不会在这儿对你说这些话了。"他答道。"不过这就是我能做的全部证明了。此刻我也并没有感受到对你抱有多么强烈的信任感。"

伯金这么快又变得如此和不老实,厄秀拉觉得他是个令人讨厌的家伙。

"你就不觉得我长得美丽吗?"她不肯放松地开玩笑问道。

伯金仔细端详着她,看看自己是否觉得她好看。

"我并不觉得你有多么好看。"他说。

"甚至连吸引力也没有吗?"厄秀拉又尖酸地嘲讽道。

突然被触怒的伯金紧皱双眉。

"你难道不明白这绝不是视觉欣赏问题吗?"他嚷开了。"我不想见你。我见过的女人已经够多了,已经讨厌再见到她们了。我想要一个我不去瞧她的女人。"

"那就对不住您了,我可没法变成不可见的人来让你称心如意。"厄秀拉大笑起来。

"你能,"伯金说,"只要你不强迫我从视觉上意识到你存在,你对我来说就是不可见的了。我并不想见到你或听到你说话。"

"那你叫我来喝茶又是什么原因呢?"厄秀拉嘲讽地问。

伯金不再理会她,只顾自言自语。

"我想在你也不知道自己存在的地方发现你,发现你昔日的自我全然否认的那个你。可是我不想要你的好容貌,不想要你的女性情感,不想要你的思想观念,也不想要你的理想——它们对我说来都是没有分量的。"

"您也太过自傲吧,先生。"厄秀拉讽刺道。"你怎么就能知道我的女性情感是什么,我的思想和理想又是什么呢?你甚至连我这会儿是怎样看你的都弄不懂啊。"

"我才管不了这些呢。"

"我觉得你真傻。你想告诉我你爱我,结果却花了这么大劲来说它。"

"那好。"伯金胸中燃起一股无名怒火,抬头说道。"现在你走吧,我想单独呆一会。我再也无法忍受你那套俗气的揶揄了。"

"这难道是揶揄吗?"厄秀拉脸都笑开了,还在嘲讽着。她觉得,伯金是在推心置腹地供认他爱她。不过伯金的话实在也太可笑了。

沉默了好几分钟。厄秀拉眉开眼笑、洋洋自得的像个孩子。伯金也没法再一本正经了,开始质朴自然地着厄秀拉。

“我向往和你不同寻常地结合在一起——”他心平气和地说;“而不是随便掺和,——你说得很对——那是一种均衡,是单独两个个体之间的纯粹的平衡——就像星星之间彼此是平衡的一样。”

厄秀拉望了他一眼。伯金没有开玩笑。不过对厄秀拉来说,一本正经总是又乏味又滑稽的。这使她像被捆住了手脚似的感到不舒服。她很喜欢伯金。可他为什么总是把星星扯进来呢。

“这不是太突然了吗?”她冷嘲热讽地问。

伯金微微一笑。

“在咱俩签约之前,最好先谈妥契约的条款。”他说。

一只灰猫一直在沙发上呼呼大睡,这时跳下来伸了伸懒腰,蹬直了那双修长的腿,拱了拱纤细的腰,又摆出国王的气派直挺挺地坐在那儿思考了一会儿。随即,它如同飞矢一般穿过敞开的落地窗冲出房间,到花园里去了。

“他在追什么呢?”伯金站起身来问道。

猫摇着尾巴,神气十足地跑过甬道。他是一只常见的白爪斑猫,是一位身段苗条的年轻绅士。另一只绒毛蓬松、灰中带褐的猫蹑手蹑脚地贴地溜到了栅栏边。米诺带着男人的冷漠神情,气派十足地走向她。母猫卧在他跟前,谦卑地紧贴地面,就像一个毛茸茸的流浪儿。她抬头仰望米诺,目光狂野的眼睛是绿色的,如同价格不菲的可爱的珠宝。米诺心不在焉地俯视着她。于是她又潜行了几英寸远,继续向后门爬去,以一种奇妙温柔、自甘人下的风度匍匐在地上,移动起来活像是条影子。

米诺迈开修长的腿郑重其事地跟在她后面。突然间,出于恶作剧心理,他用脚爪在母猫脸上掴了一耳光。那只猫跑开几步,犹如风吹起了地上的一片落叶;然后怀着柔顺而野性未泯的耐心,又谦卑地卧在那里。米诺装作不再理会她了,眨巴着眼睛高人一等地观赏着风景。那只猫立刻蜷成一团,像是一片毛茸茸的灰褐色的阴影悄无声息朝前挪了几步,又加快了步伐。再稍事耽搁,她就会一纵即逝,如同一梦。灰色的年轻主子突然跳到她跟前,敏捷地给了她轻轻地一击。母猫立刻顺从地躺倒下来。

“她是只野猫,”伯金说,“从树林里跑来的。”

那只无家可归的猫眼睛闪闪发亮地向四周张望了一会儿,如同两朵美妙的绿色火苗的眼睛又紧紧盯住了伯金。接着她轻灵迅捷地一跃,差点儿闯进了花园,又停下脚步四下里张望。米诺带着十足的优越感转脸朝向主人,慢慢地闭上了眼睛,以优雅完美的年轻人的气度站在那里。野猫绿色的圆眼睛一直惊讶地注视着眼前的一切,活像两朵神秘的火苗。接着她又像阴影似的溜向厨房。

米诺旋风般优美地一跃，跳到母猫跟前，细软的白拳头毫不留情地捶了她几下。母猫低下脑袋乖乖地跑开了。米诺紧跟在她后面，变魔术似的白爪子悠闲自得、猝不及防地又给了她几下子。

"他为什么要这样呢？"厄秀拉气愤地喊道。

"它们是老朋友了。"伯金告诉她。

"为这个他就打她？"

"对呀，"伯金笑着说，"我想他是要明明白白地告诉她这一点。"

"他也真是太可恶了！"厄秀拉嚷着说。她走进花园对米诺叫道：

"住手，不许欺负人。不许打她。"

流浪的猫如同肉眼见不到的幽灵，转眼间没了影。米诺瞟了厄秀拉一眼，又倨傲地转过身去望着主人。

"你是地头蛇吗，米诺？"伯金问它。

身段纤秀的年轻的猫瞧着他，慢慢地将眼睛眯成了一条缝。转身浏览风景，眺望远方，好像这两个人根本不存在似的。

"米诺，"厄秀拉说，"我不喜欢你。你跟所有男人一样，是个地头蛇。"

"不，"伯金说，"他还是有道理的。他不是地头蛇。他只是让那个可怜的流浪儿承认是她自身的命运：因为你也能见到，她毛绒绒乱蓬蓬的就像是行踪不定的风一样。我赞成米诺。他向往的是超绝的恒心。"

"对，我知道！"厄秀拉嚷道。"他想由着自己性子来——我知道你那套漂亮的鬼话是企图想说明什么——专横霸道，我要这么说，专横霸道。"

年轻的猫又瞟了伯金一眼，对那个唠唠叨叨的女人根本不屑一顾。

"米西奥多，我赞成你。"伯金对猫说。"要保持你的男性尊严和更绝伦的理解力。"

米诺又眯缝起眼睛，像是在瞧着太阳。然后它又装作和这两个人没有任何关系，猛然小跑着离开了。它伸直尾巴，白爪子轻快地拍打着地面，装出一副自己做主、逍遥自在、快快乐乐的样子。

"他这会儿又要去寻觅那位美丽的野蛮人了，用他超常的头脑去讨她的欢心。"伯金笑着说。

厄秀拉端详着站在花园里的这个男人，他的头发被风拂动着，眼睛微微眯着，就像猫一样，像是在嘲讽地微笑着。她嚷道：

“欧,这真让我难过,这种装出来的男性优越！真是一个骗局！要是真还有什么为它辩解的理由,人才不会理睬它呢。”

“野猫并不觉得怎么样。”伯金说。“她悟出这其中是有道理的。”

“她吗!”厄秀拉嚷道,“去骗那些门外汉吧。”

“对她们说来也没有分别。”

“这就像杰拉尔德·克莱奇对他的马一样——恃强凌弱的贪欲——真真正正的权力意志——太卑鄙、太渺小了。”

“这我同意,权力意志是卑下渺小的。不过就米诺来说,它只是要让那只雌猫进入真正安稳平和的状态,只和一只雄猫保持超常时间的亲密关系。你也瞧见了,要是没有他,那只野猫就只是流浪儿,是混沌中一个无所依靠的愚昧的小角色。这是一种能力意志;如果你愿意的话,也可以说成是伴随能力而来的意志,把能力这个词换种用法而已。”

“啊——全是诡辩！真是远古时代的亚当。”

“哦,正是。亚当把夏娃留在了不可毁灭的伊甸园里,只让她和他自己在一起,就像一颗星星在自己的轨道上一样。”

“对啦——对啦——”厄秀拉手指着伯金嚷道,“看看你呀——一颗星星在轨道上！一颗卫星——火星的一颗卫星——这就是要她扮演的角色！好啊——好啊——你总算露出狐狸尾巴来了！你想要颗卫星,火星和他的卫星！你是这样说的——你就是这样说的——你可真是自己打自己的嘴巴!”

伯金干笑着站在那儿,心里五味俱全——失意、好笑、生气、赞许和爱。厄秀拉是那样心怀敌意,又像可以看见的火苗一样机敏伶俐,她那一触即燃的敏感竟如此深厚。

“这可不是我说的,”伯金应道,“你总该让我解释一下吧。”

“不,不要!”厄秀拉喊着说。“我就不让你说。你是说过一颗卫星的,你不能耍赖的。你就那样说过的。”

“你是决不肯相信我没有说过了。”伯金对她说。“我既没有暗示,也没有指明,我从未提到过卫星;我就没打算说卫星,绝没有。”

“你耍赖!”厄秀拉喊道,她这下可真的生气了。

“先生,茶好了。”女房东在门口通报说。

两人瞧着女房东,神情和片刻前两只猫在看着他们时的神情简直完全一样。

“谢谢你啦,黛金太太。”

突然发生的片刻沉默打断了两人的话头,立刻两人之间似乎就像有了很大的距离。

“来喝茶吧。”伯金开口说。

“好的，我会喜欢这茶的。”厄秀拉振作了一下应道。

他们在茶桌前相对坐下。

“我从未说过，也没有暗示过什么卫星。我是说两颗各自独立的平等的星星在结合中保持着平衡——”

“你自己露出狐狸尾巴了，你的诡计全暴露了。”厄秀拉嚷着，立刻开始吃点心。伯金看出她是不会在意自己的规劝了，便动手沏茶。

“吃东西有多好呀！”厄秀拉嚷道。

“你自己加糖吧。”伯金对她说。

他递给厄秀拉杯子。伯金的每件物品都是那样别致，有漂亮的绿色和紫红色的茶杯茶碟，还有式样美观的碗、玻璃盘子和老式的匙子。这些全摆放在一块浅灰色、黑色和紫色相间的桌布上，丰富多彩而雅致；可是厄秀拉却从中看出了赫尔特妮的影响。

“你的东西多可爱呀！”她有点嗔怒。

“我也喜欢它们。用那些本身就迷人的东西——让人瞧了愉快的东西，真使我感到高兴。黛金太太是个好人，她为我把各种事情都考虑得很周全。”

“那倒是，”厄秀拉说，“如今的女房东要比妻子好。她们当然要更关心，更体贴啦。比起结婚来，这更是美妙圆满嘛。”

“可是就想想这其中有多少无聊吧。”伯金笑着说。

“不。”厄秀拉说。“我真羡慕男人有那样漂亮的女房东和那样美丽的住所。他们该再也不想要别的了。”

“就管理家务来说，我们是不再有奢望。人们仅仅为了成家过日子就结婚真令人厌烦。”

“话说回来，”厄秀拉接着说，“男人到了这种时候就不再需要女人了，对吧？”

“表面看来，也许是这样吧——除了要女人和他做爱，还要为他生儿育女。不过就本性来讲，他对女人的需要还是一如既往的。只是没有人愿意再花力气这么干了。”

“怎样保持本性呢？”厄秀拉问。

“我坚信，”伯金回答说，“世界是由神秘的结合凝聚在一起的，这就是人们之间的最终的联合——是一种协议。这种直接的契约模式就是男人和女人之间的契约。”

“这真是陈词滥调。”厄秀拉满不在乎地说。“爱情为什么就该是契约呢？不，我可不要什么契约。”

"如果你是向西走,"伯金说,"那就不能向北、向东和向南走。如果你接受了一种结合,那你就要失去在混沌中别的全部的任何一种的可能性。"

"可爱情是不受约束的呀。"厄秀拉断言说。

"别对我唱高调了。"伯金答道。"爱情就是朝向一个方向,同时又否定其他一切方向。它是一种特殊的自由,如果你愿意这么说的话。"

"不,"厄秀拉还是很执拗,"爱情是无所不包的。"

"多愁善感的侈谈。"伯金回答说。"你向往混沌状态,事情就是这样。这套爱情自由的玩意儿,这种自由就是爱、爱就是自由的论调,正好就是绝对的虚无主义。事实上,如果你得到了纯净的结合,它就是忠贞不渝的;也只有忠贞不渝,才能带来纯净的结合。忠贞不渝的爱情就是一条路走到底永不回头,如同一颗星星的轨道永不改变。"

"哈!"厄秀拉大声嚷道,"这不过是已经消亡了的陈腐的道德观念。"

"不,"伯金说,"这是创造的规律。人不能为所欲为。人必须把自身永远同他人结合在一起——这并不是失去自我——而是在神秘的平衡和完善中获得自我——就像一颗星星同其他星星保持平衡一样。"

"你即使把星星扯进来并不能使我就相信你呀。"厄秀拉说。"如果你真的没有错,那就不必那样牵强附会了。"

"那就别相信我好了。"伯金愤愤地道。"我有自信,这也就足够了。"

"这就是你犯的另外一个错误。"厄秀拉应道。"你并不相信自己。你对自己所说的话并没有十分把握。你不是真心想要这种结合,要不然就不会这样光要嘴皮子,而是要得到它了。"

"伯金半晌没说话,厄秀拉的话把他给迷住了。

"这话什么意思?"他问。

"就是通过爱来结合。"厄秀拉挑战似的回答说。

伯金气得又思索了一会,然后才说:

"对你讲,我可不相信这样的爱。你是想用爱情来帮助你的自私自利,让自己得到好处。对你说来,爱情就是屈从的过程——大家也都这样认为。我恨死这一套了。"

"不。"厄秀拉头像眼镜蛇一样朝后仰起,眼睛闪闪发光地嚷道。"爱情是一个骄傲的过程——我就想要骄傲——"

"骄傲和屈从,骄傲和屈从,我了解你。"伯金毫不留情地反驳说。"骄傲和屈从,然后又屈服于骄傲——我了解你和你那套爱情。那不过是小把戏,是在两个极端中间蹦来蹦去。”

“你敢断定吗?”厄秀拉调皮地嘲笑道,“我的爱情真是如你所说的?”

“对,我确信是这样的。”伯金答道。

“那也未免太过于自信了!”厄秀拉说。“人能一辈子不错吗?有谁这样过分自信呢?这正说明你的不好之处。”

伯金懊恼地闭上了嘴。

他们说啊,争啊,直到两人都快累死了。

“跟我讲讲你自己和你身边的人吧。”伯金说。

厄秀拉就对他讲起了布兰文家的事,讲了她的母亲和斯科莱本斯基,以及她的初恋和以后的生活经历。伯金静静地端坐在那儿默默地注视着正在侃侃而谈的厄秀拉,似乎是怀着崇敬的心情在聆听着。厄秀拉向伯金倾诉着所有伤害过她、或使她百思不解的事情。她美丽的面容洋溢着难以描摹的光辉。伯金如同在用她天性的华光来温暖和宽慰自己的心灵。

“要是她确实能发誓那该有多好啊。”伯金心里想着。他迫切地要达到这一点,却又不敢抱什么太大的希望。一阵短促古怪、不负责任的笑意浮现在他心头。

“咱们都吃了不少苦呀。”他不无讥讽地说。

厄秀拉抬头望着他,脸上忽闪过一丝放纵的欢乐,眼睛里又闪射出陌生的猜疑的灼

灼目光。

“怎么不是呢!”她不顾一切大声喊着。“这简直是荒谬的,不对吗?”

“非常荒谬。”伯金应道。“再遭罪我可真承受不了了。”

“我也如此。”

伯金几乎要害怕厄秀拉姣好的面容上那副嘲讽人的肆无忌惮的神态了。眼前这个人只要认为有必要,是什么事情都敢做的。伯金不相信她,也怕这样一个敢做敢当的女人;在动手破坏方面她那股一不做二不休的劲头也真够吓人的。然而伯金还是在心中暗暗窃笑着。

厄秀拉走到跟前,手扶在他肩膀上,眼睛闪耀着异样的光芒,朝下注视着他;温柔亲切的目光又伴随着不可思议的魔力,似乎还隐藏着什么。

“说你爱我呀,对我说‘亲爱的’。”她恳求道。

伯金回视着她的眼睛,端详着她,脸上闪烁出表示理解的嘲讽的神情。

“我也够爱你的了。”他残忍地说。“可我并不愿玩这一套把戏。”

“那是为什么?究竟为什么呢?”厄秀拉执意问道,发散着光辉的奇妙的脸俯向了伯金。“还差什么呢?”

“因为咱们还可以做得更好。”伯金说着,把她拥在怀里。

“不,咱们不能了。”厄秀拉说,柔顺的话音格外动人。“咱们只能相爱。对我说‘亲爱的’,说呀,说呀。”

她搂住了伯金的脖子。伯金拥抱着她,轻柔地吻着她,咕哝着,话音里掺杂着爱情、嘲讽和降服,叫人难以揣测。

“对——亲爱的,对——亲爱的。有爱情就足够了吧。那么我爱你——我爱你。其余的一切都让我厌倦。”

“对啦。”厄秀拉也嘟哝着,甜蜜地相偎在一起。

水上游园会

克莱奇先生每年都要在湖上举行一次规模大小不等的水上游园会。威雷沃特湖上有一条小游艇和一些小划艇。客人们可以在房前院子中的大帐篷里喝茶,也可以在湖畔游艇房旁的大胡桃树的树荫下野餐。今年除了邀请商行的有头有脸的人物,还邀请了中学校的教职员。杰拉尔德和晚辈克莱奇们并没把这种游园会看得过于重要;不过它现今已成了惯例,能使老克莱奇感到快乐,因为这是他能同本地一些人欢聚一堂的唯一的机会。他愿意给他的仆人和比他穷的人一些快乐。但是他的孩子们却宁愿与门当户对的孩子交往。他们难以习惯下人的那种要么低三下四、要么感激涕零、要么又慌手慌脚的样子。

虽然如此,他们还是乐于参加这样的游园会,因为他们从小几乎就是这样做了。再有,父亲的健康状况不佳也使他们难以心安,就不想再违背父亲的意愿了。于是,劳斯拉欢天喜地地准备代替妈妈当女主人,杰拉尔德则负责照管水上的娱乐活动。

伯金写信给厄秀拉,说自己盼望在游园会中见到她。古德伦虽然不满克莱奇家的这种施舍的态度,不过如果天气不赖的话,她也还要陪伴父母前往。

那一天晴空万里,阳光明媚,清风怡人。姐妹俩身穿白绉绸衣装,戴着柔草编就的凉帽。古德伦还多了一条色彩鲜艳、黑粉黄三色相间的腰带宽宽地缠在腰上。她脚穿粉色长筒丝袜,帽檐上黑粉黄三色饰物沉甸甸地把帽子都压低了。她还在胳膊上搭了件黄丝绸外衣,这使她瞧上去更加引人注目,如同沙龙里的一幅油画。古德伦这身打扮使做父亲地看了很不受用,他生气地说:

"看来你是想把自己打扮成一根圣诞节的爆竹,而且总算应付成了吧?"

不过古德伦看上去就是貌若天仙,她穿这身衣服纯粹是为了挑战。当有人盯着她窃窃失笑时,她就不客气地大声对厄秀拉说:

"瞧呀,瞧瞧那些人吧!难道不是些古怪的猫头鹰吗?"她一边嘴上讲着法语,一边从肩头朝那帮嘻嘻哈哈怪笑的人望去。

"哟,真的,怎么会这样呢!"厄秀拉这时就会毫不犹豫地应道。于是两位姑娘就不再

把那些人放在眼里了。可是做父亲的怒气却越来越旺。

厄秀拉天然去雕饰,周身雪白,只有头上的帽子是粉色的。她的鞋是绛红色的,胳膊上搭了件橘黄色的外衣。她们就这身装束一路走向劳斯兰茨。父母亲走在前面。

姐妹俩在笑母亲。她温柔娴静地走在丈夫身边,头上戴一顶紫草帽,身上穿一袭黑色的夏季服装,上面还嵌有紫色条纹。动身时她流露出的那种少女似的惊慌失措的神情,就连女儿们也从未这样。做父亲的则是一如既往,穿上好衣服也显得皱皱巴巴的,活像是一个没有经验的父亲,在妻子换衣服时,还刚刚抱过吃奶的孩子。

"瞧瞧前头那一对儿老来少吧。"古德伦表情很自然平和地说。厄秀拉看着父母亲,忍不住失声笑起来。再看看走在前面的不谙世故、忸忸怩怩的老夫妻俩,真让两位姑娘站在路上差点把眼泪都笑出来了。

"我们在笑您呐,妈妈。"厄秀拉无奈地跟在父母身后叫道。

布兰文太太转回身来,神情有点儿茫然和恼火。"哟,真是的!"她说,"我倒想要知道,我怎么就这么可笑呢?"

她实在不知道自己在外观上还会有什么不合适的地方。她怀着平心静气的自负,对一切批评抱着毫不在乎的坦然态度,就好像自己是高高在上的。她的服装总是怪模怪样地有点儿邋遢,而她穿着它们时却是轻松自在、心满意足。无论穿什么,只要还够得上整洁,她就是无可挑剔的。从天性上讲,她是个有贵族派头的人。

"您看上去风度依旧,活像是位乡村男爵夫人。"厄秀拉笑着说,母亲脸上天真困惑的神色使她心中柔情油然而生。

"真的像是一位乡村男爵夫人!"古德伦表示同意地插了一句。母亲天生的傲慢这会儿又变成了羞涩异常,姑娘们开怀大笑起来。

"回家去,你们这对傻瓜,咯咯傻笑的大傻瓜!"父亲气得满脸通红地嚷着。

"哞——!"厄秀拉冲发火的父亲做了个鬼脸。

父亲眼中闪动着耀眼的火星,他跨步向前,真的生气了。

"别那么傻去理这对傻里傻气的大呆子。"布兰文太太说着转身朝前走去。

"我倒要想瞧瞧一对咯咯傻笑尖叫的皮猴子是不是一定要跟在我后面——"父亲有意报复地喊着。

姑娘们稳稳地站在树篱边的小路上,望着怒发冲冠的父亲怎么也忍不住笑。

"你怎么和她们一样傻,跟她们一般见识干吗。"见到丈夫真的发火了,布兰文太太也生起气来。

“爸爸,有人来了。”厄秀拉嚷着,开玩笑地发出了警告。父亲前后左右飞快地扫了一眼,便急匆匆追上妻子,在盛怒中很直板地走着。姑娘们跟随在后面,笑得浑身都瘫软了。

来人过去后,布兰文傻乎乎地大声嚷道:

“如果再这样我就要回家了。要是在大路上就被别人这样取笑,那我可真该死了。”他确实是有些发怒了。听到父亲昏了头的恨啾啾的喊声,姐妹俩的欢笑声突然停止了。受辱的感觉把她们的心都揪紧了。她们不习惯父亲说的“在大路上”。在大路上她们又怕什么呢？古德伦却还是要息事宁人。

“我们可不是要用笑来伤害你们。”她笨拙拘谨地嚷道,使父母亲很不舒服。“我们笑是因为我们爱你们。”

“要是他们那么爱生气,咱们就在前面走。”厄秀拉气呼呼地说。她们就这样到了威雷沃特湖。美丽的湖水澄蓝且又平静。山的这一面是在阳光下平缓地伸展下来的草坡地,另一面是陡坡上黑压压的树林。坐满了人的游艇在一片忙乱中驶离湖岸,船舷边的翼轮拍打着水面,船上响起了弦乐声。游艇房附近有衣着服色五彩缤纷的人群,远远望去人显得十分矮小。公路上,一群老百姓沿树篱站着,满含嫉妒地遥望着那边的欢庆场面,活像是些无缘进入天堂的灵魂。

“天呐!”古德伦眺望着衣饰五彩缤纷的人们,压低声音叫道,“你真可以说那群人穿得都很漂亮！想想看你自己身临其境会是什么感受吧,亲爱的。”

古德伦对那群人心怀畏悸,厄秀拉不由地也有些退缩了。“那看上去是挺教人心虚的。”她担心地说。

“想想看他们会是什么样的人吧——想想看!”古德伦说道,压低的话音听起来还是那样让人沮丧。她依然毫不犹豫地往前走着。

“我想咱俩可以避开他们。”厄秀拉忧虑地说。

“要是咱们避不开他们那可就真要受窘了。”古德伦说。她那种尖酸刻薄的口气表示出来的讨厌和忧虑的心情使厄秀拉简直难以接受。

“咱们也没必要老呆在那儿。”她说。

“在那一小伙里我当然不会持续停留五分钟的。”古德伦应道。她们走得更近了,见到有警察站在入口处。

“警察也不会让你走的!”古德伦说。“我说这倒真是件好事。”

“咱俩最好去照看一下父母吧。”厄秀拉焦灼不安地提醒道。

“妈妈完全对付得了这种小场面。”古德伦带点儿不屑一顾地说。

可是厄秀拉晓得心情不好的父亲正在生气，因而心里很不放心。两人等在大门外，直到父母到来。身材细高的父亲穿着皱巴巴的衣服，气鼓鼓得像孩子似的。他觉得自己就要去应付社交场合里的那一套了，却没有感到自己是位体面的人物，而只是怀着满腔愤怒。

厄秀拉站到父亲身边。他们把入场券递给警察，四个人并排进门到了草地上。气鼓鼓的父亲身材修长面色红，孩子气的窄额头在激怒中皱了起来。母亲却气色很好，一副心平气和、怡然自得的神态，只是有些头发飘散到了一边脸上。古德伦墨黑的圆眼睛注视着前方，圆润平和的脸上毫无表情，近乎阴沉沉的；她人虽然朝前走着，却又像是在对抗中退缩着。厄秀拉神采奕奕的脸上透出了古怪的迷惑神情，每当身处某种做作的场合时她总是如此。

伯金充当了助人为乐的天使。他带着做作的社交界的翩翩风度含笑走向他们；那种优雅总是有几分造作。他脱下帽子朝他们微笑着，眼神里透出一丝坦诚的笑意。布兰文感到了欣慰，便发自内心地打着招呼：

“你好。你身体好点儿了吧？”

“是的，好多了。您好，布兰文太太。我同您的两个女儿都很熟。”

伯金含笑的眼睛里充满着诚挚的温情。他对妇女、特别是年龄大一点的女人总是抱着温柔奉迎的态度。

“不错。”布兰文太太神色坦然地应道，心里却十分高兴。“我净听她们谈起你了。”

伯金笑了。古德伦的眼睛瞟向一边，感到自己被人忽视了。人们三三两两地分开站着，一个身着晚礼服的侍者在形同穿梭般地忙来忙去。胡桃树下坐着几个手拿茶杯的女人。另外几个打阳伞的姑娘在咯咯笑着。一些小伙子刚刚划船回来，脱去外衣盘腿坐在草地上，衬衫袖子以男人的方式高高地卷起，手放在白色法兰绒长裤上。当他们笑着想要在少女面前表现出机智幽默时，花里胡哨的领带就摆来摆去的。

“哼，”古德伦气呼呼地想道，“瞧他们那随便的样子，连外衣都不知道穿，别装得那么卿卿我我的了。”

她打心眼里厌烦那些头发油光锃亮地梳向脑后，总在桀骜不驯地调情的粗俗卑陋的小伙子。

赫尔特妮·罗迪丝走上前来。她披着一件镶白色花边的漂亮大氅，拖着一条绣了大朵花的丝绸长披巾。与此交相辉映的是头上一顶硕大的素色帽子。她看上去惊世骇俗、引人注目，甚至到了令人毛骨悚然的地步；点缀着色彩鲜艳的大朵花的奶油色长披巾的蓬边拖曳在她身后的地上，浓密的头发低低地压在了眼眉上。她的长白脸瞧上去很别致，鲜亮的颜色对比把她整个人都包围了起来。

“看看她那副德行呀！”古德伦听见几个姑娘在身后窃笑着。她恨不得把她们全宰了。

“你们好！”赫尔特妮甜甜似的说着，满面和气地走过来，慢悠悠地端详着古德伦的父母亲。这真是令人难以忍受的时刻，古德伦气不打一处来。赫尔特妮完全地沉迷在阶级优越感里，只是出于简单的好奇心才过来与人打招呼，就像他们是些供人观赏的动物。古德伦自己是习惯于这样做的，可是轮到有人以同样的态度来对待她时，她就要忍受不了了。

令人感到惊讶的是赫尔特妮竟特别看重布兰文一家人，领着他们径直来到劳斯拉·克莱奇站在那儿接待宾客的地方。

“这位是布兰文夫人。”赫尔特妮声调悦耳地说道。穿一身笔挺的亚麻布绣花衣服的劳斯拉同布兰文太太握了手，并说很高兴见到她。杰拉尔德也走了过来。他穿一身白，外面套一件黑褐两色夹克运动衫，显得十分潇洒。他也被介绍给布兰文夫妇，并马上同布兰文太太聊了起来，就像她是一位贵夫人似的。他对布兰文说话时态度就没那么和蔼了，而且一点也不遮掩自己这种做法。他右手受了点伤，用绷带缠裹着，抬起来放在夹克衫口袋里；他只好用左手和人握手。使古德伦感到特别欣慰的是，自己这伙人里没人问起他手上的伤势。

游艇在一片忙乱中靠岸了，船上奏响了节奏明快的乐曲，甲板上的人们兴高采烈地欢呼着。杰拉尔德去照看人们下船；伯金为布兰文太太备茶；布兰文加入了中学校那伙人；姐妹俩去趸船那儿瞧汽艇靠岸；赫尔特妮则呆在她们母亲身边。

汽笛欢快地嘟嘟响着，翼轮静了下来，缆绳也抛到了岸上。游艇随着微波漂进港来。船上游客立刻欢天喜地地挤作一堆登岸。

“等一下，等一下。”杰拉尔德大声喊着命令道。

游客们必须等待汽船缆绳被拴结实，小舷梯也被拉出来，然后才前呼后拥地涌上岸。他们吵吵闹闹的，就像刚从美国来到这里一般。

“啾，这可太好了！”少女们嚷道。“它可爱极了。”

船上的侍者们提着篮子跑下来到了游艇房里，船长懒洋洋地靠在小驾驶台上。看到一切平安无事了，杰拉尔德便朝古德伦和厄秀拉走来。

“你们愿意在下一次巡游的时候上船喝茶吗？”他颇有礼貌地问道。

“不了，谢谢。”古德伦冷冰冰地回答说。

“你们对水不感兴趣吗？”

“对水吗？不，我非常喜欢水。”

杰拉尔德的目光在探询着她。

“那么你是对上游艇不感兴趣喽？”

古德伦故意停顿了片刻没有回答，然后才缓缓地开了口。

“对。”她说道。“我不能说自己感兴趣。”她的神情很严肃，像是在为什么事情不快。

“就是人有点儿太多了。”厄秀拉解释道。

“嗯？人太多了！”杰拉尔德笑了一下。“对，人是挺多。”

古德伦容光焕发地转向他。

“你是否曾经坐泰晤士河游船从威斯特敏斯特桥到里士满去过？”她嚷着问道。

“没有。”杰拉尔德答道。“我还真没那么走过。”

“哦，那是我经历过的最糟糕的事情之一了。”古德伦面容一本正经，急促而兴奋地说着。“根本就没地方坐，没地方。一个男人在上面唱‘在大海的摇篮里轻轻地摇’，整整唱了一路。他是个瞎子，背了一架小风琴，是一种手摇风琴。他想要钱。你能想象得出那会是怎样一种情景。下面午餐的饭菜味阵阵飘来，还有油烘烘的机器喷出的热气。那一段路长得没有尽头。那些令人望而生畏的男孩子在岸上跟着我们的船跑了几英里远，真的有几英里远；就在那脏得吓人的泰晤士河的泥汤里，直进到齐腰深的地方——他们卷起了裤腿，那脏得不能再脏的泰晤士河的泥水直没了他们的臀部。他们一直向我们尖叫着，真像是肮脏不堪的动物。他们叫着‘喂，老爷；喂，老爷；喂，老爷’，真像是什么腐败污浊的东西，让人厌恶透了。看见那些孩子们陷进了肮脏污浊的泥水里，甲板上那些做父亲的人就大笑起来，偶尔朝孩子们扔一个铜板。要是你见到过一个铜板飞下去后孩子们脸上的紧张表情和他们在污泥中扑抢的样子——真的，就是秃鹫和豺狗也不会把他们作为猎物，他们实在太脏了。我再也不上游艇了——永远。”

古德伦说话时杰拉尔德一直凝望着她，闪烁的目光显现出他的情感被懵懵懂懂地激起来了。这倒不是因为古德伦说的话，而是古德伦本人唤醒了他的感情。他隐隐感到阵阵无比的剧痛。

“没错，”他说，“任何文明的躯体上总会有害虫的。”

“为什么？”厄秀拉嚷道，“我身上就没有害虫。”

“倒不是指这个——而是指整个事情的性质——做父亲的在那里笑着扔铜板，把这当成了游戏；做母亲的就摊开肥胖的小膝盖在那里吃，不停地吃——”古德伦应道。

“对了。”厄秀拉又说。“害虫并不是那些男孩子们，而是那些游客，是你所说的整个国家。”

杰拉尔德笑了。

“不必担心。”他说。“你们不用上游艇了。”

他的含沙射影的态度使古德伦的脸色刷地红了。

立时间，所有的人都沉默了。杰拉尔德宛若一名看守，在监视着人们走上汽船。有着出众的容貌，又有自制力，只是那种大兵似的警觉神态令人不大舒服。

“你们要在这儿喝茶吗，还是到房子那边去喝？房子那边的草坪上有一座帐篷。”他说。

“我们能划一条小艇到湖上去吗？”厄秀拉问，她总是心直口快地插进话来。

“到湖里去？”杰拉尔德微笑着说道。

“你知道，”古德伦接上来说，她为厄秀拉的冒失、莽撞感到难堪，“我们不认识那些人，在这儿几乎没有一个熟人。”

“哦，我会很快为你们找到几个认识人。”杰拉尔德很轻松地说。

古德伦看着他，看看他是否有什么恶意；随后又对他淡淡一笑。

“啊，”她说，“了解我们的想法了。我们应该去那边去那边岸上寻觅点有趣的东西呀！”她指向草地边小山丘上的一片小树林，那儿靠近湖岸，离湖水很近。“瞧，多美丽的地方。我们甚至可以在那儿游泳。在这样的阳光下不是很美吗！真的，这就像在尼罗河流域的一片地方——就像人们想象中的尼罗河。”

她装出的那种对遥远地方思念的表情惹得杰拉尔德哑然失笑。

“你肯定它有那么远吗？”他含嘲带讽地问道，随即又加上一句，“对，你们可以去那边，只要咱们能搞到一条船。船好像都不在。”

他看着湖面，点着水上的划艇。

“那该有多可爱呀！”厄秀拉若有所思地嚷着说。

“你们不想喝点茶吗？”杰拉尔德问。

“哦，”古德伦应道，“我们可以喝上一杯，然后就出发。”

杰拉尔德讪笑着瞧瞧这一位，又瞅瞅那一位。他感到受到了冒犯，却一笑置之。

“你们能控制好一条船吗？”他问。

“能，”古德伦淡淡地答道，“这没问题。”

“哦，当然。”厄秀拉嚷道。“我们两人的技术跟水蜘蛛一样好。”

“你们行吗？我倒有一只轻巧的小独木舟，没敢拿出来，怕会淹死人。你们觉得自己在那里面有问题吗？”

“当然，没问题。”古德伦说。

“那可太妙啦！”厄秀拉叫道。

“为了我的原因也千万别出事——我是负责水上活动的。”

“说得对。”古德伦保证说。

“而且我们两人游泳都游得棒极了。”厄秀拉也说。

“那好吧——我让人给你们装上一只放茶点的篮子，你们就可以独自野餐了——我说得对吧？”

“那可太好了！真能那样就棒极了！”古德伦忘情地喊着，涨红了脸。她令人不可思议地转向杰拉尔德，把一腔感激之情注入他的身体里，使他血管里的血沸腾起来。

“伯金在哪儿？”他眨着眼睛问道。“他能帮我把船扛下来。”

“不过你的手好像有问题？受伤了吗？”古德伦压低声音问道，像是要尽量不表示出亲近来。这是头一回有人问起伤势。她问这个问题时那种躲躲闪闪的异样态度又向杰拉尔德的血管里注入了新的妙不可言的抚爱。杰拉尔德从衣袋里抽出满是绷带的手看了一下，又放回口袋里。古德伦见到缠满绷带的手，不由颤抖起来。

“哦，我一只手也能对付。独木舟不过轻如鸿毛。”杰拉尔德说。“鲁珀特在那儿！——鲁珀特！”

伯金从应酬交际中抽出身走向他们。

“你的手怎么弄成这样？”厄秀拉问。半个小时以来她一直找机会地想提出这个问题。

“我的手吗？”杰拉尔德说，“被机器绞了。”

“啊呀！”厄秀拉叫起来。“伤得很重吗？”

“还不轻，把指头压坏了，现在已经好多了。”

“啾，”厄秀拉叫道，活像自己也在受痛，“我恨那些对自己不爱惜的人。我都能感觉到它。”她摇了摇手。

“你叫我有事吗？”伯金过来问道。

两个男人把细长的独木舟抬了下来，放进水中。

“你们能保证自己在里面没事吗?”杰拉尔德又问了一遍。

“没问题。”古德伦回答说。“我不会那样招人厌烦的,心里没有底还偏要坐它。在阿伦德尔我就划过独木舟,我向你保证我会没问题的。”

这样说着,像男人那样下了保证之后,她便和厄秀拉上了这条不结实的小船,轻轻撑离了岸边。两个男人站在那儿望着她们。古德伦在划桨。她知道男人们在注视着自己,不由脸涨得通红,笨手笨脚地怎么也快不起来。

“太谢谢你啦。”她从水上回过身对杰拉尔德喊道,小船向前滑开了。“这太好了——就像坐在一片叶子上一样。”

她的话把杰拉尔德逗得开怀笑了。古德伦尖细而陌生的声音从远处飘来。杰拉尔德目送着她摇桨而去。她的话音里有某种稚气的信赖和崇敬,就像小孩子一样。她划船时,杰拉尔德一直在注视着她。而对古德伦说来,这才是一种真正的快乐——故做着孩子气,做一个依赖于男人的女人;那男人就站在那边码头上,穿一身雪白的衣服,瞧上去既英俊又精明强干,这也是她此时所认识的最有身份的男人。而对站在杰拉尔德身边摇摇晃晃、闪动不定的伯金,她却根本没注意。她不可能同时注意到两个人。

小船轻快地滑行在水面上,越过了游泳的人们;草地边缘处的柳树中间有许多带条纹的帐篷。独木舟沿空旷的岸畔移行,越过了斜伸在夕阳下闪耀着金辉的一片片草地。其他小船也顺着湖对面树荫笼罩下的岸边在静静划动。她们能听见人们的说笑声。古德伦继续朝小树林划去。远远望去,树林融合在金色的阳光中。

姐妹俩找到一小块地方,一条小溪从那里缓缓流入湖中。溪中立着芦苇,溪边花团锦簇地长着一片粉红色的柳兰草。铺满砾石的浅滩从水中一直延伸到岸边。她们把小船拉靠了岸,又脱下鞋袜蹚过浅水来到草地上。清澄温暖的湖水微漾涟漪。两人把小船抬上岸,愉快地四下里张望着。她们孤孤单单地站在小溪的入湖处,这里几乎没有人来,身后山丘上就是一片小树林。

“咱们先游一会儿泳,”厄秀拉说,“然后再喝茶。”

姐妹二人四处张望了一下,没人注意她们也没人能来这儿。厄秀拉便转眼间脱光了衣服,一丝不挂地溜进中,游了开去。古德伦很快追上了她。她们绕着小溪口毫不出声地游了几分钟,快活得无以比拟;然后又溜上岸来,跑进小树林,好像是快乐的仙女,开心地住在山林水泽中。

“自由自在有多可爱呀。”厄秀拉说着,在树木间欢快地跑来跑去。她赤裸着身子,头发也吹散了。这是一片山毛榉树林,树木高拔壮观,铁灰色的粗枝树干纵横交错,油绿的

细枝和谐密密的四下里笼罩着。北边远处透出朦胧一些亮光,就像开了扇窗户。

跑着跳着把身子晾干后,姑娘们迅速地穿好衣服,坐下来喝味道纯正的香茶。她们坐在树林北面,朝着洒满在金色阳光的青草遍地的山坡,独自享受在自己这个小小的自我世界里。茶烧得滚烫醇香,还有香甜可口的黄瓜鱼子酱、小三明治和酒味蛋糕。

"你快乐吗,普鲁内?"厄秀拉瞧着妹妹,高兴地嚷着问。

"厄秀拉,我快乐极了。"古德伦远望着西下的夕阳,若有所思地回答说。

"我和你一样。"

每当两人独处,一起做自己愿意做的事情时,姐妹俩就完全沉醉于在属于自己的美好的世界里。这是自由愉快的美好时光,只有孩子们才能真正领略它;此时的一切都像是一次乐趣无穷的成功的探险。

喝完茶,两位姑娘安静地坐在那里。厄秀拉轻声哼起了《塔霍的小安娜》。古德伦坐在树下侧耳聆听,思慕之情油然而生。厄秀拉瞧上去是那样安娴宁静,坐在那儿无意识地哼唱着,在自己的世界的中心处显得镇静异常。古德伦却当自己是个局外人。她总是颇为凄惨地感到自己置身于生活之外,只是旁观者,而厄秀拉却是局中人。这种想法一直折磨着她,怕当局外人的心理又迫使她总期盼着得到别人承认,并和别人结合在一起。

"我就用这个曲子跳达尔克鲁兹舞好吗,厄秀拉?"古德伦异常轻柔地问道,依稀见到她嘴唇在翕动。

"你说什么呀?"神态安闲的厄秀拉有点儿吃惊地抬头望着她问。

"你唱歌,我跳达尔克鲁兹舞好吗?"古德伦答道。重复自己的话使她很不高兴。

厄秀拉思索了片刻,把自己飘飞的思维停了下来。

"你跳——?"她又问了一遍。

"达尔克鲁兹舞。"古德伦又说了一遍。即便问话的人是自己姐姐,她也感到很不舒服。

"哦,达尔克鲁兹舞!我听不懂这个名字。跳吧——我很想看你跳。"厄秀拉怀着孩子气的快乐惊奇地嚷着。"那我唱什么呢?"

"你唱什么我能合好拍子。"

厄秀拉绞尽脑汁也想不出唱什么好。终于,她冷不丁用逗弄人的欢快声音唱起来:

"我的爱——是一位贵夫人——"

如同一条无形锁链落在了古德伦的手脚上,她舞步徐缓和谐地跳起来,脚合着旋律跳动着,手臂按节拍舒缓地摆动着。她仰起了脸,徐徐展开双臂,一忽儿又将它们高举过头顶，随后再慢慢地摊开。她的双脚一直在合着歌曲的节拍走动，就像其中有一种奇异的妖术。在不可思议的狂喜中她的雪白身影飘来飘去，像是被符咒招来的一阵清风吹了起来，随着奇妙的快步滑行在颤动着。厄秀拉坐在草地上唱着，微笑着，似乎这不过是一个奇妙的玩笑。可是，当她从妹妹白色身影令人目不暇接的抖颤、摇摆和飘移中觉察出某种下意识的宗教仪式的味道时，那双眼睛里又跳动着疑虑的神色。纯净自然、反复飘荡的旋律控制了古德伦的躯体，在令人昏昏欲睡的效果中凝聚了一种强有力的意志。

“我的情人是贵夫人——她的——皮——肤——黑黝黝——”厄秀拉嘲弄带笑的歌声在树林里回荡着，古德伦的舞步也更为快捷热烈了。她用力踩踩双脚，像是要甩脱什么束缚；又突然伸出双手，再重重地踩脚；随后向前跨出几步，仰起脸来，挺着丰满秀美的脖颈，双眼微睁，目无所视。金黄色的夕阳慢慢沉下，天边浮出一弯朦朦胧胧的不见清辉的月亮。

厄秀拉一心痴迷在自己的歌声里。古德伦忽然停下脚步，嘲弄地柔声叫道：

“厄秀拉！”

“干吗？”厄秀拉睁开眼睛应道，从神志不清的状态中醒过来。

古德伦一动不动地面朝一边站着，一缕嘲讽的冷笑浮在脸上。

“啊！”厄秀拉惊惶失措地猛地叫了一声，跳起身来。

“它们没事。”响起了古德伦挖苦人的话声。

左手边站着一小群高地牛，在蒙蒙的暮色中显得色彩斑斓、毛茸茸的。它们双角叉开指向天空，好奇地探出鼻子，想弄清楚这一切到底是怎么回事。牛眼睛在纠结的茸毛下一闪一闪着，光滑的鼻孔上布满了阴影。

“它们真的不会怎么样吗？”厄秀拉害怕地嚷道。

古德伦一直是怕牛的，这会儿却古怪地半是猜忌半是讥讽地摇摇头，唇边露出一抹淡淡的笑。

“它们看上去不是很迷人吗，厄秀拉？”她惊恐万端地嚷道。

“是迷人。”厄秀拉浑身发抖地大声应道。“不过它们不会碰咱们吧？”

古德伦又转过身看看姐姐，带着谜一般的微笑摇摇头。

“我相信它们不会的。”她说，好像强迫着使自己稳定下来，又像是相信自己有某种神秘的力量，此刻必须来验证它了。“坐下来再唱。”她又尖声刺耳地喊道。

“吓坏我了。”厄秀拉惹人怜惜地嚷着，望着那群强健的牛。它们正站在那儿一动不动，不怀好意的、阴沉沉的目光透过纠结在额前的乱毛死盯住姐妹俩。尽管如此，厄秀拉

还是照原先的姿势一下子坐在了地上。

“它们不伤人。”传来古德伦的尖叫声。“唱点儿什么吧，只要你唱就行。”

古德伦显然怀有一种令人费解的激情，要在这样漂亮健壮的牛群前翩然起舞。

厄秀拉开始用颤抖的假声唱道：

“道路伸向田纳西——”

她的歌声听上去充满了惊惶失措。古德伦却还是摊开胳膊仰起脸，踏着奇异急促的舞步移向牛群。有如被符咒的魔力所挟制，她抬起胳膊靠近它们，双脚跺踏着，像是一时陷入某种无意识的感觉狂乱状态中。胳膊、手和手腕摊开，举起，落下来；再伸开，展开，又落下去。她高耸起的乳房朝牛群晃动着，脖颈也在激起情欲的狂喜中展露在它们眼前。她又不知不觉地向离牛群更近的地方移动着，只见一条白幽幽的神秘的形影在移向牛群。她在令人神魂颠倒的迷醉中失去了自制，在牛群前起伏飘动着。一直呆在那里的牛群猛地低下头略微闪避开些，又像受了催眠似的一动不动地望着她。女人白色的身影伴随着如癫似狂、缓缓颤动的舞步飘近时，能见到光滑的牛角在清亮的光线下叉伸开来。她能观察到牛群就在自己跟前，好像它们胸部射出的电流脉冲都传进了她的手里。她就要触碰到它们了，真的摸到了。夹杂着恐惧和快感的剧烈颤抖涌遍全身。中了邪术一般的厄秀拉一直在杂乱无章地唱着。歌声如同一道咒语，穿破了渐浓的暮霭。

古德伦能听到牛群在无可奈何的恐惧和入迷中沉重地喘着粗气。哦，它们是些勇敢的小家伙，这些不驯的苏格兰小公牛，性情狂野，还遍身茸毛。牛群中的一头牛突然间发出了一个响鼻，低下头向后退着。

“喂！嘿——！”林边突然传来大声吼叫。牛群由于本能的反应一下子惊散了，一溜烟儿跑上了山峦，飘动的茸毛活像是吓惊了的火苗。古德伦一丝不动地站在草地上，厄秀拉立起身来。

是杰拉尔德和伯金来寻找她们了。杰拉尔德的喊叫声吓跑了牛群。

“你们这是在干什么呢？”杰拉尔德冒火中烧地高声惊叫道。

“你们来干吗？”古德伦也气哼哼地尖声嚷着回了一句。

“你们到底在干什么？”杰拉尔德不由自主地又问了一遍。

“我们在搞音乐伴舞。”厄秀拉颤声笑着说。

古德伦忿忿不平地睁大黑眼睛站在那儿冷冷地盯着他们，半天不动弹一下。然后她又爬上山坡去追赶牛群。牛在更高的山上又聚成了小小的一堆，如同被符咒镇住了。

“你要去哪儿呀？”杰拉尔德跟在她身后叫道，紧跟随她登上了山坡。夕阳落山，渐浓的暮色还笼罩着大地，头上天空中也浮满了游移的光彩。

“一首很糟糕的伴舞歌曲。”伯金对厄秀拉说。他站在她面前，脸上挂了一丝迷离的挖苦人的笑。转瞬间，他已经自己轻柔地唱起来，一边还在厄秀拉跟前跳起了怪诞地踢跶舞。他的四肢和整个躯体软塌塌地晃动着，脸上闪烁着经久不变的白幽幽的光，两脚嘲弄人地踢跶敲打着，全身软绵绵地悬浮在那里，间或地颤动着，活像一个幽灵。

“我想咱们大家有些疯了。”受了惊吓的厄秀拉笑着说。

“可惜没疯得更糟糕些。”伯金一边答着，一边还在全身不停地摇动。突然他将身体贴近厄秀拉，温柔地吻吻她的指尖，和她脸贴住脸，又凝视着她的眼睛微微一笑。厄秀拉感到受了侵犯，便朝后退了几步。

“不高兴了——?”伯金探寻地问道，转眼间又恢复了沉静冷淡了。“我还以为你喜欢跳舞呢。”

“我不喜欢像现在这样跳。”厄秀拉像是受到了侮辱，不知所措地说。然而眼见伯金的身体在放荡不羁地摇摆着，在随意上下左右回旋着，她心灵深处又受到了吸引；伯金那张挂着桀骜不驯的微笑、缺少血色的脸也深深吸引着她。可她还是要不由自主地挺直身子避开，以表达自己的反抗。对于一个平日谈起话来那样一幅正经面貌的人说来，这简直就是猥亵。

“为什么不喜欢这样跳呢?”伯金挖苦道。他别有用心地盯着厄秀拉，随即又跳开了这种全身软绵绵的、快得不可思议的舞蹈。伴随着急促依旧的舞步，他离厄秀拉又近了一些，脸上露出让人难以置信的神情探身向前，又要吻她。厄秀拉却向后躲开了。

“对，就不要!”她叫嚷着，真的害怕了。

“不愧是考狄利娅啊。”伯金冷嘲热讽地说。厄秀拉被深深地伤害了，似乎受到了玷污。她知道伯金是故意这样做的，这可真把她弄糊涂了。

“你呢，”她嚷着回击道，“为啥总要出口伤人，这样吓死人呢?”

“这样我才更能一吐为快呢。”伯金答道，并为自己的反唇相讥感到很兴奋。

杰拉尔德·克莱奇紧随着古德伦大步登上了山坡。他的脸似乎缩小成了一道热切的闪光。牛群头对着头地挤在一道崖坡上观望着下面发生的一切，见到穿一身白的男人正逗留在女人白色的身影旁；牛群格外注意一点儿一点朝它们走来的古德伦。古德伦停了一下，回身瞅一眼杰拉尔德，又看看牛群。

她突然举起双臂，迈着杂乱无章的步子颤巍巍地跑向长着长角的牛群。她中途停了一下，瞧瞧它们，又扬起双手箭一般地冲向前去。牛群不再扒刨地面，在惊恐慌乱中喷着

响鼻朝后退去,又从地上仰起脑袋,猛冲着跑开,冲到深深的暮色中,在远处变成了若隐若现的小点子。古德伦这才停了下来。

她一直凝望着牛群,脸上是木然的挑战神情。

“你为什么非要把它们赶惊呢?”杰拉尔德走上前来问她。

古德伦并没有理睬他,而是把脸扭向一旁。

“你知道,这很危险。”杰拉尔德依旧很执拗地说着。“它们一旦调过头来是很凶猛的。”

“调头向哪儿呀,跑开吗?”古德伦嘲弄似的大声问道。

“不。”杰拉尔德说。“是冲着你。”

“冲着我?”古德伦又挖苦道。

杰拉尔德有些茫然了。

“不管怎么说,前几天它们还把农民的一头牛给抵死了。”他说。

“我管那个干什么。”古德伦说。

“我可要管。”杰拉尔德应道。“要知道,这些牛是我的。”

“它们怎么可能是你的呢！你竟还没有把它们给杀掉。那现在就送给我一头吧。”古德伦说着把手伸过来。

“你知道它们在哪儿。”杰拉尔德指着山对面说。“如果你想要的话,以后可以让人给你送去。”

古德伦有些不敢相信似的打量着他。

“你以为我怕你和你的牛,对吗?”她问道。

杰拉尔德又心怀歹意地眯起一条缝,脸上浮出一丝盛气凌人的冷笑。

“我凭什么要那么想呢?”他反问道。

古德伦睁大朦朦胧胧的黑眼睛一直盯着他,这时便走上前来,举起手臂,用手背朝他脸上轻轻地来了一下子。

“这就是为什么。”她不无讽刺着说。

她感到自己内心深处有着不可克制的愿望,要用狂野的暴力方式对付杰拉尔德。她收敛起满心的畏惧和恐慌,要照自己的一向所作所为去行事,决不能心存恐惧。

脸上挨了轻轻地一击,杰拉尔德不由向后退了几步。他脸色惨白,险恶歹毒的激情使目光也变得晦暗了。一时间他有话说不出,血气上涌,不可遏制的感情奔流而出,把心都要胀破了。这如同滞留胸中的恶念决了堤,把他整个都淹没了。

“你可打了第一下。”他最终开口了，从心坎里迸出了这句话。声音是那样柔和深沉，在古德伦听来就像是自己心中的一个幻影，而不是现实中的人在讲话。

“我还要打最后一下呢。”她充满自信、不由自主地驳斥道。杰拉尔德闭住了嘴没有和她争论。

古德伦心不在焉地站在那儿，眺望着杰拉尔德身后的远方。在她脑海的幽深处，这个问题自然而然地钻了出来：

“你干吗要做这样不切实际而又荒唐的事情呢。”

她生着闷气，强迫自己把这个问题抛到一边去；可是竟越想越乱，她不由地慌乱不安起来。

杰拉尔德脸色发白，仔细地打量着她。他的眼睛闪闪发光，热烈而专注。古德伦又突然地转向他。

“是你让我这样干的，这你明白。”她几乎是在暗示着说。

“我？怎么是我让你干的？”杰拉尔德问道。

可是古德伦已经转身向湖边走去。山下水面上，点燃的灯笼姗姗而来，暖洋洋的火苗映出的微弱暗影在暮色初降时分的一片灰白中摇曳着。大地漆黑一片，头顶上是铅灰色的天空。万物溶入昏黄，一池湖水被映成了乳白色。远方趸船上，斑斓的彩光射入了沉沉暮色。游艇上也华灯初上。环顾四野，黑影正聚集在一棵棵树旁。

穿着夏装的杰拉尔德白晃晃地如同幽灵，随同古德伦走下青草萋萋的山坡。古德伦等他跟上来，伸手拍拍他，温柔地说：

“不要生我的气。”

一股欲火点燃了杰拉尔德，他被冲昏了头，还强忍着结结巴巴地说：

“我没生你的气，我是爱你的。”

他失去了理智，拼命想靠机械的自控力来解救自己。古德伦发出了清脆的嘲笑声，其中却有着难以抵制的抚爱。

“这也是表示爱意的一种方法嘛。”她说。

可怕的狂喜冲毁了杰拉尔德的理智。他神魂颠倒，完全失去自持，觉得再也忍受不下去了，便用铁爪似的手抓住了古德伦的一只胳膊。

“这样可以的，对吗？”他说着，紧抓住古德伦不放。

古德伦凝神的目光盯住了面前杰拉尔德的脸，浑身的血液都凝固了。

“是的，可以这样。”她脉脉含情地说着，好像被迷醉了，话声活像是女巫在低吟。

杰拉尔德像木乃伊一般在她身边大步走着。回过神来后,他感到非常痛苦。还是在童年的时候他就杀死了弟弟,同该隐一样,自己却活了下来。

他们看见伯金和厄秀拉一起坐在小船边,正欢快交谈。伯金一直在逗弄着厄秀拉。

“你闻到小沼泽地的回答了吗?他用鼻子嗅着空气问道。他对气味相当敏感,能很快地识别出它们。

“这还是挺好闻的。”厄秀拉回答道。

“不,”伯金说,“这让人感到可怖。”

“怕什么呢?”厄秀拉笑着问。

“它像一条翻腾奔涌的邪恶之河。”伯金说。“里面盛产百合花、鬼火和蛇,一直在向前奔涌。我们从没注意——它就在向前奔涌。”

“什么东西向前奔涌啊?”

“另一条河,黑河。我们总认为生活是一条银光闪闪向前奔着的河,载动着整个世界奔向光明,一路到了天堂,融入了光闪闪的永恒的海中,天堂里有许多天使。可是我们面对的真正现实却是另一条河——”

“另一条怎样的河呢?我从来可没见到过别的什么河。”

“虽然这样,”伯金说,“你面对的现实还是那条邪恶的死亡之流——你见到它在我们中间翻腾奔涌,就像另一条河在流动一样——这是污浊不堪的河。我们的花朵就是这样的——这就是我们那位在海中诞生的维纳斯,这就是我们所有那些美妙绝伦、泛着磷光的白花,也就是我们的全部现实。”

“难道你说维纳斯真的带来了死亡吗?”厄秀拉问。

“我是说她是死亡过程中的花团锦簇的神秘事物,这很不错。”伯金答道。“我们发现自己已陷入了毁灭的过程中,那是在伪善的创造之流干涸之时,天使成了被毁灭的生灵身上的血液,维纳斯是在被溶解的刺痛中诞生的,然后是蛇、天鹅和荷花。

那是沼泽地的花——后来又生出了古德伦和杰拉尔德——他们就是毁灭一切的创造过程中出生的。”

“那么还会有你我吗?”厄秀拉又问。

“也许有吧。”伯金无可奈何。“在某种程度上真的是这样。至于咱们是否也这样,我还搞不明白。”

“你是说咱们也是被毁灭的花朵吗——罪恶之花?我可不认为自己是。”厄秀拉抗议道。

伯金半晌没吱声。

“总的说来,我也不认为咱们是。”他终于答道。“有些人纯粹是邪恶腐败的花——百合花。可也该有玫瑰花呀,艳丽得像是燃烧的火焰。你知道赫拉克利特就曾说过:‘最好的心灵是除了七情六欲的心灵。’我太理解这是什么意思了。你呢?”

“这还难说。”厄秀拉答道。“不过如果人们全是毁灭的花朵的话,那是不是玫瑰花又有什么关系呢——玫瑰毕竟也是花呀——这又有什么不同呢?”

“是没有什么不同——却又完全不同。毁灭同生产一样在不停地进行。”他说。“这是一个循序渐进的过程——而它的终结就是万物终结也就是世界的末日;如果你愿意这么说的话。可是世界的末日比起世界的开端又有什么不好呢?”

“我觉得它们还不一样。”厄秀拉有些生气了。

“哦,对了,最终说来是不一样。”伯金说。“它意味着其后一次新的创造轮回——但不是为了我们,如果它是末日,那也只是我们的终结——是我们这些罪恶之花的终结,要是你愿意这样说的话。如果我们是罪恶之花,那就不可能是幸福的玫瑰了,就这么回事。”

“不过我想我是。”厄秀拉。“我想我是朵幸福的玫瑰。”

“人工的假花?”伯金开玩笑说。

“不——是真的。”厄秀拉觉得自己受了伤害。

“如果我们是终结,那就绝不会是起点。”伯金说。

"不,我们是。"厄秀拉反驳道。"开始就是结束。"

"是在它之后,而不是起源于它。始端是在我们之后,而不是来自我们。"

"你瞧,你真是个魔鬼。"厄秀拉说。"你想破坏了我们的希望。你想让我们都死掉。"

"不,"伯金说,"我只是想让咱们知道自己的真实面孔。"

"哈!"厄秀拉气愤地嚷开了,"你只想让我们知道死亡。"

"太对了。"身后暮色中传来杰拉尔德柔和的话语。

伯金站起身。杰拉尔德和古德伦走上前来。大家长时间地沉默着,他们都抽开了烟。伯金逐个地为他们点了烟。火柴光在薄暮的暗影中摇曳着,大家在水边宁静地吸着烟。在漆黑的大地的中央,湖面昏暗,余光正从上面消失。四周空气无形无影捉摸不定,隐约传来班卓琴或类似乐器若有若无的声音。

上面的金色余晖消尽后,月亮散出清辉,像是在微笑中显露出她的统治地位。对岸黑压压的树林笼罩在一片阴影中。星星点点的灯火也闯入了寥廓的昏暗里。远远湖那边有美丽朦胧的一串串彩线,如同微弱火光组成的绿红黄相间的珠串。随着隐隐约约的一阵排汽声,奏起音乐,灯火通明的游艇调转航向驶入了广袤的阴影中。游艇忽明忽暗的闪光的轮廓移动着,若隐若无的音乐从艇上飘来。

四下里亮起了灯火,紧贴在迷蒙一片的湖面上,错落的一直到湖的另一头,残余的天光把湖水映成了乳白色。阴影隐灭,一盏盏灯笼细微的火光随着目力难及的小船漂荡着。一阵桨声传来,一条小船越过灰白的水面进到树下黑影里。船上,灯笼成了红色的火焰,就悬在可爱的暗红色的圆球上。湖面上,幽暗的红光在小船周围徘徊不定。这种宁静微红的小玩意儿就靠近水面游荡着,与蔚为奇观、依稀可辨的水面反光融合一处。

伯金从大一点儿的小船上取来了灯笼,四条不真实的白色人影走过来点亮它们。厄秀拉先举起灯笼,伯金便放低捧在两手中闪着红光的火,伸进了灯笼里。灯笼点燃了,人们退后一些观看着悬在厄秀拉手中的那盏又大又亮、圆月似的蓝灯笼;里面射出的奇妙的微光就映在她脸上。灯火不住摇曳着,伯金弯腰张望灯笼里的火光。蓝光映照下,他的脸像是无意识的幽灵,又像是神魔附体的什么东西。厄秀拉脸色朦胧如同罩上了面纱,若隐若现地呈现在他的上方。

"这就行了。"他充满爱意地说道。

厄秀拉提起灯笼,上面透出一群展翅飞翔的白鹳穿过明亮的青绿色天空,翱翔在黑沉沉的大地之上。

"这真美。"她说。

“真可爱。”古德伦也应道。她也想拿到一只灯笼，漂漂亮亮地提在手里。

“点上一只给我。”她说。杰拉尔德无助地站在她身旁。伯金点燃了她举起来的灯笼。古德伦的心焦虑不安地跳动着，想知道它究竟有多美。灯笼是浅黄色的，画着颀长秀美的花朵从晦暗的叶子上茂盛地生长出来，将脑袋伸进了淡黄色的白昼里；蝴蝶在清澄纯净的光线中绕着花儿快乐起舞。

古德伦像是被欢快之情打动了，兴奋地叫了一声。

“多美呀，欧，这不是美极了吗？”

美深深地打动了她的心灵，她有些忘乎所以了。杰拉尔德低头靠近她，进到她身旁的灯笼光圈里，像是要认真瞧瞧。他紧贴住古德伦，站在那儿触摸着她，两人一道看着浅黄色的光球。古德伦转过头看着杰拉尔德，杰拉尔德的脸正在灯火下微微泛光。两人在火光照耀下彼此依偎着站在一起，身上罩上了光环，其他一切都不存在了。

伯金转过脸去，走过去点亮厄秀拉的第二盏灯笼。那上面画着浅红色的海底，半透明的海水底下有黑螃蟹和高高低低的海草，它们与上面火焰般的暗红色溶为了一体。

“头上的天空已经属于你，又拥有了大地下方的大海。”伯金对她说。

“什么都有了，唯独没有大地。”厄秀拉看着火光外伯金那双充满活力的手，大声地笑了。

“我非常渴望看看我的第二盏灯笼是什么样的了。”古德伦用颤抖而尖细的声音嚷道，这似乎是她此时的最大欲望。

伯金过去点燃了它。灯笼上面是衬着红底的可爱的深蓝色，有一条硕大的白乌贼在柔和的白色水流中漂动着。乌贼的眼睛从光亮的中心处直愣愣地瞪着外边，凝视的神情冷森森的。

“好可怕！”古德伦惊慌地喊叫起来。她身旁的杰拉尔德却笑开了。

“难道你不觉得可怕吗？”古德伦沮丧地嚷道。

杰拉尔德又笑起来，说：

“拿它和厄秀拉换螃蟹灯吧。”

古德伦沉默了一会儿。

“厄秀拉，”她又开口说，“你受得了这个吓人的东西吗？”

“这颜色蛮可爱的。”厄秀拉说。

“这点我同意。”古德伦说。“不过你能忍受它就挂在你的船头上来回不停地摆动吗？你就不想一下子打烂它吗？”

“哦，不。”厄秀拉说。“我不想毁掉它。”

“好吧，那你肯用螃蟹换灯吗？你真的不在乎吗？”

古德伦把灯笼换了过来。

“这没有关系。”厄秀拉说着递过去她画有螃蟹的灯笼，接过了乌贼灯。

可是古德伦和杰拉尔德自以为对她有优先权的那副神气却使她愤愤不平。

“来吧。”伯金开口说。“让我把它挂在船上。”

他和厄秀拉走向大一点儿的船。

“鲁珀特，我想你会划船把我带回去的。”朦胧罩下灰白的阴影中传来杰拉尔德的声音。

“你不是要和古德伦坐独木舟回去吗？”伯金说，“那一定会很有趣的。”

片刻，大家都沉默了。伯金和厄秀拉形影模糊地站在那儿，手中的灯笼在水边摇晃着。整个世界都显得有些神秘起来。

“那可以吗？”古德伦问杰拉尔德。

“我想这再恰当不过了。”杰拉尔德说。“可是你呢？能划吗？我搞不清你为什么要带着我划。”

“为什么不呢？”古德伦说。“对于我来说你与厄秀拉是一样的。”

从她的口气里，透出想与杰拉尔德单独在小船里的想法，当然杰拉尔德是听出来了的。要是能控制住他们两个人，她就会感到最大程度的满足。情愿受制于人的感觉如奇异的电流袭遍全身，杰拉尔德就听之任之了。

古德伦把灯笼递给他，自己又把灯笼杆固定在船尾。杰拉尔德跟在她身后，灯笼在他穿白色法兰绒裤子的大腿旁晃动的，把周围的阴影映衬得更为浓重。

“走之前先吻吻我吧。”他温柔的话语声从上面的暗影里传出。

古德伦在片刻的惊愕中搁下了手头的活儿。

“为什么？”她惊讶地叫道。

“你说为什么？”杰拉尔德有些挖苦地回了一句。

古德伦盯住他瞧了半天，然后身体前倾，在他的唇上印上了深深的放纵的一吻，又从他手上接过了灯笼。杰拉尔德沾沾自喜地站在那里，令人飘飘欲仙的欲火烧遍了全身。

两人合力把独木舟抬进水里。古德伦坐了下来，杰拉尔德把船撑开了。

“这样撑船你的手真的感觉不到疼吗？”古德伦满心担忧地问。“我自己也完全撑得动。”

"不疼。"杰拉尔德满怀柔情地轻声回答说。古德伦觉得一种难以言传的美在抚慰着自己。

她盯着杰拉尔德。他就坐在独木舟后部她的对面,紧靠着她,两腿伸在她两腿之间,双脚能够碰得到她的脚。古德伦慢慢划着,船在水里打着旋;她渴望杰拉尔德能对自己说些有意义的话。然而杰拉尔德却只是闭口无言。

"你喜欢这样,对吗?"古德伦热切地温情地问道。

杰拉尔德短促地笑了几声。

"咱俩中间还有些距离。"他还是那样不经意地低声应道,又好像大着胆子说出了什么。古德伦也着魔般地意识到在小船中分开坐的目的是为了保持平衡。她便心领神会、乐不可支地一下子挪了过去。

"我这不挨得很近啦。"她欢快地用充满爱抚的口吻说。

"远,还远。"杰拉尔德接着说。

开口前,古德伦又在愉悦中沉默了一会儿,然后才颤颤地尖声说道:

"可是在船上咱们不好随便移动呀。"她用奇妙的方式爱抚着杰拉尔德,把他攥在了自己的手心里。

一二十条小船上玫瑰色的圆月形灯笼低低地在湖面上摇来摇去,映照在水里酷似火光。远处的汽船上传来轻松的弦乐声,翼轮轻快地拍打着水面,串串彩灯逶迤而行。偶尔喷放出的烟火,火红的光辉映红整个场景。烟火种类中有罗马蜡烛式的、束束流星式的和其他简单样式的。烟火照亮了水面,显出在周围慢慢漂行的小船,又掩盖下去。可爱的黑暗再次回荡,星星点点的灯笼和串串小灯柔和地呼闪着;传来低沉的木桨声,音乐在湖面上飘扬。

古德伦在令人难以觉察地轻轻摇桨。杰拉尔德能望见前方不远处伯金在划船;厄秀拉的灯笼成了深蓝色和玫瑰色的星星,在交相辉映地晃动着;轻盈的彩虹色的微光在船行的尾迹中追随着小船。他还觉察到,自己那盏精美绝伦的彩灯也在把柔光洒向船后。

古德伦停了桨四下张望。微微荡漾的湖水在摆动着小船。杰拉尔德白色的膝盖紧挨着她。

"这有多美呀!"她似乎是在奉承地说。

杰拉尔德向后仰着,被如水晶般明澈的微弱的灯笼火光烘托着。古德伦瞧着他,能看得清他的脸;那张脸虽然只是阴影一团,上面却在微微泛光。她胸中溢满对杰拉尔德的激情。在男子气的沉静中,难以捉摸的他是那样俊美。这是男性气质的自然地流露,像是从他温柔有力的肉体中透出的一种迷人的风采;这又是他那变化多姿、尽善尽美的存在,它使古德伦沉醉了,感受到悠然神往的一阵冲动。她爱端详杰拉尔德。眼下她还不想触摸他,不想更近的了解他那令人满意的美丽的躯体。他纯粹是不能摸透的,可又离得这样近。古德伦半睡半醒地把手放在桨上,只顾打量着如朦胧美的杰拉尔德,并感受着他的真实的存在。

"不错,"杰拉尔德在那里低声地应着,"这是很美。"

他在倾听耳边不很清晰的声响:桨叶上水珠的滴落声,身后两盏灯笼相互碰撞时轻微的敲打声,偶尔还搀有古德伦宽松的长裙的沙沙声响,那是一种与现在情形不大一致的属于陆地的声音。他的理智几乎被淹没了。很久以来,他几乎头一回把感情迷失转移在了自己身外的东西上。以往他总是把热切的注意力执着地倾注在自己身上,现在他却放开了,不知不觉地和整体溶在了一起。这如同纯净酣美的一觉,是他平生睡的第一次痛快觉。他一生都在逼人注意、谨慎异常,此刻却陷入了沉睡和宁静中,忘怀了一切。

"要我把船划到趸船那儿去吗?"古德伦有些怅怅地问道。

"随便。"杰拉尔德回答说。"随它漂吧。"

"那咱们被什么撞了的时候就告诉我一声。"她用舒缓深沉的声音亲昵地应道。

"不怕,每条船上都有灯光。"他说。

于是,他们在沉默中基本是一动不动地任船浮动着。杰拉尔德渴望寂静、纯净和浑然一体。而古德伦却一心只想要听到某种类似保证的话。

"没有人会牵挂你吗?"她问道,渴盼着相互间能够交谈。

"牵挂我?"杰拉尔德重复道。"没有!为什么呢?"

"我想知道是不是有人要找你。"

"他们怎么会要找我呢?"这时他想起了礼貌,就变了语调说,"不过也许是你想回去了吧。"

"不,我不想回去。"古德伦应道。"确确实实不想回去。"

"你敢肯定这对你没什么吗?"

"当然。"

他们又都不说话了。游艇上响起了汽笛声和弦乐声,有人在唱歌。突然传来一声吼叫,穿透了寂静的夜空,又响起一片乱糟糟的喊声,在水面上回响着。随后是翼轮强行倒转击水的吓人的恐怖。

杰拉尔德挺直了身子,古德伦惊恐地瞧着他。

“有人落水了。”他绝望地恨声说道，焦急地透过昏暗望去。“你能划过去吗？”

“去哪儿？游艇那儿吗？”古德伦惊慌失措地问。

“对。”

“要是我划偏了方向你就告诉我。”她惶惑不安地说。

“你就照直走吧。”杰拉尔德应道。独木舟飞快地向前划去。

喊声和噪音还在回荡，穿透幽暗从水面上传来，非常恐怖。

“难道这是命中注定要发生的吗？”古德伦满腹忧虑恨恨地讥讽道，又转过头来从肩上环视了一下前面的路。杰拉尔德没有听见她的话。若明若暗的湖面上星星点点的摆动着可爱的点点灯光，游艇看来很近了。它正在初降的夜色里摆动着身上的彩灯。古德伦使劲划着。现在这可是人命攸关的事，她的动作看上去又忙乱又笨拙，要划快也并不是件容易的事。她瞟了一眼杰拉尔德的脸。他正焦切、警觉、全神贯注地朝黑暗中凝望着。古德伦的心往下沉，人就像死了过去。“当然啦，”她暗想，“没人会淹死。他们肯定不会的。要不可就太过分、太耸人听闻了。”可是杰拉尔德那副冷峻无情的表情又使她的心凉了半截。他似乎天生就与恐惧和灾祸有缘，这会儿好像又回到了自己的本性。

传来一个孩子的声音，那是一个小姑娘的声音在叫：“黛——黛——黛——黛——啾，黛——啾，黛——啾，黛！”

古德伦血管里的血好像已不再流动。

“是黛安娜，对吧。”杰拉尔德喃喃着说。“这个小皮猴，非要开玩笑。”

他又瞟了一眼船桨，在他看来小船走得实在太慢了。这种教人喘不过气来的压力使古德伦几乎要动不了了。她使出吃奶的劲儿在继续着。人们还在叫唤着，应答着。

“哪儿，哪儿呀？就在这儿——就是它。哪一个？不——不不不。该死的，这儿的，这儿——”小船从四面八方划向出事地点，能发现一盏盏彩灯沿着湖面在飘移，水面反光在灯笼后面摇摆不定地急速摇荡着。游艇不知为什么又拉响了汽笛。古德伦的小船飞快地滑行着，灯笼在杰拉尔德身后不停地旋转。

又传来孩子的放声尖叫，里面夹杂着不耐烦的哭声：

“黛——啾，黛——啾，黛——黛——！”

这声音从夜晚朦胧的空气中传来显得格外可怖。

“威妮，你要是在床上该有多好。”杰拉尔德喃喃地嘟囔着。

他弯腰解开鞋带，把鞋子从脚上甩下来，又把软帽扔进舱底。

“你手上不能带伤下水。”古德伦喘着气恐慌地低声说道。

"什么？不会有事的。"

杰拉尔德用力甩掉了外套，把它扔在两脚之间，光着脑袋一身雪白地坐在那里。他感到腰带还在腰间系着。他们正在靠近汽船。汽船一动不动，高大的船身就在他们上方。数不清的灯光仿佛可爱的飞镖，又像是绵延起伏的丑陋的红绿黄光交织成的火舌，向阴影下闪着光泽的黑黑的水面上飞去。

"啾，把她救出来吧！啾，黛，亲爱的！啾，救出她来吧！啾，爸爸，啾，爸爸！"孩子的声音在发疯般地呜咽着。水里有一个带救生圈的人。两条小船划近了，船上的灯笼无用地旋转着。小船在黑暗中前进。

"嗨，那儿——罗克利！——嗨，在那儿！"

"杰拉尔德先生！"传来船长恐惧的声音。"黛安娜小姐掉进水里了。"

"谁去找她了吗？"又传来杰拉尔德尖厉的声音。

"小布伦代尔医生下去了，先生。"

"在哪里？"

"连他们的影儿都见不到，先生。大家都在寻找，可直到现在还什么也没发现。"

充满不祥之兆的片刻沉寂。

"她掉在哪里啦？"

"我猜——大概就离那条小船不远吧。"一个不太肯定的回答传了进来。"就是有红绿灯光的船。"

"划到那儿去。"杰拉尔德镇静地对古德伦说。

"杰拉尔德，啾，救出她来。"孩子的声音在焦急地喊着。杰拉尔德没有理会。

"向后靠。"杰拉尔德吩咐古德伦道，在单薄的小船上站起来。"船是不会翻的。"

眨眼间，他已经轻捷笔直地跃出船外，跳进水中。古德伦在小船上剧烈地摇摆起来，颤动的水面上抖动着倏忽即逝的光影。她意识到那是微弱的月光，而杰拉尔德已经离去了。因此离去看来也未尝不可。她的全部情感都被可恶的灾难感占据了。她清楚杰拉尔德已经离开了这个世界，留下的还是这同样的世界，他却不在了。夜色看上去寂寥无边。灯笼在夜色中晃动着，游艇和小船里的人都在悄声交谈着。她能听见威妮弗雷德哽咽着说："啾，一定要找到她，杰拉尔德，一定要找到她。"有人在安慰这孩子。古德伦漫无目的地把船划来划去。冰冷瘆人、大得无边无涯的水面把她吓坏了。杰拉尔德再也回不来了吗？她觉得自己也应该跳进水里，去亲身体验到那引起恐怖的事物。

听到有人说"他在那儿"，把古德伦吓了一跳。她瞧见杰拉尔德像水獭一样地游动

着，便下意识地把船划向了他。不过他离一条大一点儿的船更近些。她依旧向他划去，一定要靠得很近。总算见到他了——看起来他就像是头海豹。在抓住船帮时，他真像头海豹。金发粘在圆圆的头顶上，脸上似乎有着柔和的水光。古德伦能听到他在喘息。

杰拉尔德爬进了小船。欧，他的大腿真美、真迷人呀，爬过船帮时，它们似乎还在幽幽地泛着银光。这使古德伦魂不守舍，恨不能马上去死。攀进小船时，他的朦胧闪光的大腿是那样的美，他的脊背那样浑圆柔软——啊，她简直受不了了，这眼前的情景太真实了。古德伦知道，这会要了自己的命的。这种在命运和美面前的无可奈何是多么的残酷啊，可那又是怎样的一种美呀！

杰拉尔德对她来说不只是一个男人，而是一种化身，象征着生命中一个伟大的阶段。她看见他抹去了脸上的水珠，又望见了他手上的绷带。她明白这样做也没有，她已经无法自拔了。对古德伦说来，杰拉尔德几乎就代表着生命。

“把灯吹掉，那我们就能看得清楚点儿了。”传来他突如其来的枯涩的声音，那声音只属于男人的世界。古德伦几乎不敢相信还有一个男人的世界。她转身将灯笼吹灭。要吹灭它们也并非易举。四下里的灯火都熄灭了，只有游艇两旁还亮着彩灯。明月当空，蓝灰色的夜色覆盖着田野，小船的影子在夜色里漂动着。

一阵溅泼声，杰拉尔德又游开了。无边的水面是那样凝重而无生气，古德伦忧心忡忡地坐在那儿，他被吓坏了。她感到十分孤单，死寂一片的寂寥的湖水就在她身下展开。这样与世隔绝可不是什么好事，它是那样冰冷害人，教人究竟去哪里，没有人知道。她正漂浮在如水而薄冰的现实的表面，直到这种现实慢慢消融逐渐把她淹没。

从人们的谈话中，她知道是杰拉尔德浮出水面，又进到了一条小船里。她坐在那儿渴望着和他结合。她狂热地渴望着越过一眼望不穿的水面同他结合在一起。可是她的心却被那种难以忍受的孤独，无论什么东西都无法打破的寂寞。

“让游艇进港吧，它留在这里也没用。拿绳子来拉。”传来了果断的指挥声，只有尘世中的人才能发出这种声音。

汽船开始缓缓地击水。

“杰拉尔德！杰拉尔德！”飘来威妮弗雷德疯狂野蛮的喊声。杰拉尔德没有回答。游艇悲伤蠢笨地慢慢地漂转了一圈，向岸边溜去，溶入了一片昏暗之中。翼轮的击水声渐渐飘远了。古德伦在轻舟里摇荡着，机械地用桨点水来保持平稳。

“古德伦？”厄秀拉轻声地叫了一声。

“厄秀拉！”

姐妹俩的小船靠拢在一起。

“杰拉尔德在哪儿?”古德伦问。

“他又潜到水里去了。”厄秀拉报怨地回答说。“我知道他不该去的,手受了伤,无论怎么样也不该去。”

“这次我就要把他带回家了。”伯金插进来说。

小船在汽船掀起的浪的冲击下摇晃起来。古德伦和厄秀拉一直在四处寻找着杰拉尔德。

“他在那儿!”眼睛最尖的厄秀拉喊起来。杰拉尔德在水里呆的时间还不长。伯金把船划向他,古德伦跟在后面。杰拉尔德慢慢游着,用受伤的手抓住了小船。船滑开了,他没抓住,他又落入了水中。

“你为什么不帮他一下?”厄秀拉尖叫道。

杰拉尔德又游了过来,伯金探身帮助他上了小船。古德伦再次看着他爬出水面。但是此时的动作却显得迟缓笨重,简直如同一只笨拙的两栖动物在手忙脚乱地攀爬。淡淡的月光又照在他那满身水珠的苍白身体上,照在他弓着的脊背和浑圆的大腿上。可是现在看上去他却狼狈不堪,慢吞吞地爬上去又翻落下来。他在嘶哑地喘着粗气,如同一头拉着沉重货物的老牛。他有气无力地瘫坐在小船上,脖颈僵挺,目光呆滞,头就像是只海豹的头,整个人变得麻木不仁一般。古德伦浑身打战,傻乎乎地跟随在他的小船后面。伯金不作声地划向趸船。

“你要去哪儿?”杰拉尔德猛地开口问道,好像刚刚清醒过来。

“回家去。”伯金告诉他。

“哦,不!”杰拉尔德蛮横地说。“他们还在水里的时候我们不能回家。转回去,我一定要找到他们。”他的话是在发命令,凶蛮的近乎疯狂的口气,没有丝毫商量的余地;女人们都被吓坏了。

“不。”伯金说。“你不能这样做。”他的语气里也有一种坚定不移的陌生的命令口吻。杰拉尔德在两种意志的碰撞中沉默不语,好像恨不得要杀死对面那个男人。可伯金还是怀着心无所动的固执平稳坚定地划着。

“你干吗非要来妨碍我的事呢?”杰拉尔德恨恨地问他。

伯金没有回答,只是一直向岸上划去。杰拉尔德沉默不语地坐着,像是头不会说话的野兽,上气不接下气,牙齿打战,僵硬的手臂,头也像海豹的头那样呆板。

他们游到趸船边。赤身裸体、湿漉漉的杰拉尔德爬上了几级台阶。在一片黑暗之中，他父亲就站在那里。

“爸爸！”他喊道。

“怎么啦？孩子。回家换掉那些湿衣服。”

“咱们无法去救他们了，爸爸。”杰拉尔德说。

“还有希望，孩子。”

“我估计是没有了。因为还没发现他们在哪儿呢。无论怎么也找不到他们，有一股暗流，水冰冷得要命。”

“咱们要把闩打开然后把水放掉。”做父亲的说。“你回家去照顾好自己。鲁珀特，让人照料好他。”他不动颜色地又补上一句。

“哦，爸爸，很抱歉，实在太抱歉了。我想这应该是我的错。可是也无计可施了，我已经尽全力去做我所能做的一切了。我还可以再潜到水里去，当然——这算不了什么，当然——也没什么用处了——”

杰拉尔德在光脚平台木板上走开了。突然他踩到了什么尖东西上。

“看看，你没穿鞋。”伯金说。“他的鞋在这儿呢！”古德伦在下面嚷道。她正在拴紧小船。杰拉尔德在等人把鞋拿给自己。拴完小船古德伦拿着鞋来了。他把鞋穿在了脚上。

“一旦你死了，”他说，“一切就结束了，什么都完了。为什么还要活过来呢？水下面有的是地方，多少人也装得下。”

“两个人难道还不足够吗。”古德伦咕哝着说。

杰拉尔德接着又穿上第二只鞋。他浑身上下打着冷战，下巴抖动着像是在说话。

“这倒是真的。”他说。“也许是吧。不过看到水下面的空间那样大真让人不敢相信。水下面简直就是整整一个世界，冷得就像是在地狱里。你什么办法也没有，就像脑袋被人砍掉了一样。”他抖得那样厉害，几乎说不出话来。“你知道，我们家里出过一件事。”他继续说道。“一旦什么事情错了，就再也无法改正过来了——靠咱们这些人是不行的。这一生我都在观察这种情形——一旦一件事情错了，我们就无法改正它了。”

穿过公路他们朝家里走去。

“你知道吗，当你在水底下的时候，实在是冷极了，真的，那样漫无边际，同水面上的一切都完全不同，那样无边无际——你会觉得惊讶怎么有那么多人还活着，为什么咱们是在岸上。你要走了吧？我会再见到你的，对吗？晚安，谢谢你。太感谢你了。”

两个姑娘又稍等片刻，看看还有没有希望。皓月当空，洒下清辉，简直是过于明亮

了。黑乎乎的小船聚集在水上,传来话声和压抑的喊声。但这一切全是没有任何意义的。古德伦朝家里走去,伯金却掉头转了回来。

他受人之托去打开水闸,把湖中的水放出来。在靠近公路的湖的一端,湖堤上打开了一个出口,于是湖就成了水库,没有水的可以向远处的矿井供水。"跟我来,"伯金对厄秀拉说,"我把这件事做完后咱俩一起回家。"

他在水闸看守的小屋那儿取来了水闸钥匙。两人从公路上穿过一扇小门来到湖尽头,那里有一个开着溢流口的巨大的水坞,一段石头台阶延伸到水深处。水闸门的锁就在台阶上端。

若是没有此起彼伏的喧闹声,蓝灰色的夜还是美妙的。月的银辉笼罩在广阔的水面上,黯黑的小船在划动着,划破水面发出了溅泼声。可是厄秀拉的心却已麻木,一切都成了缥缈的和无足轻重的。

伯金固定住闸门的铁把手,又用扳手去转动它。齿轮慢慢地转动起来。他转了一圈又一圈,身影显得不遗余露,活像是个奴隶。厄秀拉扭过头去,受不了伯金沉重费力地转个不停,机械地弯下腰又直起身来,像奴隶似的转动着铁把手。

夜晚中,从路那边茂密森林的黑沉沉的山谷里传来巨大的水的溅泼声,很快就变成了巨大的轰鸣,然后又成了大水的连续不断落下去时的巨响。这真把厄秀拉吓了一跳。整个夜色中弥漫着连续不断的巨大轰响,一切都淹没在其中,被吞没,又消失了。厄秀拉像是拼命在挣扎。她双手捂住耳朵,遥望着高挂在空中、无动于衷的皎月。

"咱们现在还不能走吗?"她对伯金喊道。伯金正在观察台阶上的水是不是退下去了一点儿。这一切好像把他迷住了。他望着厄秀拉点了点头。

黑压压的小船离得更近了,人们好奇地沿着路旁树篱挤在一处,看看会见到些什么。伯金和厄秀拉带着钥匙走到小屋那儿,背对着湖水。厄秀拉心急火燎的,因为受不了奔逃的大水笼住一切的骇人的轰鸣声。

"你想他们还活着吗?"她高声叫着问,好让伯金听到。

"很难。"伯金答道。

"这太可怕了!"

伯金没有在意她的话。两人爬上山坡,喧闹声愈来愈远了。

"你很在乎这件事吗?"她问他。

"一旦人死了,我也就不在乎他们了。"伯金说。"糟糕的是他们还缠着活人,不肯放手。"

厄秀拉默默地想了一会儿。

“对。”她答道。“死这个事儿看来也没什么了不起的,是吧?”

“说的对。”伯金说。“黛安娜是死是活又有什么关系?”

“没什么关系吗?”厄秀拉问,她吃惊万分。

“是没什么。干吗要当回事呢？她死了倒好——这样倒能显出她的存在来。死亡使她变成实物。而活着的时候她只是一个惹人烦招人轻视的家伙。”

“你真叫人无法想象。”厄秀拉咕哝着。

“不！我宁愿黛安娜·克莱奇还是死了好。她就不该生下来。至于那个年轻人,那个可怜的家伙——他会只会很快地找到自己的出路的。死没什么了不起的,没有什么事会比它更好的了。”

“然而你却不想死。”厄秀拉挑衅。

伯金停顿片刻,变了的口气使厄秀拉害怕。

“我宁愿去经历它——我宁愿去经历死亡过程。”

“真的吗?”厄秀拉惊慌不安地问。

他们在树下静默无语地走了一段路。然后伯金像是让步了,说:

“有属于死亡的生活,还有不属于死亡的生活。人早已厌烦了属于死亡的生活——也就是咱们这种生活。但它是否就结束了呢,只有老天清楚。我渴望爱情,它形似睡眠,形似再生,又像是刚刚出世的婴儿一样脆弱。”

厄秀拉用一半心思在听着,另一半心思却要打断伯金所说的话。她像是理解了伯金的话,却又躲开了。她盼望着听见,却又不愿被缠进去。她不情愿如伯金所盼望地那样被驯服,就好像她与生俱来就任人摆布似的。

“为什么爱情要像睡眠呢?”她难过地问道。

“这我也不明白。因此它就像死亡——我真想从这种生活中死去——然而这又不仅仅是生活本身。人就像赤裸裸的婴儿从母腹中生出来了,所有旧的护身物和皮囊都消失了,清新空气包围了他,那是他从未呼吸过的。”厄秀拉听着,用心揣摩着他说的每一句话。她和伯金一样清楚,话本身是传达不了任何东西的,它们不过是我们做出的一种手势,和其他没有志愿的手势一样。她似乎从自己的血液中觉察到了伯金的手势,便退了回来,尽管她的思想是在把她往前推。

“可是,”她很认真地说,“你不是讲过你想要一种不是爱情——超越爱情的东西吗?”

伯金开始慌乱了。说话时总会心慌意乱的。可是话又不得不说。假使一个人想要朝前走,那不管走哪个方向,他也必须打通一条路。去了解,再尽量表达出来,这就是要从监狱墙壁上打通一条路，就像临盆的婴儿在尽力挣出母腹。在努力向外的过程中，眼下还没有新的趋势，还没有通过了解而去有意挣脱旧的皮囊。

“我不想要爱情，也不想过多地了解你。”伯金说。“我想超越自身，你也该失去你自己，这样一来咱们的面目就焕然一新了。人在心烦和不舒服的时候就不该讲话。说什么人要像哈姆莱特那样，这看来只不过是谎言。只在我毫不介意并对你表现出一种健全的骄傲的时候才相信我好了。我恨自己假里假气。”

“为什么你就不该一本正经呢？”厄秀拉问。

伯金想了一下，面无表情地回答说：

“我也不知道。”两人默默无言，不高兴地走着。伯金面无表情，怅然若失。

“这难道不奇怪吗？”厄秀拉在一阵爱情冲动之下突然把手放在了伯金的手臂上，说：“咱们总是这个样子说话！我猜咱俩的确是在以某种特殊方式相互爱慕着。”

“哦，是的，”伯金说，“而且爱得太执着了。”

厄秀拉几乎是兴奋地笑了起来。

“你一定要沿着自己的方式去爱，对吗？”她挑弄着说。“你一定要考虑再三才敢要它。”

伯金转变了态度，和蔼地笑着，在路中间转身把厄秀拉揽在胳膊里。

“对。”他含情脉脉地应道。

他慢慢地轻轻地吻着厄秀拉的脸和额头，那种妙不可言的幸福感使厄秀拉惊奇得无法形容，一时间竟无法做出反应来。那是些情意浓浓的忘情的吻，在静谧的夜色中更显得完美无缺。可她还是躲开了它们。那些吻像是些怪异的蛀虫，从容而缠绵，从她内心的幽深处爬出来，停留在了她的身上。她感到很不舒服。便避开了。

“那边有人来了吧？”她说。

他们向着黑沉沉的路向下望去，又朝贝尔多福走去。为了向伯金证实自己并非一个假装正经的肤浅女人，厄秀拉突然停下脚步，紧紧地抱住伯金，用力把他贴在自己身上，又在他脸上印满了痴情而炽烈的长吻。虽然伯金与她想法不同，但那种男人皆有的血气也还是在身上涌动起来。

厄秀拉抱着他时，涌动的情欲涌入了他四肢又爬上了脸；由此而来的初始的轻柔醉人的完美心消逝后，伯金啜泣着对自己说：“别这样，别这样。”刹那间，他整个人又化成了对厄秀拉的一团纯洁而痴烈的欲火；而在这团欲火的小小的核心处，却怀有对另外一件事的无法消除的极度痛苦。这最后也消失了。他只是满含着像死亡一样无法避及的欲念要得到厄秀拉。

而后，怀着满足和崩溃、完成和幻灭的感觉，他离开厄秀拉往回走。他心中燃烧着人所共有的欲火，在暗夜中漫无目的地游荡着。遥远的黑暗处，似乎传来隐隐约约的啜泣声。可是这又算得了什么呢？同这种已至极限的成功的肉欲体味相比，这算什么，任何事情又都算什么呢。炎炎欲火重新燃烧起来，生命也像是有了新的吸引力。“我真变成不死不活的人了，不过是条会说话的行尸走肉而已。”他在愉悦中说着，嘲弄着另一个自我。然而在遥远的什么地方，那个小小的自我却还在萦绕不散。

伯金回去时，男人们还在湖上用拖网搜寻着。他站在岸上听见了杰拉尔德的声音。月色清丽，流水还在暗夜里轰鸣，远山显得空蒙苍茫。湖水正逐渐下去。夜晚的空气中飘来湖岸潮湿的水汽。

山坡上，劳斯兰茨庄园的窗户里依旧透出强烈的灯火，好像人们都没有上床安歇。码头上站着一位上了年纪的医生，是那个失踪的年轻医生的父亲。他一声不响地呆在那里。伯金也立在那儿向远处眺望着。杰拉尔德坐一条小船来了。

“鲁珀特，你还在这儿呀？”他打招呼说。“我们依旧找不到他们。你知道，水下斜坡很陡。水夹在陡峭的斜坡中间，还有纵横的崎岖小沟壑，谁会知道暗流会把人带到哪儿去。湖底看来并不像是平的，水流会把你冲得也不知道自己究竟是在什么地方了。”

“你还有必要这样做吗？”伯金问。“去睡觉不是更好些吗？”

“去睡觉！天啊，你想我应该去睡觉吗？在我离开这儿之前，我们一定要找到他们。”

“可是没有你，那些人照样能够找得到他们——你干吗还要呆在这里不走呢？”

杰拉尔德抬头看着他，深情地把手放在他肩膀上，说：

“别打搅我，鲁珀特。如果真的要有什么人的健康需要照顾的话，那也放你的，而不是我的。你自己感觉怎么样？”

“很好。但是你呢，你却毁了自己生活的机会——浪费了你本来性情中最好的一面。”

杰拉尔德沉默了片刻，然后说：

“浪费了？难道还有其他的什么事情要去做吗？”

“不过最好还是离开这儿吧，好吗？你强迫让自己陷在恐怖里，把一块痛楚的记忆磨盘挂在自己脖子上。离开这儿吧。”

“一块痛苦的记忆磨盘！”杰拉尔德轻轻重复了一句，又满含深情地把手放在伯金肩膀上。“天啊，你形容事物可真够确切的，鲁珀特，你真能说。”

伯金的心猛地沉了下去，生动地描绘事物正是令他生气和厌烦的事情。

“你还是离开这去我那吧。”他像是在说服一个醉意未醒的人。

“不。”杰拉尔德扳住对面那个男人的肩膀哄骗着说。“非常感谢你，鲁珀特——假使可能的话，我很高兴明天去。你明白了，对吗？我一定亲眼看着这件事情做完。不过明天我会去的，不会延误的。我甘愿与你在一起闲聊，而不是——而不是干别的什么事情，这一点我十分确信。对，我会的。对我来讲你的重要性要比你所能想象的重要得多。”

“我怎么那么重要甚至强于我自己所想象的？”伯金不悦地问道。他敏感地意识到杰拉尔德放在自己肩膀的手。他不想进行这种无谓的争辩。他只想让对面那个男人从可怕的痛苦中挣脱出来。

“下回我会告诉你的。”杰拉尔德哄他说。

“现在就跟我来吧——我想让你来。”伯金说。

不安的空气中只剩下沉默，伯金不明白自己的心跳得如此厉害的原因。杰拉尔德用手指意味深长地抓紧了他的肩膀，说：

“不，我要亲眼看着这件工作做完，鲁珀特。谢谢你——我明白你的用心。咱俩对付得了，这你知道，咱俩都还可以。”

“我是没什么大不了，但我肯定你在这儿鬼混可够呛。”伯金说。他走了。

太阳即将从东方升起，才发现死者的尸体。黛安娜紧紧搂住年轻人的胳膊，使他窒息而死了。

“她杀死了他。”杰拉尔德说。

月亮在天幕上下斜，终于沉没了。湖水的面积缩成了原来的四分之一大小，因此，四周的粘土岸露了出来，散发着一股冷森森的水腥味儿。新阳的第一缕光缓缓地从东山后升起。水闸口处的水流还在轰鸣。

小鸟在为晨光歌唱，凄凉的湖后山丘在新起的薄雾中呈现出千娇百媚。去劳斯兰茨的路上零零散散地走着一队人。男人们用一副担架抬着两具尸体，杰拉尔德在旁边跟随着。两位须发灰白的父亲默默无声地跟在后面。屋子里全家人在整夜未合眼地守候着。必须有人去母亲房间里通知她。老医生心里迫切地想要救活自己的儿子，直到弄得疲惫不堪，无计可施才不得不作罢。

那个星期天上午，周围整个地区被死一般的沉寂包围着，死寂中又有着可怕的激动不安。矿井上的人们觉得这场灾难仿佛就发生在自己身上。的确，即便自己中间的人被杀死了，他们也不会感到如此的恐惧。这样一场悲剧的受害人竟是在劳斯兰茨的本地最上等的家庭里！主人家一位小姐坚持要在游艇舱顶上跳舞，这位任性的年轻小姐，最后竟淹死于节庆之间，还捎带上了年轻的医生！整个星期天上午，矿工们四处游逛，议论着这场灾难。在所有人家星期日的晚餐上,仿佛都有着一种奇怪的东西。死神像是近在眼前,空气中给人一种扑朔迷离的感觉。男人们脸上呈现的是兴奋惊讶的神情;妇女们表露的却是庄重肃穆,有的人还哭了。孩子们开始甚至还喜欢上了这样一片兴奋不安的气氛。空气里有一股浓烈的充满魔力的气氛。莫不是所有人都喜欢它吗?莫非所有人都喜欢这样紧张的刺激吗?

古德伦不顾一切地只想跑去安慰杰拉尔德。她只想着要尽量地安慰他、让他感到放心。她自己也受到了惊吓,对此却漠不关心,只考虑怎样才能帮助杰拉尔德。她到底该怎样尽责呢,这才是真正教她无法平静的问题。

厄秀拉执着地爱着伯金,对其他的一切就全都置诸脑后了。关于那场事故的所有谈话只能使她无动于衷,可她脸上表现的人疏远的神气看上去又像是心里很不舒服。只要可能,她就独坐一隅,渴望着再见到伯金。她希望伯金能到家里来——她只愿意如此,伯金必须立刻来。她全天坐在家里等伯金,只等他来敲门。无时无刻她都要不由自主地向窗户瞟一瞟,伯金应该在那儿经过。

星期天的傍晚

光阴似箭,岁月流逝厄秀拉像掉了魂一般,空空落落的心中燃起一异常沉重的悲凉感。恋情好像已是油灯耗尽,荡然无存了。她浑然地坐在那里,那滋味比死还难受。

在满怀痛苦中她神志倒还清醒,自言自语道:“有什么事情发生,否则我真要死了。我的路走到头了。”

她坐在那儿,整个人都垮了,消失在无尽黑暗中,那里就是死亡的国度。她明白了,有生以来,她就一直在朝这里挨近;这儿就是尽头了,人不得不像萨福那样,从这里跳进茫茫无知的世界。死的王国竟如此广漠,对此的了解真像是一针麻醉剂。浑浑噩噩的,什么也不去想,她就知道自己已经向死亡靠近了。她一生都在接近这种完成,现在就要结束了。该知道的都知道了,该经历的也已经都经历了,在令人痛苦的成熟中她完成了这一切,剩下的就是从树上掉下来,进到死的王国里面去。人必须走到终点,使冒险有个结局。下一步就是跨越边界,进到死的王国里。那么就这样吧!知道了这一点,倒给人带来了某种心平气和的感觉。

毕竟,人在完成一切之后,进入到死亡的国度里是最幸福不过的事情了,这正如同熟透的苦果终归要掉下来一样。死亡是伟大的尽善尽美,是一种圆满的经验。它是由生而来的一种发展。人还在活着的时候就已经知道了死,那对未来我们还要想些什么呢?人永远无法见到超越尽善尽美的东西。死是伟大的结论性的经验,知道这一点就足够了。在对这种体验尚未弄清楚的时候,为什么还要考虑在它之后的东西呢?让我们去死吧,因为这种伟大的经验就是紧跟在所有事情之后而来的。死亡,这是我们已经在面对的又一个伟大的决定性的时刻。如果我们还踌躇不前,在这种结局面前举足不前,那就是在不光彩的忧虑中在死亡的入口处漫游。死亡就在那里,在我们附近,正如在萨福眼前一样;那是漫无边际的空间。旅途的尽头就是在那里的。难道我们没有勇气继续旅行,而只能喊“我不敢”吗?我们必须朝前走,进到死的国度里,不管死意味着什么。如果一个人已经预料到了要走的下一步,为什么还要怕走出它呢?对于下一步我们是毋庸置疑的,那就是进入死亡。

“我要死了——我快死了。”厄秀拉自言自语道，像是在出神入定中一样头脑清楚；那清醒、冷静和确信无疑，已超出人力所及。然而在背后的某个地方，在微光中，又有辛酸的哭泣和悲哀。对此千万不要介意。人必须坚定不移地去灵魂要去的地方，不能因为惧怕就在结局面前畏葸不前。不要在结果面前逡巡不前，不要听从私心杂念。如果最强的愿望就是现在进入死的未知的领地，那么人就要屈从对他来说是比较肤浅的最深刻的真理吗？

“那就让它结束吧。”她对自己说道。这是一个决定。这并非要夺去一个人的生命——她绝对不想杀死自己，那太残酷和令人生厌了。这不过是要了解下一步。而下一步就进入到死的王国。是这样吗？——或者说有死的王国吗？

她的思绪流放到了下意识之中。她坐在那儿，像是在火堆旁边睡着了。思绪又流放了回来。死的王国！她可以把自己交给它吗？啊，是的——它不过是南柯一梦。够了，她已经支撑和抵抗了这么久了，现在是退后的时候了，别再反抗了。

在迷迷糊糊中她屈服了，屈服了，一切都是黑暗。在黑暗中她能感觉到肉体的可怕的要求，那种难以形容的溶解的痛苦，绝无仅有的极度苦恼，和体内溶解造成的厌烦透顶的恶心。

“难道躯体和精神就这样形影相随吗？”她扪心自问。她太清楚了，肉体不过是映衬了灵魂，完善的灵魂的变形也就是肉体的变形。除非我意志坚定，把自己从生活的节奏中释放出来，心平气和，清静无为，断绝尘世，在自己的意志里得到升华。可是比起这种乏味的再三重复的生命来，最好还是去死。死就是和不可预料的万物一道飞翔。去死也是一种享受，是屈服比已知世界更为伟大的事物的快乐，那更为伟大的事物就是纯净的未知世界。这是一种快乐。而麻木不仁地活着，被局限在意志活动的小圈子里，如同一个游离了未知世界的物体那样活着，却是可耻的和羞辱的事情。死是光明磊落的。在空洞呆板的生命中有着十足的鄙薄。对于灵魂来说，生命的确可以是可耻的和屈辱的，而死亡却绝不是耻辱。死亡本身像无限空间一样，是我们所污染不了的。

明天是星期一。星期一，又一个教学周的开始！又一个无所事事而令人羞愧的教学周，不过是些例行公事的呆板活动，比起这样一种生活来，死亡的冒险不是要更为可取吗？死不是远为可爱和高贵吗？缺少乐趣的生活，没有内在的含义，没有任何真正的意义。生活是多么肮脏啊，现在活着对灵魂又是怎样一种可怕的羞辱啊！而死去却是何等的尊贵和崇高！人再也不能忍受这种没有价值的悲惨而乏味的生活带给人的耻辱了。人可以在死亡中得到正果。她已经忍到了极点了。在哪里可以发现生命呢？忙忙碌碌的呆板生活不会开出花朵来，枯燥的生命不配享有天空，周而复始的运动也不配占据空间。所有生命都是循环往复的运动，简单机械，与现实隔绝。在生命中没有值得发现的

东西——这在所有国家所有民族无一例外。唯一的存在就是死亡。人可以满怀情感地瞧向死亡那浩渺晦暗的天空,就像他在小学时代从教室窗口向外张望,见到外面轻松无虑的大千世界一样。而人现在已经不再是小孩子了,他知道灵魂只是这幢肮脏巨大的生命大厦中的一个囚徒,除了死亡,别无它计可施。

然而,这是怎样的一种快乐啊!考虑到人类无论做什么,都不能把持死的王国并抛弃它,这又多么让人兴奋啊。他们把大海演变成一条凶险的小径和肮脏的商业道路,不肯放过每一英寸海面,就像在抢掠大城市里的肮脏的土地一样。对天空他们也强求索要,加以瓜分,再分配给某些所有者;他们侵入空中,并为此而战斗。一切都消逝了,用围墙圈了起来,墙上还安了铁丝网。人必须脸面扫地地在两道装了铁丝网的墙之间走完茫然无边的生活之路。

而在伟大的黑暗中,在死的无限的王国里,人却受到了轻蔑的斜视。在尘世中他们可以做那么多事情,是纷繁复杂的各路神仙;而死的王国却把他们变成了不值一提的角色。面对死亡,他们都缩进了自己那真实可怜的懦弱里。

死是多么美丽、高贵和完美,期待它又有多好啊。在那里,人可以冲刷掉在这个世界沾上的所有谎言、耻辱和肮脏丑陋。这是一次彻底的清洗和令人轻松快乐的身心恢复,是去向无法预料的、真实无疑的和不会贬低人身份的世界。毕竟,只有在尽善尽美的死亡的前景里,人才是富有的。这样向往纯净的死亡是与人性背道而驰的,而这又是最令人兴奋的。

不管生命会是什么样的,它并不能令死亡——那种超乎人性的死亡——离去。哦,对此我们什么也不要问,别去管它的对还是错。去了解是人性本来具有的爱好,而在死亡中我们却一无所知,不再是人了。由此而来的欢乐弥补了知识带来的所有痛苦和我们丑恶的人性。在死亡中我们不再是人,无知无识。这种前景就是我们的财富,我们期盼它正像继承人在盼着法定继承年龄的到来。

厄秀拉默默地孤独地坐在客厅炉火旁,忘记了一切,孩子们在厨房里玩耍,别的人都去了教堂。她的思绪深深地沉浸在心事中。

听到门铃的响声把她吓了一跳。孩子们跑出厨房,开心地小题大做地从走廊上奔跑过来。

“厄秀拉,有人来了。”

“知道了。别愣头愣脑的。”她答道。她也吃了一惊,差点被吓着了,害怕去门口。

站在门外的是伯金,翻起的雨衣领子把耳朵盖住了。现在伯金来了,她的心却漂向

了远方。她知道雨夜就在伯金身后。

“哦,是你呀?”厄秀拉说。

“我很高兴你在家。”伯金声音沉闷地说着,进了屋。

“他们都去教堂了。”

伯金脱掉外套,挂了起来。孩子们在偷偷地坐在角落里瞧着他。

“比利,多拉,去睡觉吧。”厄秀拉吩咐道。“妈妈就要回来了,如果你们还没睡,她会不高兴的。”

孩子们突然间成了天使般的一副乖模样,一声不吱就离开了。伯金和厄秀拉进到客厅里。炉火在不紧不慢燃烧着。伯金望着厄秀拉,她那优雅迷人的眼睛里散发出来的令他诧异的光辉。他隔开一段距离望着,不禁暗暗吃惊,灯光下使厄秀拉看上去更美了。

“今天你过得怎么样?”他问她。

“只是到处坐坐吧。”她回答说。

他望着她。厄秀拉变了,但是心却在别人身上。坐在一旁的她,有几分喜气洋洋的。两人在柔和的灯光不出声地坐着。伯金感到自己应当再走开,本来就不该来,却又犹豫不决。他是多余的,厄秀拉的心已不在这里了。

门外传来两个孩子胆怯的喊声,夹带着紧张不安的胆怯。

“厄秀拉!厄秀拉!”

她站起身开了门。有两个穿长睡衣的孩子站在门口,两双眼睛在天使般的脸蛋上睁

得大大的。此刻他们看上去很听话,真像是两个听话的孩子。

“你带我们上床睡好吗!”比利出声地耳语道。

“哟,你们真是今晚的好宝贝。”厄秀拉温柔地说。“你们不来对伯金先生道晚安吗?”

孩子们怯生生地光着脚走进了房间。比利的脸宽宽的,在咧嘴笑着,圆圆的蓝眼睛里有好孩子才有的那种了不起的庄重神情。多拉从一头乱蓬蓬的金发中偷偷瞧着,犹豫不前,就如是胆小的林中小仙女。

“是来对我道晚安的吗?”伯金问他们,温柔和蔼的话音使人感到陌生。多拉马上逃开了,如同微风吹起了一片树叶。比利悄无声的走上前来,脚步慢吞吞的,却是心甘情愿的;他轻轻抬起撅着的小嘴,在等待着亲吻。厄秀拉盯着那个男人拢在一起的性感的嘴唇轻轻触碰着男孩子的嘴唇,是那样优雅。伯金又抬起手来,微微怀着一丝爱意,捏了捏孩子充满信任之情的溜圆的脸蛋。比利看上去像是个天使般的孩子或牧师助手;伯金则是个高大威猛的庄严的天使,在朝下俯视着他。

“你需要人吻你吗?”厄秀拉对小姑娘说道。多拉却悄悄地转身移开了,好像难以捉摸的林中小仙女。

“你不向伯金先生说声‘晚安’吗? 去吧,他正在等着你呐。”厄秀拉又吩咐道。小女孩仍旧只是离开伯金更远了些。

“傻多拉呀,你真傻!”厄秀拉说。

伯金感觉出那孩子怀有某种不信任和敌对的情绪,这真让他琢磨不透。

“那就来吧。”厄秀拉叫道。“趁妈妈还没回来我们走吧。”

“谁来听我们做晚祷吗?”比利急切而忧虑地问。

“你们想要谁来听呀呀。”

“你可以吗?”

“可以,我可以。”

“厄秀拉?”

“嗯,比利?”

“那人是你想要的那个‘谁’吗?”

“是呀。”

“哦,那个‘谁’是什么样的人呢?”

“那个‘谁’就是与‘谁’这个词相对应的东西。”

孩子呆呆地思考了一会儿,信任地说了声:

"是吗?"

伯金端坐在炉火旁,偷偷微笑着。厄秀拉回到楼下来时,他正把手臂放在膝盖上,僵硬地坐在那里。厄秀拉瞧着他,他还是那样一动不动,像是凝固在了那里;又像是某种屈身弓腰的偶像,某种令人望而生畏的宗教的神像。他回过头来望着她,死灰般的脸上泛着缕缕的目光,几乎宛若磷火。

"你身体不舒服吗?"厄秀拉怀着模糊不清的反感问道。

"我还没考虑过这个。"

"没想过你就不明白了吗?"

伯金望着他,目光忧郁而锐利,看出了她的厌恶。他没有回答她的问题。

"不想一下你就不知道自己的身体到底是什么样子吗?"厄秀拉又固执地问道。

"并不总是如此。"伯金淡淡地回答说。

"你不觉得这太让人讨厌了吗?"

"讨厌?"

"是的。我认为,和自己的身体这样不相干,以至于连自己病了都不知道,这真让人脸红。"

伯金阴郁地看着她。

"对了。"他说。

"身体不舒服就不要下床了? 你看上去简直三分像人七分像鬼了。"

"就那么让人讨厌吗?"伯金讥讽地问道。

"对,非常讨厌,特别让人反感。"

"啊! 好吧,太遗憾了。"

"天还在下雨,今晚有多糟糕呀。真的,就是你想惩罚自己,也不该原谅你——像你这样不知道顾身体的男人,活该遭罪。"

" 像这样不知道注意身体。"伯金不禁地重复了一句。

这一下打断了厄秀拉的话,两人都沉默了。

别人从教堂回来了。两人先见到了姑娘们,接着是母亲和古德伦,再后面就是父亲和男孩子。

"晚上好。"布兰文有点儿诧异地说。"是来看我的,对吗?"

"不。"伯金说。"也没什么事情,就是如此。这日子太没意思,我想,如果我登门造访,你会欢迎的。"

“今天真是个让人难受的日子。”布兰文夫人充满同情地说。这时，楼上传来孩子们的喊声：“妈妈！妈妈！”她抬起头来，朝远处温柔地答道：“我马上就，多利西。”接着她又对着伯金说：“我想，劳斯兰茨没什么新闻吧？啊，”她叹了口气，“不，倒霉的家伙们，我不应该这样想。”

“我想你今天是去那儿了吧？”这位父亲说。

“杰拉尔德到我那儿喝茶，我走着把他送回去的。那一家人太高兴了，让人受不了，我想。”

“我觉得他们是些抑制力不强的人。”古德伦插上来说。

“也可能是太强了。”伯金应道。

“哦，是的，没错。”古德伦近乎愤恨地又说。“不是这样就是那样。”

“他们都觉得自己做事应当高人一筹。”伯金说。“在人们难过的时候，他们却要更进一步，要用手捂住脸，整天足不出户，像在旧时代里一样。”

“当然啦！”古德伦说，由于激动脸都红了。“有什么能比这样在人前痛哭流涕更糟的呢——有什么比这更可怕、更虚伪吗？如果悲哀不是一个人的隐秘的事，那还有什么是呢？”

“太对了。”伯金应道。“我在那儿真感到不舒服，他们都故作悲哀地走来走去，觉得自己一定要和别人不一样了。”

“算啦——”布兰文太太感到这样的批评很难听，便说：“碰到这样一场灾难并不轻松。”

她上楼去找孩子们了。

伯金继续坐了几分钟就走了。他走后，厄秀拉感到对他竟怀有不可遏制的仇恨，满脑子似乎都变成了由满腔仇恨凝成的尖利的晶体。她的所有天性似乎都被磨尖打硬，成了一枝注满仇恨的闪光的匕首。她不知道这是什么东西。这种最为强烈的极端憎恨牢牢牵住她的意志；仇恨纯粹清晰，游离在思想范围之外。她几乎不能想到它，好像转化到身外世界了。这就像一种占有，她觉得自己被占有了。连续几天，对伯金的这种强烈的仇恨始终控制着她，久久不去。这超过她以往知道的任何事情，好像把她从这个世界扔进了一个可怕的地方，以往生活里的一切在那里都不适用。她手足无措，茫然若失，甚至于对自己的生命都失去了知觉。

这真是太令人难以置信和荒谬绝伦了。她不明白自己恨伯金的原因，这种恨特别难以名状。她只是大吃一惊地认识到，自己被这种奇妙的感觉击败了，他如同磐石一般坚硬，一般精美、为人珍重，却又集所有有害之物于一身。

她记起了伯金激动不已的苍白的脸，和那双顽固不化的阴郁的眼睛。她摸摸额头，想知道自己是不是疯了。自发的仇恨烈焰简直使她变了一个人。

她的仇恨并不同于世俗的仇恨。她是在没来由地恨伯金,既不想报复做什么,也不想同他有什么牵连。她与他之间是语言所无法描述的,那仇恨也纯净得晶莹剔透如水晶般。伯金就像一道闪着仇恨的光,这闪光不仅毁了她,还否定了她整个的人,让她的世界化为了乌有。她把伯金看成是这世间矛盾统一体的代表而对于她的说不明白的打击是一种奇特的闪光的东西,两人彼此是不共戴天的。听说伯金卧床了,她的怒火只是烧得更进了一步,如果真还能烧得更旺的话。这使她不知所措,简直要把她焚毁了,但是她又无法逃开这一切。仇恨使她完全变了样,而她却无计可寻。

男人对男人

伯金满面病容的倒卧在床上，无所事事。他心里明白载着不在乎自己生命的小船几乎儿就要破裂，却又相信这只船是经得起考验的。他并不在乎。宁愿抓住机会去死一千回，他也不情愿去接受一种违背初衷的生活。不过最好还是坚持、坚持、永远坚持，直到一个人满足于生活。

他清楚厄秀拉已经委身于自己，自己的生命也依赖于她。但是他希望去死，也不要她奉献的爱。过时的爱的方式是恐怖的束缚，强扭的瓜不甜。不过一想到谈情说爱，成家立业，生儿育女，过小日子，置身在毛骨悚然的夫唱妇随、齐家欢乐的隐居生活中，他就觉得不高兴。他渴望更为明澈、坦率和冷静的东西。夫妻之间那种卿卿我我打得火热的亲昵是可憎的。那些已经结婚的人，他们关上房门把自己囚禁在排外的小圈子里的那副样子(即便是出于爱情也罢)，真令人难以忍受。整个社会就是由离心离德的夫妇组成的，他们都被隔离在了一所所个人住宅或一个个房间里。他们几乎形影不离地活动，没有更广阔的生活，没有更进一步的结合，也没有不夹杂自私心理的关系能得到人们认可：这是一对对夫妻组成的万花筒，是些主张分离、各自自由的夫妇结成的一个个小单元。当然，比起婚姻来，男女乱交就更招他恨了；私通只是另外一种夫妇结合，是倒退的婚姻。倒退比行动更教人讨厌。

说穿了他恨人们分为不同性别，那样多的局限性。性别使一个男人成了一对夫妇中不完整的一半，女人则成了残缺的另一半。他认为一个人就是单一的个体，女人本身也是单一的个体。他希望性欲不要强于其他欲望。我们要把性行为看成是一种人体机能的过程，而不要把它看成是完美的境界。他相信两性结合。即使在这之上，他还向往进一步的结合。在那种结合中，男人有其独立的存在，女人也有自己独立的存在；那是两条没有污染的生命，双方都使对方获得了自由，就如同一股力量的相互维持着平衡，又像是两个天使，或者是两个恶魔。

他渴望着无拘无束，而不要强求的一致，也不要得不到满足的欲望来折磨自己。欲望和抱负应该得到满足，而不要不应该有的折磨；就像眼下，在一个水量充足的世界上，

简单的口渴不值一提一样，它差不多在无意中就能得到满足。他想要自由自在地和厄秀拉在一起，就像和自己没有任何不同，单一，明澈，沉静，然而又和她分处于两端，两极之间保持着平衡。结合、控制、由爱混合而来的，这只能使他恨得痛彻骨髓。

在他眼里，女人总是那样恐怖和善于占据，怀着那样一种占有欲，在爱情中自视甚高。她们想要拥有、占有和控制，想要取得控制局势。每件东西都要上交给她，女人，世间人类的伟大母亲，一切生自于她，还要还于她。

玛格纳妈妈这种自负的冷静使伯金愤怒不已。所有都是她的，只因为她生育了一切。人类也是她的，因为她也生育了人类。有一个多罗诺莎妈妈，她生育了他；又有一位玛格纳妈妈，她现在要索取他，要索取他的思想、肉体、性别、意义和其他所有的东西。玛格纳妈妈使他心惊胆战，她太让人厌恶了。

她骑在高头大马上，同时又是女人，是伟大的母亲。难道非他还没有在赫尔特妮身上认知到她吗。赫尔特妮这个谦卑地讨好人的家伙，始终不过是个多罗诺莎妈妈，在满口奉承中谋求着可怕阴险的傲慢和女人的特权。她自己又在索要她在痛苦中生下的男人了。就在自己的痛苦和恭顺中，她用锁链捆住了自己的儿子，把他作为自己长期的囚犯。

还有厄秀拉，她也是一样的人——或是完全不同的人。她也是令人生畏的骄傲的生命女王。好像她就是蜂王，全体蜂群都要仰仗于她。他见到过厄秀拉眼睛里的黄色闪光，了解她那种令人难以置信的咄咄逼人的自负。厄秀拉自己并没有感觉到这一点。她太聪明了，以至于不可能在男人面前俯首帖耳。但这也仅仅是在她对自己的男人有把握的时候，在她能像女人崇拜自己婴儿一样崇拜他的时候；那种崇拜是一种全部占有的崇拜。

这样被握在女人的手心里是令人无法忍受的。人们总以为男人是从女人身上分裂出来的碎片，性别就是仍在疼痛的撕裂的创伤。男人只有依附在女人身上，那样才能有真正的立脚点，才能完美无缺。

可究竟为什么呢？为什么我们要认为自己这些男人和女人是一个整体的不同碎片呢？这并不对。我们不是一个整体的碎片，而是被挑选进纯净清澄的存在中的混合而成的东西。性别只是持续存在于混合而成的我们身上的东西。情欲则是这种混合的进一步分离，它使男人成其为男人，女人成其为女人，直到两者都清澄完整如同天使。性别混合是最高级的观念，它使两个独立的存在物如同两颗星星一般连成了星座。

在远古时代，还在性别存在之前，我们是混合而成的，所有的东西都是一种混合体。

被挑选为独立存在物的过程就产生了伟大的性别两极分化。适于女人的移向一边,适于男人的移向另一边。但是这种分离即使在那时也是不完善的。我们这个世界的循环就这样进行着。新时期快来了,到那时我们每个人都是单独的存在,在与别人的不同中实现了自我。男人是纯粹的男人,女人是纯粹的女人,他们彻底两极分化了。然而不再会有任何由爱情引来的可怕的大杂烩和对自我地放弃了。有的只是由两极分化而来的纯粹的两重性,每个人都完全挣脱了别人的影响。在众人眼里,个性是最完美的,性别则是从属的,两者又完全是两码事。每个人都有其独特的和独处的存在,都自行其是。男人有其纯粹的自由,女人也有她自己的自由。大家都承认性别两极分化是最完美的,每个人又都默许别人与自己不同的天性。

生病的伯金就这样仔细思索着。他喜欢有时候卧病在床。那时他很快就会好起来,事情对他说来也就是清晰明了和确切无疑的了。

就在他生病的时候,杰拉尔德来看望他了。两个男人都对彼此怀有一种教人感到很不舒服的感情。杰拉尔德的目光敏锐浮躁,整个人的态度又紧张又不耐烦,就像准备好了要做什么事情。遵照习俗,他穿了身黑礼服,瞧上去很潇洒,很正经,十分体面。他的金发几乎淡成了白色,线条分明,活像是一道道光丝;红润的脸膛上透出热切的神情,身体里似乎注满了北方人的活力。

杰拉尔德真心爱着伯金,却总是无法信赖他。伯金太虚伪轻浮了;——聪明过人,想入非非,妙不可言,就是不太切实际。杰拉尔德认为自己对事物的理解要更加健全可靠。伯金虽然能够逗人高兴,是一个奇妙的精灵,可是对他毕竟不能太认真,不能把他看作男人中的一员。

“你怎么又卧床不起了?”他抓起病着的男人的手和蔼地问道。杰拉尔德总爱以保护人的姿态,用他自身的力量为人提供温暖的避难所。

“我想是为了我所犯的错误吧。”伯金微笑着有些讥讽意味地说。

“因为你的过失吗? 对,可能是这样。你是该少犯错误,好好保养身体吧?”

“你最好告诉我该怎样做。”

他挖苦地看着杰拉尔德。

“你那事情怎么样啦?”伯金问。

“我吗?”杰拉尔德看看伯金,见到对方是诚心诚意的,一道温暖的光融进了他的眼睛。

“我没看出它们有什么区别。我不知道它们怎么会这样。也没什么可改变的了。”

“我想你在事业上还是很成功,但忽视了灵魂的需要。”

“也许是这样。”杰拉尔德回答说。“至少在事业上说是这样。可是我没法说灵魂是怎么回事,这我敢确定。”

“对。”

“你一定不爱看到我这样了?”杰拉尔德笑着问。

“是的。除了事业,你在其他事情上有什么进展?”

“其他事情?还有些什么事情呢?我可不知道;我不知道你指的是什么。”

“不,你知道。”伯金说。“你是沮丧呢还是快乐呢?古德伦·布兰文怎样啦?”

“她怎样啦?”一丝迷惑的表情浮上了杰拉尔德的脸。“哦,”他加了一句,“这我可不清楚。我只能告诉你上回我见到她的时候,她打了一下我的脸。”

“打了你的脸!为什么?”

“这我也不知道。”

“真是这样吗!什么时候的事?”

“游园会的那天晚上——黛安娜淹死的时候。她赶着牛上了山,我在她后面跟着——你还记得吗?”

“对,我还记得。可是她为什么要这样做呢?我想,总不至于是你逼她这样做的吧?”

“我吗?不,我也不明白这是怎么一回事。我不过告诉她那些高地小公牛很危险——仅此而已。她转过来说:‘我想你是以为我怕你和你的牛,对吧?’接着我问她“为什么?’作为回答,她就反手向我的脸来了一下子。”

伯金笑了一下,好像他被这件事逗乐了。杰拉尔德莫名其妙地看着他,不由也笑起来,说:

“当时我并没有笑,跟你说。我有生以来头一回被吓成那样。”

“你没生气吗?”

“生气?我认为我是生气了。我差点儿为了鸡毛蒜皮的小事就杀了她。”

“唉!”伯金突然大声喊道,“可怜的古德伦,她这样暴露了自己,就不怕以后受罪吗?”他感到十分开心。

“她受罪?”杰拉尔德问道,也被逗乐了。

两个男人恶意开心地笑着。

“我想她受罪还不轻呢,就看看她把自己看得有多么了不起吧。”

“她很自负,是吗?那她为什么还要这样做呢?我只能认为这样做是无缘无故的,毫

无道理。”

“我想这是一阵莫名其妙的冲动吧？”

“对，可是你说她这样冲动的原因又是什么呢？我并不会伤害她呀。”

伯金摇摇头。

“我想是亚马孙河的气候造成的吧。”他说。

“哦，”杰拉尔德应道，“我倒宁愿是奥利诺科河。”

这笨拙的玩笑使两个人都失声大笑。杰拉尔德记起古德伦说过她还要对他进行最后一击。可是由于某种自我克制，他没把这个告诉伯金。

“你对此感到怨恨吗？”伯金问。

“我并没怨恨什么，根本就没把它放在心上。”杰拉尔德沉默了片刻，又笑着说道，“不，这件事情我一定要做到底，就是这样。她后来感到很愧疚。”

“是吗？那天晚上你就再没见过她吗？”

杰拉尔德的脸色变得阴沉。

“还没有。”他回答说。“我们——你能猜想得到在事故发生后会成了什么样子。”

“对。现在已经平静了许多，是吗？”

“我也不清楚。当然啦，这是一次打击。可是我不认为我母亲会在意它。我真无法相信她注意到了这件事。而可笑的是，她还习惯于一切为了孩子呢——什么都无所谓，除了孩子，什么都不在乎。可现在，她却一点儿也不在乎，好像失去的不过是一个仆人。”

“不会吧？它没有搅得你意乱情迷吗？”

“这是一次打击。但是我也没更多地感受到什么，真的。我并没有感到有什么不同。咱们总会死的，无论如何，你死还是不死，看来并没什么很大的不同。我感觉不到任何悲哀，这你也明白。它使我变得冷若冰霜了。我也说不出这是什么原因。”

“你自己是死是活你都不在意吗？”伯金问道。

杰拉尔德蓝幽幽的眼睛瞪住他，像是武器上的钢铁在冒着蓝光。他觉得十分难堪，却没有表露出来。事实上他对此很在意，而且怀着莫大的恐惧。

“哦，”他说，“我不想死，我有什么理由要死呢？不过我也决不会为此而费神，这问题看来就不该由我考虑。你知道，我对它没有任何兴趣。”

“对死亡的恐惧使我无法安心。”伯金引了一句话，又补充说，“不，死并非真有什么大不了的。奇怪的是我并不在意它。它不过像是个平平淡淡的明天——”

杰拉尔德仔细瞅着朋友。两个男人的目光碰个正着，一种不可言传的理解在彼此间交流着。

杰拉尔德眯缝起眼睛毫无顾忌地盯着伯金，脸色阴森怕人，异样锋利刺人的目光停留在空中某一点上，却视若无睹。

“如果死也不算什么，”他用古怪莫名、冷漠优美的声音问，“世上什么才是重要的呢？”他的话听起来像看透了自己。

“有什么是重要的？”伯金重复了一句。一阵嘲弄人的沉默。

“灵魂死掉之后，我们在肉体死亡还要走很长的路。”伯金说。

“不错。”杰拉尔德说。“可那又是一条什么样的路呢？”他像是在迫使另一个男人去明白某种东西，而他自己对此的体会是要更为清晰。

“那是一条堕落的路——是不可知的普遍堕落。纯粹的堕落要经过很长时间，需要漫长的时间。死掉很长时间，我们还会继续活着，在逐渐退化中打发着日子。”

杰拉尔德听着，脸上一直挂了一丝美丽淡然地冷笑，就好像对这些东西，他比伯金了解的更为明了：仿佛只有他的知识才是个人经验得来的，而伯金的知识却只是观察推论得来的，没在关键上——虽然也说得挺准确。不过他不想暴露自己。要是伯金能明白这个秘密，那就随便吧。杰拉尔德才不会帮他的忙。无始无终杰拉尔德都是一匹黑马。

“不过，”他突然转了话题说，“这对父亲倒真是很震惊。这会要他的命的。对他说来世界更走向末日。他现在心思就全在威妮身上了——他一定要保住威妮。他说该把她送进学校，可威妮根本听不进去，父亲也决不会这样做的。当然，威妮是挺奇特。在生活方面我们都出奇的糟糕。我们能够干事情——但是在生活方面却什么也不懂。一个家族的堕落——这真让人难以相信。”

“不该把她送进学校去。”伯金说。他在考虑一个新鲜的想法。

“不该吗？为什么？”

“她是个性情奇特的孩子——一个很不一般的孩子，甚至比你还特别。在我看来，绝不该把与众不同的孩子送进学校。只有普普通通的孩子才该被送去上学——在我眼里就是这样。”

“我倒赞同相反的观点。我想，她如果在家而和其他孩子混在一起，那也许倒会变得正常些。”

“她是孤独的，这你清楚。你从没有真正合群过，对吧？而她根本不想这样做。她是自负的，天生要离群索居的。要是她天性喜爱独处，你干吗强迫她喜欢群居生活呢？”

“不，我并没想逼她怎么样。我只是觉得学校对她会有好处。”

"学校对你有益处吗?"

杰拉尔德的眼睛很丑地眯缝起来。学校对他说来就是一种痛苦。但他从没问过人是否该受这种痛苦。他似乎是经过服从和痛苦才接受了教育。

"当时我是恨它的,不过我能了解它是有益的。"他说。"它使我和整体有点儿一致了——除非你确实同什么地方协调一致,否则你就难以生存。"

"哦,"伯金说,"我现在却认为,只有同整体唱反调,你才能够生活下去。要是你有一个冲动要整个打破一切,那硬要同它扯齐可不是什么好办法。威妮天性古怪,对独特的天性你必须给它以独特的世界。"

"没错,可是你的独特世界又在哪儿呢?"杰拉尔德问。

"创造它嘛。不是强迫你自己去适应世界,而是要使世界来适应你。事实上,两个与众不同的人就能组成另一个世界。你和我,咱俩就铸成了另一个游离出来的世界。你并不在乎你的连襟们喜爱的那个世界。这才是你的与众不同的价值所在。你是想当一个庸俗之人吗?那是在骗人。你向往的是自由自在和高人一等,是生活在与众不同的无拘无束的世界中。"

杰拉尔德望着伯金,目光里是微妙的表示理解的神情。不过,他决不会公开承认自己感觉到的东西。在某个方面,他比伯金了解得要多——要多得多。这使他对另一个男人不禁产生出温柔的爱,仿佛伯金在某些方面实在太不成熟了,太嫩,像孩子一样,惊人的聪明,又天真得不可调教。

"你认为我是个古怪的人,那也未免太庸俗了吧。"伯金掷地有声地说。

"行为古怪的人!"杰拉尔德叫道,吃了一惊。他的脸色瞬时开朗起来,就像花朵从蓓蕾中开放,他的脸上洋溢着纯朴之情。"不,我从没认为你是行为乖张的人。"他用特殊的眼光视着对面那个男人,使伯金难于猜透。"我觉得,"杰拉尔德继续说,"你身上总有一种不确定的因素——也许你对自己也无法控制吧。不过你从来都让我操心。你那样飘忽不定、不断变化,就像没有灵魂似的。"

他眼光犀利地打量着伯金。伯金感到愕然。他觉得自己和世界上其他人有着同样的灵魂。他吃惊地注视着。杰拉尔德也回视着他,见到了他眼神里那种令人吃惊的迷人的美,一种美丽迷人的自然的美;它迷住了另一个男人,却又使那个男人感到深深的懊恼,因为自己竟那样不信任它。他知道伯金可以不理睬他——可以忘掉他,而不会有一丁点难过。这个念头总是出现在杰拉尔德的脑海中,使他对这种幼稚单纯、超然真挚的心灵满怀着怀疑的感觉。伯金有时候,哦,应该说总是发些貌似高深的言论,几乎就像是在表里不一地骗人。

伯金的脑子里却在想着相反的事情。他忽然见到自己又遇到了一个问题——爱和两个男人间的永久结合。这当然是必要的——一生中他一直感到了这种必要性——要单纯而全心地爱一个男人。当然,他一直是爱杰拉尔德的,却又一直在否认这种爱。

他躺在床上思来想去。朋友就坐在他身边也沉入了沉闷的思考。双方各怀着心事。

“你知道以前日耳曼骑士常常是怎样结义发誓成为兄弟的吧。”他对杰拉尔德说,眼睛里放射出清新快活的闪光。

“是在他们胳膊上划一刀,再相互把对方的血擦到自己伤口里吗?”杰拉尔德问。

“对——彼此发誓说终真诚相待,如同血缘亲兄弟。这才是我们该做的。不要搞伤口,那也未免太俗套了。可咱们应当发誓爱对方,我们,不留余地,全心奉献,始终不渝,不允许有任何反悔。”

他清澈的目光愉快地望着杰拉尔德,像是发现了新大陆。受到吸引的杰拉尔德俯视着他,完全地投入到这迷人的魅力中,甚至对这种投入感到了怀疑和怨恨,接着又痛恨起这种魅力来。

“找一天咱俩彼此发誓,好吗?”伯金恳求道。“咱俩发誓要信任对方——互相真诚相待——忠贞不渝——坚定不移——为对方献身,永不分离——永无反悔。”

伯金在尽力诚地倾诉衷肠,杰拉尔德却根本没有听进去。他脸上闪现出耀眼的欢快的光芒。他非常愉快,可是又犹豫不决地有所保留。

“找一天我们彼此发誓好吗?”伯金边说边向杰拉尔德伸出了自己的手。

杰拉尔德仅仅碰了一下这只伸出来的生机勃勃的美丽的手,像是因为恐惧而克制住了自己。

“让我把它想明白了再说吧。”他表示抱歉地说。

伯金瞧着他,心头隐约升起一股令人痛心的失望感,那或许还是一种蔑视。

“那就这样吧。”他说。“你以后必须告诉我你的想法。你明白我说的意思吗?这并不是感情脆弱的表现。一种不受个人感情影响的结合能使人自由。”

两人都哑口无言了。伯金始终在注视着杰拉尔德。他现在看到的好像不是那个单纯追求肉欲、生气勃勃的男人了,不是那个他过去常常见到、又那样令人喜爱的杰拉尔德了,却是那个男人完整的自身,它像是命中注定地被束缚住了。杰拉尔德总是给人这种特殊的宿命的感觉,仿佛他被束缚在存在的一种形式之中,被束缚在一种知识和一种行动之中,被束缚在一种命中注定的残缺不全之中而他自己却看不到这残缺不全。在两人

充满激情地彼此接近之后，这种感觉常常困扰着伯金，向他心中浇灌了轻蔑厌倦之情。而伯金最讨厌的就是杰拉尔德对这种束缚居然还恋恋不舍。杰拉尔德永远不能在无所牵挂的欢快中从自身中挣脱出来。有什么东西在妨碍着他，那就是一种偏执狂。

很长时间没有人说话。突然伯金开口了。他声音很小，好让那种渴望沟通的压力松弛下来：

“你难道就不能给威妮弗雷德找一个好一点的家庭教师吗？——一个非同一般的人？”

“赫尔特妮·罗迪斯建议我们请古德伦教她绘画和泥塑。你知道，威妮使用那种泥塑料的技巧很惊人。赫尔特妮夸她是艺术家。”杰拉尔德又像往常那样充满生气地交谈起来，好像什么事情也没有发生。可是伯金的样子却总要令人想起方才那一刻的情景。

“真是这样吗？我可不知道这个。哦，那可好，要是古德伦真愿意教她，那就太棒了——没有比这更好的了——如果威妮弗雷德是艺术家的话。因为古德伦在一定程度上就是一个艺术家。而真正的艺术家就是别的艺术家的救星。”

“可是我觉得，一般说来艺术家们相处得并不是很好。”

“可能是这样吧。可是只有艺术家才相互为对方创造了一个适于生存的世界。如果你能为威妮弗雷德安排出这样的世界来，那就好极了。”

“可是你认为她会来吗？”

“这我可说不好。古德伦非常骄傲，在任何地方都不愿意降低身份。就算她这样做了，也很快会离去的。所以我不敢说她是否愿意自降身份做私人教师，特别是在这儿——贝尔多福。可是事情就是这样。威妮弗雷德具有独特的天性，如果你能使她得到自给自足的方法，那就是最好的事了。她永远不会过平凡生活的。你自己都感到这很困难，而她比你还要敏感得多。除非她真正发现了某种表现自我的方法，某种实现自我的方法，不然她的生活前景就不堪设想。你能见到任凭命运摆布会造成什么后果。你能见到能够在多大程度上信任婚姻——就看看你自己的母亲吧。”

“你认为我母亲不正常吗？”

“不！我认为她只是向往着更多的东西，也可以说是与平平淡淡的生活不相同的东西。由于不能得到它，她可能就有了毛病。”

“而且是在生了一堆有残疾的孩子之后。”杰拉尔德忧郁地补充说。

“也并不是比我们其他人更不健全。”伯金回答道。“最正常的人也有着最低劣的隐秘的自我，没有谁能够例外。”

“有时我认为活着真是件令人诅咒的事情。”杰拉尔德说着,忽然软弱无力地发起火来。

“唉,”伯金说,“是的！活着有时候就是件让人诅咒的事情——另一个时候又完全不是这样了。真的,你在其中也得到不少乐趣呢。”

“并不是像你想象得那样。”杰拉尔德说,在另一个男人面前流露出很难察觉到的虚弱神态。

两人一时间无话可说,都想着自己的事。

“我就不知道在去中学教书和教威妮之间有什么区别。”杰拉尔德说。

“这就是公仆和私仆之间的差别。现在唯一的贵人、唯一的国王和贵族是公众,公众。你十分乐意效力于公众——可是做家庭教师——”

“我也不愿意做别人的仆人——”

“是不愿意！古德伦可能也是这样想的。”

杰拉尔德思考了几分钟,接着说:

“在所有事情上,父亲是不会令她感到自己像是个仆人的。他会考虑到各种细节,也会表示出足够的谢意。”

“他就该这样做。你们都该这样做。你以为你花钱就能雇一个像古德伦·布兰文那样的家庭教师吗？她和同你平起平坐的所有人一样——可能还要比你高呢！”

“她吗？”杰拉尔德不以为然地说。

“对,要是你没有胆量承认到这一点,那我倒想劝她别去理你。”

“可是,”杰拉尔德说,“如果她和我是平等的人,我就希望她不是一个教师,因为一般说来我认为教师并不能同我平起平坐。”

“我也是,去他们的吧。可是难道因为我教书我就成为一个教书匠吗？或者因为我布道我就成为一个牧师吗？”

杰拉尔德笑了。他对这个问题感到很窘。他不想自夸在社会地位方面的优越,也不愿自诩在内在个性方面的优越;因为他不愿意把自己的价值标准建立在纯粹的个人存在这个基础之上。因此他就犹豫不决地表现出一种不言自明地对自己社会地位的自傲。现在伯金想让他接受个人的内在之间也存在差异这一事实,而这正是他不愿意接受的。这违反了他的原则和对自己社会地位的自负。他站起身要告辞了。

“这段时间里我荒废了自己的事业。”他微笑着说。

“这以前我本该提醒你的。”伯金嘲讽地答道,笑开了。

“我知道你一定会这样说的。”杰拉尔德也笑着说，感到很不舒服。

“是这样吗？”

“对，鲁珀特。我们不能都像你那样——不然我们马上就会陷入窘境了。只有在我与众不同的时候，才会不管一切事业的。”

“没错，咱们现在还没有陷入困境嘛。”伯金讥讽地说。

“还不至于像你说的那样吧。无论如何，咱们还是不用担心吃喝的。”

“所以就心满意足了。”伯金插了一句。

杰拉尔德靠近床前，站在那里低头看着伯金。伯金的喉头裸露着，乱发迷人地披在眼睛上方温暖的额头上，含讥带讽的脸上的目光显得那样安静迷人。四肢丰满、满身活力的杰拉尔德站在那儿不愿离去，另一个男人的存在使他着迷。他想离去又不能自拔。

“好吧，”伯金说，“再见了。”他从被窝里伸出手，脸上挂着笑意。

“再见。”杰拉尔德说着用力握了握朋友的手。“我还会再来的。我在磨坊那儿没见到你。”

“我很快就会去那儿的。”伯金说。

两个男人的目光再次相遇。杰拉尔德鹰一般目光锐利的眼睛里充满着温暖的光辉和他本人也不承认的爱。伯金像是从黑暗中回视着他，悄无声息难以觉察，却透出一股温情；它流过杰拉尔德的脑海，仿佛让他舒服地睡了一觉。

“那么再见了。有什么事情要我帮忙吗？”

“没有，谢谢。”

伯金看着穿一身黑衣服的杰拉尔德的身影走出门外，闪亮的念头也消失不见了，便转过身睡觉了。

工业巨头

在贝尔多福，厄秀拉和古德伦两人好像都有了认真思考问题的时间。厄秀拉感觉，伯金眼下好像已经离开了自己，对她失去了意义，在她的世界中再不重要了。她有自己的朋友、自己的活动和自己的生活。她躲开了伯金，充满憧憬地回到了旧日生活的道路上。

而古德伦呢，在无时无刻地铭心刻骨地思念杰拉尔德·克莱奇之后，在肉体上甚至都有所接触之后，现在却再不愿去记起他了。她在打算着一个新的计划，要离开这儿，去尝试一种新生活。她心中一直有什么东西在促使她不要在和杰拉尔德的关系中难以自拔。她觉得最合适可取的是只和他保持偶然相识的熟人关系。

古德伦计划去彼得堡，她有位朋友在那里。那人和她同行，也是雕塑家，正和一位俄国富翁同居。那个俄国人的打发时间能做的是珠宝首饰。俄国人那种从内心出发、漂泊无定的生活吸引了她。古德伦不想去巴黎。巴黎太单调，从根本上说也让人心神不宁。她喜欢去罗马、慕尼黑、维也纳，或是去彼得堡和莫斯科。她在彼得堡和慕尼黑都有朋友。她已经写信给两个朋友，询问有关住房的事情。

古德伦有一笔钱。她这次回家的原因，一部分就是为了攒点儿钱。眼下她又卖出了几件作品，在几次展出中还受到了褒奖。她知道要是亲自去伦敦，就会相当“走红”。不过她了解伦敦，她渴望的是一些伦敦所没有的事物。她有七十镑钱，别人对此还蒙在鼓里。一旦朋友及时地回了信，她就会立刻出发。她尽管表面看去安静祥和，却实际骨子里充满活跃细胞。

为了买蜂蜜的目的，姐妹俩偶尔走访了威雷格林镇的一座小屋。矮小肥胖且体弱的伯克夫人有一只尖鼻子，心里还精明的活像狐狸一般。她怀着几分羞怯，花言巧语地把姑娘们请到了她那极为舒服整洁的厨房里，屋里每一个角落让人感到猫窝似的舒适和清洁。

“对了，布兰文小姐，”她咕哝着带点儿讨好地说，“回到这老地方来您是很喜欢喽？”

古德伦听到这句话立刻恨上了她。

“我根本没注意这个。”她出乎意外地答道。

“您没在意吗？那好，我想您会发现这儿同伦敦就没法比。您喜欢见世面，去大地方。我们有些人却只能呆在威雷格林和贝尔多福。您对中学校有什么见解？关于它，人们议论纷纷。”

“我觉着它怎么样？”古德伦缓慢而带着挑剔的语气说。“你是说我是否认为它是一所好学校吗？”

“对呀。您认为它好吗？”

“我的确觉得这是一所好学校。”

古德伦冷冰冰的样子让人望而生畏。她知道大多数人恨学校。

“啊，您觉着它好！我听人谈到有关它的可多了，众说纷纭，什么样的说法都有。能知道学校里面的人是怎样认为的可真不差。看法各自相异，对吧？不过高地院子里的克莱奇先生是百分之百赞成它的。啊，可怜的人，我想他用不了多久就会离开这个世界了。他身体太弱了。”

“他的健康情况恶化了吗？”厄秀拉问。

“嗯，是的——那是自从黛安娜小姐逝去之后。他瘦得几乎没了人样。可怜的人儿，他过的尽是难受的日子。”

“是吗？”古德伦讥讽地问道。

“对呀，生活里全是些不快乐不开心的事。他就是那种正派心善的你想遇见的体面人。他的孩子们可都不像他。”

“那他们一定是像母亲了？”厄秀拉问。

“很多地方是那样。”伯克夫人压低了嗓音说。“她来这儿的时候可真是一位骄傲得目中无人的夫人——向你发誓，她就是那样的人！人们就不能正眼瞧她，能和她讲几句话可真是了不得的面子。”那女人做了一个冷酷的狡黠的鬼脸。

“她刚结婚的时候你认识她吗？”

“对，我认识她。我照顾了她的三个孩子。他们真是些令人讨厌的小家伙，小魔鬼——要是说还有一个恶魔的话，那就是杰拉尔德了，真是一个不折不扣的魔鬼。啊，那时候不过六个月大。”女人的话音里透着一种稀奇的狡猾恶毒的声调。

“真的吗。”古德伦说。

“那个专横跋扈的小家伙——才六个月大时就当起保姆的主子来了。踢人，吱哇乱叫，挣来挣去的就是个小魔头。他还是被抱着时，我经常拧他的屁股。啊，要是再多拧一点儿他应该会好一点呢。可他母亲从来不管教他们——不,不,根本就不听。我还记得她跟克莱奇先生的那些次吵架,实话对你讲。先生生气了,气得受不了了,就锁上书房门用鞭子抽他们。夫人就像老虎似的一直在外面来回地踱步,像极了老虎,脸上一股杀气。她那张脸是无所畏惧的。门一打开,她就举着手进去了,说:'你这个懦夫,你怎么待我的孩子了?'她真像是疯了。我相信先生怕她,还没有动一动一根手指,就要被她逼疯了。仆人们过的都是这样的日子!他俩中间如果有一个人突然克制住了自己,我们不总是谢天谢地吗。他们真是些在生活中折磨你的家伙。"

"真的吗!"古德伦说。

"一点儿不骗你。如果你不让他们碰桌子上的茶壶,或是你不让他们把绳子套在小猫脖子上走来走去的,或是你不给他们要的不管什么东西,哪怕是会杀死人的东西——那就有一场戏看了。他们母亲就会前来指问你——'他怎么啦?你把他怎样啦?怎么啦,乖乖?'然后她就过来,面对着你,好像恨不得脚底下踩的是你似的。不过她倒没踩我。只有我一个人可以对她的小魔鬼们无论做什么都成——因为她不愿意自己管教他们。不,她才不为他们分散精力的呢。不过他们必须随着性子来,别人不能说他们。杰拉尔德少爷是漂亮小伙。他刚一岁半的时候我就离开了,我可承受不住了。他还被抱在怀里的时候,我拧过他的小屁股。我拧了,那是在他不听话的时候,我并不后悔自己做了这些——"

古德伦怀着满腔愤恨走开了。那句话"我拧过他的小屁股"把她气得绷紧起了脸,苍白的面色无一丝神采。她受不了这个,恨不得勒死的那个女人。可是这句话却永远留在她心中了,怎么也摆脱不了。她感到一定会有那么一天,自己会情不自禁地告诉杰拉尔德这件事,看他是否承受得住。她又厌恶自己会有这样的想法。

而在劳斯兰茨,毕生的奋斗就要画上一个句号。做父亲的病了,朝不保夕。他心中的痛苦带走了他所有有意识的生命,仅剩的意识已经要到了极点。他越来越经常地沉默无语,对周围事物的反应不再那么的敏捷,反而越来越迟钝了。痛苦好像夺去了他的活力。他知道痛苦在那里等着她,知道它还会再来。这就像是埋伏在他体内的某种东西。他没有能力或意志力去把它找出来,并了解它。那无比巨大的痛楚就留在黑暗中,时常撕扯着他,然后又偃旗息鼓了。痛苦撕扯他的时候,他就默默地忍受它们;痛苦又留下他一人独处时,他又不愿去了解它。既然痛苦躲藏在幽暗之中,那就不让人们去了解它吧。他决不会承认它,只是把它藏在心中一个隐秘的角落里;所以他从不愿告诉别人的恐惧和秘密都积聚在那里。至于其他的,也不过是他感到痛苦,痛苦又离开了他,这没什么了

不起的。甚至这还刺激了他，使他高兴起来。

可是痛苦却渐渐消磨了他的生命力，夺去了他的全部活力，使他血气耗尽进到黑暗之中。痛苦使他不再追求了生命，被拖入死亡世界。在这种微弱的生命之光里，他几乎见不到什么了。他的事业，他的工作，他的一切全都消失得无影无踪。他对公众事务的兴趣也消失得一干二净，好像自始至终就不曾存在过。甚至家庭对他说来也毫不重要了，他只能在心中某个角落里模糊记起某某人是他的孩子；不过这只是过去，对他来说并不重要。他不得不想尽办法去了解他们同自己的关系。即使他的妻子也几乎不存在了。她的确就像是那片黑暗，就像是自己体内的痛苦。靠了某种无法解释的联系，这包容了痛苦的黑暗和包容了他妻子的黑暗竟是同一件事情。他的思想和理解力全变得模模糊糊，混成了一团。妻子和那毁灭人的痛苦，现在成了同样邪恶隐秘的力量联合起来同他作对，这在他还是头一回。他丝毫不愿把这种恐惧从他心中的躲藏处赶出来。他只知道有一块阴暗的角落，有什么东西就占据在那片黑暗里，一次又一次地跑出来，撕扯着他。然而他不愿看穿这一切，不愿把那头野兽赶到光天化日之下来，而宁愿拒绝承认它的存在。他只是模模糊糊地感觉到，恐怖就是他的妻子，他的妻子是那个毁灭者。它是痛苦，是毁灭，又是一种黑暗；这黑暗是前两者中的一个，又两者兼而有之。

他很少见到妻子。妻子呆在自己房间里，只是有时过来，头向前伸着，用低沉镇定的声音关怀他的病情。他依然按照三十多年来的习惯回答说："哦，我觉得还好，亲爱的。"可是他害怕她，在习惯的避庇护层下，他简直吓得要命。

可是这一生了，他始终坚定不移地信守自己的处世准则，从未破过例。他宁愿现在去死，也不愿打破它，不愿承认自己对妻子的真实感情。一辈子了他都在说："可怜的克利斯蒂安娜，她的脾气太大了。"他怀着坚定的意志从未改变过地这样待她，用怜悯取代了一切敌对态度。怜悯是他的抵御人的武器和防身物，是万无一失的武器。在意识中他还为妻子感到可惜，觉得她天生性情太暴烈、太没有耐心了。

可是现在，怜悯心随着他消去的生命日渐消失了，近乎恐怖的惧怕就展现出来。但是在怜悯的盔甲完全被打破之前，他就要死了，正像虫子在自己的外壳碎裂时一样。这是他最后的防御政策。其他人还会活着，去了解那种活着的死，以及那随之而来的令人失望没有信心的混乱过程。他却将超脱这一切。他不会被死亡击垮。

她始终如一地信守自己的生活信条，坚持博爱，爱自己的邻人。可能他爱邻人还胜过了爱自己——这就要承担一种超出戒律的责任。为别人的幸福考虑——这种火焰总在他心头燃烧，在所有事情上支撑着他。他是大雇主，是了不起的矿山所有者。而他时

刻不忘的却是，在基督面前，他和自己的工人没什么区别。甚至他还觉得自己不如他们。工人们通过贫穷和劳苦，似乎比自己更接近上帝。他一直带着一种自己也不肯承认的信念，认为能够拯救人们的是自己的工人，是矿工们。为了接近上帝，他必须接近矿工们，他的生命必须得到他们生命的吸引。在潜意识里，矿工们就是他崇拜的对象，就是他的上帝的现身。他崇拜的是工人身上最高超最伟大的人类的神性，这种富于同情心的神情，又不为人们所在意。

他妻子却像地狱中的大恶魔一样，一直在同他对峙。她像一只怪异的猛兽，有着鹰才具有的那种迷人的美和高高在上的神态，在啄敲着他的善心造成的障碍物；她又像是只关在笼子里的鹰，终于沉入静默中。整个社会携起手来使笼子变得坚不可摧，因为这种环境的力量，她面前的他就显得异常强大，一直把她作为囚徒。正因为她是他的囚徒，他对她的热爱就总能强烈到置人于死地的程度。他始终爱她，狂热地爱着她。在笼子的范围内，她可以得到自己想要的一切，随心所欲。

但她几乎要疯了。她天性高傲不驯，受不了丈夫对所有人的那种温和仁慈、半是恳求的谦卑态度。丈夫并没有受穷人哄骗。他明白跑来靠他过活、向他发牢骚的都是最低劣的人。对他说来幸运的是，多数人生性高傲，不肯向别人索取东西；他们靠自己的一双手，不肯来敲他的门。然而在贝尔多福正像在其他所有地方一样，还有一些满腹牢骚、腐败寄生的人，他们跟在博爱施舍的后面爬行，靠公众活生生的躯体为生，如同虱子一样。一见到有几个面色枯黄、卑躬屈膝、穿一身讨厌的黑衣服的女人装出的那种可怜相，小心翼翼地沿着院内车道向门口走来，克利斯蒂安娜·克莱奇不由就怒火中烧。她真想放狗咬她们，“嗨，里波！嗨，玲！兰格！咬她们，仆人们，放开它们。”不过男管家克罗泽和其他仆人都是克莱奇的人。即使这样，当丈夫手下的人不在时，她就会像条狼一样走下去，对那些奉承巴结、前来乞讨的人说：“你们这些人想要什么？这儿没有给你们的东西。你们没权利呆在车道上。西姆普逊，赶她们走，不许放她们走进大门。”

仆人们只得顺从她。当马夫在慌乱中愚蠢地顺着车道赶走那些假装可怜的人时，她就站在那里，用老鹰一样的目光看着，好像她们不过是些笨手笨脚的家禽，在马夫前面匆匆逃去。

不过女人们又学会了从门房那儿打听克莱奇先生什么时候在家，然后才选择登门的时机。在早些年里，常常是克罗泽轻轻敲门说：“先生，有人要见您。”

“叫什么名字？”

“叫克罗考克，先生。”

“他们想怎么样？”那口气半是忍耐，半是心满意足。他喜欢听到人们求助于他的施舍。

“是关于一个孩子的事，先生。”

“把他们带到书房去，告诉他们上午十一点钟以后不要来。”

“你怎么不吃饭啦？——把他们打发走。”妻子会粗鲁地插上来说。

“哦，我不能那样做。听听他们要说什么并不是很麻烦的事。”

“今天已有多少人来这儿啦？你应该为他们建一座大厦呀？他们很快就会把我和孩子们给赶出去的。”

“你知道，亲爱的，仅仅是让他们说些不得不说的并没有伤害我。如果他们真的有了麻烦，——那帮助他们摆脱困境就是我的义务。”

“你的义务是邀请世界上所有耗子来啃你的骨头。”

“得啦，克利斯蒂安娜，不是这样的，慈悲点吧。”

但是妻子却突然冲出房间，到了书房里。贫弱无助、等待布施的人就坐在那儿，看上去颇像是在等医生看病。

“克莱奇先生不能见你们。他不在这个时候见你们。不要以为他是你们的摇钱树，什么时候想摇就来摇吗？你马上给我走开，这儿没有给你们的东西。”

可怜的人们惊慌地站起身来。脸色泛白、留一口黑络腮胡子的克莱奇先生跟在妻子后面赶来，表示不同意地说：

“是啊,我也不喜欢你们这么晚来。上午我可以听你们哪个人的申诉,但在那以后就不一定了。那么出什么事了,吉登斯,你太太怎样啦?”

“唉,她身子很弱,克莱奇老爷,她就要咽气了,她——”

有时,在克莱奇夫人看来,丈夫简直就是某种狡诈的丧葬鸟,要靠人们的痛苦来喂养自己。在她看来,除非有什么悲惨的故事倾倒给丈夫,他又带着悲天悯人的满足把它喝下去,不然他就绝没有满足的时候。要是世界上假装可怜的不幸消失,他就无法活下去一样;就像是如果没有了葬礼,丧事承办人就失去了存在的意义一样。

克莱奇夫人退回到自己的小天地里,离开了丈夫的那个虚伪奉迎的民主世界。一条邪恶的排外的带子紧紧箍住了她的心。她铁了心要与世隔绝。她的对抗虽然是消极被动的,却绝对真实得可怕,就像是关在笼子里的一只老鹰在进行反抗。岁月流逝,她对尘世的一切看得越来越淡,就像沉迷在某种闪烁不定的几乎纯然下意识的出神状态中。她常常在房子周围和附近的乡野里游荡,热切地盼望着什么,却又一无所见。她金口难开,了断了尘缘。她甚至连脑筋也不会动一下。激烈紧张的对抗耗尽了她,正如磁体负极的情形一样。

她生了许多孩子。伴随着时光的流逝,她不再进行对丈夫在口头上或行动上的反抗。表面看去她根本就没留意他。她屈从了他,让他拿走他想要的东西,让他对自己为所欲为。她像是只阴沉地服从着一切的鹰。她与丈夫之间的关系是沉默无声的,并且鲜为人知,但那却是一种深沉可怕、相互彻底毁灭的关系。而丈夫呢,在尘世上是成功的,生命力却日益枯竭,像是由于出血而从体内流了出去。妻子则迟钝得如同关在笼子里的一只鹰,尽管头脑被毁坏了,心却从未在体内衰竭过。

所以到了最后,在自己体力不支之前,他还经常地去她那里,把她抱在怀中。妻子的眼睛里燃放射着可怕的毁灭性的炽光,这只是刺激得他兴奋起来。直到体力枯竭要死了,他才怕妻子胜过害怕别的一切。但是他不断地对自己说,自己一生有多么幸福,自从认识了她以后,自己又怎样怀着一种纯洁的、耗人的爱情在爱她。他认为妻子是冰清玉洁的。那种只有他自己才知道的银色光辉——她的性的光辉,在他心目中就是一朵纯洁的白雪花。妻子是奇妙的白雪花,他对她的欲求是永无止境的。现在他已濒临死亡,所有念头和看法却一点没变。只有在呼吸离他而去的时候,它们才会散去。直到此前,它们对他仍将是纯粹的真理。只有死亡才能把这个谎言揭露无遗。一直到死妻子都是他的白雪花。他征服了她,而她被征服的样子对他说来就是她的无比纯洁,就是一种他永远打破不了的童贞,它像是被一道魔语绑住了手脚。

妻子与外界完全隔离了,她本身却是坚不可摧和完整无损的。她终日木讷地坐在自己的房间里,像是只羽毛蓬乱、闷闷不乐的鹰,毫无所动,凝然所思。年轻时她对孩子们怀有那样强烈的感情,而现在他们对她说来却无所谓了。她已经失去了所有这一切,一人向隅独坐。只有出众的杰拉尔德才在她心中有点儿位置。但在随后而来的岁月里,由于他成了生意上的头面人物,也就被她忘却了。而此时已危在旦夕的父亲却转而同情杰拉尔德了。两人过去常常发生一些口角。杰拉尔德怕父亲,又瞧不起父亲;整个童年和青年时期他几乎始终在避开了父亲。而父亲又常常感到对长子怀有一种发自内心的厌恶;虽然这种厌恶之情总是那样带着一种强威胁,他却拒不承认它。他尽可能地不理会杰拉尔德,让他一人独处。

然而,由于杰拉尔德又回到家里来了,在商行里任了职,又显示了自己是一位出类拔萃的董事,对身外事务已感厌倦的父亲便把自己对这些事务的全部职责毫无保留地交给了儿子,由他全权处置一切事情。他只能依赖于这个本与他为敌的人,让人看了十分伤感。此情此景在杰拉尔德心中激起了强烈的怜悯心和忠诚感,但又总是被轻蔑和得不到承认的敌意投上了阴影。杰拉尔德一向不承认所谓的博爱,可又为它所挟制。在精神生活中它显得至高无上,使他无法驳倒它。于是他偶尔也会听从父亲的主张,内心里实际却是持反对态度。到现在他已经无力自拔。尽管怀有更深刻更阴沉的敌意,一种对父亲的怀有怜悯的温柔情怀还是战胜了他。

因为同情,父亲从杰拉尔德那里得到了庇护所。但他真正所爱的却是威妮弗雷德。她是他最年幼的孩子,也是孩子中他一直疼爱庇护的一个。他对她怀有行将就木的人的那种强烈、夸张、保护人似的爱。他想要尽自己最大努力地保护她,完全把她包裹在温暖、爱情和他的保护之中。要是能救下她来,他的痛苦、悲伤和心灵创伤就能一扫而光了。他生平直率坦荡,总是始终如一地仁慈善良。对自己的孩子威妮弗雷德的爱是他最后的充满无限感情的正直行为。可是某些事情又在苦恼着他。随着体力衰退,世界从他身边离去了。不再有穷苦人、受损害的人和低三下四的人来要求他的保护和救济了。这些对他说来已经成为历史,不会重演了。不再有儿子们和女儿们来麻烦他,像是一种不自然的责任重压在他身上了。这些也都从现实中消失了。所有这一切都从他手中落下,他没有任何的牵挂,没有任何的后顾之忧。

剩下的只有对妻子的隐秘的恐惧,那恐惧是在妻子麻木不仁、怪模怪样地坐在自己房间里时,或是在她悄悄迈着迟缓的步子、脑袋探向前走来时产生的。但是他把畏惧心抛在了一边。然而,即便一生正直也不能把他从这种内在的恐怖中解脱出来;他总算还能把它困在心里,决不让它冲到光天化日之下来。死会早早地来拜访。那么还有威妮弗雷德!要是他能对她放下心来该有多好,要是他能不再担心该有多好啊。自从黛安娜死了和自己病情加重后,他渴望确保威妮弗雷德的心情几乎达到了疯狂难以自拔的程度。好像即便要死,他也一定要心中有所挂念,负有某种爱和施舍的责任。

威妮弗雷德是一个与别的孩子有着不同的思想,又极其敏感,且性情容易浮动暴躁的孩子,有着父亲那样乌黑的头发和安详的举止,然而又随心所欲,变化无常。她就像是被仙女暗中偷换后留下来的婴孩儿,对自己的任何感情都可以置之不理,甚至当作垃圾一样地抛掉。她看上去常常是又说又笑的,像是孩子中最快活和最稚气的一个。她仅仅对一些东西满怀着最温暖最讨人喜欢的爱——那就是对父亲,特别是对自己的小动物。但是,听说自己一直最疼爱的小猫咪莱欧被汽车撞死后,她只是把头扭向一边,脸色稍稍有些变化像是在怨恨,说一声"是吗?",然后就保持缄默了。她只是有些怨恨那个非要把这坏消息告诉自己,想让自己伤心的仆人。她希望这件事情能不教自己知道,这似乎就是她最大的心愿了。她避开了妈妈和家里多数人。她爱爸爸,因为他希望自己总是快快活活的,还因为他好像变得更年轻了,对自己也不加约束和干涉。她喜欢杰拉尔德,因为他很有自制力。她爱那些使生活在她看来是场游戏的人。她有着令人惊异的天生的批评才能,是一个地道的无政府主义者,同时又是贵族派头十足的人。无论在何处,只要发现了自己的同类,她就都给予承认;而对那些在她之下的人,她又抱着冒失的冷淡态度不加理会,也不关心他们是她的兄弟姐妹,还是家中有钱的客人,或是普通人以至于仆人。她相当孤僻,总是一人呆着,和谁也不相像。她似乎从没有常性和目的性,只是得过且过地生活着。

出于某种奇异的临终前的幻觉,父亲感到自己的命运就决定于能否确保威妮弗雷德的幸福。她决不能吃苦,因为她还没有独立生存的能力;她能够失去自己生活中最珍贵的东西,而在第二天就变得若无其事,好像故意把它忘得抛到九霄云外。她的整个意志又是那样任其自然,自由自在得出了格,几乎是虚无主义的。她活像是只没有灵魂的鸟,自由自在地飞来飞去,超越了时间,不负责任,也不仰赖于任何东西。她的所作所为都是在用不受拘束的鲁莽的手撕扯严肃的生活联系之线,不愧是真正虚无主义的行为。由于她从未烦恼过,就一定要成为父亲最后的热情所牵挂的对象了。

当克莱奇听说古德伦·布兰文要来帮助威妮弗雷德学习绘画和雕塑时,他总算找到了一条拯救孩子的路。他相信威妮弗雷德的天才。他也见到过古德伦,了解她是个非同一般的人物。他能把威妮弗雷德交给她是最恰当不过的。这就使孩子有人指导,并有了

一种上进的力量。他不需要让孩子缺乏指教和无所依附。如果在去世前能让这姑娘终生有所依托,他也就死得安心了。眼下这件事有指望了,他便毫不犹豫地向古德伦伸出了求助的手。

与此同时,随着父亲越来越远地远离了尘世,杰拉尔德也就越来越感到自己失去了保护。对他而言,父亲毕竟代表了现存世界。父亲在世时,杰拉尔德对这个世界用不着担责任的。可是眼下父亲就要离去了,杰拉尔德却发现自己失去了屏护,在生活的暴风雨面前不知所措;如同一条失去了船长的船上的反叛的大副,他见到眼前只是一场恐怖的混乱。他没有继承到确定的秩序和现存的观念。整个人类一致的观念似乎随同父亲一道奄奄一息,把整体团聚在一起的核心力量也好像要和父亲一起崩溃了,各个部分就要在可怖的土崩瓦解中塌陷开来。杰拉尔德像是留在了一条船的甲板上,而船就要在脚下四分五裂了。他掌握着一条船,船骨却正在散架。

他知道自己一生就是在猛力扭动生活的构架,以便拆散它。而现在怀着搞破坏的孩子的恐惧,他眼瞅着自己就要继承自己造成的一片毁坏了。在过去几个月的时日里,在死亡、伯金的谈话和古德伦感人至深的存在的影响下,他完全丧失了那种曾给他带来成功的呆板的坚韧性;有时候,对伯金、古德伦和所有那群人的仇恨引起的痉挛紧紧抓住了他。他想退回到最迟钝的保守主义中去,回到最保守的人们的极度愚蠢中去。他渴望转回到最严格意义上的保守主义。而这种心愿还不能坚持到足以使他付诸行动的地步。

在童年、少年时期,他特别向往野蛮状态。他的理想就是荷马时代。在那种年代,一个真正的男人就要当一支由英雄好汉组成的军队的首领,或是把时光花费在奥德修斯式的漫游冒险中。他深恶痛绝地痛恨自己的生活环境。甚至于从没有真正去见识一下贝尔多福和矿井所在的山谷。他将心思放在劳斯兰茨右面伸展开的污黑的煤矿区,全心投入在威雷沃特湖那边的乡野和树林。的确,在劳斯兰茨总能听到机器的喷汽声和嘎啦嘎啦的震响声。可是从童年时代起,杰拉尔德就全不在乎这些了。他不理睬大工业的整个海洋,它就在一股股黑尘的浪潮中冲击着房屋周围的地盘。在他眼里,世界其实就是一片荒野,人在上面狩猎、游泳、放马奔驰。他背叛了一切权威。生活就是一种没有束缚的自由状态。

后来他被送到学校,这对他说来无异于赴刑场。他拒绝去牛津大学,而选择了一所德国大学。他在波恩、柏林和法兰克福呆了一段时间。在那里,在他产生了一种好奇心。他要以到处探问没有倾向方式亲眼去了解世界,似乎这对他就是一件极大乐事。然后他必须尝尝战争的滋味,再然后就是去使他向往已久的蛮荒地区旅游。

结果他发现无论在什么地方，人类都没有什么大的差异。在他好奇冷静的头脑看来，野蛮人更迟钝，不如欧洲人那样有意思。于是他又去掌握各种各样的社会学观念和有关改革的思想，但对它们始终是浅尝辄止，从未超出过解闷开心的范围。那些思想观念一心要反对建设性的秩序，其实就是一种造成破坏的反动。

最终，他在煤矿中找到了真正的冒险事业。父亲要他在商行里帮忙。杰拉尔德受过采矿学教育，但却没有真正的感过兴趣。而现在，他突然之间却极其狂热地占有了这个世界。

大工业在他记忆中留下了不可磨灭的印象。一瞬之间，他竟名副其实地成了它的一部分。矿区铁路顺峡谷延伸着，成了一个矿井的纽带。铁路上跑着一列列火车，有拖着载满煤的敞篷货车的不长的列车，还有拉着空车皮的长长的列车；每节车厢上都用大而醒目的白色字母写着：

“C.B.&Co.”

还是很小的时候，他就见到过所有货车上的这些白色字母，如今却像是第一次看到。它们那样眼熟，却一直被忽视了。现在他竟然看到自己的名字也写在了车厢上，便有了一种大权在握的满足。

这么多带着他名字首写字母的车厢跑遍了全国。坐火车去伦敦时他见到过它们，在多佛他也见到过它们。他的权力就这样扩展在这个范围内。他眼望着贝尔多福、锡尔比、沃特莫尔和莱瑟雷邦克，这些庞大的矿工村镇全要靠他的煤矿生活。它们龌龊丑陋，在童年时代曾是他意识中的创伤。眼下他却洋洋自得地眺望着它们。四个新镇子和许多不起眼的矿工小村庄聚在一起，都隶属于他。将近傍晚时分，他瞧见矿工们沿着公路川流不息地从矿上走来，几千名面孔乌黑、嘴巴发红的奇形怪状的人都服从于他的意志在行动。星期五晚上，他开车穿过贝尔多福镇小山的山顶市场，穿过密密层层的人群。这是每星期花钱的时候，人们都在采购东西。他们都属于他。他们看上去粗野丑陋让人生厌，却都是他的工具。他就是机器的上帝。他们慢吞吞地自动为他的汽车让道。

他并不在意人们让路时是出于自愿的还是勉勉强强的。他也不在意他们会怎样看自己。他的幻觉在这时变得真实具体了、他忽然发觉人类其实就是纯粹的工具。如此之多的人道主义，对苦难和情感唠叨不休，这有多可笑啊。个人的痛苦和感情根本不算什么，它们就像环境，如同天气一样。单纯作为工具存在的个人才真正算回事。既然一个人不过像一把刀，那就要问：它的刀口快吗？别的事情就全都变得无足轻重了。

任何东西在世界上属于自己的方式，它好还是不好全要看它在实现功能时有多么完

美。一个矿工是好矿工吗？这样问就足够了。一个经理是好经理吗？这样问也就足够了。杰拉尔德负责全部这些工业，他是好董事吗？如果是，他就完成了自己在生活中的任务，其余的不过是些附带的小事。

历经岁月的矿井就在那边，它们已被采空，再深挖进去并没有什么意义。人们谈论着要关闭其中的两座。杰拉尔德就在这个关头走马上任了。

他仔细观察着，矿井就坐落在那里。它们早已成了废物，像是些没有牙齿的老狮子。他又看了一遍。呸！这些算什么矿井，不过是智力低下的人卖傻劲儿的产物。矿井就躺在那里，证明了半吊子头脑的失败。让那些人的馊主意全滚一边去吧。他懒得再想他们，一心只考虑着埋在地下的煤。那儿有多少煤呢？

煤是足够的，只是过去的矿内巷道够不到它们，这就是全部的问题。打破老巷道的拐脖处，那儿的煤层就有煤，虽然煤层并不算厚。它死气沉沉地地躺在那里，似乎有史以来一直就躺到那里，服从于人类的意志。决定性的因素是人类的意志。人类是大地的主神。他的头脑听从他的意志并为它服务。人类的意志是绝对的，是唯一至高无上的。

正是他的意志征服了物质来为他的目的服务。意义就是征服本身，斗争就是一切，胜利果实只不过是其结果。杰拉尔德接管煤矿不是为了钱。从根本上说，他本质不在乎钱。他不图虚荣，不慕奢华，他对社会地位漠不关心，这至少不是他的终极目标。他向往的是在同自然环境的斗争中不折不扣地实现自己的意志。他此时的意志就是要从地下采出煤来并有利可图。利润只是取得胜利的前提，建功立业才是胜利本身。面对挑战，他满腔热情、激动不已。他每天下到矿井里，审视检查，请教专家，逐渐把整个情况聚拢在头脑中，好比掌握了整个作战计划的将军。

现在就该打破旧的一切了。矿井是按照过时的旧制度经营的。开始的计划是从大地里掏取足够的钱，让矿主过上富足的生活，让工人有优厚的工资和良好的生活条件，同时又给国家增添财富。杰拉尔德的父亲有着足够的财产，他追随上一代人，仅仅为人们的利益着想。对他说来，矿井不过是为聚在它们周围的成千上万的人生产面包和富裕生活的了不起的地方。他和矿主同行们在生活中一直努力为人们造福。人们从中受益了。几乎没有贫困，没有穷苦。人人富足，因为矿井不错，很容易在里面工作。那些日子里，矿工们发现自己挣的钱比预想的还要多，便欢喜异常、得意扬扬。他们觉得自己处境不赖，便庆贺自己运气好；他们又记起了父辈是怎样忍饥受苦的，因而感到好时光来临了。他们感恩别人，感激那些拓荒者和新矿主；是他们开办了矿井，开发了财富的源流。

然而人心不知足，矿工们也不例外。他们从对矿主感恩戴德到抱怨不满，随着知识的

增加就开始愁闷和不满足了，而是想要更多的钱。为什么主人比自己要富有舒适那么多呢？

在杰拉尔德还小的时候，就出现过一次危机。那时因为工人们不愿意接受减产，矿主联合会便把矿井关闭了。矿井的关闭迫使汤姆·克莱奇面对着新的形势。作为矿主联合会其中的一员，他出于道义考虑，被迫不顾工人反对关闭了矿井。他，作为父亲，这位受人尊敬的老人，被迫关闭了工人们的生活之门，而他们其实简直就是他自己的亲生儿子。他这个因为自己的财产而难踏进天国的富人，现在又不得不对穷人翻脸。那些人比自己更靠近救世主，他们谦卑而被人蔑视，却更臻于完美之境。尤其当他们劳动时更富于男人味，更令人尊敬。而现在却必须对他们说："你们不要劳动，也就别要面包了。"

认识到和工人之间的这种紧张状态，真使老克莱奇肝肠寸断。他渴望将爱作为原则来经营工业。噢，他向往即便在矿井中，爱也是引导的力量。但目前，就在爱的斗篷下面，却嘲弄人地拔出了刀剑，那是机械的必然性之剑。

这真使他伤透了心。他必须有这种幻觉，而此时幻觉却破灭了。工人们并不反对他本人，但他们却反对矿主。这是战争。无论是否情愿，他在良心中发现自己站在了罪恶的一方。闹哄哄的矿工群众聚集在一起，新的宗教冲动冲昏了他们的头脑。"世界上所有人都是平等的。"这种念头就在他们中间蔓延。他们还要真正地去实现它。说到底，这难道不是基督的教谕吗？如果一种观念不能在实践中得以应用，那它还算是什么呢？"在精神上人人平等，他们都是上帝之子。那么，这样毫无遮掩否定他们的存在又是怎么一回事呢？"这就是把一种宗教信条变成行动时所得出的结论。汤姆·克莱奇至少是无法回答它。按照自己诚挚的信念他只是承认，忽略工人们的存在是罪恶的。但他又不能舍弃财产，正是因为这些财产才使他能够否定别人的存在。因此，工人们要为自己的权利而战。这份尘世中仅剩的宗教冲动——对平等的执意追求——在燃烧着他们。

到处挤满了喧闹的乌合之众。他们的脸膛由于这场神圣的战争而充满喜悦，上面又飘浮着一层贪欲神情的轻烟。当开始为财产平等而战的时候，又如何把对平等的热情追求与渴望的贪欲划出一道清晰的界线呢？然而上帝成了机器。在了不起的多产的机器上帝面前，人人都在要求平等。是大家在一起才构成了这种上帝。不过汤姆·克莱奇总觉得，在什么地方，这总有几分不正确。如果机器就是上帝，生产或工作就是崇拜，那么最机械的头脑就该是上帝在尘世的最高和最真的代表了。其余人则是从属的，按其头脑的机械程度而各从其分。

动乱终于爆发了，沃特莫尔的矿井口起火了。这是乡野中最远的矿井口，靠近树林。士兵们赶来了。在那个不幸的日子里，从劳斯兰茨的窗口望去，就能见到不远处冲天的

火光。矿上小火车拉着工人坐的车厢,那原是用来送矿工到远处的沃特莫尔上班的,现在却穿越峡谷,车上坐的是一群穿着红色军装的士兵。随后,远方响起了枪声。有消息传来说,暴徒被驱散了。一人被击毙,火也扑灭了。

还是孩子的杰拉尔德满怀着最野性的兴奋和欢快。他热切地渴望自己和当兵的一块儿去杀那些人,但是人们不许他走出树篱大门。门口有持枪的卫兵,杰拉尔德兴高采烈地站在他们旁边。一帮帮在嘲笑人的矿工沿小路来回走着,大声地嚷嚷在嘲讽人:"嘿,三个半便士的铜子儿,放枪给咱们开开眼。"墙上和树篱上写满了骂人的话,仆人们也都相继离去。

在这段时间里,汤姆·克莱奇痛苦到了极点。他花费了几百镑钱用于施舍,到处有免费食物,大量的免费食物。什么人都可以讨要面包,一个半便士可以买一条面包。每天都有一个地方来一次免费供应的茶点,孩子们一生中还从没见过这样多好吃的东西。到了星期五下午,一篮一篮的小果子面包和蛋糕被送进了学校,外加上大罐大罐的牛奶。学童们得到了自己盼望已久的东西,由于蛋糕吃得太多、牛奶喝得太多而被胀出毛病来。

事件后来总算结束了,工人们便又回去上班,但情形已经改变了。出现了新的形势,一种新观念控制了一切。即便在机器中,也都是平等的,没有哪一个部件就该属于另外一个部件:所有部件都应当平起平坐。赞成无政府状态的天性抬头了。没有具体的神秘平等,与占有或行动无关。占有和行动仅是一个个过程。在行动和过程中,一个人或一个部件必须从属于别的人或别的部件,这是存在的一种条件。即便这样,要求无政府状态的呼声越来越高。机械平等的观念就是破坏的武器,它能控制人们的意志——也就是那种赞成无政府状态的意志。

罢工发生时杰拉尔德还小,可是他恨不得自己就是一个男子汉,好同矿工们斗争。处于两种真伪参半的道理中间的父亲,反倒意气消沉起来。他渴望成为纯粹的基督徒,同所有人平等一致。他甚至要把一切送给穷人,都给穷人。然而他又是大工业的推进者,完全知道自己必须保有财产和权威。这是他心中的神圣要求,和要放弃自己拥有的一切的要求同样神圣——甚至更强烈;因为这才使他的行动成为合理的。不过由于没能照前一种理想行事,也就成了他心中望不可及的东西,使他因为自己失去了它而万分烦恼。他渴望成为一位热爱牺牲的仁慈行善的父亲,矿工们却喊着对他说他一年有几千镑钱的进项,他们不再被欺骗。

在这个世界上杰拉尔德磨炼得成熟起来后,就转变了立场。他才不在乎什么平等呢。整个基督教对爱和自我牺牲所抱的态度早就是过时的东西了。他明白地位和权威是世界上最好的东西,对于这一点说些伪善的话是没有用的。它们是好东西,原因不难理解,因为从功用方面讲它们是必要的。它们并非就是一切和终结,而是像机器上的一个部件。他自己碰巧成了占据中心位置、起控制作用的部件,而大批别的男人则成了以不同方式受到控制的部件。事实就是这样。由于一根中心轮毂一百个外面的轮子被驱动——或是由于整个宇宙围绕太阳旋转,人们也会大惊小怪的。一句话,下面这种说法不过是蠢话:月亮、地球、火星、土星、火星也都有权做宇宙的中心,彼此分离的它们都有权和太阳一样成为中心。这是使人们追求混乱的主张。

根本不必花心思去考虑,杰拉尔德自己就匆匆得出一个结论。他摒弃了全部有关民主平等的问题,把他们看作是愚蠢不堪的问题。主要的是伟大的社会生产机器,要让它完满地工作,生产更多的所需之物;让每个人都得到合理的一份,份额或大或小,按其起作用的程度或重要性来定。于是,恶魔与给养一起来了,让每个人去照料好自己一切吧,只要他不打搅别人就行。

所以杰拉尔德便大干起来,让伟大的工业井然有序。在漫游和随同的阅读中,他得出了这样的结论:和谐是生活的根本秘密。他并未明确对自己限定和谐究竟是什么。他喜欢这个词,他认为他得出了自己的结论。他接着强制让秩序进入既定的世界,将这个神秘的词"和谐"变成了实际的词"组织",并借机把自己的哲学融入实践中。

他立刻把目标转向商场,明白了自己能够做些什么。他要同物质、同大地和地下蕴藏的煤做一番较量。他头脑中唯一的念头是,攻击在地下的无生命的物质,把它制服在自己的意志力之下。为了这场同物质进行的战斗,人就必须有在完善的组织中的完美的工具。这是一种机械装置,它在重复运动的工作,就会不可阻挡的、无情地实现一个目的。杰拉尔德想要建成的正是这种在机械结构中的无情的原则,它振奋着他全部的热情。他,这个男人,能够干预一种完美、恒定、像神一样介于自己和物质之间的工具,并去制服物质。有两个对立面——他的意志和地球上与之对抗的物质。在这两极之间,表达自己意志的东西被他建立,使他的权力具体化,并建成一种尽善尽美的了不起的机器,一种制度,一种秩序井然的活动和纯粹的机械重复;这是无限的重复,从此以后就是永恒的和无止境的。在把完美协调的纯粹的机器原则融进纯粹、复杂、无限重复的运动的过程中,他发现了自己的永恒和无限。这就如同轮子的旋转只是这各处是生产性的旋转,正如宇宙的旋转可以说成是生产性的旋转一样。这是生产性的重复,通过永恒而趋于无尽。这无限的生产性的重复就是上帝的运动。杰拉尔德就是机器的上帝,是拯救危机力挽狂澜的人。上帝就是人类整体的生产意志。

他现在有了为之奋斗毕生的事业,要在地球上开发这种伟大完善的制度;在这种制度中,人类意志所向无阻,无穷无尽,就是在进程中的上帝。他必须从煤矿入手。条件是既定的:首先是地下的对抗的物质;接着把它的工具征服——人这种工具和金属工具;最后是他的纯粹的意志,是他个人的头脑。这将需要进行无法想象的调整,那是对无数人的、动物的、金属的和动力的工具进行的调整。要有一个奇迹出现——要把无数琐细的整体放入到那片无边无际的整体中。而后,在这种情形下,就获得了尽善尽美。最高意志得到了真正地实现,完全是人类意志在制定法律。无生命的物质不就是人类通过神秘的对比来区分的吗?人类历史不就是一部一种事物征服另一种事物征服的历史吗?

矿工们被欺骗了。当他们还沉浸在人类平等神秘的骗局里时,杰拉尔德却滑了过去。他从根本上赞同他们的论辩,又进而说他是在用人来实现人类整体的意志。当他发现实现人类意志的那种唯一的方式就是建立完善无情的机器时,他不过是在更高的意义上代表了矿工们。只不过他是从本质上代表他们的;矿工们被远远地落下了,落伍了,仅仅知道自己在物质方面的平等而争吵不休。这种愿望已被更换成为为新的更伟大的愿望——在人类和物质之间要有一种从中干预的机械装置,并把上帝引入这种纯粹的机械装置中。

杰拉尔德一进商行,旧制度就被死亡所要挟。他一生都在被一个狂暴的毁灭的恶魔折磨着,它有时像精神病一样攫住了他。这种气质现在又像病毒一样传入商行里,而且冷酷的爆发了。他令人生畏而不讲情面地审视着每一处细节;他不会给人留有余地,他彻底摒弃过去的感情用事。他看着那些须发灰白的老经理和老职员,瞧着那些老得在蹒跚而行的领抚恤金的人,他无情地把他们打发走了。整个企业简直就是一个由伤残的雇员组成的医院。他在感情上是问心无愧的。他对领抚恤金的人给了较为妥善的安排,又在物色合适的替手。找到他们后,就用他们把年老的雇员换下来。

“我收到一封叫人看了可怜的信,是从莱瑟灵顿来的。”他父亲经常会用一种表示不赞成的求助的口气说。“你不认为该把这个可怜人再留用一段时间吗,我一直觉得他干得还挺不错。”

“爸爸,他的位置已经有人接替了。他离开那儿会更幸福些,请相信我吧。您想他的补助费是足够了,对吧?”

“他并不只想要补助费,那可怜的家伙。拿养老金退休让他不能接受。他说他觉得自己还能再干上二十年。”

“那可不是我想让人干的那种工作。他根本不懂这些。”

父亲叹气了。眼不见心不烦是他的唯一办法。他相信,如果要矿井继续出煤,就一定要来一番伤筋动骨的大检修。说到头,从长远的角度看,假使它们真的破产,那对每个人都更为不妙。所以他根本无法回答旧日忠仆的求助,只能重复那句口头禅“这是杰拉尔德说的”。

于是父亲离光阴越来越远了。对他说来,现实生活的整个构架崩溃了。按照他的人生哲学,他一直是正直的。他的人生哲学就是伟大的宗教,然而它们似乎已经没有用了,在这个世界上被废弃了。他搞不清这些,只有抱着他的人生哲学退回到更内在的心灵空间里,隐藏在沉寂中。那种信仰的美丽的烛光不再照亮尘世了;而在他灵魂的内在空间里,它们可爱无比的融融燃烧着。

杰拉尔德在短时间内改革商行,先从办公室开刀。为了使他必须造成的大变动成为可能,严格的节约是必要的。

“这些寡妇用煤是怎么回事呀?”他问。

“我们总是每三个月给那些曾为矿上工作过的男人的寡妇一车煤。”

“从现在开始她们必须照付煤款。商行并不像你们大家看来都认为的那样是慈善机构。”

寡妇,这些多愁善感的人道主义者更加以关心的过时的人物,他想起她们就头疼。那些可憎的女人。她们为什么不在火葬丈夫的柴堆上死掉,就像印度那些自焚殉夫的寡妇一样呢?无论怎样,她们必须花钱买煤。

他变法的减少开支,那些措施细微难察,别人很难注意。矿工们必须为自己的用煤掏货车运费,这就是一大笔数目。他们必须付工具费、打磨工具费和看灯费,还要为那些芝麻大的小事掏钱;这来一来,每个矿工的付费帐仅仅一星期就达到了一先令左右。矿工们十分恼怒,却搞不明白这是怎么回事。只此这样,每星期就为商行省下了几百镑钱。

杰拉尔德慢慢地掌握了一切,旋即开始了大规模改革。各个部门都有懂行的工程师。装了一座大电站,既用来照明,还用于井下拖运和动力。电力被引入每个矿井。从美国运来了新机器,其中有矿工从未见过的被称为“大铁人”的采掘机,还有一些稀有的器具。矿井里的工作彻底变了样子,矿工手中的控制权被夺走了,废除了采煤承包人制。一切都按照极其准确绝妙的科学方法在运行,到处是受过教育的专业人员在发号施令,矿工们沦为了纯粹的机械工具。他们不得不拼命干活,比以前更艰苦了,工作呆板得让人害怕和伤心。

不过他们还是全部屈从了。他们的生活不再有快乐,随着机械化程度的逐渐上升,希望一点点地消失了。他们认可了新环境。起初他们恨透了杰拉尔德·克莱奇,发誓要整治他,干掉他。但随着岁月流逝,他们却又带着听天由命的知足感接受了这一切。杰

拉尔德是他们的高级牧师,是他们真正感受到的代表。他父亲已被遗忘了。现在是一个新世界,一种新秩序;它严厉无情、令人敬畏,但由于其破坏性又令人满意。人们为自己从属于这部了不起的惊人的机器相当满意,哪怕它同时又毁了他们。这正是他们竭力渴望的东西,这是人类造就的最高级、最为精彩绝伦的事物。由于归属于这个超人的伟大体系,他们自己的身份也就提高了。这个体系超出了情感理智范围,带有神性。他们的心死了,但灵魂却洋洋自得。这正是他们所追求的,否则,杰拉尔德就绝对做不成他所做的事情。他给了工人他们想要的东西,让他们加入了伟大完善的体系,这个体系使生活从属于纯粹的数学法则。这是一种自由,一种他们渴望已久的自由。这是破坏之中伟大的第一步,是无政府状态的最初的伟大阶段。它用机械的原则代替了有机的原则,破坏了有机的目的和结合,使每个有机单元归属于伟大的机械的目的。这是纯粹的有机体的瓦解和纯粹的机械组织,是最原始的和最难觉察的无政府状态。

杰拉尔德满意了。他知道矿工们说过他们恨他,不过他早就不在乎了。傍晚时分,他们源源不断地从他面前走过,肩膀微微佝偻着,沉重的防水靴在人行道上发出精疲力尽的不清晰的响声。他们不理睬他,也不打什么招呼,像是条灰蒙蒙地对一切都不去反抗的不带感情的河流。除了作为工具,他们对他说来无足轻重;他对他们说来也同样如此,只不过是一个用来控制的最高级的工具。他们有自己作为矿工的存在,他则有他作为董事的存在。他欣赏他们的品质,但作为人,作为人的存在,他们只不过是偶然而来、偶尔个别、微不足道的现象。不用说就知道,工人们也同意这个,因为杰拉尔德在内心中就赞成它。

他成功了,把工业纳入了一种极其单纯的崭新的状态中。煤产量超过以往任何时候,这个奇妙精密的体系几近于尽善尽美地运行着的。他有一批绝对聪明的工程师,包括采矿和电力方面,他们没花什么钱。受过高等教育的人比矿工多费不了多少钱。他的经理都是些极其优秀的人,比起他父亲时代那些工作拙劣的废物们也费不了更多的钱;那些笨蛋不过是由矿工提拔上来的。他的总经理一年拿一千二百镑,但他至少要为商行节约少花五千镑钱。整个制度非常健全,几乎不再需要杰拉尔德费心了。

这种制度竟如此完美,有时甚至使他感到一种极大的恐慌,也不知道自己还该做些什么。他曾经数年如一日地沉迷于行动中,他的所做的一切看上去都是至高无上的,他简直像是神了。他本身就是一种纯粹的、经过升华的行动。

不过眼下他成功了——终于成功了。不久前有那么一两回,当他独自一人在黄昏中无事可干时,突然在恐怖中惊起,不知道自己到底是什么。他走到镜子跟前,长久地注视着自己的脸,瞧着自己的眼睛,在寻觅着什么。他感到恐惧,那是一种致命的冷冰冰的恐惧,但他却不知道自己究竟恐慌的是什么。他审视着自己的脸。它就在那里,健康匀称,与前无异;然而不知怎的,它又是虚幻的,是一副面具。他不敢触碰它,生怕这会证实那仅仅是一个人造的面具。他蔚蓝色的眼睛锐利依然如初,在深陷的眼窝里显得坚强冷静。然而他却拿不准它们是不是虚假的蓝色气泡,只消一会儿就会爆裂,只留下无法怀疑的虚无。他能见到里面的黑暗,似乎它们不过是晦暗的气泡。他怕有一天自己会毁掉,成为一种毫无意义的单纯的水声,环绕着一片黑暗在噼啪作响。

不过他的意志力还很强,他还能走路、阅读和考虑问题。他喜欢阅读关于远古人类的书、人类学的书和能引人思考的哲学书籍。他的头脑非常灵活,但却像一个在黑暗中漂浮的气泡,它会在随便什么时候破裂,把他留在混沌之中。他不会死,这他心里明白。他还会活下去,他其实已是一具行尸走肉了,神圣的理性就将抛弃他。以一种异样冷漠枯燥的方式,他被吓坏了。不过他现在已经不能对畏惧做出反应,感情的中心好像枯竭了。他仍然保持冷静、健壮、精打细算、无所顾忌和不慌不忙;虽然现在他正迷迷糊糊地感受到隐约而又极其寡淡无义的恐怖。在这场危机中,他的神秘的理性被打破了,坍塌了。

这是一种气质。他知道宁静的心绪已经不再有了。他必须立刻到什么地方去寻求解脱。只有伯金能使这种实实在在的恐惧远离他,使他不至于很快对生活感到餍足。伯金靠的是精灵古怪的变化无常,这其中像是包含了信仰的精髓。但是然后呢,杰拉尔德总得要离开伯金,如同在教堂里做完礼拜仪式出来,又回到外面工作和生活的真实世界中来。世界就在那里,没有什么改变,空话是起不了什么作用的。他不得不认真对待那个工作和物质生活的世界。它变得愈来愈难以对付了,一种陌生的压力压迫着他,好像他身体里面只是一片真空,可怕的压力就在外面。

他在女人身上找到了最快意的解脱。在同几个女人分别过了一段放荡生活之后,他在这方面就毫不在意和见异思迁了。这其中的难处就在于,现在要让他把女人一直挂在心头可实在太不容易了。他已不去关心她们。一个叫萨拉姆的姑娘在这方面倒比较特殊;但她只是例外,而且即便她也无足挂齿。不,仅就女人这个意义上说,她们对他已经无足轻重了。他感到在肉体兴奋之前,自己必须寻求一些头脑方面的刺激。

野 兔

古德伦非常明白，对她说来，去劳斯兰茨是一件会招来流言蜚语的事情；这就等于默认杰拉尔德·克莱奇是自己的情人。她虽然犹豫不定，讨厌这种情形，但她心里清楚自己迟早会继续走下去的。她是在故意岔开话题。一想起对杰拉尔德的那一击和那一吻，她就烦恼不已，于是便对自己说："说实话，它算什么呢？一吻算什么呢？就连打一下又能怎样呢？那不过是一刹那，转眼就消失了。在走之前，我可以去劳斯兰茨住上一些日子，只是去看看它到底是什么样子的。"她怀着永不满足的好奇心，要去见识和了解所有的事情。

她也知道威妮弗雷德到底是个什么角色。自从那天夜里听到这孩子在汽船上叫嚷之后，她就觉得自己和这孩子之间有了某种说不出的感情。

古德伦和孩子的父亲在书房里闲聊。然后做父亲的让人去叫女儿。在家庭教师的陪伴下威妮弗雷德来了。

"威妮，这是布兰文小姐。她来教你绘画，还要为你的小动物塑像呢。"父亲对她说。

孩子在走过来之前先很新奇地打量了古德伦一会儿，旋又转过脸去伸出了手。在威妮弗雷德孩子气的闭口不言下面，有一种强自镇定的冷漠态度，那是一种有失体面的漠然态度。

"你好。"孩子头也不抬地打招呼说。

"你好。"古德伦应道。

威妮弗雷德站到一旁，古德伦被介绍给了家庭女教师。

"您步行来这儿可碰上好天气了。"家庭女教师口齿清晰、语言犀利地说。

"天气真的很好。"古德伦又应道。

威妮弗雷德从远处瞅着这一切。她感觉很有趣，却又拿不准新来的人是怎样一 个人物。她见过那么多新人，可根本就没什么人能让她看上眼。家庭女教师根本就不值得一提。这孩子只不过是在平静轻松地容忍她，带着冷漠的孩子气的傲慢服 从了她，带着几分蔑视认可了她的无足轻重的权威。

“哦,威妮弗雷德,”父亲说,“你不喜欢布兰文小姐来吗？她用木头和粘土做 动物和小鸟,在伦敦十分的出名,在报上曾有过轰动性的报道夸得神乎其神了。”

威妮弗雷德淡淡一笑。

“谁告诉您的,爸？”她问道。

“谁告诉我的？赫尔特妮,还有鲁珀特·伯金。”

“你认识他们吗？”威妮弗雷德有点儿示威地转向古德伦问。

“认识。”古德伦回答说。

威妮弗雷德收敛了一些。她本来准备像对仆人一样接待古德伦,现在却发现她 们要以朋友相称了。她很高兴。她身边有那么多愚蠢无知的家伙,全是出于好心她 才容忍了他们。

古德伦非常冷静,没有把这些放在心上。在她看来一种新场合不过是供自己参 观的。而威妮弗雷德又是一个超然物外的爱奚落人的孩子,从不依靠于人。古德伦 喜欢她,对她产生了兴趣。头一次会面就在令人感到丢脸的尴尬气氛中进行着。威 妮弗雷德和她的家庭女教师都缺乏社交界的优雅风度。

不久,她们又在一种虚构的世界里相遇了。威妮弗雷德从来不留心旁人, 除非他们像自己一样顽皮和爱嘲讽。在意其他的人,这也不承认玩弄以外的世界。能够在她心中常常的只有那些小动物。她对它们慷慨地施予自己的爱和友情,几乎 到了可笑的程度。她怀着隐隐的厌烦和冷漠的心情容忍着人类其他的东西。

她有一条叫卢鲁的北京狗,那是她的宠物。

“咱们就画卢鲁吧,”古德伦建议道,“看看能不能把卢鲁的那股劲儿画出来, 好吗？”

“小宝贝儿!”威妮弗雷德边喊边跑向卢鲁。小狗正沉思着蹲在壁炉前,一副伤心的模样。她吻着小狗鼓鼓的额头说:“亲爱的,让妈妈给你画张像好吗？”继而 她快活地抿嘴笑了,转向古德伦说:“啾,来画吧!”

她们去拿铅笔和纸,做好了准备。

“美极了,”威妮弗雷德紧紧搂住了狗,嚷着,“坐好了妈妈要给你画最美丽的 画。”小狗仰望着她,鼓起的大眼睛里带着悲痛的顺从神情。她热吻着它说:“我不 知道自己会画成什么样子,一定很糟糕。”

她一边画速写一边还偷偷笑着,不时嚷起来:

"嗷,宝贝儿,你有多美呀!"

然后她又抿嘴笑了,冲过去抱住了狗,像是在忏悔自己做了对不起它的事。狗 蹲在那里脸上露出十分不耐烦又十分不得已的表情。她认真地画着,眼睛里现出淘气 专注的神情,脑袋偏向一边,显出一种紧张的沉静。她像是在施行某种妖术的符咒。突然间,她画完了,瞧瞧狗,又看看画,叫了起来;其中有真正为狗感到的伤心,又有调皮的得意:

"我的小宝贝,你怎么这样子呀?"

她把画拿到狗面前,举在它的鼻子底下。小狗委屈的把头扭向一边,快,宝贝,快点看看妈妈为你做的画。她冲动地吻着它那胖乎乎的软鼻头。

"这是一个卢西,一个小卢西!瞧瞧这张画,宝贝儿,瞧瞧这张画,这是妈妈画的。"她看着画又抿嘴笑了。她又吻吻小狗,站起身,庄重地走到古德伦那儿,交上了画稿。

这是一幅奇形怪状的草图,上面画着一只奇形怪状的又淘气又可笑的小动物。古德伦脸上浮出一丝笑意。威妮弗雷德在她身边欢快地吃吃笑着,说:

"这不像它,对吧?它比这要讨人喜欢得多。它太美了——嗷——,卢鲁,我亲爱的宝贝儿。"她飞跑过去拥抱那只受了委屈的小狗。卢鲁用阴郁的目光朝上望着她,有几分责备,几分不耐烦,好像他在努力克制自己。她又迅速回到自己的画旁,心满意足地抿嘴笑了。

"这不像它,对吧?"她又问古德伦。

"不,这很像它。"古德伦答道。

威妮四处带着自己的画并给每个人看,显然她很珍爱她的劳动成果。

"看呀。"她说着,把画递到了父亲手里。

"哟,这不是卢鲁吗!"父亲喊道,很惊奇地低头仔细看着,听着身边孩子的几乎非人的笑声。

古德伦头一回去劳斯兰茨时,杰拉尔德不在家。但他回来后的头一天早上就在等待她。那是一个春风和煦的清晨,他散步在花园小径上,欣赏那些当他不在家时开放的花朵。他和往常一样身体健壮,干干净净,脸上刮得光光的,满头金发一丝不苟地分向脑袋一边,在阳光下微微发亮。他的金色小胡子刮得短短的,两眼和善地眨动着,富于幽默感,很能诱惑人。他的一身黑衣服在保养得很好的身体上显得十分熨帖。但是当他沐浴在清晨阳光下的花床前时,周围却有着某种令人不安的清凉气氛,似乎是少了些什么。

悄然无声地古德伦快步走来。她穿着是一套蓝衣服,配上黄毛线袜,活像是蓝衣少

年。杰拉尔德吃惊地抬头迅速溜了她一眼。古德伦的长筒袜总使他感到很窘,浅黄色的袜子又配上了墨黑色的鞋子。威妮弗雷德和家庭女教师一直在花园里陪那些狗玩耍,这时便向古德伦飞跑过来。孩子穿一件黑白条纹的外衣,头发短短的,头发剪到脖根。

"咱们要给俾斯麦画像,对吗?"她说着,用手挽住了古德伦的胳膊。

"对,咱们是要给俾斯麦画像。你愿意吗?"

"欧,想,——欧,想极了!我最想给俾斯麦画像了。它今早瞧上去可真棒,那么凶。它大得像是头狮子。"她不由自主地笑了,因为她感觉到自己过于夸张了。

"它是真正的国王,真的。"

"您好,小姐。"小个子法国家庭女教师微微点一下头走过来,打招呼说。那样子像是目中无人,让古德伦看了十分的反感。

"整整一个早上威妮一直想要给俾斯麦画像——'今天上午我们要画俾斯麦!'——俾斯麦,俾斯麦,总是俾斯麦!这是一只兔子,对吗,小姐?"

"对,那是一只黑白相间的大兔子。您没见到过吗?"古德伦用稍微纯正的法语应道。

"没有,小姐。威妮弗雷德从来不愿意给我看。我问了那么多回:'那个俾斯麦到底是什么呀,威妮弗雷德?'可她就是不肯说。她的俾斯麦,那是一个秘密。"

“对,那是秘密,绝对是一个秘密！布兰文小姐,说俾斯麦是一个秘密呀。”威妮弗雷德嚷道。

“俾斯麦是一个秘密。俾斯麦,那是一个秘密。俾斯麦,它是一个很奇特的东西。”古德伦像是在念挖苦人的咒语。

“当然啦,它是一个很奇怪的东西。”威妮弗雷德古怪而庄重地重复着说,庄重下面却藏着一缕淘气的窃喜。

“它也算是神奇的东西吗?”家庭女教师非常无礼地冷笑着问。

“当然!”威妮弗雷德冷冷地说了一声。

“他真的不是国王。俾斯麦,他不是国王。威妮弗雷德,不像你说的那样。他只是——他仅仅是首相。”

“首相是什么呀?”威妮弗雷德带着一个不屑一顾的轻慢口吻问道。

“首相就是一个大臣,一个大臣就是,我相信,是一种法官。”杰拉尔德插上来回答说,边说边走过来同古德伦握手。“很快你就会看到一场争吵,为俾斯麦而发生的争吵。”他说。

家庭女教师顿了一下,小心翼翼地点头打了招呼。

“那么,她们是不让你看俾斯麦啦,教师小姐?”他问。

“是的,先生。”

“啊,她们可太可恶了。你们要对它怎样呢,布兰文小姐?我想把它送到厨房里去煮了。”

“啾,别。”威妮弗雷德大叫起来。

“我们要画它。”古德伦说。

“取出它的内脏,把它切成几块,做成菜端上来。”杰拉尔德又说,神情在些傻乎乎的。

“啾,不。”威妮弗雷德加重语气喊道,但忍不住咧嘴笑了。

古德伦觉察到了他话里逗笑的意思,便抬头冲着他的脸微微一笑。杰拉尔德觉得自己的每根神经都处于温柔的爱抚中。两人目光默契地交织在一起。

“你喜欢劳斯兰茨吗?”他问。

“哦,很喜欢。”她若无其事地答道。

“很高兴你喜欢这里。你注意到这些花儿了吗?”

他领她沿小径走去。她热切地跟随着。威妮弗雷德也来了,家庭女教师落在后面闲逛。他们在一些有叶脉的矮牵牛花前停下脚步。

“它们开得多神奇啊!”古德伦专注地望着它们,嚷着。真怪,她那虔诚的、近乎痴迷若狂地对花的赞美竟那样抚慰了杰拉尔德的神经。她弯下腰,用灵巧纤弱的指尖碰碰小喇叭似的花朵。看着她那副模样真使杰拉尔德感到周身舒畅。她立起身来,被花朵的美丽烧灼得火热热的目光直盯住杰拉尔德的眼睛。

“你知道这些花叫什么吗?”她问。

“是一种矮牵牛花吧,我想。”杰拉尔德回答说。“我不大认识它们。”

“我也不认识。”古德伦说。

在一种冒失的亲昵和紧张热切的交流中,两人站在了一起。杰拉尔德情不自禁地陷入了情网。

古德伦意识到家庭女教师就站在不远的地方,像一只小小的法国甲虫,机警而小心。于是她便带着威妮弗雷德走开了,说她们要去找俾斯麦。

杰拉尔德目送她们离去,一直盯着古德伦裹在柔滑的开士米毛衣里的丰满、柔美且迷人气度的身段。她的肉体一定非常细嫩丰腴。杰拉尔德心里充满着对古德伦的赞美,她是最可心、最美丽的。他一心想得到她,其他什么也不想了。他只是要到她身边,并把自己交付给她。

与此同时,他又敏锐地意识到家庭女教师的匀称的体型。她活像一只踝节柔弱纤细的美丽的甲虫,停歇在她高高的脚后跟上。她光滑的黑外衣穿得十分讲究,黑发令人赞叹地盘得高高的。她的尽善尽美和一丝不苟多么让人感到难受啊!他讨厌她。

然而他又对她大加赞赏。她是那样无可挑剔。古德伦却穿了这么一身花花绿绿的衣服来,活像只鹦鹉,偏偏又赶上家中有丧事,这真让人心里不舒服。古德伦像只鹦鹉!他望着她从地上抬脚时那副毫不着急的样子。她脚脖子处是淡黄色的,然而身上的衣服却是深蓝色的。这反而使他高兴,让他十分开心。他感到了这身穿着打扮中有一种挑战意味。她在向整个世界挑战。他微笑了,笑得仿佛小号吹出的调子。

古德伦和威妮弗雷德穿过房子到了后面,那里有马厩和一些附属建筑物,满眼的荒凉。克莱奇先生开车兜风去了。马伕刚遛完杰拉尔德的马回来。两个姑娘走到放在角落里的兔笼前,看到一只黑白相间的大野兔。

“它有多美呀!哝,快看看它在听东西时的那副模样吧!它看上去有多么傻气啊!”威妮弗雷德咯咯笑着又加上一句。“哝,咱们一定要画下它听东西时的模样,咱们一定要

画啊。它听东西时样子有多自然呀;——我说得不错吧？宝贝儿俾斯麦?"

"咱们怎么能把它弄出来呢?"古德伦问。

"它力气大得很,真的大极了。"威妮弗雷德带着一种奇怪的狭隘心理,脑袋偏向一边瞧着古德伦说。

"至少咱俩可以试一试,对吧?"

"对,如果是你喜欢的话。不过,它的腿蹬起来劲儿可真不小呢。"

她们拿钥匙开了锁。野兔猛地绕笼子狂奔起来。

"它如果抓起人来可不得了。"威妮弗雷德兴奋地嚷道。"瞅,快看看它呀,它多棒呀!"野兔绕笼子仓皇飞跑。"俾斯麦!"孩子忘乎所以地喊起来,"你太可怕啦！你真糟透了。"威妮弗雷德乐不可支地抬起头,忧虑重重地望着古德伦。古德伦的嘴角上透出了一丝冷。威妮弗雷德发出了一种奇怪得令人难以理解的哼唱声。"好,它不动啦!"看到野兔在笼子远远的一角停下来,她又嚷开了。"咱们这会儿就捉住它吗?"她仰头看着古德伦,贴近她,神秘而略带激动地耳语道。"现在我们就捉它吧？——"她调皮地窃笑着。

两人打开了兔笼的门。肥胖健硕的野兔正直挺挺地在那儿,古德伦伸进胳膊一把抓住了它的长耳朵。兔子蹬直四条腿,拼命向后挣脱。被拖向前时,它脚下发出了一声长长的尖利的刮擦声。诧然间它被吊起在半空,疯狂地冲来撞去,飞旋的身体如同一盘发条,卷紧了又放松开来。它整个身子在两只又大又长的耳朵下面打转,踢打个不停。古德伦伸直胳膊拎着这黑白相间的一团风暴似的东西,脸扭到了一边。野兔却强壮得出奇,她能做到的仅仅是抓住不撒手。她简直有些怕得不知所措。

"俾斯麦,俾斯麦,你做事可太吓人啦。"威妮弗雷德用吓慌了的声音唠叨着。"瞅,快放下它,它坏透了。"

古德伦站在那里,好长一段时间被自己手中爆发出来的这场急风暴雨给惊呆了;她紫涨着脸,一阵狂怒像乌云一样遮没了她。她站在那儿瑟瑟发抖,就像在暴风雨中摇摇欲坠的房子,简直要垮掉了。这场由莽撞和野兽才有的愚蠢招致的搏斗使她胸中升起了一股不可遏制的怒火,她的手腕也被那动物的爪子抓破了,伤得还不轻。狂暴的残忍涌上她心头。

她正要把飞旋的野兔夹在胳膊下面,杰拉尔德来了。他怀着一种无法形容的欣赏瞧着古德伦那股残忍愠怒的激情。

"你该让仆人来帮你干这个。"他说着,向她走来。

“啾，它真可怕！”威妮弗雷德几乎狂乱地喊着。

杰拉尔德伸出了宽大而有力的手，抓着兔子耳朵从古德伦手中把它接了过来。

“它壮得简直吓人。”古德伦尖细着声音叫嚷着，疾像一只海鸥的叫声，又奇异，又凶狠。

空中的野兔蹴成一团，又蹬开来，身子弯曲成了一张弓，真像是神魔附身了。古德伦瞧见杰拉尔德的身子僵硬着，眼睛里射出一道视而不见的锐利的光。

“我知道这些东西。”他说。

那个长长的、恶魔似的动物又踢蹬开了，伸开的身体在空中像是在飞，瞧上去根本就是一条龙；随后又缩成一团，暴躁强健得令人无法相信。男人的躯体剧烈颤抖着，对野兔的挣扎严阵以待。一阵突如其来的尖利的震怒撞击胸膛，他抽出那只空闲的手，像鹰扑小鸡似的砍在了野兔的脖颈上。几乎同时，野兔发出了在死亡恐惧中的瘆人的哀叫声，使听的人毛骨悚然。兔子在剧痛中拼命扭动着，在垂死的痉挛中撕扯着杰拉尔德的手腕和袖口，随着爪子的狂蹬乱踹，肚子上闪着白光。杰拉尔德抡起兔子，在胳膊下面死死地夹住。兔子抖缩着，拼命躲闪着。杰拉尔德脸上挂着冷笑。

“你根本不会想到一只野兔会有这么大的劲儿。”他斜着古德伦说，发现她的眼睛在惨白的脸上像夜色一样乌黑，整个儿瞧上去简直有些犷。经过一番激烈扭打之后，野兔的哀叫声似乎惊醒了她的理智。杰拉尔德盯着她，脸上电火似的泛白的 微光更引人注目了。

“我也不是真就喜欢它。”威妮弗雷德哼哼着说。“我不会像关心卢西一样关心 它。它真可恨。”

古德伦恢复平静以后，一丝冷笑扭曲了她的脸。她明白自己失态了。

“它们叫的时候声音不是最瘆人的吗？”她嚷道，如海鸥尖尖的声调。

“是不招人喜欢。”杰拉尔德应道。

“要把它捉出来的时候它应该聪明点。”威妮弗雷德说着，伸手触摸了一下兔子。野兔躲在杰拉尔德的胳膊下面，如同死了一样一动不动。

“它没有死，是吗，杰拉尔德？”她问。

“没有。它该死。”杰拉尔德答道。

“对，它该！”孩子嚷着，脸因为兴奋而涨红了。她更大着胆子摸了一下兔子。“它的心跳得那么快。这可真有趣？它真好玩。”

"你们怎么处理它?"杰拉尔德问。

"带到小绿院子里。"威妮弗雷德答道。

古德伦用一种陌生的目光盯着杰拉尔德,其中隐藏着邪恶神秘的充满理解的神情,显得不大自然,基本是在哀求,就像一只听凭他摆布、最终却被战胜了的动物的目光。他不知道该对她说些什么,只感到两人之间有一种神秘邪恶的相互默许。他觉得该说点儿什么来掩盖一下。他的神经里具有惊人敏锐的力量,她则像是柔顺的接收器,承受了他那富有魔力的吓人的白色火焰。他还心怀疑惧,不敢相信自己。

"你受伤了吗?"杰拉尔德问。

"没有。"古德伦回答说。

"它是冷血动物。"杰拉尔德说着,把脸转向了一边。

他们来到小院里,院子被一道年久失修的红砖墙围了起来。墙的缝隙处长着一簇簇黄色草花。地上柔软纤细的草呈暗褐色,铺满了院子,仿佛一张展开的大地毯。头上是一片蔚蓝无云的天空。杰拉尔德把野兔扔了下去,兔子伏在地上竟没有半点声响。古德伦有点儿发慌地望着它。

"它怎么不动弹呀,"她嚷开了。

"它肯定在装死呢。"杰拉尔德说。

古德伦仰头望着他,一抹凶险的冷笑使她苍白的脸变得皱了。

"它真是一个傻瓜!"她嚷道。"它真是一个惹人讨厌的傻瓜!"她话音中怀恨带讽的口气使杰拉尔德感到自己的大脑在嗡嗡作响。古德伦又抬头溜了他一眼,紧盯住他的眼睛,又透露出那种毫无感情的嘲讽捉弄人的默许神色。他们中间有一种协议,两人又都讨厌它。在这种惹人生厌的神秘气氛中,两个紧紧联系在了一起。

"你被它抓坏了几处?"杰拉尔德问。他撩开衣袖露出又白又硬的前臂,上面被划开了几道血红的口子。

"真是坏透了!"古德伦嚷着,由于不怀好意的思想而满面通红。"我的胳膊还没事。"

她也抬起了自己的胳膊,给杰拉尔德看白皙的肌肤上的一道深深的红口子。

"真是个魔鬼!"杰拉尔德喊起来。但是,他好像通过古德伦前臂上长长的伤口了解了她,她的肌肤那样柔嫩雪白。他不想去摸她,却又禁不住有种欲望要去碰碰她。这道长长的还不算深的红色裂口就像撕开在他的大脑上,撕破了意识的最后防线,把那些一直在潜意识中的不可思议的红色已钦放了出来;那已镶嵌在心底的极深处,在一个不被人所知的阴暗的角落里。

“它没太伤着你,对吧?”他紧张且关心地问道。

“一点儿也没伤着。”古德伦嚷着回答说。

野兔一直软瘫地蜷缩在地上,静默得仿佛一支默默绽放的花朵。它这时冷不防又活了过来,绕着院子一圈又一圈的奔跑,快得像是枪膛里射出的子弹,又像是被冠以了加速度的一颗流星。那个飞跑旋转的圈子像是要把他们的头脑给箍住。他们都呆呆地不知所措地站在那儿,有些神经质地微笑着,就像野兔是在遵从某种不被人知的妖术。在旧红砖围墙下的青草地上,兔子绕着场子不停地飞跑着,仿佛是卷起了一场风暴。

随后它又出人意料地停了下来,在草地上蹒跚而行,又蹲在那里寻找着什么,鼻子不停地翕动着,如同风中的一片绒毛。它像是一团软软和和的毛球,上面镶着一双黑黑的有神的大眼睛;那双眼睛也许在看着他们,也许根本就没瞧他们。这样思索了好几分钟,它又静静地不慌不忙地朝前走了几步,便带着野兔那种难看的快吃快嚼相开始小口小口地吃草。

“它疯了。”古德伦说。“我一看它那副样子就知道它疯了。”

杰拉尔德笑了。

“问题是,”他说,“什么叫疯了?我并不觉得这就是野兔的发疯。”

“你不认为它疯了吗?”

“不。兔子本来就是这个德性。”

杰拉尔德脸上泛起一丝古怪猥亵、难以捉摸的冷笑。古德伦盯着他,一直看到他的心里去,知道他和自己一样不过是刚刚入港。这使她在此刻遭到了打击,受到了触犯。

“感谢上主的恩赐,幸亏我们不是兔子。”她尖声高喊道。

杰拉尔德脸上的笑意更加意味深长了。

“不是兔子吗?”他仔细端详着古德伦,问道。

古德伦的脸慢慢地恢复了平常的表情,换上一副不够开朗却带着几分狡黠的认可的浅笑。

“啊,杰拉尔德,”她缓缓地、强有力的、仿佛一个男人似的开口说道,“——全都是,有过之而无不及。”她的眼睛仰望着他,里面蕴含着一种强烈巨大的冷漠神情。

杰拉尔德感到她又像是打在了自己的脸上——或者说她是在漫不经心、却事半功倍地撕扯着自己的胸膛。他转向一旁。

“吃啊,吃啊,我的宝贝儿!”威妮弗雷德念念不停地轻声细语地召呼那只野兔,悄悄地走过去摸它。兔子一跛一跛地躲开了她。“那就让妈妈梳理梳理它的毛皮吧,宝贝儿,因为它太神秘了——”

月　光　下

一场大病之后，伯金到法国南部去了。他没有写信，也没人知道有关他的消息。厄秀拉感受到了一种孤单单的凄凉，似乎一切都如水东流了。世界上好像不再有生机了。人就如同一粒小石子，随着虚无的潮水越涨越高。她自己是真实的，只有她自己如此——正如洪水冲刷下来的一粒石子。其余一切都是虚无。她坚硬冰凉，不与外界交往。

对如同石子的她说来，眼下除了用无动于衷来表示她的轻蔑和反抗，就什么也没有了。整个世界消失了，溶入灰色的空洞无聊的空虚中。她没有任何联系，也没有在什么地方扎根。她痛恨和瞧不起整个这种情景。在心底里，在灵魂深处，她蔑视和憎恶人们——憎恶那些成年人。她只爱动物和孩子们：她内心极度的热爱孩子，外表上却冷冰冰的。孩子们引得她想要紧紧拥抱他们，保护他们，给他们以生命。但这种爱却是建在怜悯和绝望的基础上，对她说来只是一种束缚和痛苦。她最爱的还是动物。它们脱离社会孤零零的，和她同病相怜。她爱田野里那些独处的马和牛。每一匹马和每一头牛都是自己独处，神秘莫测。它们没有什么可怕的社会规范，不会满怀深情，也不会招来悲剧，而这些又正是她所深恶痛绝的。

无论遇见什么人，她都能变得十分讨人喜欢。她奉承人，差不多是在谄媚。可是没有人会被蒙骗。人人都能明显地感受到她的那种轻蔑和嘲弄。她对人怀有深深的怨恨。对她说来，“人类”这个词代表的东西是卑鄙可恶的。

大部分时间里，她的心被这种隐秘的下意识中的轻视和嘲讽的气质给封闭住了。她自以为这是在爱，以为自己满怀着爱。这就是她对自己的看法。而她本身的光华魅力，那种由内在生命力发出的奇迹般的容光焕发，却是一种最高否定的光辉；除了否定，别无其他。

然而不时之间，她又屈从了，变得柔顺了。她开始想象纯洁的爱情，只是纯洁的爱情。这种连续不断、不枯竭的否定状态与爱情是相左的。它是一种气质，更是一种磨难。

对纯洁爱情的热切渴望又征服了她。

一天傍晚她出门了。那经久不变、发自天性的痛苦已经使她心灵麻木。那些注定要毁灭的人现在必须死了。对此的了解在她的心中已成定论。这定论解脱了她。如果命运注定要在死亡或垮台中带走所有那些确定要走的人,还烦什么呢?还有什么要否定呢?她完全摆脱了它,能在别的地方找到一种新的结合了。

厄秀拉动身去威雷格林镇,向磨坊走去。她来到威雷沃特湖边。湖水被排干以后,现在又蓄满了。她又转身穿越树林。夜色沉沉,一片黝黑。能使她害怕的东西可太多了,而她这时居然忘记了恐惧。远离一切人,在一棵棵树中间,自有一种魔幻般的宁静。人越是能发现一种未被人玷污的那种纯洁自然的孤独,他的感觉就越好。实际上,使厄秀拉感到畏惧和惊恐的正是对人们的领悟。

她发现到右手旁树干之间有什么东西,不禁地吓了一跳。那分明是一个庞大的物体,在看着她,躲闪着她。她慌了神。那不过是在树林缝隙间升起的月亮,可瞧上去却那样莫名其妙,挂着死气沉沉的惨白的微笑,躲也躲不开。无论是夜晚还是白天,人都无法逃避那张邪恶的脸,它得意扬扬,神采奕奕,和这轮月亮一样,还挂着目空一切的冷笑。她慌乱地走着,那白色的光球吓得她直打哆嗦。回家之前,她还要看一眼磨坊那儿的池塘。

由于怕狗,她不敢穿过院子,便转身沿着山坡下到池塘那儿。月光俯视着光秃秃的开阔的空旷地,她暴露在月光下感到十分忐忑。朦胧之中能听见夜里有野兔在地面上穿行。夜色清纯犹如水晶,万籁俱寂,能听到远处有一只羊在发出咳嗽声。

她突然又转身朝下走,来到树木遮蔽的陡直的池塘岸堤上。桤树树根缠结着裸露在那里。她为走进阴影里感到兴奋,摆脱了月光。她站在那儿,直直的立在坍塌的堤岸的顶端,手放在一棵树粗糙的树干上,望着水面。池水波澜不惊,平展如镜,上面漂浮着月亮的倒影。可是出于某种原因,她却讨厌它。它什么也没有给她。她倾听着水闸那边传送来的难听的沙沙声响,盼望着在夜暗之外的其他东西。她想要另一种夜晚,而不要这难耐难熬的清亮的月光。她能感受到灵魂就在心中呼号着,在凄凉地叹息着。

她发现一团阴影在水边移动,那也许是伯金吧。他已经悄无声息地从法国回来了。厄秀拉漫不经心地认定了这一事实,她对任何事物都无所谓。她就坐在桤树裸露的根结中间,人像罩上了轻纱一样迷蒙不清。水闸那边传来声响,如同露珠隐隐约约地滴落在夜色中。池中小岛黝黑一团,半隐半现;芦苇也是黑森森的一片,其中一些芦苇还有着隐隐的亮光。一条鱼神秘地跃起，搅散着水塘中的微光。寒夜中的闪光不断冲向纯净的夜暗，引起了厄秀拉的反感。她渴望夜色如泼墨般漆黑，完美，阒静，一切悄无声息。伯金小小的身影也是黑黝黝的，头发染上了月光，闲逛着走近了。他近在眼前了，在厄秀拉的心目中却并不存在。他不知道厄秀拉也在那儿。猜想他是要做什么不愿意别人见到的事情呢？要不要看他背地里有什么要干呢？不过算了吧，这一点意思都没有？这小小的私人秘密又算得上什么呢？他干什么还能怎样了不起吗？我们是同样的有机体，哪能有什么秘密呢？当我们什么都了解后，又怎么还会有任何秘密呢？

伯金在走过时，无意识地触碰着死花的荚壳，心不在焉地自己嘟囔着。

"你不可以走开。"他说。"也走不开。你不过是退缩进自身中去了。"

他把一棵枯死的花荚抛进水里。

"这是一种应答轮唱——他们在撒谎，你就对他们回唱着。要是没有谎言，也就不必非有真理不可了。于是人就不必坚持任何东西了——"

他一动不动地痴望着池水，又把花荚扔上水面。

"自然女神——该死的！该死的叙利亚女神！人非得抱怨她吗！此外还有什么呢——？"

听到他独自一个人在自言自语，厄秀拉真想纵情一笑。这也太可笑了。

伯金站在那里凝望着水面，接着又猫腰捡起一块石头，奋力投入池塘。厄秀拉看到明亮的月光在跃动摇荡，在她眼里变得歪七扭八的。它如同乌贼鱼射出了一道道火光，又像是光灿灿的珊瑚虫在她面前急促有力地颤动着。

能看到伯金站在池塘边伫望了许久，又弯下身子在地上搜寻着。随后又是一声爆响，亮亮的月光在水面上爆开了，击裂成一束一点的危险的白光，四散开来。白光如同振翅疾飞的一群白鸟，碎裂，升腾，跃过池塘，在喧闹混乱中四散而去，同涌上前来的大块大块夜暗的浪潮争斗着。跑得最远的光浪像是急着逃走的溃兵而闹闹哄哄地冲击着堤岸，夜暗的潮头沉甸甸地向下压过来，从下面朝池塘中心压去。而在中心处，在一切的中心处，那轮闪亮的明月却仍活生生的颤动着，它并没被彻底毁坏，还是一个白光的躯体，在扭动着，争斗着，甚至根本不曾裂开，没有受到玷污。它像是在出奇的剧痛中不顾一切地要努力把自己再聚到一起来。它愈来愈强健了，在表明自己是不容侵略的月亮。一缕缕纤细的光丝又在急匆匆地收聚起来，回到恢复了力量的月亮身上。明月在水面上摇荡着，又洋洋自得的恢复原样了。

伯金悄无声息地立在那儿望着,直到池水又平静下来,月亮又变得那样宁静安详。他感到十分满意,又在找石头。厄秀拉看出了他内在的不易觉察的执拗来。不一会儿,击碎的光点在爆裂中飞迸到她的脸上,使她不知所措。随即,接踵而来的又是第二次打击。皎洁的月亮蹿了起来,弹向空中。亮晶晶的光芒箭也似的震荡开来,黑暗掠过了池塘中心。月亮没有了,只留下一片破碎光里的战场,它们涌来荡去地缠结在了一起。漆黑凝重的阴影一次又一次扑打着冲过池塘中心,把原先月亮所在的地方涂抹得漆黑一片。白色的光片起伏跳跃着,不知何去何从,在水面上光闪闪地分散开来,活像白玫瑰花瓣在一阵风中被吹得四处飘零。

然而它们却又一次朝中心聚集起来,炉火中烧地胡乱找寻着路径。一切复又平静下来,伯金和厄秀拉都在注视着。水拍堤岸发出喧闹的声响。伯金眼见明月又狡诈地重聚成一团,白玫瑰的中心又生机勃勃、漫无目的地缠成了一堆,召回了四散的碎片,在回返的冲动和努力中使碎片归了位。

他很不满意,又如痴如狂地一定要干到底。他捡起一块又一块的石头,连续不断投入水中,直到一切不复存在,只剩下滚动着的空洞的喧声,和波浪汹涌的池塘。不再有月亮了,只有几片零乱的光片留在水面,闪烁着在黑暗中散开,既无目的,又无意义,只不过是一团阴暗的混乱,活像一只被胡乱摇动着的黑白两色万花筒。喧声在空蒙的夜色中迅疾地滚动着,从闸门那边传来有节奏的刺耳的声浪。星星点点的光片在远处阴影中胡乱晃动着,那是在陌生的地方,在岛上柳树湿淋淋的暗影中。伯金站在那里聆听着,心满意足了。

厄秀拉头晕目眩地失去了理智。她觉得自己仿佛被摔在地上,四溅开来,如同泼在地上的水。她呆呆地、精疲力竭地留在黑暗中。她视而不见地意识到,这会儿在黑暗中有着衰落的光片的一阵小小的骚动,一撮光片在跳着神秘的弧形舞蹈,缠扭着稳固地凑到了一块儿。它们聚成一个中心又出现了。碎片渐渐地重新结合在一起,翻腾着,摇晃着,舞动着,像是在惊恐中退却了,却又固执地向家里赶去。它们在前进的时候却是逃跑的样子;但总在摇曳着逼近,靠近目标。光簇在神秘莫测地增长着,更大了,更明亮了,像是一丝丝地回落到整体中,直到一朵乱蓬蓬的白玫瑰、一个扭歪磨损了的月亮又在水面上晃荡。它在坚持,在更新,想从震动中缓过劲儿来,从毁损和搅动中恢复过来,成为整体,安定下来,处在平静状态中。

伯金朦胧的身影在水边走来走去。厄秀拉怕他又要拿石头砸向水面,就从自己的座

位上滑下来,向他走去,说:

“你不要再向水里扔石头了,对吗?”

“你呆在那儿多久了?”

“一直就在那儿。你不会再扔石头了,对吧?”

“我想知道我能不能让月亮离开池塘。”伯金说。

“是的,它很恐怖,但是你怎么会恨月亮呢?它并没有伤害你什么,对吧?”

“这是恨吗?”伯金反问道。

两人一言不发的站了几分钟。

“你什么时候回来的?”厄秀拉又问。

“今天。”“你怎么不写信来呢?”“我没什么可说的。”“怎么没什么可说的?”“我也不知道。这时候怎么没有黄水仙?”“是没有了。”又是一片沉静。厄秀拉望着月亮,她禁不住又蜷缩成一堆,微微颤动着。“一人独处对你有好处吗?”她开口问道。“或许吧。不过我也不大清楚。我倒是恢复得不错。你做了什么重要的事情没有?”

“没有。我看着英格兰,感觉我已经够包容它了。”

“为什么看着英格兰呢?”伯金惊奇地问道。

“我也不知道。就是想看着它。”

“这跟国家没关系。”伯金说。“法国要糟得多。”

“对,这我知道。我感到自己已经容忍了这一切。”

他们踱着,最后又坐在了树根上,藏在阴影里。

在一片宁静中,伯金记起了厄秀拉眼睛里的美,那里面常常闪亮而清灵,犹如清泉,充满了奇异的希望。于是他慢吞吞地、有些困难地对她说:

“你身上有一种金色的光辉,我希望你能把它给我。”这段话他好像已经想了很长时间。

厄秀拉吓了一跳,像是要从伯金身边跳开。不过她还是高兴了。

“什么样的光辉呀?”她故意问道。

伯金却又腼腆了,不再开口。这次良机又失去了。悲伤之情袭进了厄秀拉的心里。

“我的生活是有缺陷的。”她说。

“不错。”伯金简短地应道,他不愿听她说这些。

“我感到从没有人会真心爱上我。”厄秀拉又说。

伯金没有回答。

“你认为我追求的是肉体方面的感受,对吗?”厄秀拉一板一眼地说。“这就错了。我想让你为我的心灵做点儿事。”

“我明白你的想法。我知道你追求的并不只是肉体方面的东西。不过,我想让你给我——把你的心灵给我——那种金辉,也就是你——那是你所不知道的——把它给我吧——”

沉默了一会后厄秀拉答道:

“可是我怎么能呢,你根本不爱我?你只不过是追求自己想要的目标罢了。你并不想为我服务,而只想让我为你服务。这可未免太有来无往了吧!”

伯金竭尽心力地延续着这场谈话,想从厄秀拉身上得到自己想要的东西——她在精神上对自己的驯服。

“这并不相同。”他说。“两种服务是根本不同的。我是用另一种方法为你服务——不是通过你自己——而是在其他方面。可是我想要咱俩在一起,而又不必为此操心——要真正在一起,因为咱俩本来就是在一起的。这就是一种奇妙的东西,并非人力所为。”

“不,”厄秀拉若有所思地说,“你不过是以自我为中心。你并没有过热情,也从没对我表现出过什么激情。你只想要你自己,真的,还有你自己的事情。你只是想要我在那里为你服务。”

可是这番话只是使伯金感到和她间隙了。

“啊,那好吧,”他说,“不管怎样,争吵也无济于事。事情在咱俩中间是存在的,要么就不存在。”

“你根本就不爱我。”厄秀拉嚷道。

“我爱。”伯金不禁愤怒地说。“不过我想——”他的心灵又感受到了从厄秀拉眼睛里露出的清泉般的可爱的金辉,就像是从一扇奇妙的窗口透出来的。他渴望着她与自己同在,在这个傲慢而冷漠的尘世上。可是告诉她自己想让她在这个骄傲冷漠的世界上陪伴自己又有什么益处呢?无论怎样说,交谈能有什么益处呢?这是言语所不及的事情。想用山盟海誓来打动她不会有好结果的。这就好像一只极乐鸟,用罗网是捉不住它的,必须让它心甘情愿地飞出来。

“我总以为自己要被人爱上了——结果却是失望。你不爱我,这你也知道。你不想为我服务,你只想要你自己。”

“你不想为我服务”，听到这句话，一阵狂怒又奔涌上伯金的心头。飘飘欲仙的感觉立刻从他心头消失了。

“不，”他愤怒地说，“我才不想为你服务呢，根本就没什么可服务的。你想让我为之服务的东西根本就没有，不过是空无一物。它甚至也不是你，而只是你身上的女人的劣根性。我决不会给你那可爱的女性自我任何东西的——那不过是一个用破布做成的洋娃娃。”

“哈！”厄秀拉满是嘲讽地大笑。“这就是你想象中的全部的我，对吧？然而你还厚颜无耻地说你爱我！”

她气愤地站起身来要回家去。

“你想要那种极乐的未知的东西。”她又转过身来，对一动不动地坐着地隐藏在阴影里的伯金说。“我知道这是什么意思，谢谢你吧。你想要我成为你的附属品，不能批评你，也不能为自己辩驳。你想让我仅仅成为你的一件东西！不，谢谢你啦！要是你想要的就是这个，会有许多女人愿意接受的。有的是女人愿意躺下来，让你从她们身上踩过去——去她们那里吧，这不就是你想要的——去她们那儿吧。”

“不。”伯金气愤而直率地说。“我想让你丢弃那种过分自负的意志，那种由受惊而来的忧虑重重的固执，这就是我想要做的。我想让你真正自信，不在乎一切。”

“让我忘乎所以！”厄秀拉挖苦地重复道。“我很容易让自己忘乎所以。只是你自己不能那样做，总是不放手自己，好像那就是你唯一的宝贝。你——你是这个古板的主日学校教师，——你——你这个牧师。

这番话说中了他的痛处，使伯金感到很不舒服，便不去看厄秀拉了。

“我说你要忘乎所以，并不是要你像酒神那样欣喜若狂。”他说。“我知道你能够那样做，但是我不喜欢那样，不管是酒神式的还是别种样子的。如同一只关在松鼠笼子里的松鼠一样走来走去。我要你别再关心自己，只要身在其间而不关心自己就行了，别再坚持己见——而要高兴、踏实、无动于衷。”

“谁固执己见啦？”厄秀拉讥讽地笑道。“总在那里坚持己见的是谁呀？那可不是我！”

她的话音里夹杂着一种倦乏的、嘲弄人的严厉。伯金一时间不知该说什么。

“我知道。”他说。“在咱俩各执己见的时候，我们就都错了。可咱们还是那样，就不能达成共识。”

两人凝然不动地坐在岸边树影下。银白的夜色包围着他们,他们却身处黑暗中,根本没有注意到这些。

渐渐地,寂静和安宁支配了他们。厄秀拉缓慢试探地把手放在了伯金的手上。宁静中,两人的手默默地轻柔地握在了一起。

“你真的爱我吗?”她问。

伯金笑了。

“我认为你这话是你的冲锋口号。”他回答说,心里很想笑。

“怎么!”厄秀拉嚷道,她也被逗乐了,觉得十分奇怪。

“你的固执己见——你的冲锋口号——‘一个布兰文,一个布兰文’——一种古老的冲锋口号。而你的却是‘你爱我吗?恶棍快投降,不然就灭亡。’”

“不,”厄秀拉争辩着,“不是那样的。不是那样的。你必须得让我知道你是爱我的,对吧?”

“那好吧,知道不就行了。”

“可是你爱我吗?”

“爱。我爱你,我也知道这是不能改变的。既然是无可改变的,还要更多地说起它吗?”

厄秀拉在欣喜和疑惑中沉默了片刻。

“真的吗?”她愉悦地凑近了伯金问道。

“没错——到此为止吧——接受它就行了。”

她紧紧偎依着他。

“什么就行了?”她幸福地喃喃着问。

“别再搅和了。”伯金说。

厄秀拉紧紧贴住了他。他也把她紧紧地搂在怀里,轻柔地吻着她。这是怎样一种安宁和天堂般的自由啊,只是搂抱着她,温柔地吻着她,不要任何思想,不要任何愿望,不要任何意志,就只这样地和她在一起,永远寂静,永不分离,在宁静的似睡非睡中,沉浸在狂喜的幸福里。在极乐中心满意足,没有奢望,没有对它物的要求,这就是天堂:在幸福的沉寂中在一起。

厄秀拉久久地藏在他的怀里,他在温柔地吻她,吻她的头发,吻她的脸颊,吻她的耳轮;动作轻柔舒缓,恰如露珠滴落。可是,吹在厄秀拉耳朵里的温暖的气息又搅扰了她,

点燃了往日能摧毁人的欲火。她贴在伯金身上，伯金能感到自己的血液像水银一样在流个不停。

“咱们就这样温柔而宁静的坐着，是吧？”他说。

“对。”厄秀拉像是十分柔顺地回答说。

她依然紧偎着他。

不过只是一会儿，她便躲开身子，瞧着伯金。

“我要回家去了。”她说。

“一定要回家吗——可真让我伤心。”伯金应道。

厄秀拉探身向前，撅出嘴来让他吻。

“你真的伤心吗？”她微微一笑嘟囔着说。

“对，”伯金答道，“我希望咱俩就像现在这样呆着，永远这样。”

“永远！真的吗？”厄秀拉一边让他吻着，一边喃喃着，随后又纵情地哼道：“吻我！吻我呀！”她紧紧贴住了伯金。伯金一次又一次地吻着她。不过他也有自己的想法。他想要的仅仅是柔肠千转而精神交流，而不是别的什么；眼下还不要情欲。于是厄秀拉很快离开他，戴上帽子回家了。

就在第二天，伯金又被愁闷和渴念所笼罩。他想，自己也许错了。带着自己想要什么的念头和她在一起大概并不对头。它只是一种念头还是那种深沉的思慕？如果是后者，他怎么能总是大谈特谈肉欲的满足呢？这两者并不完全一致。

他突然发现自己的处境。它是那样简单——简单得要命。一方面，他知道自己根本不想受什么肉欲经验——那比日常生活所能给予的东西要更深刻，更隐秘。他想起了在哈里特那里时常见到的非洲人的偶像。他记忆中出现了其中的一个。那是一尊大约两英尺高的小雕像，是一个漂亮而细高的西非人，是用黑木雕的，表面光滑，显得温文尔雅。那是一个头发盘得高高的女人，好像甜瓜似的脑袋。他清清楚楚地记起了她，她是他灵魂中的一个老相识，身段颀长优雅，脸被揉皱成小小的，活像是甲虫的脸。她的脖子上套着许多沉沉的圆形项圈，像是由铁圈堆成的一个圆柱体。他还记得她：那让人钦佩教养的优雅风姿，缩小的甲虫似的脸，在难看的两条短腿上的颀长优雅的躯体教人叹为观止，高高隆起的臀部在细长的腰下显得那样笨重而出人意料。她知道他一无所知的那些东西。她身上沉积着几千年的纯粹肉欲和纯粹肉体方面的知识。自从她那个种族神秘地灭亡之后——也就是自从感官和公开表达的意向之间的联系被打破、所有经验都变得没

有区别，仅是神秘的肉欲经验之后——，几千年一定已经过去了。几千年前，那些眼下在他心中是无法等待的东西，一定也曾出现在那些非洲人的心中；善良、神圣、创造的心愿和生产的幸福一定消失了，只剩下了一种要去了解的冲动，就是要通过感官去了解一种愚蠢难忍、循规蹈矩的知识。知识被压抑在感官中，又在感官中结束。神秘的知识在渐渐崩溃，成了甲虫所具有的那种知识，它纯粹只活在腐败中，活在冰冷的溶解的世界里。所以她的脸瞧上去就像一只甲虫的脸；这就是埃及人要崇拜滚泥球的金龟子的原因；因为知识的原则正在溶解和腐败。

在死亡造成的决裂之后，我们还能延续一段很长的路：那是处在带来剧痛的破裂中的灵魂从对有机体的掌握中突然轻飘飘的离去之后。我们从生活与希望之间的联系中跌落下去，坠入了非洲人那种纯粹感官理解的无边无际的过程中，去了解溶解的秘密。

他现在明白了这是一个漫长的过程——在创造的精神死亡之后，还要持续几千年。他很明白还有伟大的秘密有待于揭晓，那是肉感的、愚笨的、可怕的秘密，远胜于对男性生殖器的崇拜。在他们的反问文化中，这些西非人超出对男性生殖器的了解究竟有多远呢？非常遥远。伯金又记起了那个女性形象：拖着细长的躯体，古怪而罕见的笨重的臀部，被禁锢住的修长的脖子，以及像甲虫的头一样微小的脸部。这远远超出了任何有关男性生殖器的知识，这种肉感的微妙的东西远远超出了研究男性生殖器的范围。

这条道路，这样恐怖的非洲人的进程，还留在那里等待被完成。它可以由白种人用各种各样的方式来加以完成。白种人的身后有北极，那是辽远宽阔的冰雪地带的深奥莫测的世界；他们要去完成一种神秘的事业，它有关冰冷的毁灭性的知识和冷酷无情的毁灭。而撒哈拉沙漠散布着死亡的灼热，西非人正是在这种控制下，在酷热的毁灭中，在正在堕落的有关阳光的神秘事物中，已经得到了满足。

那么这就是残留下来的一切吗？就必须割舍同幸福的创造性的生命的关系，现在就没有剩下别的什么了？难道时间到头了吗？我们的创造性生命的时代已经终结了？难道留给我们的仅仅是这种无法理解、可怕、正在溶解的后来的知识吗？这是非洲人的知识，不是我们的；我们是从北方来的白肤金发蓝眼睛的人。

伯金忽然想起了杰拉尔德。他是从北方来的那些神奇陌生的白色魔鬼中的一个，他在这种毁灭性的冷冰冰的神秘事物中如鱼得水。难道他今生注定要死于这种知识、死于这种对严寒的认知过程、在彻骨的寒冷中死去吗？难道他预示着宇宙要溶入白茫茫的冰天雪地中吗？他不会是传达这个消息的信使吧！

伯金吓坏了。思索到这种程度也使他感到疲惫不堪。他那紧张得出奇的注意力突然松弛下来,不能再专注于这些秘密了。还有另外一条路,那就是自由之路。还能欢天喜地地进入纯净单一的存在中,个人的灵魂高于爱情和结合的愿望,它比任何感情的剧痛都更为强劲有力,是一种可爱的自由骄傲的单身状态。它承担着与其他人永久结合的责任,同另一个人一道,屈从于爱的束缚,却决不会丢掉自己那骄傲的个人的单一状态,即便在爱情中屈服时也是这样。

还有留下来的其他道路。他必须跑去遵循它。他想起了厄秀拉,她有多么敏感娇嫩啊。她的肌肤那样细嫩,好像就没有皮肤似的。她优雅敏锐得惊人。他不该忘掉这个呀?他们一定要马上结婚,这样就可以形成明确的誓约,进入一种确切无疑的结合中。他要立刻动身去向她求婚,这就走。不能再无谓地等待了。

伯金急匆匆地信步朝贝尔多福走去,他的行动有一半儿是出于下意识。他望见小镇就坐落在山坡上,整齐有致,被矿工住宅处的笔直定型的街道围成了一个四面有街的宽阔的房屋区。在伯金的想象中,它看上去就像是耶路撒冷。整个世界都显得异乎寻常。

罗萨兰德为他开了门。她像一个年轻姑娘所会做到的那样有点吃惊,说:

“哦,我这就去告诉父亲。”

说完这句话她就不见了,留下伯金在门厅里。他打量着墙上那些毕加索的画的复制品,那是前不久古德伦带来的。他正在赞赏那出神入化般使人对尘世产生美感的领悟时,威尔·布兰文走了过来,一边放下衣袖。

“哦,”布兰文说,“我还得拿一件外套。”他又走开一会儿,然后回来打开了客厅的门,说:

“实在抱歉,刚才我正在小棚里做点儿活。请进。”

伯金进去坐下来,仔细观察着那个男人喜气洋洋的红润的脸庞、窄小的额头和亮闪闪的眼睛。他那相当肉感的嘴唇宽宽地张开着,在经过修剪的小黑胡子下面显得胀鼓鼓的。真奇怪,这竟然是一个人!这么一个真实存在的人,布兰文如何看待他自己又多么的毫无意义啊。伯金只能看到一种激情、愿望、隐瞒、传统和呆板观念的聚合,它陌生而莫名其妙,几乎是没模没样的。它们在未熔合和分离的状态中全部投射在这个身材细瘦、红光焕发的男人身上。他年近五十,却还是缺乏决断力和创造力,好像是个二十岁的毛头小伙子。在还不能控制自身的时候,他又怎么是厄秀拉的父亲呢?他不是父亲。他只给了她一个活生生的肉体,精神却不是来自他。精神不是来自祖先,而是来自未知的

世界。一个小孩儿是神秘事物的产物，否则就不能说他是被创造出来了。

“天气还不像往日那么糟。”过了一会儿，布兰文说道。两个男人之间并没有什么话可谈。

“还行吧。”伯金应道。“前两天月亮刚圆。”

“哦！那么你相信月亮影响天气喽？”

“不，我认为自己的观念并不是那样的。我对它不太了解。”

“你知道他们怎么说吗？月亮和天气会同时变化，但月亮的变化是无法改变天气的。”

“是这样吗？”伯金说。“我没听说过。”

短暂的沉默。伯金又开口说：

“我妨碍你了吧？我是来看望厄秀拉的，真的。她在家吗？”

“我不知道她是否在家。我想她是去图书馆了，让我问问去。”

伯金听见他在餐厅里问别人。

“不在。”他回来说。“但是过一会儿就会回来的。你想找她说话吗？”

伯金冷静得出奇，用清澈的目光打量着对面的那个男人。

“实际上，”他说，“我是想向她求婚。”

那位年岁很大的男人的金褐色的眼睛里露出了闪闪光点。

“哦？”他说着，瞧着伯金，又在对方平静地凝望着自己的目光下垂下了眼睛。“那么她盼望你这样做喽？”

“不。”伯金答道。

“不吗？我竟然还不知道有这种事在进行中——”布兰文笨拙地冷笑着。

伯金依然注视着他，悄悄地自言自语道：“我实在是不明白他为什么一定要说‘在进行中’！”他又提高了声音说：

“对，这也许是太突然了。”此时，想起自己和厄秀拉的关系，他又加上一句。“不过，我也不清楚——”

“非常突然，对吧？啾！”布兰文感到大惑不解，生气地说道。

“从某一方面讲是这样，”伯金答道，“从另一方面讲却又并非如此。”

两人沉默了一会儿，布兰文又说：

“好吧，那就由她自己去吧——”

“哦，当然！”伯金不动声色地应道。

布兰文用洪亮却有点儿颤抖的嗓音说：

“我本来也不该让她太匆忙了。木已成舟的时候再左顾右盼也就没什么必要了。”

“哦，”伯金说，“就此事而言，这决不会木已成舟。”

“你这话什么意思？”做父亲地问。

“如果一个人后悔自己结婚了，那么这段婚姻也就不存在了。”

“你这样想吗？”

“是的。”

“啊，好吧，你可以这样想。”

伯金不再说些什么，只是在心里想道：“它当然可以这样。威廉姆·布兰文，但要是按照你的方式看它，这还需要增加一点儿说明呢。”

“我想，”布兰文接着说，“你知道我们是什么样的人家吧？知道她是在什么样的环境下长大的吗？”

“‘她’，”伯金心里寻思着，记起了小时候修改过的一个病句。“是猫的妈妈。”

“问我知道她受到的是怎样的教养吗？”他大声反问道。

他像是在有意要激怒布兰文。

“嗯，”布兰文说，“她有过一个姑娘应该有的一切——在可能的条件下，在我们力所能及的范围内。”

“我相信她现在仍然有。”伯金回答道。这引发了一段了不祥的沉默，做父亲的显然被触怒了。实际伯金的出现就足使他愤怒万分了。

“我不想见到她毁约。”他慷慨陈词地说。

“为什么？”伯金问。

这简短的一问像是根导索一样引发了布兰文脑子里的炸弹。

“为什么！我不相信你那种花样翻新的方式和念头——进进出出得像是只陶罐里的蛤蟆那样随便。跟我来这套绝对不行。”

伯金目光冰冷地瞪着他。两个男人之间激起了本性上的对抗。

“对，难道我的方式和念头是新花样吗？”伯金问。

“它们吗？”布兰文慌忙插上来说，“我可不是专门针对你的。我想说的是，我的孩子受到的教养是所作所为的事情都要符合宗教原则；我同样也是这样被教养大的。我不想

见到她们背叛那个原则。”

又一阵令人不安的沉默。

“要是不符合了那个原则呢？——”伯金问。

做父亲的犹豫起来，他陷入一种令人尴尬的窘境了。

“呃？你说什么？我想说的只是我的女儿——”他觉得说什么都是毫无用处的，便支支吾吾不再往下说了。他也知道自己有点儿文不对题了。

“当然了，”伯金说，“我并不想伤害任何人，也不想影响任何人。厄秀拉完全可以按她的意愿选择。”

两人都不吱声了，这是因为两人之间根本无法互相沟通。伯金心里烦透了。厄秀拉的父亲不能够清晰地表达思想，头脑里又装满过去的守旧思想。年轻人的目光停留在了年岁比较大的那个男人的脸上。布兰文抬眼望去，看到伯金正盯着自己。在他脸上不由显露出愠怒、羞辱和在力量上逊人一筹的神情。

“至于信仰，那是另一码事。”他说。“可是我宁愿亲眼看着女儿明天死去，也不要她们对最先愿意来对她们吹口哨的男人唯命是从。”

一道古怪的痛苦的神情浮现在伯金的眼睛里。

“至于这点，”他说，“我只知道更可能的是我对这个女人唯命是从，而不是她对我。”

又一阵沉默。那个做父亲的有几分不知所措了。

“我知道，”他说，“她会心满意足的——她总是那样的。我为她们尽了力，不过那也没什么。她们一直是为所欲为，如果可以的话，她们还会不管别人，只按自己的意愿办。不过，她也有权力考虑一下她母亲和我——”

布兰文只顾顺着自己的思路想下去。

“我已经对你说过多少回了，我宁可把她们埋掉，也不愿意见到她们像当今遍地的那样放荡不羁。我宁愿埋掉她们——”

“对，不过，你也明白，”伯金疲惫不堪地慢吞吞地说着，这没完没了的重复唠叨又使他讨厌起来。“她们不会让你我有机会去埋葬她们的，因为她们就自身永远不会被埋掉。”

布兰文在突起的由于感到无能为力而来的怒火中瞪着伯金。

“伯金先生，”他说，“我不知道你来这儿干什么，也不知道你要求的是什么。可是我的女儿就是我的女儿——在我力所能及去照料她们是我的责任。”

伯金的眉头猛地拧了起来，目光也在嘲笑中变得锐利了，他还是保持了僵挺不动的姿势。两人都沉默不语了。

“我一点儿也不反对你娶厄秀拉。”布兰文终于开口了。“这和我没关系。她可以去做她自己喜欢做的事，有没有我同意都无所谓。”

伯金抬起头望了望窗外，好轻松一下自己的脑子。说到底，这又能起什么作用呢？再坚持下去也是毫无希望的。他要静坐着等厄秀拉回家，再对她说，然后就走。他可不要从她父亲那里揽什么麻烦事。这根本没有必要，他自己也没有那个心情去挑起它。

两个男人一言不发地坐着，伯金几乎忘记了自己是在哪儿了。他是来向厄秀拉求婚的——那好吧，他要等着，向她求婚。至于她会说什么，是否会接受自己的求婚，他就不在意了。他要讲出他来这里想说的话，这就是他所意识到的一切。他承认这个家庭的人对他说来是微不足道的。而眼下的一切就像是命中注定的。他只能见到眼前的这件事，别就没有了。此时，他已经完全从其他事情里挣脱出来。结局只有靠命运和机会去决定了。

他们终于听到了开门的声音，见到厄秀拉走上楼梯，胳膊下面夹着一包书。她的表情依如往日那样富有生气，全神贯注，像是在出神地想些什么。她那种人在心不在、超然于现实之外的神态激怒了父亲。她有一种令人生气的本领，好像体内发出的一种光驱逐

了现实;在这种光辉中她显得神采奕奕,好像沐浴在阳光下。

他们听到她走进餐室里,把书包甩手扔在了桌子上。

“你给我带来《少女之友》了吗?”罗萨兰德嚷着问。

“带来了。可我忘了你想要的是哪一本了。”

“你一定会这样做的。”罗萨兰德气呼呼地大叫起来。“这可真是怪了。”

随后,他们听见她轻轻地嘀咕了些什么。

“在哪儿呀?”厄秀拉嚷出声来。

她妹妹的话声又放低了。

布兰文推开门,声音尖大刺耳地喊道:

“厄秀拉。”

厄秀拉马上出来了,帽子也没来得及摘。

“啾,你好!”她见到了伯金,嚷道,好像由于惊讶而不知所措了。这使伯金觉得很意外,因为她早已知道自己已经来了。厄秀拉脸上洋溢一副喜气洋洋的怪异神情,气喘吁吁的,像是被现实世界弄糊涂了,以至于无法真实地面对它,而自己却另有一个可爱明丽的世界。

“我没有打断你们谈话了吧?”她问。

“没有。你只是打破了一片沉默。”伯金回答说。

“哦。”厄秀拉心不在焉、含含糊糊地应道。他们的存在对她说来并不重要。她受到了压抑,没怎么在意他们。这是一种微妙的刺激,用来激怒她父亲屡试不爽。

“伯金先生来这里要和你讲话,而不是和我。”做父亲的说。

“哦,是吗!”厄秀拉含混不清地嚷着,似乎这对她来讲无所谓。她镇定下来,转向伯金,显得神采奕奕而又不动声色地说:“有什么要紧的事情吗?”

“我希望有吧。”伯金挖苦地答道。

“——来向你求婚的,像人们所说的那样。”她父亲插嘴道。

“哦。”厄秀拉木然地应了一声。

“哦,”做父亲的模仿她的口气嘲弄道,“难道你就没别的话可说啦?”

厄秀拉退缩了,像是受了伤害。

“你真是来向我求婚的?”她问伯金,好像这不过是一个游戏。

“对。”伯金应道。“我想我是来求婚的吧。”他像是要故意绕开“求婚”这个词。

“是吗？厄秀拉怀着朦胧的喜悦问道。她看上去相当开心。伯金不管怎样也该说点儿什么。”

“不错。”他答道。“我想——我想请你同意嫁给我。”

厄秀拉端详着伯金。他的眼睛里流露出混杂有不同心情的光芒,既想拥有她的什么东西,又不想拥有它。厄秀拉有点儿退缩了,好像自己暴露在伯金的目光下,而这对她说来又是一件痛苦的事情。她心头笼罩着乌云,脸阴沉着转向了一边。她被逐出了自身那个神采奕奕的单一的世界。她害怕有所联系,这种时候这对她说来简直有些坐立不安。

“好吧。”她含含糊糊地答应着,话音听上去像是心存疑虑而又漫不经心。一股突如其来的愤怒使伯金的心骤然间缩紧了。这对她说来竟算不了什么。自己又错了。她是在某种只属于她个人的自给自足的世界里。他和他的渴望不过是突然降临的事情,是对她的侵犯。这惹得做父亲的也怒气冲冲。从厄秀拉那里,他一辈子都被迫在忍受这种轻慢的态度。

“好啊,你究竟在说些什么呀!”他嚷道。

厄秀拉惊慌了。她朝下瞟了父亲一眼,有点儿受了恐吓地说:

“我什么都没说,对吗?”她好像害怕自己已经做了决定。

“是没有。”做父亲的愤怒地说道。“不过,你也没有必要看起来像个傻瓜。你还没分不清是非,对吧?”

在默默地敌对情绪中,厄秀拉的劲头下去了。

“我并没有失去理智,你这是什么意思?”她用愠怒的反抗的口气反驳道。

“你听见人家向你请求什么了,是不是?”父亲气愤地嚷道。

“我当然听到了。”

“那么,你就不能做出回答吗?”做父亲的咆哮起来。

“为什么我就该回答呢?”

这种无礼的顶撞使布兰文惊住了,他目瞪口呆地愣在了那里。

“不,”伯金开口打破了僵持局面,“不必马上回答。你可以在自己想说的时候再告诉我。”

厄秀拉眼睛里迸射出热烈的神情。

“为什么我就该说什么呢?”她嚷道。“你们自己做出了这种事,和我又有什么关系。为什么你们俩都想欺负我呢?”

“欺负你！欺负你！”她父亲异常恼怒地恨恨地嚷道。“欺侮你！哼，真可惜你还不能被欺负得知道点儿规矩和体面。欺负你！你要对这个负责，你这个自以为是的家伙。”

厄秀拉呆在屋子中间，脸上闪烁着让人心寒的神色，像是因为得意扬扬而目空无人。伯金抬头瞧着她，也火了。

“可是并没有人在欺负你呀。”他用一种令人心寒又异常温柔的口气说道。

“欧，是的，”厄秀拉嚷道，“你们全想迫使我做什么。”

“那只是你自己的错觉而已。”伯金挖苦地对她说。

“是错觉！”做父亲的也嚷着说。“一个固执己见的蠢货，她就是。”

伯金站起身来说：

“好吧，咱们现在先抛开这个不谈吧。”

说完这句话他就走出了这所房子。

“你这个傻瓜！傻瓜！”做父亲的气急败坏地对厄秀拉吼开了。厄秀拉离开房间上了楼，一路还小声哼着歌。然而她的思路早已乱了套，好像刚刚经历了一场令人胆战心惊的恶斗。从卧室窗口里，她能见到伯金上了路。他这样在盛怒之下转身离去，使厄秀拉惊讶无比。伯金真可笑，不过她又害怕他。她像是在从某种危险的境地中逃走。

父亲呆坐在楼下，在羞辱、愧悔与悔恨中浑身无力。每每经过这样一场同厄秀拉之间的不可理喻的冲突之后，他就像被所有的恶魔给占据了。他怕她，好像自己仅有的现实生活就是对她的极度憎恨。整个地狱好像都装在了他的心里。但他还是走开了，好逃避自己。他知道自己必须绝望、屈服、在绝望中屈服，并且事实上已经这样做了。

厄秀拉脸上毫无表情冷漠，对所有人都不理不睬。她退缩回自己的世界中，变得像宝石一样坚硬和自身圆满。她神采奕奕，无懈可击，悠然快乐，在自制中获得了彻底的解脱。父亲不得不学会容忍她这种轻率的什么都不在乎的态度，不然那会逼得他发疯。在真真切切的敌意中，厄秀拉喜气洋洋地对待一切。

她会一连几天就这个样子，在这种表面看来纯粹是发自内心的坦荡喜悦的心境中，忘却自身以外的一切，却又敏锐地注意到与自己利害攸关的事情。啊，作为一个男人，在她身边可真不轻松。布兰文诅咒自己这种为父之人的身份，可又必须学会眼不见心不烦。

厄秀拉就这样一直执拗着，在一心与人作对中显得那样欢畅愉快，富有魅力；她那样心无杂念，使大家难以相信她，又从各方面都讨厌她。她那招人反感的清亮陌生的嗓音却暴露了她的本质。只有古德伦和她在同一条战线上。正是在这种时候，姐妹俩的亲密关系几乎臻于完美的境界，好像两个人的智力也二合为一了。她们感到相互间的了解，两人生气勃勃、有力地联结在了一起。这种联结胜过其他一切。在两个女儿沉醉于这种盲目欢乐而亲密无间的日子里，为父的却像是在呼吸着死亡的空气，好像自己被毁灭了。他气得发疯，坐卧不安，觉得女儿们似乎正在一点一点吞噬着他。可是对她们他又毫无办法，有苦难言。他被迫呼吸着自身散发的死亡之气息。他在心灵中诅咒她们，一心想摆脱他们。

在女性轻松的超然状态中，姐妹俩依然喜气洋洋，看上去美不可言。她们说着知心话，由于彼此间毫无保留地吐露心曲而亲密无间，最终都讲出了各自的全部秘密。两人毫不隐瞒地说出了一切，直到双双越进罪的国度。她们相互用知识武装起来，品尝着知识之果的最微妙的滋味。她们的知识互为补充，这一位的补足了那一位的，让人看了忍不住要拍手称奇。

厄秀拉看待追求自己的男人就像是母亲看待儿子，既可怜他们的思慕，又赞赏他们的勇敢。那些男人使她感到惊异，就像孩子使为母的感到惊奇一样；他们的新奇之处又使她感受到了某种欢欣。但在古德伦的眼中，男人都是敌对阵营里的人。她对他们又是怕又是瞧不起，却又给了他们的所作所为以过多的尊重。

"当然啦，"她轻松自在地说，"伯金身上有一种生命特征，相当吸引人。他身上有一种特别丰富的生命力的源泉，他奉献自己时的方式也简直让人惊讶。不过，生活中许多事情他根本就不知道。他要么是没有留意到它们的存在，要么就以为它们无足轻重而没放在心上——而这些事情对别人却是至关重要的。从某个方面讲，他还不够聪明，对有些事也未免过于认真了。"

"对了，"厄秀拉嚷道，"传教士的味道也太浓了。他简直就是个教士。"

"一点儿也不错！他丝毫听不进别人的直言相劝——简直就是不听。他自己的嗓门也太大了。"

"对了，他靠喊叫压服你。"

"他靠喊叫压服你。"古德伦学说了一句。"而且纯粹是靠暴力的力量。这当然是没有任何作用的。暴力是不会使人信服的。这样一来就没法和他说话了——我以为，和他一块儿生活更是不可思议。"

"你不认为能有人和他一起过活吗？"厄秀拉问。

“我想那可就太让人厌烦,太让人精疲力尽了。每一次你都会被他压倒,按照他的意愿行事,除此之外,别无选择。他要完全控制你。他不允许任何思想与他的思想不同。他头脑的真正愚笨之处就在于缺少自我批评。不,我觉得这根本是没法容忍的。”

“没错。”厄秀拉懵懵懂懂地同意道。她并不完全同意古德伦的话。“让人讨厌的是,”她说,“你会发现,几乎所有男人在过了两个星期以后,都会变得令人难以忍受。”

“这真是太可怕了。”古德伦说,“可是伯金——他太自信了。如果你要自作主张,他就受不了。这么形容他一点儿没错。”

“对,”厄秀拉说,“他必须要自己说了算。”

“对极了!你想想,还有什么比这更让人受不了的事呢?”这一点毫无疑问,厄秀拉觉得厌恶之情一直撼动到自己心灵深处。

在痛苦带来的死气沉沉中,与内心的一片混乱中,她就这样不绝于口地说了下去。

随后,她对古德伦的感情却来了个一百八十度的大转弯。古德伦竟那样毫不留情地把生活全部遗忘,使事情变得那样令人厌恶而又无可挽回了。实际上,即便伯金就像古德伦所说的那样,其他一些事情也同样真实呀。古德伦会在伯金下面画上两道,把他像一笔清账那样勾销。他在那里,被总计起来,付清,结账,全完了。这是谎言。古德伦的这个判断,就这样一句话把人和事都打发掉,全是类似的谎话。厄秀拉开始厌恶妹妹了。

一天,姐妹俩沿小巷走着,见到一丛灌木顶上落着一只知更鸟,还在尖声唱着。她们停下来望着它。古德伦脸上露出一丝嘲讽的浅笑。

“它这不是很自以为是吗?”她冷笑着问道。

“可不是嘛!”厄秀拉扮了一个嘲弄的鬼脸,嚷着说。“它完全是空中的小劳伊德·乔治!”

“怎么不是呢!空中的小劳伊德·乔治!它们就是他。”古德伦也兴高采烈地喊起来。随后一连几天,厄秀拉能看到这些固执冒失的小鸟像意志坚定的矮个政治家那样在讲坛上放开喉咙叫着;这些小家伙不惜一切代价,一定要让自己的声音被别人听到。

但是即使这种情景也来了一个大转变。几只跳跃着的金翼啄木鸟突兀地出现在厄秀拉前面的路上。它们冷飕飕地怪里怪气地瞅着她,就像是闪亮的黄色箭镞为了某种怪诞的使命而射人空中。厄秀拉自言自语道:“叫它们小劳伊德·乔治毕竟是太冒失了。对我们来说它们真是未知的,是未知的力量。把它们看成和人是同样的东西也未免太鲁莽了。它们生活在另一个世界上。拟人说有多么愚蠢!古德伦真莽撞无礼,以自己为标准衡量一切，让一切服从于人类的标准。鲁珀特是对的，人的确讨厌，硬要依照自己的形象来描画宇宙。但是谢天谢地，宇宙并不以人的意志为转移。”在厄秀拉看来，把鸟儿叫成小劳伊德·乔治是大不敬，是在破坏所有真实的生命。这是关于知更鸟的一个谎言，是那样的一种轻蔑。然而她自己做了同样的事。不过这是出于古德伦的影响——厄秀拉就这样摆脱了自己的干系。

于是她叛离了古德伦，叛离了古德伦所代表的东西，而在心中又转向了伯金。从伯金求婚以惨败收场后，她还没见过他。她也不打算碰面，因为就不想被人突然问起自己是否同意这件事。她心里很清楚伯金向她求婚时，言语中都是些什么意思；无形之中，不需要言语她就心领神会了。她知道伯金想要的是什么样的爱的回报。她不能相信这就是自己梦寐以求的那种爱情，也不能相信这就是自己追求的在彼此分离中的相互结合。她孜孜以求的是无须言表的亲密无间。她要占有伯金，彻彻底底地最终把他据为己有；啾，要那样无从言喻地如胶似漆。让他醉倒——啊，一饮醉终生。她下了一个惊人的决心，当然只是对自己说的；她心甘情愿，要像叫人恶心的麦瑞狄士在诗里所描写的那样，用自己的双乳去温暖情人的脚底板。但这样做的前提条件是，他，她的情人，要绝对爱她，并彻底抛弃自我。但更为微妙的是，她又知道伯金决不会一成不变地服从于她。他绝不相信一个人应该最终抛弃自我，并且公开这样说过。这是他提出的挑战。厄秀拉也准备为此而向他开战。因为她相信对爱情的彻底服从，坚信爱情要远胜于个性。伯金却说个性要重于爱情，也重于任何情感。对他说来，生机勃勃的个体的灵魂接受爱情作为自己所会有的状态之一，作为自身平衡的一个条件。厄秀拉则信奉爱情就是一切。男人必须把自身奉献给她，必须毫无怨言地接受她的一切。让他彻头彻尾地成为她的男人吧；作为回报，她又会是他的谦卑的仆人——也无论自己是否乐意。

发泄

求婚惨败后,伯金怒火冲天、晕头转向地匆匆逃离了贝尔多福。他觉得自己是十足的大傻瓜,整个情景就是一幕精彩绝伦的滑稽剧。当然,他并不因此而伤脑筋。他对厄秀拉怀着发自肺腑的嘲讽的愤怒;她总是任性地嚷着亘古不变的那句话:"你为什么要欺侮我?"还有她那副目空一切、欢快出神的样子。

伯金径直来到劳斯兰茨旁。在书房里,他看见杰拉尔德正背朝炉火站着,像是处于茫无头绪、烦躁万分的人那样纹丝不动,空虚至极。杰拉尔德已经完成了他想干的一切工作——这会儿竟无事可做了。他可以乘车出门,也可以进城。但是他既不想坐车出门,又不想去城里,也不想去拜访瑟尔比家。他沉浸在令人麻木的极度苦痛中木头般地站在那里,就如同失去了动力的机器。

这对杰拉尔德说来则是意味着十分惨痛的代价,他从不知道什么叫厌烦,总在不停地行动着,从未不知所措过。而此刻,他体内的一切好像都要停顿下来,不愿再去做摆在面前的事情了。他心如死灰,怠于对任何建议做出反应。他费尽心思想着做些什么能够把自己从这种无聊之极的痛苦中解救出来,摆脱这种空洞的压力。只剩下三件事还能引发他的兴致,让他能够活下去。饮用或吸食印度大麻或者让伯金来安慰自己,要么就和女人鬼混。而眼下却没什么可喝的,又没有女人,他更不知道伯金在哪。因此,除了承受这种由因为空虚而生的压力,他简直无事可做了。

瞧见伯金时,他的脸庞被一种倏然而起的无与伦比的微笑照亮了。

"上天作证,鲁珀特,"他说,"我刚得出结论说,除了有人——这人要恰好是那种人——来减轻一个人的孤独感,这个世界上其他的事情都算不了什么。"

他望着另一个男人时,目光中的笑意使人惊讶。那纯粹是突然流露地感到宽慰的神情。他面无血色,甚至带了几分憔悴。

"我想你的意思是指那种能减轻人的孤独感的女人吧。"伯金闷闷不乐地说。

"当然啦,假使任我选择的话。即使没有那样的女人,来个能够逗乐的男人也不赖。"

杰拉尔德说完这句话就哈大笑起来。伯则金靠近火旁坐了下来。

"你到底有什么事?"他问。

"我?没什么。这会儿我的情况可不大好,什么事情都让人难以忍受,既不能工作,又不能玩。我不晓得这是不是年龄大了的迹象,我想是吧。"

"你是在说你很厌烦吗?"

"厌烦,我搞不懂。反正我不能一心一意地做任何事情。我发觉魔鬼要么就在我脑袋,要么就是死了。"

伯金朝上瞟了一眼,直盯住杰拉尔德的眼睛。

"你应该试一试看能不能碰巧找到点什么。"他说。

杰拉尔德轻轻一笑。

"或许吧,"他说,"只要是有什么东西是值得寻找的。"

"真的!"伯金语调柔和地说。经过一段很长时间的沉默,这时候他们又都能感到对方的存在。

"人必须等待。"伯金说。

"啊,天啊!等待!我们究竟在等待什么呢?"

"有位老约翰尼说,医治厌倦有三种办法:睡眠、饮酒和旅行。"伯金说。

"全没用。"杰拉尔德毫不在意地说。"睡觉时,你要做梦;喝酒时,你要骂娘;旅行时,你又要对搬运行李的工人大吼大叫。不,只有工作和爱情才是两条出路。在你不工作的时候,就该恋爱。"

"那就恋爱吧。"伯金说。

"那就给我一个所爱的人吧。"杰拉尔德又说。"恋爱的可能性本身就耗完了。"

"是吗?然后在做什么呢?"

"然后你就去死。"杰拉尔德说。

"那么你就该死去。"伯金说。

"我看不出会这样。"杰拉尔德应道。他从裤袋里抽出手去拿香烟,看起来有些紧张。他借着灯内仍着的火点燃了香烟,向前伸去,一口一口地吸着。尽管仍是孤独一人,他仍像通常傍晚时分那样,已经为进晚餐穿好了晚礼服。

"照你那两条原则说还该有另外一条出路。"伯金说。"工作、爱情和战斗。你忘了战斗了。"

“我想是忘了吧。”杰拉尔德说。“你玩过拳击没有——?”

“没有,我想我没有。”伯金答道。

“啊——”杰拉尔德仰起头来,把烟慢慢吐向空中。

“你想什么呢?”伯金问。

“没什么。我想咱俩应当打它一个回合。这也许是真的,我一直盼望要打什么东西。这倒是个不错的主意。”

“所以你想也该打我喽?”伯金问道。

“你?哦——!也许吧——!以一种相当友好的方式,当然喽。”

“真的吗!”伯金辛辣地反问道。

杰拉尔德背靠壁炉架站着,低头看着伯金,眼睛里闪射出极度的恐惧之情,就像一匹眼睛充血、有些亢奋的种马的目光,它正在极度惊恐中扭头扫视着后方。

“我感到要是自己一不小心,就会发现自己在干傻事。”他说。

“为什么不干呢?”伯金冷冷地问道。

杰拉尔德按捺不住地心烦意乱地听着,一直向下盯住伯金,好像正在另一个男人身上找寻什么东西。

“我过去常练日本式摔跤。”伯金说。“在海德堡的时候,一个日本佬和我合住一所房子,他充当我的教练。不过我从没有学到家。”

“你真的学过吗!”杰拉尔德喊起来。“那是我从没见人们做过的事情之一。我想,你指的是练习柔道吧?”

“对。不过对这些事情我不是在行——我对它们毫不感兴趣。”

“你对它们不感兴趣?我可感兴趣。开头怎样做?”

“要是你喜欢的话,我可以尽我的全力演示给你看。”伯金说。

“是吗?”杰拉尔德问,一种奇怪的隐含冷笑的神情让他的脸绷紧了一会儿。“哦,我可真喜欢这样了。”

“那么咱们就来试试柔道吧。但是穿一件浆过的衬衣可很不方便。”

“那咱们就脱掉它,像回事地练一场。等一下——”他拉铃叫男管家。

“拿两片三明治和一瓶苏打水来,”他对那个男人吩咐道,“然后今晚就别来打扰我啦——让其他人拿来也可以。”

那个男人出去了。杰拉尔德眼睛闪闪发光地看向伯金。

“你以前常和日本佬摔跤吗?”他问道。“你脱衣服吗?”

“有时候脱。”

“是吗! 作为一个摔跤手他如何?”

“不错,我确信。我是外行。他十分敏捷机灵,劲儿大得吓人。那可是件了不起的事情,他们似乎有一种奇怪的变化多端的力量,那些人——不像是人在抓你——倒像是条珊瑚虫——”

杰拉尔德点点头。

“看见他们的时候我可以想象得出来,”他说,“他们使我非常厌烦。”

“又使你反感,又吸引了你,两者都有。在他们冷酷的时候,真让人讨厌,整个人看上去灰溜溜的。但是当他们热情洋溢地被激起来的时候,又有着不可怀疑的魅力——真是一种充满了电流的奇特的东西——活像是美洲鳗。”

“哦——,是的,也许是这样。”

那个男人端进托盘,放了下来。

“别再进来了。”杰拉尔德说道。

门关上了。

“那就这样吧,”杰拉尔德说,“咱们脱掉衣服开始吧? 你先喝一点儿吗?”

“不,我不想喝。”

“我也不想喝。”

杰拉尔德关紧了门,把家具挪到一旁。房间非常大,有足够的空间,而且还铺着厚实的地毯。他快速脱了衣服,等待着伯金。苍白瘦削的伯金正朝他走来。伯金与其说是一个肉眼可见的物体,倒不如说是一种存在;杰拉尔德完全感觉到了他,可并不是真正凭借视觉。杰拉尔德自身却是有模有样和显而易见的,纯粹是一坨完全定型的物质。

“好吧,”伯金说,“我来给你看看我学到的还没忘掉的东西吧。让我这样抓住你——”他双手紧抓住另一个男人的赤裸的身体。刹那间,他已经把杰拉尔德轻巧地翻转过来,脑袋朝下,平平地顶在他的膝盖上。松开手后,杰拉尔德跳了起来,两眼闪闪放光。

“太好了。”他说。“再来一次。”

两个男人开始扭成一团地打斗。他俩是完全不同的。伯金又高又瘦,骨骼纤秀。杰拉尔德的身体可要笨重得多,同时更为柔韧。他的骨架强健匀称,四肢饱满,整个外形显

得丰满美丽。他好像是块头十足地矗立在了地面上;而伯金的重心却像是偏上在了腰部。杰拉尔德使人难以撼动,尽管有些呆板,动起来却又敏捷得使人无法招架;伯金却是飘忽不定,几乎让人触摸不着。他出其不意地向另一个男人发起攻击,几乎令人看不出是在触碰他,只像一条蟒蛇那样缠住了他;随后又以闪电般的速度巧妙有力地抓住了杰拉尔德,一举击败了他。

他们休息了一会,讨论种种摔法,练习抓握和甩脱。他们彼此已经相当了解了,习惯了对方的节奏,也了解了彼此身体的特点。两人随后又实实在在地斗了一场。他们好像是在把自己白皙的肉体愈来愈紧地粘住对方,好像两个肉体会合二为一似的。伯金有一种巨大巧妙的爆发力,它以难以想象的力量压挤对方,重压在对手身上,好似一道具有神奇魔力的符咒镇住了对方。待这股劲儿过去了,杰拉尔德才能缓过气来。在气喘吁吁中,雪白的身子扭动着令人头晕目眩。

两个男人就这样厮打在一起,摔绊着对方,越贴越紧。两人的肤色都是纯白明净的,杰拉尔德身上被碰到的部分变得通红一片,伯金却始终是白净而有力的。他好像渗透了杰拉尔德那更为巨大而强壮的躯体中,让自己的身体渗透了对方的身体,像是要灵巧地控制它。他像是靠了迅捷的巫术般的预见,控制住了对方肉体的每一个动作,改变它的方向,抵销它的力量,又让那股力量反过来作用在杰拉尔德的身体上,宛若是刮起了一股烈风。伯金肉体上的全部技巧似乎都透进了杰拉尔德的身体里,他那巧妙的升华了的能量似乎也进入了那个更为丰满的男人的肉体中;这就如同某种隐含的能量,投射出一张精巧的网,一个囚笼,穿过肌肤进到杰拉尔德肉体存在的极深处。

他们就这样迅速敏捷而欣喜若狂地摔着,到后来紧张得已无暇他顾。白色的两个人形纠缠成了更紧密更贴近的混斗的一团,在柔和的室内灯光下,肢体像章鱼那样奇异地纠结着,闪烁着。一团紧绷绷的白色肉体拧成的结在沉默中、在陈年的褐色书籍组成的墙壁中间,坚不可摧地扭成了一堆。时而传来一声粗重的急喘,要么就像是叹息似的一声,随后便会听到铺着厚地毯的地板上又响起摔跤时的砰然重响,还有肉体从肉体下挣脱时的奇特的声响。剧烈运动着的活生生的人体交错成白花花的结,寂静无声地滑动着,这时常常见不着头脑,只有急动着绷紧的四肢和雪白的脊背。两个躯体结合为一体,揉成了一团。时而,在扭斗发生变化的时候,又会冒出杰拉尔德那闪光的、乱发蓬松的头;过了一会儿,另一个男人暗褐色阴影似的脑袋又会从争斗中抬起,两眼圆睁,视而不见,看上去令人胆战心惊。

终于，杰拉尔德半死不活地仰面朝天瘫软在了地板上，胸脯在喘息时慢慢地大起大落着。伯金更是精疲力竭，他的膝盖几乎是无意识地顶在了杰拉尔德的身上。他急促、轻轻地呼吸着，差点儿透不过气来。大地似乎在倾斜滑动，一团黑影掠过了他的头脑。他还没反应过来是怎么回事，就在杰拉尔德身上几乎是潜意识地朝前滑去，杰拉尔德也没注意。过后，他恢复了几分知觉，只感到世界的无法想象的歪斜和滑动。世界在滑行，万物沉去，沉入了黑暗。他也在滑动、无休无止、无边无际地离开了自己的肉体。

伯金又恢复了知觉，听见外面传来一种巨大的敲击声。难道是发生什么事情吗？这种透过房子在回响的巨大的锤击声是什么呢？他不知道。许久他才明白过来，这只是自己的心跳。可这似乎是根本不可能的，喧声明明是外面传来的。不，它就在自己体内，是自己的心脏。敲击使人觉得痛苦，紧张得使人无法承受。他想知道杰拉尔德是否听见它没有。他不知道杰拉尔德是站着呢，或是躺着呢，还是倒在了地上。

当他反应过来自己是平卧着躺在了杰拉尔德身上时，不由地万分惊讶。他坐起来，用手支撑住自己，等待心脏慢慢平静下来，不再那样疼痛。它伤得很重，使他头昏脑涨。

杰拉尔德还不如伯金那样清醒。他们就这样神志不清、迷迷糊糊地等候着，不知过了多少分钟，既数不清，也感觉不到。

“当然——”杰拉尔德上气不接下气地说，“我也不必非要粗鲁地——对你不可——我不得不抑制——自己的力气——”

伯金听着这声音，好像是自己的灵魂站在身后，在身外侧耳倾听着。他的肉体由于精疲力竭而昏睡着，只有灵魂在模模糊糊地聆听着。他的身体还无法回答。他唯一明白的是自己的心在逐渐安静下来。他完全被撕裂成两部分，一边是站在体外、有所知觉的灵魂；另一边是躯体，那已成了一种冲动的无意识的血液的撞击。

“我能摔倒你——用蛮力——”杰拉尔德喘着气说；“可是你打我个正着。”

“对，”伯金扯紧喉咙，逼紧嗓子吐出字来说，“你比我强壮得多——你打得过我——易如反掌。”

他又松弛下来，听任心脏和血液的可怕的冲动来支配自己。

“简直是无法让人相信，”杰拉尔德一边说一边喘，“你的力气可真不小。几乎是超自然的。”

“也就能支撑一会儿吧。”伯金应道。

他听着，好像还是自己那脱离了躯壳的灵魂在倾听着，它就隔开一段距离站在自己

身后。它又正在接近,这是他的灵魂。胸腔里血液猛烈的撞击正在安静下来,允许他恢复理智了。他意识到自己正倾全身重量压在另一个男人的肉体上,不由吓了一跳,他原以为自己已经起来了。他强打精神坐起来,但还是头晕目眩坐不稳,便试着伸出手去支撑身子。手正好碰在杰拉尔德摊开在地板上的手上。杰拉尔德的手毫无准备地握住了伯金的手。两个人都累得不死不活的,透不过气来,一只手就紧握在另一只手上。事实上是伯金的手在敏捷的反应中温暖有力地紧握了另一个男人的手。杰拉尔德的那一握则是突如其来、转瞬即逝的。

然而,健全的意识正在恢复,回复到大脑中来。伯金几乎又能随意地呼吸了。杰拉尔德的手慢慢地抽了回去。伯金在迷茫中缓缓地吃力地站起身来,朝桌子走去。他倒了一杯威士忌苏打。杰拉尔德也走过来喝酒。

"这是真真实实地干了一场,对吧?"伯金问道,阴郁的目光瞧着杰拉尔德。

"天啊,是的。"杰拉尔德回答说。他望着对面那个男人纤秀的身体,又加了一句:"这对你是小菜一碟,对吗?"

"对。人应该去摔跤,去奋斗,应该体格健康,如此一来一个人才能健全。"

"你真的这样认为吗?"

"对。你不这样认为吗?"

"我也这样认为。"杰拉尔德答道。在两人一问一答的对话中有着漫长的间隔。这场摔跤对他们说来具有某种特殊深刻的含义——一种有待于继续揭示的含义。

"我们在精神上和心灵上是亲密无间的,所以或多或少在肉体上也应该如此——这才更完美无缺。"

"这当然啦。"杰拉尔德应道。他高兴地笑着又上一句:"这对我来说相当奇妙。"他优美地伸开了双臂。

"对。"伯金说。"我实在搞不懂为什么人非要为自己辩解。"

"不错。"

两个男人开始穿衣服。

"我也认为你身材很美,"伯金对杰拉尔德说,"这也是令人愉快的。人应当享受上天赐给他的东西。"

"你以为我还美吗——你指的是哪一方面?是指肉体方面吗?杰拉尔德眼光一闪一闪地问道。

“不错。你有一种北国的美，就像白雪的反光——还有美丽柔韧的体型。对了，那也是值得人们欣赏的地方。我们应当欣赏一切。”

杰拉尔德在喉咙里笑着说：

“那当然是看待它的一种态度。对这方面我能说上不少呢，我觉得好过些了。这自然是帮了我的忙。这就是你想要的兄弟亲情吗？”

“大概是吧。你认为这保证了什么吗？”

“我也不明白。”杰拉尔德笑了。

“无论如何，现在人感到更自由、更直率了——那正是咱们所需要的。”

“当然。”杰拉尔德应道。

他们拿着细颈水瓶、玻璃杯和吃的东西靠近火旁。

“我睡前总要吃点儿东西，”杰拉尔德说，“那样会睡得更沉些。”

“我不应睡得那么沉的。”伯金说。

“不该吗？你瞧，我和你并不一样。我去穿件睡衣。”伯金独自一个人留在那里，望着炉火。他又想起了厄秀拉。她似乎又回到了他心里。杰拉尔德下楼来，穿了一件暖和的墨绿色的宽条纹丝绸睡衣，光彩夺目，令人称奇。

“你真潇洒。”伯金瞧着那件被躯体撑起来的长袍说。

“这是在博克哈拉买的长袖睡衣。”杰拉尔德说。“我喜欢它。”

“我也喜欢它。”

伯金不再作声了，想着杰拉尔德在穿着打扮方面是多么一丝不苟，这又有多么奢侈。他穿着丝绸短袜，戴着做工精巧美观的领扣，丝绸衬衣上面还有丝绸裤裤带，真古怪！这是两人之间的又一不同之处。伯金对自己的外表是毫不注重的，也缺乏想象力。

“你当然啦。”杰拉尔德应道，好像他一直也在思考着。“你有让人好奇的地方。你强壮得让人难以置信。人们无法想象你会这样，这真让人惊讶。”

伯金笑了。他望着另一个男人的漂亮的体型，那白肤金发的男人在色彩绮丽的睡衣里显得很秀美。他心不在焉地在想着它和自己之间的不同；也许，这就像男人和女人之间的那种不同吧，只不过是在另一个方面。不过，这会儿真正控制了伯金的却是厄秀拉，是那个女人。杰拉尔德又变得模模糊糊，从他心中消失了。

“你知道吗？”伯金突然开口说，“今晚我向厄秀拉·布兰文求婚了，她要嫁给我了。”

他见到杰拉尔德的脸上显露着掠过了不加掩饰的惊讶表情。

“你吗?”

“对。几乎是十分正式的——先对她父亲说的,像在这个世界上大家应该做的那样——虽然那是出于巧合——也许是恶作剧吧。”

杰拉尔德只能惊诧地瞪着他,似乎不明就理。

“你不是在说你表情严肃地去请求她父亲把她嫁给你吧?”

“不,”伯金答道,“我请求了。”

“那么,那你在这之前对厄秀拉谈起过这个啦?”

“不,没说过一个字。我一时激动想起我该去那儿,跟她求婚——而她父亲正好代替她来了——我就先请求他了。”

“你能娶到她啦?”杰拉尔德下断语说。

“非常正确——是的,是那样。”

“但你却没有跟她谈?”

“谈了。她后来进来了,所以也跟她说了。”

“是这样。那么她说了些什么呢?你是一个订了婚的人啦?”

“不——她仅仅说她不想因为受到恐吓就答复。”

“她怎么着?”

“她说她不想因为受到恐吓就答复。”

“‘她说她不想因为受到恐吓就答复!’啊,她这是什么意思?”

伯金耸了耸肩。“我也说不清。”他答道。“我想她是不想在那时受到打搅。”

“可这是千真万确的吗?你之后又如何了?”

“我离开他们家就到这儿来了。”

“你就径直来这儿了?”

“对。”

杰拉尔德注视着伯金,感到又震惊又有趣。他无法接受这种事。

“可这是真的吗,就像你现在所说的?”

“千真万确。”

“是吗?”

杰拉尔德仰靠在扶手椅上,充满了兴奋和好笑的心情。

“哦,那太好了。”他说。“因此你来这儿和你的善良天使打架了,对不对?”

“是我吗?”伯金反问道。

“嗯,看起来好像是这么回事。你不正是这么干的吗?”

伯金一时还弄不清杰拉尔德话里的含义。

“还会发生什么呢?”杰拉尔德又说,“可以说,你想把这件事暂且搁一搁了。”

“我想是这样。我曾对自己发誓宁愿让他们都见鬼去。不过我想,过不了多长时间,我还会再次向她求婚的。”

杰拉尔德目不转睛地注视着伯金。

“这么说你是爱她啦?”他问。

“我想——我是爱她的。”伯金回答说,他的脸色变得安静而坚定。

过了一会儿功夫,杰拉尔德脸上现出了快乐的光辉,好像有了一件使他格外高兴的事。之后,他脸上又换上了做作的严肃表情。他慢吞吞地点点头。

“你知道,”他说,“我一直是信奉爱情的——真正的爱情。可是如今人们又从哪儿能发现它呢?”

“这我也不知道。”伯金说道。

“十分罕见。”杰拉尔德答道。他停了一会儿。“我自己从没感受过它——就没有我可以称之为爱的东西。我追求过女人——对其中有些人还相当热情。不过我从没有感到体验过爱情。我不相信自己过去曾经对哪个女人有过像对你那样的爱——不是情爱。你知道我在说些什么吗?”

“明白。我敢确信你从没爱过任何一个女人。”

“你觉察到这点了,对吗?你以为我还会爱吗?你明白我的意思吗?”他把手放在胸口上,攥紧了拳头,像是要从那里面掏出什么东西来。“我的意思是——是——我无法言语出那是什么来,但是我懂得它。”

“那它究竟是什么呢?”伯金问。

“你知道,我无法用语言形容它。我是说,无论怎么样,还是有某种永恒的东西,某种永远不会改变的东西——”

他明亮的眼神中掺杂着困惑。

“你认为我对一个女人还会感受到这个吗?”他急切地问道。

伯金端详着他,摇了摇头。

“这我可不清楚。”他答道。“我也说不上来。”

杰拉尔德一副警戒的神态,像是在等待自己的命运。他退回到自己的扶手椅里。

“是的,”他说,“我也说不上来,我也说不上来。”

“你和我,彼此是不同的。”伯金说。“我无法判断你的生活。”

“对,”杰拉尔德应道,“我比你也强不到哪儿去。可是对你说——我开始怀疑它了。”

“怀疑你会深爱上一个女人吗?”

“哦——对——就是你真正会称之为爱的那种东西——”

“你真的怀疑它吗?”

“嗯——我开始怀疑了。”

一段时间的沉默,两人都没说话。

“生活中有形形色色的事情。”伯金说。“不只是一条路。”

“对,我也相信这个。我相信它。听着,我并不介意它对我会怎样——我不在意它是怎样的——只要我没有感到——”杰拉尔德停住了,一片空虚茫然的神情掠过他的脸庞,显露了他的情感。“只要我觉得自己活过了,有几分——我就不在意它是怎样的了——不过我想感受到那个——”

“满足。”伯金替他说。

“嗯——,也许是满足吧;我不用你说过的那些话。”

“那也还是一回事。”

门 槛

古德伦出门去了伦敦,和一个朋友共同举办自己的作品展。她正在精心策划,筹备飞离贝尔多福。不管发生什么事情,用不了多长时间,她就会上路了。她收到了威妮弗雷德·克莱奇的一封信,里面还夹了一张画。

“爸爸也去伦敦了。医生要为他检查身体。这把他累得不轻。他们说他必须好好调养,于是他就一直躺在床上了。他带给我一只可爱的热带鹦鹉,是德累斯顿生产的上彩釉陶器。还有一个在耕地的男人,两只往一根草棵上爬的大老鼠,也是上彩釉的陶器。耗子是哥本哈根的特产,是最出色的,可就是还不够亮,别的地方可非常好,尾巴又细又长。它们都闪着光,像是玻璃做的。当然,那是因为上彩釉了,可是我不喜欢彩釉。杰拉尔德最钟爱耕地的那个男人。那人的裤子都扯破了,还赶了一头牛在耕地;我猜那一定是一个德国农民。它一身灰色和白色,白衬衣和灰裤子,可是光闪闪的很干净。伯金先生最喜欢那个姑娘,她头上戴着山楂花,裙子上绣着黄水仙花,抱了一只小羊羔坐在客厅里。可是那真傻,因为羊羔不是真的,她也傻。

“亲爱的布兰文小姐,你很快就回来吗,这儿的人都很想念你。我附上了一张画儿,画的是爸爸坐在床上。他说他希望你不会不管我们。天啊,布兰文小姐,我敢相信你不能那样做的。一定要回来画白鼬啊,它们是世界上最可爱最宝贵的小宝贝儿。咱们可以用冬青木刻它们,刻它们在绿叶中玩。哦,咱们必须要这样,它们是最美丽的。

“爸爸说咱们可以拥有一个画室。杰拉尔德说咱们很方便就能在马厩那边建造一个。只需要在房顶斜面上安装些玻璃就行了。这事很容易。那时你就能全天呆在这儿工作了。咱们可以住在画室里,就像两个名副其实的艺术家,和挂在门厅里的画上的那个男人一样;还要煎锅,墙上挂满了素描。我真想无拘无束的,过艺术家那样随便的生活。杰拉尔德对爸爸说,只有艺术家才是自由的,因为他生活在自己的创造性的世界里——”

从这封信里,古德伦看出了这一家人的醉翁之意。杰拉尔德一心想要把她同在劳斯

兰茨的这家人系在一起,却借威妮弗雷德之口。做父亲的则一心一意地只关心到自己的孩子,他在古德伦身上见到了救命的希望。古德伦赞赏他的聪颖。另外,那孩子也的确是非同一般的。古德伦非常满意。她早就盼望能有一间画室,整日在劳斯兰茨消磨。她已经太厌恶中学校了,想要摆脱一切束缚。她要心平气和地坐等事态变化。她对威妮弗雷德也真的产生了兴趣,很高兴去了解那个姑娘。

古德伦返回劳斯兰茨的那一天,对威妮弗雷德说来简直有点儿节日欢乐的意味。

"布兰文小姐到来时你真该送她一束花。"杰拉尔德微笑着对妹妹说。

"哎,不,"威妮弗雷德嚷道,"那太蠢了。"

"一点儿也不蠢。这是很可爱很普通的礼节。"

"哎,那是蠢。"威妮弗雷德用了在她那个年龄所特有的反复无常的态度,不容置疑地说。尽管如此,这个意见还是打动了她。她非常渴望能那样做。她绕着玻璃暖房和温室跑来跑去,满怀期盼地瞧着那些长在茎干上的花朵。她越是看,就越是盼着能见到一束她喜爱的花,越是被想象中的欢迎仪式给迷住,越是感到害羞,忸怩不安,直到简直要发狂。她的小脑瓜里简直一点主意没有。如同有某种萦绕心怀的挑战在督促着她,她却没有足够的胆量去接受。于是,她又溜进了玻璃暖房里,瞧着花盆里的可爱的玫瑰花,纯洁的仙客来花,和爬山虎藤蔓上的一簇簇神秘的小白花。那种美,哎,它们的美,如果她能有无可挑剔的一束花,并在明天把它献给古德伦,哎,那该是怎样的天堂般的幸福啊。她满腔热情而又拿不准主意,差点儿因此而病倒了。

最后她悄悄溜到了父亲身边。

"爸——"她叫道。

"怎么啦,我亲爱的宝贝儿?"

威妮弗雷德又畏缩不前了。在神经过敏和心慌意乱中,她的眼泪都要流出来了。做父亲的望着她,舔犊亲情和令人心碎的爱带来的阵阵刺痛使他的心狂跳起来。

"你要告诉我些什么呀,宝贝儿?"

"爸——!"淡淡的笑意在威妮弗雷德的目光中一闪而过,"布兰文小姐来的时候我要是给她献花,她会不会认为我很傻?"

生病的男人望着自己孩子那双明亮机警的眼睛,心中的爱热烈地燃烧着。

"不,宝贝儿,那不是傻气。人们对女王就是那样做的。"

这样的回答并不能使威妮弗雷德心悦诚服。她有几分觉得女王本身就是一件愚蠢的事物。然而,她又那样向往自己将要参加的那个小小的浪漫场面。

“那么我应该那样做?”她又问。

“给布兰文小姐献花吗?去做吧,伯蒂。告诉威尔逊,就说我说的,让他给你你要的东西。”

孩子出于下意识,偷偷摸摸地微笑着,憧憬着自己会怎样做。

“但是我要到明天才拿它们呢。”她说。

“那就明天吧,伯蒂。吻我一下——”

威妮弗雷德默默地吻了病中的爸爸,溜出了房间。她在玻璃暖房和温室里又绕了一圈,用她那孩子特有的傲慢专横而又单纯的方式吩咐花匠自己想要的东西,并告诉他自己选中的那些花。“你要这些做什么?”威尔逊问道。

“我就想要它们。”威妮弗雷德回答说。她不喜欢仆人们提问题。

“啊,我知道你已经这样说过了。可是你要它们究竟做什么呢?是为了装饰,或是送人,还是派别的什么其他用场?”

“我想要一束送人的花儿。”

“一束赠人的花儿!那么谁要来呢?——波特兰来的公爵夫人吗?”

“不是。”

“哦,不是她吗?哎哟,如果把你吩咐的那些花儿都放在你的花束里,那么你就要有一个难得一见的罂粟花花展了。”

“对,我就是想要一个难得一见的罂粟花花展。”

“是吗!那我就没什么好说的了。”

第二天,威妮弗雷德穿了一身银白色的天鹅绒套裙,手捧一束绚丽芬芳的花束,在课室里心急如焚地等待着,眼睛盯住车道等古德伦到来。这是一个空气湿润的清晨。她的鼻翼下飘着一股温室鲜花的馨香。对她而言,那些花朵就如同一小团火,她心里似乎也有一股奇异新鲜的火苗。这种富于浪漫情调的隐隐约约的感觉,像兴奋剂一样刺激了她。

她终于看见古德伦来了,便匆忙跑下楼去通知爸爸和杰拉尔德。他们都笑她那副急切认真的模样,陪着她来到门厅里。男仆赶到门厅,在那儿取下了古德伦的伞和雨衣。前来欢迎的人逗留在门厅里,等待客人走进来。雨中走来的古德伦脸颊红润润的,头发被风吹成了许多松松的小卷儿。她像是在雨中刚刚绽开的一朵花儿,花蕊刚刚为人瞧见，好像还在散发着它存留下来的阳光的温暖。看到她如此美丽而陌生，杰拉尔德内心里先退缩了。古德伦身上穿着的是一套面料柔软的蓝衣服，短袜却是绛红色的。威妮弗雷德带着古怪严肃的拘谨走上前去。

"我们真高兴你回来了。"她说。"这是送给你的花儿。"她高兴地献上了花儿。

"给我的！"古德伦喊起来。她一时间说不出话来，旋即，一片生动的绯红染遍了她的脸。欢乐的火焰顷刻间像是把她烧得不知所措了。她抬起头望着孩子的父亲和杰拉尔德，奇异的目光格外明亮。杰拉尔德心中又感到一阵收缩。古德伦毫无顾忌、热辣辣的眼光正逗留在他身上，简直令人无法承受。对他而言，某种东西未免过于夸张了，古德伦招摇得让人无法忍受。他把脸扭向一边，却又感到自己根本没法躲避她。处在这种束缚中他十分烦恼。古德伦把脸埋在了花里。

"它们有多美啊！"她声音沙哑地叹道，又怀着奇异突兀、无法抑制的激情，俯下身去吻了威妮弗雷德。

克莱奇先生走上前来伸出手。

"我真怕你要从我们这里永远地跑掉呢。"他开玩笑说。

古德伦仰望着他，脸上欢快调皮的神情瞧上去使人觉得很陌生。

"真的吗！"她应道。"其实，我并不想在伦敦长时间停留。"

听来她像是在暗示自己很高兴回到劳斯兰茨。她的语音使人感觉到一种温暖微妙的抚爱。

"这是件好事情。"做父亲的微笑着说。"你瞧，你在我们中间相当受欢迎。"

古德伦只是凝视着他的脸，深蓝色的眼睛里流露出温存羞怯的光辉。她无意中被自己具有的魅力弄昏了头脑。

"你看来是凯旋而归啦。"克莱奇先生拉着她的手，又说道。

"不。"古德伦说，显得出奇地神采奕奕。"我在来这儿之前，没有取得过任何成功。"

"啊，得啦，得啦！我们可不要听这样的谎话。咱们不是读过报上的评语吗，杰拉尔德？"

"你干得相当出色。"杰拉尔德走过去和她握手说。"你卖掉什么了吗？"

"没有，"古德伦答道，"没有卖掉几件。"

"那也一样。"杰拉尔德说道。

古德伦不明白他这话是什么意思。所受到的欢迎使她心花怒放、喜气洋洋；这场专

为讨好她而举行的小型欢迎仪式又让她得意忘形了。

“威妮弗雷德，”父亲说，“你有一双鞋给布兰文小姐吗？我想你最好马上换换鞋。”

古德伦手捧鲜花高兴地走了出去。

“多出色的一个姑娘。”她离开后，父亲对杰拉尔德说。

“是的。”杰拉尔德短短地应了一声，似乎并不喜欢这种评价。

克莱奇先生很愿意地让古德伦陪他坐上半小时。平时，他总是脸色苍白，打不起精神来，好像生命力全都耗尽了。可是一旦精力恢复，他就一厢情愿地相信自己还和从前一样，身轻体健，正在生命的中途——还没有踏上去另一个世界的路，而是一个出类拔萃的健壮的生命刚走完自己一半儿旅途。这个信念所以能形成，其中有古德伦很大功劳。通过和古德伦相处带来的刺激，他能在那些宝贵的半小时里获得力量、兴奋和绝对的自由；在那些时间里他感受的生活，好像超过了他此生所过的生活。

当他硬挺着躺在书房里时，古德伦来到他身边。他面容蜡黄，两目无神，似乎已经丧失了视力。他的黑胡子中夹杂着灰色，简直就是从死尸的蜡样皮肉中冒出来的。不过，他周围的氛围却是幽默调皮、生气勃勃的。古德伦对此无言以对。在她的想象中，他只是一个普普通通的男人。只是他那令人害怕的外貌逼真地印在了她心灵深处，超出了意识之外。古德伦知道，尽管他那样爱开玩笑，他的目光却无力从阴郁的失神中摆脱出来，那是一个死去的男人的眼神。

男仆通报后，古德伦走了进来。克莱奇先生猛地抬起头来说：“啊，布兰文小姐来了。托马斯，给布兰文小姐在这儿摆一把椅子——好的。”他欢喜地端详着古德伦柔软鲜活的脸蛋儿。这使他想起了生命。“哎，你来一杯雪利酒和一小块儿蛋糕吧。托马斯——”

“不，谢谢您。”古德伦说。话音刚落，她的心就沉甸甸地沉了下来。这一谢绝似乎使病人跌落进一条死亡的峪谷，真是事与愿违了。她本该是来鼓励他的，而不是违背他的心愿。转瞬之间，她的脸上又挂上了顽皮的微笑。

“我不很喜欢喝雪利酒。”她说。“不过任何其他酒我几乎都喜欢。”

生病的男人马上抓住了这根救命稻草。

“不要雪利酒！不要！要别的！那要什么呢？还有什么酒，托马斯？”

“葡萄酒——库拉索的——”

“我会爱上库拉索酒的——”古德伦满怀信任地望着病人说道。

“你会的。好吧，托马斯，库拉索酒——还要小块儿蛋糕或是饼干吗？”

"一块儿饼干吧。"古德伦说。事实上她什么也不想要,但他却很明智。

"好的。"

克莱奇先生一直等到她拿着小酒杯和饼干坐了下来,这才心满意足了。

"你听说那个计划了吧?"他有几分兴奋地问道。"要为威妮弗雷德在马房那里建一个画室。"

"没有啊!"古德伦故作惊讶地喊了起来。

"哦! ——我还以为威妮在信里已经告诉你了呢!"

"哦——是的——当然了。可是我想那也许不过只是她自己的小主意——"古德伦宽容地嫣然一笑。病中的男人也洋洋得意地笑了。

"唉,不。这是一个真真实实确切的计划。在马房屋顶下有一个很好的房间——有倾斜的椽子。我们考虑了要把它改建成一个画室。"

"那可就太棒啦!"古德伦兴高采烈、热情洋溢地嚷道。有关椽子的考虑使她产生了极大的兴趣。

"你这样考虑吗?嗯,它能实现。"

"那对威妮弗雷德说来可真太棒了!当然啦,如果她真要当回事地工作,那也正是需要的。人必须有工作间,否则做不成什么大事。"

"是这样吗?对。当然了,我很愿意你和威妮弗雷德一块儿享用它。"

"太谢谢了。"

这一切古德伦早就知道,但她必须流露出羞涩和感激,就像被这件事深深吸引住了的。

"当然,要是你能放弃在中学校的工作,利用画室,并在里面工作,那是我一心所盼望的——嗯,工作做多做少随你的便——"

他用昏暗空洞的眼神瞧着古德伦。古德伦也回视着他,像是感恩不尽。临死的男人的这番话是那样自然完满,活像是从他死去的嘴里传出的回声。

"至于报酬——你不会介意从我这里拿到教育委员会所付给你的同样多吧?我可不想让你蒙受损失。"

"哦,"古德伦说,"如果能在画室里面工作,我就可以挣更多的钱,真的。"

"好吧,"克莱奇先生说,很高兴自己成了她的恩人,"我们会用心负责搞好这些的。整日在这里打发光阴你不会介意吧?"

“要是能有一个画室并在里面工作,”古德伦说,“那简直是我所企盼已久的。”

“是这样吗?”

他真是快乐极了,可是也确实是累坏了。古德伦从他的眼睛中见到的灰色的、吓人的、由纯粹的痛楚和溶解而来的失神状态又抓住了他;在那双黯淡无神的眼睛的空虚中,又掺入了痛苦的神情。这一死亡过程还需要一段时间才能够结束。古德伦动作轻柔地站起身来说:

“我想您需要睡一会儿了,我得去找威妮弗雷德。”

她走出房间,告诉护士自己已经离开了克莱奇先生。随着日子的推移,病人的身体组织日渐萎缩,过程越来越接近最后那个结,人就靠了那个结才延续了自身的统一。不过那个结是不会轻而易举被攻破的,这位濒临死亡的男人的意志决不肯屈服。他十有九分已经死掉了,剩下的十分之一却一如既往,一直要到它最终也被撕扯开来。依靠了意志力,他使自己的部件还是结结实实的;但他力量所及的范围在日渐缩小,最终会缩为一点,然后被完全消失。

为了抓住生命不放手,他必须执着于人间的联系;他在抓取每一根救命稻草。威妮弗雷德、男管家、护士和古德伦,这些人对他来讲就是所有,是最后可以给他帮助的人。杰拉尔德一到父亲面前就控制不住发自内心的厌恶,变成了一副呆板生硬的模样。除去威妮弗雷德,其他孩子也全都如此,强也强不了多少。眼望着父亲,除了死亡,他们看不到别的。某种神秘的厌恶感似乎控制了他们。他们瞧不见那司空见惯的脸庞,也听不到那熟悉亲切的声音了。对摆在面前的死亡的反感压倒了他们。杰拉尔德在父亲身边简直要窒息了,必须立刻走出屋去。因此,一报还一报,做父亲的也同样不能容忍儿子在场。这件事向死到临头的男人的心里倾入了最后的恼怒。

画室修好了,古德伦和威妮弗雷德一同搬了进去。房间的陈设和摆设让她们瞧了欣喜若狂。现在她们几乎用不着到大房子里去了。两人就在画室里吃饭,毫无顾虑地住在里面。大房子那边却变得瘆人了。两个一身袭白的护士在那里悄悄地快步行走,宛若死的使者。父亲躺在床上起不来,不断有压低话音的姐妹们、兄弟们和孩子们来来往往地探望。

威妮弗雷德是探望父亲次数最多的人。每天早饭后,她都要进到他的房间里。父亲已经梳洗过了,支撑着倚在床上,她就陪他呆上半小时。

“你好些了吧,爸?”她一如既往地问道。

父亲的回答也是一成不变的。

“对，我想我是好点儿了，亲爱的。”

她双手捧住父亲的手，满怀挚爱地要保护他。这对父亲来说真是无可比拟的。

平常，她在吃午饭时又要跑进来，告诉父亲上午发生的一件又一件事情。每天傍晚，窗帘拉下来后，房间里既暖和又舒适，她就长时间地陪伴着父亲。古德伦回家了，威妮弗雷德就独自一人在房子里。她最喜欢和爸爸在一起。他们无边无际地聊着，唠叨着，做父亲的总好像没有任何疾病，和他还在四处走动时一样。于是，威妮弗雷德靠了孩子要逃避痛苦事物的微妙本能，言谈举止就像没发生什么特别的事情。她本能地控制住自己不去注意这些，还是快快乐乐的。而在心灵的极深处，她却完全了解大人们所知道的一切；也许比他们还要更深刻些。

和她在一起自欺欺人时，做父亲的感觉十分良好。而当她走开后，他就深深陷在自身溶解的痛苦中。尽管他已经气力不支，注意力的官能逐渐消退，护士不得不打发走威妮弗雷德，为了避免他虚脱，但和女儿在一起时，还是他的欢快的时光。

他从不愿承认自己要死了。他也知道事实就是如此，生命已临近尾声。然而即使是对自己，他也要否认这一点。他恨透了这一事实。他的意志力是刚强的，不能容忍竟败在死亡的手下。对他来讲,就没有死亡这一说。可是时不时地,他又感到迫切需要大喊大叫,要嚎咷痛哭,要倾诉苦怨。他想对杰拉尔德大声喊叫,这样,儿子就会在惊恐中失去自持。杰拉尔德凭直觉体会到了这一点,便退缩了,要避开诸如此类的事情。死带来的不洁让他厌烦透了。人应该毫不犹豫地死去,就像罗马人那样;在死和生中,人都应当作自己命运的主人。死亡纠缠住了父亲,就像巨蟒缠住了拉奥孔一样;这给了杰拉尔德十分强烈的震撼。巨蟒已经把做父亲地击垮了,儿子和他一道,也被拉入了骇人的死神的怀抱中。他自始至终在抵抗。以某种奇异的方式,他就是父亲在紧急时刻最坚强的中流砥柱。

临死的人最后一次要见古德伦时,已经面如蜡色、命在旦夕了。可是他一定要见到某个人,一定要见;在意识犹存的间歇里,他要抓紧和活生生的世界的联系,生怕被迫承认自己的处境。多亏大部分时间里他都昏昏沉沉、神志不清。他一连几个钟头昏昏沉沉地回首从前,也可以说是在把自己以前的经历再重新度过一遍。直到死神最后降临前的一些时间里,他还能意识到目前发生了什么事,意识到了降临自己身上的死。在这种情形,他就要借助外来的帮助了,也不管帮助是来自于谁。意识到自己就要死去这一现实,简直是比死还要痛苦的死亡,让人简直无法承受。然而他又绝对不会承认这一点。

看到他的外貌,看到那黯然伤神、近于瓦解、仍然顽强而不可征服的眸光,古德伦吃了一惊。

"哎,"他奄奄一息地招呼她说,"你和威妮弗雷德过得怎样啊?"

"哦,好得很。"古德伦答道。

谈话中不时有暂时的死气沉沉的停顿,似乎两人想到的想法只是些捕捉不到的稻草,在垂死病人眼前的黑暗深渊上游浮着。

"画室还好吧?"他问。

"很不错。没有比它更美、更完善的了。"古德伦答道。

她等着他往下说。

"你认为威妮弗雷德具有成为一个雕刻家的天赋吗?"

这话如此空洞而乏味,确实让人觉得很奇怪。

"我肯定她具备。总有一天她会取得成就的。"

"啊! 那么她的生命就不至于全都糟荒废了,你说呢?"

古德伦十分惊讶。

"当然不会啦!"她柔声叫道。

"这就对了。"

古德伦又等着他要说什么。

"你认为生活是令人愉悦的,活着可真快活,对吧?"他挤了一丝可怜兮兮的微笑问道。古德伦几乎受不了了。

"对,"她也微笑着说——她要胡乱地讲些假话,"我相信自己过得很好。"

"不错。性情乐天可真是一笔了不得的财富。"

尽管讨厌已经使古德伦的心灵干涸了,她还是报之以恬淡的一笑。人非要如此死吗——强逼着把生命从一个人身上赶走,而这个人却要乐观和侃侃而谈到最后一刻?就没有其他路了吗?难道人一定要经过战胜死亡的恐怖,让坚不可摧的意志取得胜利——这意志直到全然消亡也不会被击破——吗?人必须这样,这是只能可走的路。她非常赞欣赏这位行将入土的男人的镇静和自律。她讨厌的是死亡本身。她很高兴周围的世界还是那样令人愉快,她不必去承认在此之外的一切事情。

"你在这儿如何?——我们还能为你做点什么吗?——你那儿还有什么不合适的地方没有?"

"有的只是你们对我太好了。"古德伦说。

"啊,这错误全是你自己造成的呀。"克莱奇先生说道,还为自己讲了这句话而感到一阵小小的得意。他还是那样健壮和充满活力!作为对此的感受,使人极度憎恶的死又轻手轻脚地爬回到他身上。

古德伦离开了,回到威妮弗雷德那里。家庭女教师走了,古德伦在劳斯兰茨停留了很长的一段时间。又来了一个私人教师,帮助威妮弗雷德完成学业。但是他不住在大房子里,还要在中学校任课。

一天,古德伦和威妮弗雷德、杰拉尔德、伯金要一起坐汽车到城里去。天阴沉沉地下着雨。威妮弗雷德和古德伦准备好了在门口等着。威妮弗雷德一言不发,古德伦也没注意。那孩子突然间无忧无虑地问道:

"你说我爸爸是要死了吗,布兰文小姐?"

古德伦吓了一跳。

"我不知道。"她回答说。

"你真的不知道吗?"

“没有人敢打保证。当然啦,他早晚会死的。”

孩子低下头想了一会,又问:

“不过你认为他会死吗?”

这问题简直像地理问题和科学问题那样被提了出来,强迫你注意,似乎一定要大人承认不可。这个警觉的、有几分洋洋自得的孩子,简直像恶魔一样。

“我认为他会死吗?”古德伦反问道。“对,我认为他会的。”

威妮弗雷德的大眼睛死死地瞪住了她。

“他病得相当厉害。”古德伦又补充了一句。

威妮弗雷德的脸上泛起一丝含意喻深刻的不信任的冷笑。

“我可不相信他会死。”孩子嘲讽地断言说,离开她走上了车道。古德伦望着那个孤零零的身影,心都破碎了。威妮弗雷德正在玩小溪里的水,神情专志的模样就像刚才什么也没说过。

“我修筑了一道漂亮的水坝。”空气潮漉漉的远方传来她的声音。

杰拉尔德从身后门厅里来到门口。

“还是不让她相信这个要好一些。”他说。

古德伦瞧着他,两人目光相遇了。在交流着讥讽相间的相互理解。

“是要好一些。”古德伦应道。

杰拉尔德又望着她,眼睛里闪射出一片火花。

“罗马城着火的时候最好还是去跳舞,因为它是非烧掉不可的;难道你不这样认为吗?”他问。

古德伦的确吃了一惊。她振作起来回答说:

“哦,跳舞比嚎咷大哭强,当然啦。”

“我也这样想。”

两人都感觉到了一种神秘的渴望,要放纵自己,抛开一切顾虑,投入彻彻底底的恣意妄为、无法无天和兽行中去。陌生邪恶的激情在古德伦心中翻腾澎湃。她感到自己是强大有力的,觉得自己的手那样强健,似乎能用它们撕碎整个宇宙。她记起了罗马人的恣意放荡,心中欲火燃烧着的。她知道自己也在一直追求这个——或是别的什么和这相似的事情。要是她心中不为人知和受到压抑的东西一旦发泄出来,那该是怎样一件狂妄和惬意的事情啊。她想要它,那个男人的亲近使她微微颤抖着;他就站在自己身后,令人不

禁想起在自己心中升起的相同邪恶的放荡不羁。她和他一起想要它，要这种不被认可的狂乱。有一刹那，对此的清醒的认知迷住了她，它确定无疑地存在着，十分易见，毋庸置疑。而后她又全部打消了这种念头，说：

“咱们该随威妮弗雷德到门房那儿去——可以在那儿上车。”

“好吧。”杰拉尔德答道，跟她走去。

他们注意威妮弗雷德正在门房那儿欣赏一窝纯种小白狗。姑娘仰起脸来，在转向杰拉尔德和古德伦时，目中无人的目光不雅地一闪。她不想见到他们。

“瞧呀！”她嚷道，“三只小狗崽儿！马歇尔说这只看上去好得绝了。这不是一只小甜甜吗？可是它还不如它妈妈乖。”她又转身去爱抚那只俊美的白色母狗。它正怯怯地挨在她身边。

“我最亲爱的克莱奇夫人，”她说，“你美丽得就像是凡世里的安琪儿。天使——天使——古德伦，你不认为它又善良，又美丽，真可以进天堂了吗？它们会升天的，对吧——特别是我的宝贝儿克莱奇夫人！喂，马歇尔太太！”

“哎，威妮弗雷德小姐，什么事呀？”那个女人出现在门口应道。

“哦，如果它长大了还不错的话，一定要管这只叫克莱奇夫人，好吗？一定要告诉马歇尔叫它威妮弗雷德夫人。”

“我会告诉他的——不过我怕它是一只绅士小公狗，威妮弗雷德小姐。”

“欧，不会的！”传来小汽车临近的声音。“鲁珀特来了！”孩子又喊道，冲大门口跑去。

伯金开着自己的车，在大门外停下了。

“我们都准备妥当啦！”威妮弗雷德嚷道。“我要和你一块儿坐在前座上，鲁珀特，可以吗？”

“我怕你会动来动去地被甩出去。”伯金说。

“不，我不会的。我太想坐在前面挨着你了。那样脚挨着发动机，又暖和又舒服。”

伯金把她抱上车来。看到这样一来，就要让杰拉尔德在汽车后座上和古德伦挨在一起了，他感到十分有意思。

“有什么新闻吗，鲁珀特？”汽车在车道上疾驶，杰拉尔德喊着问。

“新闻吗？伯金也喊着反问。”

“对。”杰拉尔德瞧瞧坐在身边的古德伦，眯缝起眼睛笑着说。“我想知道自己该不该恭喜他，可就是从他那里得不到什么准信儿。”古德伦的脸涨得绯红。

“向他祝贺什么呀?”她问。

“有人提到了订婚——大概是这样吧,他对此和我说过一些事情。”

古德伦红扑扑的脸变得阴沉了。

“你指的是厄秀拉吗?”她挑衅地问道。

“不错,正是这样,不对吗?”

“我可不认为有过什么订婚的事。”古德伦冰冷地说。

“是这样吗？还没有发展吗,鲁珀特?”杰拉尔德大声喊道。

“哪方面？结婚的事吗？没有。”

“那究竟是怎么回事啊?”古德伦也嚷着问。

伯金冒着怒火的眼睛飞快地向后瞟了一眼。

“怎么?”他反问道,“古德伦,你对此有何感想呢?”

“哦,”古德伦嚷道,既然他们已经挑了头,她也下定决心不客气了,“我认为她还不想订婚。自然喽,她是一只小鸟,喜欢的是蓝天和森林。”古德伦的语音清晰洪亮,使伯金想起了她父亲的语音,也是那样强劲响亮。“但是我呢,”伯金说,他的神情既像是在开玩笑,又让人觉得很坚定,“我想要一个有约束力的契约。我对爱情并不十分热心,特别是自由恋爱。”大家全被逗乐了。何必当着大家的面来这样的声明呢？杰拉尔德感到可笑,许久没有开口。

“爱情对你说来难道还不够好吗?”他嚷着问。

“是的!”伯金喊了一声。

“哈,好啊,这可是过于讲究了。”杰拉尔德说。汽车在碾过一摊泥淖。

“真的,这究竟是怎么回事啊?”杰拉尔德转身问古德伦。

这种过于做作的亲昵几乎像当众侵犯一样激怒了古德伦。在她看来,杰拉尔德是在故意侮辱自己,丝毫不顾礼貌地侵犯了自己的个人隐私处。

“什么怎么回事?”她用拒人于千里之外的态度话音尖锐地反问道,“别问我！对最后结婚我一概不知;实话对你说,甚至连订婚的事我也不了解。”

“这不过是司空见惯的不可原谅的耻辱!”杰拉尔德回答说。“就是这样——这儿也一样。对于结婚和婚前有多少步骤我也不了解行情。看起来倒像是鲁珀特胡思乱想得精神失常了。”

“对极了！不过那是他自己找的麻烦事,真的！他想要的并不是女人本身,而是要实

现自己的观念。一旦把它付诸现实的时候,就不太妙了。"

"哎,没错。最好还是对女人身上属于女人的东西发起攻击,就像公牛朝着大门口冲去一样。"杰拉尔德这时像是有所领悟了。"你认为爱情本身就是证明书,对吗?"他问。

"当然啦,只有在它还继续存在的时候——只是你不能强求自古不变的东西。"古德伦的话声压住了噪音。

"结婚或不结婚,最后结婚或即将结婚,或者是诸如此类的事情吗?——还是抓住你找到的爱情吧。"

"随你高兴或不高兴。"古德伦附和着说。"婚姻是一种人与人之间的契约,我接受它,这和爱情问题没什么关系。"

杰拉尔德的目光一直在闪闪烁烁地盯着她。古德伦觉得他似乎是在毫无顾忌、心怀叵测地吻着自己。她的面颊烧得血红,心却是坚定的,坚不可摧。

"你觉得鲁珀特有点儿傻吧?"杰拉尔德问道。

古德伦闪亮的目光表示了同意。

"在女人看来是这样,"她说,"我就是这样认为的。有这样的事,两人终生相爱——也许有吧。不过即使在那种时候,结婚也是无关重要的。只要两人相亲相爱,彼此满意,快快活活就行。如果不是这样——那干吗不分开呢!"

"对。"杰拉尔德说。"这真打动了我。可是鲁珀特又怎样呢?"

"我实在是不明白——他和其他任何人也都搞不明白的。他好像认为你如果结了婚,就能通过婚姻进到天堂,或是别的什么地方——全是些不现实的东西。"

"对极了!可是谁想要天堂呢?事实上,鲁珀特是太渴望安全了——他要把自己绑在桅杆上。"

"对。我认为,他在这方面也搞错了。"古德伦说。"我敢说,情妇比妻子更忠诚——正因为她是她自己的主人。不——他说他相信一个男人同他的妻子就能比任何别的两个人走得更远——可是走到哪里去呢,就没有结局了。他们能够心心相印,或者像在天堂一般,或者像下地狱一般,不过主要是下地狱;了解得那样淋漓尽致,使他们超越了天堂和地狱——进到了——那儿的一切都毁掉了——进到了无人知晓的地方。"

"进天堂了,这是他说的。"杰拉尔德讪笑道。

古德伦耸耸肩。"我毫不在意你的天堂!"她说。

"因为我不是伊斯兰教徒嘛。"杰拉尔德应和着说。伯金全神贯注地开着车,对他们的那些话置若罔闻。古德伦紧紧在他身后坐着,从这样批判他中感到了奚落人带来的快乐。

“他讲的,”她扮了一个挖苦人的笑脸,补充说,“你在婚姻中可以找到持久的均衡;只要你接受其中的和谐,却又保持自己的分离状态,不去试图熔合。”

“这不是触发我灵感了嘛。”杰拉尔德说。

“一点儿没错。”古德伦随声附和着。

“我相信爱,要真正纵情,只要你能够。”杰拉尔德说道。

“我也一样。”古德伦应道。

“鲁珀特也一样,虽然他总在大喊大叫。”

“不。”古德伦说。“他不会沉迷于别人的,你捉摸不透。我想,麻烦就在这儿。”

“然而他却想结婚!结婚——然后呢?”

“天堂呗!”古德伦嘲笑道。

伯金开着车,觉得有什么东西在脊柱上蠕动,如同有人想偷偷掐住他的脖子。他漠不关心地耸耸肩膀。下雨了。车减了速。他不得不停住汽车,下来撑起了车篷。

女人对女人

他们来到城里,把杰拉尔德留在了火车站。古德伦和威妮弗雷德要去伯金那里喝茶。伯金还邀请了厄秀拉。到了下午,最先露面的竟是赫尔特妮。伯金不在家,她就径直走到客厅,翻翻书报,弹弹钢琴。厄秀拉到了。见到赫尔特妮她吓了一跳,满肚子不高兴。她很长时间没听到赫尔特妮的消息了。

“真没想到能在这儿见到你。”她说。

“对呀,”赫尔特妮说,“我去艾克斯了——”

“哦,是因为健康的原因吗?”

“是的。”

两个女人彼此注视着。厄秀拉恨赫尔特妮那张死气沉沉地朝下望人的长脸。那上面包含着某种愚昧无知的像一匹马那样的自负神情。“她有一张马脸,”厄秀拉心里嘀咕着说,“奔跑的时候还带了一副眼罩。”赫尔特妮看来真像月亮一样,只让人瞧见她的某一面,另一面却是隐藏起来的。她一切都是从她那狭猛的大脑思维出发,这对她说来就是完美无瑕的世界了。她完全不存在于黑暗之中。和月亮一样,她的另一面在生活中是不存在的。她的自我就全在她的头脑中,她根本不知道什么是像水中鱼或草地上的鼬鼠那样的发自本能的奔跑和行动。她必须不断地去求知。

可是厄秀拉却只能在赫尔特妮的这种片面性下遭受痛苦。她只能感受到赫尔特妮那副冷酷孤傲的面孔,那表情看来要把她贬得一文不值。赫尔特妮一直坐在那里郁闷地思索着,直到费心思索的痛苦搞得她精疲力竭、脸色灰白。她绞尽脑汁,才慢吞吞地得出了由求知而来的最终的可怜的贫乏的结论。在别的女人面前(她认为她们太柔弱),她总受用表情表现出自己那毫不容情的信念所得出的结论。那信念如同宝石,给了她以毋庸置疑的杰出地位,使她在生活中成了上等人。她内心里喜欢用恩赐的态度对待如同厄秀拉那样的女人,认为她们完全是为感情所左右的人。可的赫尔特妮,这竟是她的一宗财产;这令人痛苦的自我肯定,竟是她唯一可以用来为自己辩解的东西。她必须对此确信无疑;天晓得,她在其他方面感受到了怎样的贫瘠和损失啊。在思想和精神生活中,她是上帝的子民。她祈盼自己是多才多艺的;然而在内心深处,又有着一种夹杂着荒寂感的玩世不恭。她不相信自己的多才多艺——它们不过是些表面光的绣花枕头。她不相信内在的生活——那是欺骗;而不是现实。她不相信精神世界——那是在弄虚作假。作为最后一着,她相信财神,相信肉欲和罪恶——这些至少不是绣花枕头。她是一个没有信仰的女教士,丧失了自信,受着一种过时的信条的支撑,被宣告为接受不了的神秘事物的反复出现,那些事物对她说来并不是神圣的。她又无处可逃。她是垂死的树上残留的一片叶子。除了继续为那些古老的枯萎的真理而斗争,为年深月久已经过时的信仰而牺牲,做一个为已遭亵渎的神秘事物献身的纯洁的女教士,她还能得到什么帮助呢?旧日的伟大真理曾经是真实的。她就是昔日伟大的知识树上的一片树叶,大树却已干枯。即便玩世不恭和冷嘲热讽已经深入她心灵深处,她也必须遵守那老态龙钟、行将就木的真理。

“见着你我真高兴。”她慢慢地对厄秀拉说,语气就像是念咒语。“你和伯金的交情不浅吗?”

“哦,是的。”厄秀拉说。“他一直和我保持联系。”

赫尔特妮在答话前停了一下。对那个女人的自吹自擂她太了解了,这简直浅薄至极。

“他吗?”她漫不经心地问道。“你会和他结婚吗?”

这问题问得冷静、干脆,又不带感情色彩;厄秀拉有点儿意外,被迷住了。这几乎像开玩笑一样使她高兴起来。赫尔特妮的话音里有着毫不掩饰地挖苦讽刺。

“哦,”厄秀拉答道,“是很想结婚,只不过我还不敢肯定。”

赫尔特妮用冷静的目光坚定地注视着厄秀拉。她注意到了这又是自卖自夸。她妒忌厄秀拉有一种出于本能的自信,甚至还妒忌她的浅薄。

“为什么你还不敢肯定呢?”她轻松地唱歌似的问道。在这场谈话中她不经心,却还相当快活。“你并不真的爱他吗?”

这问题问得有点儿唐突,厄秀拉脸上透出了红晕。可她又不便发作。赫尔特妮瞧上去坦荡平静,并不像有意为难她。毕竟,能如此冷静也够了不起了。

“他说他想要的并不是爱情。”她回答说。

“那要的是什么呢?”赫尔特妮无动于衷地轻声问道。

“他想让我做他的新娘。”

赫尔特妮停了一刻没有开口,沉思的目光冷峻地盯着厄秀拉。

“是吗?”她终于忍不住开口了,又发起火来。“那你不想要的又是什么呢?你不想结婚吗?”

“对——我不想——真的不想。我不想像他想象的那么容易屈服。他想让我顺从——可我不愿那样。”

赫尔特妮开口前又想了一下。

“要是你不情愿的话就别结婚。”又是一阵沉默。一种奇特的情绪使赫尔特妮颤抖起来。啊,要是伯金请求自己去为他服务,做他的奴隶,那该有多好啊!她在渴望中战栗着。

“你明白,我不能——”

“可是为什么——”

两人同时开口,又都闭口。赫尔特妮首先不耐烦似的接着说:

“他想让你屈从于什么呀?”

“他说要我真心地接受他,还要忠贞不渝——我真不明白他葫芦里卖的什么药。他说他想要有人满足他的本能——肉欲——而不是人的感情。你知道,他今天说这个,明天又要说那个——他总是变卦——”

“他总想他自己,想他自己没有得到满足的欲望。”赫尔特妮不紧不慢地说。

“是的。”厄秀拉嚷道。“好像除了他自己,就没有任何人。这真让人接受不了了。”

她紧接着又改了口。

“他一定要我接受只有上帝才能知道的他的想法。”她又说。“他想让我把他作为——动作为至高无上的上帝来看待——但是在我看来,他却没有想到给予别人任何东西。他不需要真正的亲密关系——他不要它——厌恶它。他不让我有思想,真的,他也不让我感受——他憎恨感情。”

许久没人再说话。这对赫尔特妮说来可太难以忍受了。啊,要是伯金也这样要求了她那该有多好!他却把她驱逐到思想里,毫不犹豫地把她赶进了知识中去——然后又因此而讨厌她。

“他想让我自卑,”厄秀拉又在说,“不再有自己的什么东西——”

“那他为什么不娶一个女奴呢?”赫尔特妮温和地说,“如果他想要的就是这个的话。”她的脸上透出嘲弄的表情。

“对呀。”厄秀拉含混不清地应道。但是，让人讨厌的是，伯金又不想要女奴，不想要奴隶。赫尔特妮愿意做他的奴隶——她潜意识里要匍匐在一个男人的脚下——那个男人也崇拜她，认为她至高无上。伯金却不想要女奴。他想要的是一个从他那里要求有所取，又把自身完全交付给他的人；她能得到他整个的人——他整个令人难堪的肉体。

如果她这样做了，伯金能感激她吗？他能在每件事上都承认她吗？或者他只是把她作为自己的工具，用她来满足自己，而并不承认她？这正是别的男人做过的事情。他们要炫耀自己，不承认她，把她变成了仿佛是不存在的东西，正如赫尔特妮的叛逆行为一样。赫尔特妮太男性化了，她只相信男人的东西。她忘记了自己身上的那个女人。而伯金呢，他是要承认她，还是要否定她呢？

“对。”在两个女人勾心斗角、各怀鬼胎的时候，赫尔特妮发话了。“那会是一个错误——我想那会是一个错误——”

“是指嫁给他吗？”厄秀拉问。

“是的。”赫尔特妮不紧不慢地说。“我认为你需要一个男人——凶悍，健壮——”赫尔特妮伸出手来，在兴奋地紧握着。“你应当有一个像古希腊神话中的英雄那样的男人——在他出征时你就站在他的身后，要看到他的力量，听见他的呐喊——你需要一个身强力壮的男人，一个真正的男子汉，而不是多愁善感的人——”这个女巫顿了一下，像是刚刚宣示了神谕，又接着说下去，声音里充满兴奋。“可是你看到了，鲁珀特并不是这种人，他不是。他身体虚弱，需要非常精心的照料。他还那样变化无常，对自己也没有把握——要帮助他就需要有最大的耐性并了解他。我以为你还缺乏耐心。你将不得不准备受罪——那可真是糟透了。我简直无法想象要使他幸福得牺牲多少。他过着一种神经质的生活，有时候——也太、太妙了。然后又是操劳过度。我真说不出口和他在一起时自己都经历了些什么。我们在一起的时间可太长了，我太了解他了，太知道他是什么样的人了。我感到自己有必要说出来，你要是嫁给他可要吃后悔的——你还不只是为了他。”赫尔特妮怀恨地沉思着。“他那样靠不住，那样反复无常——他先是冷淡你，然后就和你作对。我真没法让你知道他同人作对是怎么一回事。我也没法告诉你它给我造成的痛苦。今天他还在肯定和爱着的东西——要不了多久，就会怀着要毁灭一切的怒火去践踏它了。他历来没有常性，同你闹别扭时总是那样吓人，总是那样反复无常。没有比那更有糟糕的事情了，没有——”

“对，”厄秀拉附和地说，“你一定吃过苦头。”

一道奇的光照亮了赫尔特妮的脸。她像受到激动似的攥紧了自己的手。

“一个人必须情愿受罪——情愿随时为他吃苦——如果你要帮助他，如果他以真诚地去对待一切的话——”

“我可不想那样。”厄秀拉说。“我不要，那真没必要。我认为不幸福就等于堕落。”

赫尔特妮沉默了，盯住她看了半天。

“是吗？”她终于说道。在她看来，这番话正表明厄秀拉和自己之间有着巨大差异。对赫尔特妮来讲，遭受苦难就是最伟大的现实，是命中注定的事情。然而她也有关于幸福的看法。

“对。”她同意说。“人应当幸福——不过这是不可知的问题。”

“说的对，”赫尔特妮接着说道，但已经是无精打采了，“我想那只能带来灾难，——至少，草率结婚会这样的。难道你们不能同居吗？我确实觉得结婚对你俩是不适合的。比起他来，我为你着想得更多些——我还考虑到了他的健康——”

“当然，”厄秀拉说，“我对结婚并不关心——它对我说来是无所谓的——是他想结婚。”

“这只是他一时的冲动。”赫尔特妮带着厌倦的却是坚定的口吻和一种不把年轻人放在眼里、自以为非常正确的态度说。

两人沉默了一会儿。厄秀拉又声音颤抖着发出了提问。

“你以为我是仅仅追求肉欲的女人，对吗？”

“不，确实没那样想过。”赫尔特妮说。“不，真没那样想！不过我想，你充满活力，又年轻——这不是一个有关年龄的问题，甚至也不是有关阅历的问题——这几乎是有关民族的问题。从人种的角度讲，鲁珀特是过时的，他来自一个古老的种族——而你在我看来又那样年轻，你来自一个年轻的、缺乏经验的种族。”

“我吗！”厄秀拉说。“可是我认为有些时候，他才太年轻了呢。”

“对，也许是吧——他在许多方面有孩子气。尽管如此——”

两人沉默不语了。厄秀拉怀着极深的反感，因为有点绝望。“这一点儿不假。”她自言自语着，不动声色地对敌手说道。“这是真的。那是你，你才想要一个身体精壮、欺侮人的男人，我可不想要。是你想要一个毫无感情的男人，我可不想要。你对鲁珀特一点儿也不了解，并不是真正的了解，尽管你俩好了这么多年。你并没给他一个女人的爱，而只给了他一种精神上的爱；正因为如此，他才反对你并抛弃了你。你了解不了这个。你只知道已经死掉的东西。任何厨房女仆都可以对他有所了解，你却不行。你认为是知识的东西，不过是毫无生气的理解力，一文不值。你是那样虚假、不真实，你怎么能了解到什么呢？你大谈特谈爱情，这有什么意义呢——你这个空有躯壳的幽灵！在你不相信一种事物的时候，又怎能了解它呢？你不相信自己和你的女人身份，那你的自高自大又有什么意义呢——！”

两个女人心怀敌意、默不出声地僵坐着。赫尔特妮感到受了伤害，她的苦口婆心和逆耳忠言，却遇到粗暴的对待。可是此时此刻的厄秀拉却无法理解，也决不愿意了解；她只能怀着通常的戒心和难以理解的女人气，浑身是女性情感，充满女性的魅力，还有那么多女人的胡思乱想，可就是没有头脑。很久以前赫尔特妮就断定了，对没头脑的人来说，诉诸理智是毫无用处的——人对愚昧无知只能不加理睬。而鲁珀特呢——他眼下对女人气十足、自私而任性的女性有所反应——这不过是应付性的反应——对此也只能听之任之。这完全是愚蠢的动摇，是一种剧烈的摇摆，这最终会使他承受不了，他会心碎而死。他没救了。这种对肉欲和理智的斗争，会一直在他心中，直到他把自己撕成了相互对立的两半儿，悄悄地从生活中消失。这没什么好处——在生活的至关重要的阶段，他却没有主见，没有头脑；他没有足够的勇气去决定一个女人的命运。

两人一直僵坐到伯金回来见到她们。伯金马上感受到了那种尴尬的气氛，这从本质上讲是无法避免的。他咬紧了嘴唇。不过他喜欢直来直去。

“喂，赫尔特妮，你又回来啦？感觉怎样？”

“哦，好些了。你怎么样呀——你看上去有些不大对头——”

“哦！——我相信古德伦和珍妮·积奇要来这儿喝茶。至少她们说了要来的。我们要举办个茶会。你是坐哪趟火车来的，厄秀拉？”

看到伯金试图同时去抚慰两个女人，真让人不能容忍。两个女人都瞪着他。赫尔特妮对他有着深深的怨恨和怜悯，厄秀拉简直就受不了了。伯金看上去有点儿神经质，表面上显得神采奕奕，喋喋不休地唠叨着一些过去的事情。他这样婆婆妈妈真使厄秀拉感到又惊愕又愤恨。他是那样轻车熟路，和剧场里的演员没什么不同。厄秀拉板起面孔，不再理睬他的话了。这一切在她眼里都是那样无聊。古德伦还是没有露面。

“我想我要去佛罗伦萨过冬。”赫尔特妮终于开口了。

“是吗？”伯金应道。“那儿可冷极了。”

“对,可是我要和帕罗斯贝拉在一起了。那是幸福无比的。”

“你为什么要去佛罗伦萨呢?”

“我也不知道。”赫尔特妮慢吞吞地说。她呆滞的目光盯住伯金不放。“巴特斯要开他的美学课了,奥兰特斯要以意大利的国家政策为题作一系列的演讲——”

“两个人都是在胡说八道。”伯金评论道。

“不,我可不这样认为。”赫尔特妮表示反对。

“那你喜欢哪一位呢?”

“我都喜欢。巴特斯是一位急先锋。我对意大利和它的民族意识的觉醒也感兴趣。”

“可我却喜欢别的不同于民族意识觉醒的东西。”伯金说。“特别是因为这只意味着一种工商业意识。我讨厌意大利和它的民族主义的喧嚣。我认为巴特斯也算不上什么专家。”

赫尔特妮怀着敌意沉默了半天。不过,她总算把伯金又拉回到了自己的圈子里!她的影响有多么微妙,要不了一会儿,她似乎就把伯金的易于激起的注意力完全引入了自己的方面。他是她的小宝贝。

“不,”她说,“你错了。”她不可名状地感到一阵紧张,像是从上帝那得到灵感的女巫那样仰起了脸,迷狂地又说道:“卡萨罗写信告诉我说,它在所有年轻人、男孩子和姑娘中受到了前所未有的热烈的欢迎,所有的——”她说的是意大利语,好像在想到意大利人时,她就要用他们的语言来思考。

伯金厌恶她的神态,他强迫自己听着,然后说:

“对所有这一切我都不喜欢。他们的民族主义不过是工业主义——我太讨厌那一套和那种浅薄的议论了。”

“我以为你错了——我想你是错了——”赫尔特妮说;“现代意大利人的激情,这在我看来纯粹是自然的美好的;因为它是一种发自内心的激情,为了意大利,意大利——”

“你很了解意大利吗?”厄秀拉问赫尔特妮。赫尔特妮讨厌别人插嘴。可她还是和颜悦色地回答说:

“不错,相当了解。小的时候,我和母亲在那里住过几年。我母亲就是在佛罗伦萨去世的。”

“哦。”

一阵沉寂,这对厄秀拉和伯金说来都是痛苦的。赫尔特妮看上去却平心静气,漫不经心。伯金面色苍白，眼睛充满血丝，好像在发烧。他兴奋过度了。在这种令人窒息的紧张气氛里，厄秀拉忍受了多大痛苦！她的头像是被金钢圈给箍住了。

伯金打铃要茶。他们不能再等古德伦了。这时门忽然打开，猫溜了进来。

“米西奥！米西奥！”赫尔特妮做作地用甜甜的声音叫道。小猫扭过脸瞧瞧她，神气十足、慢慢地走到她身边。

“来——到这儿来。”赫尔特妮用奇特的像是在爱抚自己的孩子似的说，似乎她是一个长者，是高高在上的妈妈。“跟姑妈道声早安。还记得我，一点也没忘记——不是吗，小家伙？是真的记着我吗？真的吗？”她不慌不忙，带着一丝冷漠，缓缓地抚摸着小猫的头。

“它懂意大利语吗？”厄秀拉问。她自己对这种语言是一无所知。

“懂。”赫尔特妮过了一会儿才回答说。“它妈妈是意大利的。它是在鲁珀特生日的早晨生在佛罗伦萨我的废纸篓里的。那是送给他的生日礼物。”

茶端进来了。伯金为她们斟了茶。看到他和赫尔特妮那样亲密，真让人百思不解。厄秀拉觉得自己成了局外人。这套茶具和旧银器就是赫尔特妮与伯金的定情物。它似乎属于过去一个古老的世界；他们两人一起在里面居住过，而厄秀拉在其中却只是一个客人。在他们古老文化的背景中，她活像是个外来户。她的习俗迥异于他们的习俗，他们的标准也不同于她的标准。但他们那一套已经得到了确认，岁月给他们带来了荣誉和地位。他和她一道，伯金和赫尔特妮，是属于同一古老传统的人，属于同一种过了时的、毫无生气的文化。而她，厄秀拉，却是一个擅自闯入者。他们总使她有这样的感觉。

赫尔特妮把一点儿奶油倒进浅碟里，她用这种不拘于礼节的方式显示自己在伯金的房间里有着主人的地位。厄秀拉不由地失去了信心，简直要发疯了。这其中有一种宿命的想法，好像是命中注定的。赫尔特妮托起猫，把奶油放在它跟前。猫把两只前爪搭在桌沿上，低下毛茸茸的头去舔奶油。

“肯定懂意大利语，”赫尔特妮说，“没有忘记它妈妈的语言。”

她用雪白细长的手指抬起了猫的脑袋，不教它舔。总是这一套，在她表现出的态度中，特别是在对雄性个体的行为中，她体验到了快感。猫耐着性子眨眨眼睛，带着雄性动物的不经意的神情，舔了舔自己的胡须。赫尔特妮开心地笑了。

“你瞧，这乖孩子有多骄傲，瞧呀！”

她那样冷静奇怪地和猫在一起，形成了一幅生动的画面。她在静坐时真能给人留下

难忘的印象,在某些方面她是一位社交专家。

猫并不理会她,厌恶地避开了她的手指,把鼻子探到奶油上,又开始舔了。它身子稳稳当当的,一边还发出轻微的吧嗒吧嗒地舔食声。

“教它上桌吃饭,这对它不好。”伯金说。

“对。”赫尔特妮愉快地表示同意。

她朝下望着猫,又用她那老一套嘲弄人的动人的声音幽默地说:

“你学坏了,坏东西——”

她用食指慢慢托起米诺洁白的下巴。小猫掉头瞅瞅,极力不理她,避开不看任何东西,开始用爪子洗脸。赫尔特妮哈哈笑着,高兴起来。

“漂亮的孩子——”她说。

猫又探向前去,秀美的脚爪扒在了碟子沿上。赫尔特妮轻轻地将它抱了下来。这种小心翼翼的神态使厄秀拉想起了古德伦。

“不！不许把前边的小爪子放在小碟子上。那会让客人不高兴的。一只绅士公猫怎么这样不讲礼貌——!”

赫尔特妮的手指一直摁在灵巧地立在那里的猫的脚爪上,她的话音里还带着那种惯有的欺侮人的滑稽腔调。

厄秀拉失宠了。她想离开了。这一切看来都没什么意思。赫尔特妮牢牢地站稳了脚跟,而她却只是昙花一现,仿佛不存在似的。

“我这就要走了。”她突然开口说。

伯金有点儿畏惧地看着她,他怕她生气。“可是用不着这么着急啊。”他说。

“不。”厄秀拉答道。“我一定得走了。”她转向赫尔特妮,不容人插话,便伸出手说:“再见。”

“再见——”赫尔特妮愉快地应道,拉住了她的手。“你这会儿真的非要走吗?”

“对,我想我要走了。”厄秀拉说着,避躲开了赫尔特妮的目光。

“你想你要——”

可是厄秀拉已经抽出手来。她又转向伯金,急促地、几乎是在伤心地道了声“再见”。没等伯金送她,她已经走到门口了。

出了这所房子,她哭着沿着路跑了下去。真怪,赫尔特妮在她心中竟激起了这样毫无来由的怒火,使她做出了如此失态的行为;见到赫尔特妮在场就够了。厄秀拉知道自

己对另一个女人泄露了心思,知道自己看上去没教养,粗鲁,说大话。可她全不在乎,只是哭着跑了,唯恐自己返回去当面抢白那两个被她甩在了身后的人。他们伤害了她。

远　足

第二天,伯金来看望厄秀拉。恰好中学那天放半天假。他将近中午时分到了学校里,问厄秀拉是否愿意和他一起出去逛逛。厄秀拉同意了,不过脸上却冷冰冰的,没有任何表情。伯金的心沉了下去。

下午天气不错,一切都在朦胧的薄雾之中。伯金开车,厄秀拉坐在他身旁。可她还是一副冷若冰霜的模样。每当她这样,像一块冰似的冲着他时,伯金的心就缩紧了。这时他已经变得无关紧要了,他几乎不再注意它了。有时候他觉得,自己已经毫不关心厄秀拉、赫尔特妮或者别的什么人是否存在了。还费什么心呢?为什么还要拼命追求一种虚幻的生活呢?为什么不像木偶那样听凭摆布——就像流浪汉小说里所描写的那样呢?为什么不呢?为什么要闲操心呢?无论男人还是女人,为什么要把他们当回事呢?为什么要去和人们认真呢?为什么不漫不经心、随波逐流、还一切事物以真实面目呢?

然而命中注定,他还是要一如既往地去过一本正经的生活。

"瞧,我买了什么。"他开口说。汽车夹在两排高大的杨树中间,在宽阔的白色路面上奔驰着。

他给了厄秀拉一个小纸包。厄秀拉接过来打开了。

"好可爱呀。"她嚷着说。

她仔细翻看着这些礼物。

"真是可爱极了!"她又嚷开了。"可你为什么要送给我呢?"她疑惑地问道。

伯金脸上闪现出抑制不住的怒火。他无奈地耸耸肩。

"我想给你。"他冷冰冰地说。

"可是为什么呢?你为什么要给我呢?"

"必须有理由吗?"伯金反问道。

一阵沉默。厄秀拉细心看着包在纸里的那些戒指。

"我想它们是太可爱了,"她说,"特别是这一枚。这真美极了——"

那是一粒火红的卵白石，周围镶着一圈儿细小的红宝石。

“你最喜欢这个吗？”伯金问。

“我想是吧。”

“我喜欢蓝宝石的那个。”伯金说。

“这枚吗？”

那是一枚玫瑰形的美丽的蓝宝石，周围有一圈细小的多棱形钻石。

“对，”厄秀拉说，“是可爱。”她把宝石对着太阳。“对了，这也许是最好的——”

“蓝的——”伯金说。

“是的，妙极了——”

伯金突然拐弯，躲开了一辆农家大车。汽车斜着冲向路堤。他是一个粗心司机，却十分敏捷。厄秀拉可吓破了胆。伯金总有些毛手毛脚，这吓坏了她。她忽然感到，伯金也许会通过交通事故来要她的命。一时间，恐惧心理把她吓呆了。

“你这样开车不是太危险了吗？”她问伯金。

“不，并不危险。”伯金答道。他接着说：“你不喜欢那枚黄戒指吗？”

那是一粒镶在钢圈上的黄玉，或是其他类似的晶体，做工很精巧。

“不，”她说，“我非常喜欢它。可你为什么要买这些戒指呢？”

“我想要它们。它们是二手货。”

“你为自己买的吗？”

“不，戒指戴在我手上可不合适。”

“那你为什么还要买它们呢？”

“我为你买的。”

“可是为什么呢？你应该把它们给赫尔特妮呀！你们相亲相爱。”

伯金一言不发。厄秀拉还是把宝石握在手中。她想带上试试，然而心里又告诉她不能。此外，她也怕自己的手太大，要是除了小拇指其他手指都套不上戒指，那该多尴尬呀，她畏缩了。两人都不出声，汽车在空旷的车道上向前开着。

坐汽车使厄秀拉兴奋起来，她甚至忘记了伯金的存在。

“我们到哪儿啦？”她突然张口问道。

“离沃克索普不远了。”

“我们要去干什么呢？”

"随便。"

这回答正对厄秀拉的心思。

她伸开手来瞅了瞅那些戒指。那三枚戒指连带上它们的小宝石,闪着光摊在手掌上,给了她无比的快感。她非要试着戴戴它们。她偷偷这样做了,可不想让伯金见到;这样一来,他就不会知道自己连戒指都戴不上了。可尽管如此,这还是没有逃过伯金的眼睛。在她不想让他看见的时候,他却总能看到。这是伯金令人讨厌的地方。

只有那枚在薄薄的金属圈上镶着蛋白石的戒指能戴在厄秀拉左手的无名指。厄秀拉信命。不行,不是好兆头,她不能接受伯金的这枚戒指作为信物。

"瞧呀,"她伸出半开半合、颤抖着的手说,"其他的对我可不合适。"

伯金望着在她那细腻的皮肤上闪着红光的柔滑的宝石。

"不错。"他说。

"可蛋白石带不来好运气,对吗?"厄秀拉疑惑地问。

"对。不过我宁愿要带来坏运气的东西。运气是不可靠的。谁想要运气能带来的东西呢?我可不想要。"

"可为什么呢?"厄秀拉笑了。

她心想要看看其他戒指戴在自己手上会是什么样子,于是就把它们一股脑儿套在了小拇指上。

"可以再把它们掰大点儿。"伯金说。

"对。"厄秀拉疑惑地应着,叹了口气。她知道,接受了这些礼物,也就是接受了他的情。然而,一切又只能听天由命。她又看看那些宝石。在她眼里,它们美丽异常——不是作为饰物或财富,而是作为可爱的生命。

"我很高兴你买了它们。"她说着,小心翼翼地把手轻柔地放在了伯金的胳膊上。

伯金淡然一笑。他想要厄秀拉来自己决定。不过,他灵魂深处却潜藏着愤怒和冷淡。他知道厄秀拉真心实意地对自己怀有一腔热情。却深藏在心中。当人超脱了个人的情感而变得无动于衷的时候,就会有一些热情所到达不了的冰窟。而厄秀拉却仍然在个人情感的水平线上——总是那样可恶地带着自私色彩。他非常了解她,而他自己不被地理解。他是从厄秀拉神秘的内心深处理解她的——那就像是一个魔鬼,喷射着神秘的腐化之泉,那正是厄秀拉本性的流露;它笑着,耸耸肩,承认了,最终承认了。就她那方面来说,何时才能超脱自身,在感情上接受他呢?

厄秀拉这会儿又高兴起来。汽车在飞驰,午后的天气温和怡人。她兴致勃勃地谈论着,分析着人和他们的动机——主要是古德伦和杰拉尔德。伯金漠不关心地应答着。他对于人和他们的行为已经倒了胃口——他说,人是各不相同的,但如今都被禁锢在一种大网之中;至此,就留下了大约两种伟大的观念和两种行动的大趋势。在不同人中间,反应是各不相同的;但他们都在遵循几条神圣的规律,在本质上是一回事。按照几条伟大的规律,他们在不自觉地行动着和反映着。一旦这些规律、这些神圣的原则被看穿了,人们也就不再那样轻松有趣了。他们从根本上讲是大同小异的,相异之处不过是同一本质的不同变体而已。他们中间没有人能超出既定的条件。

厄秀拉不赞成伯金的说法——了解人们对她说来仍旧是一种神秘的事情——不过——也许并不像她本来认为的那样。在她这会儿的谈论中,也许是有些呆板的东西。她的趣味也许同样是破坏性的,她的分析也是在撕碎事物。在心底里有一处地方,她在那里并不关心人和他们的想法,甚至还要毁灭他们。有一阵子,她似乎触及了自己心底里那片寒冰之地,便平静下来,怀着平静的心情转向伯金。

"在茫茫夜色中回家不好吗?"她说。"我们喝茶要喝到很晚——对吗?——一起吃茶点吗?那难道不好吗?"

"我已经答应了在劳斯兰茨吃晚饭。"伯金说。

"不过——那也没什么——你可以明天去呀——"

"赫尔特妮在那儿。"伯金有点儿不好意思地说。"她过一阵子就要走了。我想我应当同她道别。我将再也见不到她了。"

厄秀拉不再坚持,怒冲冲地闭紧了嘴。怒火万丈的伯金眼睛一闪一闪的,眉头也拧在了一起。

"你不介意,对吧?"他冷冷地问道。

"对,我不在意。凭什么我要在意呢?凭什么我要介意呢?"她的口气也是咄咄逼人的。

"我也在这样问自己。"伯金说。"你为什么要介意呢?可你好像还是生气了。"他愤怒地说。

"我向你保证我没有,我根本不在乎。回到你家那去吧——这才是我想让你做的。"

"啊,你这个傻瓜!"伯金嚷道。"还有你那个'回到你家那去吧'。赫尔特妮和我之间已经没什么了。如果说还有什么关系的话,那是你的事。因为她在你心中只能引起嫉

妒——你成了她的对头,也就拴在了一起。”

“啊,的是!”厄秀拉也嚷开了。“我知道你的想法。你故弄玄虚也不能让我上钩。你是属于赫尔特妮和她那副半死不活的模样的。好,假使你要这样做那就请便吧。我可不管你。不过你我之间就一刀两断了。”

伯金在兴奋和激怒中停下来,两人坐在小路边,要把这件事情说个明白。这是 两人之间的一场信任危机,他们就看不到自己的情形有多么可笑。

“如果你不是傻瓜,只要你不是傻瓜,”伯金绝望透顶地喊道,“那你就该明白,即便一个人犯过错误,他也可以是正派的。这些年来我一直同赫尔特妮呆在一起是不对——那是一种噩梦般的日子。可是人毕竟总该有点儿礼貌。然而不,一提到赫尔特妮的名字,你就要用你的妒忌把我的心给撕碎。”

“我妒忌!我——妒忌!你要是这么想那可就大错特错了。我一点儿也不妒忌赫尔特妮,她对我说来算不了什么,就是这么回事!”厄秀拉用手指打了一个响指。“不,你真是个爱撒谎的家伙。你非要回去,就像一条狗要吃屎一样。我恨的是赫尔特妮所代表的东西;那是谎言,是虚伪,是死亡。然而你却喜欢它,你对此一往情深,你主宰不了自己。你属于那种落伍的、死气沉沉的生活方式——那么就回到那边去吧。不过可别到我这儿来,我同它毫无关系。”

难以抑制的感情压迫着厄秀拉。她下了汽车,走到树篱前,下意识地采下一些紫红色的细长的浆果。其中一些绽开了,露出了一些橘黄色的种子。

“啊,你是一个傻瓜。”伯金有点儿轻蔑地讽刺道。

“对,我是。我是傻瓜。千真万确。我是一个大傻瓜,领教不了你的聪明。感谢上帝。你去你的女人那儿吧——去她们那儿吧——她们和你是一丘之貉——你后面总跟着一串儿那样的女人——你也总是沾沾自喜。到你的精神上的新娘们那里去吧——可是别又上我这儿来,因为我可不愿那样,谢谢你了。你不满意,对吗?你的精神上的新娘不能满足你想要的东西,对你说来还不够刺激和肉感,是吗?于是你就到我这儿来了,把她们丢在了一边!你娶我是为了肉欲的需要。可是在身后你又有着那么多的精神上的新娘。我知道你那肮脏的想法。”一股怒火骤然袭向了厄秀拉,她在路上失态地跺起脚来。伯金畏缩了,生怕她会打自己。“而我呢,我还不够超凡脱俗,不像赫尔特妮那样超凡脱俗!——”她拧起双眉,眼睛像魔鬼那样闪闪放光。“那么去她那儿吧,这就是我要说的一切。去她那儿吧,去呀。哈,她超凡脱俗——超凡脱俗,她!就她那样一个实在的

实利主义者。她超凡脱俗？她在意的是什么？什么是她的超凡脱俗？那到底是什么呢？”厄秀拉的怒火似乎喷射了出来，烧红了伯金的脸。伯金激动地打着战。“我告诉你那是肮脏的，肮脏的，没有别的，只是肮脏。那正是你贪婪的肮脏，你离不开它。超凡脱俗！这就是她的超凡脱俗吗——她的污辱人，自视清高，利欲熏心，还有实用主义？她是那样一个粗俗的泼妇，一个泼妇。她是那样一个实用主义者。这一切都太粗俗了。一句话她又做了些什么呢？尽管她有那么多交际热情，就像你说的那样。交际热情——他有什么热情？——我怎么没看到！——它在哪儿呀？她想要不值得一提的自我意识、自尊，她想让人承认她是一个伟大的女性，不过如此。在骨子里她是魔鬼一样的怀疑主义者，粗俗到家了。说穿了她就是那种人。其他一切都是在装腔作势——可你就喜欢她这样。你爱这种虚伪的超凡脱俗，你离不开她。可为什么呢？就是为了那些见不得人的东西。你以为我不知道你的肉欲有多么恶心吗？——还有她的——我都知道。你想要的正是这种肮脏，你这个混蛋。那就去吧，去吧。你真是一个混蛋。”

她转开身去，颤抖地拨动着树篱上浆果树的枝条，又下意识地用手指在外衣的下摆上把它们编在一起。

伯金不动声色地站在那里望着。看到厄秀拉如此激动，一股奇妙的爱怜之情在他心中油然而生；可同时他心中又充满了愤怒和无情。

“这真是自贬身份的大曝光呀。”他不动声色地说。

“对，真是自贬身份。”厄秀拉说。“不过只是对我而言，与你无关。”

“就因为你自轻自贱。”伯金说。怒火又涌上了厄秀拉的两颊，她眼中也喷出了怒火。

“你！”她叫起来。“你！你这个虚伪的家伙！你这个专门出卖灵魂的人！你的真理和你的灵魂臭透了。你吃的臭肉臭透了，你这条吃腐尸的狗，食尸鬼。你是肮脏的，肮脏——你必须清楚这个。你的纯洁，你的正派，你的善良——对，一点儿没错，我们已经领教过了。你是腐败的化身，臭气熏天，你正是这样，又污秽又邪恶。你，还有感情！你还可以说你不想要爱情。不，你只想要你自己，还有肮脏和死亡——你想要的就是这个。你是个魔鬼，专吃腐尸。那么——”

“有人来了。”伯金打断她的话，她的讽刺使他感到心神不宁。

厄秀拉顺着路扫了一眼。

“我才不在乎呢。”她说。

不过她还是停止了说话。骑车人听见了有人争吵，在骑过去的时候看了一眼这对男

女和停在那儿的汽车。

“下午——”他温和地开口问候。

“下午好。”伯金冷冷地应了一声。

两人都没再说话,男人骑车走远了。

伯金脸上的神情缓和些了。他知道厄秀拉的话也不全错。他很清楚自己的想法,从某个方面讲是那样超凡脱俗,而在另一个方面,是令人厌恶的,他又是堕落的。可厄秀拉难道就比我强吗?别的人又能好到哪儿去呢?

“谎言呀,讨人厌呀,所有这些可能都是真的。”伯金说。“不过,赫尔特妮在心灵深处的那种亲昵比你在感情上吃醋的表现好多了。即便是对自己的敌人,也可以以礼相待,那是为了自尊。赫尔特妮是我的敌人——直到她咽气为止都是!也正因为如此,我才一定要礼貌地送她退出战场。”

“你!你和你的敌人,还有你的礼貌!你说的比唱的都好听。可是这骗不了我,除了你自己。我妒忌!我!”厄秀拉已是怒火中烧了。“我说这些,因为它是事实。你拒绝承认,因为你就是你,一个可恶虚伪的家伙,一个伪君子。这正是我要说的,你也听到了。”

“对此我感激不尽。”伯金说道。

“对,”厄秀拉嚷道,“要是你还有一点儿人味儿,那就该感激。”

“不过,我可是一点儿人味儿也没有——”伯金冷冷地说。

“是的,”厄秀拉又嚷道,“你是一点儿也没有。所以你走你的阳关道,我走我的独木桥吧。现在你可以走开了,我不想再见到你——离开我——”

“你知道这是哪儿吗。”伯金说。

“哦,不必费心,向你保证我没事。我口袋里还有十个先令,我有路费,不管你把我带到什么地方。”她犹豫了一下。戒指还戴在她的手指上,两枚在小拇指上,一枚在无名指上。她下不了决心。

“那很好。”伯金说。“一点没有希望的东西就是傻瓜。”

“你讲得对极了。”厄秀拉说。

她又停了一下,一丝狠毒的表情掠过了脸颊。她把戒指拿下来,扔给伯金。一枚打在伯金脸上,其他的掉在了地上。掉进了污泥里。

“拿走你的戒指吧。”她说。“去给你的臭女人吧——她离不了你的。她会高兴的——要么就享有你的肉体上的快乐吧。还是把你精神上的想法留给赫尔特妮吧。”

说完这些，厄秀拉就顺着小路走开了。伯金一动不动地站着，望着她那慢腾腾的、令人恶心的步态。厄秀拉一路走着，一边还在拉扯树上的枝条。她的身影渐渐模糊了，似乎已经超出了他的视野。伯金眼前一阵昏黑，就什么也不知道了。

他感到了疲倦和恶心，同时又感到了轻松。他为了轻松一下走到路堤上坐下来。厄秀拉无疑是对的，她的话也都是真理。伯金知道自己的超凡脱俗不过是堕落的同义语，是自我毁灭中的一种堕落。对他而言，在自我毁灭中有某种快感——特别是精神上。不过他心里明白它——了解它，并且已经这样做过了。难道厄秀拉在情感上和肉体上的亲昵的方式和赫尔特妮的抽象的精神上的亲昵有什么区别吗？合二为一，两人间的这种可怕的要求，每个女人和大多数男人都想的；不管怎样，无论它是精神上的熔合还是感情肉体上的熔合，难道不吓人和叫人恶心吗？赫尔特妮视自己为完美的化身，所有男人都得做她的奴隶；厄秀拉则是美丽的子宫，是生育的机器，所有男人也必须到那里去！两者都是可恶的。她们为什么不能保持自身的独立存在，而要自寻烦恼呢？为什么要这样令人畏惧地到处横行、要这种可怕的专制呢？为什么不给别人自由呢？为什么要去同化，去融合，或是同别人结合呢？人在有些时候是完全可以忘却自己的，但并非为了别人。

见到那些戒指躺在路上的污泥里，伯金实在承受不了。他捡起它们，下意识地用手把它们擦拭干净。它们是美和温暖的创造的幸福的小小纪念品。可是他却把自己的手搞脏了，沾满了砂子。

他心里乱成一团。总在那里斗争的可怕的意识都消失了，消失了，他的生命也随之消失了。他只有一个想法，他想让厄秀拉回来。他像婴儿一样轻松地有节奏地呼吸着，婴儿的呼吸是清新的，不受任何污染。

厄秀拉又返回来了。伯金见到她在高高的树篱下迟疑地踱着，缓缓朝他走来。伯金没有理她，移开了视线。他像是进入了睡眠状态，心平气和，似睡非睡，完全没了意识。

厄秀拉走过来站在他面前，低着头。

“瞧瞧我给你采了一朵花。”她说着，迟疑地把一朵风铃石南花递到伯金的面前。伯金瞧见了那一簇色彩鲜艳的小“铃珰”和树枝似的细小的花枝，还有她的那双纤手和细嫩娇美的皮肤。

“真漂亮！”他说道，微笑着抬头看着厄秀拉，接过了花。一切又变得温馨起来，相当单纯，复杂的东西丢到了脑后。除了被感情搅得心烦意乱外，伯金还非常想痛哭一场。

而后,一股强烈的对厄秀拉的激情油然而生。他站起身,紧盯住厄秀拉的脸。那上面表情复杂,啾,在惊异和畏惧中,又是如此娇媚。他伸出双臂搂住厄秀拉,厄秀拉把脸埋在了他的胸前。

宁静,单纯的宁静,只有他们相拥在一起。最终还是宁静。刚才令人紧张不安的可憎的一切都消失了,他的心灵变得愉快而自由自在。

厄秀拉仰望着他,眼睛里奇妙的目光柔和至极,屈服了。两人又平心静气地相处了。伯金温柔地吻着她,记不清吻了多少遍。一丝喜悦涌入厄秀拉的目光中。

"我是辱骂你了吗?"她问。

伯金也在微笑着,拉住了她的手;这手是那样柔软,已经完全给了自己。

"别生气,"厄秀拉说,"那都不是故意的。"伯金只是轻柔地一次次地吻着她。

"不是吗?"厄秀拉又问。

"当然啦。"伯金答道。"等一下!我还要报复呢。"

厄秀拉蓦然大笑起来,声音都变了。她伸开双臂抱住了伯金。

"你是我的,亲爱的,对吧?"她嚷着,双手勒紧了他。

"是的。"伯金甜蜜回答。

他的话音是那样轻柔迷人,厄秀拉一动不动了,好像完全迷失了自我。是的,她默许了——但即便没有她的默认,这也是显而易见的。伯金还在不停地静静地吻着她,巨大无比的幸福使她几乎昏过去。

"亲爱的!"她疯狂地喊着,充满着遇到了巨大幸福的神情,抬起脸望着。这全是真的吗?可伯金的目光是那样美丽温柔,丝毫没有兴奋。他恬淡优美地对她微笑着,两人一起微笑着。厄秀拉把脸藏进他的胸前蹭着,避开了他的目光,因为他把自己看得太透了。她知道伯金爱自己。她心虚了,觉得自己身处陌生的环境中,一片新天地包围了她。她希望伯金能热情洋溢,只有在激情中她才感到幸福。可眼下这样却是太静默和太容易得到了,正如空间总比力量更令人恐惧一样。

她一下子又仰起了头。

"你爱我吗?"她急切地问道。

"爱。"伯金回答说。他没有注意到她的声音,却留心到了她在发抖。

厄秀拉知道这是真心话,便脱出身来。

"你就该这样。"她说着,转身看看路面。"你找到戒指了吗?"

“是的。”

“它们在哪儿呢?”

“在我衣袋里。”

厄秀拉从伯金口袋里取出了它们。

她是不甘寂寞的。

“我们走吗。”她说。

“好吧。”伯金回道。两人又上了汽车,把这留在了记忆里。

他们会心地微笑着,在温馨的薄暮中驱车缓行。伯金心里充满了甜美和幸福,好像重生的生命流遍了他全身,他如同是从母腹的阵痛中刚刚诞生出来。

“你幸福吗?”厄秀拉用抑制不住的兴奋的口气问他。

“幸福。”伯金答道。

“我也是。”厄秀拉突然大声地喊起来,双手搂住伯金,用力地把他贴紧了自己,虽然他正在开车。

“停下吧。”她说。“我不许你做任何事。”

“不。”伯金说。“我们要走完这段小小的旅程,然后就自由自在了。”

“我们会的,亲爱的,我们会的。”厄秀拉兴奋地嚷嚷着,趁伯金转过身时给了他一吻。

伯金在真正的幸福中驾车前行,意识中的紧张状态消失。他的神经处于亢奋中,一种时隐时现的单纯的意识使他生命又复苏了。他就像刚刚睡醒,如同刚刚诞生,就像一只破壳而出的小鸟,在天空中自由飞翔。

暮色中,他们开过了一段漫长的下坡路。厄秀拉忽然发现右手边山谷下索斯威尔大教堂的轮廓。

“我们到这儿啦!”她欢快地喊起来。

他们驶进了破旧的小城。教堂矗立在朦胧暮色中,望上去严峻、神秘;闪射出的金色光线如沐浴在神光中。

“父母初次相识的时候,他们就携手来这儿了。”厄秀拉说。“爸爸爱它,爱大教堂。你爱吗?”“爱。它看上去像是耸立在阴暗海面上的水晶石。我们去萨拉森海德吃茶点吧。”

两人下车时,听见教堂里飘出一曲赞美歌。六点了。

今夜的荣光属于您，我主，

为了您的慈光普照大地——

在厄秀拉听来，歌曲似乎在一段一段地从高高的天上落到尘土飞扬的小城里。它像从是过去遥远的世界发出回响。一切都那样缥缈。她站在古老的客栈庭院里，闻着稻草、马厩和汽油混合的气味。头顶上，可以见到闪闪的星星。这真奇妙！这不是现实世界，而是一个人童年时代的神话世界——它是神秘的，使人回想起一段段美好的往事。一切变得虚无缥缈了，她也换上了陌生的面孔，超越了现实。

两人坐在小客厅的炉火旁。

"是吗？"厄秀拉调皮地笑问道。

"什么？"

"一切——这一切都是真的吗？"

"希望都是真的。"伯金对她扮了个鬼脸说。

"是吗？"厄秀拉应道，一笑，心里还是没有底。

她望着伯金。他好像还是那样独自一个人，厄秀拉的心里好像长了草。在伯金身上，她仿佛见到一个外星人。她像是被魔法迷住，所有一切都变形了。她记起《创世记》中描写的古老的巫术，在那里，神之子见到了人的女儿，她们是美丽的。伯金就是那样神之子中的一个，是诸神中的一员；他审视着她，看到她是美丽的。

伯金站在炉边地毯上打量着她那美丽动人的脸。那是鲜嫩明亮的一朵花，清晨的曙光映照着花朵上的露珠，闪烁着迷蒙的金光。他露出一抹浅淡的笑意，好像一开口，一切都会消失。两人微笑着，为对方的存在、那种纯净的存在而微笑。他们并不关心它，甚至也不了解它。伯金的眼睛意味深长地眯了起来。

好似中了魔咒，厄秀拉被奇异地引向了他。她跪在伯金面前的炉边地毯上，两臂抱住了他的腿，脸贴在他的两条大腿间。幸福！对一笔无价之宝的感受把她压倒了。

"咱俩是彼此相爱的。"她快活地说。

"何止是相爱。"伯金应和道，低下了闪光的脸，深情地望着她。

无意之中，厄秀拉纤细的手指顺着伯金大腿后面摸过去，寻觅着那里的某种神秘的生命之流。她发现了一个奇怪的东西，某种妙不可言的东西，它真是太奇妙了。它是伯金生命运动的奇异的神秘所以，就在那里，在大腿的后面，在两侧肋腹的下方。它是伯金的隐秘之处，是生命的本源，就在大腿根向下的地方。在那里，她发现伯金是神之子的一员——和混沌初开时一样。他不是男人,是不同于男人、高于男人的东西。

这是奇妙的感觉。厄秀拉有过情人,也有过情欲。不过这既非爱情,也不是情欲。这是人的女儿又回到了神之子的身旁。这些神秘的神之子,他们原本在世界的另一边。

伯金站在厄秀拉面前。厄秀拉用手抚摸他的大腿后面,仰望着他,脸上露出迷人的红晕。伯金俯视着她,她同样闪光的额头,如同一顶王冠。厄秀拉娇美得像是在他膝前开放的一朵鲜嫩欲滴的花朵。她是一朵天堂的花,超凡脱俗,是那样一朵光耀夺目的花。然而,伯金的心绷得紧紧的,里面还有什么东西没有放开。他不喜欢这样的姿势,不喜欢这样容光焕发——不喜欢所有这一切。

厄秀拉用手抚摸着伯金腰部和大腿的线条,轻轻抚摸着他的脊背,浑身充满了难以抑制的邪恶的欲火。这是她从伯金身上激发出来、又引到自己身上的一股邪恶的奇妙的情欲的洪水。她构成了一种快乐无比的循环,那是往来于两人之间的一种心灵的情感交流,它是从肉体上最隐秘的地方释放出来的,形成了完美的回流。这是一股从伯金奔向她的邪恶的欲火,把两人淹没在冲动和迷狂之中。

"亲爱的。"厄秀拉喊道,抬脸向着伯金,嘴唇因亢奋而颤抖。

"亲爱的。"伯金回应道,弯下腰去吻她,热烈地吻她。

在伯金俯身吻她的时候,她将双手合拢在伯金丰满浑圆的腰间;她似乎是在触摸邪恶的神秘所在的最敏感的部位,那才是肉体上的伯金。她几乎就要晕倒了,伯金也坚持不住了。对两人说来,这是完美的死去,是巨大幸福的降临,是妙不可言的直接满足带来的幸福;它压倒一切,从生命力最神秘的地方迸涌而出,从人体最隐秘奇特的生命源泉的极深处涌出,从腰的后面和底部涌出。

沉默中,奇妙的激流掠过她,迷漫开来,冲走了她的理智,顺着她的脊柱汹涌而下,到了膝盖,过了脚面。这是一股不可抗拒的陌生的洪流,冲垮了一切,使她脱胎换骨得以重生。此后,一种巨大满足感袭上心头。于是她站起身来,微微笑着。伯金就站在她面前,脸上放光,活生生的一个人;厄秀拉的心几乎要停止搏动了。伯金就站在面前,其中有着神奇的泉源,和混沌初开时神之子的身体一样。伯金体内有着奇异的泉源,比她过去想象的更奇妙,也更令人满意;啊,这可爱的、神秘的、肉体方面的真正满足。她原以为没有比男人的阳物更奇妙的了。而现在,瞧呀,从男人躯体的迷人的地方,从不可言及肋腹和大腿根处,从比阳物更为神奇的更深的处所,竟涌出了无法形容的隐秘和迷人的东西。

两人欢天喜地,几乎得意忘形。他们欢笑着走到备好的食物那儿。那里有一块鹿肉

馅饼,还有整块的火腿、鸡蛋、水芹、红甜菜根、欧楂果、苹果馅饼和茶,简直丰盛极了。

“多好的东西啊!”厄秀拉快活地嚷起来。“看上去好极了!——我来沏茶好吗——”

当着别人的面干沏茶一类的活儿时,她总感到有些不舒服。可今天她却没有,大大方方的忘掉了害羞。茶水从茶壶优美细长的壶嘴里快乐地涌流出来。厄秀拉给伯金沏茶时,眼光中满是温柔。她终于学会怎样才能恬静而幸福了。

“一切都是我们的。”她对伯金说。

“一切。”伯金附和道。

厄秀拉得意扬扬,兴奋地小声欢叫起来。

“我太高兴啦!”她怀着不可抑制的幸福感喊道。

“我也是。”伯金说。“不过我想我们最好尽快摆脱自己的责任。”

“什么责任呀?”厄秀拉好奇地问道。

“咱俩必须立刻辞去工作。”

厄秀拉欣然同意。

“当然啦,”她说,“是该那样。”

“我们必须自由。”伯金又说。“除了它,别无其他选择,一定要快。”

厄秀拉隔着桌子不解地望着他。

“可是怎么办呢?”她问。

“我也不知道。”伯金说。“我们去旅游。”

厄秀拉又好奇地望着他。

“在磨坊我会非常幸福的。”她说。

“那离过去的一切太近了。”伯金表示反对。“我们还是去旅游吧。”

他的话音竟能如此柔和而迷人,流入厄秀拉的耳朵就像是一副兴奋剂。不过,她梦中的花园是一条峡谷,是荒弃的花园,还有宁静。她也有追求出人头地的愿望——要像贵族那样显赫和引人注目。漫游在她看来像是不合她心意。

“你要漫游到哪儿呢?”她问。

“我也不知道。我只觉得好像是命中注定遇到你,然后我们就出发——到遥远的地方去。”

“可是我们又能去哪儿呢?”厄秀拉又不安地问道。“有的毕竟只是这个世界,它的任何地方都一样啊。”

“不过，”伯金说，“我还是喜欢和你一道走——去那没有人的地方。去自己也不知道在何处的地方才有味呢。不知何处——这才是要去的地方。人想到一个没有人的地方。”

厄秀拉又在那里冥思苦想了。

“你清楚，亲爱的，”她说，“我真担心，在我们还只是肉眼凡胎的时候，就不得不接受这个世界给我们的东西——因为此外就一无所有了。”

“不，有。”伯金说。“在有的地方，我们就能自由——在有的地方，人就不需要穿这么多衣服——甚至就不用穿——在那儿可以遇到一些人，他们习以为常，并不少见多怪——在那里你可以保持自然面目，而不会受到别人的打搅。有那样的地方——有一两个人——”

“可是在哪儿呢？”厄秀拉叹口气问。

“某个地方——任何地方。咱们出去旅游吧。这才是要做的事情——咱们出去旅游吧。”

“对——”厄秀拉应道。想到旅行，她不由一阵冲动。但对她而言，这也不过是旅行而已。

“要自由自在的，”伯金说，“要自由自在，在一个没有任何约束的地方，和其他几个人一起去！”

“对。”厄秀拉不悦地问道。“和其他几个人一起”这句话把她的兴趣打下去一半儿。

“不过，不会真有那样的地方。”伯金说。“那不过是你我和他人之间的和谐关系——和谐的关系——这样我们就一起获得了自由。”

“正是这样，亲爱的，不是吗？”厄秀拉说。“那是你和我。那是你和我，对吗？”她朝着伯金张开了双臂。伯金走过来，俯下身吻她的脸。厄秀拉的双臂又搂住了他，双手在那里缓缓移动着，抚摸着，又带着一种有感情的运动从背上滑下来，温柔地抚摸着他的腰部和两胁。不可压抑的欲望冲昏了厄秀拉的头脑，这如同一阵晕厥，又像是在绝妙的占有中的死亡，是神奇的感觉。她竟那样完完全全地占有了伯金，甚至忘记自己。她最后静静地坐在扶手椅上，手放在伯金身上，不知所措了。

伯金又轻柔地吻了她。

“我们再也不会分开了。”他小声说着。厄秀拉没吱声，只是把手更紧地摁在伯金身

上隐秘的源泉处。

两人决定，当他们销魂后，就要写辞呈，离开工作的困扰。厄秀拉渴望着能这样做。

伯金要了未印地址的空白信笺，侍者收拾了桌子。

“好吧，”伯金说，“你先来写。写好家庭住址和日期——接着是‘市政厅，教育总监——先生——’喂！——我不明白人怎么能这样活——我想人能在不到一个月的时间里窒息死去——不管怎样，‘先生——我请求辞去在威雷格林中学的职务。如蒙恩准得以尽早脱身，而不必停留一个月以候佳音，我将不胜感激。’这就行了。你记下来了吧？让我看看。‘厄秀拉·布兰文。’好！我来写自己的。我应当预先三个月通知他们，但我可以用身体不好为借口。我能把它安排好。”

他坐下来写了自己的正式辞呈。

“好，”封好信并写上地址后，他说，“我们从这儿发出它们，两封信一起寄好吗？我知道杰姆看到两封信几乎一样的时候就会说：‘这太巧了！’我们让不让他这样说呢？”

“我不在乎。”厄秀拉说。

“不在乎？”伯金问道，想了一下。

“这没什么，对吗？”厄秀拉说。

“对。”伯金应道。“他们的猜测并不会干涉到我们。我把你的信从这儿寄走，然后我再寄我的。我可不能让他胡说八道。”

他不动声色地望着厄秀拉。

“对，你是对的。”厄秀拉说。

她抬脸看他，神采奕奕，满面放光，就好像他会把她当作唯一宝贝一样。伯金的神情有点儿困惑。

“我们走吧？”他说。

“好的。”厄秀拉答道。

他们很快出了小城，穿过崎岖的乡间小路驶去。厄秀拉偎依在伯金怀里，沉浸于他那永久的温暖中，眺望着眼前掠过的幽暗模糊的景物和沉沉的夜色。时而，车走在宽阔的古道上，路旁是成片的青草地，闪着绿光似乎还飞动着魔力和小精灵；时而，路两旁是一棵棵在头顶上一飞而过的树；时而，又是荆棘丛生的灌木，或是大杂院的墙，或是谷仓的仓顶。

“你是去劳斯兰茨吃晚饭吗？”厄秀拉突然张口问道，伯金吓了一跳。

“天啊!”他说,“劳斯兰茨!再也不去了。不是去那儿。再说,咱们也太晚了。”

“那我们去哪儿呢——去磨坊?”

“要是你愿意的话就去。在这样好的夜晚去哪儿都会可惜的。不沉浸在这样的夜色里多可惜啊,真的。我们不能停在这里真遗憾。眼前夜色有多美啊——简直妙不可言。”

厄秀拉不置可否地坐在那里。小汽车东倒西歪地乱闯着。她知道自己离不开伯金了,夜色笼罩着他们,迷漫了他们,那是无法超越的。此外,她对伯金温软隐秘的下部也有了神秘的充分了解,那是温软的,神秘的。在这种了解中,就有着一种不可抗拒的力量;那种感觉正是她所盼望的,她也完全接纳了它。

伯金沉静地坐在那里开车,如同古代埃及的一位法老。他觉得自己端坐在那儿像是握有一种永恒的权力,像是伟大的埃及雕像。和那些雕像一样,他也那样真实,靠了神秘的力量完满起来,嘴边还挂了一丝谜一样的微笑。他知道具有这种陌生的魔术般的感觉是怎么回事,它就在自己的背上和腰间,向下流到两腿上。这感觉如此完美,使他凝然不动,脸上不知不觉间浮现出满足的微笑。他已经知道在潜意识中——在极深的肉体意识中保持清醒和强有力是怎么一回事了。从这一源泉中,他有了一种纯净而富于想象的魔力,它神秘费解,不可思议,和神一样不可解释。

要开口可太不容易了。坐在这种纯净而温馨的沉默中是那样妙不可言,其中充满了难以想象的理解和温柔;它在永恒的力量中由来已久,恰如神秘永恒的埃及人,永远端坐在生动微妙的沉默中。

“我们不需要回家了。”伯金说。“汽车上的座位可以放倒当床,我们还可以支起车篷来。”

厄秀拉既兴奋又紧张,抖缩着贴近了伯金。

“可家里人会怎样呢?”她问。

“拍个电报吧。”

然后两人默不作声地驱车前行。出于一种本能,伯金驾车向一个目的地驶去。他还能清醒地把车开向自己的目的地。他的胳臂、胸脯和头部像希腊人那样,具有古典魅力,而不像是埃及人那种僵直的胳臂;他的头脑也不是密封的,并没有沉睡不醒。在黑暗中,在他那纯粹埃及人的思维之上,还游荡着残存的智力,不过并没有占上风。

他们驶进了路旁的一个村庄。汽车慢慢前行着,直到伯金见到邮局,停下车。

“我要给你父亲拍一封电报。”他说。“我只写‘在城里过夜’,如何?”

"好吧。"厄秀拉答应了。她不想别的了。

她目送着伯金走进邮局,看出那也是一个商店。伯金这人真不可思议,即使进了灯火通明的公共场所,他还是那样神秘,那永恒的沉默似乎就是他身上魅力所在,难以捉摸,强劲有力,不易为人察觉。他就在那儿!厄秀拉在兴奋的自鸣得意的目光中望着他;本质是永远不会显露的,它强劲、神秘、飘忽,令人望而生畏。伯金身上那种神秘的现实永远无法解释;它俘获了厄秀拉,完善了她本人。她也是隐秘的,在沉默中得到了幸福。

伯金走出来把一包包东西扔进汽车。

"买了些面包、奶酪、葡萄干、苹果和硬巧克力。"他微笑着说。厄秀拉伸手去触摸他。只是说说看看,真算不上什么。只通过眼睛去了解这个男人是不可能的。黑暗和寂静一定笼罩她,那时她将在尚未意识到的感触中神秘地去了解一切。她必须真心实意地同伯金结合,了解伯金,了解那尚未得知的确切无疑的现实。

他们很快又开车驶入夜色中。厄秀拉没有问去哪儿,也根本不关心。她似乎是漠不关心地静坐在那里,内心却是充实的,感受到一种纯净的力量。她挨着伯金,贴紧他,感受他的温暖,如同悬在空中的一颗星星,永远地保持着平衡,还留有一丝清淡的柔光。她要触摸伯金,用自己的手去触摸实实在在的他,触摸他那温雅、纯净、妙不可言的隐秘的下部。去触摸,在忘乎所以的黑暗中温柔地去触摸活生生的他,触摸他神秘的下部和健壮的大腿,这是她由来已久的期望。

伯金也中了魔似的凝然等候着,在自己已经了解厄秀拉之后,也要让她了解真正的自己。他隐秘地了解了她,完全了解了她。眼下,厄秀拉又可以了解他了,他也将获得解放了。他会得到真正的自由,和埃及人一样,在完美的气氛中、在纯净神秘的肉体存在中固定不变。两人要相互给对方以永恒的那种均衡,它本身就是自由。

厄秀拉看出他们正行驶在树木中间——那是些高大的陈年古树,树下有垂死的发黑的树丛。高大的树干闪着光,像是古代的祭司在远方徘徊。蕨类植物魔术般地神秘地浮现出来。乌云压顶,是一个沉沉的夜。汽车不紧不慢地向前开着。

"我们去哪儿啊?"厄秀拉低声问道。

"在舍伍德森林里。"

伯金显然熟悉这片地方。他慢慢地开着车,一路张望着。他们来到夹在树间的一条崎岖的路上,小心翼翼地转个弯,在森林中橡树之间穿着。小路变宽了,进到长满青草的圆形空地里。在斜堤的底部,还有一道细细的水流。汽车停住了。

“我们就停在这儿吧，关上车灯。”伯金说。

他马上关了车灯。夜色茫茫，斑驳的树影仿佛神灵舞动。伯金把一块小地毯铺到蕨草上。在幸福的沉寂中，他们坐了下来。树林中传来微弱的声响，却没有骚乱，真的没有。世界处于一条永恒的禁令之下，神秘的新事物随之而来了。两人脱掉衣服躺在一起，伯金把厄秀拉拽向自己怀中。他看见了她，看见了她那永远不会让人瞧见的神圣的肉体，肉体上还闪动着朦胧的微光。已经失去理智的他拼命压抑住自己，用手指抚摸着隐藏在夜暗中的她的裸体；这是沉静的手指在抚爱沉静的肉体，是肉体与肉体的触摸。夜幕下的男人和女人，他们彼此见不到对方，用思想也无法了解对方，只是靠了手的抚摸才感到了对方活生生的肉体。

厄秀拉拥着他，抚摸着他，并在抚摸中达到了无法说出的极境。那是黑暗，是精妙，是生动的沉默，是一件意味无穷、可以一再给予的东西，是完美的接受与给予，是神秘的事物，是永远无法破解的东西，是意识永远达不到的生机勃勃的肉欲的交流；它飞在意识之外，是黑暗中的沉静可爱的活生生的肉体，是神秘莫测、实实在在的肉体。她的欲望满足了，他的欲望也满足了。因为双方在对方感觉中都一样，是妙不可言的——是摸得出的对方神秘真实的肉体。

他们在寒夜中睡在车篷下，一直到天亮。伯金醒来时太阳已老高了。两人相视而笑，又都躲开了目光，心中充满了奇异的感觉。他们亲吻着，回味这一夜的幸福。它是那样美妙，出现了一个隐秘现实的世界。他们生怕失去对方，便藏匿了对此的记忆和了解。

死与爱

汤姆·克莱奇终于死了,过程缓慢得出人意料。生命之线能被拉成这么长而居然不断,这在人们看来都是不可想象的。病人躺在那里,精疲力竭,虚弱不堪。他全靠吗啡和一点儿一点儿地呷饮酒来延续生命。他已经有些神志不清了——只有一丝生命之线将死亡的黑暗同白昼的光明联结起来。但他的意志力并没有被摧毁,他还是坚强的。只是在病房里,他必须有绝对的安静。

除了护士,现在任何人的在场都要使他心绪不宁。每天早上,杰拉尔德来到房间里,希望看到父亲死去。然而,他见到的却总是同样那张蜡黄色的脸,蜡样的前额上是同样吓人的黑发,还有那神色黯淡的黑眼睛。那眼睛仿佛已经腐烂,消失在无形的黑暗中,只剩下一点儿视力残留在里面。

每当这双阴晦的眼睛看着自己时,深深的憎恶之情就要从杰拉尔德的心中涌过,好像在他周身激荡,威胁着要冲破他的理智,逼他发疯。

每天早上，金发碧眼的儿子笔直地站在那里，神气活现，光彩照人。儿子那陌生有力的存在，他那光彩照人、金发碧眼的样子，使父亲陷入不可抑制地狂热之中。他受不了杰拉尔德的蓝眼睛怪模怪样地看着自己。但这也不过是片刻的功夫。两人都不喜欢对方。父子俩四目相视，随即便分手了。

杰拉尔德有很长时间能保持临危不惧和泰然自若。可是恐惧还是在暗中刺激了他。他生怕自己可能会全面崩溃。他不得不呆在这里，目睹整个事情结束。某种自私的意志让他要眼看着父亲从生命消没。而眼下，灼人的巨大恐怖天天都在冲击儿子的身体，使他更加躁动不安。杰拉尔德天天里战战兢兢地四处走动，就好像有一把达摩克利斯之剑悬在他头上。

无处可逃——他和父亲被绑在一块儿了，不得不看着父亲走向死亡。而为父的意志却决不肯向死亡屈服。要是肉体死掉之后意志就不复存在了，那在死亡之神来的时候，它又怎能不奋力挣扎呢。同样的，儿子的意志也决不肯屈服。他坚定地站在那里，漠然地，以局外人的态度面对这死亡和垂死的一切。

这是一场痛苦的经历。眼见父亲在死亡中缓慢一点点消失，意志却寸步不让，在死的魔力面前没有丝毫怯弱，这他承受得了吗？如同在遭受苦难的红种印第安人，杰拉尔德要经历慢慢死去的全过程，而不能有丝毫的胆怯。他甚至在其中赢得了胜利。他有点神往这种死亡，甚至要促成它。似乎是他自己正在面对死亡，即便他正在惊恐中徘徊不前。不过，他还是要对付它，并战胜死亡而获胜。

在这场严峻考验的冲动下，杰拉尔德也失去了将来日常生活的把握。原来对他是十分重要的事情，现在却无足轻重了。工作、幸福——全被抛在一边。他或多或少还在机械地从事经营管理工作，但这全是无关紧要的。面对死亡而在自己灵魂中进行的这场精神上的斗争，这才是真正的斗争。他的意志力将获胜。可能得到一切就会得到吧，他不会奴颜婢膝屈服于哪一个主子。在面对死亡之时他没有主子。

然而在斗争进行的时候，从前的他和将来的他却要消失了。生活仿佛是包围了他的坚硬的地壳，在呼啸着，翻腾着，仿佛大海的潮声。他只在表面上分享了这种喧声，而在坚硬的地壳里，却另有沉寂的死的空间。他知道自己必须寻求帮助；在这漆黑一团的黑暗中，他感到自己会从内部瓦解。这种真空就缠绕在他灵魂的周围。他要维持自己宝贵的生命、头脑和身体的完整无损，不能有任何改变。然而这压力实在太大了，他不得不寻找什么帮助自己。必须要有什么东西和他一起进入无声的空虚中，并填补上它，这样才

能补偿内在压力,以对抗外来压力。他起来越觉得自己像是一个充满了黑暗的气球,周围还浮着自己的意识形成的气泡。气泡处在外在世界和生活的压力之下,掀起了气势汹汹的喧嚣。

身处困境中,天意把他引向了古德伦。他此刻已把一切都抛开了,只想把古德伦弄到手。他常常随古德伦去画室,接近她,同她谈话。他还在房间里四处翻弄,乱扔工具、粘土块儿和古德伦已经刻好的小玩意儿——那是些精细的、奇形怪状的东西。他看着它们,却又视而不见。古德伦感到杰拉尔德总跟在自己后面,像形影不离一样影子。她始终和他保持距离,然而又不想让他离开。

一天晚上,杰拉尔德神情古怪;他漫不经心对古德伦说:“我说,今晚你留下来吃晚饭好吗?我希望你留下来。”

古德伦有点儿吃惊。他对她说话就像一个男人在邀请另一个男人。

“家里人会等我的。”她说。

“哦,他们不会介意的,对吧?”杰拉尔德说。“要是你能留下来,我会很高兴的。”

古德伦想了一下,答应了。

“我去告诉托马斯好吗?”

“晚饭后我必须马上走。”古德伦说。

这是一个寒冷的夜晚。客厅没生火,他们就坐在书房里。杰拉尔德大部分时间里都心神摇荡,一言不发;威妮弗雷德也很少开口。不过,杰拉尔德总算高兴起来。他心情愉快地对古德伦微笑着,像往常一样。随后又是长时间的心不在焉,他自己却没有意识到。

古德伦被他吸引了。他看上去那样英俊,加上她无法理解的那种陌生的沉默,这都打动了古德伦,使她惊异,又使她心动。

不过杰拉尔德依然十分亲切。他挑餐桌上最好的东西给古德伦吃。他还让人为晚饭拿出了一瓶醇美的金黄色的酒。他知道比起葡萄酒来,古德伦会更喜欢这种 酒。古德伦觉得自己受到尊敬,心里很高兴。

他们在书房喝咖啡时,传来轻轻的敲门声。杰拉尔德不愉快地喊道:“进来。”他的话声有点颤抖,使古德伦感到烦恼不安。一个幽灵似的穿白衣的护士将半边身子探进门来。她很漂亮,可看上去又羞怯、又不自卑,显得有点儿怪里怪气。

“医生要和您谈话,克莱奇先生。”她声音甜甜、小心翼翼地说。

“医生!”杰拉尔德跳起身来说,“他在哪儿?”

“在餐室里。”

“告诉他我马上来。”

他喝完了咖啡。护士已经像鬼精灵一样消失了，他跟着出去了。

“那位护士是谁呀？”古德伦问。

“玻丽蒂丝小姐——她最可爱了。”威妮弗雷德回答说。

不久，杰拉尔德又回来了。他神情忧郁，带点儿微醉的人的常有专注的神情。他没说医生让他去做什么，只是背着双手站在炉火前，脸上木然，像是专心在思索着什么。他并非真的在想事——只是心里乱极了。

“我现在要去看看妈妈了。”威妮弗雷德说。“爸爸睡觉前我也要去看看他。”

她向两人道了晚安。

古德伦也站起身来要走。

“你不走，对吗？”杰拉尔德看了一眼挂钟说。“还早呢。你走时我会送你的。坐下来，别急着走。”

古德伦又坐了下来。虽然杰拉尔德心不在焉，他的意志好像还是能控制她。她觉得自己跟丢了魂一样。在她看来，杰拉尔德那样迷人，是某种神秘的东西。他默默地站在那儿，一言不发；他在想些什么呢？他在想我吗？他控制了她——古德伦自己知道这个。杰拉尔德不愿意放她走。她正温柔地望着他。

“医生告诉你什么新情况了吗？”古德伦终于柔声问道，话音轻柔妩媚，牵动了杰拉尔德的心神。不过他不动声色地扬起了眉毛。

“不——没什么新情况。”杰拉尔德答道，口气里好像这个问题不该问。“他说脉搏很弱了，也很懂——不过那也不一定就怎样，这你知道。”

他俯视着古德伦。她的美丽的眼睛呈现在面前，温柔的目光注视着他，杰拉尔德不由地兴奋起来。

“是的，”古德伦接着说，“对这些东西我一点不懂。”

“那倒不错。”杰拉尔德说。“我说，你不抽支烟吗？——抽吧！”他然后拿来烟盒，为古德伦点上烟。随后他又站在壁炉边古德伦的面前。

“对，”他说，“我们家几乎没有人生病——除了父亲。”他似乎沉吟了片刻，又注视着她，一双迷人的蓝眼睛像是在说话，古德伦心里有点儿没底。他接着说：“你知道，直到它已经摆在面前，这始终是算不了什么的事情。然后你才认识到，原来它一直就在那

儿——它一直——你明白我在说什么吗？——得那种不治之症的可能性，那种漫长的死。”他在大理石壁炉台上不安地移动着双脚，把香烟含在嘴里，仰望着天花板。

“我明白。”古德伦小声说。“这太可怕了。”

杰拉尔德下意识地抽着烟。他又从嘴里拿下烟来，吐一口烟张开嘴，啐出一丝烟叶，略微侧过身去，心事重重。

“我不知道这会发生什么。”他说，又俯视着古德伦。古德伦疑惑的目光直盯住他的眼睛，好像由于知道了这种事而感到伤心。他见到她似乎伤心了，便把脸扭向一边。“不过我是绝对不同的。什么都没发生，你能明白我的话吧。你像是要拼命抓住什么——同时自己一无所有。这么一来，你就不知所措了。”

“对。”古德伦咕哝道。一阵剧烈情感袭来，它强烈异常，近于快感，又像是疼痛。“就别无他法了吗？”她又问了一句。

杰拉尔德转身把烟灰弹掉。炉台孤单单地横亘在房间里，周围什么也没有。

“我也不知怎么办。”他回答说。“不过我确实认为已经找到了某种解决这件事情的办法——不是因为人想要这样做，而是不得不做，要不然就是已经做了。一切东西，包括人自己，马上就要毁掉了，人是在拼命地支撑着。嗯，很明显，这不会持续多久的。永远这样撑住房顶人可受不了。人知道或迟或早他总得放开它。你明白我这话是什么意思吗？这样一来，就必须干点儿什么事情，否则会全面崩溃——是的。”

他在壁炉台上略微动了动，用脚踩一块木炭，又低头看了看。古德伦看着陈旧的大理石壁炉板，隆起部分刻有线条柔和的雕饰，有的在杰拉尔德周围，有的在他之上。她感到命运抓住了她，她陷进了一个不可知的陷阱里。

“没有没有别的办法了吗？”她胆怯地悄声问道。“要是我能帮你，你一定要告诉我——可是我又怎么能呢？我不知如何帮你。”

杰拉尔德用不满的目光俯视着她。

“我不是想让你帮忙，”他有点儿生硬地说，“因为没有这种可能。我只想要同情，你明白吗，我想要一个能和我同甘共苦的人，这可以让我轻松些。可就是没有这样的人。这真奇怪。没有人，倒是有鲁珀特·伯金，可他并不同情你，只想控制你。真的！”

一张奇怪的罗网把古德伦给套住了。她低头瞧着自己的双手。

传来轻轻的开门声。杰拉尔德吓了一跳，十分生气。他这样害怕倒教古德伦感到意外。杰拉尔德带着微笑，迎上前去。

“哦,妈妈!”他说,“您下楼来有多好呀。您身体好吗?”

这位上了年纪的妇女裹着紫色晨衣,悄无声息地走过来,像往常那样稍显笨重。儿子就在身边,推给她一把椅子,说:“您认识布兰文小姐,是吧?”

做母亲的不满地瞟了古德伦一眼。

“不错。”她应了一声,转过身的蓝眼睛朝上望着儿子,慢吞吞地在他拿来的扶手椅上坐下来。

“我来问问你父亲的情况。”她急促地说着,几乎听不清说什么。“我不知道你还有客人。”

“真的?威妮弗雷德没有告诉您吗?布兰文小姐留下来吃晚饭,给我们带来点活力——”

克莱奇夫人慢慢地转过身来冲着古德伦,端详着她,仔细地。

“你没冷落她吧。”她又转向了儿子。“威妮弗雷德告诉我说,医生对你讲了爸爸的事情。怎么回事呀?”

“只是说脉搏很弱——有时停止——这样的话,他也许熬不过今晚了。”杰拉尔德答道。

克莱奇夫人依旧稳稳地坐着,像是没有听见。她的身体仿佛从扶手椅中隆了起来,金发杂乱地披散在两边耳轮上。不过她的皮肤光洁如初。她坐在那里,两手漫不经意地摩擦着,人看上去相当美,充满魅力。在她臃肿的体形中沉静,一种巨大的能量好像正在消失。

她仰望着儿子。儿子细心地站在自己跟前,一副男子汉气概。做母亲的一双眼睛蓝得惊人,比蓝宝石还要蓝。她像是对杰拉尔德怀有某种信任,却又有点不放心。

“你还好吗?”她轻声问,声音平静得教人怀疑,好像除了儿子,别人都不存在。“你没有太紧张,是吗?你没有让它把你搞得心神疲惫吧?”

话里有点讽刺,古德不由地心里一动。

“我想还不至于如此吧,妈妈。”杰拉尔德相当平静地答道。“要有人自始至终照料这件事,这您知道。”

“是吗?是的?”做母亲的急忙应道。“你为什么要一个人承担它呢?你要做的不过是看看而已,它会照料好自己的,用不着你。”

“对,我也不认为自己帮什么忙。”儿子答道。“问题只在于这件事对我很重要。”

"是这样——对吗？这真够你受的吧？你将不得行使权力。不需要你呆在家里。你为什么不走呢！"

这些话显然是长时间准备的结果，杰拉尔德吃惊不小。

"我认为现在离开没什么好处，妈妈，他已经不行了。"他不动声色地说。

"你要当心。"母亲应道。"注意好你自己——这才是正事。你的压力太大了。你要学会关心自己，否则你会发现自己会支撑不住。这才是你会遇到的事情。你是太累了，总是这样。"

"我没什么，妈妈。"杰拉尔德说。"为我担心没必要，真的。"

"把死者埋掉——别把自己也一起埋掉——我说就是这个。我太了解你了。"

杰拉尔德没有答话，不知说什么才好。母亲稳稳地坐在那里，一声不吭，美丽的双手拍着扶手，手指上一枚戒指也没有戴。

"你不能这样做。"她几乎是恨恨地又开口说。"你不知所措了。你虚弱得像猫一样，真的——你看。这位姑娘要留下来吗？"

"不。"杰拉尔德说。"她今晚还要回家。"

"那她最好坐小马车回去。路远吗？"

"就在贝多尔福。"

"啊！"母亲没看古德伦，虽然知道她的存在。

"你喜欢给自己找麻烦，杰拉尔德。"做母亲的说着，有点儿费力地支撑着缓缓地站起来。

"您上楼吗，妈妈？"儿子有礼貌地问。

"对，我要再回到楼上去。"母亲回答说。她向古德伦道了声"晚安"，然后慢吞吞地走向门边，好像走不动了。她在门口礼节性地朝儿子扬起了脸。儿子吻了她。

"别再跟着我啦。"她大声地说道。"我不要你陪伴着我。"

杰拉尔德向她道了晚安，目送她慢慢地上楼了。然后他关上门，回到古德伦身边。古德伦也站起身来要走了。

"我母亲有点古怪。"杰拉尔德说。

"对。"古德伦应道。

"她有自己的作风。"

"对。"古德伦又应道。

两人都不再说话了。

“你要走吗?”杰拉尔德连忙问道。“等一下,我让人套匹马——”

“不必了。”古德伦说。“我想走回去。”

杰拉尔德答应过陪她走走,她也希望能这样。

“你坐车不行吧。”杰拉尔德说。

“我更喜欢走路。”古德伦加重语气坚持道。

“你愿意吗！如果我陪你。你去拿衣服”,我要穿靴子。”

他戴上帽子,又在晚礼服上套了件大衣。两人走进茫茫夜色中。

“我们吸支烟吧。”杰拉尔德在门廊下背风的地方停住脚步说。“你也来一支。”

在漆黑夜色中,两人沿着空荡荡的车道走下山坡上的草地,路两旁是修剪得整齐的树篱。

杰拉尔德想用胳膊搂住古德伦。要是那样,拉着她贴住自己一起走,他心里就能感到满足。他感到这会儿像是走向虚无,渐渐地不断下坠到无边的空虚中。他必须获得某种帮助,那才有希望和彻底的恢复。

他只想到自己,并不了解古德伦,便轻轻地把胳膊伸向古德伦的腰间,把她拉向自己。古德伦心中一阵惊慌,觉得自己被挟制住了。杰拉尔德的手臂那样强壮,在那强有力的紧紧搂抱中,古德伦屈服了。两人在沉寂的夜色中走着,古德伦像是死了,被拉住紧贴在杰拉尔德身上。两人走动时,杰拉尔德好像把纤细的古德伦稳稳地控制在手心里。于是,他转瞬之间获得了满足,又变得完美、强健、富有生气。

他把手放到嘴上,将香烟抛向一旁,一个火星飞向肉眼见不到的树篱中。他能更自在地挟制古德伦了。

“这更好。”他快乐地说。

对古德伦说来,这话音里的狂喜就是对她的看重。难道她在杰拉尔德的心目中竟有这么重要吗？她品味着这句话。

“你高兴了吧?”她急切地问道。

“好多啦。”杰拉尔德满足地说。“我头都晕了。”

古德伦偎依着他。杰拉尔德感到她是那样可爱。她是他得以存在的坚固的矛盾。她走路时的动作和散发出的诱惑力妙不可言地袭遍了他的全身。

“要是我能为你效劳,那我就太幸福了。”古德伦说。

“对。”杰拉尔德应道。“要是你都不能,那就再没人能了”

“是的。”古德伦在心里自语着,一种巨大的幸福感竟使她颤抖起来。

他们再也不能分开,杰拉尔德把她抱得越来越紧,直到她和他强壮的身躯再也不能分开。他是那样健壮,那样用力,简直不许别人违抗他。在肉体运动的奇妙的融合中,古德伦飘下了美妙的山坡。远方的贝尔多福镇闪烁着迷人的昏黄的灯光,散布在另一座神秘的山坡上,在漆黑一团中闪烁着。但他俩是在完美沉寂夜色中漫步,超脱于尘世之外。

“我在你心中有多重要呢!”传来了古德伦的声音,哀婉地问:“你清楚,我是心里没底的,我弄不清楚。”

“多重要!”杰拉尔德的话音里有着一种让人厌恶的得意扬扬。“我也不清楚——不过你就是我的一切。”这番坦白把杰拉尔德吓了一跳。这并没说话。向古德伦承认了这个,就是把自己所有的面纱都剥掉了。他关心她的每件事——她就是一切。

“可是我不相信。”古德伦小声地说。她在惊愕中颤抖个不停,这颤抖是出于疑惑和狂喜。这才是她要听的话,她盼望已久的。而眼下她终于听到了,杰拉尔德说出这句话时,话音中还有发自内心的真情实意在流动着,她却反而不相信了。她不能相信——她不相信。然而她还是狂喜已极、渐渐得意地相信了。

“为什么不呢?”杰拉尔德说。“为什么你不相信呢?这是真的。这是千真万确的,就和我们相拥一样是真实的——”他和她在风中偎依着。“在咱俩这会儿所在的地方之外,尘世或天堂的一切都不存在了。我放在心中的主不是我自己的存在,我关心的只有你。我情愿把灵魂出卖一万次——也不能没有你。我受不了孤独。我的身体会炸开的,信不信由你。”他有意把她更紧地拉向自己。

“不。”古德伦咕噜着,慌了神。可这正是她梦寐以求的,为什么又失去勇气了呢?

两人又恢复平静。他们彼此好像路人——却又不可思议地紧密得吓人。这简直是不可思议的。可这正是她想要的,正是她孜孜以求的。他们下了山坡,到了方拱门那儿;路从下面穿过,上面是矿区铁路。古德伦知道,拱门是用方石砌成的,上面长满了青苔,流淌着清冽的溪水;另一面则是荒凉的。她曾站在拱门下听火车震耳欲聋地从头顶枕木上隆隆驶过。她还知道,下雨天,在这人迹罕至的黑洞洞的桥洞下,年轻的矿工和他们的情人就在里面。她也要和自己的情人站在桥洞下,在沉沉的黑暗中让人亲吻自己。走近拱门时,她放慢了脚步。

于是两人在桥下停住了脚步。杰拉尔德把她拉向胸前。在激动中他的身体变得强

劲有力，紧绷绷的。他贴紧了她，挤压着她，使她喘不过气来，头晕眼花，人全垮了。他用自己的胸膛压垮了她。啊，这是可怖的，又是完美的。就在这桥下，矿工曾用他们的强壮胸膛去挤压自己的情人。而此刻，还是在这桥下，他也在挤压着她！比起矿工的拥抱来，他的拥抱要更有力和吓人；与矿工们相比，他的爱要更真挚热烈！在他双臂和躯体的颤抖不停地疯狂拥抱下，古德伦觉得自己就要昏倒了，化掉了，消散了。那不可思议的剧烈颤动松弛下来，变得更有情调了。杰拉尔德放松下来，拉住古德伦背靠墙站着。

古德伦几乎失去了控制。矿工们就是这样靠着墙，抱住情人吻着，和自己与情人接吻一样。不，他们怎能比得上我们吗，能像这样美妙吗？就连这修得整齐的小胡子——矿工们也不会有的。矿工的情人们也会和自己一样，头幸福地向后仰在肩膀上，从黑沉沉的拱洞中朝外望去，望着远方黑黑的山峦上一片摇曳昏黄的灯光，望着模模糊糊的树木，或是从拱洞的另一头望着矿区堆木场上的房屋。

杰拉尔德的双臂紧紧抱着她，像是要把她、她的身体、她的柔软和她的可爱的身体都收聚到自己身上来。他贪婪地吸吮着她的胴体，抱起了她，好像要把她伸进自己的身体里，就像把酒溶入水里一样。

“为了这，你会愿牺牲一切吗。”杰拉尔德用陌生响亮的声音说。

古德伦瘫软下来，似乎要融化开来，真的融入他的身体里。她好比那无限温馨珍贵地四处弥漫的精灵，充溢于杰拉尔德的血管中，好像一服麻醉剂。她用双臂搂住了杰拉尔德的脖颈。杰拉尔德吻着她，把她抱离了地面。她全身瘫软作一团，缩进了杰拉尔德的身体里。杰拉尔德就是生命的杯子，承受着她幸福的佳酿。她倒向他，任他把自己抱起来贴靠着他，在他的狂吻下融化了，融化了，融进了他的四肢和血液；杰拉尔德就像是魔鬼摄走了她的灵魂。

古德伦像是昏晕过去，渐渐失去了感觉，化掉了。她体内的一切都化成了液体。她一动不动，任由杰拉尔德所拥抱，沉睡在他怀里，正如婴儿正酣睡于一块纯净柔软的母腹中。她死去了，进入杰拉尔德的身体里，使他完善起来。

她醒来时，见到远方一片灯火，感到很奇怪；一切都依然存在，自己正站在桥洞下，头枕在杰拉尔德的胸膛上。杰拉尔德——他是谁呢？在古德伦看来，和他相逢是一次美好的艳遇，他是称心如意的梦中情人。

她朝上望去，在黑暗中看着俯在自己上方的杰拉尔德的脸。那是有棱角的男子汉的脸。杰拉尔德身上散发出一道迷人的白光，一种银辉，就好像他是神秘的世界中的来客。

古德伦探身向上，吻着杰拉尔德，活像夏娃在吻亚当那种感觉。她对杰拉尔德的身体怀有一种下意识的恐惧，这又化为一股激情。她用娇嫩无比的手指抚摸他的脸，那奇妙的手指是有融化力的，正在摸索着杰拉尔德脸上的棱角和五官。他是多么完美而富有诱惑情调呀——啊，又有多么危险呀！全面的了解使古德伦的身体颤动起来。这个男人的脸，它就是诱惑的禁果。她吻着他，将手指放在他的脸上、眼睛上、鼻孔上、眉毛上、耳朵上和脖颈上，通过抚摸了解关于他的一切。他那样匀称结实，有着如此令人惊异的无定形、陌生而又难以表达的纯洁，这是可以想象得出的。他真真是一个魔鬼，然而又在闪耀着不可违背的白色火光。她想要抚摸他，抚摸他，抚摸他，直到把他完全攥在手心里，直到把他包容在自己手中。啊，要是能有关于他的这种真切的了解，她就会充实起来；任谁也不能剥夺她的这一权利。因为在这个充满竞争的碌碌尘世中，杰拉尔德是那样变化不定，那样大胆。

“你真美！”古德伦轻声说。

杰拉尔德一时不知如何是好，便住了手。可是古德伦却感觉出他在发抖。她情不自禁更紧地贴住了他。杰拉尔德已经屈服了，古德伦手指的魔力控制了他。它们在他身上激起的不可思议的情欲比死还要强大。他在其中已经无法脱身了。

古德伦眼下已经拥有他了，这就够了。此时此刻，她的灵魂在杰拉尔德身上挚热情感的荡击下已经垮了。她心里清楚。这样的拥有是一种死亡，她要从中脱身出来。他还有别的什么东西要去了解吗？啊，足够。在他那片生命的海洋中，在他那带有诱惑力性的肉体上，她那双纤细、柔软和敏感的手还可以有许多日子的收获。啊，为了了解，她的一双手是热烈贪婪的。可是就她心灵当前的承受力而言，这已经够了，足够了。她就会毁了自己，会过快地装满自己心灵再进一步，会使它破碎的。现在够了，就此刻而言已经够了。将来的日子还长着呢。那时她的手就可以像小鸟一样，在杰拉尔德富有魅力的神秘肉体的田野上觅食果腹，直到心满意足为止。

就连杰拉尔德也很高兴自己受到了阻遏、抑制和推拒。调情总比占有好，最终结局造成的后果和由它而来的欲望是一样可怕的。

他们又动身向镇上走去。那里闪烁的灯火连成了一串。两人朝下走进峡谷中阴沉沉的公路上，又回到车道大门前。

“别再往前送了。”古德伦说。

“你不愿意吗？”杰拉尔德故作不解地问道。他原也没打算和她一起走上大街，心中的欣慰感只不过没有显示出来。

“请回吧——晚安。”古德伦伸出了手。杰拉尔德握住了它,用嘴唇碰了碰那大胆柔软的手指。

“晚安。”他说。“明天见。”

两人分手了。杰拉尔德走回家去,全身充溢着旺盛的情欲和力量。

可是第二天古德伦却没有来,只是送来一张便条,说她因身体不适。真是一个陷阱么!不过杰拉尔德还是硬着头皮,写了封短短的回信,诉说自己没有见到她有多么难过。

又过了一天,杰拉尔德还是没有上班——去办公室已经没有意义。父亲活不过这个星期了,他想在家里陪着。

杰拉尔德坐在父亲房间窗前的一把扶手椅上。窗外一片萧条的寒冬景象。父亲面无血色地躺在床上。一位穿白大褂的护士在小心地走动着,看上去整洁优雅,很吸引人。房间里有一股科隆香水的气味。护士走出后,剩下杰拉尔德孤独一人面对着死亡,面对着肃杀的严冬景色。

“丹雷那儿的水积了不少吧?”病床上传来有气无力却坚定的问话声,像是在抱怨。就要死的人在询问威雷沃特湖水向一个矿井渗漏的情况。

“是多些了——我们将不得不放掉湖里的水。”杰拉尔德回答说。

“是吗?”微弱的话音迷漫开来。死一般的沉寂。面色灰白的病人双锁双目躺在那里,比死还要令人窒息。杰拉尔德的目光转向一旁。他觉得自己要受不了了,这种情形要是再继续下去,他肯定会垮掉的。

忽然,他听到一阵奇怪的声音,便扭回身去,看见父亲大睁着眼睛,眼珠在一种痛苦的挣扎的狂迷中骨碌骨碌地转个不停。杰拉尔惊跳起来,吓得站立在那里不知如何是好。

“哇—啊—啊—啊—啊!”父亲的喉中传出一阵吓人的闷塞住的格格声。可怕的恐怖的眼睛失神地转动着,在绝望地寻求着帮助,目光视而不见地掠过了杰拉尔德。紫血和阴暗的色彩涌上了在极度痛苦中挣扎而扭曲的脸。僵硬的躯体松懈下来,脑袋歪向一边,从枕头上滚落下来。

杰拉尔德木呆呆地站着,心中只有恐怖。他想动,却不敢动,四肢已经不听使唤了,头脑像波浪一样在振荡不已。

穿一身白的护士轻轻地走进来。她看了一眼杰拉尔德,又看看床上。

“啊!”传来她轻柔的哭声。她急步走向死了的男人,俯身站在床边。“啊——!”又传来她轻柔的喊声,其中充满着悲恸和不安。她稍微平静下来后,转身去拿毛巾和海绵,细心揩抹死者的脸,嘟囔着,几乎是在啜泣,声音十分温和:“可怜的克莱奇先生!——可怜的克莱奇先生!——啾,可怜的克莱奇先生!”

“他死了吗”杰拉尔德尖叫声。

“哦,是的,他去了。”护士抬头看着杰拉尔德的脸,呜咽着轻声回答说。她年轻漂亮,全身在发抖。一种莫名其妙的冷笑浮上杰拉尔德的脸,压住了恐惧神情。他走出房间。

他要去告诉母亲,却在楼梯平台上遇到了哥哥巴特尔。

“他去世了,巴特尔。”杰拉尔德说。他控制不住自己的情绪,从中流露出一种下意识的骇人的狂喜。

“什么?”巴特尔叫道,脸色唰地白了。

杰拉尔德点点头,向母亲房间走去。

身穿紫色晨衣的母亲正坐在那里缝东西,动作缓慢,一针一针地缝着。她抬起那双犀利的蓝眼睛看看杰拉尔德。

“父亲去世了。”杰拉尔德说。

“他死啦?真的吗?”

“啾,是的,妈妈,要是您亲眼见到了他的话。”

母亲放下手中的活儿,慢慢腾腾地站起身来。

“您要去看看他吗?”杰拉尔德问。

“是的。”她回答说。

床边,已经有几个孩子在那里号哭了。

“啾,妈妈!”女儿们喊起来,痛苦地放声哭开了。

做母亲的只管向前走去。过世的男人静静地躺着,像是安静地睡着了,那样娴雅,那样宁静,如同一个平常的午睡那样。他的身子还是热的。做母亲的站在那里,在骇人的沉默中注视着她。

“啊,你死了。”她终于心酸地说,像是在对空气的幽灵说话。一连几分钟她缄口不言,只是看着。“真美,”她轻声说,“美得好像岁月从未触碰过你——从没有触碰过你。上天恩赐我容貌出众,我希望自己死的时候要注意到自己的年龄。美,真美。”她站在死者跟前低声嘟囔着说。“你们看他才十多岁,脸上刚长胡子。一个美丽的生命,美丽的——”她抽泣起来，声音像是撕裂了。“你们死的时候不能有人像这样！绝不会。”这是奇怪的命令。听到母亲声音瘆人的命令，孩子们恐惧地挤到一起，形成了一个更紧密的小圈子。母亲脸涨得通红，闪闪发光，瞧上去又吓人又奇妙。“嘲笑我吧，要是你们愿意的话就嘲笑我吧。他躺在那儿像是二十多岁的小伙子，脸上刚长出胡子。要是你们愿意的话就嘲笑我吧。可是你们没人理解。”她在紧张的寂静中闭住了嘴。而后又是一阵急促低沉的话声。“要是我想到自己生的孩子死的时候会躺着像这个样子，那我宁愿在他们还是孩子的时候就掐死他们，是的——”

“不，妈妈，”身后传来杰拉尔德坚定的声音，“我们和他不一样，我们不嘲笑您。”

做母亲的转回身来，直直地盯住了他的眼睛。她又举起手来，像是以奇怪的手势在发泄疯狂的绝望。

“祈祷吧！”她用力说道。“为你们自己向上天祈祷吧，从我们那儿你们得不到什么好处。”

“啾，妈妈！”女儿们急切地喊起来。

可是母亲已经转身走了，她们很快也跟着走了。

听说克莱奇先生去世了，古德伦感到很难过。为了不让杰拉尔德觉得自己太容 易到手，她有意避开了他。尽管他在痛苦中。

第二天，她像往常那样去找威妮弗雷德。威妮弗雷德见到她很快乐，庆幸自己能脱身去画室。这姑娘哭过了，而后由于害怕，便躲到一边，以避开可能再有的悲剧性的事件发生。她和古德伦又像通常那样关起门来在画室里工作。同家里的乱七八糟和哀痛气氛相比，这里看来真是快乐无比，是一个宁静的自由世界。古德伦一直呆到晚上。她和威妮弗雷德让人把晚饭送到画室里。她们自由自在在那工作，远离开家中所有的人。

饭后杰拉尔德过来了。宽敞的画室中四处飘荡着阴影和咖啡香味儿。古德伦和威妮弗雷德在房间尽头的炉火旁放了一张小桌子，上面点了一盏灯，灯光也照不了多远。两个姑娘沉寂在自己的世界之中，温馨的阴影包围了她们。头顶上是幽暗朦胧的横梁椽子，画室里是长凳和家具。

“你们这儿可真够惬意的。”杰拉尔德走到她们跟前说。

屋里有一座低矮的砖砌壁炉，红红的火正烧着。炉前是一块土耳其小地毯，还有一张小橡木桌。桌上铺着蓝白相间的桌布，上面有一盏灯，还摆放着甜食。古德伦在用一把旧的铜咖啡壶煮咖啡，威妮弗雷德在用一张小平底锅热牛奶。

“你喝过咖啡了吗?”古德伦问他。

“喝了,不过我还想喝点儿。”杰拉尔德答道。

“那你就只能用玻璃杯喝了——只有两只咖啡杯。”威妮弗雷德说。

“没关系。”杰拉尔德说着拉过一把椅子,加入姑娘们这个迷人的小世界里。她们有多么幸福啊,在这样一个阴影幢幢的神秘的世界里和她们在一起又多么妙啊!整天他忙于其中处理殡葬事宜的外部世界被一扫而空了。他马上感受到了亲切般的气氛。

她们的用具都十分精致。有两只鲜红色的小咖啡杯,上面精美地镀了金,又古朴又可爱。有一个黑色的小水罐,上面点缀着许多鲜红色的圆点子。还有奇怪的煮咖啡的器具,酒精灯的火苗正从里面源源不断地喷出来,眼睛几乎难以见到。这造成了一种温馨隐秘气氛,杰拉尔德在其中立刻情迷意乱了。

大家坐了下来,古德伦热心地斟着咖啡。

“你要加奶吗?”她语气平静地问道,手用力抓着咖啡壶。她总是具有超人的自制力,却又始终那样躁动不安。

“不,我不要。”杰拉尔德告诉她。

于是,古德伦带着温情,递给他小咖啡杯,自己却拿了那个的玻璃杯。她似乎是在讨好他。

“你为什么不给我玻璃杯呢——你拿那个杯子太不方便了。”杰拉尔德说。他倒宁可自己拿玻璃杯,让古德伦舒服些。古德伦没吭声,却很高兴两人间身份的悬殊和自己的举动。

“你们真是在过日子了。”杰拉尔德说。

“是的。和客人在一起我们可有点不自在。”威妮弗雷德说。

杰拉尔德才注意到衣服的确不合时宜,有点尴尬。

古德伦十分沉静。她并不想同杰拉尔德说话。在这种时候,沉默才是最明智的——要么就闲唠一会儿。最好把严肃的事情撇到一边。他们轻松愉快地交谈着,直到听见楼下有人牵出了马,吆喝着“退一退!”把马套在了小马车上,准备送古德伦回家。古德伦穿好衣服,和杰拉尔德握握手,没说别的,便径自离去了。

葬礼是让人厌恶的。完事后,女儿们在茶桌旁不停地说:“他是我们的好父亲——是世界上最好的父亲”;或者是“我们再也遇不到像父亲一样好的男人了。”

对这一切,杰拉尔德都予以默认了。这才是最明智的态度。而只要世界还存在,他就要恪守传统。他认为这是天经地义的事情。威妮弗雷德却厌恶这一切。她躲在画室里,心都要哭碎了,只盼着古德伦快点儿来。

幸运的是大家又都走了。克莱奇家的人向来不恋家。到吃晚饭时,只剩下杰拉尔德独身一人了。就连威妮弗雷德也被姐姐劳斯拉带走了,要去伦敦住上一阵子。

真的只剩下杰拉尔德一个人的时候,他却熬不住了。一天过去了,紧接着又是一天。这段时间里,他如同被囚在巴士底斯大里锁,他极力挣扎,却毫无用处。他悬在半空中,拼命扭动着。无论他想到了什么,总是离不开这个深渊——想到朋友也罢,陌生人也罢,工作也罢,消遣也罢,这一切带给他的都是无尽空虚;他的心在其中摇荡着,把人折磨得要死不活。无路可逃了,却抓不到一根救命稻草。他不得在其中挣扎。

开始他还一声不吭,保持沉默,期望能熬过这困境,期望自己得到解脱,在熬过这痛苦的困境之后,再回到充满生机的世界上。然而它竟迟迟不愿意去,眼见着一场危机逼迫而来。

到了第三天傍晚,回响在他心中的仅是恐惧了。再过一夜他可受不住了。夜色将要降临,他又要披戴着肉体精神的枷锁,被吊在神秘莫测的深渊里了。他忍受不了这个,他受够了。他吓坏了,心中全是恐惧,再也不相信自身的感觉了。掉进这个无底深渊多么可怕。如果他坠落下去,那就永远玩完了。他一定要抽身退步,寻求援助。他完全失去了自信。

吃完晚饭。由于不能忍受极度空虚,他转过身去。他穿好了靴子和外套,要在夜色中走一走。

黑沉沉的夜,薄雾朦胧。他穿过树林,磕磕绊绊地摸索着朝磨坊走去。伯金不在。好——他反而有几点高兴,便转向山坡,摸索着爬上了荒寂的斜坡,在一团漆黑中迷失了方向。这真让人恼火。他要去哪儿呢?他不知道。他跌跌撞撞地摸上了一条小路,又穿过一片树林。他头脑中一片茫然,只是在盲目地朝前走去。失去了思想和感觉的他磕磕绊绊、迷迷糊糊地走着,又上了开阔地。他找不到树篱上的阶梯,迷路了,只得沿着田野上一排排树篱走着,直到尽头。

终于上了公路。这样摸索着挣扎着穿过黑暗的世界,简直要让他发狂。现在必须决定上哪去,而他甚至还不知道自己是在哪里。只是盲目地往远处走解决不了什么问题。他需要一个目的地。

他伫立在路上,心里很乱。他也不清楚自己身处何地。这是一种奇怪的感觉,心在狂跳，沉沉的夜色包围着自己。他就这样伫立良久。

传来脚步声，接着出现一束微小的灯火，杰拉尔德立刻朝那边走去。那是一个矿工。

“能告诉我这条路通向哪儿吗？”他问。

“路？唉，通向沃特默尔。”

“沃特默尔？哦，谢谢，是的。我没走错。晚安。”

“晚安。”矿工声音洪亮地应道。

杰拉尔德估计着自己是在什么地方。至少，到沃特默尔就好了。他很高兴自己是在一条公路上，便快速地朝前走去。

那就是沃特默尔村吗？——是的，金斯海德——庄园的大门伫立在那边。他飞快地下了陡坡，迅速地穿过山谷，过了中学校，来到威雷格林教堂。教堂墓地！他停住了脚步。

不久，他已经翻过墙，走在坟墓中间了。在茫茫夜色中，他看见脚下一片灰白，那是些枯萎的白花。这就是墓穴了。他弯下腰去，花儿摸上去冰凉的。有一股淡淡的菊花和晚香玉花的气息，不过已经走了味儿。他手摸到了下面的泥土，不由地颤抖起来；它冰凉阴森好不吓人。杰拉尔德满心厌恶地站到了一边。在夜色中，在视力所不及的恐怖的坟墓旁，这就是中心处。可这也没什么，不，他留在这儿没有意义。他觉得有些泥土冷冰冰、脏乎乎地塞满了自己的心窝。不，我受够了。

那么去哪儿呢？——回家吗？决不！那太令人讨厌了。不能那样做。要去别的什么地方。到底去哪儿呢？

一个危险的念头在心中成形了，怎么也揩抹不掉。去古德伦那——在她家里会是安全的。是的，他可以去她那里——他要到那里去。不去她那里，自己今夜就不回家，即使丢了命。他要孤注一掷了。

杰拉尔德穿过田野照直朝贝尔多福走去。天很黑，没人能看见他。他的脚又潮又冷，沉沉地粘满了泥土。可他还像风一样只顾往前吹去，奔向自己的目标。他的意识中出现了巨大的空白。他感觉出自己进了温索普村，却不知道是如何走来的。好像梦中一般，他又走在贝尔多福的街道上了，路旁亮着路灯。

前方传来一片嘈杂的吵闹声，一扇门砰地关上，上了门板。男人们在夜色中交谈着。“纳尔逊勋爵”酒店刚关门，酒鬼们正往家走。他最好打听一下古德伦住在哪儿——他不知道。

“能告诉我萨莫塞特车道在哪儿吗?”他问那群醉得东倒西歪的男人中的一个人。

“你在说什么?”那个醉醺醺的矿工反问道。

“萨莫塞特车道。”

“萨莫塞特车道!——我听说过,可就是不知它在哪。你想找谁呀?”

“布兰文先生——威廉姆·布兰文。”

“威廉姆·布兰文——?”

“他在威雷格林镇教中学——他女儿也在那儿。”

“哦—哦—哦,布兰文!我想起来了。当然,威廉姆·布兰文!对,对,他也是两个小妞儿在教书,他也是。唉,是他——是他!哼,我当然知道他住哪儿,不信我们打赌!耶——他们叫那儿什么来着?”

“萨莫塞特车道。”杰拉尔德强忍着怒火又重复了一遍。他对自己的工人可太了解了。

“萨莫塞特车道,是的!”矿工挥动着手臂说,像是要抓住什么东西。“萨莫塞特车道——耶!可我忘了。是喽,我知道的,肯定知道——”

他摇摇晃晃地转过身来,指着眼前空无一人寂静街道。

“你到那边去——走到第一个——耶,第一个左边的路口——那边儿——过了威特海默西斯的糖果铺——”

“我知道了。”杰拉尔德说。

“唉!你再往前走一段儿,过了运水工住的地方——然后就是萨莫塞特车道了,他们都这么叫的。再拐向右手边儿——那儿只有三座房子,是的,没错儿——我敢说他那座在最后边儿——三座里头最后的那一座——你听懂了吗——”

“非常感谢。”杰拉尔德说。“晚安。”

他走开了,丢下那个醉汉嘟嘟囔囔地傻站在那里。

杰拉尔德经过了黑漆漆的商店和住宅。住房里的人大都已经睡觉了。他在迷宫似的小巷中摸索地走着。小巷一直通到一片漆黑的旷野上。快到时他停了下来,不知道怎么做才好。要是这家人也闭灯休息了,那该怎么办呢?

还好灯还亮着,他见到一扇透出了灯光的大窗户,里面传来说话声。一扇门砰地一响。他一下子听出了是伯金的声音,敏锐的目光又分辨出伯金正和厄秀拉在花园甬道的台阶上。厄秀拉穿一套白衣服,下了台阶沿小路走着,手搭在伯金的胳臂上。

杰拉尔德隐藏进黑影中，他们两人愉快地交谈着走过去了。伯金话音沙哑，厄秀拉的声音却很响亮。杰拉尔德快步向房子走去。

餐厅的窗子已经挂上了窗帘。顺旁边的小路望去，他能见到房门敞开着，里面透出一丝柔光。他轻巧上了甬道，向门厅里窥视着。墙上挂着画儿，和一头牡鹿的鹿角——旁边是上楼的楼梯，挨着楼梯下面是餐厅半敞着的门。

门厅地板用彩色瓷砖铺成。杰拉尔德摸进门去，有点紧张。他快步走着，朝里边的房间令人愉快的宽敞的房间里望去。炉火旁有一张椅子，做父亲的正坐在上面打盹。他的头向后仰靠在橡木壁炉架的一侧，看上去满面红光，鼻孔大张着，嘴向下耷拉了一点儿。

杰拉尔德站住脚踌躇了一下。他瞄了一眼布兰文先生身后的过道，那里黑幽幽的。他又静静地呆了一会儿，便急步走上楼去。不顾一切地走上楼去。

他登上第一层楼梯平台，屏住呼吸站在那儿。看了一下，这里也有一个门。这该是母亲的房间。他能听见她在灯火下来回走动，可能是在等丈夫上楼。杰拉尔德顺着黑漆漆的楼梯平台望去。

他小心翼翼，用指尖触摸着墙，顺着道走去。这里有一扇门，他站下来侧耳听了一下。有两个人的呼吸声，不是这间。他摸索着又向前探去。又是一个门，还没锁。房间里一片黑暗，空无一人。再过去是洗澡间，能闻到里面的蒸气和肥皂味儿。里面又是间卧室——有一个人的轻柔的呼吸声，就是她。

轻轻地，杰拉尔德转动门把手，将门打开一条缝。门慢慢地吱吱作响。门越来越大。心似乎不再跳动了，他好像忘乎一切。

摸进了房间，床上的人还在梦中。漆黑一片中，他手脚摸索着一点点向前移动。他摸到了床，那个人的呼吸声听得更真切了。他走得更近些，轻轻地俯下身去，就像自己在仔细观察什么东西一样。终于，在恐惧中，在贴近自己的目标，他见到人体上的一个黑黑的圆脑袋。

他小心翼翼地，转过身去，看看身后远处的门，那里透进一线微光。他赶紧退出屋去，轻轻地带上了门，急匆匆地走过通道。在楼梯口他犹豫了一下，还有时间逃开。

但这简直是不可想象的。他改变了主意。像幽灵一样，他又转身溜过了做父母亲的卧室，向上面的楼梯爬去。楼梯在他的重压下吱嘎作响，真恼人。啊，要是母亲突然出现，她看见了他，那该是怎样一种场面啊！要是真的如此，那也是没办法的事。杰拉尔德还是控制住了自己。

没走上几步，他忽然听到楼下有脚步声。外面的大门关上了，又上了锁。传来厄秀拉说话的声音，然后又是她父亲的沙哑的喊声。杰拉尔德向上面一层楼梯平台爬去。

又是一扇半开着的门，一个空荡荡的房间。他像是茫然的人，用手摸索着快步向前走，唯恐厄秀拉上楼来。他找到了那一扇门，听了听。里面有人在床上翻动，那一定是她。

他轻轻转动门锁，他只有一个念头，那就是进去。门锁咔嗒一响，他屏住呼吸不动了。床上被褥在窸窣作响，杰拉尔德的心都提到了嗓子眼了。他又拨回了门锁，轻手轻脚地去推门。门轧轧地响起来。

"厄秀拉吗？"传来古德伦发抖的声音。杰拉尔德听到她从床上坐起来，马上就要大声尖叫了。

"不，是我。"他摸索着向她走去，说："是我，杰拉尔德。"

古德伦万分惊愕地呆坐在床上。她太吃惊了，不知发生了什么事情。

"杰拉尔德！"她惊讶地问道。杰拉尔德已经摸到了床边，伸出的手无意中碰到了她丰满的乳房。古德伦一抖躲开了。

"我来点上灯。"她说着跳下床来。

杰拉尔德愣在那里，听到古德伦摸到了火柴盒，手在发抖。在微弱的光中，他瞧见了正在点蜡烛的古德伦。烛火在房间中腾起，又暗成了朦胧的一团。随后一切都亮起来。

古德伦看着杰拉尔德。他正站在床边，帽子压下来盖住了额头，黑色的大衣扣得整整齐齐的直到下巴，一张脸上闪着光。他好像一种神秘的幽灵，让人躲也躲不开。初一见他，古德伦就明白了这个。她知道眼下的情况有点糟，她却必须接受它。不过，她又一定要向杰拉尔德发出挑战。

"你怎么上来的？"古德伦问。

"从楼梯上来的——门是没关。"

她盯着他。

"我也没锁门。"杰拉尔德说。古德伦快速走到门边，轻轻关紧门，上了锁，又返回来。

慌乱的目光和红彤彤的脸蛋，她看上去美极了。她短短的浓浓的秀发披在身后，长长的透明的白睡衣拖到了脚面上。

她发现杰拉尔德的靴子上全是泥土，连裤子上也是，也不知他在楼梯上有没有留下

脚印。他真是个出人意料的人,就站在自己的面前,靠在一团糟的床边。

“你来干吗?”古德伦几乎是在抱怨地问。

“我想你。”杰拉尔德回答说。

从他脸上坚定的表情看,这就是命运。

“你太脏了。”古德伦有点儿嫌恶地轻声说。

杰拉尔德低头看看自己的脚。

“我是摸黑走来的。”他骄傲地说。一阵沉默。他站在温馨的床的这一边,古德伦站在另一边。他连帽子也忘了摘。

“你要我怎么作?”古德伦挑衅地问。

杰拉尔德看着四周没有回答。要不是为了这种诱惑的美和这张清晰有棱角的脸上的神奇的吸引力,古德伦会赶他走的。但对她说来,杰拉尔德的魅力是太奇妙太神秘了。巨大的美的魅力把她迷住了,完全控制了她,如同一缕希冀,一丝渴望。

“你找我有什么事?”她声音淡漠地又问了一遍。

杰拉尔德用幼稚般的动作摘下帽子,向她走去。可是不能碰她,她穿着睡衣赤足站在地板上,自己却是脏兮兮一身泥。古德伦一双大眼睛诧异地望着他,好像想把他看穿。

“我来——因为我必须来。”杰拉尔德说。“这你知道?”

古德伦惊魂未定地看着他。

“我知道什么。”她回了一句。

杰拉尔德轻轻地摇摇头。

“没什么。”他说道。

一种奇异的神秘的光环笼罩着他,使古德伦有种幻觉,觉得他就是年轻的赫耳墨斯。

“可你为什么要来呢?”她还是一定要问。

“因为——这是没办法的事。要是世界上没了你,我也就不会再活了。”

古德伦愣在那儿,睁大受了惊吓的眼睛茫然地看着杰拉尔德。他正含情脉脉地一直盯着她的眼睛,像是要把她看化了。古德伦叹了口气,知道再问也没有用了。她这会儿已经别无选择了。

“脱掉靴子好吗?”她说。“一定很凉。”

杰拉尔德把帽子扔在一把椅子上,解开大衣纽扣,又抬起头解开了领扣。他的尖硬的头发凌乱了,一头金发闪着光,那样美丽。他脱下了大衣。

他又迅速脱掉外套，扯松领带，解开了衬衫的前胸饰钮，每一颗饰钮上都镶着一粒珍珠。古德伦倾听着，张望着，希望没人会听到他脱衣服声；他弄的声音太大了。

杰拉尔德是来偷情的。古德伦任由他用双臂搂住自己，把自己紧紧抱在怀中。杰拉尔德在她身上找到了无限的满足，又把自己那受到压抑的阴郁的死气全部倾注到她的身体中。他又成为纯洁的人了。这真不可思议，简直是奇迹。这是他生命不断再生的原因，此时的了解杰拉尔德迷失在满意的解脱和惊异的狂喜中。古德伦完全属于他，接受了他，把他当成一个盛满致命毒药的。她在这场危机中已无力抵抗，心中充满着来往肉体摩擦骇人的狂热。在不可抑制的狂喜中，在剧烈的阵痛中，她接受了它。

杰拉尔德更紧地压住了她，更深地沉入到她那迷人的温软的肉体中去，那是一种妙不可言的有创造力的感觉，它渗入杰拉尔德的血管，又给了他生命。他感到自己溶解了，消解了，沐浴在古德伦充满生机的肉体中。古德伦胸腔中的心脏好似另一个不可征服的太阳，杰拉尔德愈来愈深地投入到它的光辉和创造性的力量之中。随着生命力的注入，他所有饱经折磨被撕裂的血管又都奇异地愈合了。神奇的生命力之流注入他的体内，好比太阳那无所不能的火热。他的好像已被死亡摄走的血液也涌了回来，那样鲜活、有力。

杰拉尔德觉得自己的四肢随着生命力的涌入而变得更加完美和健壮，肉体也获得了一种前所未有的感觉。他又是堂堂男子汉了，强健而不可匹敌。他还是个孩子，在抚慰下苏醒过来，幸福无比。

而古德伦呢，她就是奇妙的生命力的源泉。杰拉尔德崇拜她。她是母亲，是孕育一切生命的源泉。身为孩子和男人的杰拉尔德拥有了她，使自身又活力四射了。纯粹的肉体的他几乎要死掉了，但古德伦酥胸中流溢出的活力又袭遍他全身，浸润了他遭到破坏的干枯的头脑，好像天堂里的琼浆，又像是慰解人的温柔的生命力之流本身；它竟如此美妙，杰拉尔德似乎再一次得以在母腹中得到呵护。

杰拉尔德的头脑受到打击，枯萎了，脑体组织像是全死了。他还不知道自己受到了怎样的伤害，不知道自己的智慧——也就是脑组织怎样毁灭于死神的魔力中。而此刻，古德伦身上流溢出的神奇的浆液通过了他全身，他这才知道自己已经被腐烂到了什么地步，活像是被蛀空的尸体。

他把自己坚硬倔强的头颅埋在古德伦的怀中，用两手捧住她的双乳贴在自己脸上。古德伦颤抖着的双手也抱住了他的脑袋，紧贴在胸前不放。杰拉尔德已进到极度亢奋的

迷狂中,她却依然十分清醒。美妙的暖流涌遍杰拉尔德全身,他像是在子宫中甜睡。啊,要是古德伦允许他再来一次那该多好,那他就能恢复过来,又变得完美无缺了。他生怕在这次性交没有结束之前古德伦就会推开他。他像吃奶的孩子一样抓紧了古德伦不放,让人推也推不开。他终于又有些瘫软下来,感到有些累,但在极度瘫软之中又有新的生命力在颤抖。他感到无限满足,像是感灵于上苍,又像是吮奶的婴儿对慈母的感激。他喜不自胜、感激不尽,活像是神魂颠倒的人。他觉得自身又变得完整了,感到难以言喻的睡意吊上心头;那睡意来自精疲力竭,又能带来彻底的恢复。

古德伦却毫无睡意,刚才的销魂使她分外清醒。她一动不动地躺着,瞪大眼睛凝望着屋顶。杰拉尔德进入沉沉梦乡,两只胳臂还在搂着她。

古德伦似乎听到了潮水拍打海岸的声音,那是神秘生活之潮,随着命运的节奏被击碎了。浪声响着,像是永无止境了。这种不停地命运之浪的无休止地冲着占有了她。她躺在黑暗中,一双大眼睛盯着黑暗。她能看得那样远,看到了永恒——又一无所有。她在完全的清醒中回味着——可她又在回味什么呢?

当她躺在床上注目于永恒的时候,一种绝望的心情袭来,仿佛看透了一切。它罩住了她,把她留在了忧虑和焦躁中。她躺卧不动的时间也太长了,便动弹了一下,恢复了自我意识。她想看看杰拉尔德,仔细看看他。

但她不敢去点灯,那样会惊醒杰拉尔德的。她不想打破他的酣睡,否则便会更痛苦地感到自己被他占有了。

她轻轻地挣脱了杰拉尔德的拥抱,用胳臂肘支起身子来打量着他。在她看来,他是那样安静正甜甜地睡在那里,依稀可以分辨出他的躯体。在一团乌黑中,她却把他看得一清二楚。他仿佛又那样遥远,在另一个世界里。啊,遭受摧残的她真要失声尖叫了,杰拉尔德远离自己,在另一个世界中变得如此完美。她望着他,像是在审视着痛苦。她自己一个陌生人,满肚子苦恼;而杰拉尔德却飘到另一种不可知的、渺远的、神秘的阴影和闪光中。他身在远方,俊美完善。他俩决不会在一起的。啊,这可怕的残酷的感觉,它总是隔在他们之间!

除了静静地躺在那里忍耐,没有其他办法。一股对杰拉尔德的脉脉柔情战胜了古德伦,可她又感到有种不可遏止的嫉恨在心中蠢蠢欲动。杰拉尔德竟能那样完美而心安理得地躺在另一个世界里,她却在极端清醒中体味痛苦,被驱赶进了黑暗的世界。

在紧张活跃的意识王国里,在令人精疲力竭的一种虚脱状态中,古德伦仰卧在那里。

教堂钟声在提醒着时间。在古德伦听来,它一声声响得出奇。紧张的意识使她对这一切听得太清楚了。杰拉尔德沉睡着,似乎时间只是没有变化、凝固不动的一瞬。

古德伦累坏了,烦透了,可又不得不在这种极度亢奋的疲劳状态中苦挨着。她回忆往事——自己的童年,自己的少女时代,所有已经忘怀的往事,所有没有认识到的影响,所有她不曾理解的事件;它们属于她自己,属于她的家庭,属于她的朋友们、情人们和熟人们,属于所有的人。她像是在把一条记忆的锁链从时间隧道里拉出来,拉呀,拉呀,直到把它从昔日的时光中扯出来,一眼望不到头。本就没有头。她必须把这条闪光的意识的绳索拉个不停,把它从闪着磷光的下意识的无底深渊中拖出来,直到自己变得厌倦、痛苦、困顿,就要垮掉为止;可还是没有拖完。

啊,要是杰拉尔德醒来该有多好呀!她不安地辗转反侧着。什么时候叫醒他送他走呢?什么时候能去搅扰他呢?她又沉入了机械的意识活动之中,这总是没个尽头。

可是,天就要亮了。这倒像是一种解脱。在屋外的沉沉夜色中,钟声敲了四点。谢天谢地,黑夜即将过去。五点就赶杰拉尔德走,那时自己就能解脱了,可以放松下来,不必再在痛苦中煎熬。眼下她却不得不甜蜜无比的睡眠,如同是一把在磨石上被磨得滚烫的刀。杰拉尔德周围有着某种怪诞的东西,他和自己相拥躺在一起真是荒唐可笑。

最后一个小时长得吓人,不过总算熬过来了。古德伦的心在解脱中狂跳起来——对,教堂钟声舒缓洪亮地敲响了——在漫漫长夜之后,终于解脱了。她等候着那最后的一响。“三——四——五!”结束了,痛苦从她身上飘走了。

她抬起身来,轻柔地俯在杰拉尔德身上,吻着他。要叫醒他使古德伦感到很愧疚。过了一会儿,她又去吻他,杰拉尔德却纹丝不动。宝贝儿,他睡得竟那样死!把他从中唤醒多残忍啊。她又任由他睡了一会儿。可是他必须走——真的必须走了。

她脉脉含情地用双手捧住杰拉尔德的脸,亲吻着他的眼睛。眼睛睁开了,杰拉尔德望着她,还是没动。古德伦的心凝住了。她不能忍受那目光,避开了他的目光。她俯下身去吻他,悄声耳语道:

“你必须走了,亲爱的。”

紧张使她没了主意,人就像是生了病。

杰拉尔德的胳臂搂住了她,她的心沉了下去。

“可是你必须走了,亲爱的,天就要亮了。”

“几点了?”杰拉尔德问。

他那男人的声音听上去十分陌生。古德伦发抖了。这种压抑真让她难以忍受。

“已经过五点了。”她说。

杰拉尔德却只是用双臂抱着她。她的心在痛苦中颤抖起来。她奋力摆脱出来。

“你真的必须走了。”她说。

“再过一会儿。”杰拉尔德说。

古德伦贴着他乖乖躺下了,并没有屈服。

“再过一会儿。”杰拉尔德重说了一遍,更紧地搂住她。

“好吧。”她勉强地说。“我真怕你再呆下去了。”

她的话音中有一种冷冰冰的东西使杰拉尔德放松了手。她挣脱身,站起来点亮了蜡烛。一切都过去了。

杰拉尔德也起了床,身上舒坦极了,充满了活力和情欲。可是在烛光下当着古德伦的面穿衣服,他又感到有点难堪。正在她和自己有几分对立的时候,自己却赤裸裸地暴露在她的面前。这一切都令人难以忍受。他三下两下穿好衣服,没戴硬领,也没打领带。他仍然体验到了舒服和满足,觉得自己完美起来。眼看着一个男人穿衣服,古德伦也感到了羞辱;瞧那可笑的衬衫、裤子和背带。突然产生了一个念头。

“就像工人去上班一样。”古德伦说。“我像是工人的老婆。”可是又有种极端厌恶的情感控制了她,那是对杰拉尔德的强烈憎恨。

杰拉尔德把硬领和领带塞进大衣口袋里,又坐下来穿靴子。靴子湿透了,像他的短袜和裤脚一样。可他本人却是既暖和又精力充沛。

“也许你该下楼后再穿靴子。古德伦说。

杰拉尔德立刻扯下了靴子,拿在手里。古德伦已经穿好了鞋,又把一件宽松的晨衣随便披在了身上,她穿戴好了以后,便瞅瞅杰拉尔德。他正站在那里等着,黑外衣扣到了脖子那儿,帽子拉了下来,靴子拎在手上。那种近于仇恨的感觉又在古德伦心中涌动了。它还没有散尽。杰拉尔德的那样完美、迷人,眼睛大大的,充满了新鲜的生气。古德伦觉得自己入迷了,便凑过去向他求得一吻。杰拉尔德象征性地吻了她。她真希望杰拉尔德那无所表示的温馨的美不要如此致命的迷着了自己,压迫着自己,煎熬着自己。这是她身上的一副重担,她恨它,却又摆脱不了它。当她望着杰拉尔德那浓浓的男子汉的眉毛、笔直的鼻梁和那双目光冷峻的蓝眼睛时,她才明白,自己对他的热情并没有得到满足,也许永远都满足不了。只是眼下她实在太疲倦了,心里怀着类似极端憎恶的痛苦感情,只

盼望杰拉尔德快走。

两人急匆匆地下了楼，怕被别人碰到。古德伦裹在色彩鲜明的绿色披肩里，执灯在前面领路。杰拉尔德紧随其后。古德伦像幽灵，唯恐家里人被吵醒。杰拉尔德倒是毫不在意。古德伦恨他抱这种态度。人一定要谨慎，人必须克制自己。

她把他引进厨房。由于是仆人最后收拾过的，厨房里又干净又整洁。杰拉尔德抬头看看挂钟——五点二十了！他坐在椅子上套好靴子。古德伦在等他，注视着他的一举一动。她希望这一切都快点儿结束，她已经受不了了。

杰拉尔德站起身——古德伦打开后门，朝外望去。寒气习习，还见不到黎明的影子；一弯残月挂在朦胧的天边。她很高兴自己不必走到外面去。

“那就再见啦。”杰拉尔德动情地说道。

“我送你到大门口。”古德伦说。

她急匆匆地走在前面，提醒杰拉尔德留心脚下的台阶。来到大门口，她站在台阶上，杰拉尔德站在她的身边。

“再见啦。”她柔声说道。

杰拉尔德象征性地吻吻她，转身走了。

听到他大步走去，坚定清晰的脚步声异常响亮，古德伦心里一阵难过。啊，那坚定的步伐有多么无情啊！

她关上大门，又悄悄溜回床上去。进了卧室，关上门，一切都结束了。她又能畅快地呼吸了，摆脱了身上的重负。她舒适地躺在床上，就在杰拉尔德的肉体压出的痕迹里，回味在他留下的余温中。兴奋已极，疲惫已极，她心满意足地即刻进入沉沉的梦乡。

杰拉尔德在黎明前阴冷的街道上快步走着。街上人空荡荡的。他头脑中一片沉寂，一片美丽沉寂，好似微波不光的湖水。他的躯体充实温暖，生机勃勃。他怀着一腔感激和自信，匆匆向劳斯兰茨走去。

结婚与否

布兰文一家人准备从贝尔多福搬家。做父亲的现在有理由住进城里了。

伯金领了结婚证书,厄秀拉却仍在拖延。她还没有下定决心——还在犹豫不决。辞呈已经发出近三个星期,也快到圣诞节了。

杰拉尔德在准备着厄秀拉和伯金的婚礼。这对他说来是一件头等大事。

“我们把两次婚礼一起办怎么样?”有一天他向伯金提议道。

“还有谁呢?”伯金问。

“古德伦和我。”杰拉尔德回答说,眼光中闪烁出兴奋的神情。

伯金死死地盯住了他,像是看到了外星人。

“真的吗——还是开玩笑?”他问。

“哦,当真。可以吗?”我和古德伦与你们一块儿举行婚礼好吗?”

“当然可以。”伯金说。“我确实不知道你们关系已经这么亲密了。”

“真的吗?”杰拉尔德望着另一个男人问,又哈哈大笑起来。

“哦,是的,我们都该出手了。”

“剩下的就简单了。”伯金说。

“差不多是吧。”杰拉尔德笑眯眯地开玩笑说道。

“哦,那好,”伯金又说,“我该说,这是要迈出的值得骄傲的一步。”

杰拉尔德仔细看着他。

“你怎么不热心了呢?”他说,“我还以为你是婚姻专家呢。”

伯金耸了耸肩膀。

“一个人可以是任何专家如鼻子专家。有各式各样的鼻子,狮子鼻或是别的种类的——”

杰拉尔德笑了。

“还有各式各样的婚姻,有被一口拒绝的或是死缠不放的,对吗?”他问。

“说对了。”

“你认为要是我要结婚就会遭到拒绝吗?”杰拉尔德不服气地问。

伯金大笑了几声。

“我能知道你的事?”他说。“别乱猜——”

杰拉尔德思沉思了一下。

“不过我还是想了解一下你的看法,真的。”他又开口说。

“关于你的婚礼的?——还是关于结婚的?你为什么一定要知道我的看法呢?我没什么看法。我对法律上的婚姻不感兴趣,或是任何形式。问题只在于哪种方式更简单。”

杰拉尔德盯着他。

“我想还不只这些吧。”他正色说道。“不管怎样,有关婚姻的道德观可能让你感到厌烦。就一个人而言,婚姻是件大事、决定终身的事情——”

“你是说与一个女人结婚就不能反悔吗?”

“如果你们要结婚了,那就是这样。”杰拉尔德说。“这从某方面讲是没有退路的。”

“是,我同意。”伯金说。

“不管一个人怎样看待法律上的婚姻,就他而言,婚姻是有决定意义的——”

“这我相信,”伯金说,“至少在某个种意义是这样。”

“那么剩下的问题就是,人应该这样做吗?”杰拉尔德说。

伯金感到好笑,仔细看着他。

“你和培根爵士一样,杰拉尔德。”伯金说。“你争论起来活像个律师——或者像是哈姆莱特在说‘生还是死’。如果我是你,我就不结婚。可还是去问古德伦吧,别来问我。你不是娶我,对吧?”

伯金后面的话杰拉尔德根本没听。

“不错,”他说,“一定要慎重。这是一件不能马虎的事情。人处在十字路口上,不是朝这边走,就是朝那边走。结婚也是一条路——”

“那么另一条路又是什么呢?”伯金马上问。

杰拉尔德逼视着他,目光清醒得让人十分不解,那是伯金所没见过的。

“我也说不上来。”杰拉尔德答道。“要是我知道的话——”他不安地挪动着脚,没在说下去。

“可以不结婚的说法吗?”伯金问。“正因为你不知道这个,结婚才成了一种最终

结局。”

杰拉尔德还是用受到压抑的炙热的目光仰望着伯金。

“人确实感到结婚是一种权宜之计。”他承认了。

“那么就别这样做。”伯金说。“说实话，”他又说道，“正像我以前说过的那样，旧的意义上的婚姻在我看来是可憎的。两个人的自私自利对它说来是微不足道的。那是一对对夫妇在从事彼此心照不宣的狩猎：世界就是由一对对夫妻组成的，每一对都住在自己的小房子里，照看着自己小利益，为自己小小的世界操心劳神——这是世界上最可恨的事情。”

“我完全赞成。”杰拉尔德说。“这里面是有些琐事。可是，又有什么可以代替这个呢？”

“人应该避免这种恋家的本能。这不是本能，而是一种怯懦的习惯。人永远也不该有家。”

“我完全赞成你。”杰拉尔德说。“不过并没有可以用来代替它的东西。”

“那我们就必须找出一个来。我真的相信在男人和女人之间的永远的结合。朝三暮四只会把人耗干。不过一个男人和一个女人之间的持久的关系并非就是一切——当然不是。”

“对极了。”杰拉尔德称赞道。

“事实上，”伯金接着说，“正因为男人和女人之间的关系被提高到了高于一切的排他的关系，所以麻烦事、讨厌的事和琐屑的事才乘虚而入。”

“对，我信你的话。”杰拉尔德说。

“你必须从本质上打破那种爱情加婚姻的观念。我们需要一种内容更广的东西。我相信在男人和女人之间另外还有完美的关系——除了婚姻。”

“我可一点儿也看不出。”杰拉尔德说。

“并不一样——但又同样重要，同样有创造性，同样神圣，如果你愿意这么理解的话。”

“我知道，”杰拉尔德说，“你相信有这样的什么东西。只是我感受不到它，这你也知道。”他带着一种嘲笑的慈爱把手放在伯金的肩膀上，愉快地微笑着。

杰拉尔德准备好了要接受宣判。结婚对他说来像是命中注定的事。他情愿在婚姻的狱牢中服刑在地下矿井中干苦工，不能在阳光下生活，只能享受苦难。他情愿接受这个。结婚就体现的就是对他的宣判。他情愿就这样被封在地下世界里,如同受到诅咒的灵魂,永远生活在诅咒中。但他不愿意同无论什么人结成无论什么样的纯洁的关系。他不能。结婚并不是使自己从属于同古德伦之间的一种关系,而是要让自己承认既定的世界,接受既定的秩序,哪怕并不真心相信它;然后,为了自己的生活,继续保持下去。他要这样做,一定要。

另一条路是鲁珀特提出的关于联盟的建议,用纯洁的友谊和爱把自己同别的男人结合在一起,然后才是女人。要是他同其他男人建立了誓约,在这之后就能和女人也建立起誓约:不仅仅是法律上的婚姻,而且是神秘纯洁的婚姻。

可是杰拉尔德无法接受这个建议。他感到不可思议,这或许是意志力的欠缺,或许是一种怯懦。也许还是意志力的缺乏吧,因为鲁珀特的建议使他感到了难得的欢欣鼓舞。然而他还是更坚决去拒绝它,不把自己交付给别人。

椅　子

每星期一下午，在城里的旧货市场上，总要有一次拍卖。一天下午，厄秀拉和伯金信步走到那里。他们一直在谈论家具，想看看在鹅卵石路面上那一堆堆破烂里，能不能有他们想买的东西。

旧市场面积不算大，是用花岗岩铺就的一小片杂乱的地盘，平时还能在一堵墙下见到几个水果摊。这是城里的贫民区。简陋的住房沿一边排列，还有一座针织厂，街的尽头处有许多长方形的窗户。另一侧则是一条有许多小铺子的街道，人行道上还铺了石板。对着加冕纪念碑的方向，有几座用红砖新砌成的公共浴池，还有一座钟楼。来来往往的人们看上去蓬头垢面、肮脏不堪，空气中迷漫着异味。这给人一种感觉，好像他入了地狱里。偶尔有一辆高大的棕黄色的有轨电车在针织厂墙角下嘎嘎作响地吃力地岔过弯来。

发现自己是在外面和穷苦人混在一起，厄秀拉不由地有点儿激动。在那乱七八糟的地方堆着旧被褥，一堆堆铁制品，一摊摊灰暗的、做工低劣的陶器，还有缠绕在一起的让人恶心的衣物。她和伯金在凌乱不堪的旧货堆中的狭窄通道上硬着头皮往前走。伯金在审视着货物，她则在打量着人们。

厄秀拉颇有兴趣地望着一个怀孕的年轻妇女，她正在审视一个旧床垫，又让一个衣衫褴褛、死气沉沉的小伙子也去摸摸它。年轻女人瞧上去健壮结实、充满活力、满心急切，小伙子看上去却委琐。他娶她只因为她要生孩子了。

摸过床垫后，年轻女人问坐在旧货堆中一张凳子上的老头这要多少钱，听老人告诉她之后，她又回到小伙子身边。小伙子看上去无地自容，身子虽然站着没动，脸却扭向一旁，在那里唠唠叨叨的。年轻女人又匆忙地用指头摸了摸床垫，心里算好了账，过去和那个破衣烂衫的老头子讨价还价。小伙子一直站在一旁，十分拘谨，衣衫破旧，一副受气的模样。

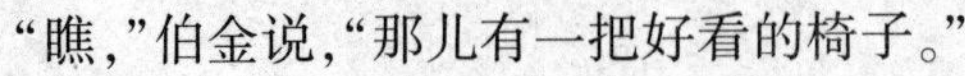

“瞧，”伯金说，“那儿有一把好看的椅子。”

“真可爱！”厄秀拉嚷道。“哟，多可爱呀。”

那是一把用杂木料制成的扶手椅，也许是用桦木做的，戳在肮脏的石砌路面上显得那样精美雅致，厄秀拉瞧得口水都要冒出来了。椅子方方正正的，线条柔和纤秀，椅背上还有四条木雕的短线，像竖琴弦。

“从前这是镀了金的——”伯金说，“还有藤座。不知是谁又给装上了这个木座。瞧，这里还有一点儿镀金留下的红色呢。除了磨光露出木头的地方，别处都是黑色的。它所以吸引人，是因为那些柔和的线条。你看它们是怎样流动、相交和融合的。当然啦，安这个木座显得不伦不累——它造成的紧张破坏了完美的轻灵和协调。即便如此，我还是喜欢它——”

“啊，对了，”厄秀拉说，“我也喜欢。”

“这要多少钱？”伯金问那个男人。

“十先令。”

“你能帮我们送回去吗？——”

最后成交了。

“多美丽、多迷人啊！”伯金说。“我完全她迷住了。”两人在一堆堆破烂中往前踱着。“我可爱的祖国——它在做成这把椅子的时代，她还是值得骄傲的。”

“那现在就没有了吗?”厄秀拉问。每当伯金说风凉话时,她就不免生气。

“对,现在是没有了。我一见到这把典雅的椅子,就想起了英格兰,甚至是简·奥斯丁时代的英格兰——即便在那时,也表现在自豪的。而现在,我们却只能在一堆破烂中想象它们旧日的辉煌了。现在已经没有艺术品了,只有肮脏的机器。”

“这不对。”厄秀拉嚷道。“为什么你总要厚古薄金呢?真的,我可没怎么想到过简·奥斯丁时代的英格兰。那时只有野蛮——”

“不错,”伯金说,“因为它有实力获得自身以外的东西——我们却不能,那却是因为我们没有实力去获得别的什么——尽力而为吧,我们除了物实,别的就什么也搞不了了;机械主义,那正是实利主义的实质。”

厄秀拉克制住自己,默不作声。她并没有在意伯金说的是什么使她生气的是别的东西。

“我恨过去,那让我恶心。”她嚷道。“我相信自己甚至恨那把旧椅子,尽管它是美丽的。那并不是我所喜欢的那种美。我希望它的日子过去就算啦,别留下来向我们炫耀可爱的过去。我讨厌回忆的过去。”

“那也比不上我对可憎的现在的厌恶。”伯金说。

“对,这都一样。我恨现在——不过更恨过去——我不想要这把旧椅子了。”

伯金一时间气坏了。过一会儿,望着公共浴池塔楼后面蔚蓝的天空,他仿佛又原谅了这一切,笑起来。

“好吧,”他说,“我们就别要它啦。我也讨厌它了。不管怎样,人不能靠过去的美过活。”

“是不能。”厄秀拉嚷道。“我不想要旧东西。”

“事实上,我们什么都不想要。”伯金附和道。“一想到房子和家具我就烦要命。”

这句话使厄秀拉吓了一跳,她过了会儿才说:

“我也是。可是人总得有地方住呀。”

“不是住在什么地方——而是哪都可以住。”伯金说。“人应该四海为家——不要总呆在一个地方。我不想要一个固定的地方。一旦你有了一个房间,收拾好了,你就想从里面逃跑。现在我的几个房间收拾好了,我就想抛得远远的。一个固定的环境就是一种可怕的牢狱,其中每件家具都像是一件刑具。”

厄秀拉紧紧抱住了伯金的胳膊,两人离开了旧货市场。

“可是我们怎么办呢?”她说。“我们总得生活呀。我确实希望自己周围有美的东西。我向往一种自然华美的东西。”

“你永远不会从住房和家具中得到它——甚至衣服中也是。住房、家具和服装,这全是在一个污浊的世界——可憎的人类社会——里讲究的东西。假若是你有一幢都铎王朝时期的庄园,那只能说是过去的时代永远控了你,这是可怕的。要是你有鲍埃莱特为你修建的一幢时髦的现代住宅,那也是另一种东西控制你。这全是可怕的。这都是占有,占有;它欺侮你,使你变成了它的奴隶。你不得不像罗丹和米开朗琪罗那样,在你的作品上留下一块未经雕琢的粗石。你必须让你周围的环境是偶然的和不和谐的,这样你才会永不知满足,永远没有限制,永远不受外界的左右。”

厄秀拉站在街上沉思着。

“那我们就不会有一个自己的地方啦——永远不会有一个家啦?”她问。

“感谢上帝,在这个世界上用不着它。”伯金答道。

“可有的只是今世呀。”厄秀拉表示反对。

伯金伸出双手做了个冷冰冰的手势。

“那么此后,我们不想有任何自己的东西。”他答道。

“可是你刚才还买了一把椅子呢。”厄秀拉说。

“我可以退掉。”伯金说。

厄秀拉默想了一会儿。她的脸抽动了一下。

“对,”她说,“我们不想要它。我讨厌旧东西。”

“新的也是。”伯金说。

两人顺原路往回走。

那边——在一些家具跟前,站着那对年轻夫妇——怀孕的女人和愁眉苦脸的小青年。女人很漂亮,个子不高,很丰满的。小伙子中等个,体形很健壮。黑发从他的帽子下面露了出来,斜挂在额头上。他孤零零地站在那儿,看上去很古怪,像是个受气的人。

“我们把椅子给他们吧。”厄秀拉悄声说。“你看,他们俩就要结婚了。”

“我不会帮助和怂恿他们住进家里去的。”伯金气愤地说。他马上同情起那个孤独的可怜的男青年来,但他讨厌那个孕妇。

“啾,不,”厄秀拉嚷着道,“这对他们说来是对的——这是必需的。”

“那很好,”伯金说,“你去送给他们吧,我在一边看着。”

厄秀拉有点紧张地朝那对青年夫妇走去。他俩正讨论着要买一个铁脸盆架——或者不如说那个男人怪模怪样地瞟着那个讨厌的东西,女人则在那里讨价还价。

"我们买了把椅子,"厄秀拉说,"我们不想要它了。想送给你们?要是愿意的话,我们会很高兴的。"

年轻夫妇转过身来不解地看着她。

"你们想要它吗?"厄秀拉又说。"它实在很漂亮——不过——不过——"她不好意思地微笑着。

年轻夫妇只是盯她,又意味深长地对望了一眼,不知发生了什么事。那个男人一副漠然的样子。

"我们想把它送给你们。"厄秀拉解释道。他们使她感到又害羞又紧张。小伙子吸引了她。他是一个沉静的平庸的年轻人;奇怪的是,在某种意义上,他又是超脱的。他探头探脑,行动敏捷,让人不好捉摸。他的眼睫毛又黑又长,秀美地遮在了眼睛上,目光中一片空白,只有一个可怕的自我和内在的意识,看上去阴郁呆滞。他的黑黑的眉毛和全身的线条都很迷人。对女人而言,他是一个神秘迷人的情人,会奇迹般地吸引着你。在那条皱皱巴巴的裤子里面,他的两条脚也一定是修长、有力的。他像一声不吭的黑眼睛雕塑那样,精美、沉静、柔滑。

厄秀拉在不可思议理解了他。那个体态丰腴的女人却在直盯盯地瞪着厄秀拉。厄秀拉很快就把那个小伙子抛在了脑后。

"你们要那把椅子吗?"她又问。

小伙子感激瞧着她,表情却十分冷漠,甚至有几分自傲。那女人走上前来,身上透出水果小贩才有的那种气味。她不知道厄秀拉打算做什么,便心怀敌意地提防着。见到厄秀拉陷入了困窘和慌乱中,伯金便得意扬扬地微笑着走过去。

"出了什么事呀?"他笑眯眯地问道,眼睛眯成了一条缝,透出嘲弄人的神情,和那两个陌生人的表情一模一样。小伙子把头朝厄秀拉那边微微一摆,用一种的嘲弄口吻说:

"她想怎么着?——呃?"一丝古怪的冷笑扭歪了他的嘴。

伯金用同样的目光嘲讽地瞪着他。

"要给你们一把椅子——那把——上面有标签的。"他用手指着说。

小伙子打量着他手指着的东西。男性之间存在一种与生俱来的敌意,这使得两个男人之间充满了火药味。

“那是什么意思呢,先生?”小伙子用了一种不可思议的亲昵口吻,羞辱了厄秀拉。

“她以为你们会喜欢它的——这是一把漂亮的椅子。我们买了它,又不想要它了。不是非让你要它不可,不必担心。”伯金苦笑着说。

小伙子不经意朝上瞟了他一眼。

“要是你们刚买了它,为什么又不要了呢?”女人不动声色地开口问道。“有什么不对头吗?”

她赞同地望着厄秀拉,却又怀着几分戒备。

“我可从没想到这个。”伯金说。“不过,这椅子用料是有点单薄。”

“你们看,”厄秀拉兴奋地,说:“我们就要结婚了,想买些东西。可刚才我们又决定不要家具了,我们要到国外去。”

体态丰盈、有点儿放肆的城里姑娘感激地望着另一个女人的快乐的脸。两人都很欣赏对方。小伙子站在一旁,面无表情,细细的黑胡子在透着猥亵的意味。他不动声色,深不可测,像是某种挑动色情的无赖,那是在贫民区里才会有的。

“当老百姓也挺好啊。”城里姑娘转身对小伙子说。小伙子没理她,嘴上却浮现出笑意,把头一歪表明认可。他的目光却如刚才,隐隐约约透出邪恶。

“改变主意可要破产啊。”他用粗俗的口吻说。

“这次不过花了十先令。”伯金说。

小伙子幸灾乐祸看着他。

“半磅钱可真够便宜的,先生。”他说。“不像是闹离婚的。”

“还没结婚呢。”伯金说。

“对,我们也一样。”年轻女人大声说道。“在下礼拜六。”

她又深情地望着小伙子,像是要保护他,透出了万般温存。小伙子无奈地咧嘴一笑,把头扭向一边。姑娘已经磨掉了他的男子气概,可是上帝啊,他竟不以为意!他有着一种奇特神秘专注神情。

“祝你们好运。”伯金说。

“也祝你们。”年轻人回应着,又迟疑地问道:“那你们又是什么时候结婚啊?”

伯金转过身去看看厄秀拉。

“这该让这位小姐说。”他答道。“她一准备好我们就办事。”

厄秀拉拘谨地笑起来。

“别紧张。”小伙子意味深长地咧嘴笑着说。“哎,别为了这个而丢了一切。”年轻女人也说。“人要学乖——婚后日子长着呐。”

小伙子扭过身去,这句话像是刺伤了他。

“越长越好,让我们就这样祝福吧。”伯金说。

“好的,先生。”小伙子十分同意地说。“顺其自然——千万别拿鞭子抽死驴。”

“只在它装死的时候抽它。”年轻女人加了一句,带着居高临下的爱抚的柔情看着自己的俘虏。

“哦,应该的。”小伙子又解嘲地说道。

“这椅子怎么样呀?”伯金问。

“我们要了。”女人回答说。

他们想跟着到商人那里去。可怜的小伙子又躲到了一边。

“就是这把。”伯金说。“你们自己带走呢,还是改一下送货地址?”

“哦,弗雷德拿得动它。让他也为未出的宝贝尽点力吧。”

“尽管吩咐吧。”弗雷德从商人那里拿过了椅子,无可奈何说。他举止优雅,却又猥琐至极。

“这是妈妈的安乐椅,就是缺个垫子。”他说着,把椅子放在市场的石砌地面上。

“你觉得它还满意吧?”厄秀拉笑问道。

“哦,漂亮。”年轻女人说。

“坐坐看,你会舍不得送人的。”小伙子说。

厄秀拉真的就在市场当中坐了下来。

“舒服极了。”她说。“可就是有点硬了。你试试看。”她请那个男人坐一下。小伙子躲开了,却古怪地看了她一眼。

“别把他宠坏啦。”年轻女人说。“他不习惯扶手椅,真的。”

小伙子风趣地笑着说:

“只想要这上面的腿儿。”

四个人分手了。年轻女人向他们道了谢。

“谢谢你们的礼物——每当用着椅子就能想起你们的。”

“要把它当装饰品。”小伙子也说。

“下午好——下午好。”厄秀拉和伯金一同说道。

“祝你们好运。”小伙子瞟着他们说，却避开了伯金的目光。

两对情侣分手了。厄秀拉搂紧了伯金的胳膊。一会儿，她回头看了一眼，看到小伙子正跟在那个丰满的自负的年轻女人身边。他裤脚盖住了脚后跟，在探头探脑地走着。拿着那把纤秀的旧扶手椅使他难堪得更抬不起头了；他的胳膊扶在椅背上，四条精巧的在人行道上危险地摇荡着。小伙子身上透出一种不屈不挠、独往独来的神气，像是只敏捷活泼的小老鼠。他透出一种不寻常的隐秘的魅力，同时又让人反感。

“他们有多怪呀！”厄秀拉说。

“他们也是俗人。”伯金说。“想起了耶稣的话：‘逆来顺受的人将拥有大地。’”

“不过他们并不是那样的。”厄秀拉说。

“不，他们就是逆来顺受的。”伯金答道。

两人在等电车。厄秀拉坐在了车顶层，眺望着市容。薄暮下，低矮的房屋乱糟糟一片。

“他们要拥有大地吗？”她问。

“对——是他们。”

“那我们有什么呢？”她又问。“我们不像他们——对吗？我们不是逆来顺受的吧？”“对。我们只只能在他们留下的空隙中生存。”“多可怕呀！”厄秀拉嚷开了。“我可不想生活在夹缝中。”“不必担心。”伯金说。“他们是俗人，最喜欢市场和街角。剩下前天空足够大了。”

“是整个世界吧。”厄秀拉说。

“啊，不——只是一部分。”

有轨电车缓慢地驶上了山坡，那里一堆堆的房屋笼罩了冬天的可恶的灰色，看上去就是一幅地狱景象，冷冰冰的让人感到不舒服。两人坐在那里眺望着。遥远的天边落日映红了天空。一切都那样冰冷，显得渺小而拥挤，仿佛到了世界的末日。

“一切我都不在乎。”厄秀拉看着这令人厌恶的一切说。“它跟我没瓜葛。”

“是的。”伯金握住她的手应道。“人不必思前想后，只要走自己的路就行了。在我自己的世界里，天空依旧美丽——”

“对，亲爱的，难道不是吗？”厄秀拉嚷着，紧紧搂住了他，惹得乘客们都注视着他们。

“我们要在大地上四处游荡，”伯金说，“要看遍这世界。”

许久没人再开口。厄秀拉坐在那儿冥想着，脸颊闪着兴奋的光芒。

“我不想拥有大地。”她说。“我什么都不想拥有。”

伯金紧紧拥有住了她的双手。

“我也一样。我想一无所有。”

厄秀拉又扣紧了他的手指。

“我们对什么都不在乎。”她说。

伯金一动不动,笑了起来。

“我俩要结婚,共同面对这一切。”厄秀拉又加上一句。

伯金又笑了。

“这倒是解决问题的办法,”厄秀拉说,“结婚。”

“这也是拥有整个世界的一种办法。”伯金补充说。

“整个世界,对呀。”厄秀拉高兴了。

“也许还有杰拉尔德——和古德伦——”伯金说。

“随便,你知道。”厄秀拉说。“我们没必要干涉他们,对吗?”

“对。”伯金同意了。“人没有权利去干涉别人——哪怕抱有最良好的心愿也不行。”

“你要干涉他们吗?”厄秀拉问。

“也许吧。”伯金说。“要是这不关他的事,我怎么会要求他摆脱拘束呢?”

厄秀拉有一会没开口。

“不管怎样,我俩并不能使他幸福。”她说。“幸福只有靠自己。”

“这我知道。”伯金说。“可是我们希望别人幸福,对吧?”

“为什么一定要这样呢?”厄秀拉问。

“我也不知道。”伯金不知所措地说。“人总是渴望有进一步的关系。”

“可为什么呢?”厄秀拉执拗地问道。“你为什么渴望别人呢?你为什么关心他们呢?”

这次一语击中伯金的痛处。他皱起了眉头。

“只有我们两人吗?”他不安地问。

“对呀——难道你还想要什么呢?要是别的什么人愿意来,那就来吧。可为什么你非得管他们呢?”

伯金脸上一副气愤的神情。

“你明白,”他说,“我总想着我们和要好的几个人在一起,那会非常快活的——那是交流的快乐。”

厄秀拉沉思了一会儿。

“对,人是需要朋友。可这一定不能强求,你不能,你好像总以为自己能叫树开花。人们一定要爱我们,那是因为他们原先就爱——你不能强迫他们那样做。”

“这我知道。”伯金说。“可是人就一定只能被动地接受吗？人必须在这个世界上踯躅独行吗？”

“你有我了呀。”厄秀拉说。“为什么你还需要别人呢？为什么呢？为什么你就不能一人独处,像你常说的那样呢？你想强迫杰拉尔德——就像你试图强迫赫尔特妮那样。你要一人独处。这就把你吓坏了。你有了我,但是你还想强迫别人也来爱你。你是在强迫他们,好让他们爱你。可即使真那样,你也并不想要他们的爱。”

伯金看上去真是糟透了。

“是吗？”他说。“这是我也无法解释的问题。我想和你有一种全面完美的关系;我们差不多也得到了它——我们真的得到了。可是又不能仅仅如此。我是想和杰拉尔德之间有一种暧昧的关系吗？我是想要和他之间有一种几乎不能让人理解的关系吗——那是我和他之间的一种友谊的关系——要么我并不是这样的？”

厄秀拉用陌生的目光看了他半天,却没有吱声。

迁　移

那天晚上回家时,厄秀拉眼睛呆滞,神色异常,这使家里人有些不悦。父亲吃晚饭时才到家。上完课后又走了半天,把他累坏了。古德伦在读书,妈妈在一声不吱地坐着。

厄秀拉突然对大家说:"明天我就要结婚了。"

父亲僵硬地转过身来。

"什么?"他问。

"明天!"厄秀拉重复了一声。

"真的!"妈妈惊讶地叫道。

厄秀拉只是讳莫如深地微笑着,没有答话。

"明天就结婚!"父亲粗鲁地说道。"你在说些什么呀?"

"是这样。"厄秀拉说。"为什么不呢?"她的话把父亲气得要发疯。"一切都准备好了——我们要去登记了——"

在厄秀拉说了一通不着莫名其妙的话后,房间里又是一片沉寂。

"真的吗,厄秀拉!"古德伦开口说。

"我们能问一声为什么要一直缄口不言呢?"母亲有几分生气地询问道。

"并没有守口如瓶呀。"厄秀拉答道。"这你们知道。"

"谁知道?"父亲喊起来。"谁知道啊?你说的是什么意思?"

他又在粗野地发火了,厄秀拉马上对他产生了厌恶情绪。

"你们当然知道啦。"她冷冰冰地说。"我们要结婚了。"

一阵不安的沉默。

"我们知道你们要结婚了,是吗?知道!啊,谁能知道你的什么事呢,你这可恨的骚狗!"

"爸爸!"古德伦满脸通红地大声抗议道。然后,她柔声问道:"不过,这一决定难道不过于草率吗,厄秀拉?"

“不,真的不是。”厄秀拉执拗地回答说。“他恳求我同意已经几个星期了——他把结婚证书都准备好了。只是我——我自己还犹豫。现在我也同意了——难道还有什么别的事情吗?”

“当然没有啦。”古德伦说,口气里却是严肃的责备。“你完全有权利按自己的意愿行事。”

“‘你愿意’——你自己,这就是一切,不是吗!‘我自己还不愿意’,”父亲怒气冲冲地重复着厄秀拉的话,“你和你自己,你真伟大,是吗?”

厄秀拉挺直身子,眼睛里危险地喷出了怒光。

“我只听我自己的。”她说,感觉自己受了伤害和侮辱。“我知道自己是不会按照别人的意愿行事的。你只是在侮辱我——你从来就不关心我。”

父亲向前倾身瞪着她,脸上愤怒的表情好像要炸开。

“厄秀拉,你胡说什么呀?住嘴吧。”母亲嚷嚷着。

厄秀拉回过身去,眼睛里的怒光燃烧起来。

“不,我不。”她也嚷开了。“我不会任人侮辱的。我哪一天结婚有什么大不了的——有什么呀!除我自己,这又关着别人什么事了。”

父亲气愤地缩成一团,像是一只就要进攻的猫。

“是吗?”他喊着,逼近了她。厄秀拉哆嗦着后退了。

“对,这怎么能呢?”她吓得发抖,却还是执拗地回答说。

“对我说来没什么,是吗?”父亲嚷道,那恐怖的声音像在吼叫。

母亲和古德伦恐惧地退到一旁。

“不。”厄秀拉迟疑地说。父亲已经逼到眼前了。“你只是想要——”

她知道这样要出事的,便停住不说了。父亲已经气得要发疯了。

“想要什么呀?”他挑衅地问。

“欺侮我。”厄秀拉喃喃地说。话音未落,父亲一巴掌把她推倒在门上。

“爸爸!”古德伦尖声叫道。“这太不可思议了!”

父亲呆呆地站着。厄秀拉清醒过来,慢慢挺起身子,手握住了门把手。父亲这时已经失魂落魄了。

“这是真的。”厄秀拉轻蔑地大声说,眼睛里还闪着泪花。“你的爱是什么,它一直又是什么呢?——侮辱还是侮辱——就是这样——”

父亲握紧拳头又朝前走来，动作僵硬坚定，脸色吓人。可是厄秀拉已经闪电般地冲出了房间，只听见她一路跑上楼去。

父亲盯着门口呆了一会儿。然后像是只被打败的野兽，转身踱回到自己在炉火边的座位上。

古德伦面色惨白。在紧张的沉寂中，母亲冷冷地怒冲冲地发话了：

"哼，你真不必这样对她。"

又是一片沉寂。三个人各自想着心事。

门又砰地打开了。厄秀拉穿着皮大衣，戴着帽子，手提小旅行袋站在门口。

"再见啦！"她亢奋地说道，几乎是在嘲弄人。"我走了。"

门很快关上了。他们听到外屋门响了一声，厄秀拉响亮的脚步声沿着花园甬道走去。大门又砰地一响，一切声音都消失了。房间里死一般地沉静。

厄秀拉径直去了火车站。她什么也不管，只是急匆匆地走着。没有火车，她还必须走着去中转站。她在黑暗中走着，哭着。她默默无声哭得十分凄惨，怀着无比的痛苦，心都要碎了。她哭了一路，上了火车也没有停。时间不知不觉地过去，她不知道自己身在何方，也不知道到底发生了什么事情。她只是在深深的绝望中哭泣着。这是绝望的悲痛，是可怕的悲痛，那是无法发泄的。

可是，在门口和伯金的女房东搭话时，她还是要逼自己振作精神。

"晚上好！伯金先生在家吗？我可以见他吗？"

"他在家，请进。"

厄秀拉从那个女人的身边挤了过去。伯金的房门开着，他已经听到了厄秀拉的声音。

"喂！"看到厄秀拉的装束和脸上的泪痕，他惊讶地打了个招呼。厄秀拉是来也快，去也快的人。

"我看上去很好笑是吧？"她哽咽着问道。

"不——怎么会呢？进来吧。"伯金从她手上接过了提包，两人走进书房里。

一进屋，厄秀拉像小孩子似的哭了起来。

"发生了什么事呀？"伯金抱住她问。她伏在伯金肩上大声抽噎着，伯金搂住她静静地等着。

"怎么了？"看到厄秀拉平静些了，他又问。可是厄秀拉只是把脸更深地埋进了他的肩窝里，像是个受了委屈的孩子。

“这到底是怎么回事啊？”伯金问。

厄秀拉猛地挣脱开去，平静下来，走到一张椅子那儿坐下。

“爸爸打了我。”她在椅子中缩成一团，像是只羽毛蓬乱的小鸟，眼中闪着泪光。

“为什么？”伯金问。

厄秀拉看着一边，不愿回答。在她那面颊上浮现出一片惹人生怜的潮红。

“到底为什么？”伯金温柔体贴地问道。

厄秀拉转脸看着他，像是在挑战。

“因为我讲了我明天要结婚，他就打我。”

“他凭什么打你？”

厄秀拉的泪水又流了下来。

“因为我说了他不关心——他不关心，这只是他的借口，这是伤害——”她边哭边说，脸都扭曲了；这看上去太孩子气了，伯金差点儿笑起来。然而却是一种深深的创伤。

“这不会是真的。”他说。“即使是真的，你也不该说出它来。”

“这是真的——这是真的，”厄秀拉呜咽着说，“我不能受侮辱，他还称是什么爱——其实不是——他并不真正关心，他怎么能——不，他不能——”

伯金一言不发地坐着，被感动得失去了自我。

“那你就不该激怒他，要是他那样的话。”他心平气和地回答说。

“我曾经爱过他，不错。”厄秀拉还在哭。“我永远爱他，他却这样对我，他——”

“那么这就是一种矛盾的爱。”伯金说。“别往心里去——一切都会好的。这不是没有救的事。”

“对，”厄秀拉哭着说，“我知道。”

“什么？”

“我再也不见他了——”

“不要立刻见他。别哭，你同他闹翻是迫不得已——别哭啦。”

他走过去吻着厄秀拉柔软的秀发，温柔抚摸着她被泪水打湿的面颊。

“别哭啦，”他说，“别再哭了。”

他体贴地抱住了厄秀拉。

厄秀拉终于平静下来。她向上看着，受了惊吓的眼睛睁得大大的。

“你不想要我了吗?”她问。

“不。”伯金忧郁的目光把她弄糊涂了,放不下心来。

“你是不希望我来吗?”她焦虑不安地问道,生怕他生气。

“不。”伯金说。“我是希望暴力没发生——太可怕了——不过这也许是命中注定的。”厄秀拉默默地看着他。他像是不高兴了。

“可是我住在哪儿呢?”厄秀拉问。她感到自己在求人。伯金想了一下。

“和我一起在这儿吧。”他说。“我们现在就结婚。”

“可是——”

“我会告诉瓦雷夫人的。”伯金说。“别为难自己了。”

他坐在那儿仔细端详着厄秀拉。厄秀拉能感到他那忧郁的目光一直盯住了自己。这使她心神不安。

“我看上去很糟吧?”她问。

她又开始哭了。

一丝笑意浮现在伯金的眼睛里。

“不,”他说,“还算幸运。”

他走到厄秀拉跟前,轻轻把她搂进了怀里。她的美是那样娇嫩,伯金怕她受到损害,只能把她藏在怀中。泪水使她更妩媚,新鲜娇美得像是朵初放的荷花,水灵灵的,闪着炫目的光芒;伯金不能看着她,必须把她藏在怀里,使自己眼不见她。她有着完全的能迷死人的美。她新鲜清纯而不含任何杂质,他却那样衰老,徘徊在乏味的回忆中。她的灵魂新鲜而飘忽,闪烁着肉眼见不到的光辉,他的灵魂却是邪恶龌龊的,只有一丝存活的希望,如同一粒芥子。而正是他身上这一点点儿活着的东西,才和她无瑕的青春相称。

“我爱你。”伯金吻着她耳语道。纯洁的爱情使他发抖,他像是在奇妙生动的希望中复活的一个男人,远远超越了死的境界。

厄秀拉不会知道这对伯金说来多么重要,也不会知道他这寥寥数语又意味着什么。她几乎是孩子气地想要安慰。对她说来,一切似乎都还没有确定,随时都会改变。

然而她永远无法了解这种纯洁的热情,正是怀着它,伯金才把她溶进了自己的心灵中;她也不会了解那种不可想象的极度欢欣,那是在伯金知道自己是活生生的、并适于同她结合之后才有的;她更不能了解伯金,一个已濒临死亡的人,一个就要死亡的人。伯金崇拜她,就像老人崇拜年轻人一样。他为她感到自豪,因为在自己可怜的信仰中,他和她同样年轻，是她门当户对的伴侣。这次和她结婚是伯金生命的再生。

对这一切厄秀拉是不可能明白的。她想得到尊敬，受到呵护。两人之间有着巨大的空间。伯金怎能对她讲这些话呢！他自己又怎能知道，对他说来，厄秀拉的美又意味了什么呢？他说："你的鼻梁真美，你的下巴可爱极了。"这听来像是在说谎。厄秀拉伤心失望了。当伯金吐露真情地说"我爱你，我爱你"时，这也并非是完全正确的。这是某种超越了爱的东西，是一种超越了自我、超越了往日的存在而带来的幸福。在变成了某种不可知的、神秘的事物之后，他怎么还能说"我"呢？这个我，这个陈旧的老年人的惯用语，是已被废弃的词汇了。

在这妙不可言的新的巨大的幸福中，在这取代了知识的和平中，已经没有我和你了；只有第三者，那不可知的奇迹——人不是因为自身而存在，而是由我和你合二为一，进到了完美的境界中。这是靠两性而新生的事物。我已经不再是我自身，你也不再是你自己，这时候，我又怎能说"我爱你"呢？我俩都被湮没，成为一体；它是新的，其中一切都是默默无语的，因为就没有需要加以回答的东西，一切都是完美和谐的。语言只在彼此分离的部分之间穿梭，而在完美的一致中，却是和谐的宁静。

第二天，他们在法律上完成了结婚手续。厄秀拉听从伯金的吩咐，给父母写了信，母亲回信了，父亲没有。

厄秀拉再没去学校。她和伯金一起住在城里他的寓所中，或是住在磨坊里。伯金在哪儿，她就跟到那儿。除了古德伦和杰拉尔德，她任何人都没见。她面前的一切都是陌生的和新奇的；但是从那天早上起，她就得到了宽慰。

一天下午，在磨坊温暖的书房里，杰拉尔德坐在那里和厄秀拉说话。鲁珀特还没回家。

"你幸福吗？"杰拉尔德微笑着问她。

"幸福极了！"她快乐地回答说，声音甚至有些颤抖。

"说的对，这看得出来。"

"能看出来吗？"厄秀拉惊讶地问道。

杰拉尔德看着她，意味深长地微微一笑。

"哦，是的，当然能。"

厄秀拉高兴起来，想了一下说。

"你能看出鲁珀特也很幸福吗？"

杰拉尔德垂下眼睛看着旁边。

"哦,是的。"

"真的吗!"

"哦,没错。"

杰拉尔德很沉静,好像这是一件本不该由他来评论的事情。他好像很伤心。

厄秀拉十分敏感。她就问杰拉尔德。

"你为什么不高兴呢?"她问。"你该和我们一样呀。"

杰拉尔德沉默不语。

"和古德伦吗?"他又问。

"对呀!"厄秀拉眼睛闪闪放光地喊着。可这其中有着不可言状的紧张,有着加重的语气,仿佛他们只在表露心愿,却不是实情。

"你以为古德伦会爱我,我们将会幸福吗?"杰拉尔德问。

"对,我敢肯定!"厄秀拉说。

她兴奋地睁大了眼睛,心里却没有底;她知道这只是自己的看法。

"呶,我可太高兴啦。"她又加了一句。

杰拉尔德微笑起来。

"为什么你这么高兴啊?"他问。

"为她而高兴。"厄秀拉回答说。"我相信你会使她幸福。"

"你敢肯定吗?"杰拉尔德又问。"你想她会接受我的爱吗?"

"呶,会的!"厄秀拉说道。考虑一下之后,她又犹豫不定地说:"不过,古德伦有点古怪,对吧?她随时都会反悔,是吧?在这方面她和我不一样。"她冲着杰拉尔德笑开了,脸上是一种让人摸不着头脑的神情。

"你以为她和你不大一样吗?"杰拉尔德问。

厄秀拉皱起了眉头。

"哦,在许多方面是一样的。可是有时,我就不知道她想什么。"

"你不知道吗?"杰拉尔德问。他沉吟了一下,"不管怎样,我要她和我在圣诞节前一道离开这。"他小声说道。

"和你一道离开?你是说去国外过一段日子吗?"

"多久随她的便。"杰拉尔德说着,做了个表示不耐烦的动作。

好久两人没再开口。

“当然,”厄秀拉终于说道,“她可能愿意尽快结婚。这你也能看出来。”

“对。”杰拉尔德微微一笑。“我是能看出来。不过如果她不同意的话——她能和我在国外呆上一阵子吗?”

“哦,会的。”厄秀拉说。“我要去问问她。”

“我们可以一起去吗?”

“我们全都去?”厄秀拉又喜上眉梢了。“那可真有趣儿,你说呢?”

“没错。”杰拉尔德应道。

“那时你就能看出来了。”厄秀拉说。

“看出什么?”

“结果会怎么样呀。我认为在结婚前度蜜月是最妙的事——你说呢?”

这番话使她十分受用。杰拉尔德大笑起来。

“可能是这样吧。”他说。“我希望我们就是这样的。”

“是吗!”厄秀拉喊道,又满迟疑地说,“不错,你也许是对的。人应该顺其自然。”

一会儿,伯金走进屋来。厄秀拉对他讲了他们刚才谈起的事情。

“古德伦!”伯金也喊开了。“她是天生的情人,正像杰拉尔德是天生的情夫一样——珠联璧合。如果像有人说的那样,女人不是妻子就是情人,那古德伦就是情人。”

“所有男人也都不是情夫就是丈夫。”厄秀拉嚷道。“可为什么不能合而为一?”

“因为两者是对立的。”伯金笑着说。

“那我就要一个情夫。”厄秀拉嚷道。

“不,不是的。”伯金说。

“可我就想要。”厄秀拉装作生气地说。

伯金吻着她笑开了。

两天后,厄秀拉要去贝尔多福的家宅里拿东西。家里人已经搬走了。古德伦在威雷格林镇有自己的房子。

结婚后,厄秀拉再没有见过父母。她为这种结果伤心过,但是和好如初又能怎样呢!不管如何,她是不能去他们那里的。她把自己的东西落在了旧宅里,便准备下午和古德伦一起去取。

这是一个寒冷的下午,天上飘着几朵白云。两人来到旧宅前。一扇扇窗子看上去阴郁萧条,这地方已变得荒凉无比了。空无一物的门厅向姑娘们心中注入一股寒气。

"我不相信一个人一定不敢来。"厄秀拉说。"它太吓人了。"

"厄秀拉!"古德伦嚷起来。"这不让人吃惊嘛！我们以前怎么没感到害怕？真是难以想象!"

她们朝大餐室里望去。这是一个宽敞的房间,而现在,一间斗室也比它可爱得多。大凸窗光秃秃的;没有地毯的地板露出了磨亮发黑的一道边圈住了发白的木头地板。褪色的糊墙纸上满是发黑的污斑,那原是放家具或挂画的地方。四堵墙壁,冰冷、单薄、令人厌恶,还有发白的、不结实的、带着人踩出的黑边的地板,关于所有这一切的感觉都无法使人愉快。对感官说来,一切都是虚幻的,有围墙而没有房子,墙也是冷冰冰的,像纸一样。她们这是在哪儿呢？是站在了大地上,还是悬浮在硬纸板的盒子上呢？壁炉膛里是纸灰和没有烧透的纸片。

"想想看我们在这里生活了那么久!"厄秀拉说。

"我知道。"古德伦嚷道。"这太可怕了。要是我们就是这里的人,那该是什么结果呢?"

"讨厌至极!"厄秀拉说。"真的。"

她认出了烧掉一半儿的《时髦人物》杂志的封面——已经烧得不成样子的穿长袍的妇女们的画像——就躺在壁炉底上。

两人进到客厅里,其中也有一种郁闷的气氛;没有重量或存在,只让人感到纸把人囚困在了虚无中,令人无法忍受。厨房看上去要真实多了,这是因为里面的红瓷砖地面和火炉的缘故;不过房间还是阴森恐怖。

两个姑娘心情紧张地走上了揭去了地毯的楼梯。脚步声在她们心底回荡着。她们沿着徒有四壁的走廊快步走去。厄秀拉的东西就靠在她卧室的墙上——一个大衣箱、一个针线筐、一些书、几件外套和一个帽盒,它们凄惨地躺在一片空虚的幽暗中。

"够赏心悦目了,对吧?"厄秀拉低头看着自己那些被人抛弃的衣物说。

"真是让人高兴。"古德伦应道。

两个姑娘动手干起来,把东西搬到了楼下大门口。她们一次又一次重复地走过,到处回响着脚步声。恐怖的噪音似乎占据了周围的空间。在远处看不见的空房间里,传来一阵莫名其妙的振动。她们拿上了最后的东西,逃出了房间。

天寒地冻。她们在等伯金,他要开车来接她们。两人又回到屋里,上楼到父母亲的卧室里。那儿的窗户可以看到门前的道路,越过乡野,可以见到镶着黑条的落日;黑条红条交织，就是缺少光明。

她们坐在窗台上等候着，两人都环视着房间。房间里空荡荡的，空得叫人发抖。

“真的，”厄秀拉说，“这个房间里没有神圣的，对吧？”

古德伦仔细地打量着房间。

“是不可能。”她答道。

“我想起了他们的生活——父亲和母亲的，他们的爱情，他们的婚姻，他们制造出的孩子，孩子们的教养——你愿意再过这样的生活吗，普鲁内？”

“我不，厄秀拉。”

“这一切看上去都那样不值一提——他们的生活——真是毫无意义。真的，要是他们从来就没有相识，没有结婚，没有生活在一起——那也无关紧要，对吧？”

“当然——这不好说。”古德伦说。

“对。不过，要是我盼望的生活也那样——普鲁内，”厄秀拉抓住了她的胳膊说，“那我一定会逃跑的。”

古德伦顿了一会儿没吱声。

“事实上，人不能盼望普通平凡的生活——人不能盼望它。”她答道。“就你来说，厄秀拉，情况就不一样了。和伯金在一起，你会超出它们的。伯金这个人很特殊。不过和死守在一地的普通男人在一起，结婚就是场灾难了。可能会有成千上万的女人向往它，她们也想象不出别的花样来。可是一想到这些，真要让我发疯了。人必须是自由的。在一切之上，人必须是自由的。人可以失去其他一切，何必须是自由的——人一定不能变成品茨柏克七号街——或是萨莫塞特车道——或是劳斯兰茨。男人不能补偿自由——没有！要结婚，人就一定要嫁给一个自由战士，一个战友，一个冒险家，一个在社交界有影响的男人——嗯，这是不可能的，不可能！”

“多可爱的人啊——冒险家！”厄秀拉说。“这比守财奴要好得多。”

“对，可不是吗？”古德伦应道。“我宁愿和冒险家一起周游世界。可是一个家，一个公司！厄秀拉，那能有什么结果呢？——想想看！”

“我知道。”厄秀拉说。“我们已经有过一个家了——已经足够了。”

“是的。”古德伦附和道。

“在西方的小小的阴暗的家。”厄秀拉嘲讽地引用了一句话。

“这听上去不怎么样吗！”古德伦冷淡地说。

汽车的马达声打断了她的话。伯金来了。厄秀拉立即从在西方的小小的阴暗的家的问题中解放了出来,又变得兴高采烈了,这使她自己都觉得奇怪。

她们听到伯金的鞋掌钉在楼下门厅过道上咔嗒咔嗒地响着。

“喂!”伯金叫道。他的声音穿过房子在嘹亮地回荡着。厄秀拉高兴地微笑起来,这地方他也有点儿害怕。

“喂!我们在这儿。”她冲楼下喊道。她们听到伯金急匆匆跑上楼来。

“这里真太恐怖啦。”他说。

“这些屋子里面有鬼——从来就没有住过人;否则不能这样阴森恐怖。”古德伦说。

“我也是这样想的。你们两人都在为过去的时光抹眼泪吗?”

“对。”古德伦淡漠地说。

厄秀拉笑开了。

“不是为失去了它而哭泣,而是为它曾经拥有过而哭泣。”她解释道。

“哦。”伯金应了一声,感到了释然。

他坐下来歇了一会儿。厄秀拉心想,他的到来带来了某种气氛,那气氛是轻松自在的。这甚至使这房子造成的阴阴的感觉不见了。

“古德伦说她不能忍受婚姻和住进一所房子。”厄秀拉有所暗示地说——他们知道这是在说杰拉尔德。

伯金半天没开口。

“嗯,”他又开口说,“要是你开始就知道,那你就安全了。”

“对极了!”古德伦说。

“为什么女人都认为自己的生活目标就是要找一个丈夫,在西方有一个小小的阴暗的家呢?为什么这是生活的全部呢?为什么呢?”厄秀拉问。

“这是非要去体验蠢事。”伯金说。

“可是在你还没有干的时候,就不必去体验蠢事。”厄秀拉笑着说。

“啊,那么,这是爸爸的蠢事啦?”

“也是妈妈的。”古德伦嘲讽地补充了一句。

“也是我们的。”厄秀拉说。

三个人都大笑着站起身来。天黑了。他们把东西装上小汽车。古德伦锁好房子的门。伯金打开了车灯。这一切看上去都令人愉快,好像他们就要出发了。

“你能在科尔逊的店那儿停一下吗？我要把钥匙寄存在那儿。”古德伦说。

“可以。”伯金说。他们出发了。

车在店门口停下来。商店刚刚上灯，落在后面的矿工们正从人行道上走回家去，满身煤渣的人影隐隐约约地在发蓝的空气中晃动着。他们的脚踩在人行道上，发出了沉重的疲惫的声响。

走出商店进到汽车里，和厄秀拉、伯金一起疾驶下山，进到朦胧的薄暮中，这让古德伦有多高兴啊！这多像是在过一种冒险生活啊！她竟莫名其妙地对厄秀拉产生了深深的嫉妒！生活对她说来是如此充满生气、绚烂多彩——那样无忧无虑，好像不仅今世，就是逝去的世界和来世对她说来都不算什么了。啊，要是她也能像这样，那就太好了。

除了在令人兴奋的运动中，古德伦总感到自身有一种空虚。她觉得心里郁闷。眼下，在杰拉尔德那炽烈的情爱里，她终于感到自己生机勃勃、充实、有安全感了。可是和厄秀拉相比，她心中还是妒忌的。她不满足——也永远不会满足。

她这时还缺少什么呢？那一定结婚——是婚姻的奇妙的稳定性。不管嘴上怎么说，她确实渴望它。她一直是不肯承认。现在看来古老的婚姻观还是对的——结婚和成家。然而一想到这些，她又有种不屑感。她想起杰拉尔德和劳斯兰茨——结婚和成家！啊，算了，别自寻烦恼了！他对她说来是重要无比的——可是——！也许，她命中注定不能嫁人。她是生活中的被放逐者之一，是一条到处飘荡、没有根底的生命。不，不——不能这样。她突然在幻想中建造了一个美好的房间，她自己穿着迷人的睡衣，一个身穿晚礼服的英俊男人在融融灯光中把她搂在了怀里，亲吻着她。她给这幅画起了个名字，叫作《家》。这该是为皇家艺术协会画的。

“来和我们喝茶吧——走吧。”车驶近在威雷格林镇的小屋时，厄秀拉开口说。

“非常感谢——可是我一定得回去了——”古德伦谢绝道。她很想跟厄秀拉和伯金一起走。在她看来，那才叫过日子。然而，一种自负的个性又不让她这样做。

“进去坐会儿吧。”厄秀拉又请求道。

“真对不起——我很想去——可是我不能——真的——”

她匆忙地下了车。

“你真的不能吗！”传来厄秀拉不满的声音。

“是的，我真的不能。”暮色中又传来古德伦有点儿委屈的答话声。

“你没事吧？”伯金喊着问。

"没事!"古德伦说。"晚安!"

"晚安。"车上两人问候道。

"什么时候想来就来吧,我们会高兴的。"伯金又喊道。

"太谢谢你们啦。"古德伦喊着应道,那种颤抖的声音里满是孤独感和委屈,真让他们不知所措。古德伦转身走到小屋门口,他们两人开车走了。古德伦目送着他们,汽车在一片朦胧中消灭了。她上了小路,走向陌生的住房,心中充斥着说不出的辛酸。

客厅里有一座长框挂钟,钟面上嵌进了一张眯着眼睛笑眯眯的红扑扑的圆脸蛋。挂钟滴答响一下,他就会摇摆着做出滑稽的媚眼;钟再响时,他又带着同样荒唐的媚眼摆了回去。那张荒诞不经、古里古怪的褐红色的脸就这样一直厌恶地向她"送秋波"。古德伦看着钟站了几分钟,直到一股疯狂的憎恶涌上心头。她内心空虚地自嘲起来。人脸还在摆动着,朝她送着秋波,一次,一次,又一次。啊,她有多么不幸啊！在她最欢乐的时候,啊,她又是多么不幸啊！她望了一眼桌上。醋栗果酱,一样的家制的蛋糕,只是里面加了过量的苏打！不过,醋栗果酱还是好的,物以稀为贵。

整整一晚上她都想去磨坊那儿。可是她又坚定地打消了这一念头,直到第二天下午才去。见到只有厄秀拉在家她十分高兴。这里有一种亲切可爱、温馨的气氛。姐妹俩高兴地唠叨个没完。"你在这儿可不是美透了吗?"古德伦看着镜子里自己那双美丽的眼睛,对姐姐说道。对围绕着厄秀拉和伯金的气氛中的那种陌生积极的充实感,她总是怀有莫名的妒意。

"这房间布置得可真够漂亮的。"她大声说道。"这张硬褶蒲席——颜色有多美呀,还是冷色呢!"

这在她眼中是羡慕极了。

"厄秀拉,"她终于用真诚的询问口吻说,"你知道杰拉尔德·克莱奇提出来要我们一起在圣诞节时离开这儿吗?"

"知道,他对鲁珀特说起过。"

一片潮红映上了古德伦的双颊。好一会儿她默默无语,心里跳个不停。

"可是你不认为,他这要求有点过分吗!"她终于脱口而出地说道。

厄秀拉笑了。

"这样他才讨人喜欢呢。"她说。

古德伦哑口无言了。显而易见,尽管杰拉尔德这个冒昧的建议几乎激怒了她,这主意本身还是强烈地吸引着她。

“我想，杰拉尔德的坦率正是他的魅力所在，”厄秀拉说，“有点带挑战意味了！哦，我认为他十分讨人喜欢。”

古德伦很长时间没有说话。她认为自己的自尊受到了无礼的欺害，这种情感还没有过去。

“鲁珀特说些什么——你知道吗？”她问。

“他说那一定够妙了。”厄秀拉说。

古德伦又低头看着，不开口了。

“你想会那样吗？”厄秀拉犹豫不决地问道。她从来看不透古德伦为自己设置了多少障碍。

古德伦害羞地抬起脸，又扭向一边。

“我想那一定有趣极了，像你们说的那样。”她答道。“可你不认为那样太无礼了吗——对鲁珀特谈这种事——他毕竟——你理解我的意思吧，厄秀拉——他们可以像是两个男人，安排了一次随便哪个家伙都可去的出游。哎，我想这是不可饶恕的，真的！”她用了法文词“家伙”。

古德伦眼睛里闪着怒火，漂亮的脸蛋绷得紧紧的，涨得通红。厄秀拉抬眼看着她，吓了一跳；因为她觉得古德伦看上去很可笑，真像是个小家伙。但她没有勇气想到这个——也没有想到这个。

“欧,不。”她迟疑地嚷道。“欧,不——不是那么回事——欧,不！不,我觉得鲁珀特和杰拉尔德之间的那种友谊是相当真诚的。他们是坦诚相见的——彼此间亲密无比,就像亲兄弟一样。”

古德伦的脸红透了。她受不了杰拉尔德背叛她——哪怕是对伯金。

“可是你认为兄弟之间就有权利这样肆无忌惮吗?”她怀着深沉的愤怒问道。

“哦,是的。”厄秀拉说。“他们两人说话向来坦诚相对。不,杰拉尔德身上最让我入迷的东西就是——他竟能那样单纯和直率！你知道,任何人都会被这个吸引的。他们中间大多数人都是那样的胆小鬼,从来不敢袒露自己。”

可是古德伦仍然气咻咻地不发一言。她想对自己的行动绝对保密。

“那么你不去啦?”厄秀拉问。“去吧,我们大家都会非常高兴的！我爱杰拉尔德身上的某种东西——比起我想象中的他来,他要更讨人喜欢。他是自由的,古德伦,他真是自由的。”

古德伦还是沉默着,怒冲冲的脸都扭曲了。她终于说话了。

“你知道他说去哪儿吗?”她问。

“知道——是去蒂罗尔,在德国时他经常去那里——是学生们的乐园,不大,崎岖不平,讨人喜欢,在冬天就更好了!”

古德伦脑子里全是怒火。“他俩什么都知道了。”

“对,”她又大声说道,“离因斯布鲁克大约有四十公里,是吧?”

“确切地址我也不知道——不过那地方会是可爱的,不是吗?高高地在洁白无瑕的雪地上——”

“可爱极啦!”古德伦讽刺地说。

厄秀拉感到焦躁不安了。

“当然,”她说,“我想杰拉尔德是对鲁珀特说的,所以这不像是随便哪个家伙都行的一次出游——”

“这我知道,当然啦,”古德伦说,“同那种人混对他都习惯了。”

“是吗!”厄秀拉叫道。“哟,你怎么知道的?”

“我认识在丘尔西的一个模特。”古德伦冷漠地回答说。

这会儿是厄秀拉沉默不语了。

“嗯,”她终于模糊地笑着说,“我希望他们玩得不错。”听了这话,古德伦的表情瞧上去更古怪了。

古德伦在庞巴杜咖啡馆

圣诞节快到了,四个人都在准备出游。伯金和厄秀拉在忙着打点行李,准备寄送到他们最终选定的任何地方。古德伦兴奋异常,她最喜欢旅行。

杰拉尔德和她先准备好了,便取道伦敦和巴黎去因斯布鲁克。他们要在那里和厄秀拉、伯金碰面。两人在伦敦停留了一夜,先去音乐厅,又去了庞巴杜咖啡馆。

古德伦恨咖啡馆,可又不得不回到那,就和同她相识的那些艺术家们一样。她恨那里的氛围——可怜的堕落,可悲的妒忌,还有渺小的艺术。可是在城里时,她又不得不一次次登门。她像是身不由己要回到那糟糕的旋涡中心去:只是去看看。

她和杰拉尔德坐在那里喝甜酒,一双阴沉的眼睛轻蔑地瞟着几张桌子上的无聊的客人。她同任何人都不打招呼,年轻人们却带着猥亵的态度频频向她点头致意。她得罪了所有的人。目光阴郁、两颊绯红地坐在那里,超然地看着所有的人,把他们抛在一边,像是动物园里一些可怜的生灵,这给了古德伦以快感。天啊,他们是多么卑鄙的一帮人呀!愤怒和厌恶使抑郁的血液在她的血管中流动着。然而她一定要坐在那里,瞧着,打量着。有一两个人过来和她调笑。从咖啡馆的各个角落里,目光都集中到了这,其中一半儿是心怀叵测,一半儿是开玩笑;男人们从肩头上望过来,女人们从帽檐下睥睨着。

一帮旧相识坐在那里。卡里翁同他的学生和姑娘坐在自己的角落里,还有哈里特、利比德尼科夫和萨拉姆——大伙都在那里。古德伦注视着杰拉尔德,见到他的目光在哈里特身上逗留了一刻,又落在了哈里特那帮人身上。那些人正留神提防——他们冲他点点头,他也朝他们点点头。他们在那里开怀大笑,互相耳语着。杰拉尔德一直在注视着他们。他们正在鼓动哈奈特干什么事。

哈奈特终于站了起来。她穿一身奇特的黑丝绸衣服,上面有一条条明亮的白线,造成了一种独特的效果。她瘦一些,眼睛似乎更大了,目光也更迷人了,充满诱惑。她走上前来,杰拉尔德的眼睛还是一动不动地瞪着她。她向他伸出了纤秀的手。

“你好吗?”她打招呼说。

杰拉尔德同她握握手,却坐着没起身,让她在自己身边。哈奈特又冷冷地朝古德伦点点头。对古德伦她还没有混到可以搭话的地步,但已不止一次见过,也早就听闻她的大名。

"我很好。"杰拉尔德说。"你呢。"

"哦,也不错。伍伯特怎么啦?"

"鲁珀特吗?他也很好。"

"对,我问的是结婚的事。他结婚的事怎样啦?"

"哦——是的,他已经结婚了。"

哈奈特的眼睛里腾起一片热光。

"哦,那他还较真儿了,对吗?他何时结的婚呀?"

"一两个星期前吧。"

"真的!他信中没提到啊。"

"是没有。"

"没有。这太说不过去了?"

后面这句话带着挑衅的味道。哈奈特是有意,她知道古德伦在听着。

"我猜他并不这样想。"杰拉尔德答道。

"可为什么呢?"哈奈特又问。

对此的回答是沉默。在这个小巧玲珑的短发女郎的身上,有一种讨厌的调侃的执拗。她就站在杰拉尔德身边。

"你要在城里呆一阵子吗?"她问。

"就今晚。"

"哦,只今晚呀。你要见见朱利叶斯吗?"

"今晚不。"

"哦,那很好。我会告诉他的。"她的话里有恶作剧的意味。"你看上去还穿得那么笔挺。"

"对——这我也能感觉到。"杰拉尔德一副自傲的神气,眼睛里还闪现出一丝轻蔑的冷笑。

"你玩得还挺痛快吧?"这句带着故意的挑衅的话,直对古德伦。

"是的。"杰拉尔德神色不变地答道。

“你不来玩我可太扫兴了。你对朋友真不够意思。”

“是不够意思。”杰拉尔德应道。

哈奈特点头向两人道了“晚安”，得意地走回到自己座位上去。古德伦看着她的随意的步态，腰一扭一扭的。她那无聊的话声让大伙听得十分清楚。

“他不来，——他很忙。”她这样说着。桌子那边传来阵阵的笑声、交头接耳声。

“她是你的朋友吗？”古德伦不屑地看着杰拉尔德问。

“我曾和伯金在哈里特那儿住过。”杰拉尔德回敬着她的冷漠迟缓的目光答道。古德伦知道哈奈特是杰拉尔德那些情妇中的一个——杰拉尔德也知道她知道内情。

古德伦扫视四周，叫来侍者。她想要一杯配好了的冰镇鸡尾酒。这可把杰拉尔德逗乐了——他猜到她想做什么了。

哈里特那伙人有点儿醉了，心怀不轨。他们大声谈论着伯金，嘲笑他，特别是他的结婚。

“哎，别叫我想起伯金。”哈里特叫起来。“他真让我难过。他和耶稣一样倒霉。‘上帝啊，我要被拯救就必须做些什么呢？’”

他醉眼朦胧地大声傻笑着。

“你还记得吗，”那个俄国人说，“他信里常说，‘愿望是神圣的——’”

“哎，对了！”哈里特嚷道。“哎，真是太好了。哟，我正恰好有一封呢。我记得我有。”

他从皮夹子里掏出了几页纸。

“是呃——呃！上帝！——真有一封。”

杰拉尔德和古德伦嘲笑地看着这一切。

“哎，对了，真叫——呃！——绝了！别逗我笑，哈奈特，这让我不好过。呃！——”那帮家伙哈哈地笑起来。

“他在那封信里啰唆些什么？”哈奈特欠身问道，短短的金发滑落下来披在她脸上。那美丽的小脑袋透出浅薄和粗俗，特别是在两耳露出来的时候。

“等等——哎，一定要等一下！不——，我不给你，我要向大家朗读。我要给你们念精彩片段——呃！上帝！你想，我要是能不打嗝儿？呃！哎，我真是糟透了。”

“是那封关于光明和黑暗的信吗——还有什么‘腐败的潮水’？”达克萨姆用急切的声音问道。

“我看是吧。”哈奈特回答说。

“哦,是吗？我倒忘了——呃！——是那封。”哈里特说着,打开了那封信。“呃！哦,没错。真是太好了！这是最精彩的信之一。‘每个种族都要有个过程——’”他唱歌似的读着,铿锵有力的声音像是牧师在宣读《圣经》。“‘在那个时期里,毁灭的愿望压倒了一切。对个人而言,这种愿望最终就是一种要自我毁灭’——呃！——”他停下不念,抬头环顾着。

“我希望他先毁灭自己。”那个俄国人匆忙地说道。哈里特大笑,得意扬扬地把头朝后微微一仰。

“他身上根本没有可以毁灭的东西。”哈奈特说。“他已经干枯了,要毁坏的只是一堆废物。”

“哦,多美啊！我爱读它！这治好了我的打嗝!”哈里特尖叫道。“让我再读下去。‘这是人自身对畸变过程的一种向往,要回归到蒙昧时代,沿着“腐败的潮水”退回到原始野蛮的存在状态中去——!’哦,我真的认为金玉良言！这简直可以取代《圣经》了——”

“对——‘腐败的潮水’,”俄国人说,“我想起这个词儿了。”

“哦,他总是说起什么腐败。”哈奈特说。“他自己一定就是腐败的,才总是把这个挂在嘴边。”

“一定是!”俄国人应和着说。

“请让我念下去吧！哦,这真是精彩的一段！你们一定要听听。‘在这种剧烈的退化——已被创造的生命机体的衰退中,我们获得了知识,超越了知识——那闪着欲望之光的感官上的狂喜。’哦,我真认为这些话不可思议。哦,你们就不这样认为吗——他就是耶稣了。‘朱利叶斯,如果你想和哈奈特一起体味退化的狂喜,你就必须进行下去,直到它实现。不过,在这一腐败的进程和其中盛开在污泥中的鲜花,都被超越并不得不结束时,肯定在你心中的某处地方,会有积极的创造的愿望,向往终极的信仰——’我真想知道那污泥中的鲜花是什么。哈奈特,那就是你。”

“谢谢了——那你又是什么呢？”

“哦,我是另一朵,是的！按这封信上说的,我们全是污泥中的花朵——鲜花——呃！有毒的！这妙极了,伯金在讽刺地狱——在讽刺庞巴杜咖啡馆——呃!”

“念下去——念下去。”达克萨姆说。“下面是什么？这真有意思。”

“我想,写这些东西真是不要脸。”哈奈特说。

“对——对，我也这样认为。”俄国人说。“他是自大狂，当然啦，这也是宗教狂的一种表现。他自认为是人类拯救者——再念下去。”

“肯定，”哈里特吟咏道，“‘肯定，善良和宽恕伴随我的一生——’”他停下来开心地傻笑着，然后又开始像牧师那样吟诵道；“‘肯定，在我们中间，这种愿望——一定要离去的愿望——会消失的——还有那想分离的热情——把一切东西——包括我们自身，一点点压缩我们自身——只对毁灭产生亲密的反应——用性作为最终的退化剂，使男男女女从他们灵肉一体的结合中退化——使旧日的观念退化，为了我们的愿望而回到野蛮人时代去——总是寻求在某种虚无的感觉中，在心无所思的无限度的感觉中，失掉我们自身——只是和毁灭之火一起燃烧，伴着某种要烧光一切的希望在探寻着——’”

“我想走了。”古德伦对侍者做了个手势，一边对杰拉尔德说。她满面潮红，眼睛闪闪发亮。用悦耳、神圣的牧师口吻，铿锵有力地大声朗读伯金的信，这产生了奇特的效果；血涌上古德伦的脑子，她失态了。

杰拉尔德还在付账，她站起身来，来到哈里特的桌前。大家都看着她。

“对不起。”她说。“你在读的信是真的吗？”

“呶，当然啦，”哈里特说，“当然是真的。”

“我可以看看吗？”

哈里特幸灾乐祸地微笑着把信递给了她。

“谢谢。”古德伦说。

她拿起信转身穿过灯火通明的房间，穿过桌子从容地向外走去。大家好久没回过神儿来。

从哈里特的桌子那边传来模糊的喊声，有谁呸了一声，接着响起一片呸声。她衣着时髦，穿一身墨绿夹银色的衣服；帽子是一种亮的绿色，像是昆虫身上的光泽；帽边却是柔和的墨绿色，带着银色的塌边；墨绿色的外套熠熠生光，上面有一道灰皮高领，还有宽大的皮袖口；衣服边上镶着银色和黑色的天鹅绒；短袜和鞋子都是银灰色的。她风度翩翩、高傲从容地走到门口。看门人讨好地为她开门，看她一点头，又赶紧跑到人行道边，为她召来一辆出租汽车。灯光直刺着她，活像两只眼睛。

在一片吵闹声中，杰拉尔德莫名其妙地跟了出来，不知道古德伦干了什么不得体的事。他听到哈奈特仿佛在说：

“去要回来。我从没见过这样的事！去她那儿拿回来。告诉杰拉尔德·克莱奇——

他就在那儿——去向她要。”

古德伦站在那看门人为她打开的出租汽车门前。

“去旅馆吗?”看到杰拉尔德匆匆忙忙地追出来,她问道。

“随便。”杰拉尔德回答说。

“好的!”古德伦应了声。她又吩咐司机说:“巴顿大街——瓦格斯塔夫旅馆。”

司机点点头,把旗子放倒了。

古德伦钻进出租汽车,带着做作的高傲的举止,那是地位高贵、浅薄无知的女人才会有的。过度的亢奋使她显得呆滞。杰拉尔德跟在后面。

“你忘了给小费了。”古德伦轻轻地点点帽子,冷冷地说道。杰拉尔德给了看门人一个先令。那个男人行礼致意,车开动了。

“那帮家伙是怎么回事呀?”杰拉尔德疑惑而高兴地问道。

“我把伯金的信拿走了。”古德伦说。杰拉尔德这才发现到了她手中已经被揉烂的纸团。

他的目光兴奋地闪烁起来。

“啊!”他说,“做得好!那群公驴!”

“我真想宰了他们!”古德伦激动地叫起来。“一群狗!——野狗!鲁珀特怎么是这么愚蠢笨蛋,给他们写那样的信?他为什么要对那样的无赖说心里话呢?这是一件令人费解的事情。”

这种奇怪的激愤使杰拉尔德惶惑不安。

古德伦无法在伦敦呆下去了。他们必须坐早班火车去查林克劳斯。当火车从桥上驶过时,看着从桥梁间隐约闪现的河水,古德伦嚷道:

“我觉得我决不能再见到这个玷污的城市了——我受不了这里的淫恶。”

大陆

在动身前的几个星期里,厄秀拉一直生活在一种虚无缥缈的幻想中。她好像变了一个人——全变了。一个全新的她就要出现——快了——快了——快了。然而,她只是白白着急。

她去探望了父母。这是一次相当尴尬和令人伤感的会面,不像是重聚,倒像是提醒人们又要来到的别离。他们暧昧,在促使他们分别的命运下变得死气沉沉。

直到上了从多佛到奥斯坦德的轮船,厄秀拉才真正苏醒过来。她希里糊都地和伯金一起儿到了伦敦。伦敦只给了她朦胧的印象,坐火车到多佛的旅程也是一样。这一切都如同在梦中。

此刻,她终于站在了轮船的船尾上,在夜晚的风中感受着大海的波动。她遥望英格兰海岸上若隐若现的灯火,灯火像是在虚无中的海岸上;又眼见它们越来越朦胧,融入充满生机的茫茫夜色中。她觉得自己的心灵受到了刺激,从麻木不仁的酣梦中苏醒过来。

“我们往前走走,好吗?”伯金问。他想站到船头去。于是,他们不再眺望那虚无的灯火,而注视那广漠的夜。乌有乡就在身后的远方,叫作英格兰。

轮船在缓缓地向前航行,他们向着船首走去。一片朦胧中,伯金找到一个满意的角落,那里盘绕着一堆粗大的缆绳。这靠近船首顶端部分,直指向前方尚未被轮船刺穿的黑沉沉的夜色中。两人席地而坐,相拥着一起坐在一张小地毯上,蠕动着相互贴近,直至合为一个整体。寒意料峭,浓浓的夜色好像用手都感觉得出来。

一个船员沿甲板走来,夜色好浓,几乎见不到他的身影。两人过了好久才辨别出船员脸上隐隐约约的灰白色。船员感到了他们的存在,便停下脚步,举棋不定——然后又探身向前。他的脸挨近他们,看见他们模糊的脸。船员幽灵般地隐去了。两人不动声色地看着他。

他们似乎溶入了深深的夜色中。没有天空,没有大地,只有浓浓的黑暗。在欢爱无比的运动中他们进入了黑暗,仿佛一粒密封的生命种子,穿过黑暗,落入无底的空间。

他们忘记了自己身在何处,忘记了现在和过去,只在心中有所感念,意识到了超过无比黑暗的航行。船头带着细弱的破浪声,一路劈波斩浪,进到融融夜色中,无所惑,无所见,就剩下是迎风破浪。

对前方未知世界的向往在厄秀拉心中压倒了一切。在沉沉夜幕下,她心头像是闪耀着未知天堂的光辉。她内心充满了最最奇妙的光辉,金黄宛如蜂蜜,甘甜又像是白昼的温暖;尘世中见不到这种光明,它只照耀着她正在前进的未知的天堂。她心中满怀着婚姻的甜蜜,那是一种未知生活带来的幸福,那生活真真切切是属于她的。她兴奋地突然抬脸向着伯金。伯金用嘴唇吻了吻她的脸。这张脸那样柔软,那样诱人,大海使它清新无比。吻它,如同一朵圣洁的鲜花。

可是伯金并不了解她的狂喜从何而来。航行的快乐已经使他陶醉于其中了。他在幸福地穿过无比黑暗的深渊,如同流星在划过苍穹。世界被一分为二,他像一颗未被点亮的星星,勇猛无比穿过未知的神秘断层。此处,一切都与他无关,他沉浸在幻想之中。

他精神恍惚地蜷缩着躺在那里,把厄秀拉紧搂在身旁。他的脸贴在她美丽的秀发上,同大海和沉沉夜色一道享受着秀发的馨香。他的心平静无比,在他落向未知王国时屈服了。此时此刻,在走出生活的最后航程中,绝对的宁静头一次降临他的心头。

甲板上传来的骚动把他俩惊醒了,两人站起身来。在夜间,他们变得多么渺小啊!然而,她心中的天堂的光辉和他头脑中隐秘的宁静,这就压倒一切。

两人站起来眺望前方。黑暗中可以见到依稀的灯火,又回到尘世了。这不是厄秀拉心中的幸福,也不是伯金的那种宁静。这是实际存在的浅薄缥缈的世界,却又不再是往日的世界了;因为他们心中的平静和狂喜还在。

在所有事情里,夜间登陆最为糟糕,这就像从环绕地狱的冥河里登上了阴曹地府。灯火稀疏,满目凄凉,一片阴冷黑暗,脚下的木板发出空荡的响声。厄秀拉看到几个苍白神秘的大字“奥斯坦德”闪烁在黑暗中。大家都像盲目的小虫子那样仓皇地穿过暗灰色的空气。脚伕操着蹩脚的英语招呼着,然后拿起沉重的提包一路小跑,消失了;他们那色泽黯淡的工作服散发着一股鬼气。厄秀拉同无数个幽灵似的人沿一道又长又矮的镀锌栅栏站着。在那片广大阴冷的黑暗中,一路鬼影晃动。栅栏另一边是些头戴尖顶大檐帽、蓄着小胡子的官员;他们面无血色,在查看提包里的内衣裤,随即又胡乱涂上一个粉笔记号。

手续办妥了。伯金拎起手提包,离开了他们。脚伕跟在后面。他们穿过一扇大门,又进到沉沉的黑夜中——啊,一个火车站月台!在来自地狱般的骚动不安中,从暗灰色的空气里飘荡着说话声。幽灵似的人影在火车之间的黑暗中穿梭着。

“科隆——柏林——”厄秀拉辨识着挂在高高的火车一侧的标示牌。

“我们到了。”伯金说。厄秀拉在她那一边看见了:“阿尔萨斯——洛林——卢森堡,梅斯——巴塞尔。”

“就是它,巴塞尔!”

脚伕走上前来。

“去巴塞尔——二等车厢?——那边!”他爬进高高的车厢。两人紧跟着。车厢里已经坐上了人,但许多间里还是阴郁地空无一人。行李摆放好了,又付了脚伕的小费。

“我们还有……?”伯金看看手表,又看着脚伕问。

“还有半个小时。”粗俗的脚伕答完话,就连同他的蓝色工作服一起不见了。

“走,”伯金说,“太冷了,我们还是去吃点儿东西吧。”

站台上有一个卖咖啡的流动服务车。两人喝着滚烫清水一般的咖啡,吃着热狗。厄秀拉咬了一大口,差点儿把嘴撑破。他们在高大的车厢旁散着步。一切都如此陌生,凄淡,像是在监狱里;灰色,灰色,肮脏的灰色,孤寂,惨淡,辨不出自己身在何方——灰色,令人不快的荒凉。

火车总算在夜色中开动了。一片黑暗中,厄秀拉辨认着平坦的原野和大陆上潮湿瘆人的辽阔夜色。火车似乎刚开就停了下来——到布鲁日了!火车又在茫茫暗夜中穿行,可以见到沉睡中的农庄的模糊的闪光,细小的白杨树,还有空无一人的公路。厄秀拉颓丧地坐在那里,手握住了伯金的手。伯金面色苍白,毫无生气。时而,他向车窗外瞟上几眼;有时,又在闭目养神;过一会儿,眼睛又睁开了,看上去和窗外夜色一样空洞。

黑暗中闪出几点灯光——到根特车站了!几个幽灵似的人影在车窗外的站台上游荡着——又是铃声——火车又在移动了。厄秀拉见到一个男人提着盏灯走出了铁道旁的农舍,向一排黑漆漆的农庄房屋走去。她想起了玛什农庄,想起了往日在科斯塞度过的令人怀念的农庄生活。天啊,童年的生活永远地成了过去,她还要走出多远啊!人一生要走的路是多么漫长啊。从在科斯塞和玛什农庄的恬静的乡村风光中度过的童年时代到现在,记忆里已经有了巨大的空白——她记起了那个叫蒂丽的仆人,想起了她给自己面包吃,面包上抹了黄油,还带点红糖。房间里有落地大座钟,钟面玻璃上还画一只小花篮,里面插着两朵艳丽的红玫瑰——如今,身为陌生的生人,和伯金一道来到这个陌生

的世界里，再回首往事，更让人感到记忆的苍白。她好像迷失了自我，那个过去的她，那个曾在科斯塞教堂院子里淘气的女孩子，似乎不过是往日的一个幻影，并不真是她本人。

车到了布鲁塞尔——有半小时的吃休息时间。两人走下车来。车站大钟指向六点。他们在冷静的茶点室里喝了咖啡，吃了面包卷和蜂蜜。车站茶点室总是那样让人气闷，那样杂乱，真是满目疮痍。不过，厄秀拉在里面用热水洗了脸和手，还梳了梳头——这倒是一件愉快的事。

他们很快又上了火车继续行进。灰色的黎明来临了。分隔间里又坐进了其他几个人，是些高大、神气的比利时商人，还蓄着褐色的长胡子。他们用不地道的法语喋喋不休地交谈着，疲惫不堪的厄秀拉已经无心倾听了。

火车逐渐地冲出了黑暗，进到熹微的光明中；而后，随着车轮有节奏的滚动，又进入了白昼。啊，多烦人哟！树木朦胧地闪露出来，仿佛是一个个幽灵。然后是一幢白色的房屋，清晰得不可思议。怎么会这样呢？她又看见了一个村庄——房屋不断从窗前闪过。

这是一个她仍在其中穿行的旧世界，带着寒冬的萧瑟和一片阴郁。成片耕地和牧场，光秃秃的小树形成的矮树林和灌木林，变得一无遮掩的家宅。并没有经过什么让赏心悦目的地方。

于是，厄秀拉转身去看伯金的脸。它是那样苍白、沉静和恒定，简直像雕像。在盖着腿的毛毯下面，她讨好似的用手指勾住了伯金的手指。伯金的手指也勾住了她，并转过脸来望着她。伯金的眼睛有多黑呀，像是夜色，像是神秘的另一个世界！啾，要是他们能共同生活在这两个世界是该有多好啊！

比利时人下车了。火车继续前行，经过卢森堡和阿尔萨斯——洛林，又经过了梅斯。这一切厄秀拉都没有注意到，她的灵魂在另一个世界飘荡。

他们终于到了巴塞尔，进了旅馆。这一切都像是在梦中完成的。厄秀拉从未有过这样的精神状态。火车开动前，两人在清光中漫步。她见到了街道、河流，又站在了桥上。可是所有这些都毫无意义。她还记起了一些商店——书画店和皮货店。可这些又意味着什么呢？——什么都不是。

直到又上了火车，她才感到了解脱。只要他们是在往前走，她就满足了。列车抵达苏黎世，过不多久，就穿行在皑皑白雪的群山中。她总算越走越近，这里是另一个世界了。

傍晚时分的因斯布鲁克在厚厚的积雪中,颇具情调。他们索性坐着运货的敞篷雪橇在雪地上行进。刚才火车上真是太潮湿闷热了。金灿灿的灯光从旅馆门廊下闪射出来,仿佛到了童话世界。

走进大厅后,两人开心地笑起来。这地方人很多,闹哄哄的。

“你知道克莱奇先生和夫人——从巴黎来的英国人——到了没有?”伯金用德语问。

门房想了一下刚要回答,厄秀拉一眼见到古德伦悠闲走下楼来,身上穿着那件带灰皮领子和袖套的闪着暗色光泽的外套。

“古德伦!古德伦!”厄秀拉兴奋地叫道,冲着楼梯上摆手。“喂——!”

古德伦看到了他们,眼睛闪出了兴奋的光芒。

“真的——厄秀拉!”她喊起来。她们相向跑到了一起。两人在楼梯拐角处拥抱着,亲吻着,不停地喊着,激动不已。

“真是的!”古德伦克制住自己嚷道。“我们以为你们明天才到呢!我打算到车站接你们的。”“不必了,我们今天就到了!”厄秀拉也嚷道。“这儿有多可爱呀!”

“可爱极了!”古德伦说。“杰拉尔德刚刚出去买点儿东西还没回来。厄秀拉,你累坏了吧?”

“不,还行。可我瞧上去糟糕透了吧?”

“不,没有。你瞧上去还是水灵灵的。我真喜欢那顶皮帽子!”古德伦上下打量着厄秀拉,见她穿一件软和宽大的外套,领子上有柔软深重的浅黄色毛皮,还戴了顶软软的浅黄色皮帽子。

“是吗!”厄秀拉嚷道。“你自己怎么样呢!”

古德伦故作一副毫不在意的神气。

“你喜欢它吗?”她问。

“好看极了!”厄秀拉嚷道,口气里多少有点儿奚落的味道。

“上走——要不就下来。”伯金说。姐妹俩站在那儿,说不停,把路都堵住了;这为楼下大厅里所有的人——从门房到穿一身黑的胖乎乎的犹太人——提供了笑料。

两个年轻女人从容地爬着楼梯,伯金和侍者跟在后面。

“二楼吗?”古德伦回头从肩上看着他们问。

“三楼,夫人——有电梯!”侍者答道。他快步地向电梯走去,想赶在两个女人的前面。可是两人兴致勃勃地谈着,没有理睬他。她们又开始爬第三层楼梯。侍者不满又委

屈地又跟了上来。

姐妹俩这次会面竟如此高兴,真是出乎人们意料。就好像她们是相逢在流放中,便把各自孤独的力量拧在一起去面对整个世界。伯金怀着陌生和惊异的心情冷眼着这一切。

洗过澡换好衣服后,杰拉尔德进来了。他瞧上去神采奕奕,就如同寒风料峭时的太阳。

"和杰拉尔德抽烟去吧。"厄秀拉对伯金说。"我和古德伦说会悄悄话。"

姐妹俩坐到古德伦的卧室里谈起了衣服和各人一路的经历。古德伦对厄秀拉讲了伯金的信在咖啡馆里的风光。厄秀拉听了又惊又怒。

"信在哪儿呀?"她问。

"在我这。"古德伦说。

"给我好吗?"厄秀拉恳求道。

古德伦想了一下问。

"你真的想要它吗,厄秀拉?"

"我想看看它。"厄秀拉答道。

"当然啦。"古德伦应道。

古德伦想保留它,作为纪念,又不肯向厄秀拉承认,但厄秀拉看出来了,不高兴地把话岔开了。

"你们在巴黎干了些什么呀?"厄秀拉问。

"哦,"古德伦简单地回答说,"还不是些无聊的事。有一天晚上,我们在珍妮·丽斯的画室里举行了一次盛大的晚会。"

"是吗?你和杰拉尔德在那儿呀!还有谁呢?快跟我说说。"

"好吧。"古德伦说。"也没有什么特别的事可以说的。你知道珍妮·丽斯对那个叫比利·麦克伐仑的画家爱得发狂。他在场——芬妮就什么都不顾了,她玩得非常痛快。真是棒极了!当然啦,每个人都喝得醉醺醺的——不过,这一切都很有趣儿,不像伦敦那帮讨厌的家伙。这些人都不是普通人,因此与那帮人自然不同了。有一个罗马尼亚人,是个漂亮的小伙子。他喝得烂醉,爬到一架高高的画室梯子的顶上,发表了一通最出色的讲演——真的,厄秀拉,那真是精彩极了!他先是用法语说——生命,是一件关于高尚情感的事情——声音悦耳——他是挺帅的一个小伙子——可在结束前他又讲开了罗马

尼亚语,真是半点儿也听不懂。可是多那尔德·吉尔克里斯特激动得简直要发疯了。他把玻璃杯猛摔到地上,大喊大叫,说,上帝啊,他真高兴自己来到人世;又向上天发誓,说活着就是一个奇迹。你知道吗,厄秀拉,就是这样——”古德伦有点儿做作地大笑起来。

“可是杰拉尔德又在做什么呢?”厄秀拉问。

“杰拉尔德!哦,向你保证,他就像是阳光下的一朵蒲公英!一旦激动起来,真是风情万种。我不想说有哪个女人的腰他没有搂过。真的,厄秀拉,他征服女人就像是在收庄稼。没有人能拒绝他,这太令人吃惊了!你能想象得到吗?”

厄秀拉思忖了一会儿,目光闪闪地亮了起来。

“对,”她说,“他是个极端派。”

“极端派!我也这样想!”古德伦喊道。“可这是真的,厄秀拉,屋子里的每个女人都争着向他投降。就是公鸡对母鸡也不能这样啊——甚至还有珍妮·丽斯,她可是真心爱比利·麦克伐仑的!我一生中从没有这样震惊过!你知道,这以后——我感到自己超过了所有屋中的女人。对他说来,我就像维多利亚女王。我眨眼间就成了女神。这真让人吃惊!同时,我自己亲眼发现了一个苏丹——”

古德伦的眼睛闪闪发光,脸蛋火辣辣的,满身充满异域情调。厄秀拉马上被迷住了——然而又感到心神不安。

她们要做好准备吃晚饭了。古德伦下楼时穿了一件极开放的鲜绿色的丝绸长袍,披着金色的薄纱,围着绿丝绒的紧身围腰,头发上还扎了条奇特的黑白两色的带子。她真是光彩夺目,人人都在注意她。杰拉尔德也是衣冠楚楚,光彩照人;在这种时刻,他是最英俊的。伯金用嘲讽冷峻的目光注视着她俩,厄秀拉简直就不知所措了。似乎有一种魅力,一种几乎令一切都黯然失色的魅力弥漫在了他们桌子的周围,好像他们那儿比别的雅座灯光要更明亮些。

“你爱在这个地方吗?”古德伦嚷着问。“这里的雪使一切都为之添色。它可真神奇。人真的感到它是超凡的——而不是人间的。”

“是的。”厄秀拉嚷着应道。“可这不也是因为出了英国吗?”

“哦,当然啦。”古德伦嚷道。“在英国你是感受不到这个的。原因很简单,在那里,讨厌的家伙总缠着你。在英国,要想尽情欢乐简直就不可能,这我敢肯定。”

她由于情绪激动而坐立不安。

“这一点儿不错,”杰拉尔德说,“在英国可绝不是这么回事。不过,也许我们并不想

让它变成这样——也许,在英国纵情声色,是不可想象的。如果其他所有人都放纵起来,那有多可怕啊!”

“天啊!”古德伦嚷开了。“要是整个英国像放烟火那样突然间炸飞了,那可就太妙啦。”

“这不可能。”厄秀拉说。“那里太潮湿了,里面的火药都受潮了。”

“对这一点我倒是不以为然。”杰拉尔德插上来说。

“我也一样。”伯金说。“英国真的整个都爆炸时,那你也就该捂着耳朵逃命去了。”

“他们绝不会的。”厄秀拉说。

“我们走着瞧吧。”伯金应道。

“这不是棒极了吗,”古德伦说,“离开故国多么令人高兴呀。我真没法相信自己了,当我一踏上异国海岸时,心情竟那样激动。我对自己说,‘这是我的新生。’”

“对可怜的英格兰也不要太残酷了。”杰拉尔德说。“尽管我们在诅咒它,但它依旧是我们的祖国。”

在厄秀拉听来,这些话都是不恭的。

“我们可以爱。”伯金说。“但这是一种让人疲惫不堪,无可奈何的爱;像是在爱自己已经老了的父亲或母亲,他(她)一身病,凄苦得要命,已经没指望了。”

古德伦睁大乌黑的眼睛看着他。

“你以为是这样吗?”她得体地问道。

伯金退缩了,他不愿意回答这样的问题。

“英格兰真有什么实实在在的希望吗?上帝晓得。眼下,它已经变得好比不真实,是一种虚幻的聚合体。要是没有了英国人,可也还好些。”

“你以为英国人将不得不消亡吗?”古德伦又固执地问道。她对伯金的回答抱有极大的兴趣,仿佛在询问自己的命运。她大睁着黑眼睛盯住了伯金,就像要从占卜中寻找真理那样。

“嗯——除了消亡,还有别的什么路可走吗?不管怎样,就凭身上那种腐朽气质,他们也要消亡。”

古德伦像是受到催眠一样看着他,眼睛一直没有离开他。

“不过你说的消亡是具体指什么呢?——”她继续问道。

“对,你是指一种心灵上的变化吗?”杰拉尔德也插进来问。

“我什么也没有指，为什么我要有所指呢?”伯金回答说。“我是英国人，而且已经为此付出了代价。我没资格谈论英国——我只能说我自己。”

“对，”古德伦慢悠悠地说，“你非常爱英国，非常爱，鲁珀特。”

“可是却离开了她。”伯金应道。

“不，那样并不好。你会回来的。”杰拉尔德语重心长地说。

“人们说虱子会爬着离开垂死的人的身体。”伯金的目光中充满痛苦说。“所以我就离开了英国。”

“啊，可是你还会回来的。”古德伦说着，脸上浮现出一丝嘲讽的冷笑。

“你闭嘴吧。”伯金顶了一句。

“他对自己的祖国还是充满仇恨的!”杰拉尔德被逗笑了。

“啊，一个爱国者!”古德伦也挖苦着说。

伯金沉默了。

古德伦又盯住他看了几秒钟，然后转过身去；在伯金身上施用的占卜的咒失去效力了。她已经感受到一种十足的讥讽。她看着杰拉尔德。对她说来，杰拉尔德就像是一片奇妙的镭；靠了这种发散着致命射线的金属，她能毁了自己，并毁了这世界。这一想法使她不自觉地微笑起来。在毁掉自己之后，她对自己还能做些什么呢?如果在构成整体存在中必不可少的神是可以毁掉的，那物质也就同样可以毁掉了。

杰拉尔德这会儿看上去洋洋自是的，心不在焉，困惑不解。古德伦伸出姣美的胳膊，用自己敏感的温柔的手指抚摸着他的面孔。

“它们在做什么?”她带着奇怪的表示理解的微笑问道。

“什么?”杰拉尔德蓦地应道，眼睛中满是惊讶。

“你的想法呀。”

杰拉尔德活像个刚刚苏醒过来的人。

“没什么。”他说。

“真的吗!”古德伦叫道，话音中掺杂着冷冷的嘲讽。

在伯金看来，她好像用抚摸杀死了杰拉尔德。

“啊，不过，”古德伦嚷道，“让我们为英国干杯吧——为祖国干杯。”

她语气中似乎带着无比的失望。杰拉尔德笑着斟满了酒杯。

“我想鲁珀特的意思是，”他说，“就整个民族而言，所有英国人都必须毁掉，这样，作

为个人,他们才能存在,并且——”

“超民族地——”古德伦脸上挂着点儿讥讽的神色,举起酒杯打断了他的话。

第二天,他们在峡谷小铁路尽头的霍亨豪森小站下了车。四处是皑皑白雪,真是神话中的安息之地。空气凛冽清新,山卷起雪雾向两边黑色的山兔岩上扑去,银色的雪尘直冲向淡蓝色的天空。

他们走出了空无一人的站台。漫天遍野全是雪。古德伦发着抖,心好像都冻透了。

“上帝啊,杰利,”她转向杰拉尔德,用异常的亲昵口吻说,“这下子可给你弄糟了。”

“什么?”

古德伦哆哆嗦嗦地做了个手势,指向周围的世界。

“看看呀!”

她像是害怕再往前走了,杰拉尔德笑起来。

他们身处群山的中央。两边高高的山坡上,白茫茫的积雪绵延而下,人仿佛置身纯洁的天国里,显得如此渺小脆弱;一片银装素裹,万籁俱寂。

“这让人感到自己是那样渺小无助。”厄秀拉说着转向伯金,手放在了他的胳膊上。

“你没有后悔自己到这儿来吧?”杰拉尔德问古德伦。

古德伦似乎还是犹豫不决。他们在白雪皑皑中走出了车站。

“啊,”杰拉尔德得意地嗅着空气说,“这真是人间天国。那是我们的雪橇。我们先走上一段路——跑到路上去。”

古德伦一直是疑虑重重的。她把笨重的外套扔在雪橇上。杰拉尔德也脱了衣服,两人便动身了。古德伦忽然扬起了头,拉下帽子盖住耳朵,在厚厚的雪路上飞跑起来。仿佛一只蓝蝴蝶在风中飞舞,厚厚的猩红色短袜在一片银白中格外醒目。杰拉尔德看着她;她像是在奔向自己的命运,却把他甩在了后面。他等她跑出一段路,然后放开两腿追了上去。

到处是厚厚的白雪。硕大的冰冻的雪檐重重地压在梯洛尔人的有着宽大屋顶的房屋上;房子几乎全被埋没在积雪中。农家妇女穿着厚厚的裙子,人人都披着交叠在胸前的围巾,脚穿厚厚的雪靴。她们都转过身来,看着那个飞舞着的姑娘。姑娘在快乐地飞跑着,要躲开那个男人;男人追上了她,却还没能抓住她。

两人跑过有涂漆窗板和阳台的小客栈,又跑过了积雪中的小村舍;然后是掩在大雪中的神秘的锯木厂。锯木厂就在带篷顶的小桥边,小桥跨过了时隐时现的小溪。他们从桥上跑过小溪,来到万籁俱寂的茫茫雪海的极深处。这是一个纯洁无比的银色世界,刺激得人要发疯。可是死一般的沉寂又挤压着人们,使人的灵魂感到孤独,心仿佛也被冻成了冰。

"看看所有这些吧,真是个用语言描述不了的地方。"古德伦说着,用意味深长的陌生的目光盯住了杰拉尔德的眼睛。杰拉尔德的心狂跳起来。

"是的。"他应道。

一股强烈的电流好像袭遍了他的全身,又灌满了肌肉,他感到双手由于力量充沛而变得紧张。两人沿白雪覆盖的道路快步走去。一棵棵伸出枝条的干枯的树标志着路面的位置。他和她是彼此分离的,如同一股强大的磁场的相对的两极。他们觉得自己是强大的,足以超越生活的羁绊,闯入禁区,然后再返回来。

伯金和厄秀拉也在雪地上奔跑着。伯金先安置好了行李。看到雪橇又使他俩小小地吃了一惊。厄秀拉兴奋又快活,不时突然转过身来抓住伯金的胳膊,恐怕他融在雪中。

"这是我事先绝没有想到的。"她说。"这里真是一个奇妙的世界。"

他们来到一片雪盖的草地上,雪橇叮当作响地伴随着他们。又跑了一英里路,他们才望见古德伦和杰拉尔德。那两人站在陡峭的山坡上,约半掩在白雪中的粉红庙宇旁。

他们进到山水冲成的一条溪谷中,里面有一道道黑石头砌成的墙,还有一条被雪覆盖的小河,头顶上是凝然不动的蓝天。雪橇在通过一条隐在雪中的小桥,马蹄踏在桥板上咚咚作响。他们又一次越过积雪的河床,缓慢地向上爬去。马在快步前行。驭手在一旁走着,把长鞭甩得噼啪直响,奇异狂野地喊着:驾——驾!一道道石墙慢慢被甩在了后面,他们又出现在两面斜坡和皑皑白雪中间。雪橇在一点点地向上滑行,穿过了午后寒冷的刺眼的天光。群山的威压使一切都寂然无声,光灿灿耀人眼目的雪坡在他们身旁冉冉升起,又落在了身后。

他们终于登上遍布积雪的高高的山间台地,上面耸立着高的几座雪峰,如同一朵怒放的白玫瑰花。在这最后几条荒寂的极乐山谷里,矗立着一幢有着褐色木墙和耀眼的白色屋顶的房屋,它被人遗弃在深深的雪的世界里,像是一个梦。它立在那里,犹如一块磐石,从高高的斜坡上滚落下来,取了房屋的外形,现在又一半儿被掩埋在深雪中。这真是不可思议,人竟能住在这里,而没被周围沉寂、荒芜和孤独给压垮。

雪橇仍旧在姿势优美地向上滑行,兴致勃勃的人们欢笑着到了门口。旅店地板发出了咚咚的声响,过道上都被雪打湿了。这里是一个真实的暖融融的小天地。

后来的人踏着光秃秃的木头楼梯往上爬，身后跟着女佣人。古德伦和杰拉尔德在第一间卧室。过了一会儿，他们发现自己已经孤独留在这间没有任何装饰、门窗紧闭、略嫌狭窄的房间里了。这里的一切都是金黄色的木头——地板、四壁、天花板和门。所有这些都是涂油松木的嵌板细工，发着暖人的金色。由于房顶是倾斜的，正对门口的窗子也有些低矮。斜面天花板下有张桌子，上面有洗手用的钵子和大水壶。再往里是一张带镜子的桌子。门两边各有一张床，上面高高堆着印有蓝方格的大垫枕。

这就是一切——没有小橱，没有生活用的其他东西。他们一块儿住在这儿，被关进了这个用金色木头建成的小房间里，再加上两个小床。两人相视而笑，这种在赤裸裸的隔绝中的亲近真令人感到恐惧。

一个男人敲敲门拿着行李走进来。他是个健壮的小伙子，平平的颧骨，苍白的面容，一幅漂亮的小胡子。古德伦看看他一声不吭地放下提包，又迈着坚定的步子走了出去。

"这可太莽撞了，对不对？"杰拉尔德问。

卧室里不太暖和，古德伦微微发抖。

"这真妙。"她含糊其词地说。"你瞧那嵌板的颜色——真妙，人就像是在一颗核桃里面。"

杰拉尔德站在那儿瞅着她，摸着自己剪得整齐的小胡子，又稍稍向后仰起，用大胆的锐利目光打量着她。一股股的情欲控制了杰拉尔德，像是降临到他身上的一种魔力。

古德伦走过去在窗前蹲伏下来，感到很好奇。

"啾，可是这个——"她无意中几乎尖叫起来。

窗前是一道峡谷,上方笼罩着天幕,还有高大的雪坡和黑色的岩石;峡谷尽头是一道白雪覆盖的峭壁,两座山峰在白雪中闪闪发光。静悄悄的雪原在窗外伸展开来,夹在两面高耸的山坡之间。山脊上戳着参差不齐的松树,远远望去,细小得如同毛发,环绕着下面的山谷。雪原延伸到永恒寂无的空间,积雪的石壁巍峨地耸立在那里,上面的山峰直入云霄。那就是世界的中心处,那里的大地是属于天国的,纯净,缥缈,不可穿越。

这一切使古德伦心中充满了莫名的狂喜。她蹲在窗前,双手捧住脸颊,陷入冥想之中。她总算到了,来到了自己的天地。她在这里结束了冒险,停留下来,像是水晶遗失在了白雪之中。

杰拉尔德俯在她的上方,从她肩上朝外望去。他已经感到自己成了孤家寡人。古德伦离去了,完全离去了;冷冰冰的雾包围了杰拉尔德的心扉。他看见了一端堵死的峡谷,这巨大的冰雪的死的世界和天幕下的山巅。没有出路。有的只是死寂、酷寒和孤独。古德伦依然蹲在窗前,像是庙宇中的一个幽灵。

"你喜欢它吗?"杰拉尔德问道,声音听起来冷漠超然。古德伦至少应该承认这是两个人的世界。可她只是默默无声地把美丽的脸蛋转开了一点儿,避开了他的凝视。杰拉尔德知道她的眼睛里含着泪水,那是她为自己流的泪,是为了她那种奇怪的宗教;这可把杰拉尔德晾在一边了。

他突然用手握住了古德伦的下巴,抬起她的脸冲着自己。她那双泪湿的深蓝色的眼睛睁得大大的,满是惊讶。那双泪水蒙眬的眼睛看着杰拉尔德,恐惧中掺杂了几分不快。杰拉尔德眯起了浅蓝色的眼睛,目光犀利,显得有几分生硬。古德伦张开嘴吃力地呼吸着。

情欲在杰拉尔德身上膨胀,一浪接一浪,雷声轰鸣,那样强烈而不屈不挠。他俯身在古德伦柔嫩的脸颊的上方,见到她双唇微启,大睁的眼睛里充满着对抗的神情;他双膝不由地绷紧了。握在手中的古德伦的下巴柔嫩光滑得难以形容。他感到自己像严冬一样强大,所向披靡,无从逃避。他的心如同一口洪钟在胸膛中铿锵作响。

他用双臂抱起了古德伦。古德伦软绵绵的,毫无抵抗,一双泪痕未干的眼睛始终大睁着,像是已经迷醉,无力自拔。杰拉尔德却充满着力量,身上似乎具有超自然的力量,不可战胜。

他紧紧地抱起了古德伦,把她搂向自己。古德伦柔弱无力地瘫软开来,紧贴在他的胸前;这种重压是令人销魂的;如果他得不到满足,那就会毁了他。古德伦痉挛地挪动着

身子,畏缩地要躲开他。杰拉尔德心中腾起一股欲望的火焰,像钢铁一样贴住了古德伦。与其被拒绝,他倒宁愿毁了她。

不过,他躯体的那种不顾一切地力量是古德伦所承受不了的。她安静下来,瘫软地躺在那里,气喘吁吁地有点儿神志不清了。可是对杰拉尔德说来,她却是太甜美了,是令人慰解的那样一种幸福;他宁肯遭受永久折磨,也不愿意把这巨大幸福带来的极度痛苦放弃一秒钟。

"天啊,"他对古德伦说,脸由于过度的亢奋已经变了形,"下面该是什么了呢?"

古德伦僵住似的躺在那里,空洞的大眼睛看着他。她死掉了,灵魂出壳了。

"我会永远爱你的。"杰拉尔德瞅着她说。

可是古德伦根本就听不见。她躺着,看着杰拉尔德时的那欲火中烧的样子,就像在看着自己绝对无法理解的东西;那是永远无法理解的:就像小孩子在看着成年人,没有理解的可能,只有顺从。

杰拉尔德吻着她,吻她的眼睛,使她不能再看着自己。他想感到某种暗示。可古德伦只是孩子似的一动不动地躺着,神情淡漠,如同被制服了的小孩儿,失去了理智,只感到自己死掉了。杰拉尔德又吻了吻她,便放手了。

"我们下楼来点儿咖啡和糕点好吗?"他问。

薄暮时分暗蓝夹灰色的光线落在窗子上。古德伦闭上眼睛,总算摆脱了那可恶的肉欲。又睁开眼睛朝向日常生活的世界了。

"好吧。"她简短地应了一声,随着这一声,她又清醒过来。她又来到窗前。蓝色的黄昏降临在雪原上,降临在白茫茫的高坡上。而在天的尽头,几座雪峰却被映成了玫瑰色,像是天国里盛开的花朵在闪烁着光辉,那样可爱而邈远。

古德伦看出了它们的全部可爱之外,知道它们具有怎样不朽的美;在暮霭时分的蓝色天光中,巨大的玫瑰色的花蕊烧起了由冰雪映射出的火焰。她能见到它,也能理解它,却又不是它。她被分离出来,排除在外,成了四处游荡的孤魂。

她恨恨地递过最后的一瞥,便转回身来梳理秀发。杰拉尔德已经打开行李,正在那里看着她,等候着。古德伦知道他在打量自己,忽然之间不免兴奋急躁起来。

两人走下楼去,脸上都带着另一个世界的神秘神情,眼睛闪闪发光。他们看见伯金和厄秀拉坐在一个角落里的长桌前,在等他们。

"他们两人在一起让人看了觉得有多和谐、美好啊!"古德伦不无妒意地想道。她羡慕他俩身上那种自然质朴的东西,那是一种天真的知足常乐,为她所不能有。在她心目中,他俩就和孩子没有分别。

"多好的蛋糕圈呀!"厄秀拉大声地嚷道。"太好啦!"

"是的。"古德伦说。"能给我们来点儿咖啡和蛋糕圈吗?"她又对侍者吩咐了一句。

她靠着杰拉尔德在长凳上坐下来。伯金看着他们,为他们萌生出一种含情脉脉的痛苦。

"我想这地方真是不可思议,杰拉尔德,"他说,"绚丽多彩,令人叹为观止,不可言传,语言无法描述。"

杰拉尔德忍不住微微一笑。

"我喜欢它。"他说。

木头桌子擦洗得发亮,环绕房间的三面墙壁排列着,和在酒店里一样。伯金和厄秀拉背靠涂油木料建成的墙壁坐着。杰拉尔德和古德伦坐在他们旁边的角落里,挨着火炉。这地方很宽敞,有一个小柜台,像是乡村酒吧。房间不加装饰,有种朴素美;天花板、墙壁和地板,一切都是涂油木料。仅有的设施就是环绕三面墙壁排放的几张桌子和长凳,绿色的大火炉,还有在另一面墙那里的门和柜台。窗户是双层玻璃,没挂窗帘。天已经暗下来了。

咖啡端了上来——烧得滚烫醇香——还有一整圈蛋糕。

"一整圈蛋糕!"厄秀拉嚷道。"比我们的还多!我想要点儿你们的。"

旅店里还住有别的客人,加起来共有十个人。伯金看出他们中间有两位艺术家,三名大学生,一对夫妇,还有一位教授和他的两个女儿——都是德国人。四个英国人由于刚到,便坐在了自己那个最便于观察的角落里。德国人从门口向里窥视着,对侍者叫了一声,又离开了。还不到进餐时候,他们没有进餐室里来,脱下靴子径直去了娱乐厅。

英国客人可以听到齐特拉琴的声音,杂乱钢琴的声音,骤起的笑声、喊声和唱歌声,还有隐隐约约的说话声。整幢房子是木质结构,它像一面鼓一样,似乎能传导每一种声响。不过它并没有扩大它们,倒是把它们减小了。于是,齐特拉琴的声音听上去优美动听,像是哪里在弹拨一张小齐特拉琴;钢琴听上去声音也不会很大,就像是一架古琴。

喝完咖啡,旅店老板露面了。他是梯洛尔人,体魄魁伟,满脸横肉,面孔皮肤苍白,长满了麻坑,留着浓密的小胡子。

"你们想去娱乐厅共度快乐时光吗?"他笑眯眯地躬腰问道,露出一口大鲍牙。他的

蓝眼睛在一瞥间把每个人都扫了一遍——和这些英国人打交道他心里没底。他不会讲英语,又不知是不是能说法语,这使他感到很不自在。

"我们要不要去呢?"杰拉尔德笑着又说了一遍。

一时间大伙都拿不定主意。

"我想我们最好——最好开个头。"伯金说。

女人们满面通红地站起身来。老板那黑黑的膀大腰圆的身躯无礼地走在了前面,向那片嘈杂声走去。他打开门,把四位客人引进了娱乐室。

房间里顿时静了下来,大家都感到有点儿窘迫。新来的客人只觉得许多张金发碧眼的脸孔在看着自己。店老板向一个精神矍铄、蓄一部大胡髭的矮个男人鞠了一躬,压低声音说:

"教授先生,请允许我介绍一下——"

教授先生动作敏捷、精力旺盛,他满面笑容地向英国客人深深地鞠了一躬,马上就成了亲密的朋友。

"女士们先生们可以同我们一道消遣吗?"他儒雅得体地问道,还带点儿卷舌音。

四个英国人微笑着,拘谨而彬彬有礼地朝房间中央踱去。杰拉尔德作为代表讲了话,说他们十分高兴与他们联欢。古德伦和厄秀拉成了男人们注视的对象。她们兴奋地欢笑着,昂起头来目不斜视,觉得自己成了女王。

教授不拘礼地介绍了在座每个人的名字。然后是相互鞠躬,有时来个张冠李戴。除了那对夫妇外,大伙都到场了。教授的两位高个子的女儿肤色白皙、生性活泼,她们满面羞红地向英国人鞠了躬,又直起身来。两人穿着式样简朴的深蓝色罩衫和深草绿色的厚防水布裤子,脖颈长而秀美,眼睛清澈纯蓝,头发仔细地用发带扎了起来。三位大学生也深深地弯腰行了礼,过度地谦卑希望自己极好的教养能给他们以深刻的印象。随后是一个面目清癯、肤色黝黑、有着深蓝色眼睛的男人,这是一个古怪的家伙,像是小孩儿,又像是北欧神话中那种好恶作剧而善良的侏儒;他动作伶俐,摆出一副超然的样子,稍微躬了躬腰。他的同伴是一个衣装入时、白肤金发的小伙子,脸涨得通红,深深地弯了弯腰。

仪式结束了。

"贝克先生正用科隆方言为我们朗诵。"教授说。

"务必请他原谅我们打断了他,"杰拉尔德说,"我们非常愿意听他朗诵。"

接着又是一阵寒暄,拿过来几把椅子。古德伦和厄秀拉,杰拉尔德和伯金,四个人坐在靠墙的松软的沙发上。这个房间和旅馆其他房间一样，也是涂油嵌板细工。房间里有一架钢琴、几张沙发和一些椅子，还有两三张桌子和书刊杂志。除了那座蓝色的大火炉，整个房间没有任何装饰，显得朴素温馨。

贝克先生就是那位可爱的小男人。他浑圆的脑袋很饱满，有着老鼠般机灵的深色眼睛，表情看上去是个敏感的人。他目光匆匆地把陌生人挨个儿扫了一遍，脸上一副自负神情。

"请继续朗诵吧。"教授带点儿权威口吻和蔼地吩咐道。贝克躬身坐在钢琴凳上，眨着眼睛没有说话。

"那会让人高兴极了。"厄秀拉说。为了用德语拼成这个句子，她已经思忖了好一会儿。

于是，那位沉默的小个子男人又转向自己先前的听众，正像刚才突然打住话头一样，又出其不意、滔滔不绝地打开了话匣子。他用热烈嘲讽的腔调在模仿一个科隆老太婆和列车员之间的争吵。

他的身体像侏儒那样瘦小和发育不全，话音中却有着成年人的那种讥讽；他说起话来抑扬顿挫，表现出一种愤世嫉俗的穿透力。尽管他那长篇大论的议论古德伦一个字也听不懂，她还被他吸引了。他一定是位艺术家，没有别人能如此娴熟地控制自己的话音，以造成奇特的效果。听了他那滑稽古怪的话和方言土语，德国人都笑得前仰后合。在不时爆发的哄笑中，他们还心怀敬重地望着他们中间的贵客，那四个陌生的英国人。古德伦和厄秀拉只得附和着笑起来。房间里回荡着愉快的笑声。教授的两个蓝眼睛的女儿笑得满眼泪花，洁白的面颊涌上了潮红。她们父亲发出了令人惊愕的一阵阵大笑。大学生们快乐地把头俯在了膝盖上。厄秀拉吃惊地环顾四周，不自觉地咯咯笑了。她瞧瞧古德伦，古德伦又望望她，姐妹俩失去了控制，忍不住大笑起来。贝克深色的眼睛迅敏地瞟了她们一眼。伯金无意中偷偷笑着。杰拉尔德·克莱奇笔直地坐在那里，脸上充满笑容。狂野的大笑声又洪亮地爆发了，教授的女儿们在不可抑制地周身发抖。教授本人脖子上的青筋胀得鼓鼓的，脸上显出一片紫猪肝色；他抽搐着笑不出声来，感到透不过气来。大学生们喊出一些含混不清的话语，话音在克制不住的哄笑声中减小消失了。艺术家那妙语连篇的话又突如其来地停顿下来，正在平息的欢笑中又传出了小声欢呼。厄秀拉和古德伦在揉眼睛，教授大声嚷开了。

"精美绝伦——"

“的确棒极了。”他那两位筋疲力尽的女儿软软地附和着说。

“我们可一点儿也没听懂。”厄秀拉嚷道。

“啵,可惜,太可惜了!”教授也嚷道。

“您听不懂吗?”大学生们不约而同地问,终于和新来的人有机会说话了。“是的,这的确太可惜了,真可惜,尊敬的太太。您知道——”

客人们完全融入其中,气氛活跃起来。杰拉尔德如鱼得水,无拘无束、兴冲冲地交谈着,脸上闪现出兴奋神情。伯金在留神倾听,总那样畏缩而不自然。到头来,就连他也在随心所欲的大发议论了。

大家鼓动厄秀拉唱教授所说的《安妮·罗莉》。他们怀着崇敬的心情不出声了。厄秀拉一生中还从未这样让人看重过。古德伦用钢琴为她伴奏,凭记忆弹着这支曲子。

厄秀拉的歌喉悦耳动听,但由于缺乏自信,结果一团糟。这一晚上,她感到快乐无比和无拘无束。伯金一直躲在一旁不引人注目,她却在众目睽睽之下光彩夺目。德国人使她感觉不错,满怀着自信。她摆脱了拘谨,认为自己很了不起。当歌声在空中萦绕时,她觉得自己像小鸟一样在空中翱翔。她在飞扬的歌声和平衡中尽情欣赏自己,像是鸟儿迎风展翅,在天空中自由自在。她伤感地歌唱着,欣喜若狂、聚精会神的听众在为她欢呼。她欢快异常地独自唱着,心中充满了自豪和喜悦。她在影响着那些人,也在影响着自己,要极力让自己满意,也要给德国人以无穷的喜悦。

唱到最后,德国人都被感动得不能自已,心中怀着奇妙的忧郁。他们用温和恭敬的话语称赞她,简直美透了。

“多美啊,多感人啊!啊,这首苏格兰歌曲的情调有多么浪漫啊!这位尊敬的太太歌喉真是太棒了;这位尊敬的太太真是一位天才艺术家,一点儿不假!”

厄秀拉光彩照人、得意万分,就像清晨阳光下的一朵怒放的鲜花。她感觉出伯金在注视着自己,似乎在吃醋,胸脯便不由地颤动起来,浑身洋溢着活力。她欢快得像喷薄而出的太阳。大家瞧上去都满心赞美,容光焕发,真是好极了。

晚饭后,厄秀拉想出去呆上一会儿,欣赏一下夜色。同伴们试图劝阻她——天气冷极了,可她坚持。

于是,四个人穿裹得暖暖和和的,来到朦胧虚幻的世界。这里只有闪着微光的积雪和北国世界的梦幻,它们在星光下摇曳。天寒地冻,这是一种能冻死人的严寒。厄秀拉不能相信自己吸进的是空气。这似乎是一种锋利的冰刀。

然而它又是绝妙的,令人陶醉,是由纯洁、闪光的白雪而生的沉寂。它在无形之中介于她和现实世界之间,介于她和闪耀着的星星之间。她能见到猎户座的三颗明星在斜斜地升起。这有多奇妙呀,使人不禁要放声长号。

周围就是这片雪原,脚下的雪冻得梆硬,刺骨的寒气浸透了她的靴底。这是万籁俱寂的夜。她想象着自己能听见星星的窃窃私语。在奇妙的想象中,她能听到天上的群星奏响着音乐在运行,好像就在眼前。她好像一只小鸟,在星群和谐的乐曲声中飞翔。

她贴紧了伯金,突然意识到自己并不了解他在想些什么。他的思绪飘到了何方。

“亲爱的!”她叫道,驻足望着他。

伯金面色严峻,眼睛乌黑,里面映射出缥缈的星光。他见到厄秀拉娇嫩的脸向上仰望着自己,贴得很近,便给了她轻柔的一吻。

“怎么啦?”他问。

“你爱我吗?”厄秀拉问道。

“当然。”伯金平静地回答说。

厄秀拉偎依得更紧了些。

“不是真心话。”她反驳说。

“千真万确。”伯金几乎是在悲哀地说。

“我就是你的一切,这使你伤心了吗?”厄秀拉迟疑地问道。伯金更紧地搂住她,吻着她,含混地说:

“不,可是我感到自己是一个乞丐——我感到了自己的一无所有。”

厄秀拉仰望着星空沉默了。她吻了伯金。

“别做乞丐呀。”她抑郁地央求道。“你爱我这并不丢脸。”

“感到自己贫穷就不光彩,对吗?”伯金应道。

“为什么?为什么要这样呢?”厄秀拉问。伯金只是沉默地站着,用双臂搂住了她,刺入骨髓的寒气正弥漫过群山之巅。

“没有你,在这冰冷的孤独王国里我是受不了的。”伯金说。“我承受不了它,它会挤压死我的。”

厄秀拉温柔地吻了他。

“你恨它吗?”她困惑惊讶地问道。

“要是我不能拥着你,要是你不在这儿,我就要恨它的。我会受不了的。”伯金答道。

“可这儿的人们挺好啊。”厄秀拉说。

“我是指这沉寂,这严寒,这寂寞的永恒。”伯金说。

厄秀拉感到困惑不解了。随后,她的灵魂进到了伯金的心中,不自觉地在他身上安顿下来。

“对,相拥在一起真好。”她说。

两人朝屋里走去,见到旅店里金色的灯火在茫茫夜色中闪烁着;它们在山谷中显得如此微小,好像一串黄浆果。这又像一串阳光折射出来的火花,微妙细小,在雪夜中透露出橘黄色的光芒。它后面是一座高峰的阴影,遮住了星星,仿佛是幽灵。

离住处越来越近了。他们见到一个男人从漆黑的房子里走出来,手拎一盏小提灯;他的黑乎乎的脚在雪地上灯火映出的光环中移动着。黯黑的雪地上,一团黑影在移动。他拉开一间偏屋的门栓。带着臊臭味的牛圈气息扑到屋外滞重寒冷的空气中。两头牛在各自黑漆漆的分隔栏里闪烁出微光。门关上了,又是泼墨一样的黑。这使厄秀拉想起了家,想起了玛什农庄,想起了自己的童年,想起了去布鲁塞尔的旅行;令她惊奇的是,竟还想起了安东·斯科莱本斯基。

她已陷入往事的深渊。奇怪的是她竟能承受得了!她环视着冰雪、群星和酷寒组成的北国世界。还有另外一个幻想中的世界。玛什农庄、科斯塞、伊尔凯斯顿,在一道寻常而又虚幻的灯光下,它们都被照亮了。还有另外一个游魂厄秀拉,她那虚幻的生活仿佛是一场戏。那是虚假的,被局限在一定范围中,如同放映的幻灯。她希望把这套幻灯片全部打烂,不再存在,就如同一张被打碎的幻灯片。她想象着没有往事,自己从天国和伯金在一起,而不必这样有许多成长的烦恼。她感到记忆是在捉弄自己,是一套肮脏的把戏。这是怎样的天意啊,她竟要“回忆”!为什么不忘却一切;来一次新生,而没有任何对昔日生活的追忆或是玷污。她是和伯金在一起,在这高高的雪原上,背衬着群星,刚刚出生。任何人同她又有什么关系呢?她知道自己是新鲜的,是初次诞生的,没有父亲,没有母亲,也没有亲朋好友。她就是自己,纯洁无瑕,活力四射,只属于和伯金结成的那个合二为一的整体。这个整体奏出了悠远的乐章,响彻宇宙的中心,现实的中心;她以前从未在其中存在过。

甚至古德伦也是一个分离的个体,是分离的,分离的;在这个新的现实世界中,她与这个自我,这个厄秀拉,是毫不相干的。那旧日的幽灵的世界,那往日的现实——见鬼去吧!在新生中她自由自在地翱翔。

古德伦和杰拉尔德还没回来。他们没有像厄秀拉和伯金那样走,而是顺着房前的峡谷照直走去,来到右边的小山坡上。一种奇异的感觉在驱使着古德伦。她只想不停地走,直到冰雪峡谷的尽头处。她又想越过皑皑白雪,进到群峰之颠。她感到在那边,越过这堵可恶的岩石覆雪的墙,在神秘世界的中心部位,在最后一簇山峰中,在为所有这一切包围着的中心处,有一个真正的自我。只要她能到那里去,独自一人,进到永恒之中,她就能和万物融为一体,化为永恒,化为天边的沉寂,成为万物俱寂、无边无际的冰封雪冻的中心。

他们又回到房子里,来到娱乐厅中。这里的事令她难以理解,所有的男人激起了她的好奇心,使她警觉起来。对她说来,这是一种新奇的生活体验,他们竟那样拜倒在自己的石榴裙下,却又那样充满活力。

舞会正在狂欢中进行。大家尽情地跳着斯库普拉顿舞。这种梯洛尔人的舞蹈是要大伙拍手,到了变奏时就把舞伴抛向空中。德国人尤善于此,他们大多是从慕尼黑来的。杰拉尔德也懂一点儿。三张齐特拉琴在一个墙角里伴奏着。这是一个让人亢奋的活跃混乱的场面。教授正在把厄秀拉引进跳舞的圈子里,跺着脚,拍着手,又充满激情地把她高高举起。到了变奏时,甚至伯金也勇敢地把教授的一个活泼健壮的女儿抛向了空中,那个姑娘快活极了。大家都在跳,一片疯狂。

古德伦喜洋洋地在一旁观看。厚实的木头地板在男人们脚后跟的撞击下震荡回响,手掌的拍击和齐特拉琴奏出的曲子使空气都颤动着,几盏吊灯周围悬浮着金色的粉尘。

乐曲结束了,贝克和大学生们跑出去拿饮料。屋里到处是嘈杂的喧闹声,杯盖在叮当作响,响起一片“祝您健康——祝您成功!”的祝酒声。贝克像小精灵似地到处存在;他向女人们劝酒,又同男人们开着粗俗的玩笑,弄得侍者摸不着头脑。

他特别想和古德伦跳舞。从一开始他就注意她了,盼着能和她有所接触。古德伦本能地感觉到这个,便等待他走上前来。可他却像是故意的,总是躲开她。古德伦便以为自己想错了。

“您要跳斯库普拉顿舞吗,尊敬的太太?”贝克的同伴,那位白肤金发的高个青年问道。古德伦并不喜欢他,他太温和恭顺了。不过古德伦很想跳舞,而这位叫雷奈特的白肤金发的小伙子虽然缺少男子汉味,却也够得上英俊了;他在谦卑中掩藏着畏惧心理。古德伦接受了他作为舞伴。

齐特拉琴弹奏起来,又开始跳舞了。杰拉尔德搂着教授的一个女儿,欢笑着在前面

打头。厄秀拉和一位大学生在跳,伯金和教授的另一位女儿跳,教授则在和克拉默夫人跳。其余男人则聚在一起跳,他们劲头十足,仿佛都有舞伴似的。

由于古德伦和贝克的同伴、那位身材漂亮性情温和的小伙子跳开了,贝克变得暴怒异常,根本不把古德伦放在眼里了。这挫伤了古德伦,但和教授跳舞又补偿了她的自尊心。教授强健得像是头受过良好训练的成年公牛,充满了粗野的活力。古德伦受不了他,一方面心怀不满,一方面又喜欢在跳舞中被猛力地推来搡去,或是被他粗暴有力地抛向空中。教授也很高兴,他用奇特的蓝色大眼睛盯住她,目光中喷着欲望的火焰。古德伦恨他用来对付自己的那种受过调教、有几分像是父亲待女儿的粗莽动作,同时又欣赏他力气之大。

房间里笼罩着兴奋和热烈欢快的气氛。贝克远离古德伦,想同她说话,但两人之间又隔着巨大的障碍。他不由对那位英俊的情侣雷奈特萌生出一股发自内心的刻毒仇恨;那小子是个穷光蛋,本来是仰仗他的施舍的。他全然不顾地嘲弄着年轻人。雷奈特满面羞红,想发火,又不能。

杰拉尔德这会儿被斯库普拉顿舞搞得晕头转向了。他又和教授两位女儿中的妹妹跳了起来。在姑娘心目中,杰拉尔德是那样英俊潇洒,她怀着处女的兴奋简直要昏死过去了。杰拉尔德用自身的魅力俘虏了她。她像是只在寻求呵护的小鸟,一个满面绯红、刚刚怀春的小东西。当她在他的双手中痉挛着剧烈抖动起来时,杰拉尔德胜利地微笑了;这时,就该把姑娘抛向空中了。到最后,姑娘对杰拉尔德已爱得死去活来了。

伯金在和厄秀拉跳舞。他的眼睛里摇曳着古怪的欲火。他仿佛变成了一个邪恶猥亵的东西,若隐若现,挑逗着人,让人不可思议。厄秀拉怕他,却又被迷住了。就好像在一种幻像中,她清楚地见到了伯金目光中放荡的嘲笑。他冷漠而熟练地逼近了她。伯金的两手是陌生的,它们敏捷狡诈而又毫不犹豫地伸向了她两乳下面的致命所在,又在充满挑逗的情欲中把她举起来抛向空中。这像是凭了一点点小手腕,就让她在惊恐万状中神魂颠倒。有一会儿功夫,厄秀拉感到畏惧,这也太可怕了。她要打破这符咒。可决心还没下定,她又屈服了,向自己的畏惧让步了。伯金始终知道自己是在做什么,从他的微笑和坚定的目光里,厄秀拉能看出这一点来。这就是伯金,她可以把自己交付给他。

两人又独自在黑暗中时,厄秀拉感觉到了伯金那种不可思议的放纵。她感到苦恼和厌恶。伯金怎么变成这个样子了呢?

“怎么回事呀?”她心慌意乱地问道。

可是,只见伯金的脸闪着欲望的光芒,陌生可怖;然而又那么迷人。她本能的冲动是要奋力拒绝他,挣脱这嘲弄人的粗野的符咒;但她又入魔太深,向往着屈服,想要了解——他会对她做些什么呢?

他那样迷人,又那样让人厌恶。暧昧的猥亵神情在他脸上闪烁着,又从他可怖的眼睛里流露出来。厄秀拉想藏起来,躲开他,从某个见不到的地方观察他。

"为什么变成这个样子呢?"她又娇嗔道,出自本能的憎恶奋起反抗他。

伯金眼睛里闪烁的欲火聚成了两点,直盯进她的心扉。在微微一丝轻蔑的讥笑中,透出同样残忍的猥亵神情。厄秀拉屈服了,让他随心所欲吧。他的放荡令人厌恶,却又迷人。她也想看看结果能怎么样。

他俩可以随心所欲——厄秀拉在入睡时明白了这个。怎么能够拒绝这事情呢?什么是堕落呢?谁又在乎呢?堕落的东西确实存在,实际存在的事物却千姿百态。他竟如此放纵而不害臊。这难道正常吗,一个能那样满怀深情的高尚的男人,怎么竟会这样——厄秀拉在纷纭的思绪中逡巡不前;然后又加了一句——太兽性了吧?如此赤裸裸的兽性,他们两个人!——如此堕落!她畏缩了。可是说到底,为什么不呢?她依然感到欣喜若狂。为什么拒绝兽性呢?为什么不去体验所有的经验呢?她在其中快乐无比。她也是带有兽性的。真正心怀羞愧有多好啊!再也不会遇到她没经历过的难以开口的事情了。然而她并不后悔,她就是她自己。为什么不呢?她是自由的,当她了解一切的时候,就不会有什么隐隐害羞的感觉了。

古德伦一直在娱乐厅里注视着杰拉尔德,她猛然想到:

"他会把所有他喜欢的女人都搞到手的——这是他的本性。说他也主张两人世界那真荒唐可笑——他天生喜欢男女乱交。这是他的本性。"

这个不可思议的想法出现在她心中,把自己吓了一跳。她好像在墙上见到了某种新的"弥尼!弥尼!",这又千真万确。她仿佛清楚地听到了。忽然之间,她相信了神启。

"这千真万确。"她又自言自语道。

她心里明白,自己一直是信这个的,但也只是心里有数就算了。她必须把它作为秘密埋藏在心底——甚至对自己也是如此。她必须这样。这是只能自己心领神会的事情,她甚至自己也不愿承认。

她内心深处已拿准主意,要同杰拉尔德搏斗一番。只能有一个人是赢家。那会是哪一方呢?力量使她心如铁石。她怀着自信几乎要在心中大笑起来。这引起了某种微弱

的出于轻蔑的对杰拉尔德的温柔的怜悯:自己也太无情了。

大家很早就散去了。教授和贝克在一间小休息室里喝酒。他们目送着古德伦沿着楼上装有栏杆的平台走去。

“一个风流娘们。”教授说。

“是的!”贝克下了同样的结论。

杰拉尔德像狼一样迈着古怪的大步,穿过卧室走到窗前,蹲伏下来朝外面张望。他又站起身来转向古德伦,锐利的目光中藏有一丝漫不经心的冷笑。在古德伦眼中他十分高大,两道浓眉闪着光。

“你喜欢这个吗?”他问。

他不自觉地在心中大笑着。古德伦瞪着他。在她看来,杰拉尔德是一种欲望的化身,并不是人,而是一种贪得无厌的东西。

“我非常喜欢。”她答道。

“在楼下你最喜欢谁呢?”杰拉尔德又问。他居高临下地望着她。

“我最喜欢谁吗?”古德伦应道,想要回答他的话,却发现自己很难镇静下来。“哟,我不知道,我还不了解他们。你最喜欢谁呢?”

“哦,我不在乎——对他们中间任何人都无所谓。这对我说来都一样。我只想了解你。”

“可是为什么呢?”古德伦不动声色地问。杰拉尔德目光中让人迷惑的笑意更浓了。

“我就是想知道。”他说。

古德伦转向一边,预感实现了。她以某种奇怪的方式感到杰拉尔德正在控制自己。

“哟,已经说过了,我不知道。”她说。

她走到镜前取下发夹。她每天晚上都要在镜前消磨一会儿,梳理自己的秀发。这已经成了她生活中不可或缺的一部分。

杰拉尔德跟了上来,立在她身后。她低头忙碌着,取下一个个发夹,又把美丽的头发抖松。当她抬起头时,在镜中见到了杰拉尔德。他正站在自己背后,漫不经心地望着;他无意看她,却又在注视着,一双秀目似乎在微笑着,却又像在嘲弄。

古德伦吓了一跳,感到不知如何是好了。和杰拉尔德在一起,她很拘谨。她费尽心思要和杰拉尔德说点儿什么。

“明天你打算做些什么呢?”她不动声色地问,心里却在打鼓,一种奇怪心忙意乱使她的眼光分外明亮。她觉得杰拉尔德是出于礼貌才注视自己的;但她又知道,杰拉尔德是视而不见的,就像盯着她的一头狼。这是她的普通意识和他的不可思议的神秘意识之间的一场奇异的对峙。

"我也不知道。"杰拉尔德回答说。"你喜欢做什么呢?"

他的话音空洞洞的,思想早已不知飞到哪去了。

"哦,"古德伦满不在乎地说,"我干什么都行——任何事对我说来都一样,这我敢肯定。"

她心里却在说:"上帝啊,我为什么这样紧张呢——为什么呢,你这傻瓜。要是他看出了这个,我就注定要永远完蛋了——你知道,要是他看出你处在尴尬的境地中,你就永远不得翻身了。"

她暗自冷笑着,好像只不过是小孩子的把戏;与此同时,心又在不断地往下沉。她几乎要晕过去了。在镜子里,她能见到杰拉尔德站在自己身后,高大的,弓着腰,白肤金发碧眼,好威武。她偷偷摸摸地瞧着目光呆滞的杰拉尔德。她情愿付出一切,只是别看见他就行。杰拉尔德不知道古德伦能看见自己在沉思。他心不在焉地望着,懒洋洋地俯在古德伦的头上;那头上乱发蓬松,全是古德伦那紧张不安的手在忙乱中梳成的。她把头扭向一边,慌乱地把头发梳呀,梳呀。就是要了命,她也不能转过身去面对着杰拉尔德。要了命,她也不能。这个念头几乎使她在一阵强烈的虚脱中瘫倒在地。她能感觉到杰拉尔德那可怖的身影就紧逼着站在自己身后,那结实健壮的胸膛正紧贴在自己背上。她感到巨大的压力,过不了多久,她就会瘫在杰拉尔德的脚下,伏在他脚前,任他糟蹋自己。

想到这儿,古德伦凭一种本能使她变得沉着镇定了。她不敢转身面对杰拉尔德——他正愣愣站在那里。她鼓足勇气开口了,话音响亮冷漠,是靠着残存的自制力拚命挤出来的。

"哦,你能翻翻在后面的那个包吗?给我拿过来我的——"

说到这儿她已精疲力竭了。"我的什么——我的什么呢——?"她焦急地在心中对自己尖声喊叫起来。可是杰拉尔德已经猛地转过身去。他吃了一惊,古德伦竟让自己去翻她的包,那曾经是任何人都不准动的。古德伦也转过身来,脸色惨白,乌黑的眼睛里燃烧着难以抑止的亢奋的光芒。她眼见杰拉尔德猫腰走到提包那儿,漫不经心解开了松松扣住的带子。

"你的什么呀?"他问。

“哦,一个搪瓷小匣子——黄色的——就是一只鸬鹚在啄自己胸的那个——”

古德伦走到杰拉尔德身边,用裸露着美丽胳膊的双手,灵巧地翻弄着自己包里的东西,打开了上面画有精美图案的小匣子。

“就是这个,你瞧。”她说着,把它拿了出来。

杰拉尔德还不明就里。他在那儿扣上包,古德伦趁机迅速做好了过夜的发型,又坐下来脱鞋。她不再和他怄气了。

杰拉尔德受了挫折,非常沮丧,可又无可奈何。古德伦占了上风,知道杰拉尔德没有发觉出自己的极度恐慌。她的心还在怦怦乱跳。蠢,她真蠢,竟陷入那样一种莫名的窘境中!为了杰拉尔德的麻木无知,她真要大喊大叫了。感谢上帝,他什么也没有发现。

古德伦坐在那里慢吞吞地解鞋带,杰拉尔德也开始脱衣服了。幸运的是,危机总算结束了。古德伦这会儿又喜欢起杰拉尔德了,甚至又开始爱他了。

“啊,杰拉尔德。”她娇嗔地笑着说。“啊,你和教授女儿的把戏玩得可太开心了——你现在不想玩吗?”

“什么把戏呀?”杰拉尔德不解地看着她。

“她不是爱上你了吗——欧,上帝啊,她不是爱上你了吗!”古德伦用了幸灾乐祸的腔调说。

“我不那样看。”杰拉尔德说。

“为什么呢!”古德伦奚落道。“哎呀,可怜的姑娘这会儿躺在那里,为你所征服,爱你爱得死去活来。她觉得你是白马骑士——欧,棒极了,就像梦中情人。真的,这难道不好玩吗?”

“为什么?”杰拉尔德问。

“啊,瞧你把她搞成了什么样子。”古德伦半带斥责地说,这使满心是男性傲慢的杰拉尔德一下子慌乱起来。“真的,杰拉尔德,那可怜的姑娘——!”

“我并没对她做什么呀。”杰拉尔德辩解道。

“哦,你那样把她搞得还不够糟吗。”

“那是因为斯库普拉顿舞。”杰拉尔德说,还微笑了一下。

“哈——哈——哈!”古德伦放声大笑起来。

她的嘲笑引起了一系列的反应,它颤抖着涌遍了杰拉尔德的全身。睡觉时,杰拉尔德蜷缩着躺在了床上,想用自身的力量把自己包裹起来,而那力量早已不知去向了。

古德伦酣然入梦,那是得胜后的甜睡。蓦然间,她几乎是从梦中惊醒了。小小的木头房间里已在笼罩在阳光之中了,那是从低矮的窗子里照上来的。抬起头,就能顺峡谷望下去;积雪染上了一种迷人的桃红色,坡底的松林勾勒出一道毛边。一个小小的人影在曙色朦胧的旷野中移动着。

她看了一眼表,七点钟了。杰拉尔德还在闷头大睡。她却全醒了,这几乎是可怕的——这难忍难熬的感觉就像金属般冰冷。她躺在那儿望着杰拉尔德。

遭受的挫败和极度疲惫使杰拉尔德还在梦中徘徊。古德伦心中涌起一股对他的真心的关切。直到现在,在杰拉尔德面前她还感到心慌。她躺在床上想着他,他是怎样的人呢,他在这个世界上意味什么呢。他具有一种令人神往的独自超脱的意志。古德伦想起杰拉尔德在那样短的时间里就在矿上实现了改革。她知道,不管面临什么巨大的困难,杰拉尔德都能应付自如。如果他有了什么主张,那就一定会把它贯彻到底。他具有战胜任何困难的能力。只要让他了解了事情的实质,他就能造成一个他所希望的结局。

有好一会儿,那奇思异想使古德伦飘飘然了。杰拉尔德,加上他的意志力和对现实世界的理解力,应该去应付时代大问题,应付现代世界的工业化问题。古德伦知道,随着时间的推移,杰拉尔德将会竭力实现他所预期的变化,他对工业体系能重新加以组织。古德伦知道他有能力这样做。在这些事情中,作为其中一个,杰拉尔德是出类拔萃的;古德伦从未见过任何男人具有他那样的潜力。他本人并没有意识到这一点,但古德伦心知肚明。

他需要的只是被套上缰索。他需要别人强迫他工作,因为他自己是那样漠然无知。这一点她能做到。她要嫁给他,他则要代表保守党的利益进国会。杰拉尔德会收拾好工人和工业这一乱摊子的。他是那样超然和无所畏惧,他知道在社会中和在几何学中一样,每个问题都可以计算出来。除了关心计算出结果,他既不会在意自己,也不会在意任何别的东西。他真是超然的。

古德伦的心在狂跳,人也在美妙幻想中飘飘然了;她憧憬着未来。杰拉尔德是和平时期的拿破仑,或是俾斯麦——她则是在他身后的后盾。她曾经读过俾斯麦的通信集,并为它们深深地打动了。与俾斯麦相比,杰拉尔德会更加狂放不羁,更加无所顾忌。

可是即便沐浴在虚假的狂喜中,畅游在幻想的海洋中,似乎还是有什么东西在撕扯着古德伦的心。可怕的玩世不恭像风一样迅速弥漫全身,掳获了她。一切事物都在嘲弄她,一切事物最终都具有了讽刺意味。当她明白了在种种希冀和念头中隐藏着难以忍受

的嘲讽意味时，她体味到不容置疑的现实带给人的极端痛苦。

她躺在那里，打量着沉睡中的杰拉尔德。他的美是纯粹的，他是尽善尽美的化身。在古德伦心目中，他就是十足的、非人的、甚至是超人的一种工具。他身上这种工具的特性强烈地吸引着古德伦。古德伦希望自己就是神，来操作他这一工具。

就在此刻，那个具有讽刺意味的问题又浮上心头："为了什么呢?"她想起了矿工们的妻子，想起了她们的亚麻油地毡和带花边的窗帘，还有她们的穿着系带高统靴的小姑娘们。她又想起了矿井经理们的妻女们，她们的室内网球会，以及为了毫无意义的社会地位而进行的令人心寒的勾心斗角。还有劳斯兰茨和它那浮华的盛名，以及克莱奇家那一群无聊透顶的家伙。还有伦敦、下议院、和尚存的上流社会。上帝啊!

虽然很年轻，古德伦也已经触摸到了英格兰上层社会的整个脉搏。她并不打算混入这个社会。带着年轻人那种常有的玩世不恭，她心里明白，在这个世界里爬上去，不过意味着用一种华丽的虚饰代替了另一种虚饰，就如同用一枚半克朗的伪币取代了一枚一便士的伪币。这是没有意义的。不过，当然啦，即便是愤世嫉俗，她也十分清楚，在一个伪币流通的世界里，有一个假金镑总比只有一个假铜子儿好。可是无论腰缠万贯还是身无分文，她都不想见识。

古德伦开始为自己的梦想而嘲笑自己了。梦想很容易成真。在心灵深处，她太清楚自己了。杰拉尔德把一个历史悠久的衰朽的商行改造成了效益颇佳的工业企业，这对她说来又算得上什么呢？她在乎什么呢？它们又有什么区别呢。当然啦，从表面上看，她还是十分关心的——而所有表面上像回事的东西，从骨子里讲都是荒唐可笑的。

在古德伦看来，一切事物在本质上都是一种嘲讽。她俯身在杰拉尔德的上方，满怀怜惜地自语道：

"哦，亲爱的，亲爱的，就是你去做这些游戏也不值得。你真是完美无缺——为什么要沉迷那样一种可怜的炫耀呢!"

对杰拉尔德的怜悯和哀痛使她的心都要碎了。同时，她的嘴又不以为然地一撇，为自己的荒唐想法感到可笑。啊，这是怎样一场闹剧啊！她想起了帕奈尔和凯瑟琳·欧西。帕奈尔！说到底，谁真正把爱尔兰当回事呢？不管它怎么样，谁能够真正从政治上严肃看待爱尔兰呢？对英格兰不也一样吗？有谁能呢？真的，对于怎样去修补拼凑那陈旧的宪法，谁会花功夫呢？比起对我们民族的圆顶礼帽来，又有谁会对我们民族的观念多关心一丝一毫呢？啊哈，这全是旧帽子，全是些旧圆顶礼帽!

事情就是如此，杰拉尔德，我的骄傲的王子。不管怎样，这倒省却了我们自己去搅那腐尸肉汤时所遭受的无比憎恶了。你是美丽的，我的杰拉尔德，但又是幼稚的。是有一些完美的时光。醒来吧，杰拉尔德，醒来吧，让我确信那良辰美景。呶，给我以信心吧，我需要它。

杰拉尔德睁开了眼睛，望着她。古德伦用嘲讽的迷人的嫣然一笑同他打招呼，笑容里满含动人的欢快。笑意浮现在杰拉尔德的脸上，他也受感染地微笑起来。

看到自己脸上的笑意回映在了杰拉尔德的脸上，古德伦万分激动。她记起了一个婴儿是怎样微笑的，这使她得意扬扬，容光焕发。

“你已经做到这个了。”她说。

“什么?”杰拉尔德迷惑不解地问道。

“让我放心了。”古德伦俯下身去，充满激情地吻着他，把他搞晕了。杰拉尔德本想问，但最终也没有开口。他很高兴古德伦吻了自己。古德伦似乎感受到了他的真情实意，触摸了他的要害处。而杰拉尔德也正想让她这样做，这个愿望压倒了一切。

屋外有人在唱歌，声音洪亮，有气势，又带着几分粗野。

给我开门，给我开门，你这高傲的女人，
给我点起一堆柴火。
我被雨淋湿了，
我被雨淋湿了。

古德伦知道这首歌会永远萦绕在她心中了，那是用一种粗野、直率、炙热的腔调唱的。这为她的最重要的时刻之一做了注角，也显示了她那紧张不安的喜悦带来的极度痛苦。它就在那里，为她而凝固在了永恒之中。

天高气爽，碧空如洗。一阵清风掠过了山巅，如同一把利剑，所到之处，扬起一片炫目的雪尘。杰拉尔德来到室外，脸上是踌躇满志的男人才有的那种傲然的目空一切的神情。在这个清晨，古德伦和他完美宁静地融为一体，却又虚无缥缈，无知无觉。他们带上平底雪橇出门了，留下厄秀拉和伯金随后跟来。

古德伦穿着醒目的颜色——猩红色的运动衫和帽子，品蓝色的裙子和短袜。她在洁白的积雪上轻快地走着，杰拉尔德身穿灰白相间的衣服走在她身边，拉着小巧的平底雪橇。他们正在攀爬陡峭的山坡，在辽阔的雪地上越变越小。

古德伦感到自己似乎完全浸入了雪的洁白中，成了一块混沌未开的纯净的水晶。她爬到坡顶上,迎风而立,环顾四野,只见蔚蓝天空下一片银装素裹的世界。这在她眼中就如同一座花园,群山之巅就好比纯洁的花朵。她把它们全都记忆在心。她已经分不出心来想杰拉尔德了。

两人顺着陡峭的斜坡往下滑,古德伦紧紧抓住了杰拉尔德。她觉得自己的感觉在皑皑白雪中飞奔。雪尘向两边飞散,像是被打磨的刀锋上迸出的火星。周围的纯洁世界飞快地运动起来,在纯净的火焰中,皎洁的雪坡向她奔涌而来;她像是一个飞动的彩色的小球,猛冲着穿过了一片刺目的白色。山坡底下有一个巨大的转弯,他们突然旋转起来,自由飞舞着飘落在大地上。

他们停下来歇息了一会儿。可是当古德伦要站起身来时,却突然栽倒了。她尖叫着扑到了杰拉尔德怀中,把头埋在他胸前,在他怀中晕过去了。一时间她瘫了似的躺在他身上,忘却了一切。

"怎么回事?"杰拉尔德问。"太夸张了吧?"

可是古德伦什么也没有听到。

过了一会儿,她苏醒过来,惊讶地环顾四周。她脸色惨白,美丽的眼睛睁得大大的。

"怎么回事呀?"杰拉尔德又问。"你生病了吗?"

古德伦看着他,眼中的那种快乐无比的神情让人惊诧。她开怀大笑,身子乱颤着。

"不。"她洋洋得意地大声地嚷道。"这是我最幸福的时刻。"

她望着杰拉尔德,傲慢而令人疑惑地朗声笑着,如同中了邪。似乎有一把锋利的刀刺进了杰拉尔德的心脏,但他并不在意,或者说根本就没有注意到。

两人又开始往上爬,然后在白色的火焰中猛冲下来,惬意无比。古德伦一路笑着,飞驰着,身上洒满了晶莹的雪粉。杰拉尔德潇洒非凡。他觉得自己对平底雪橇能很好地控制,几乎能驾着它腾云驾雾,进到苍天的最高处。在他看来,这飞行的雪橇不过是自身力量的延续,他随心所欲地滑动雪橇,几乎与他融为一体了。他们在一面面高耸的雪坡上探寻,想找到另一条滑道。杰拉尔德觉得一定会有比他们刚才的要更好地滑道。他找到了自己梦寐以求的地方,一道漫长陡急的坡;坡地越过一块巨石的开阔地,进入盆地里的树丛中。他知道这很危险,但他又相信自己的能力。

最初几天是在无比疯狂中度过的。乘雪橇,滑雪,溜冰,在冰雕玉砌的世界中飞舞,其速度超越了生命本身,和灵魂一起进入了梦幻般的境界中,它是由速度、重量和宁静、永恒的积雪组成的。

杰拉尔德的目光变得陌生而冷峻。他在滑雪而过时，与其说是一个男人，倒不如说像是某种与命运抗争的一曲悲歌。他的肌肉富于弹性地在悠扬的轨道上运行，他的躯体融入了纯净的飞翔中，灵魂得到了净化，沿着一道尽善尽美的力量之线在回旋着。

终于有一天，纷纷扬扬的大雪漫天飞舞，他们只得呆在屋中了。伯金说，如若不是这样，大伙非疯了不可，就像极地的精灵在风雪中狂号。

下午，厄秀拉和贝克碰巧在娱乐厅里相遇，就聊了起来。贝克近来似乎总是闷闷不乐。他和往常一样生性活泼，满脑子恶作剧的幽默。

可厄秀拉却认为他近来郁郁寡欢。他的同伴，那个高个子金头发的漂亮小伙子也不太顺心，像丢了魂似的四处乱闯。他处于被支配的地位，现在要反叛了。

贝克几乎没和古德伦说过话。而他的同伴却总是含情脉脉、谦卑地注意着她。古德伦想和贝克搭话。他是雕刻家，古德伦很想听听他对艺术的独到看法。他的形象也迷住了她。他是浪子与老人的奇妙结合体，这引起了古德伦的好奇心。此外，他还诡秘地独往独来，宛如一个独行客；在古德伦心目中，这就是真正的艺术家。他是个爱说话的人，不时开些恶作剧的玩笑；充满机智，幽默。但往往又并非如此。在他那双褐色的侏儒的眼睛里，古德伦能见到一种由深深的苦痛而来的阴郁神情，它隐藏在贝克所有那些小小玩笑的后面。

他的体形使古德伦感到十分有趣——就像是街头的小流浪汉。贝克对此毫不在意。他一直穿一身朴素的防水布衣服，下身是一条短裤。他的两条腿干巴巴的，他也不隐瞒这一事实：在一个德国人说来，这本身就惹人鄙视。尽管他擅长幽默滑稽，却在任何场合都不向别人献媚，他根本就没有这个想法，只是一人独处。

他的同伴雷奈特是一个出众的运动健将，健壮的四肢和蓝眼睛使整个人显得格外精神。贝克经常去滑雪橇和溜冰，但却神情冷漠。他那纯种街头流浪儿的鼻孔有着薄薄的

秀气的鼻翼，看到雷奈特不时露出破绽的体育表演，它们就在轻蔑中颤动起来。显而易见，这两个曾经同甘苦共患难的男人，开始反目了。雷奈特对贝克的恨是一种受到侮辱的恨，它只能陷入软弱无力的苦恼中。贝克则用不易察觉的蔑视和挖苦嘲弄来对付雷奈特。要不了多久，两人一定会分道扬镳的。

他们已经难得在一起了。雷奈特常常外出找伴儿，不时地变换目标。贝克大部分时间则是阴郁独坐。外出时，他就戴上一顶威斯特伐利亚式的帽子，褐色丝绒帽紧紧地扣在头上，并用大帽耳遮住了耳朵。这样一来，他看上去仿佛是只被砍掉了耳朵的野兔，或是一个北欧神话中的侏儒。他的脸是褐红色的，干燥的皮肤闪着光泽，似乎是由于多情而起了皱纹。他那双眼睛格外引人注目——褐色的，圆溜溜的，如同野兔的眼睛，闪着智慧的光芒。同时流露出落寞、堕落的神情，还有由神秘的火焰而生的跳跃的火花。每当古德伦试着和他搭讪时，他就红着脸躲开，不理睬她。他那双警觉的深色的眼睛紧紧盯住古德伦，却不肯与她搭一句话。他使古德伦感觉到，她那缓慢的法语和那更慢的德语令人讨厌。至于他自己的蹩脚的英语，他更不敢露了。尽管如此，古德伦说的话他大多能听懂。古德伦生气了，把他一个人留在那里。

这天下午，古德伦来到休息室，见到贝克正在和厄秀拉交谈。他那头纤细的黑发让古德伦想起了蝙蝠。稀疏的头发散布在充满智慧的脑袋上，两边鬓角光秃秃的。他弯着腰端坐着，好像他的心灵也和蝙蝠一样。古德伦看得出来，他正在同厄秀拉倾诉衷肠，那是一种缓慢的不情愿的欲言又止的哀曲。古德伦走过去，挨着姐姐坐下来。

贝克瞅了她一眼，目光又转向一旁，似乎没有注意到她。而实际上，他心中激动不已。

“这不是很有意思吗，普鲁内，”厄秀拉转向妹妹说，“贝克先生正在为科隆一家工厂的柱子雕一个巨大的中楣呢，那柱子是面对着街道的。”

古德伦打量着贝克，看着他那细小干瘪的褐色小毛手。它们善于抓握东西，有点儿像是鹰爪，像是立柱底部的“虎爪饰”，就不像人手。

“用什么料呢？”她问。

“什么材料？”厄秀拉用德语又问了一遍。

“花岗岩。”贝克回答说。

同行之间立刻开始了交流。

“浮雕是什么样的？”古德伦问。

“凸起的。”

“高度呢?”

贝克居然在为科隆一家工厂雕高耸的花岗岩立柱的中楣,古德伦想起来就觉得好笑。她从贝克那儿了解到有关设计的一些构思。它描绘了一个定期集市,为狂欢的农民和手艺人准备的。他们身穿现代服装,喝得酩酊大醉,显得愚蠢至极。他们在可笑地兜着圈子,瞠目结舌地观看表演,亲吻着,摇晃着,分成一伙儿一伙儿地蹒跚而行,在船形秋千里荡来荡去,在射击场上打靶。总之,是熙来攘往的一片狂乱。

他们进行了一场热烈的有关技术方面的争论,这给古德伦留下了深刻的印象。

“有这样一座工厂真是妙不可言!”厄秀拉嚷道。“一定相当宏伟?”

“哦,是的。”贝克回答说。“中楣不过是整幢建筑的一小部分。的确,那是一个大家伙。”

他似乎变得强大起来,耸了耸肩膀,继续说下去:

“雕刻和建筑必须相伴而生。和壁画相同,搞些不相干的雕像的时代已经过去了。事实上,雕刻始终是建筑观念的组成部分。既然教堂都是博物馆的陈列品,既然工业是我们的事业,那么,我们就把工厂变成艺术的家园吧——把它们变成工厂中的巴特农神庙,走着瞧吧!”

厄秀拉静静思考着。

“依我看,”她说,“我们的伟大工程用不着如此丑陋。”

贝克高兴得手舞足蹈起来。

“这就对啦!他嚷道。“这就对啦!不仅不需要把我们的工作环境搞得如此丑陋,它到最后会毁了工作。人们不会永远容忍于这种令人难以忍受的丑陋的:也就是那些机器,以及劳动本身。而机器和劳动本来可以美得让人沉醉其中的。不过,当工作变得使人难以忍受,使他们厌恶至极,宁肯挨饿也不去工作时,我们的文明就要垮台了。那时,我们就会看到锄头只被用来从事破坏;到时候看吧。是的,我们到了这一步——有机会去建造美丽的工厂,建造美丽的机房——我们有这个机会。”

古德伦只听了个轮廓,便迫不及待地嚷开了。

“他说什么呀?”她问厄秀拉。厄秀拉吞吞吐吐地简单翻译了一遍。贝克望着古德伦的脸,想了解她的意见。

“那么您认为,”古德伦说,“艺术应当为工业服务吗?”

“艺术应当阐释工业,宛如艺术曾经阐述过宗教一样。”贝克答道。

“可是您的定期集市阐释了工业吗?”古德伦问他。

“当然啦。当人在这样一个集市上的时候,他在做什么呢?他所做的事情和工厂里不同——机器驾驭了他,角色调换了一下。他可以享受自己体内的机械运动。”

“除了工作就没有别的了吗?——只有机械的工作吗?”古德伦又问。

“除了工作,什么也没有!”贝克向前探身重复道,两只黑眼睛里透出逼人的光芒。“对,除了这个,别无选择;为机器服役,或是享受机器的运动——运动,这就是一切。您从没有因为饿肚子而工作过,不然,您会明白是什么东西在支配我们的。”

古德伦涨红了脸,颤抖着。泪水差点儿夺眶而出。

“对,我是没有因为饿肚子而工作过,”她说,“可是我工作过!”

“心里受了委屈——吃过苦?”贝克问,“工作——工作?您做过什么呢?”

他冲口而出说了一气法语和意大利语夹杂的话。每当他和古德伦争论时,总是本能地要用外语。

“您从没有真正做过苦工。”他又讥讽地对她说道。

“不。”古德伦说。“我做过。我现在也一样——我是为了每天的面包而工作的。”

贝克闭上了嘴,凝视着古德伦,把这个话题岔到了一边。他觉得古德伦是在开玩笑。

“不过,您也做过苦工吗?”厄秀拉插进来问他。

他用不屑的目光看着厄秀拉。

“对。”他大声地咆哮着回答说。“我可知道在床上躺上三天是什么滋味,躺在那儿是因为我实在饥饿难忍。”

古德伦阴郁的大眼睛望着他,这目光似乎要看穿他,正如从骨头里抽出了骨髓一样。贝克的天性是封闭的,不愿袒露自己。可是,古德伦那双大眼睛里的阴郁目光就像一把钥匙打开了他心头的封闭之门,使他不情愿地讲了下去。

“我父亲是个不爱工作的男人,我们又失去了母亲。我们住在奥地利,说波兰语的奥地利。我们是怎样生活的吗?哈!——总有办法的!大部分时间里我们和其他三家人同住一个房间——每户人家挤在一个角落里。盥洗室就在房间中央——一块厚木板上放口平锅——哈!我有两个兄弟和一个妹妹——还有一个和父亲鬼混的女人。他生活随意是一个放荡的家伙——他会和城里任何男人打架——那可是一个驻军的市镇——而他也是一个侏儒。不过,他不愿意为任何人工作——下了决心不做,不愿意做。”

“那你们怎样生活呢？”厄秀拉问。

贝克瞧瞧她——又蓦地转向了古德伦。

“您能想象得到吗？”他问。

“完全能。”

两人四目相交了片刻。贝克移开目光，沉默了。

“那么您是怎样成为一位雕刻家的呢？”厄秀拉又问。

“我怎样变成一位雕刻家的——”贝克卡住了。“怎样——”他换了一种语气，又用法语说开了。“我长大了——就在市场上偷东西。后来我又去工作——在尚未烘焙的陶瓶上印图案。在一个陶器工厂。我是在那里学会制印模的。有一天我干够了，就躺在地上晒太阳。后来我徒步走到了慕尼黑——而后又到了意大利——沿街流浪靠乞讨为生。

“意大利人待我不错——他们善良高尚地接待我。从博岑到罗马，我几乎每晚上都有吃有睡，有时就和农民睡在稻草上。我发自内心地感谢意大利的老百姓。

“然后，现在——现在——我一年能挣一千镑，或者是两千镑钱——”

他两眼低垂，结结巴巴地不说了。

古德伦望着他那散发着光泽的细嫩的皮肤。皮肤被阳光晒成了红褐色，饱满的两鬓把它绷得紧紧的。古德伦又看他那柔细的头发和刷子似的小胡子。小胡子修剪得短短的，簇集在好动的而有点歪的嘴的周围。

“您的年龄呢？”她问。

贝克朝上望着她，小精灵似的圆眼睛里露出惊讶的神色。

“年龄？”他重复了一句，犹豫起来。这显然是他不愿意谈到的话题之一。

“那么您又有多大岁数呢？”他没有回答，却反问了一句。

“二十六岁。”古德伦告诉他。

“二十六岁。”贝克重复了一遍，盯着古德伦的眼睛。他沉吟了片刻，开口问道：

“您丈夫有多大年纪了？”

“谁？”古德伦问。

“你的丈夫。”厄秀拉有几分揶揄地告诉她。

“他不是我丈夫。”古德伦用英语说了一句，又用德语答道：

“他三十一岁。”

可是贝克那双圆眼睛却怪模怪样地疑惑地审视着她。古德伦身上有什么东西似乎

和他是相通的。他好像是那些“小人物”中的一员，他们没有灵魂，却在别人身上发现了与自己相同的东西。可是这一结果却使他感到痛苦。古德伦也被他迷住了，受到了诱惑；好像有某种奇怪的东西，一只野兔，或是一只蝙蝠，抑或是一只褐色的海豹，同她说着话。不过，她还意识到了贝克自己所没有意识到的东西——他那非凡的理解力，领悟了她一切。贝克并不了解自身的本事。他并不知道，他那水汪汪的小圆眼睛，竟能深入到她的骨子里，了解到她的一切秘密。他只想让她不失自己的本色——不带幻想和希望；靠了一种下意识的邪恶的本能，他十分自信地看透了她。

对古德伦来讲，贝克身上有着生活的最实际的东西。其他所有人都有自己的幻想，关于过去或将来生活的各种幻想必须要有的。可贝克呢，抱着全然禁欲主义的态度，不关心以前和以后的任何东西，抛弃了所有幻想。他从不对最后结局抱奢望。对于最后结局他什么也不在乎。他从不牵挂，企图同任何事物保持一致。他靠了一种纯粹的独立的意志而生存，那意志是禁欲主义的，瞬息即逝。唯一存在的只是他的工作。

令人疑惑的是，贝克的贫穷，他早年生活的不幸，竟如此迷住了古德伦。在她看来，有关绅士的概念——一个按部就班地上完中学和大学的男人——是平庸的和无能的。对于这个街头流浪儿的强烈的同情在她心中油然而生。贝克瞧上去正是构成生活中底层社会的那种材料。没有人比他更适合了。

厄秀拉也被贝克迷住了。在姐妹俩中，他赢得了某种尊敬。不过同时，厄秀拉又觉得他身上有着难以想象的狡诈、虚伪和粗俗。

伯金和杰拉尔德都讨厌他。杰拉尔德对他不屑一顾，伯金则被触怒了。

“女人们在那个小鬼头身上发现了什么呀，那样让人念念不忘？”杰拉尔德问。

“只有上帝知道。”伯金回答说。“也许他身上某种奇特的东西，对她们产生了诱惑。”

杰拉尔德惊异地抬眼望着。

“他对她们有诱惑力？”他问。

“哦，是的。”伯金答道。“他完全是一个任人摆布的家伙，几乎像犯人一样生活着。女人们就喜欢这个，就像气流涌向真空一样。”

“她们竟会涌向这个，真可笑。”杰拉尔德说。

“这是让人不可思议的。”伯金说。“不过，对她们来说，他具有那种由同情和反感而来的魅力。他是一个面目可憎的淫邪的小魔鬼。”

杰拉尔德思绪万千地呆站在那里。

“女人到底在做什么呀?”他问。

伯金耸了耸肩。

“天晓得。”他说。“依我看,从心底里产生的反感,也能使一些女人感兴趣。她们像是爬着钻进了一条漆黑可怖的隧道,除非碰得头破血流,不然就决不会放弃的。”

杰拉尔德望着屋外风卷雪尘织起的薄雾。今天,四处是一片炫目的景色,美丽异常。

“结果是什么呢?”他问。

伯金摇了摇头。

“我没有参与其中,所以也说不上来。去问问贝克,他就在眼前。比起我们他多走了不少弯路。”

“不错,可那又有什么呢?”杰拉尔德怒气冲冲地嚷着问。

伯金叹了口气,愤怒使两道眉毛拧成了结。

“在对社会的憎恨方面比我们多。”他说。“他像蝙蝠一样徘徊在腐败的河里,河水就在那里跌落进无底深渊。他比我们走得更远。他对理想怀有更为强烈的仇恨。他实实在在地憎恨理想,可理想还是控制着他。我猜想他是犹太人——或者有犹太血统。”

“可能是吧。”杰拉尔德应道。

“他是一小段有着腐蚀性的,侵蚀着生命的根须。”

“可为什么人们还会把他当回事呢?”杰拉尔德嚷道。

“因为他们在心灵深处也恨理想。他们想了解阴沟,而他就在前面游着,仿佛是只有魔力的老鼠。”

杰拉尔德依然站在那里凝望窗外炫目的雪雾。

“我不明白你的话,真的。”他直截了当地说道。“可这听来真是歪门邪道。”

“我想我们也是向往这个的。”伯金说。“只不过我们是想兴高采烈地一步跳下楼去——他则是顺着阴沟里的脏水漂了下去。”

此时此刻,古德伦和厄秀拉还在等待机会和贝克聊天。男人们都在场时,同他说话是不可能的。只是到后来,她们才和那个独行客小个子雕刻家搭上了话。他一定要和她们单独在一起。他希望厄秀拉作他和古德伦之间的传话筒。

“除了建筑雕刻您就不做别的吗?”一天晚上,古德伦问他。

“目前是这样。”他回答说。“我什么都干过——除了雕半身像——我从没有碰过。可是其他东西——”

“什么东西呀?”古德伦问。

贝克顿了一会儿,又站起身走出房间。转眼间,他又拿着一小卷纸回来了,把纸卷递给了古德伦。古德伦打开了它。这是一座小雕像的照片,署名是福·贝克。

“这是很早以前的作品了——还看得过去,”贝克说,“人们还比较喜欢它。

小雕像是一个做工精巧的裸体姑娘,骑在一匹高大健壮的马上。姑娘年轻娇嫩,是一朵含苞欲放的鲜花。她侧身骑在马背上,双手捂住脸,似乎感到害羞,又有点儿任性纵情。她的淡黄色的短发从前面披落下来,散开在两边,把两只手遮住了一半儿。

姑娘的四肢是那样的娇嫩。她的腿尚未发育成熟,是刚刚迈向令人痛苦的成年时期的少女的诱人的腿。它们孩子气地悬在强壮的马背的一侧,引起人们无比爱怜。两只小脚相互交叠,像是要藏起来,却又无处可藏。她就一丝不挂地裸露在那里,散发着青春的活力。

马沉静地伫立着,害羞似的绷着身子。这是一匹魁伟健壮的种马,受到巨大的诱惑使它僵挺在那里。马脖子弓了起来,线条优美,如同一把镰刀;脖子两侧被压向后面,强劲地坚挺着。

古德伦的脸瞬间变得苍白,目光游疑,似乎带有娇羞之色。她哀告似的抬眼望去,几乎和犯人一样。贝克望着她,头微微一摆。

“它有多大?”古德伦淡淡地问道,故意装出毫不在意、无动于衷的样子来。

“多大?”贝克反问道,又瞟了她一眼。“不算垫座——有这么高,”他用手比画了一下,“加上垫座,有这么——”

他凝视着古德伦。在他的快速的手势中,有着对她的故意夸张的冒犯。古德伦有点儿心虚了。

“用什么材料雕?”古德伦将头朝后一仰,看着他,一本正经、冷冰冰地问道。

贝克仍然以高高在上的神情注视着她。

“青铜——绿青铜。”

“绿青铜!”古德伦重复了一遍,淡漠地接受了他的挑战。她想象着姑娘那纤细娇弱、尚未发育成熟的绿青铜的四肢,摸上去一定光滑冰手。

“是的,很美。”她嘟囔着,怀着阴郁的敬意抬眼望着贝克。

贝克得意地眯着眼睛。

“您为什么把马搞得那么生硬,瞧上去像铁砧一样?”厄秀拉问。

“生硬?”贝克反问一声,马上摆出了争论的架势。

“对了。您看它有多么愚蠢、木讷和冷酷啊。马是敏感的,相当娇气,神经过敏,这是真的。”

贝克冷淡地耸耸肩,又摊开双手,似乎在告诉厄秀拉,她不懂艺术,是门外汉。

“您知道,”他用侮辱人的特别的耐心口吻说,“那匹马是某种象征,是整个作品的组成部分。它是一种抽象也是整个形式的一部分。这不是一幅画,上面画了一匹待人友好的马,您还给过它一块儿糖,明白吗——它是一件艺术品的组成部分,除此之外,它与任何东西都没有关系。”

受到如此傲慢的侮辱,从艺术家的高峰跌入到门外汉的深渊中,厄秀拉不由恼怒万分。她满面通红地抬起头来,激动地反驳了一句:

“不管怎么说,这画的只是一匹马呀。”

贝克又耸耸肩。

“是的,夫人——它当然画的不是一头牛。”

古德伦插了进来。她飞红着脸,眼睛闪着激动的光芒,急切地要岔开这番交谈,不让厄秀拉再固执地愚蠢地暴露自己的无知。

“你说‘这画的是一匹马’是什么意思呢?”她对姐姐嚷道,“你的意思是说你自己头脑中有一个概念,你想见到的应同他一样。但还有另外一种完美的概念,全然不同的另一种概念。要是你愿意的话,可以称之为一匹马;否则,就说它不是一匹马。我也有权利说你的马不是一匹马,而是你编造的故事。”

厄秀拉丈二和尚摸不着头脑。随后,她的话又冒了出来。

“可为什么他对马要有这样的概念呢?”她辩解道。“我知道这是他的概念,我知道这是他自己的画像,真的——”

贝克不满地哼了一声。

“我的画像!”他嘲笑着重复了一句。“您知道,尊敬的太太,这是艺术品,艺术品。它是一件艺术品,不是一副描述性的画,绝对没有描述任何事情。除了自身,它同一切东西都没有关系。它同你所知的世界没有关系,它们之间没有联系,绝对没有。它们是毫不相干的两个世界。把这一个转到另一个之中去,那就比什么都愚蠢。它把整个构思都搞模糊了,到处都搞得一团糟。您明白吗,一定不要把相对的实际行为混同于艺术世界。您千万别那样做。”

"是的。"古德伦在狂喜中脱口而出地嚷道。"这两种东西真的是永远分离的,两者之间没有任何联系。我和我的艺术,两者风马牛不相及。我的艺术存在于另一个世界里,我却在这个世界中。"

她的因激动而变形的脸涨得通红。贝克坐在那里,无奈地猛地垂下头,又迅敏地抬眼望着古德伦,几乎是偷偷摸摸的;他咕噜着说:

"对,正是这样,正是这样。"

在这场暴风雨后,厄秀拉沉默了。她气得了不得,想在他们两人身上找麻烦。

"你们对我说的所有这些长篇大论,都是废话。"她干脆说道。"那匹马是对你们自己那种粗俗残忍的写照,而那姑娘就是一位您爱过了,糟蹋过了,却又抛弃了的姑娘。"

贝克抬头打量着她,目光中流露出轻蔑的冷笑。他不屑于理会这无礼的挑衅。

气坏了的古德伦也无比蔑视地没有开口。厄秀拉是一个让人讨厌的局外人,竟闯进了天使也不敢涉足的地方。可是然后呢——你必须容忍傻瓜,即便这很不郤坦。

不过,厄秀拉也是个固执己见的人。

"说到您的艺术世界和现实世界,"她说,"您不得不把两者分离开来,因为您不敢面对自己的本来面目。您受不了自己实际上是个迂腐、僵化、冷酷的东西,所以就说'这是艺术世界'。艺术世界不过表现出了现实世界中的真理,正是这样——可是您做得太过分了,就看不到这一点了。"

她面色惨白,颤抖着,一副热切的样子。古德伦和贝克尴尬地坐着,觉得她十分讨厌。杰拉尔德也是如此。这番争论刚一开始他就到场了,站在那里,带着完全否定的敌视神情望着厄秀拉。她给那种神圣的行为涂上了粗鄙的色彩,而人类残留的唯一特征又正是这种行为。他站到了另外两个人的立场上。他们三个人都盼望着厄秀拉走开。可她只是默不作声地坐着,心灵在哭泣,在剧烈地抽动着。她用手指撕扯着自己的手帕。

其他人在难堪的沉寂中也一言不发,不理她这种荒谬的理论了。厄秀拉好像要缓解一下气氛,故意漫不经心地淡淡地问道:

"那姑娘是一位模特儿吗?"

"不,她不是模特儿。她是一个年轻的女学生。"

"学艺术的!"古德伦不由地问了一句。

那情景竟自动浮现在她的眼前!她看见了那个学艺术的女学生,太年轻了,身体还没发育成熟,干起事来却不顾死活。姑娘亚麻色的倔强的头发剪得短短的,贴在脖根上;

由于太厚太密了，稍稍向里卷曲着。还有贝克这位著名的雕刻大师。姑娘也许是出身殷实人家，有教养，自我感觉良好，不能做贝克的情妇。对于所谓的薄情寡义，她可太了解了。德累斯顿，巴黎，或伦敦，没有什么区别？她明白这个。

“她现在在哪儿？”厄秀拉问。

贝克耸耸肩膀，表示无可奉告，其实也不知道。

“那已经是六年前的事了。”他说。“她现在该有二十三岁了，不会像照片上那么美好了。”

杰拉尔德拿起照片打量着，他也被这作品迷住了。他见到雕像垫座上标着名字——“戈蒂雅夫人。”

“不过这可不是戈蒂雅夫人。”他微笑着说。“戈蒂雅是某位伯爵或别的侯爵的妻子，已到中年了，她用自己的长发遮盖着自己的裸体。”

“在莫德·阿兰。”古德伦做了一个嘲弄人的鬼脸说。

“为什么是莫德·阿兰呢？”杰拉尔德说。“是这样的吗？我知道的传说就是这样的。”

“对，亲爱的杰拉尔德，我敢肯定你的传说是正确的。”

古德伦冲着他笑起来，充满着爱怜兼有一丝嘲讽。

“说真的，我更想见到那女人的美丽胴体，而不是头发。”作为回敬，杰拉尔德也大笑开了。

“这可是你的一贯作风！”古德伦又挖苦道。

厄秀拉站起身来走了，她知道与他们谈不到一块去。

古德伦又从杰拉尔德手上拿过了照片，坐在那里仔细审视着。

“当然啦，”她说着，转过身去嘲弄贝克。“您了解您的小女学生。”

贝克自豪地挑了一下眉毛并耸了耸肩。

“那小姑娘吗？”杰拉尔德指着那个雕像问。

古德伦坐着，把照片放在大腿上。她抬头仰望着杰拉尔德，热烈地盯住他的眼睛，使他心慌意乱。

“难道他还不了解她吗？”她带着顽皮幽默的挖苦口气对杰拉尔德说。“你只要看看那双脚——它们有多迷人啊！那样漂亮娇嫩——啾，它们真是人间罕有，它们真是——”

她缓缓地抬起头来，用火辣辣的眼睛盯着贝克。她这种激情使贝克心里暖洋洋的，

他看上去更傲慢、更威严了。

杰拉尔德望着那双雕刻出来的娇巧玲珑的脚。它们绞在一起，在惹人哀怜的无限娇羞中相互遮掩着。他盯住它们看了半天，简直丢了魂。他又痛苦地把照片从身边推开，感到头脑中乱成一团。

“她叫什么名字呀？”古德伦问贝克。

“阿奈特·冯·威克。”贝克回答说，像是在怀旧。“的确，她很漂亮。她很漂亮——可又太调皮。甚至是个招人讨厌的家伙——一会儿也不肯安生——除非我狠抽她一通耳光，让她哭——那时她才会坐着呆上五分钟。”

他在那里仔细揣摩着这件作品，他的作品；对他而言，这是值得骄傲的。

“您真的打她耳光了？”古德伦冷冰冰地问道。

贝克回头看了她一眼，感觉到了她的挑衅意味。

“对，我打她了。”他满不在意地说。“我一生中从没有那么用力过。我是被迫的。只有这样我才能完成作品。”

古德伦那双阴郁的大眼睛瞪了他半天，像是想看透他的灵魂究竟是什么。随后，她又默默无语地垂下了眼睑。

“那您为什么要选择这样小的一位戈蒂雅呢？”杰拉尔德开口问道。“她太小了，而且，还在马背上——她小得和马背都不协调——那样一个孩子。”

贝克脸上掠过一阵古怪的痉挛。

“对。”他说。“我不能忍受她们再大了。在十六、十七和十八岁时她们是美丽的——否则，她们对我就没用了。”

许久没人开口。

“你指什么呢？”杰拉尔德又问。

贝克耸耸肩膀。

“我就不再觉得她们有价值了——或是不再觉得她们美了——对我的工作说来，她们不再有用了。”

“您是说女人过了二十岁就老了吗？”杰拉尔德问。

“我认为是这样。二十岁以前，她小巧、轻盈、娇嫩、纯洁。在这后——随她喜欢是什么吧，她对我就一文不值了。米洛的维纳斯是个中产阶级分子——她们没有分别。”

“那么您对二十岁以上的女人就毫不感兴趣了吗？”杰拉尔德问。

"她们对我是没用处了,她们对我的艺术一点儿价值也没有了。"贝克不耐烦地重复道。"我不再认为她们美了。"

"您是享乐主义者。"杰拉尔德略带嘲笑地说。

"那么男人们又怎样呢?"古德伦突然开口问道。

"啊,他们无论何时都是好的。"贝克回答说。"一个男人应该健壮魁梧——无论他多大年龄,那都无所谓;他还是有着同样的力量,那是魁伟的东西和——和蠢笨的体形。"

厄秀拉独自一人来到屋外落满新雪的洁净的世界里。然而那强烈的雪光似乎也在欺负她,伤害着她。她感到严寒正一点点地吞噬着自己的灵魂。她的头脑变得麻木不仁,一片茫然。

她突然想离开了。这个奇怪的念头,骤然浮现在她的眼前——她能够办到,到另一个世界里去。在这永恒的雪的王国里,她感到自己像是在受到煎熬,似乎永无解脱之日了。

而眼下,突然之间,她记起在这个雪的王国的外面,在她的下面,沉睡着黑黝黝的丰饶的大地。在南方,有着广袤的土地,上面有成片的橘林和柏树;橄榄树又给它涂上了灰色;冬青树举起了羽毛似的叶簇,在阴影中直指蔚蓝的天空。真是令人向往的世界!——这死寂的封冻的山巅世界,并不是无所不在的!人可以离开它,摆脱它的魔影。人可以一走了之。

她向往着即刻实现这个奇迹。她盼望着就在眼下告别这雪的世界,这永恒的凝固的冰峰。她要见到黑油油的土地,闻到尘世的生活的气息,看到耐寒的越冬蔬菜、感受到阳光催起了花蕾的生机。

她充满希望,高兴地回到房间里。伯金正躺在床上读书。

"鲁珀特,"她叫道,打断了伯金的阅读。"我想离开这儿了。"

伯金不动声色地看着她。

"是吗?"他温柔地应了一声。

厄秀拉在他身边坐下,两只胳膊搂住他的脖子。伯金无动于衷的样子反而吓了她一跳。

"你不想吗?"她疑惑地问道。

"我还没想过这个。"伯金说。"不过我一定也想离开。

厄秀拉坐起来,猛地挺直了身子。

“我恨它。”她说。“我恨这雪,恨它那安静的样子,恨它照在所有人身上的不自然的光,恨它那地狱似的魔力,恨它带给人们的那种讨厌的感情。”

伯金静静地躺着,一边微笑,一边思考着。

“嗯,”他说,“我们可以离开——我们明天就走。我们明天去维洛那,去找罗密欧和朱丽叶,坐在圆形竞技场里——好吗?”

厄秀拉猛地把脸埋在了伯金的肩膀上,一副娇羞无比的样子。伯金还是一动不动地躺着。

“行。”厄秀拉柔声应道,感到了安慰。她觉得自己的智慧生出了新的翅膀,伯金竟这样在乎她。“我愿意当罗密欧和朱丽叶。”她说。“亲爱的!”

“不过,从阿尔卑斯山来的刺骨寒风可正在维洛那呼啸呢。”伯金说。“我们的鼻子会感觉到雪的气息的。”

厄秀拉坐起来望着他。

“那你还愿意去吗?”她费解地问道。

伯金神秘的目光中浮现出笑意。厄秀拉把脸埋在了他的脖颈上,紧贴住他娇嗔地央求道:

“别笑我——别笑我呀。”

“为什么,亲爱的,又怎么了?”伯金用双手亲昵抱住她,笑出声来。

“因为我不想让人笑话。”厄秀拉耳语道。

伯金笑得更凶了,一边狂吻着她那洒了香水的迷人的秀发。

“你爱我吗?”厄秀拉带着激动的严肃神情悄声问道。

“爱。”伯金笑着回答说。

厄秀拉突然撅起嘴让他吻。她美丽的双唇是颤抖的和火热的,伯金的双唇则是柔和、细腻、丰厚的。他深深地吻了她。一丝哀愁掠过了他的心头。

“你的嘴唇绷得太紧了。”他略含责备地说。

“你的却那样柔和美妙。”厄秀拉娇嗔地应道。

“可你为什么总要咬紧自己的嘴唇呢?”伯金不满地说。

“别介意。”厄秀拉匆忙说道。“我习惯这样。”

她知道伯金爱自己;她对他感到放心。然而,她又不能忍受伯金对自己的任何控制,她受不了伯金的盘问。她心甘情愿地把自己交付给了伯金的爱。她明白,虽然自己献身时伯金那样冲动，他还是有所遗憾的。她能让伯金对自己为所欲为，却显得不够真诚；她还不能像伯金那样敞开心扉、抛开一切假面，投身到对他的纯洁的信赖中。她把自身交给了伯金，或者说控制了伯金，从他那里获得了幸福。她全身心地爱着伯金。但与此同时，两人又从未真正融为一体，中间总要有点儿间隙。即便这样，在希望、荣耀和自由自在中，她是快乐的，心中洋溢着幸福无比和无拘无束的感觉。眼下伯金却平静、温柔、有耐心。

他们准备明天动身，便先来到古德伦的房间里。古德伦和杰拉尔德刚换好睡衣。

"普鲁内，"厄秀拉说，"我们商量好明天离开这。我再也受不了这雪了。它冻伤了我的皮肤，也冻伤了我的心。"

"是真的吗，厄秀拉？"古德伦惊讶地问道。"我能想象它伤了你的皮肤——这太糟糕了。不过就心灵来说，它还是值得赞美的。"

"不，对我说来并非如此。它恰恰伤害了我的心。"厄秀拉说。

"真的吗！"古德伦嚷道。

房间里一片闷人的沉寂。厄秀拉和伯金感觉出来了，他们的离去对古德伦和杰拉尔德来说是一种解脱。

"你们要去南方吗？"杰拉尔德问，声音听来有点怪怪的。

"对。"伯金应了一声，转向一边。近来，这两个男人之间萌生出一种莫名其妙的敌意。自从出来以后，伯金整个人变得麻木淡漠，对一切都抱着不以为然的态度，漠不关心地任其发展。而杰拉尔德却变得热切、焦灼、紧张不安。两个男人之间的友谊也发生了危机。

杰拉尔德和古德伦对两个要离去的人非常关心，处处为他们着想，仿佛他们只是两个孩子。古德伦拿了三双花袜子来到厄秀拉的卧室里，把它们扔在床上。这种袜子曾使她引人注目。这是些厚丝短袜，有朱红色的，矢车菊那种蓝色的，还有灰色的，都是在巴黎买的。灰袜子是针织的无缝袜，十分厚实。厄秀拉感激高兴。她知道，古德伦把这样的心爱东西给了自己，说明他非常爱自己。

"我不能要你的袜子，普鲁内。"她嚷道。"我决不能夺人所爱——这是你的宝贝呀。"

"它们当然是我所喜欢的！"古德伦也嚷着说，火辣辣地盯着自己的礼物。"它们是真正的好东西！"

"对，你一定要留着它们。"厄秀拉说。

"不,我还有三双呢。我想让你收下它们——把它们当作纪念。它们是你的,也是我的——"

她用兴奋得发抖的手把这些美丽的袜子塞到了厄秀拉的枕头下面。

"这些袜子真可爱,让人高兴极了。"厄秀拉说。

"是这样。"古德伦应道。"是让人高兴。"

她在扶手椅上坐下来。很明显,她要在离别前谈谈心。厄秀拉不知道她想要说什么,便静静地等着。

"厄秀拉,"古德伦迟疑着开口了,"你有没有感到,自己这一走就再也回不来了,或者有过类似的想法?"

"哦,我们会回来的。"厄秀拉说。"坐火车不就行吗。"

"对,我知道。不过讲心里话,打个比喻说,你们是要从我们大家身边离开了吗?"

厄秀拉身子颤抖起来。

"难道要出什么事情吗?"她说。"我只知道我们要去某个地方。"

古德伦在等着她往下说。

"你高兴吗?"她问。

厄秀拉想了一下。

"我相信自己会高兴的。"她答道。

这古德伦在姐姐的脸上也看出来了。

"可是,你不认为你将会怀念往日与这个世界的一切吗——父亲和我们大家,还有英格兰和思想界——你不认为你将真的需要去造就一个世界吗?"

厄秀拉没作声,不知她指的什么。

"我想,"她终于不情愿地开口说,"鲁珀特是对的——人向往到新的世界,要离开旧世界。"

古德伦不动声色地注视着姐姐。

"人想到新的世界里去,这我同意。"她说。"不过我认为,新世界是从这个世界发展起来的。与世隔绝不是发现了新世界,那不过是一个人躲在了自己的幻想中。"

厄秀拉望着窗外,心在不停地合计着,她害怕了。话语总是吓着她,因为她明白,纯粹语言的力量就可以使自己怀疑本来确信无疑的东西。

"也许是吧。"她应道,口气听起来充满怀疑。"不过,"她又补充说,"我确实认为,当一个人还在留恋旧事物的时候，他就不可能有什么新东西——你知道我指的是什么吗？——甚至同旧事物的斗争也属于关心旧事物。我知道，一个人受到诱惑留在这个世界上，只是为了同它抗争。不过，这不值得留恋。”

古德伦在想着自己的事情。

“对。”她说。“从某个方面讲，如果一个人生活在这个世界上，他就属于这个世界。如果以为自己能超越这个世界，那不纯粹是一厢情愿吗？说到底，住在阿布鲁齐的一间小屋里，或是任何地方，这并不是什么新世界。不，在这个世界唯一要做的事，就是要洞穿它。”

厄秀拉又瞧向一旁。她太畏惧同人争辩了。

“不过，那总会有些不同的，不是吗？”她说。“还在这个世界从现实中看透自己之前，人就能从心底里看透它。而后，当人彻底了解了自己的心灵之后，他就宛如再生了。”

“人能从心底里看透这个世界吗？”古德伦问。“如果你的意思是说，你能预料将会发生的事情的结局，那我可无法相信。我真的不能同意。无论如何，不会因为你看透了一切，你就能飞到另一个世界去。”

厄秀拉猛地挺起了身子。

“对。”她赞同道。“不错——人们明白这个。人们同这个世界已经没有任何联系了。人有了一个新自我，它属于新的世界，而不属于这个俗世。人必须向往新世界。”

古德伦沉思良久，脸上浮起一丝嘲弄的、几乎是轻蔑的冷笑。

“你发现自己是在太空中以后，会怎么样呢？”她嘲笑地嚷道。“说到底，在这个世界上的真理，放之四海皆准。举个例子来说吧，你这位超越了所有人的人也摆脱不了这个事实，爱情是至高无上的，在太空中和在地球上一个样。”

“不，”厄秀拉说，“并非如此。爱情太琐碎、太缠绵了。我相信某种超人类的东西，在其中，爱情只是很小的一部分。我相信，我们必须实现的东西来自为我们未知的世界，它是某种博大的东西，远胜于爱。它并非只属于人类的。”

古德伦惶惑不解的目光端详着厄秀拉。她对姐姐又是赞赏，又鄙视，两种心情都如此强烈！她猛地扭过脸去，冷冷地难听地说：

“哎呀，可我却不能超脱爱情。”

厄秀拉的脑海中突然闪现出这个念头：“因为你从来就没有爱过，所以也不可能超越它。”

古德伦站起身，走到厄秀拉跟前，用胳臂搂住了她的脖子。

“去追寻你的梦去吧，亲爱的。”她说道，话音中透出了虚假的柔情。“说来说去，最幸福的航行就是去探寻鲁珀特的那个诺亚方舟。”

她的胳臂停在了厄秀拉的脖颈上，手指在厄秀拉的脸颊上抚摸了半天。这让厄秀拉感到很别扭。在这种古德伦自以为保护人的神气中，有着侮辱人的意味，的确太伤人了。古德伦觉察出姐姐的不快，便尴尬地抽开身去，翻开枕头，又露出那几双短袜。

“哈—哈！”她怅然若失地笑开了。“我们在争论什么呀——新世界和旧的——！”

两人又亲热地谈起了其他的事情。

杰拉尔德和伯金已经漫步在前面走了。他们要等运送旅客的雪橇赶上他们。

“你们还要在这儿停留多久呢？”伯金看了一眼杰拉尔德木讷的冷峻的红润的脸膛，问道。

“哦，这我也不知道。”杰拉尔德回答说。“直到不能忍受为止吧。”

“你们不怕积雪初融的时候吗？”伯金问。

杰拉尔德笑了。

“雪会化？”他反问道。

“那你们是称心如意喽？”伯金又问。

杰拉尔德微微眯起了眼睛。

“如意？”他说。“我从来不知道这些糟糕的词是什么意思。如意或者糟糕，它们 在有些地方不是一样的吗？”

“对，我想是这样吧。回去怎么样？”伯金问。

“哦，我不清楚。我们也许永远不离开了。任何事我都不管了。”杰拉尔德答道。

“也不向往了吗？”伯金说。

杰拉尔德举目远眺，那双瞳仁窄小、空洞洞的眼睛仿佛是山鹰的双目。

“对。这其中是有一成不变的东西。古德伦好像盼望着我被毁掉。我不清楚——不过，她那样娇美，皮肤像绸缎一样，两只柔滑的胳臂温柔有力。不知为什么，我完全沉醉了。它似乎在烧灼着我的脑髓。”他又走了几步，注目前方，目光呆滞，瞧上去如同野蛮人可怖的宗教所用的一个面具。“它迷住了你的心窍，”杰拉尔德接着说，“让你双目失明。然而你又甘心双目失明，甘心被迷住心窍，只希望永远持续下去。”

杰拉尔德似乎是在恍惚中说出了心里话。他蓦地又在一阵狂喜中强打起精神，用恶

狠狠的目光瞪着伯金，说：

“你知道当你和一个女人在一起时遭的是什么罪吗？她那样美丽，完美无瑕。你发现她是那样姣好，这就把你像绸布一样撕开了，把你弄得神魂颠倒——哈，那种完美，你就甘愿毁了自己，毁了自己！然后——”他在雪地上止住脚步，用力地摊开紧握着的双手，“什么也没有——你的大脑腐蚀掉了，成了碎片——而且——”他用古怪的动作环视空中，又说道，“这是毁灭人的——你明白我指的是什么——这是一种神奇的经历，是不可避免的东西——然后呢——你就枯萎了，像遭了电击一样。”他闭上嘴朝前走去。这像是在说大话，又像是一个男人真诚地袒露心扉。

“当然了，”他又开口说道，“我还是盼望这样的！这是一种令人向往的事情，她是奇妙的女人。可是——不知为什么，我又多么恨她啊！这真让人百思不解——”

伯金望着他，望着那张陌生的、几乎失控的脸。杰拉尔德对他自己所说的话似乎一无所知。

“不过你现在醒过来了吧？”伯金问。“你已经经历了那么多，为什么还要深陷其中呢？”

“哦，”杰拉尔德说，“我也不知道。这还没有结束——”

两人继续走着。

“我爱过你，也爱过古德伦，别忘了。”伯金伤感地说。杰拉尔德漫不经心，疑惑地盯着他。

“是吗？”他表示怀疑地冷冷地问道。“或者只是你以为自己爱过？”杰拉尔德不负责任地说道。

雪橇来了。古德伦下了雪橇，大家相互道别了。他们都希望快点分手。伯金坐进自己的位子，雪橇赶走了，留下古德伦和杰拉尔德站在雪地上挥着手。看见他俩站在孤寂的雪原中，变得愈来愈小，愈来愈模糊，伯金感到自己的心都要碎了。

冰封雪阻

厄秀拉和伯金走后，古德伦感到自己自由地要同杰拉尔德一比高下了。随着两人对对方了解的增进，杰拉尔德好像在越来越压迫着她。开始她还能控制住杰拉尔德，使自己比较自由。可是不久，杰拉尔德开始不理会她那些女人的小聪明了。他不再尊重她那些想法，而是自以为是他行使自己的意志力，并不理她的意愿。

一场激烈的冲突已经开始了，这把两人都吓了一跳。不过杰拉尔德是独自空战，古德伦却已经在找帮手了。

厄秀拉走后，古德伦觉得自己已经死气沉沉。她回到卧室，独自蜷缩在那里，眺望窗外闪烁的星空。前方是群山朦胧的身影。那就是中心点。她有了一种陌生的命中注定的想法，好像自己被置于宇宙的中心，此外别无他物。

过不多久，杰拉尔德打开了门。古德伦知道他不会在外面呆很久。她难得一人清静一下，杰拉尔德像寒霜一样笼罩着她，使她变得麻木。

“你自己摸黑呆着吗？”杰拉尔德问。从他的口气里，古德伦听得出他的冷淡，他讨厌古德伦那种拒人于千里之外的态度。然而，出于惰性和责任感，古德伦还是尽心地对待他。

“那你就点着蜡烛好吗？”她说。

杰拉尔德没理她，在黑暗中走过来站在她身后。

“看，”古德伦说，“那个可爱的星星，你知道它叫什么名字吗？”

杰拉尔德在她身边蹲伏下来，从低矮的窗子里朝外望去。

“不知道。”他说。“它真迷人。”

“当然好看啦！你注意到了吗，它放射着神秘的火焰——在不停闪闪发光呢。”

两人沉默不语了。古德伦沉静温柔地把手搭在了杰拉尔德的膝盖上，握住了他的手。

“你为厄秀拉感到遗憾吗？”杰拉尔德问。

“不，一点儿也不遗憾。”古德伦回答说，又漫不经心地问道：

“你对我的爱到底有多深呢？”

杰拉尔德挺了挺身子，更紧地贴近她。

“你认为我爱你有多深呢？”他反问道。

“我不知道。”古德伦回答说。

“你应该知道的？”杰拉尔德坚持问。

一阵沉默。黑暗中，终于传来古德伦冷冰冰的声音。

“真的没有多深。”她近乎傲慢地冷冷地答道。

听到她的口气，杰拉尔德的心里一凉。

“为什么我不爱你呢？”他问道。听口气，他似乎也承认古德伦的指责是实话，却又为此而痛恨她。

“我也不知道你为什么不爱——我对你是真心实意的。你到我那儿去的时候，处境可糟糕透了。”

古德伦的心狂跳着，简直使她受不了，但她是坚强的，是不屈服的。

“你指什么时候？”杰拉尔德问道。

“第一次。我不得不怜悯你。不过那绝不是爱。”

这句话——“那绝不是爱”——像惊雷似的在杰拉尔德的耳畔回响着。

“你怎么能那样说，说什么没有爱情呢？”他恨恨地问道。

“哎哟，你爱得很深，对吧？”古德伦讽刺说。

杰拉尔德满怀冷峻的激愤沉默了。

“你并不认为自己能爱我，是吧？”古德伦又挖苦地问道。

“是的。”杰拉尔德应了一声。

“你从来就没有爱过我，是吗？”

“我不知道你说的‘爱’指什么。”杰拉尔德回答说。

“不，你知道。你心里明白，你从来就没有爱过我。不是吗？”

“没有。”出于自尊和固执，杰拉尔德回答说。

“你将来也决不会爱我的。”古德伦逼问道。“对吗？”

她的语气中有着魔鬼般的冷酷，令人难忍受。

“对。”杰拉尔德说。

“那么，”古德伦又问，“你对我什么地方不满意呢？”

杰拉尔德没回应，只感到了令人可怕的狂怒与绝望。“我能杀死她那该多好啊。”他心里这样想着。“要是我能干掉她——我就自由了。”

在她看来，只有死亡才能终结这场灾难。

“你为什么要折磨我呢？”他问。

古德伦张开双臂搂抱住他的脖子。

“啊，不，不是那样的。”她出于怜悯地说，像是在哄小孩子。这放肆的举动使杰拉尔德感到受了侮辱。古德伦的两臂勾在他的脖子上，洋洋自得中夹杂着怜悯。这种怜悯如坚石一样冰冷，其深藏的情绪是对杰拉尔德的恨，是对他施加于她的力量的反抗；她总是不得不同这种力量相对抗，以保持自己自由。

“说你爱我，”她恳求道，“说你会永远爱我吧——你不说吗——你不说吗？”

当然，欺骗了杰拉尔德的是她说话时的声音。她在理智上是无情的，同他同床异梦，对他说来又是毁灭性的。在那里坚持不舍的只是她的顽强的意志。

“你不说你要永远爱我吗？”她又娇嗔温柔地说。“说吧，即使不是真心话也行——杰拉尔德，说呀，说呀。”

“我要永远爱你。”杰拉尔德重复着，怀着巨大的痛苦把这几个字硬挤了出来。

古德伦给了他轻轻地一吻。

“就假装你说的是真心话吧。”她用嘲弄人的腔调说。

杰拉尔德挨了揍似的呆立在那里。

“试试看，多爱我些，不要从我这索取。”古德伦又半是鄙视，半是哄骗地说。

黑暗的浪潮在杰拉尔德的脑海里翻腾。在他看来，自己完全被贬黜了，被人冷落了。

“你是说你抛弃我了吗？”他问。

“你那样浅薄、粗俗、执拗、冷酷，你只是在拖累我，你真是不能再差劲了。”

“对你说来糟透了？”杰拉尔德重复着问了一句。

“对。现在，厄秀拉已经走了，你不认为我该拥有自己的世界吗？你是想要一间梳妆室。”

“敬请尊便吧——要是愿意的话，你也可以走呀。”杰拉尔德竭力控制自己的情绪说出来。

“对，这我知道。”古德伦说。“你也一样。无论任何时候，只要你愿意，你就可以抛开我——甚至不必告诉我。”

黑暗的浪潮又汹涌地击荡在杰拉尔德的头脑中，他几乎都站不住了。一阵极度的虚弱压倒了他，他觉得自己马上就要死了。他一件件地脱掉衣服，爬上床，像酩酊大醉的男人那样斜躺着。黑潮上下翻腾，他漂浮在令人眩晕的阴森森的大海上。在这陌生的令人胆寒的疯狂旋转中，他死气沉沉地躺了许久，完全丧失了知觉。

古德伦从床上溜下来，爬到他的身边。他还是僵挺地躺着，背对着古德伦，几乎麻木了。

古德伦两臂抱住杰拉尔德那可怜的、麻木的身体，又用脸贴着他的僵硬的肩膀。

“杰拉尔德。”她轻声呼唤道。“杰拉尔德。”

杰拉尔德没有任何反应。古德伦拥紧他，用胸脯紧压在他的肩膀上，又透过睡衣吻着他的肩膀。杰拉尔德躯体的僵硬程度让她感到惊讶。她被搞晕了，却依然不肯放手；只有她的意志在坚持着，在呼唤着杰拉尔德。

“杰拉尔德，亲爱的！”她轻声呼唤着，在他身上吻着。

她的暖烘烘的鼻息飘游着，有节奏地吹拂在杰拉尔德的耳朵上，终于使他的紧张状态有所松弛。她能感到杰拉尔德的身体渐渐放松了一点儿，那人的不自然的僵硬感觉消失了。她两手紧握住他的四肢，他的筋肉，又温柔地在他身上抚摸着。

热血又开始在杰拉尔德的血管里流动了，他的四肢能动了。

“转过来朝着我。”古德伦悄声耳语道，几乎要放弃努力了。

杰拉尔德总算又得到了她，又重新活了过来。他翻过身去把古德伦搂进怀里。感到她温柔地贴住了自己，体贴到了完美奇妙的地步，杰拉尔德的胳臂不自觉地在她身上收紧了。古德伦在他的怀抱里就要被压垮了，浑身软弱无力。此时此刻，杰拉尔德的头脑又像顽石一样坚硬，又所向披靡了。谁也无法抗拒他。

他的情欲令古德伦望而却步。那情欲太可怕了，像最终的毁灭一样强大无比。古德伦感到巨大的恐惧。她正在被杀死。

“上帝啊，上帝啊。”在杰拉尔德的怀抱中，她痛苦不堪地嚷道，觉得自己体内的生命正在被扼杀。当杰拉尔德吻她、抚摸她时，她的呼吸变得越来越弱，好像她真的耗尽精力，灵魂只剩下一半了。

“我要死了，我要死了吗？”她反复问着自己。

没人能回答她。

可是第二天,她身上尚存的碎片又死灰复燃继续战斗了。她没有走,她要留下来坚持到最后。杰拉尔德就是不让她一人安安静静的,总像影子一样跟随着她,像没完没了的死神缠着她。有时候,杰拉尔德瞧上去健壮无比,古德伦则是半死不活的,贴地潜行,犹如一阵已是气势尽失的风;有时,这一切又全都颠倒过来。但总是如此,没完没了的斗啊斗,不是你被踩在脚下,就是他被踩在脚下,不是生存就是毁 灭。

“早晚,”古德伦心里说,“我要离开他的。”

“我能够摆脱掉她。”每当痛苦袭来时,杰拉尔德也对自己说。

他决心摆脱束缚,甚至准备一走了之,让古德伦一个人受罪吧。可是,有生以来 头一回,他的意志力不再行之有效了。

“我要去哪儿呢?”他不禁自问。

“你就一定要依赖他人吗?”他自己又回答说,想要坚定自己的信念。

“自给自足!”他又重复了一遍。

在他眼中,古德伦自成一体,封闭而完整,就像是密封在盒子里的一件东西。在心情平静、头脑清醒时,他也承认自我封闭、自我完成和清心寡欲是古德伦应有的权利。他认识到了这个,也承认这个;唯一需要的只是人要尽最大努力,为自己赢得同样的境遇。他知道这只需要自己的意志力来一场革命，自己也能成为古德伦那样完美的人。

对此的了解把他投进了一团可怖的思想深渊之中。因为无论他内心深处的意志力多么坚强，却缺乏追求这种幸福的欲望，这欲望又是他所无法创造的。他非常清楚，为了求得生存，他必须完全摆脱古德伦。要是她愿意的话，那就遗弃她；无求于她，也不强求于她。

可是，这样的他靠自己的奋斗了。他又退缩了。那是一种虚无状态。可是不那样做呢，他就要屈服，就要向古德伦摇尾乞怜。或者最后杀了她。要不然，他就会在郁闷中死去。不过，他生性太古板，在轻佻和狡猾方面还不足以达到全然不顾的地位。

他身上被撕开一条奇怪的裂口。如同一具奉献给上苍的被开膛破肚的祭品，他也被撕扯开来，献给了古德伦。他又怎能再抚好这个疤伤呢？这个伤口，这个在他心灵上开出的奇特无比的黑洞，暴露了他，又像是一朵绽放的鲜花，面对着天地万物。在其中，他被当作补偿献给了别人。这个创口，这种暴露，这样展示自身的东西，使他变得残缺了，受到局限，成了未完成的，像是在天空下开放的一朵花；而这又给了他残忍已极的快乐。那他为什么还要忘掉它呢？他为什么还要封闭起来，变得冷漠，无动于衷，像是躲在壳里的缺损的东西呢？其时，他就像破土而出的一粒种子，一跃而成为新的生命了，拥抱着广漠的苍穹。

他要维持自己热切盼望、尚未实现的极乐世界，即便要经受古德伦加给他的痛苦折磨也在所不惜。一种奇异的执拗支配了他，无论古德伦怎么样，他都不会弃她而去。陌生的致命的欲望驱使着他，跟在古德伦后面紧紧不舍。她对他的存在具有绝对的权利。虽然古德伦用各种方法来排斥他，他也决不肯走开。因为在她身边，他甚至感受到自身的成长，感到解脱，了解到了自身的局限，希望的魔力，以及自身毁灭和消亡的秘密。

即便在共患时，他们也互相折磨。她的意志力本来可以是更强有力的。她心怀悚惧地感到，杰拉尔德似乎正在扯着自己心中的花蕾，撕开了它，像是一个强盗。如同一个顽皮的孩子，他扯掉苍蝇的翅膀，要么就撕开花骨朵儿，看看花里面究竟有什么；杰拉尔德也在撕扯着她的内心隐秘，她的生命之源；他要把她像一朵未盛开的花蕾那样毁掉；撕开她，也就是毁了她。

在很长一段时间里，她可以在梦中向杰拉尔德敞开心扉，在那时，她就会是一个纯净的精灵了。而现在，她却不能受到污辱和摧残。她猛地对杰拉尔德关上了自己心灵的窗户。

傍晚时分,两人一起爬上了陡峭的山坡,观赏落日景象。在北方萧瑟、寒冷彻骨的微风中,他们相拥着,眺望一轮黄日沉入一片血红色中,消失了。东方,山顶山脊闪烁出迷人的玫瑰色,娇艳无比,背衬着紫褐色的苍穹,真是蔚然奇观。而在山下的尘世上,却是茫茫一片蓝色的阴影。阴影上方的半空中徘徊着一片玫瑰花,像是在预示着什么,令人心荡神移。

对古德伦说来,这太美了,简直令人神魂颠倒。她想把这些闪闪放光的不朽的山峰都纳入胸中,她想死。杰拉尔德也看见了山峰,看出它们是美丽的。不过,这并没有在他心中引起任何反应,他从中只感受到一种幻觉中的痛苦。他希望那些山峰是灰色的和丑陋的,那古德伦就不会为它们沉醉着迷了。在用心灵拥抱晚霞时,她为什么要如此绝情?她为什么要抛下他孤零零地站着,让冰冷刺骨的寒风吹透他的心,像死了一样呢?为什么她自己要在这玫瑰色的雪峰中间自由地飞翔呢。

"这晚霞有什么了不起的?"他问。"你为什么非要对它顶礼膜拜呢?它真的那么神奇吗?"

古德伦感到受了侮辱,愤怒的光焰烧红了脸。

"走开,"她嚷道,"留下我自己看它。它是美丽的,迷人的。"她欣喜若狂地用陌生的高傲的腔调说。"这是我一生中所见过的最美的东西。别想把我们分开。你走吧,你在这里不受欢迎。"

杰拉尔德退后一点儿,让古德伦自己站在那儿,如同一尊雕像,灵魂早已飞向了闪耀着光芒的神秘的东方。玫瑰色逐渐消退,大颗的白色星星闪烁而出。杰拉尔德伫候着,她可能放弃一切,除了这种对古德伦的渴念。

"这是我所见过的最完美的东西。"古德伦终于转向他,用冷若冰霜的残忍的口气说。"你竟想毁了它,这真让我吃惊。如果你感觉不出它的好来,为什么又要试图拦住我呢?"但是,杰拉尔德已经替她把它毁了,古德伦受到一种死亡的影响,心理有点变态了。

"终会有一天,"杰拉尔德注视着她小声说,"我可能会毁了你,也许就在你站在海边看日落的时候;因为你是一个十足的骗子。"

他的话里透出他个人的愿望,那是温柔的和可以挑动情欲的。古德伦不由一阵阵心寒,可她又感到骄傲。

"哈!"她说,"我绝不会怕你的威吓!"

她拒绝和他做爱,不让他进自己的房间。不过,出于对古德伦渴慕,杰拉尔德还是怀着十分出奇的少有的耐性在等待着。

"万不得已,"他抱着真能挑起情欲的期望在心里说道,"到了万不得已的时候,我就干掉她。"这种预感使他的四肢轻轻颤抖,就像怀着情欲接近古德伦时,他在突发的狂热情感中发抖一样;这种颤抖中夹杂了太多的欲望。

在这段时间里,古德伦对贝克都怀着一种奇怪的忠诚,那是一种极具动作的东西。杰拉尔德一眼就看穿了它。可是,在忍辱负重中,由于不想同古德伦翻脸(即使他发觉自己会那样做的),杰拉尔德对此就装作不知道了。他极度憎恨那个男人,古德伦却十分体贴那个男人,这使他在一阵不断掠过他的奇异的震颤中又哆嗦起来。

只有去滑雪时,杰拉尔德才让古德伦一个人呆在那里。他十分喜爱滑雪运动,古德伦却从不去尝试。在这时候,他似乎就被扫出了她的生活,成了一个物体飞向远方。他走开后,古德伦就同小个子德国雕刻家攀谈起来。他们的话题始终如一,那就是他们的艺术的话题。

两人的见解十分相投。贝克不喜欢梅斯特罗维奇,对未来派艺术家也不太满意。他喜欢西非人的木雕和阿兹特克人的艺术,还喜欢墨西哥人和中美洲人。他见识过许多形状构思奇怪的东西,一种古怪的机械运动使他迷醉,那是自然界里的一种十分混乱状态。古德伦和贝克,两人之间玩着令人不能理解的把戏,意蕴无穷,那是一种奇特的眉目传情;好像他们对生活有着某种十分深入的理解,好像只有他们自己被带进了可怕的深藏的秘密之中;而对此,这个世界是绝不敢去了解的。在一种奇异的教人疑惑的意味深长的氛围中,两人亦步亦趋;他们用埃及人和墨西哥人的无法言传的色欲让自己激动起来。整个把戏就是一种奇妙的内在暗示,他们就是要在暗示的水平上保持这种关系。从言谈举止的细微变化中,从半含暗示的种种古怪的念头、神色、表情和手势的交流中,他们的神经得到了最大程度的满足。这是杰拉尔德所难以接受的,虽然他并不理解个中的含义。对他们之间的这种交流,他不知道应如何理解才好,他自己想说的话可是太俗了。

对原始艺术的暗示是他们两人的庇护所,这种感受的内在秘密是他们崇拜的对像。艺术和生活他们的理解就是真实和不真实。

"当然啦,"古德伦说,"生活并非真有什么了不起的——那只是个人的方式,它处于中心位置。一个人在自己一生中所做的事无所谓,它并不象征着什么。"

"对,我也这样认为,一点儿不错。"雕刻家随声附和道。"一个人用他的方式所做的事情,就跟他的呼吸一样。人在一生中的所作所为,不过是让外人来唠叨和抱怨的

小事。”

说来让人奇怪,在他到交往过程中,古德伦竟感到那样洋洋自得和大胆无畏。她认为自己得到了永久的确认。杰拉尔德当然是微不足道。除了自己是一个艺术家外,爱情在她的生活中是无关轻重的事。她想起了克莉奥佩特拉——克莉奥佩特拉肯定也是艺术家:她得到了男人的精髓,获得了快感的极致,却把糟粕给抛弃了。还有玛丽·斯图亚特,以及了不起的拉结,演完戏后,她就和情人们做爱,气喘吁吁的。这些都是公开的情典范。一言以蔽,情人们又是些什么呢?不过是催化剂,用以传送这种为一种女性艺术服务的不可言传的知识;在给人以快感的理解中,这艺术就是完美无瑕般的知识。

一天晚上,因为意大利和的黎波里的事,杰拉尔德与贝克讨论起来。英国人性情十分暴躁,德国人也兴奋起来。这只是言谈间的口角,却意味着两个男人在文化上的冲突。在整个争论过程中,古德伦都能从杰拉尔德身上见到矫揉造作的英国人对外国佬的蔑视。虽然杰拉尔德已气得浑身发抖,眼睛充血,满面通红,但他在争辩时的粗鲁,他举止中对人的野蛮的轻侮,还是伤害了古德伦和贝克,使他的态度也激烈起来。杰拉尔德不容置辩的口吻像铁锤一样砸了下来;德国矮子所说的一切,不过是让人一笑置之的侥幸之幸。

贝克最后转向古德伦,在近乎无耐中举起了双手,嘲弄地耸耸肩膀,要把这无谓争论瞧上去又感人,又像孩子似的可笑。

“您瞧,尊敬的太太——”他开口说。

“请您不要以这种语气对人说话。”古德伦嚷开了。她眼睛里冒出火光,脸蛋也在燃烧着,看上去真像是活生生的一个墨杜萨。她的话间膛音十足,屋里其他人都被吓了一跳。

“请不要称我为克莱奇太太。”她大声嚷道。

很久以来,这个称呼,特别是贝克说出的这一称呼,对古德伦说来真是一种难以忍受的羞辱和压抑。

两个男人惊愕地望着她。杰拉尔德脸色唰地一下白了。

“那我该怎么称呼您?”贝克讥讽的柔声问道。

“您只要别再这样叫就行了。”古德伦咕哝着,两颊转成了粉红色。“至少不要再这样称呼了。”

从贝克脸上若有所思的神情中,古德伦看出他已经再明白不过了。她不再是克莱奇太太！这样一来——许多事情就意领神明。

“那我该叫小姐吗？”贝克别有用心地又问道。

“我还没有结婚。”古德伦带了几分骄傲的语气说。

她的心在狂跳，像是只迷失方向的小鸟在盲目乱飞。她知道自己是在摆弄一个令人发怵的伤口，她受不了这个。

杰拉尔德笔挺地坐着，丝毫不动，苍白宁静的脸活像一尊雕像一样。他已经意识不到古德伦、贝克、或其他任何人了。在僵住了的沉静中，他岿然不动地坐着。贝克此时却蜷缩在那里，低下头偷偷向上看着。

古德伦心急火燎地要说点儿什么，来摆脱这种悬而不决的状态。一丝笑意扭歪了她的脸，她狡黠地、几乎是冷笑着在瞟着杰拉尔德。

“说真话是最好难受的。”她微笑对他说。

可是现在，她又处在杰拉尔德的支配下了；因为她给了他这一击，也因为她伤害了他，并且还不明白他会怎样接受这一切。她望着杰拉尔德。她对他感兴趣。她觉得贝克不会再有什么意思了。

杰拉尔德终于站了起来，迈着悠闲安详的步子走到教授那边。两人开始讨论起歌德来。

这天晚上，杰拉尔德行为举止间的坦荡激怒了古德伦。他并未显出生气或厌恶的样子，脸上只有一种少有的清白纯洁的神情，的确很漂亮。这种清澈渺远的神情不时掠过杰拉尔德的脸孔，它总是迷住了古德伦。

她守候着，整整一晚上苦恼不堪。她以为杰拉尔德会故意躲开她，或是给她以某种示意。可是，杰拉尔德却只是心无杂念、平静地同她交谈，和同房间里任何其他人谈话一样。一种漫不经心和平静占据了他的灵魂。

怀着对杰拉尔德的热切的爱，古德伦来到他的房间里。他是那样美丽而让人难以接近。他吻着她，她是他的情人之一。他给她带来了极大的快乐。可是他还没有完全投入，还是那样疏远、坦诚、无知无觉。古德伦想和他说话，但这种降临到杰拉尔德身上的清白优美的无意识状态又阻止了她。她感受着难耐的痛苦。

第二天早上杰拉尔德看着她时，目光明显掺进了厌恶、恐惧和仇恨，这使他的目光变得阴森森的。古德伦又回复到自己原先的态度，杰拉尔德却还没能振作起来去应付她。

贝克在等候古德伦。这个包裹起自己想要与世隔绝的矮个子艺术家在这里终于感

到,他能可以得到这个女人了。他一直忐忑不安地等着和古德伦说话,费尽心机去接近她。她的在场使他变得才思敏捷,他在狡猾地靠近她,就像她身上有某种看不见的吸引力。

同杰拉尔德相比,他对自己还是信心十足的。杰拉尔德只是个不知如何讨女人欢心的门外汉。只是为了他的富有、英俊和傲慢,贝克才恨他。而所有这些都不过是身外之物——钱财、标致的体形和由社会地位而来的骄傲。当问题涉及和古德伦这样的女人交往时,他,贝克,却自有一种方法和力量,那是杰拉尔德所无法控制的。

杰拉尔德怎么能奢望自己可以满足一个有古德伦这样口味的女人呢?他以为骄人、专横的意志,或是膂力就可以使他成功吗?在这些东西之外,贝克还了解一个隐秘。最伟大的力量是那种极有适应性强的力量,而不是那种胡缠乱打一气的力量。他,贝克,知道在什么地方,杰拉尔德还是个一无所知的小青年。他,贝克,却能深入地洞察事物,那是杰拉尔德的知识所无法理解的。在这座神秘的庙宇——这个女人——的接待室里,杰拉尔德像是刚刚在申请神职的人,无人理睬。而他贝克呢,却能洞穿这内在的黑暗,在其幽深处发现那个女人的心灵。难道他就不能在那里同盘绕在生命的核心处的大蛇厮杀一番吗?

说到底,一个女人向往什么呢?绝不仅仅是社会影响,仅仅是在上流社会和人类社会中出人头地。难道这就是爱和品德的一种结合吗?她想要德性吗?除了蠢货,谁会承认古德伦是那样的呢?那不过是凡庸人对她的需求的一般见识。跨过这道门坎,你才能全面了解她。她对上流社会带给人的诸多优越处只抱了玩世不恭的态度。一旦走进她心灵深处,你就会感到一种完全彻底的腐败。见到燃烧着的感官的邪恶,以及一种生动微妙的批评意识。通过这种意识看到的世界是不健全的,是令人生畏的。

那么,下一步又该怎么做呢?难道眼下只有单纯原始的情欲力量才能满足她吗?绝不会是这样。能满足她的是在分解中的那种难以把握的极度刺激。那是一种无法征服的意志,在无数次分解的微妙刺激中,它在反抗她的绝不屈于外来压力的意志;这是妙无法言传的最终分解和破除,是在她心灵深处实现的。与此同时,外在形式——她个人——却一如既往,甚至表面看去还是感伤的。

不过,在两个人之间,在世界上任何两个人之间,纯粹感觉的范围是极其有限的。在任何方面上,肉欲反应一旦达到高潮,也就到头了,就会停步不前了。再有的只是简单的重复,或是两位主人公分手,或是其中一个人屈从于另一个人,或者就是死亡。

杰拉尔德已经穿透古德伦心灵的外在形式。对她来讲,杰拉尔德是当今世界的最有决定意义的实例,是她已了解的男人中的无出其右的极品。从他身上,她了解了这个世界,并学会应付了它。最终认清他之后,她就成了要去探寻新大陆的亚历山大了。可是并没有新大陆,也没有男人了;有的只是生物,像贝克那样令人厌恶的最后的生物。在她来讲,世界是完蛋了。剩下的只是个人内在,自我的黑暗的感觉,令人厌恶的最终分解是宗教秘密,神秘的恶魔似的分裂摩擦运动,以及生气勃勃的生命机体的冰消瓦解。

所有这些,古德伦都是在本能意识里,而不是在理智中认识到的。她知道自己下一步该怎么走,知道在离开杰拉尔德以后她应该做些什么。她害怕杰拉尔德,他会杀了她的。她可不愿让人杀死。一根精心编织的线仍把她同杰拉尔德拴在一起。要去挣断这根线的可不是她的死。在弃世之前,她还要深入了解世界,以便获得进一步的乏味优雅的经验,并体验到无法想象的精妙的感觉。

而对最后这么多精妙的事物,杰拉尔德是无法做到的。他无法理解她情感的中枢。不过,他粗鲁的打击无法穿越之处,却经不住贝克那虫豸般的悟性献媚取悦的利刃。至少现在,她该到他那里去了,到那个生物、那个最终只能是工匠那里去。古德伦知道,在内心世界的极深处,贝克与万物隔绝后;对他说来,既没有天堂,也没有尘世和地狱。他否认有什么忠诚,对一切都毫不关心。他是独立超群的,由于与之相反人相分离,他自身就是绝对的。

而杰拉尔德在内心中,对其他人,对整个世界,还是恋恋不舍地。他的局限也就在这里。他有局限性、受到限制,到头来还要受他的必有事物的制约——公德性、正义以及同终极目的保持一致。那目的可以是对死亡过程的动人心魄的体验,它使意志得以更加完整,这在他活着的时候是难以做到的。这都是他的局限。

自从古德伦否认了自己和杰拉尔德的婚姻关系后,贝克就总是表现出洋洋得意的神情。艺术家像是只长了翅膀的动物,盘旋着等候扑落下来。他不留痕迹地接近古德伦,从没让人感到异样之处。在灵魂的一团漆黑中,受到准确有效的本能的指引,他神秘地和古德伦保持了一致。这让人一望即知,却又说不出什么。

一连两天,他都在和古德伦交谈,继续讨论艺术和生活,两人从中得到了极大的满足。他们回忆过去美好的事物,以往达到的完美境界使他们感到一种为赋新辞记说愁的愉悦。他们最喜欢十八世纪末期,那是歌德、雪莱和莫扎特的时代。

他们以过去的时代和那个时代的伟大人物来开玩笑,使自己高兴;像是在下棋,或是

在玩木偶戏,全是寻求自己开心。两个人用几乎所有大人物做自己的提线木偶,他们自己则是操纵全部这些演出的天神。他们从不谈及未来,除了有时其中一个人会笑着说出幽默讽刺的幻想——人类的发明最终毁了自己,毁灭了这个世界:一个男人发明了威力极高的炸药,把地球从中间炸开,两半各自穿越空间,朝不同方向飘去,使地球上的居民不知所措。或者,世界上的人们分成了两大阵营,每个阵营都认为自己是完美正确的,另一个阵营则是错误的,必须加以消灭;这就使世界有了另一种结局。贝克又满怀忧郁地梦想着,地球变冷了,遍地积雪,只有白色的生物,北极熊、银狐,或是像可怕的白色雪鸥鸟似的男人们,在冰天雪地中拼命地想多活几天。

除了以取乐这些故事,他们从不谈及未来。他们高兴的就是一起编一些关于毁灭的嘲讽的幻想,或是关于过去的夸大了的悲伤的木偶戏。这真是一种多愁善感的欢乐——重现歌德的魏玛共和国时代;或是席勒和贫穷,以及坚贞不渝的爱情;或是又见到了在震颤着的让·扎克;或是在弗内的伏尔泰;或是弗里德里希大帝在读自己诗作。

他们连续几个小时在一块儿聊着,谈论着雕刻、文学和绘画,又不无谨慎地用弗莱克斯曼、布莱克、费尔巴哈、费欧塞利和伯克林来愉悦自己。他们感到,即使仅仅要在心中把伟大艺术家们的路再过一遍,那就要花掉他们一生的时间。不过,他们更喜欢在十八世纪和十九世纪里流连忘返。

他们用各种语言一起交谈着。但可以认为法语用得最多。贝克常用漏洞百出的英语或德语来完成他的意思,古德伦就把自已听到的所有的话巧妙地编串在一起。这样的交谈让她无与伦比的快乐。其中全是些古里古怪、异想天开的表达法、遁词、双关语和意味深长的模棱两可。用三种不同语言的五彩的线编出的这场谈话,给了她一种真实的做爱的快感。

两人一直在某种无形的要倾诉衷肠的热情旁犹疑不定,徘徊不前。贝克向往它,可是某种无法压抑的不情愿的心理却使他停步不前。古德伦也向往它,但又要推迟它的到来,无限期地拖延下去。她十分可怜杰拉尔德,同他无法彻底决裂。致命的是,在和杰拉尔德的关系中,她还抱有怀旧伤感的自我怜悯。由于已经发生过的事情,她觉得一条神秘的线无法压抑的不朽的线把两人拴在一起了——这些已经发生过的事情;由于他来到自己身边的头一个夜晚,他在绝境中来到她家里;还由于——

渐渐地,一阵无法压抑的对贝克的憎恨击垮了杰拉尔德。他根本没把贝克放在眼里,只是瞧不起他,却又感到古德伦的已深受那个小矮子的影响。感觉出古德伦的血液中竟有着贝克的影子,贝克正居高临下地流遍她全身,这简直要把杰拉尔德气疯了。

“那只害人虫怎么把你搞得这样坐立不安?”他十分不解地问道。作为他这样的堂堂男子汉,可真半点儿也看不出贝克身上有令人着迷的或者算回事的东西。杰拉尔德非常想发现某种英俊和高贵,来说明一个女人为什么会俯首帖耳。可是在这里,他却无法看到什么,有的只是一种虫豸似的令人恶心的东西。

古德伦脸色通红。这样的攻讦她绝对不肯原谅。

“你怎么能这样讲?”她反问道。“天啊,我没嫁给你真是万幸!”

她那明讥暗讽的腔调把杰拉尔德伤得不轻。他的话猛地噎住了。但旋即又振作起来。

“说一说我,只是说一说我,”他凶狠的逼紧了嗓音却有些犹豫地说,“告诉我,他身上有什么东西让你着迷。”

“我没被迷住。”古德伦带着冷冰冰的十分厌烦的天真回答说。

“不,你是给迷住了。你被那条小干蛇给迷住了,像是只小鸟,正瞠目结舌地准备被他吞掉。”

古德伦十分恼怒地瞪着他。

“我可用不着你来对我比比画画。”她说。

“你用得着用不着不关我事,”杰拉尔德应道,“那也无法改变这个事实,你打算扑倒在地,吻那只小虫子的脚。我并不想阻止你——那是你的自由,趴到地上吻他的脚去吧。不过非常想了解,迷住了你的是什么——到底什么使你这样着迷?”

古德伦满怀激愤地哑了片刻。

“你怎么敢对我吹胡子瞪眼睛呢,”她开口嚷道,“你怎么敢呢,你这个流氓,你这个恶霸。你以为你对我还有什么权利吗?”

她惨白的脸上闪着光。她终于明白了他的想法,自己是攥在他手心里的——这条恶狼。正因为被他辖制,她才用了这样一种力量去恨他;她奇怪这恨怎么还没有杀死他。在她的意愿中,当杰拉尔德还站在那里的时候,她就已经杀死了他,并把他从自己的头脑中彻底忘掉了。

“这并不是有没有权利的问题。”杰拉尔德说着,坐在一把椅子上。古德伦发现了他身体的变化,瞧着他蜷缩着的呆板的身体像无法摆脱的东西一样移到了那里。她对他的恨中掺杂了致命的轻蔑,正在心中激荡着。

"这并不是我对你的权利问题——虽然我对你是有某种特权的,请记住。我想知道,我只是想知道,到底是什么让你求全于楼下雕刻匠那样低贱的人,又是什么打倒了你,让你像卑贱的蛆虫一样去崇拜他。我想知道你是追在什么后面爬。"

古德伦靠窗站在那里静静听着,这时猛然转过身来。

"你想知道吗?"她用了轻松无比、尖刻无比的口气说,"你想知道他身上有些什么吗?那是因为他对女人独自的理解,因为他不是呆子。就这么回事。"

杰拉尔德脸上浮现出古怪的、邪恶的、动物一样的冷笑。

"可那又是什么样的理解呢?"他问。"一只跳蚤的理解,一只活蹦乱跳、嘴巴尖尖的跳蚤的理解。你怎么会对一只卑贱的跳蚤的理解力顶礼膜拜呢?"

古德伦脑海中闪过了布莱克对跳蚤灵魂的描写。她把这用到了贝克身上。布莱克也是个丑角。不过,对杰拉尔德的话也必须回答。

"但我坚信一只跳蚤的理解总比一个傻瓜的理解要更有趣吗?"她问。

"一个傻瓜!"杰拉尔德重复了一遍。

"一个傻瓜,一个上当受骗的傻瓜——一个笨蛋。"古德伦又说,还加了一个德文辞。

"你叫我傻瓜?"杰拉尔德说。"哼,我是宁愿做我这样的傻瓜,也不做楼下的那只跳蚤!"

古德伦望着他。杰拉尔德身上有种无知狂妄的愚蠢让她心里生厌,她懒得再多说什么了。

"这样一来,你就可以出卖了你自己。"她说。

杰拉尔德莫名其妙地坐在那里。

"我很快就会走了。"他说。

古德伦火了。

"记住,"她说,"我根本不依赖你,一点儿也不靠你。你做自己的事,我做我自己的事。"

杰拉尔德默默想了一会。

"你是说从今往后咱俩就是陌路人了吗?"他问。

古德伦涨红脸怔住了。杰拉尔德对她耍了个小小阴谋,要用突然袭击迫使她表态,她转向他。

"路人,"她说,"咱俩绝不会是路人。不过,如果你想遗弃我,那么我希望让你知道,你不会受到任何约束。一点儿也用不着替我操心。”

即便如此细微的暗示，说她需要他，依赖于他，也就足以挑起杰拉尔德的情欲了。他平静坐在那里，体内却产生了一番变化。滚烫的熔液不由自主地在血管中流动开来。杰拉尔德在这种约束下心里呻吟着，却又热爱着它。他目光清纯地望着古德伦，在等待她。

古德伦马上明白过来，十分的嫌恶使她全身发抖。到了这种地步，他怎么还能用这样含情的、满含期待的目光瞧着自己，等着自己呢？两人之间刚刚都说过些什么呀，那足以用来毁灭两人的世界，在冰冻中让两人永远分离！而他倒像是被打足了气，情欲也激起来了，还在等她呢。

这真把古德伦搞糊涂了。她转过身去说：

“无论什么时候，我要是有什么变化，都会告诉你的——”

说罢，她走出了房间。

绝望中，杰拉尔德有点儿灰心丧气地呆坐在那里，这似好像慢慢地毁了他的理解力。他就一直这样毫无知觉地耐心地呆着，什么也不想，一无所知，呆呆地坐了半天。然后他站起身走下楼，和一位大学生下棋。他神情坦荡，脸上透出无拘无束的天真，让古德伦瞧了烦恼万分，又对他怕得不行；她为此而十分憎恶他。

贝克以前从不和古德伦谈论个人问题。在这件事之后，他开始探询她的处境了。

“您从来没有结婚，对吧？”他问。

古德伦仔细打量着他。

“根本没有。”她有分寸地答道。贝克笑了，脸非常奇怪地皱起来，一小束头发散落在额头上。古德伦注意到肤色是一种清澄的褐色，又注意到了他的双手和手腕。他的手似乎是抓住而绝不轻易致异的。他瞧上去像是南美洲的蜂鸟，清澄中微带褐色，让人称奇。

“那就好。”贝克说。

他需足够的勇气谈下去。

“伯金太太是您姐姐吧？”他问。

“对。”

“她结婚了吗？”

“结婚了。”

“你们父母都健在吗？”

“在，”古德伦说，“父母都在。”

她简洁地告诉了贝克她的处境。贝克十分惊奇地一直盯着她。

“是这样!”他十分惊愕喊道。“克莱奇先生,他很富有吗?”

“对,他有钱,是一个矿主。”

“您和他的交往有多长时间啦?”

“几个月了。”

一阵沉默。

“是的,我真想不到。”贝克慢慢地说。“英国人,我想他们是太——不懂感情了。您离开这儿以后打算干什么呢?”

“我考虑自己该做什么?”古德伦反问道。

“对,您不能回去当教师了。不,”贝克耸了耸肩膀,“那绝不可能了,让别的什么事情也干不了的那些下等人去干那个吧。您,在您说来——您知道,您是十分优秀的女人,一位才华出众的女人,为什么要拒绝承认这个呢——为什么还要怀疑这一点呢?您是非凡的女人,为什么要走凡夫俗子的路,过平平常常的生活呢?”

古德伦坐在那儿瞅着自己的双手,感到血一下涌到脸上。贝克如此毫不掩饰地说她是出色的女人,这真让她心花怒放。他不会是用说这个来奉承她的——从天性上讲,他是过于自信和过于公正了。他说这个,就像他会说一件艺术品是出色的一样,因为他知道承认事实。

从贝克那里听到这番话,使古德伦感到满足。其他人却只懂得用一个尺度、一个模子去造就一切东西。在英国,彻底的朴实才是可敬的。现在有人承认她不平凡,这对古德伦来讲真是一种慰藉。这样,她就不必考虑世俗的行为准则。

“您知道,”她说,“我确实很穷,几乎身无分文。”

“啊呀,钱!”贝克耸耸肩膀嚷道,“一个人成长起来之后,就遍地是钱随他用了。人只是在年轻时才缺钱花。别担心钱的事——您手头会有钱花的。”

“是吗?”古德伦问,开心地笑了。

“对。如果您向杰拉尔德要,他会给您一笔钱的——”

古德伦惊愕地涨红了脸。

“我可以向任何旁人要,”她非常费力地说,“但决不会向他开口的。”

贝克仔细端详着她。

“好,”他说,“那就向旁人要吧。只是别再回英格兰,别再回学校了。不,那样做是不值得的。”

又是一阵沉默。贝克还不敢直截了当地要古德伦和自己一块儿走,他甚至还拿不准自己是否想要她。古德伦也怕他会提出类似的要求来。贝克珍视自己那种独往独来的生活,决不愿意别人插进来,即使只有一天。

“其他我所了解的地方只有巴黎,”古德伦说,“我受不了它。”

她睁大眼睛,专注地凝视着贝克。贝克低下头,把脸扭向一边。

“巴黎,不!”他说,“在爱的宗教和最时新的主义以及重新转向耶稣之间,人倒宁愿在游艺场的旋转木马上玩上几天。去德累斯顿吧。在那儿我有一间工作室——我可以给您找份工作——哦,一点不难。我还没见过您的任何作品,但是我相信您。去德累斯顿吧——住在那会令你满意,您能过上您所希望过的一个小城市的那种好日子。您在那儿什么都不会缺,除了巴黎的愚蠢和慕尼黑的啤酒。”

他坐在那里冷静地瞧着古德伦。他对她说话就像在对自己说话一样,坦诚相见,直截了当;古德伦喜欢他这样。他首先是她的同行,是她的同伴。

“不——巴黎,”贝克继续讲下去,“它真让我倒胃口。呸——爱,我讨厌它。爱,爱爱——一听到这个词儿都让我厌恶。女人和爱情,没有比这更让人讨厌的东西了。”他嚷道。

“我和您的看法一样。”古德伦说。

“一种惹人生厌的东西。”贝克重复道。“我与戴帽子一样这一顶帽子或是那一顶帽子,又有什么关系呢?爱情也一样。我并不是非要戴一顶帽子不可,除非是为了自己方便。我也并不需要爱,除非是为了方便。跟您讲,尊敬的太太——”他倾身向着古德伦,又猛地做了一个手势,像是要推开什么东西,“尊敬的小姐,别介意——跟您讲,我愿意让出所有的一切,包括您所有的爱,来换取即使不值得的知交——”他邪恶的目光阴森森地冲她闪烁着。“您明白吗?”他浅浅一笑问道,“无论她是一百岁还是一千岁,都没有——这对我说来都无丝毫差别,只有那样,她才能理解事物。”他突然闭上眼睛,不说了。

古德伦又被触怒了。那么,他就不认为她长得好看呢?她蓦地笑开了。

“那我就只好等上八十年来在这一方面迎合您了。”她说。“我丑得要命,对吗?”

贝克用艺术家无法提防的评判目光观察着她。

“您很美,”他说,“对此我很满意。但问题不在这里——不是因为这个。”他加重语气嚷道,这讨好了古德伦。“问题在于,您非常机智,那是属于理解力范围的。就我来说,

我身材不高，单薄，无足轻重。好！那就不要要求我是挺拔健壮的。但那就是我——”他令人疑惑地把手指放到嘴上，“是我在找一个情人，是身为我的我在等候身为情人的你，来和我独特的智力相匹配。你明白吗？”

“对，”古德伦说，“我明白。”

“在别人看来，这是爱——”贝克做一个手势，把手猛地砸向一边，像是要扫除什么令人厌恶的东西。“这并不重要，不重要。我今晚喝白酒，或者什么也不喝，这有什么要紧的呢？这无所谓，无所谓。爱也一样，这亲吻，这爱，是或者不是，今天，明天，或者永远不，这都一样，都没有关系——和白酒差不到哪儿去。”

他奇怪地把头一点，拼命表示否定。古德伦凝望着他，脸色变白了。

她突然伸过手去，抓住贝克的手握在自己手中。

“这是对的，”她声音尖亮地热烈地说，“我也这样认为。这才是对这类事情的真知灼见呢。”

贝克犹犹豫豫地抬头瞟着她，几乎吓坏了。他又面含不悦地点点头。古德伦松开他那只半点儿反应也没有的手。两人相对无语了。

“你知道吗？”贝克突然用自负的预言家的目光，阴沉沉地盯着古德伦说，“你的命运和我的命运，它们会到一起的，直到——”他扮了个鬼脸，不再说下去了。

“要等到什么时候呢？”古德伦脸色发白地问，她的嘴唇都紧张得白了。对这些他不好意的预言她极为敏感，贝克却只是摇摇头。

“我不清楚，”他说，“我不清楚。”

直到夜色降临，杰拉尔德从雪场回来。他没有赶上古德伦下午四点钟买来的咖啡和蛋糕。雪地非常适于滑雪，他独自走了很远。脚蹬滑雪板，顺着一道道山岭，他登上了极高处，从那里可以看见五英里以外的山口的顶部，见到玛利恩休特旅店；旅店就建在山口顶端，半掩在雪中。他还能见到旅店后面深深的峡谷和幽暗的松林。人可以从那条路回家；可是一想到家，他就有些不寒而栗；——人可以滑雪一直到那，走上山口下面旧时的帝国大道。但为什么要到路上去呢？他不想到又在尘世中见到自己。他一定要呆在这儿，永远都在冰天雪地中。他曾经独自立在高处，自得其乐，脚蹬滑雪板疾行，在断坎处一掠而下，飞过饰有明亮雪纹的乌黑的磐石。

可是，他感到某种令人心寒的东西正在心头萦绕不去。在他身上已有许久的那种奇异的宁静清纯的心境已在消失，他很快再次成为可怕的情欲和痛苦的牺牲品了。

闪光的雪将他同世界隔绝开来。于是,他滑向在群峰之间谷地里的旅店,恋恋不舍地下山了,可以见到灯火在房子里的闪耀着黄光了。他踌躇不前,希望自己不再见到那些人,听那吵人的话声,感受他人在场造成的混乱场面。他与世隔绝,似乎有一片真空或一层纯净的冰壳包裹住了他的心。

见到古德伦时,像被什么猛打了一下。古德伦瞧上去高傲超群,面对德国人,脸上挂着悠闲秀雅的微笑。杰拉尔德心里蓦地升起一个念头,要杀死古德伦。他想道,杀死她,那会令自己多么完美地满足。他一晚上心神不定,积雪和情欲使他郁郁寡欢。他脑子里一直在闪这个念头:掐死古德伦,那该会是多么完美的情欲的满足啊。再掐灭她最后的一星生命的火花,毫无生气地躺在那里,软绵绵的,永远就那样瘫着,成了躺在他手中的瘫软的一堆肉,死透了。如此,自己就能最终而永久地占有她了。会有这样一个激起情欲的完美的结局的。

古德伦并没有注意到他在想些什么,只看到他和往日一样安详可亲。杰拉尔德的友好态度甚至使她觉得,自己对他未免也太过分了。

杰拉尔德正在脱衣服,古德伦进到他的房间里。她没有留意到杰拉尔德可怖的目光,那是由真正的仇恨而来的让人感到很特别的欢快的闪光。她手背在身后,靠门口站着。

“我总是想,杰拉尔德,”她带着侮辱人的冰冷的态度说,“我不准备回英国了。”

“哦,”杰拉尔德应道,“那你准备去哪儿呢?”

古德伦不理会他提出的问题。她还有长篇大论呢,而且必须照已经预计好的去讲。

“我看不出回去有什么好处。”她接着往下说。“咱俩之间的事算完了——”

她停下来等杰拉尔德开口。杰拉尔德却一直一言不发。他只在心中自言自语道:“完了吗?我相信它是结束了,但还没有终结。记住,它还没有结束。我们得给它写个结尾一个结尾。一定要有结尾,一定要有终局。”

他这样心里盘算着,嘴里没说什么。

“已经发生的事就让它去吧,”古德伦又讲下去,“我没什么后悔。希望你也没什么可懊悔的——”

她在等杰拉尔德回答。

“哦,我什么也不后悔。”杰拉尔德随和地应道。

“那好。”古德伦说。“那就好,这样我们俩就谁也不欠谁了,事情也本该如此。”

“是的。”杰拉尔德赞成地应和着。

古德伦顿了一下，好整理一下自己的思绪。

“我俩的努力不过是一场失败。”她说。“我们到别处看看吧。”

一股强烈的愤激之情在杰拉尔德的血液中流动着。古德伦似乎是在故意激恼他，要他。她为什么非要这样做呢？

“努力什么呀？”他问。

“努力试着做情人。”古德伦有点儿不解地答道，又在漫不经心地说着这一切。

“我们曾经讲过，结果一团糟？”杰拉尔德大声重复道。

他心里却在嘀咕着：“我该就在这里干掉她。就这么决定了，我要杀死她。”疯狂的要干掉她的愿望控制了杰拉尔德。古德伦对此却丝毫没有察觉。

“难道不是吗？”她反问道。“难道是成功的吗？”

这一无礼的问题中所包含的侮慢，又像火流一样在杰拉尔德的血液中奔涌着。

“我们的关系也不是一无是处。”他答道。“它——本该是成功的。”

最后这句话还没说完，他就闭上了嘴。甚至还在刚想说它时，他就怀疑自己要说的话。他知道这没有任何作用。

“不会的。”古德伦回答说。“你不会爱人。”

“那你呢？”杰拉尔德反问道。

古德伦阴沉沉的眼睛恨恨地，盯住了他的脸，如同黑暗中的两把利刃。

“我不能爱的是你。”她冷酷地道出了郁闷心中的实情。

一道闪电击中了杰拉尔德的头，他的身子猛地一晃，心中腾起了一团怒火。他的怒火下行到腕关节处，到了两只手上。他心中只有一个难以克制的鲁莽的愿望——杀死她。他的手腕像是在燃烧，不用双手掐住古德伦，他就受不了。

但是他的身子还没来得及转向古德伦，古德伦仿佛意识到了什么。她一闪冲出了门外，溜回自己屋里，锁上了门。她吓坏了，却又充满了信心。她知道自己的生命正在深渊的边缘上颤抖，但令人奇怪的是，却又深信自己摔不下去。她知道，自己的心智足以在同杰拉尔德的斗智中取胜。

她站在房间里亢奋地颤抖着。她心里清楚自己比杰拉尔德强。她的沉着机智是靠得住的。不过，这是一场你死我活的斗争，她现在才明白这个。一步走错，满盘皆输。过度的兴奋紧张使她感到身体有些累，那是她从未领教过的。她像是就要从高处跌落下来的人，却又装作轻松，不肯承认恐惧的存在。

“后天我就走。”她说。

她只是不肯向杰拉尔德示诱，跑掉就意味着失败。从根本上讲，她并不怕他。她心里明白，只有躲开杰拉尔德的暴行，自己才是安全的。但即便就这样，她也不怕他。她想向杰拉尔德证明这一点。为此——无论杰拉尔德是什么样的人，自己也不怕他——，然后，她就可以远走高飞了。而眼下，两人的斗争还没结果，她清楚这场斗争将是可怖的。她要确立自己的信心。无论要经历多少恐怖，她也不能退缩，不会被杰拉尔德吓倒。他就别想吓倒她，别想操纵她，别想对她有什么要求。她就要这样做，直到这一点得到证实为止。一旦得到证实，她就可以永远解放了。

但她还没有证实这个，这一点对两人都一样。这才把她和杰拉尔德仍然拴在了一起。她被杰拉尔德牵制着，无法超出他之外去生活。她坐在床上，紧紧包裹在被子里，沉思默想了几个小时。

“他并不是真心爱我。”她自言自语道。“他不爱。他想拥有任何碰到的女人。虽然他没有意识到这一点。但他就在那里，在每一个女人面前展示他的男性魅力，让人看看他有多么大的本事。他试图让所有女人都以为，做他的情人再奇妙不过了。他就没有想到女人也是这场游戏的组成部分。他从没有注意过她们。他应该是一只耀武扬威的小公鸡，如此一来，他就能在五十只母鸡前面高谈阔论了，她们全是他的奴仆。不过说实话我对唐璜不感兴趣。我能扮演唐娜·璜妮塔，比他扮演唐璜可要强不知多少倍。他让我厌烦，这你知道。他的大男子主义让我讨厌。没有比这更惹人讨厌的事了，简直是天生的愚笨加上了愚蠢的自负。真的，这些男人的毫无根据的自负简直可笑——这些目高自大的家伙。

“他们都一个德性，就瞧瞧伯金吧。他们都是从一个模子里造出来的，别的就什么也不是了。真的，除了自身的浅薄可笑，没有别的东西能让他们那样自以为了不起了。

“至于贝克呢，他比杰拉尔德还要令人讨厌。杰拉尔德太缺乏创见，办事总有条条框框。他会在旧磨坊里拉一辈子磨的。可是事实上，磨石之间已经没有谷物了。他们还在拉呀，拉呀，其实一无所有——说着同样的话，相信同样的东西，做着相同的事情。哦，天呀，就是顽石也会受不了这个的。

“我并不崇拜贝克，可是，他是豪爽大方的人。他没有因为男人的自以为是就变得冷漠的。他也没有死叫条在旧磨坊里拉磨。哦，天啊，一想到杰拉尔德和他的工作——在

贝尔多福的那些办公室，那些矿井——我心里就难受。那和我有什么关系呢——他还以为自己是个好情人！人也可以让一根自鸣得意的路灯杆做情人了。这些男人，还有他们那没完没了的工作——他们在上帝永恒的磨坊里拉磨，磨盘里却空无物！这太让人受不了了，真的，不管怎样，我过去认为他了不起！

"至少，在德累斯顿，人可以把这一切都不当回事，还可以干一些令人愉快的事情。去看音乐舞蹈体操，看德国歌剧和戏剧，那会是令人愉快的。加入生活豪放不羁的德国艺术家的圈子里去，那也同样快乐的。贝克是艺术家，是生性豪爽的人。人必须扔掉许多累赘，那才是主要的；人可以摆脱掉不必要的庸俗的行为、语言和情形，那些都是一再重复的骇人听闻和让人厌恶的事情。我并不欺骗自己，说什么自己会在德累斯顿发现生活的灵丹妙药。我知道那是不可能的。但是我将会避开那些家伙，他们有自己的家、自己的孩子、自己的熟人和自己的世界。我将会生活在这些人中间，他们一无所有，没有家，没有佣人，也没有荣誉、地位、身份和同类朋友结成的小圈子。呕，上帝啊，人与人之间勾心斗角的关系，真让人厌恶，带着一种死气沉沉、机械单调的情调，毫无意义。我太恨生活了，我真恨它啊。我恨杰拉尔德一家人，他们不会给人任何东西。

"肖特兰茨！——天啊！在那儿住下，一个星期，又一个星期，然后还有一个星期。"

"不，我不能忍受这些——这太过分了——"

她心烦意乱，再也受不了了。

想到那日复一日、年复一年的无穷无尽的单调的运动，她心脏悸动着真要发狂了。时光滴答作响地流逝，挂钟指针急促前行，时日重复无尽，这可怕的折磨——它抹杀了人的任何期待。从它那里无处可逃，无路可逃。

她几乎希望杰拉尔德和自己在一起了，好让她从心烦意乱中解脱出来。呕，她在遭受怎样的痛苦啊，孤零零地躺在这里，面对着凄惨的挂钟，还有它那永恒的滴答声。所有生命，一切生命，都溶入其中了：滴答，滴答，滴答；然后敲响报时；然后又是滴答，滴答，挂钟指针在单调地前行。

杰拉尔德对此也毫无办法。他，他的躯体，他的行动，他的生命——都成了同样的滴答声，同样在讨厌钟面蹭行，同样在时间隧道里做一匆匆过客。他的亲吻拥抱又算得上什么呢。她连滴答滴答声都能忍受。

哈——哈——她对自己笑起来。她吓坏了，试着要对此来壮壮胆——哈——哈，这简直要让人发疯了，没错，没错！

随着自我意识在极速飞行,她在思考,要是第二天早上起床时,发现自己已是一头白发,她也不会感到吃惊。她已经感到,在种种思绪感觉的难以承受的重压下,白发竟那样快地生长着。然而,头发很旧,是褐色的,和往常一样;她也面目依旧,看上去仍那么美丽健康。

她也许是健康的。也许正是她永不衰老的健康,才使她面对着赤裸裸的真理。如果她疾病缠身就幻觉和空想了。事实如此,无路可逃。她必须总是耳濡目染,永远无处可逃。她永远无法解脱。她就在那里,被放置在生活的钟面之前。即使她转过身去,那她的背部也还会见到那座钟,始终是巨大的白色钟面。她乱翻书页,用粘土捏制小雕像,仍然毫无用处。她知道自己并没有真在读书,也没有真在工作。她只注意时间的流逝。钟面是永恒、机械、一成不变的。她从没有真正地生活过,只是张望着。的确,她就像一个标出了十二个钟点的小闹钟,与巨大的永恒之钟相对而行——她就在那里,是崇高和滑稽本身,或是像滑稽和崇高本身。

这幅画面令她开心。难道她的脸瞧上去不就真像钟面吗——圆圆的,总是白白的,冷漠的。她本想爬起身去照镜子,可是想到自己的样子,像是标志出十二个钟点的钟面,她心中就不由地充满了深深的恐惧,连忙打消了这个念头。

哦,为什么任何人都不友好地对待她呢?为什么没有人把她抱在怀里,贴在胸前,让她依靠,给她以纯净、安全、能治愈创伤的休息呢?哦,为什么没人来用双臂搂住她,把她包裹在安全和完满之中,酣然入睡呢?她太渴望这种幸福了。睡觉时,她总是充满遗憾和紧张地躺在那里。她永远都睡不坦实,得不到解脱,得不到安慰。哦,她忍受不了这个啊,这无休止的不安,这永恒的束缚。

杰拉尔德!他能把她抱在怀里,在睡觉时保护她吗?哈!他自己还做噩梦呢——可怜的杰拉尔德。他需要的正是酣梦。他做的一切都加重她的负担。只要他在场,她就更加难以入眠。在她的不眠之夜里,在她的毫无意义的睡眠中,杰拉尔德只是带来了更多的烦恼。也许,他倒是从她这里获得了一些安宁。也许正是这样。也许,他这就是他紧追不舍的原因。他像一个嗷嗷待哺的孩子,哭着在找奶头。这也许就是他的情欲,是他对她的难以遏制的倾慕的根源所在——他需要她来哄他安然入梦。

这算什么呢!她是他的母亲吗?她的情人,难道就是一个必须夜夜吃奶的孩子吗?她鄙视他,厌恶他;她的心肠变硬了。哪管他又哭又闹,这个唐璜。

哦——,她真恨婴儿在半夜时分啼叫。她会很乐意地杀死他的。她会闷死他,再把

他埋掉,像海蒂·索莱尔做过的那样。不容置疑,海蒂·索莱尔的孩子一定在半夜里哭闹来着——不容置疑,亚瑟·多尼索恩的孩子会这样做的。哈——这个世界上的亚瑟·多尼索恩一家人,杰拉心德一家人,白天还是堂堂绅士,可一到晚上,就成了那样哭闹不休的孩子。让他们闹去吧,让他们去吧。让他们变成工具、纯粹的机器、纯粹的意志吧,他们会像时钟发条一样单调的工作,永远重复不止。让他们就那样永远埋头干下去吧,让他们成为一部伟大机器的完美的零件吧,在不断地重复中永不醒来。让杰拉尔德去管他的公司吧。他会从中得到满足,就像一辆整日在厚木板上逡巡往返的独轮车是心满意足的一样——她可知道那车是怎么回事。

独轮车——一个可怜的轮子——公司的一个部件。还有两个轮子的大车四轮卡车、八个轮子的辅助机车、十六个轮子的卷扬机;以此类推,直到联合采矿机,有上千的轮子;电气技师,有三千个轮子;矿井经理,有两万个轮子;总经理呢,则有十万个轮子用来造就他;最后是杰拉尔德,有一百万只轮子、齿轮轮牙和车轴。

可怜的杰拉尔德,用如此多的轮子装配而成!他比一座天文钟还要复杂得多。可是,啾,天啊,这真让人烦透了!苍天在上,这多让人讨厌啊!一座天文钟——一只甲虫——这么多的无端无聊,多么的使人心灵委顿不堪。有那样多的轮子要去数、去考虑、去计算!够了,够了——人类应付混乱的能力是有其极限的。也许是没有止境的?

与此同时,杰拉尔德正坐在自己房间里读书。古德伦离去后,没得到发泄的欲念使他失魂落魄地愣在那里。他在床上足足木了一个小时。丝丝缕缕的知觉冒出来,消失了,又再冒出来。他脑袋垂在胸前,一动不动,死气沉沉地坐了半天。

随后他抬起头,这才意识到自己该睡觉了。他心如死灰,很快在黑暗中躺下了。

可是他受不了一团漆黑。这一切要使他发疯了。他坐起身来点上灯。他又坐了片刻,凝视着前方。他没有想古德伦,心里空空落落的。

他心血来潮地走下楼去取来一本书。在生活中,每当抑郁难眠的时候,他就会产生对夜晚的深深恐惧。他知道,那太难以忍受了——不得不面对彻底不眠的夜晚,听着时间逝去,心里怕得要命。

他就这样在床上坐了几个小时,读着书,如同一尊雕像。他的头脑异常活跃,在一目十行地读书,他的身体却麻木不仁。在深深的无意识状态中,他苦读通宵,直到清晨。到那时,他才能心怀厌倦与憎恶,特别是对自身的憎恶,睡上两小时。

随后他起了床,健壮而精力充沛。古德伦没和他说话,只在喝咖啡时突然开口说:

“我明天要走了。”

“为了不让人说闲话我们一起走，直到因斯布鲁克，好吗？”杰拉尔德问。

“试试吧。”古德伦应道。

她一边呷饮着咖啡，一边说着“试试吧”，说话时还带着吸气声，听得杰拉尔德直倒胃口。他很快站起身离开了她。

他去准备明天的旅行，然后带上吃的，又动身去滑雪，以此来消磨一天。他对沃特说，他也许要去玛利恩休特，在村子里住一阵子。

对古德伦说来，这一天像春天来临，充满了希望。她感到自己就要解脱，新的生命力之泉正从心头涌起。这使她有兴致地打点行李，浏览书籍，在镜前试衣端详。她觉得自己正重新苏醒过。她像孩子一样快活，那柔软丰腴的身材和谈笑风生的模样使大家觉得她光芒四射。但是，在这一切的后面，却正是死亡本身。

下午，她必须和贝克一道出去。明天在她眼里还是一团雾，这才使她感到愉快。她可以跟杰拉尔德去英格兰，也可以和贝克去德累斯顿，还可以去慕尼黑，去看她的一个女朋友。明天，什么事情都可能发生。而今天呢，则是这一切的洁白多雪的粉红色的开端。所有可能性——这是使她入迷的东西，有着可爱的、五彩缤纷的无限魅力——是纯净的幻觉。一切可能性——因为死亡是无法逃避的，除了死亡，任何事情都是未知的。

她并不想把事情具体化，采取任何确定的形式。她期待着在明天旅行中的某一时刻，发生某种突然事件或行动，猝不及防地把她吹送到一个全新的世界中去。如此一来，她虽然想和贝克最后一次到外面赏雪，却并不要一本正经和循规矩。

贝克也不是道貌岸然的人。他戴着褐色丝绒帽，这使他的圆脑袋像是颗栗子。褐色丝绒帽耳随便系着、松垮垮地遮在耳朵上。一束小精灵似的稀疏的黑发飘拂在风中。面孔看上去很滑稽。他瞧上去像是一个古怪的孩子气的小个儿男人，又像是只蝙蝠。他的身子在那套绿色防水布衣服里显得干瘦无力，却别有韵味。

他为带了一部平底小雪橇。两人在刺眼的雪坡上挣扎着往上爬，雪光反照在两人已经冻僵的脸上。他们说着无穷无尽的笑话，说着隽言妙语，用各种不同的语言编织着幻想中的故事。对他们说来，这幻想就是现实。两人欢快无比，把幻想中的小彩球抛来抛去。他们的天性在相互撞击中似乎迸发出了火花，他们在享受着纯净的快乐。两人希望把它保持在游戏的水平上，他们之间的关系就是那样一场完美的游戏。

贝克并没把滑雪橇很当回事。和杰拉尔德不一样，他对此不感兴趣。这也使古德伦

感到高兴。她累了,唦,在杰拉尔德控制下的苦难历程让人筋疲力尽。贝克则让雪橇轻柔欢快地滑行着,如同一片飞扬的落叶。突然在一个转弯处,他把两人都抛到了空中。他们大笑着从雪地里爬起宛如快乐的小精灵。古德伦知道,即便是在地狱里漫游,贝克也会发些嘲讽幽默的奇谈怪论——只要他有那份心境。这真让她开心极了。它们几乎使人超越了无聊的现实和千篇一律的事物。

在纯粹的无忧无虑和不知不觉间,两人一直玩到日落西山。小雪橇危险地旋转着停在了坡底。

"等一下!"贝克突然说道,变魔术般地拿出了一只大暖水瓶、一包饼干和一瓶荷兰杜松子酒。

"唦,贝克。"古德伦嚷道。"这太奇妙了!真让人想不到!那杜松子酒是用什么酿的?"

贝克瞧着酒瓶子,笑开了。

"欧洲越橘!"他说。

"不!是用雪的精灵酿的。它看上去不像雪的精灵吗?你能——"古德伦嗅着空气,又凑近瓶口闻闻,"你能闻出越橘味儿吗?这不是很妙吗?人真像是能从雪里闻出它们的淆香。"

她在地上轻轻跺脚。贝克跪在雪地上吹口哨,又把耳朵贴在雪上地听着。他这样做的时候,黑眼睛还在闪闪发光。

"哈!哈!"古德伦欢笑起来。贝克用这样奇异的方式来戏弄她用语夸张,真让她心花怒放。他总在拿她打趣,逗得她笑个不停。可是,他的嘲讽比她的夸张还要荒谬得多,这怎能不让人开怀大笑,不让人感到心情舒畅呢?

她能感到两人的话音——她的和他的——,银铃似的在冰冻凝滞的空气中、在初起的暮色中鸣响着。多神奇、多可爱啊,这银白色的与世隔绝和绝妙地融合在一起。

在冰天雪地的世界中,古德伦呷着滚烫的咖啡,小口小口地啜饮欧洲越橘水,吃冰凉爽口、涂了奶油的薄饼干。咖啡的芳香在他们身上萦绕,就活像蝴蝶在花丛中飞舞。一切有多么美好啊!这一切——口中尝的、鼻口嗅的、耳朵听的——都多么完美啊,在这里,在雪国的沉寂中,陶醉了,死去了。

"你明天就走吗?"贝克终于开口问道。

"是的。"

一阵沉默。夜色已经从静寂中升起;清新的苍白色高远苍茫,伸向无限;无限就在眼前。

“去哪儿呀?”

就是这个问题——去哪儿?到何处去?去哪儿?多么讨厌的一句话呀!她永远不想回答它。就让它永远在那里单调地重复吧。

“我也不知道。”她含笑对贝克说。

贝克明白了她笑中的含义。

“人是永远也不会清楚地。”他说。

“永远不会。”古德伦重复道。

然后两人沉默良久。贝克低头匆匆吃着饼干,就如同一只野兔在吃树叶。

“不过,”他又笑着说,“你要买车票的?”

“啾,上帝呐!”古德伦嚷道。“人是必须买一张票的。”

这给了她一击。她仿佛看见人在售票口等着。一个念头又把她解救了,她的呼吸畅快起来。

“不过我可以下去。”她嚷道。

“当然啦。”贝克附和说。

“我是说人不必非要去票面上指定的地方。”

这倒吓了贝克一跳。人可以买一张票,却不必到票面上指定的目的地。在中途下车,随便在一个地方。这主意不赖。

“那就买票去伦敦吧。”他说。“因为你厌恶那儿。”

“对。”古德伦应道。

贝克向一只罐头盒里倒了点儿咖啡。

“你不打算告诉我你要去哪儿吗?”他问。

“真的不骗你,”古德伦说,“我也不知道。这全要看风向如何了。”

贝克讥讽地瞧着她,撅起嘴唇,像塞西洛斯一样吹着积雪。

“风吹向德国。”他说。

“我希望这样。”古德伦笑开了。

蓦然间,他们意识到附近站着一个白色的模糊人影,那是杰拉尔德。在突然降临的恐惧中,古德伦的心狂跳起来。她站起了身。

“他们告诉我你们在这。”传来杰拉尔德的声音，犹如暮色苍茫中的最后宣判。

“圣母玛利亚啊！您来的时候真像是鬼魂。”贝克喊道。

杰拉尔德没有答话。他的出现，使两人很不自然。

贝克摇了摇长颈瓶——又将它口朝下冲着雪地。只流出了几滴褐色的液体。

“没有了！”他说。

在杰拉尔德眼中，那个古怪矮小德国人的身影就在那眼前，清晰真实，像是从双筒望远镜里见到的一样。这个小个子家伙真是讨厌透顶，他一心想要除掉他。

贝克又摇了摇饼干盒。

“饼干倒还有。”他说。

他坐在雪橇上，把饼干盒递给古德伦。古德伦胡乱从里面摸出一块饼干来。贝克递给杰拉尔德饼干，杰拉尔德却不接受别人给他的饼干；贝克只好冷漠地把饼干盒放到一边。他又取出小瓶子，拿起来对着光亮看了看。

“还有一些杜松子酒。”他嘟囔着。

突然，他令人吃惊地把瓶递到古德伦面前。

“尊敬的小姐，”他说，“干杯——”

啪的一声，酒瓶飞向了空中。贝克惊诧万分地倒退一步。三个人各自怀着暴烈的怒火，都站在那里僵持着。

贝克已经变形的脸转向杰拉尔德，朝他送去凶恶的一瞥。

“干得漂亮！”他在狂怒中叫嚷。“多精彩啊，毫无疑问。”

随着话声，他已经荒唐可笑地坐在雪地上了。杰拉尔德一拳兜在了他的脑袋上。贝克振作精神，爬起来，仍然死死瞪住杰拉尔德。他的身子瞧上去不堪一击、瑟瑟发抖的，目光中却是一种恶魔般的讥嘲。

“英雄万岁，英雄万岁——”

他像猴子一样朝后一缩。但杰拉尔德的拳头很重，砸在他脑袋另一面上，把他像破稻草捆似的打到了一边去。

古德伦冲上前来。她紧握着小拳头，狠狠打在杰拉尔德的脸上和胸上。

杰拉尔德气得差点晕过去，空气似乎都破碎了。他的心在惊异中撕开了，撕开了，在流着鲜血。他又在心里大笑起来，反应过来，两只强劲的手向前伸去，总算要摘取他念念以求的苹果了。他终于能实现自己的愿望了。

他用不可抗拒的两只刚硬的手掐住了古德伦的脖子。她的喉咙很美，柔软宜人。同时，在两只手里，杰拉尔德还感觉到了她那滑溜溜的生命之弦。他掐住了这根弦，他要毁掉这根弦。多么幸福啊！欧，多么幸福啊，总算来了；多么满足啊，总算来了！他心中充溢着纯净的志得意满的滋味。他眼见着古德伦肿胀起来的脸颊变了颜色，眼见她的眼睛朝上翻去。她多丑啊！太圆满了啊！这有多好，欧，这有多好啊，真是天赐良机，总算来了！他已经感觉不到古德伦的挣扎了。在这样的兴奋中，她的奋争只能加倍挑动他的情欲。奋争得越激烈，快感就越狂烈；直到高潮到来，危机到来，奋争被压制下去了，古德伦的动作变得愈益轻柔，平息下去。

贝克头晕目眩地从雪地上挣扎起来，伤处作痛使他站不起来。只有他的视力还是完好的。

"先生！"他颤抖的声音尖叫道，"您什么时候干的——"

一阵突如其来的轻蔑和嫌恶攫住了杰拉尔德的心灵。这嫌恶弥漫全身，不由他一阵恶心。啊，他在做什么呀，他还要堕落到哪一步呢！好像他还多么在意古德伦似的，竟要杀死她，杀死一个可怜的女人！

一阵虚弱掠过他的身体，这是愤怒的退潮，是一种融解，是力量的衰竭。他不知不觉地松开手，古德伦跪到了地下。他非要见到、非要知道吗？

可怕的虚弱感主宰了他，他的身体似乎融化了。他漂着，像是在风中飘荡，又毫无目的。

"我并不想要这个，真的。"这是他心灵中出自嫌恶的最后呐喊。他虚弱不堪地漂上山坡，完全垮了，只是在潜意识里要躲开任何人。"我受够了——我要睡觉去了。我受够了。"憎恶的感觉淹没了他。

他周身乏力，但并不想停下，只是走啊，走啊，一直走到头。决不再停留，直到终点，他心中只有这个愿望。于是，他漂啊，漂啊，失去了知觉，疲惫不堪，麻木不仁，只要还能动就行。

暮色在头顶上方神秘地透出微蓝的玫瑰色光线，冰冷的蓝色的夜降临在雪地上。身后下方的峡谷里，走着有两个小小的人影，在茫茫雪原中，古德伦双膝着地跪在地上，像是被处以死刑的人；贝克正支撑着坐在她身旁。这就是一切。

沉静夜色中，杰拉尔德踉跄而行地爬上了雪坡。一直攀爬，无意识地攀爬，他累得要散架了。他的左边是一道陡峭的斜坡，坡上有乌黑的岩石和跌碎下去的大堆石头；白雪在一片岩石形成的黝黑中划出了一道道纹路，划出了一条条淡淡的纹路。然而没有一丝响动，这里的一切都一片死寂。

一轮圆月亮闪闪地照耀着前方,这增加了他的困难。这令人痛苦的明亮的东西总在那里,让人无处可逃,从不间断。他非常盼望结束这一切——他已经无法忍受。然而他却无法入睡。

他拼命地拼命攀爬着,有时不得不越过一段黑黑的石坡,上面的积雪已被风吹扫得一干二净。他非常害怕从这里摔下去,高高地,在山顶上,一阵风吹来,夹带着催人入眠的滞重的寒冷,几乎压垮了他。但目的地并非在这儿,他还必须向前走向上爬。心中的无比憎恶不肯让他收住脚步,奋力向上爬着。

翻过一道山岭,他瞧见眼前又出现了令人生畏的朦胧暗影。总是更高,总是更高。他明白自己正在寻踪而上群峰之巅,玛利恩休特旅店就在山的那边,另一面又是斜坡。但他并没有真正意识到这些。他只想朝前走,奋力地朝前走,移动,不断前行,这就是他所能做的。不断前行,直到一切结束。他失去了时间概念。在生命尚还残留的本能中,他的两只脚在寻找着滑雪板留下的痕迹。

他颠簸着一不小心滑下一道陡峭的雪坡。这把他吓坏了。他没带铁头登山杖,什么也没有带。不过,总算是停住了,他又开始在被照亮的夜色中行走。一片沉寂,如同在睡梦中。他正走在两道山梁中间的峡谷里。他猛地转过身来。是爬上对面的山梁呢,还是沿着峡谷走?他的生命的线已被拉长到不堪一击的地步了!也许他该爬上那道山梁。白雪坚硬洁白。他向前走着。雪地上有什么东西耸立着。他怀着模糊的好奇心逼近前去。

那是一个半埋在雪中的十字架。在木杆的顶端,在一个倾斜的小帽盖下,有一个小小的耶稣像。他转身走开了。有人要谋害他。他最怕遭人谋杀。但那畏惧是躲不开的,正如他的鬼魂一样。

可为什么要害怕呢?这是命中注定的事情。被人谋杀!他惊恐万状地环视着积雪,环视着摇动着的苍白世界。他命中注定要被人杀死,他知道了这一点。正是在这样的时刻,死亡被升华了,没有退路。

上帝耶稣啊,那么这是命中注定的了——上帝耶稣啊!他看到了那致命的一动,知道自己被人杀害了。他无意识地向前走着,双手高举,要感受会发生什么事情。他在等待那一时刻的到来,那时,他就会停下脚步,一切就都会结束。眼下它还没有结束。

他已经下到深深的谷底,置身于陡坡和峭壁之间。盆地外面出现一条小路,把人引向山顶。但他只是无意识地闲荡着,直到脚下一滑摔倒。仿佛灵魂给什么东西打破了,他进入了沉沉的梦乡。

退场

是日清晨他们运回来尸体时，古德伦正独自一人在屋子里。通过窗口，她见到男人们走来，雪地上还拖着一个东西。她直愣愣地坐着，任凭时间消逝。

有人轻轻敲了一下门。她打开门，门口有一个女人，哝，那神情也太过于恭敬了。女人悄声说道：

“他们找到他了，太太！”

“死了吗？”

“是的——多长时间了。”

古德伦默不作声。她该如何说呢？她该如何想呢？他们希望她做点什么呢？她令人失望地举手失措了。

“谢谢你。”她说着，关上了房门。那个女人伤心地走开了。无言，无泪——哈！古德伦可实在够残忍的，一个冷漠的女人。

古德伦坐在房间里，面色惨白，无动于衷。她该做什么呢？她有恨无泪，又不能演戏。她没法子随机而变。她安静地坐着，避开了人们。她怀揣一个愿望，不想搅和到这件事里去。她只给厄秀拉和伯金写了一封不短的电报。

到了下午，她又忽然起身去找贝克。她焦虑地看了一眼杰拉尔德曾经住过的房间的门。即便给她世间的一切，她也不会再进去了。

她发现贝克正独身呆在休息室里，便径直走到他跟前。

“这是假的，是不是？”她问。

贝克抬头看了看她，一丝痛苦的笑扭曲了他的脸。他耸了耸肩。

“真的？”他反问一声。

“咱们没有把他杀死吧？”她问。

贝克厌恶她这样状态来到自己这儿。他无可奈何地耸耸肩膀。

“事情已经发生了。”他说。

古德伦望着他。他这会儿沮丧地坐在那里，全完了，和她一样心如槁木。天啊！这

是一场荒唐的悲剧,荒唐,荒唐。

古德伦又回到自己屋子等待厄秀拉和伯金。她想离开,只想着离开。直到离开这里,直到从这一状态中解脱出来,她才能思考,才能感觉。

时间飞逝,突然有一天。她听到雪橇声,看到厄秀拉和伯金从雪橇上下来。她也怕见到他们。

厄秀拉直接上她这儿来了。

"古德伦!"她大声呼喊,泪水盈眶。妹妹被她拥在怀里。古德伦把掩在厄秀拉的肩膀上,却依旧摆脱不了那个冷冰冰的讥讽的魔鬼,它冻住了她的心。

"哎!"她心想,"这才是恰如其分的行为呢。"

可她实在欲哭无泪。看见她惨白的脸上冷冰冰、毫无表情,厄秀拉的泪泉马上干涸了。一刹那姐妹俩都沉默无语。

"又回到这里,叫人厌恶吧?"古德伦终于说道。

厄秀拉费解地看着她。

"我不赞同你的观点。"她说。

"请你们来,我自己也觉得不是很合适。"古德伦说。"但我见不到任何人。对我来说这太过分了。"

"是的。"厄秀拉应道,心里冰凉。

伯金敲敲门走进来。他面色苍白,没有丝毫表情。古德伦明白他都清楚了。他伸过手来说:

"无论如何,全部都结束了。"

古德伦底气不足地瞟着他。

三个人相对无言,一片沉寂。最后,还是厄秀拉小声问道:

"你看到他了吗?"

伯金冷淡地回头看了厄秀拉一眼,没有答话。

"你见到他了吗?"厄秀拉又问了一次。

"是的。"伯金冷冰冰地回答说。

他又看着古德伦。

"没出意外吧?"他问。

"没有,"古德伦回答说,"没发生过意外。"

想到要讲述这些事情,冷冷的嫌恶就叫她举言又止。

“贝克说,你们俩在鲁道尔班谷底坐在雪橇上时,杰拉尔德去过。你说了一番话,他就走了。你说了些什么?最好告诉我。这样,假使需要的话,我才能叫当局满意。”

古德伦抬头看着他,脸色惨白,如同一个孩子,因为羞怒说不出话来。

“什么也没说。”她说。“他把贝克打晕在地上,又几乎掐死我,接着就走了。”

她心里却嘀咕道:

“三角关系一个永恒的标本!”她满是讥讽地转开身去,因为她心里清楚,这就是她和杰拉尔德之间的事,第三方的介入纯属是偶然的——或许是一件命中注定的偶然事件,但始终脱不出其偶然性。让他们把这作为三角关系的永恒一个范例吧,作为三位一体之恨吧。这对他们都会好一点。

伯金神情漠然、不紧不慢地走开了。不过即便如此,古德伦清楚他还会问自己的事情,会帮助自己渡过难关。她满心蔑视地暗地里冷笑着。让他去做这样事吧,谁教他如此热心呢?

伯金又去了杰拉尔德那里。他曾经爱过他。可是,躺在那儿的僵硬的尸体却只让他嫌恶。它那样叫人厌恶,只是僵硬冰冷的一具尸体。伯金的同情心好像也结冰了。他鼓足勇气站在那里看着这一切,那曾经是杰拉尔德。

这是具冻僵了的男尸。伯金记起自己曾经见过的一只死兔子,冻得如同是雪地里的一块木板。他捡起它来,好像是块干木板了。目前,这却成了杰拉尔德,僵得像是块木板,蜷曲着好像在梦中,可是又显然带了几分吓人的无形压力。这让伯金心中满是恐惧。必须要把尸体化开。不然,想弄直四肢肘,它们会如同玻璃或木头一般破碎的。

他伸手摸摸死者的脸。那布满了冰擦出的伤痕,把他的一肚子的同情心也搞得伤痕累累。他好像感觉自己也冻住了,从身体里面冻住了。在短短的褐色小胡子里,活生生的生命被冻成了沉寂的鼻孔下面的一块冰。这就是杰拉尔德!

伯金又碰了碰僵硬的尸体上闪着金光的头发。它们是冰冷的,头发是冰冷的,好像散发着毒素。伯金的心开始结冰了。他爱过杰拉尔德。此刻,他看着那张神情诡异的脸,脸上有俊俏秀美的消瘦的鼻子,还有阳刚十足的面颊;现在冻得如同是块水晶——而他曾经还爱过它。到底这是怎么回事?他的大脑开始冷冰冰了,血流也变得渐缓。太冷了,太冷了,阴冷冰凉的寒气从外部压迫着他,更为阴森的寒意又凝结在他体内、心中和肚子里。

他翻过一道又一道雪坡去察看事发现场。终于来到夹在峭壁和雪坡之间的大浅滩上。在靠近山口的顶峰那里。天色灰蒙蒙一片,三天来一直这样。一片雪白,阴森森的吓人;唯有乌黑的岩石划出了痕迹,横空伸展出来好似是树根,有时又进到赤裸裸的地表中去。远方有一道雪坡,顺一座山峰拐了下来,上面布满许多黑色的岩石断层。

这好像是个浅盆。杰拉尔德就在这个盆里永远长眠了。不尽的远方,雪墙上钉着铁桩子。这样,借助于系在上面的大绳子的帮助下,他们就可以攀上高大的雪壁,向外攀到山口锯齿形的顶峰上,暴露在苍天之下。玛利恩休特旅店就隐藏在那边的光秃秃的岩石中。四周是刀劈一样的雪峰,直插苍穹。

杰拉尔德应该找到这根绳子,应该拽着它爬上山顶到玛利恩休特的狗叫声,找到庇护所。他该下到南面险峻的斜坡上去,下到长着松树的昏暗的峡谷中去,飞向南方的意大利。

他该如此!该如何做呢?这是条出路吗?这不过是又一条入彀的路。伯金高高地站在令人悲伤的空气中,遥望那飞向朝南方的蜿蜒小路。去南方,去意大利,一切就能好转吗?下到那条悠悠岁月的古老的帝国大道上又有何好处呢?

他转过身去,悲痛欲绝,或是要万念俱灰了。最好还是万念俱灰。不管那产生人类和宇宙的神秘事物是什么,也与人类没有关系。它有自己的不凡目的、人类并不是衡量事物的准绳。最好把这一切都留给那广漠的、未知的、超人的神秘事物去解决吧。最后唯有自己努力,别去操心宇宙的事儿。

"上帝不能没有人类。"这是法国某位伟大宗教先师的至理格言。但这是伟大的错误。上帝可以没有人类。上帝也可以没有恐龙和剑齿象。那些庞然大物没能适应大自然,于是上帝,那创造性的神秘事物,就淘汰了它们。用同样方式,那神秘的事物也能淘汰人类,假使他太缺乏创造性,以至于不能发展变化的话。那永恒的创造性的事物可以打发掉人类,用一种更优秀的造物来取而代之,就如同马取代了剑齿象一般。

想到这个,伯金感到了极大的宽慰。如果人类走到灭绝之日时,无始无终的创造性的神秘事物就会造出别的生物,造出更优秀、更奇妙、更可爱的某种新族类,来继续演绎生命。这一运动是永恒的。那创造性神秘莫测,没有边际。物种生生灭灭。新旧更迭;奇妙无比。其本源是不可知的。它能造成奇迹,能按照自己的规律创出全新的族种;它们有新的意识形态,新的形体,和新的构成与其众多创造相比人类只是其中无关紧要的一点轻尘而已。一个生物的脉搏在神秘事物的指引下跳动着,完美,是不可表述的完满。

人类或非人类都无所谓。完好的脉搏随着无从描述的存在物、随着尚未诞生的非凡的物种在跳动。

伯金又回到杰拉尔德身边。他进到房间里，坐在床上。死的，死的和冰冷的！

威严的恺撒死了，化为泥土，

不要让风儿刮进，把窟窿堵住，

曾经是杰拉尔德的身躯体毫无反应。奇异的冻结的冷冰冰的物质——仅此而已。仅此而已！

乏透了，伯金离开房间去处理其他的事情。他默默地干着，没去烦扰别人。也没有咆哮，怒骂，做出悲痛欲绝的样子，造成紧张气氛——这都毫无意义。最好还是别声张，在忍耐中以深沉的态度来承受心灵的重负。

到了晚上，出于内心的渴望，他又进到房间里，去看望为烛光映照着的杰拉尔德。他的心忽地缩紧了，随着一声呜咽，泪水奔涌而出，手中蜡烛也差点儿掉下去。他坐在椅子上，为一阵突发而来的悲恸所击倒。厄秀拉跟在他身后，见他埋头坐在那里，身子在痉挛地抖动着，又发出一阵陌生可怖的哭声，便不由地吓了一跳，躲开了他。

"我可不想让事情成了这个样子——我不想要它成了这个样子。"伯金对自己喊道。厄秀拉不禁想起了恺撒的名言"我不想要它。"她几乎是惊魂落魄地望着伯金。

伯金又突如其来地沉默了，垂头丧气地枯坐在那里，看不到他的脸。他又悄悄用手指擦了擦脸，蓦地站起来，几乎是志在复仇的阴森森的目光狠狠地盯住了厄秀拉。

"他应该是爱过我的。"他说。"我也给了他我的爱。"

厄秀拉吓坏了，脸色惨白，蠕动着几乎僵硬的双唇答道：

"那又会有什么不同呢！"

"当然不同！"伯金说。"当然的。"

他忘掉了厄秀拉，又去看杰拉尔德。他的头古怪地仰了起来。像是一个男人在躲避攻击。他不无轻蔑地望着那张冰冷沉静、空有其壳的脸。那脸上呈现出一抹蓝色。它射出了一枝冰箭，穿透了这个活着的男人的心。冰冷，沉寂，空空荡荡！伯金记起了杰拉尔德曾经怎样怀着最后的爱，用短暂温暖的一握抓住了他的手。只有一秒钟——然后又放开了，永远放开了。如果他对那一握忠贞不渝，死亡也就是永恒。那些博爱值得信赖的人死了，但他们依然活在他们所爱的人的心中。此时的杰拉尔德仍在伯金记忆中与他生活在一起。他应当和朋友生活在一起，过更美好的生活。

可是现在，他死了，如同泥土，如同可以污染的发蓝的冰。伯金望着那惨白的手指，望着那死气沉沉的一摊东西。他记起了曾见到过的死种马：那是一堆死气沉沉的雄性物体，讨厌至极。他又记起了自己曾经的一位美丽的人；她去世了，却依然怀着对神秘事物的忠贞不渝的信仰，那位死者的脸是美丽的，没人能说它冰冷、沉寂和徒有其表的人们只记着它获得了对神秘事物的信仰，新的深沉的终生信仰温暖了它的心。

而杰拉尔德呢！这个否认信仰的人！伯金感到满身冰凉，僵住了，几乎不能活动了。杰拉尔德的父亲曾经看上去是抑郁的；但还不是这种寒冰的物质的骇人的遗容。伯金注视着，端详着。